EL CRIMEN DE LA
HABITACIÓN 12

LA TRAMA

El crimen de la habitación 12

habitación 12

Anthony Horowitz

Traducción de Rocío Gómez de los Riscos,
Neus Nueno Cobas y Laura Rins Calahorra

Papel certificado por el Forest Stewardship Council®

Penguin
Random House
Grupo Editorial

Título original: *Moonflower Murders*
Primera edición: abril de 2023

© 2020, Anthony Horowitz
© 2023, Penguin Random House Grupo Editorial, S. A. U.
Travessera de Gràcia, 47-49. 08021 Barcelona
© 2023, Rocío Gómez de los Riscos, Neus Nueno Cobas
y Laura Rins Calahorra, por la traducción

Printed in Spain – Impreso en España

ISBN: 978-84-666-7429-4
Depósito legal: B-2869-2023

Compuesto en Llibresimes, S. L.

Impreso en Rotoprint by Domingo, S. L.
Castellar del Vallès (Barcelona)

BS 7 4 2 9 4

Para Eric Hamlish y Jan Salindar, en agradecimiento
a tantos momentos buenos

Agios Nikolaos, Creta

«El Polydorus es un hotel con encanto regentado por una familia, situado a un corto paseo a pie de la animada ciudad de Agios Nikolaos, a una hora de Heraclión. Las habitaciones, todas con wifi y aire acondicionado, se limpian a diario, y algunas tienen vistas al mar. En nuestras bonitas terrazas se sirve café y comida casera. Visite nuestra página o búsquenos en booking.com».

No tenéis ni idea de cuánto rato me llevó escribir eso. Me preocupaba tener que colocar tanto adjetivo junto. ¿«Animada» era el término apropiado para describir Agios Nikolaos? Al principio puse «concurrida», pero luego pensé que remitía al tráfico constante y al ruido que, en gran medida, también formaban parte del lugar. De hecho, nos encontrábamos a quince minutos del centro de la ciudad. ¿Era eso «un corto paseo a pie»? ¿Debería haber mencionado la playa de Ammoudi, que estaba justo al lado?

Lo más curioso es que había dedicado prácticamente toda mi vida activa al trabajo de editora y nunca tuve problemas con los manuscritos de los autores, pero para escribir un anuncio de cuatro líneas en el dorso de una postal sudé tinta con cada sílaba. Al final se la entregué a Andreas, quien la leyó en apenas cinco segundos y se limitó a dar su aprobación con un gruñido y una inclinación de cabeza, lo cual, tras todas las molestias que me había tomado, me complació tanto como me enfureció. Es algo que he observado en los griegos. Son personas increíblemente emotivas. Su teatro, su poesía y su música van directos al corazón. Pero en las cuestiones del día a día, en los pequeños detalles, prefieren expresarse con un *siga-siga*, que más o menos significa «me importa un comino». Era una frase que oía todos los días.

Al examinar lo que había escrito en compañía de un cigarrillo y una taza de café solo bien fuerte, me asaltaron dos ideas. Teníamos pensado colocar las postales en una estantería junto al mostrador de recepción, pero, puesto que los clientes ya estarían en el hotel cuando las cogieran, ¿qué sentido tenía? Y lo más relevante: ¿qué narices pintaba yo allí? ¿Cómo había permitido que mi vida se convirtiera en eso?

A tan solo dos años del día que cumpliría los cincuenta, en una época en la que me había imaginado disfrutando de todas las comodidades que aportan unos ingresos razonables, un pequeño piso en Londres y una vida social intensa, me encontraba desempeñando las funciones de copropietaria y directora de un hotel que, de hecho, rezumaba un encanto mucho mayor del que me sentía capaz de describir con palabras. El Polydorus estaba situado en la orilla misma del mar y tenía dos terrazas resguardadas del sol gracias a sombrillas y cipreses. Contaba con tan solo doce habitaciones, una plantilla joven de procedencia local que siempre se mostraba alegre incluso en mitad del peor caos y una clientela fiel. Ofrecíamos comida sencilla, cerveza Mythos, música en directo en el propio hotel y unas vistas perfectas. El tipo de turistas a quienes animábamos a visitarnos no soñaban con llegar en uno de esos autocares gigantes que a duras penas avanzaban por carreteras que nunca se construyeron para acogerlos, con destino a las monstruosidades de seis plantas del otro lado de la bahía.

Lo que también teníamos, por desgracia, era una instalación eléctrica chapucera, un sistema de cañerías y desagües inconcebible y una señal de wifi que iba y venía. No quiero caer en los estereotipos sobre la desidia de los griegos, y puede que fuera solo cuestión de mala suerte, pero la fiabilidad no era precisamente el punto fuerte de las personas a las que dábamos empleo. Panos era un chef excelente, pero, si se enfadaba con su esposa, sus hijos o su motocicleta, directamente no venía a trabajar y Andreas tenía que sustituirlo en la cocina, con lo cual yo debía ocuparme del bar y el restaurante, donde tan pronto abundaban los clientes y no había ningún camarero como sobraba la mitad del espacio y había demasiados. Por algún motivo, jamás se producía un feliz equilibrio. Siempre cabía la remota posibilidad de que algún proveedor llegara a la hora convenida, pero entonces no traía los productos que habíamos encargado. Si algo se estropeaba —y se estropeaba todo— nos pasábamos horas con los nervios a flor de piel esperando a que apareciera el mecánico o el técnico de turno.

En general los clientes parecían contentos, pero nosotros andábamos de un lado a otro como los actores de una de esas descabelladas comedias francesas que intentan cubrir los desperfectos para que todo se vea impecable, y cuando por fin me dejaba caer en la cama, con frecuencia a la una o las dos de la madrugada, me sentía tan agotada que me quedaba allí tumbada con la sensación de estar prácticamente disecada, como una momia en su sarcófago. Era entonces cuando sufría mis momentos más bajos, y me dormía con la sensación de que en cuanto abriera los ojos todo empezaría de nuevo.

Bueno, lo estoy pintando demasiado dramático. Por supuesto, también era una vida maravillosa. La puesta de sol en el mar Egeo no puede compararse con nada de lo que se ve en otras partes del mundo, y yo la contemplaba todas las tardes, embelesada. No es extraño que los griegos creyeran en los dioses: Helios en su carroza de oro atravesando resplandeciente aquel cielo enorme; los montes de Lasithi transformados en tiras de la más fina gasa, primero rosa, luego malva, oscureciéndose y difuminándose al mismo tiempo. Todas las mañanas a las siete en punto iba a nadar y dejaba que el mar cristalino borrara las marcas del exceso de vino y cigarrillos de la noche anterior. Se celebraban cenas en tabernas diminutas de Fourni y Limnes con el olor del jazmín, el titilar de las estrellas, las risas estridentes y el tintineo de las copas de raki. Incluso empecé a aprender griego; recibía tres horas de clase a la semana de una chica lo bastante joven para ser mi hija, la cual conseguía presentar las sílabas tónicas y los verbos que no solo eran irregulares sino directamente imposibles de tal modo que parecían divertidos.

Sin embargo, aquello no eran para mí unas vacaciones. Había acudido a Grecia tras la catástrofe que supuso *Un asesinato brillante*. Era el último libro en el que había trabajado y había conducido a la muerte del autor, el derrumbamiento de mi editorial y el final de mi carrera, por ese orden. Se habían publicado nueve novelas sobre Atticus Pünd, todas ellas superventas, y yo había creído que habría muchas más. Pero ahora todo aquello había terminado, y en su lugar me encontraba comenzando una nueva vida, la mayor parte de la cual, para ser franca, implicaba trabajo en exceso.

Inevitablemente, eso había tenido repercusiones en mi relación con Andreas. Ninguno de los dos discutía con el otro —no éramos personas que solieran discutir—, pero nos habíamos acostumbrado a comunicarnos de una forma que cada vez era más lacónica y cautelosa, y nos medíamos avanzando en círculos como dos boxeadores profesionales sin ninguna intención de entablar la lucha. De hecho, a ambos nos habría venido de perlas un buen combate. Habíamos logrado instalarnos en ese horrible terreno, tan familiar para muchas parejas casadas desde hace años, donde es más peligroso aquello que se calla que aquello que se dice. Aunque nosotros no estábamos casados, por cierto. Andreas me lo había pedido, arrodillado con un anillo de diamantes y toda la parafernalia, pero los dos habíamos estado demasiado ocupados para seguir adelante con los planes de boda; y, de todos modos, yo aún no sabía suficiente griego para entender la misa. Así que decidimos esperar.

El paso del tiempo no nos había hecho ningún favor. En Londres, Andreas siempre fue mi mejor amigo. Tal vez mis invariables ganas de encontrarme con él se debieran al hecho de que por entonces no vivíamos juntos. Leíamos los mismos libros. Adorábamos la comida casera, sobre todo cuando cocinaba él. El sexo era espectacular. Pero Creta nos había atrapado en una rutina completamente distinta, y, aunque hacía solo un par de años que nos habíamos marchado del Reino Unido, yo ya estaba pensando en alguna escapatoria, aunque no la estuviera buscando de forma activa.

No me hizo falta. La oportunidad llegó un lunes a primera hora por medio de una pareja de aspecto elegante, sin duda ingleses, que avanzaban cogidos del brazo por la pendiente desde la carretera principal. De inmediato supe que eran ricos y que no habían venido de vacaciones. Él llevaba una chaqueta y unos pantalones largos —que con aquel calor resultaban ridículos—, un polo y un sombrero Panamá. Ella iba ataviada con un vestido más apropiado para la gala de un club de tenis que para la playa, acompañado de un buen collar y un pulcro bolsito de mano. Los dos lucían gafas de sol caras. Deduje que su edad rondaba los sesenta.

El hombre entró en el bar y se soltó del brazo de su esposa. Lo vi examinándome.

—Disculpe —dijo con tono cultivado—, ¿habla inglés?

—Sí.

—Supongo que no... ¿Por casualidad no será Susan Ryeland?

—Soy yo, sí.

—Me preguntaba si podría hablar un momento con usted, señorita Ryeland. Me llamo Lawrence Treherne. Esta es mi mujer, Pauline.

—¿Qué tal?

Pauline Treherne me sonrió, pero no con gesto amigable. Desconfiaba de mí, y eso que todavía no nos habíamos casi ni presentado.

—¿Les sirvo un café?

Formulé la pregunta con cuidado; no estaba proponiéndoles una invitación. No quiero dar la impresión de ser una tacaña, pero había una cuestión que me tenía preocupada. Había vendido mi piso del norte de Londres y había invertido casi todos mis ahorros en el Polydorus; sin embargo, de momento no había obtenido ningún beneficio. Más bien al contrario: aunque no tengo claro que Andreas y yo estuviéramos haciendo las cosas mal, habíamos conseguido acumular una deuda de casi diez mil euros. Nuestros ahorros se esfumaban, y a veces tenía la sensación de que la distancia que me separaba de la bancarrota era tan sutil como la espuma de un capuchino gratis.

—No, estamos bien, gracias.

Los guie hacia una de las mesas del bar. La terraza ya estaba llena, pero Vangelis, que trabajaba como camarero cuando no tocaba la guitarra, se apañaba bien, y la temperatura era más agradable lejos del calor.

—Así pues, ¿en qué puedo ayudarles, señor Treherne?

—Llámeme Lawrence, por favor. —Se quitó el sombrero y dejó al descubierto su ralo pelo plateado y un cuero cabelludo que ya había empezado a tostarse con el sol. Colocó el sombrero delante de él—. Espero que nos perdone por haber investigado hasta dar con usted. Tenemos un amigo común, Sajid Khan. Le manda saludos, por cierto.

¿Sajid Khan? Tardé un momento en recordar que se trataba de un abogado, vivía en un pueblo de Suffolk llamado Framlingham. Había sido amigo de Alan Conway, el autor de *Un asesinato brillante*. Cuando Alan murió, Sahid Khan fue quien descubrió el cadáver. Pero yo solo lo había visto un par de veces; no lo consideraba un amigo, ni común ni de ninguna otra clase.

—¿Ustedes viven en Suffolk? —pregunté.

—Sí. Somos dueños de un hotel cerca de Woodbridge. El señor Khan nos ha ayudado en una o dos ocasiones. —Lawrence vaciló, súbitamente incómodo—. La semana pasada estuve comentándole una cuestión algo compleja y me sugirió que habláramos con usted.

Me preguntaba cómo había averiguado Khan que yo estaba en Creta. Alguien debía de habérselo contado porque desde luego yo no había sido.

—¿Han hecho el viaje expresamente para hablar conmigo? —le pregunté.

—No está tan lejos, y además solemos viajar bastante. Nos alojamos en el Minos Beach. —Señaló en dirección a su hotel, que quedaba detrás de una pista de tenis, justo al lado del mío. Eso me confirmó la sospecha de que los Treherne eran ricos. El Minos Beach era un hotel boutique con villas privadas y un jardín lleno de esculturas. Costaba unas trescientas libras la noche—. Primero pensé en llamarla —prosiguió—, pero no es algo que me apetezca comentar por teléfono.

Aquello se estaba volviendo más misterioso por momentos; y, francamente, también más cargante. Cuatro horas de vuelo desde Stansted y una hora en coche desde Heraclión. No podía decirse que llegar hasta allí fuera precisamente un paseíto.

—¿De qué va esto? —pregunté.

—Es sobre un asesinato.

La última palabra quedó suspendida en el aire unos instantes. Al otro lado de la terraza se veía brillar el sol. Un grupo de niños del lugar reían y chillaban mientras chapoteaban en las aguas del mar Egeo. Las familias se apiñaban alrededor de las mesas. Observé a Vangelis pasar sosteniendo una bandeja con zumo de naranja y café con hielo.

—¿Qué asesinato? —quise saber.

—El de un hombre llamado Frank Parris. Puede que no haya oído hablar de él, pero tal vez conozca el hotel donde se cometió el crimen. Se llama Branlow Hall.

—Y ustedes son los propietarios.

—Sí, en efecto.

Fue Pauline Treherne quien contestó, y así intervino por primera vez en la conversación. Hablaba con las ínfulas de la realeza; pronunciaba cada palabra tan lentamente como si la estuviera recortando con unas tijeras antes de dejarla salir. Y, sin embargo, me daba la impresión de que pertenecía a la clase media igual que yo.

—Había reservado tres noches en el hotel —dijo Lawrence—. Lo mataron la segunda.

Por mi mente pasaban un montón de preguntas distintas. ¿Quién era Frank Parris? ¿Quién lo mató? ¿Por qué tendría que importarme? Pero no pronuncié ninguna de ellas.

—¿Cuándo ocurrió? —pregunté en cambio.

—Hace aproximadamente ocho años —respondió Lawrence Treherne.

Pauline Treherne depositó su bolso de mano encima de la mesa, junto al sombrero Panamá, como si se tratara de una señal acordada para indicar su turno. Había algo en ella —en su forma de emplear los silencios, en su falta de emoción— que me llevó a pensar que siempre era quien tomaba las decisiones importantes. Llevaba unas gafas de sol tan oscuras que, mientras me hablaba, me descubrí casi hipnotizada por las dos imágenes de mí misma escuchándola.

—Tal vez ayude si le cuento toda la historia —dijo con su peculiar voz chillona—. De esa forma comprenderá por qué estamos aquí. ¿Doy por sentado que no tiene una prisa excesiva?

Había unas cincuenta cosas que debería estar haciendo.

—Para nada —contesté.

—Gracias. —La mujer adoptó un tono circunspecto—. Frank Parris se dedicaba a la publicidad —empezó a decir—. Acababa de llegar a Inglaterra desde Australia, donde había vivido durante varios años. Fue brutalmente asesinado en su habitación del hotel la noche del 15 de junio de 2008. Nunca olvidaré la fecha porque coincidió con el fin de semana de la boda de nuestra hija, Cecily.

—¿Era uno de los invitados?

—No. No lo conocíamos de nada. Para la boda ocupamos más o menos una decena de habitaciones. Acogimos a los familiares y amigos más cercanos. El hotel tiene treinta y dos habitaciones en total y, a pesar de mi recelo puesto que mi marido era de otra opinión, decidimos seguir abiertos al público. El señor Parris se encontraba en Suffolk para visitar a unos familiares. Había reservado tres noches en el hotel. Lo mataron el viernes por la noche, aunque el cadáver no se descubrió hasta el sábado por la tarde.

—Después de la boda —musitó Lawrence Treherne.

—¿Cómo lo mataron?

—Le golpearon varias veces con un martillo. Tenía la cara muy desfigurada, y, de no ser por la cartera y el pasaporte que encontramos en su caja fuerte, la policía habría sido incapaz de identificarlo.

—Cecily estaba tremendamente consternada —la atajó Lawrence—. Bueno, todos lo estábamos. Había sido un día precioso. Se celebró la ceremonia de la boda en el jardín, y luego hubo una comida para cien invitados. La temperatura no podría haber sido más agradable. Pero ignorábamos que, mientras tanto, en una de las habitaciones orientadas hacia la misma carpa, aquel hombre yacía en medio de un charco de su propia sangre.

—Cecily y Aiden tuvieron que retrasar la luna de miel —añadió Pauline con un temblor de indignación todavía perceptible en su voz a pesar de los años transcurridos—. La policía no les permitió que se marcharan. Dijeron que no podía ser de ninguna de las maneras a pesar de que a todas luces no tenían nada que ver con el asesinato.

—¿Aiden es el marido de Cecily?

—Aiden MacNeil, sí, nuestro yerno. Iban a salir de viaje el domingo por la mañana hacia Antigua, pero al final pasaron dos semanas hasta que les permitieron marcharse y para entonces la policía ya había detenido al asesino, así que no habría hecho falta que los retuvieran tanto tiempo.

—O sea que se supo quién fue —comenté.

—Ah, sí. Todo fue muy rápido —explicó Lawrence—. Lo mató un empleado nuestro, un rumano llamado Stefan Codrescu. Se ocupaba del mantenimiento general y vivía en el hotel. De hecho, tenía antecedentes delictivos, nosotros ya lo sabíamos cuando le dimos el trabajo. Precisamente se lo dimos por eso, debo decir. —Bajó la vista al suelo—. Antes mi mujer y yo participábamos en un programa de integración social en el hotel. Empleábamos a jóvenes delincuentes cuando salían de la cárcel; en la cocina, en la limpieza, en el jardín... Somos grandes partidarios de la reinserción y de dar una segunda oportunidad a los hombres y mujeres jóvenes tras una condena. Seguro que sabe que la tasa de reincidencia es enorme. La causa es que esa gente no tiene forma de volver a integrarse en la sociedad. Nosotros estuvimos trabajando codo con codo con el servicio de libertad vigilada y nos aseguraron que Stefan era adecuado para nuestro programa. —Dio un hondo suspiro—. Pero se equivocaban.

—Cecily creía en él —dijo Pauline.

—¿Lo conocía?

—Tenemos dos hijas y las dos trabajan con nosotros en el hotel. Cecily era la directora general cuando pasó aquello. De hecho, fue quien entrevistó a Stefan y le dio el trabajo.

—¿Se casó en el mismo hotel donde trabajaba?

—Por supuesto. Es un negocio familiar. Los empleados son como de la familia. No se le habría ocurrido celebrar la boda en ningún otro sitio —explicó Pauline.

—Y ella creía que Stefan era inocente.

—Al principio sí; insistió mucho en ello. Ese es el problema con Cecily. Siempre ha sido demasiado bondadosa, demasiado confiada, de las que creen que todas las personas tienen un lado bueno. Pero las pruebas contra Stefan eran abrumadoras. No sé por dónde empezar. El martillo no tenía huellas, las habían borrado. Pero había restos de sangre en su ropa, y en el dinero que guardaba debajo del colchón; se lo había robado al pobre hombre. Lo vieron entrar en la habitación de Frank Parris. Y, además, confesó el crimen. Entonces incluso Cecily tuvo que admitir que estaba equivocada y que ese era el punto final de la historia. Se marchó de viaje con Aiden a Antigua. El hotel recuperó poco a poco la normalidad, aunque nos llevó mucho, mucho tiempo y nadie más ha vuelto a alojarse nunca en la habitación 12. Ahora la utilizamos como almacén. Como le he dicho, todo eso ocurrió hace muchos años y creíamos que era agua pasada, pero se ve que no.

—¿Qué más ha ocurrido? —pregunté. A mi pesar, estaba intrigada.

Fue Lawrence quien respondió.

—A Stefan lo condenaron a cadena perpetua y sigue entre rejas. Cecily le escribió un par de veces, pero él nunca le contestó y yo creía que nuestra hija lo había olvidado. Parecía del todo feliz dirigiendo el hotel, y también al lado de Aiden, por supuesto. Cecily tenía veintiséis años cuando se casó, dos más que su marido. El próximo mes cumplirá treinta y cuatro.

—¿Tienen hijos?

—Sí, una niña pequeña. Bueno, ya cuenta siete años. Se llama Roxana.

—Nuestra primera nieta. —A Pauline se le quebró la voz—. Es una niña preciosa, todo lo que podríamos desear.

—Pauline y yo estamos medio retirados —prosiguió Lawrence—. Tenemos una casa cerca de Hyères, en el sur de Francia, y pasamos bastante tiempo allí. Bueno, pues hace unos días Cecily nos llamó. Yo mismo contesté al teléfono. Debió de ser sobre las dos, hora francesa. De inmediato noté que Cecily estaba muy alterada. Más que eso; noté que estaba nerviosa. No sé desde dónde llamaba pero era martes, así que es probable que estuviera en el hotel. Al principio, cuando nos llamamos, siempre solemos charlar un poco, pero esa vez fue directa al grano. Dijo que había estado pensando en lo que pasó...

—En el asesinato.

—Exacto. Afirmó que ella tenía razón desde el principio y que Stefan Codrescu no era el culpable. Le pregunté de qué estaba hablando y me contó que había encontrado algo en un libro que le habían regalado. «Estaba allí mismo, lo tenía delante de las narices». Esas fueron sus palabras exactas. La cuestión es que me avisó de que me había enviado el libro, y efectivamente, al día siguiente llegó.

Se llevó la mano al bolsillo de la chaqueta y sacó un ejemplar de tapa blanda. Lo reconocí al instante: la imagen de la cubierta, la tipografía, el título... Y, en ese mismo momento, todo aquel encuentro empezó a cobrar sentido.

El libro era *Atticus Pünd acepta el caso*, el número tres de la serie escrita por Alan Conway que yo misma había editado y publicado. De inmediato recordé que la mayor parte de la trama tenía lugar en un hotel, pero en el condado de Devon, no en Suffolk, y en 1953, no en la actualidad. Recordé la fiesta de lanzamiento en la embajada alemana de Londres. Alan había bebido demasiado y acabó insultando al embajador.

—¿Alan sabía lo del asesinato? —pregunté.

—Ah, sí. Seis semanas después, vino al hotel y se hospedó

unas cuantas noches. Tanto mi mujer como yo tuvimos ocasión de conocerlo. Nos explicó que era amigo de la víctima, Frank Parris, y nos bombardeó a preguntas sobre el asesinato. También habló con el personal del hotel. No teníamos ni idea de que pensaba convertir el caso en un objeto de entretenimiento. Si hubiera sido sincero con nosotros, seguramente nos habríamos mantenido más callados.

«Y por eso precisamente no fue sincero», pensé.

—¿No llegaron a leer el libro? —quise saber.

—Nos olvidamos por completo —reconoció Lawrence—. Y desde luego el señor Conway no nos envió ningún ejemplar. —Hizo una pausa—. Pero Cecily sí que lo leyó, y encontró algo que arroja nueva luz sobre lo sucedido en Branlow Hall; por lo menos, eso creyó ella. —Miró a su esposa como si buscara su aprobación—. Después, tanto Pauline como yo hemos leído el libro, pero no vemos ninguna relación.

—Hay similitudes —dijo Pauline—. En primer lugar, casi todos los personajes son reconocibles; es evidente que están basados en personas que el señor Conway conoció en Woodbridge. Incluso tienen los mismos nombres... o muy parecidos. Lo que no comprendo es que da la impresión de disfrutar deformando la realidad para mostrar a las personas como horrendas caricaturas de sí mismas. Los propietarios del Moonflower, que es el nombre del hotel en el libro, están claramente inspirados en Lawrence y en mí, por ejemplo, pero los dos son unos inmorales. ¿Por qué nos retrató así? Nosotros nunca hemos hecho nada deshonesto.

Parecía más indignada que molesta. Por la forma en que me miraba, casi se diría que me echaba la culpa a mí.

—En respuesta a su pregunta, no teníamos ni idea de que el libro se había publicado —continuó—. No suelo leer novelas de misterio. Ni Lawrence ni yo lo tenemos por costumbre. Sajid Khan nos explicó que el señor Conway murió. Tal vez sea mejor así, porque, si viviera, estaríamos muy tentados de emprender acciones legales.

—A ver si lo he entendido bien. —Tenía la sensación de que

había un cúmulo de cosas por resolver, y, sin embargo, sabía que se estaban callando algo—. Ustedes creen que tal vez, a pesar de todas las pruebas en su contra, por no hablar de su confesión, Stefan Codrescu no mató a Frank Parris y que Alan Conway llegó al hotel y descubrió, en cuestión de unos pocos días, quién fue el verdadero asesino. Y entonces reveló la identidad de la persona en *Atticus Pünd acepta el caso*.

—Exacto.

—Pero eso no tiene ningún sentido, Pauline. De haber sabido Alan quién era el asesino y que había un hombre inocente en prisión... ¡seguro que habría ido directo a la policía! ¿Por qué iba a convertirlo en una obra de ficción?

—Por eso precisamente estamos aquí, Susan. Por lo que nos dijo Sajid Khan, usted conocía a Alan Conway mejor que nadie. Usted editó el libro. Si dentro oculta algo, no se me ocurre una persona más capaz de descubrirlo.

—Espere un momento. —De pronto, di con la pieza que faltaba—. Todo esto empezó cuando su hija vio algo en *Atticus Pünd acepta el caso*. ¿Fue la única persona que leyó el libro antes de enviárselo a ustedes?

—No lo sé.

—Pero ¿qué vio? ¿Por qué no la han llamado y le han preguntado a qué se refería?

Fue Lawrence Treherne quien respondió a mi pregunta.

—Claro que la hemos llamado —dijo—. Los dos leímos el libro y luego la llamamos varias veces desde Francia. Por fin pudimos hablar con Aiden y él nos explicó lo que había pasado. —Hizo una pausa—. Parece que nuestra hija ha desaparecido.

El viaje

Esa noche, perdí los nervios con Andreas. No era mi intención en absoluto, pero el día había conllevado tantos contratiempos, uno detrás de otro, que o bien me ponía a dar gritos sin ton ni son de puro agotamiento o le gritaba a él; y, sencillamente, era más cómodo gritarle a él.

La jornada había empezado con aquella simpática pareja, Bruce y Brenda, de Macclesfield, que al final resultaron no ser tan simpáticos puesto que exigieron una rebaja del 50 por ciento en su factura a cambio de renunciar a llenar la página de TripAdvisor con una lista de quejas que habían ido acumulando desde el día de su llegada y que, según aseguraban, impediría que nadie volviera a acercarse ni por asomo a nuestro hotel. ¿Y cuáles habían sido sus graves problemas? Una hora sin wifi, la guitarra tocando de noche y haberse topado con una cucaracha solitaria. Lo que más me molestó fue que todas las mañanas habían acudido a quejarse, siempre con una sonrisita falsa, y todo el tiempo supe que se traían algo entre manos. Había desarrollado un sexto sentido para detectar a los turistas que llegaban con la extorsión incluida en sus planes de vacaciones. Os sorprendería saber la cantidad que hay.

Panos no apareció. Vangelis llegó tarde. El ordenador de Andreas tenía algún pequeño problema —que ya le había pedido que revisara— y había enviado automáticamente dos peticiones de reserva a la bandeja de *spam*. Cuando nos dimos cuenta, los clientes habían hecho su reserva en otro hotel. Antes de acostarnos nos tomamos una copa de Metaxa, el brandy griego que solo sabe bien en Grecia, pero yo seguía de mal humor, y, cuando Andreas me preguntó qué me pasaba, salté.

—¿Qué coño crees que me pasa, Andreas? ¡Pues todo!

Yo no solía decir palabrotas; por lo menos, no a las personas que aprecio. Tumbada en la cama, observando cómo Andreas se desvestía, me enfadé conmigo misma. Una parte de mí quería culparlo de todo lo que había ocurrido desde que llegué a Creta, mientras que otra parte se culpaba a sí misma por defraudarlo. Pero lo peor de todo era la sensación de impotencia, la certeza de que las cosas escapaban a mi control y me llevaban por donde querían en lugar de dominarlas yo. ¿De verdad había elegido una vida en que completos desconocidos podían humillarme por cuatro duros y todo mi equilibrio dependía de una reserva anulada?

Justo en ese momento supe que tenía que volver a Inglaterra, y que, de hecho, hacía tiempo que lo sabía, aunque intentara disimularlo.

Andreas se lavó los dientes y salió del cuarto de baño desnudo, que era como dormía, y cada centímetro de él se parecía a una de esas figuras —tal vez un efebo o un sátiro— que pueden verse en la decoración de un jarrón antiguo. Me pareció que se había vuelto más griego en el último par de años. Su pelo negro estaba un poco más enmarañado, sus ojos eran un poco más oscuros, y caminaba con un contoneo que seguro que no exhibía cuando trabajaba de profesor en la Westminster School. También había ganado algo de peso; o quizá fuera que se le notaba más la barriga desde que no llevaba traje. Seguía siendo un hombre guapo. Seguía encontrándolo atractivo. Pero, de repente, sentía la necesidad de alejarme de él.

Esperé hasta que se metió en la cama. Dormíamos tapados solo con una sábana, con la ventana abierta. Apenas había mosquitos cerca del mar, y yo prefería el fresco de la noche al frío artificial del aire acondicionado.

—Andreas... —empecé a decir.

—¿Qué?

Se habría quedado dormido en cuestión de segundos si lo hubiera dejado. Su voz sonaba ya adormilada.

—Quiero volver a Londres.

—¿Qué? —Dio media vuelta y se incorporó apoyándose sobre el codo—. ¿Qué quieres decir?

—Tengo que hacer una cosa.

—¿En Londres?

—No. Debo ir a Suffolk. —Él me miraba con una expresión de gran preocupación—. No estaré fuera mucho tiempo —añadí—, solo un par de semanas.

—Te necesitamos aquí, Susan.

—Y también necesitamos dinero, Andreas. No podremos pagar las facturas si no conseguimos algún ingreso extra. Y me han ofrecido mucho dinero por un trabajo. Diez mil libras. ¡En metálico!

Era cierto.

Después de contarme lo del asesinato en su hotel, los Treherne prosiguieron con una explicación sobre cómo había desaparecido su hija.

—Es muy poco propio de ella marcharse por ahí sin decirle nada a nadie —había afirmado Lawrence—. Y, desde luego, lo de dejar a su hija...

—¿Quién cuida de la niña?

—Aiden está con ella. Y tienen a una niñera.

—No es que sea «poco propio de ella». —Pauline obsequió a su marido con la más fulminante de las miradas—. No ha hecho una cosa así en toda su vida, y, por supuesto, nunca dejaría a Roxana. —Se volvió hacia mí—. Lo cierto es que estamos preocupadísimos, Susan. Y tal vez Lawrence no esté de acuerdo, pero yo estoy convencida de que todo tiene que ver con ese libro.

—¡Sí que estoy de acuerdo! —masculló Lawrence.

—¿Estaba alguien más al tanto de sus inquietudes? —pregunté.

—Ya le he dicho que nos telefoneó desde Branlow Hall, así que pudieron oírla muchas personas.

—Me refiero a si comentó sus sospechas con alguien más.

Pauline Treherne negó con la cabeza.

—Intentamos telefonearle desde Francia varias veces, y al ver que no nos contestaba llamamos a Aiden. Él no nos había avisado porque no quería preocuparnos, pero resultó que se había puesto en contacto con la policía el mismo día de su desaparición. Por desgracia, no se lo tomaron muy en serio; por lo menos al principio. Le dieron a entender que debían de estar atravesando una crisis matrimonial.

—¿Y es cierto?

—Para nada —repuso Lawrence—. Siempre han sido muy felices juntos. La policía habló con Eloise, la niñera, y ella les dijo lo mismo. Nunca había oído ninguna pelea.

—Aiden es un yerno perfecto. Es inteligente y muy trabajador. Ojalá Lisa encontrara a alguien como él. ¡Y está preocupadísimo, igual que nosotros!

Durante todo el tiempo que Pauline estuvo hablando conmigo, tuve la impresión de que luchaba contra algo. De repente, sacó un paquete de cigarrillos y encendió uno. Fumaba de la forma en que lo hace alguien que acaba de retomar el hábito después de una larga temporada de abstinencia. Aspiró el humo y prosiguió.

—Cuando llegamos a Inglaterra, la policía había decidido por fin interesarse por el caso, aunque no es que fueran de mucha ayuda. Cecily había sacado al perro a pasear. Tiene un golden retriever greñudo que se llama Bear. En casa siempre hemos tenido perros. Salió del hotel sobre las tres de la tarde y aparcó el coche en la estación de Woodbridge. Solía ir por el camino del río; el río Deben. Hay un paseo circular que recorre la orilla, y al principio siempre te cruzas con mucha gente, pero luego se vuelve más agreste y retirado hasta que llegas a un bosque, y al otro lado hay una carretera que te trae de vuelta por Martlesham.

—O sea que si alguien la atacó...

—En Suffolk no suelen pasar cosas así. Pero es cierto que hay muchos sitios en los que pudo haberse quedado sola sin que nadie la viera. —Pauline tomó aire y prosiguió—. Aiden se preocupó al ver que no estaba en casa a la hora de cenar y llamó a la policía de inmediato. Dos agentes de uniforme se acercaron a la casa y le hicieron unas cuantas preguntas, pero no dieron la voz de alarma hasta la mañana siguiente, y por supuesto ya era demasiado tarde. Para entonces Bear había aparecido, solo, en la estación, y a partir de ahí empezaron a tomarse las cosas más en serio. Enviaron agentes y perros para registrar toda la zona desde Martlesham hasta Melton. Pero no sirvió de gran cosa. Hay campos, bosques, ciénagas... Mucho terreno que recorrer. No encontraron nada.

—¿Cuánto tiempo lleva desaparecida? —pregunté.

—La última vez que la vieron fue el pasado miércoles.

Noté cómo se hacía el silencio. Cinco días. Era mucho tiempo, un abismo en el que Cecily había caído.

—Y han venido hasta aquí para hablar conmigo —articulé por fin—. ¿Qué quieren que haga exactamente?

Pauline miró a su marido.

—La respuesta está en este libro —explicó él—. *Atticus Pünd acepta el caso*. Seguro que usted lo conoce mejor que nadie.

—En realidad hace unos cuantos años que lo leí —admití.

—Pero usted trabajó con el autor, con ese hombre, Alan Conway. Sabe cómo funcionaba su mente. Si le pedimos que lo relea, estoy seguro de que se le ocurrirán cosas que a nosotros nos han pasado desapercibidas. Y si viene a Branlow Hall y lee el libro *in situ*, por así decir, tal vez encuentre lo que vio nuestra hija y el motivo por el que tuvo el impulso de llamarnos. Y eso, a su vez, podría revelarnos dónde está o qué le ha ocurrido.

Su voz se quebró al pronunciar las últimas palabras, «qué le ha ocurrido». Tal vez hubiera una sencilla razón que explicara por qué había desaparecido, pero era improbable. Cecily sabía algo. Representaba un peligro para alguien. Preferí no decir lo que estaba pensando.

—¿Me da uno? —pregunté, y cogí uno de los cigarrillos de

Pauline Treherne. Mi propio paquete estaba detrás de la barra. Todo el ritual, sacar el cigarrillo, encenderlo y dar la primera calada, me concedió tiempo para pensar—. No puedo irme a Inglaterra con ustedes —dije al fin—. Tengo demasiadas cosas que atender aquí. Pero leeré el libro si no les importa prestármelo, aunque no puedo prometerles que se me ocurra nada. Lo digo porque recuerdo la historia y no se corresponde mucho con lo que me han contado, pero puedo enviarles un e-mail...

—No, no es suficiente. —Pauline ya había tomado una decisión—. Tiene que hablar con Aiden y Lisa, y también con Eloise, claro. Y debería conocer a Derek, el encargado del turno de noche. Estaba trabajando en el hotel cuando mataron a Frank Parris, y habló con el detective encargado del caso. También sale en el libro de Alan Conway, aunque allí se llama Eric. —Se inclinó hacia mí con actitud suplicante—. No le pedimos que nos dedique mucho tiempo.

—Y le pagaremos —añadió Lawrence—. Tenemos mucho dinero y no vamos a guardárnoslo si con él podemos recuperar a nuestra hija. —Hizo una pausa—. ¿Diez mil libras?

Eso le valió una mirada incisiva de su esposa, y se me ocurrió que, sin pensárselo, debía de haber aumentado, o tal vez doblado, la cantidad de dinero que tenía previsto ofrecerme. Mi reticencia había servido de algo. Por un momento pensé que ella iba a protestar, pero se relajó y asintió.

Diez mil libras. Pensé en renovar el revestimiento del balcón. En un nuevo ordenador para Andreas. En el congelador de los helados, que no funcionaba demasiado bien. En Panos y Vangelis, que habían dejado caer algo sobre un aumento de sueldo.

—¿Cómo iba a negarme? —Eso le dije a Andreas en nuestro dormitorio aquella noche, ya tarde—. Necesitamos el dinero, y, sea como sea, a lo mejor puedo ayudarles a encontrar a su hija.

—¿Crees que está viva?

—Cabe la posibilidad. Pero, si no lo está, tal vez logre descubrir quién la ha matado.

Andreas se incorporó en la cama. Ahora estaba muy despierto y preocupado por mí. Sentí haberle hablado tan mal.

—La última vez que fuiste en busca de un asesino, no saliste muy bien parada —me recordó.

—Esto es distinto. No se trata de nada personal. No tiene nada que ver conmigo.

—Lo cual me parece un buen argumento para dejarlo correr.

—Puede que tengas razón. Pero... —Yo ya había tomado una decisión, y Andreas lo sabía—. De todos modos, necesito un paréntesis —le dije—. Han transcurrido dos años, Andreas, y, más allá del fin de semana que pasamos en Santorini, no hemos ido a ninguna parte. Estoy completamente agotada, no hay día que no ande luchando a contracorriente, intentando que las cosas funcionen. Creía que lo entenderías.

—¿Necesitas un paréntesis del hotel o de mí? —me preguntó. Yo no tenía claro que fuera preciso contestar a esa pregunta—. ¿Dónde te alojarás?

—Con Katie. Estaré bien. —Posé una mano en su brazo y noté el contacto de su piel cálida y la curva de su musculatura—. Puedes apañártelas la mar de bien sin mí. Le pediré a Nell que venga y os eche una mano. Y tú y yo hablaremos todos los días.

—No quiero que te vayas, Susan.

—Pero no vas a impedírmelo, Andreas.

Hizo una pausa, y en ese instante reparé en su lucha interna. Mi Andreas contra Andreas el Griego.

—No —dijo por fin—. Haz lo que tengas que hacer.

Dos días después, me acompañó al aeropuerto de Heraclión. Parte del trayecto desde Agios Nikolaos, cuando la carretera pasa junto a Neápolis y Latsida, es un verdadero regalo para la vista. El paisaje es salvaje y desierto, con las montañas que se extienden en la distancia y la sensación de que prácticamente nadie ha puesto los pies allí en un millón de años. Incluso la nueva autopista a partir de Malia está rodeada de bella campiña, y, a medida que te acercas, el camino desciende y te encuentras junto a una amplia playa de arena blanca. Tal vez fue eso lo que me conectó con la tristeza, con la conciencia de lo que estaba dejando atrás. De repente, ya no pensaba en los problemas y las pesadas tareas que conllevaba estar al frente del Polydorus. Pensaba en la medianoche, en las olas y la *pansélinos*, la luna llena. En el vino. En las risas. En mi vida en el campo.

Cuando me preparaba para marcharme, elegí expresamente la bolsa de viaje más pequeña. Creía que tanto a Andreas como a mí nos serviría como garantía de que aquello no era más que un breve desplazamiento por trabajo y de que muy pronto volvería a estar en casa. Sin embargo, al revisar mi armario y ver todo lo que no me había puesto en dos años, me descubrí apilando un montón de ropa sobre la cama. Tenía que volver a pensar en el verano de Inglaterra, que podía ser cálido y frío, lluvioso y soleado, todo en un mismo día. Me alojaría en un elegante hotelito rural, donde seguramente la gente vestía bien a la hora de la cena. Y además recibiría diez mil libras. No podía permitirme no tener un aspecto profesional.

De modo que, cuando llegué al aeropuerto de Heraclión, arrastraba tras de mí la vieja maleta de ruedas, que chirriaban con malevolencia al rodar sobre el suelo de hormigón. Andreas y yo permanecimos un momento bajo el inhóspito aire acondicionado y la luz, más inhóspita aún, del vestíbulo de salidas.

Me cogió de los brazos.

—Prométeme que te cuidarás. Y telefonéame cuando llegues. Podemos llamarnos por FaceTime.

—¡Eso será si funciona el wifi!

—Prométemelo, Susan.

—Te lo prometo.

Sin dejar de sujetarme por los brazos, me besó. Yo le sonreí, y luego avancé con mi maleta hasta la fornida joven griega con cara de pocos amigos y uniforme azul que comprobó mi pasaporte y mi tarjeta de embarque antes de permitirme pasar al control de seguridad. Me volví y agité la mano en señal de despedida.

Pero Andreas ya se había marchado.

Recortes

Supuso un impacto considerable volver a encontrarme en Londres. Después de tanto tiempo en Agios Nikolaos, un simple pueblo pesquero superpoblado, descubrí que la ciudad me asfixiaba, y no me sentía preparada para la intensidad de la vida allí, ni el ruido, ni la gente que llenaba las calles. Todo era más gris de como yo lo recordaba y me resultaba difícil soportar el polvo y el olor de gasolina del ambiente. La gran cantidad de construcciones nuevas también me tenía mareada. El panorama que conocí durante toda mi vida laboral había desaparecido en cuestión de dos años. Los diferentes alcaldes de Londres, con su gusto por los edificios altos, habían permitido que diversos arquitectos grabaran sus iniciales en el perfil de la ciudad con el resultado de que todo era a la vez familiar y desconocido. Sentada en la parte trasera de un taxi negro, donde efectuaba el trayecto desde el aeropuerto junto al río Támesis, la amalgama de nuevos bloques de pisos y oficinas que rodeaban la central eléctrica de Battersea me recordaron a un campo de batalla. Era como si se hubiera producido una invasión y todas aquellas grúas con sus luces rojas intermitentes fueran aves monstruosas a la caza de cadáveres de animales que yacían ocultos bajo tierra.

Había decidido pasar la primera noche en un hotel, cosa que, francamente, se me hacía rara. Yo, una londinense de toda la vida, por algún motivo había descendido a la categoría de turista; y el hotel, un Premier Inn de Farringdon, me pareció abominable, no porque en sí tuviera nada de malo —era muy cómodo y estaba limpio— sino porque me veía obligada a alojarme allí. Sentada en la cama con los cojines de color malva y el logo de una luna durmiente, me sentía de lo más desgraciada. Ya echaba de menos a Andreas. Le había enviado un mensaje de texto desde el aeropuerto, pero sabía que, si lo llamaba por FaceTime, era muy probable que acabara llorando, y eso demostraría que él tenía razón y que no debería haberme marchado. Cuanto antes llegara a Suffolk, mejor. Pero todavía no estaba preparada para emprender el viaje. Antes tenía que solucionar un par de cosas.

Tras un sueño intermitente y un desayuno a base de huevo, salchicha, beicon y alubias, idéntico a todos los desayunos que servían en las cadenas hoteleras de bajo coste, fui paseando hasta King's Cross y me dirigí a uno de los garajes construidos en los arcos bajo las vías del ferrocarril. Cuando me trasladé a Creta, vendí mi piso de Crouch End y casi todo lo que contenía, pero a última hora decidí conservar el coche, un MGB Roadster de un rojo vivo adquirido en un momento de locura que coincidió con mi cuarenta cumpleaños. Nunca pensé que volvería a conducirlo, y guardarlo en un garaje era una excentricidad; la broma me costaba ciento cincuenta libras al mes. Pero no había conseguido desprenderme de él, y ahora, mientras dos jóvenes lo sacaban y lo ponían en marcha, tenía la sensación de haberme reunido con un viejo amigo. Más que eso; con él había recuperado una parte de mi vida anterior. Nada más acomodarme en el asiento de piel cuarteada del conductor, con el volante de madera y un aparato de radio absurdamente antiguo sobre las rodillas, me sentí mucho mejor conmigo misma. Decidí que, si regresaba a Creta, viajaría en mi coche, ¡y a la mierda el registro en el sistema griego y la conducción por la izquierda! Hice girar la llave y arrancó a la primera. Pisé el acelerador unas cuantas veces y disfruté del rugido de bienvenida que emitía el motor. A continuación me puse en marcha, rumbo a Euston Road.

Era media mañana y no había un tráfico excesivo, lo que significaba que por lo menos me movía. No quería regresar de inmediato al hotel, de modo que di una vuelta por Londres y disfruté de algunas vistas típicas por simple placer. La estación de Euston estaba en obras. Gower Street seguía siendo el desastre de siempre. Imagino que no fue una coincidencia lo que me llevó hasta Bloomsbury, la zona situada detrás del Museo Británico, pero sin darme cuenta me encontré en la puerta de Cloverleaf Books, la editorial independiente donde trabajé durante once años. O más bien de lo que quedaba de ella. La visión del edificio era horrorosa, ventanas tapiadas y paredes con los ladrillos quemados rodeadas de andamios, y se me ocurrió pensar que tal vez la aseguradora se hubiera negado a sufragar los gastos. Quizá la póliza no cubría el incendio provocado y el intento de asesinato.

Pensé en dirigirme a Crouch End y darle así un poco de tute al MG, pero me habría desanimado mucho. Además, tenía trabajo. Estacioné el coche en un aparcamiento NCP en Farringdon y regresé caminando al hotel. No tenía que dejar la habitación hasta mediodía, lo cual me concedió una hora de tiempo a solas con la cafetera, dos paquetes de galletas de cortesía y la conexión a internet. Encendí el ordenador e inicié una serie de búsquedas: Branlow Hall, Stefan Codrescu, Frank Parris, asesinato.

Estas son las entradas que encontré: una novela de misterio despojada de toda intriga y relatada en tan solo cuatro capítulos mediocres.

East Anglian Daily Times: 18 de junio de 2008
UN HOMBRE APARECE ASESINADO EN UN HOTEL DE FAMOSOS

La policía investiga el asesinato de un hombre de cincuenta y tres años después de que hallaran su cadáver en el hotel de cinco estrellas donde se alojaba. Branlow Hall, situado cerca de Woodbridge, en Suffolk, cobra trescientas libras por una noche en una suite ejecutiva, y es un establecimiento muy solicitado por los famosos para celebraciones de bodas y fiestas. También ha sido escenario de muchas series de televisión, entre las que se incluyen *Endeavour*, *Top Gear* y *Antiques Roadshow*, de la cadena ITV.

La identidad de la víctima corresponde a Frank Parris, muy conocido en el mundo de la industria publicitaria y premiado por su trabajo con Barclays Bank y la organización Stonewall en favor de los derechos LGTB. Llegó a ser director creativo de McCann Erickson en Londres antes de trasladarse a Australia para fundar su propia agencia. No estaba casado.

El superintendente Richard Locke, que dirige la investigación, ha dicho: «Se trata de un asesinato especialmente brutal que parece haber sido llevado a cabo por un solo individuo y cuyo móvil parece el robo. El dinero perteneciente al señor Parris ha sido recuperado y esperamos dar captura al asesino muy pronto».

El asesinato tuvo lugar la noche anterior a la boda de Aiden McNeil y Cecily Treherne, hija de los dueños del hotel, Lawrence y Pauline Treherne. El cadáver fue descubierto poco después de la ceremonia, que tuvo lugar en el jardín del propio hotel. Ninguna de las dos parejas ha podido prestar declaración.

East Anglian Daily Times: 20 de junio de 2008
ARRESTAN A UN HOMBRE POR EL ASESINATO DE WOODBRIDGE

La policía ha arrestado a un hombre de veintidós años en relación con el brutal asesinato de un ejecutivo del mundo publicitario, ya retirado, en Branlow Hall, el conocido hotel de Suffolk. El superintendente Richard Locke, que está al cargo de la investigación, ha dicho: «Se trata de un crimen terrible, cometido sin el más mínimo escrúpulo. Mi equipo ha actuado con rapidez y de forma minuciosa y me alegra decir que han conseguido realizar una detención. Compadezco mucho a la joven pareja cuyo día especial se vio arruinado por este suceso».

El sospechoso permanece en prisión preventiva y está citado a declarar en el juzgado de Ipswich Crown la próxima semana.

Daily Mail: 22 de octubre de 2008
CADENA PERPETUA PARA «EL TERROR DEL MARTILLO», EL ASESINO DE SUFFOLK

Un emigrante rumano, Stefan Codrescu, ha sido sentenciado a cadena perpetua por el juzgado de Ipswich Crown en relación con el asesinato de Frank Parris, de cincuenta y tres años, en Branlow Hall, un hotel de trescientas libras la noche cercano a Woodbridge, en Suffolk. Parris, a quien se atribuye «una mente creativa brillante», había regresado recientemente de Australia y estaba planeando jubilarse.

Codrescu, que se declaró culpable, llegó al Reino Unido con doce años de edad y enseguida se colocó en el punto de mira de la policía de Londres, que investigaba a unas bandas del crimen organizado de Rumanía implicadas en la clonación de tarjetas de crédito, pasaportes británicos robados y documentos de identidad falsos. A los diecinueve años lo detuvieron por robo con allanamiento y agresión. Lo condenaron a dos años de cárcel.

Lawrence Treherne, el propietario de Branlow Hall, estaba presente en el juzgado cuando se dictó la sentencia. Le había proporcionado empleo a Codrescu, quien trabajó en el hotel durante cinco meses formando parte de un programa comunitario de ayuda para delincuentes juveniles. El señor Treherne dijo que no lo lamentaba. «Mi esposa y yo quedamos consternados por la muerte del señor Parris —afirmó en unas declaraciones a la salida del juzgado—, pero aun así creo que es lo correcto ofrecer a los jóvenes una segunda oportunidad y colaborar para que se integren en la sociedad».

Sin embargo, al sentenciar a Codrescu a un mínimo de veinticinco años de prisión, la jueza Azra Rashid afirmó lo siguiente: «A pesar de sus antecedentes, le ofrecieron una oportunidad única para cambiar de vida. Pero, en vez de aprovecharla, traicionó la confianza y la buena voluntad de sus empleadores y cometió un crimen brutal a cambio de un beneficio económico».

El tribunal supo que Codrescu, que ahora tiene veintidós años, había acumulado deudas jugando al póquer online y a máquinas tragaperras. El abogado defensor, Jonathan Clarke, dijo que Codrescu había perdido la noción de la realidad. «Vivía en un mundo virtual, con deudas que aumentaban vertiginosamente y sin control. Lo que ocurrió esa noche fue una especie de enajenación..., un colapso mental».

Parris fue atacado con un martillo y golpeado tan brutalmente que resultaba irreconocible. El superintendente Richard Locke, quien realizó la detención, confesó: «Es el caso más nauseabundo al que me he enfrentado en la vida».

Un portavoz de Screen Counselling, una organización benéfica con sede en Norwich, ha hecho un llamamiento a la Comisión del Juego para que prohíba las apuestas por internet con tarjetas de crédito.

Esa era la historia: introducción, nudo y desenlace. Pero, mientras seguía rastreando en internet, di con algo que podría considerarse un epílogo a todo aquel asunto de no ser porque estaba fechado con anterioridad a lo ocurrido.

Campaign: 12 de mayo de 2008
PUNTO DE INFLEXIÓN PARA SUNDOWNER,
LA AGENCIA DE SÍDNEY

Sundowner, la agencia publicitaria con sede en Sídney fundada por el antiguo máximo dirigente de McCann Erickson, Frank Parris, ha cerrado sus puertas. La Comisión Australiana de Valores e Inversiones, el organismo de vigilancia financiera oficial del país, confirmó que tras solo tres años la agencia ha dejado de operar.

Parris, que inició su carrera como redactor publicitario, fue una figura muy conocida en la escena publicitaria londinense durante más de dos décadas, y obtuvo galardones por su trabajo en relación con Barclays Bank y Domino's Pizza. En 1997 creó la polémica campaña Action Fag para Stonewall en defensa de los derechos de la comunidad gay en las fuerzas armadas.

Era una persona totalmente transparente en relación con su sexualidad y se le conocía por sus fiestas extravagantes y llamativas. Se dice que tal vez su traslado a Australia tuviera que ver con una decisión de suavizar su imagen pública.

Durante su primer mes de funcionamiento, Sundowner captó varias firmas importantes, entre las que se incluyen Von Zipper, de gafas de sol, Wagon Wheels y Kustom, de calzado. Con todo, su temprano éxito tuvo lugar en contra de un mercado en atonía, lo cual condujo a una reducción significativa de los gastos relacionados con la publicidad y los consumidores. Los anuncios de internet y los vídeos online son las áreas que están creciendo con mayor rapidez en Australia, y es evidente que Sundowner, cuya actividad sigue centrada en los medios tradicionales y no en los digitales, ha alcanzado temprano su punto de inflexión.

¿Qué se suponía que tenía que hacer yo con toda esa información?

Bueno, imagino que fue la editora que llevaba dentro quien notó que todos los artículos tachaban el asesinato de brutal, como si alguien pudiera ser asesinado suavemente o con cariño. Los periodistas habían conseguido añadir detalles a la descripción de Frank Parris a partir de la poca información que tenían: premiado, gay, extrovertido y, por fin, fracasado. Sin embargo, eso no había impedido que el *Daily Mail* le atribuyera «una mente creativa brillante», lo cual implicaba que estaban dispuestos a perdonárselo casi todo. A fin de cuentas, lo había asesinado un rumano. ¿De veras Stefan Codrescu había pertenecido a una banda que clonaba pasaportes, tarjetas de crédito y demás? No existía ninguna prueba de ello, y el hecho de que la policía hubiera estado investigando a bandas procedentes de Rumanía podía ser una mera coincidencia. Lo habían detenido por robo con allanamiento.

En cuanto al brillante Frank Parris, había algo casi insólito en el hecho de que acudiera a un hotel de Suffolk, sobre todo la noche en que se celebraba una boda a la cual no había sido invitado. Pauline Treherne me dijo que estaba allí para visitar a unos familiares, por lo tanto, ¿qué sentido tenía que se alojara en el hotel y no con ellos?

La mención del superintendente Richard Locke me preocupaba. Nos habíamos conocido a raíz de la muerte de Alan Conway, y me parece bastante acertado decir que no congeniamos. Lo recuerdo bien: un policía grandote con malas pulgas que entró arrasando en una cafetería de las afueras de Ipswich, me estuvo gritando durante quince minutos y luego se marchó. Alan había creado a un personaje inspirándose en él y Locke decidió echarme a mí la culpa. Tardó menos de una semana en identificar a Stefan como el asesino, detenerlo y presentar un informe acusatorio. ¿Podría tratarse de un error? Según los artículos del periódico y por lo que me habían contado los Treherne, la cosa no podría haber sido más simple y directa.

Sin embargo, ocho años más tarde Cecily Treherne llegó a otra conclusión. Y desapareció.

No había mucho más que yo pudiera hacer en Londres. Me pareció obvio que tendría que hablar con Stefan Codrescu y para ello debería hacerle una visita en prisión, pero ni siquiera sabía dónde cumplía condena y los Treherne no habían logrado ayudarme en ese sentido. ¿Cómo se suponía que iba a averiguarlo? Volví a recurrir a internet, pero no encontré nada de nada. Entonces me acordé de un autor al que conocía: Craig Andrews. Había empezado a escribir de forma tardía y yo publiqué su primera novela, un thriller ambientado en el sistema penitenciario. Tras una primera lectura me impactó la violencia del texto además de su verosimilitud. Había llevado a cabo una buena labor de investigación.

Claro que ahora contaba con otro editor. Cloverleaf Books le había fallado un pelín al bajar la persiana y ser pasto de las llamas, pero por otra parte el libro había sido un éxito, y vi que el *Mail on Sunday* había publicado una buena crítica de su último trabajo. No tenía nada que perder, de modo que le envié un e-mail explicándole que había regresado a Inglaterra y preguntándole si podría ayudarme a dar con Stefan. No confiaba en que respondiera.

Después, guardé el portátil, cogí la maleta y fui a sacar el MG del aparcamiento, donde me cobraron una suma astronómica por el rincón lúgubre y polvoriento donde había estado estacionado. Aun así, me alegré de verlo. Subí, y al cabo de unos instantes descendía a toda pastilla por la rampa de salida para incorporarme a Farringdon Road camino de Suffolk.

Branlow Hall

Podría haberme hospedado en casa de mi hermana mientras estaba en Suffolk, pero los Treherne me habían ofrecido alojamiento gratis en su hotel y decidí aceptarlo. En realidad me incomodaba pasar mucho tiempo al lado de Katie. Era dos años más joven que yo, y con sus dos hijos adorables, su hogar encantador, su próspero marido y su círculo de amigos íntimos, lograba que me sintiera dolorosamente inadecuada, en particular cuando pensaba en mi caótica vida. Tras todo lo ocurrido en Cloverleaf Books, estuvo encantada de que me marchara a Creta para acogerme a lo que para ella significaba cierta normalidad doméstica, y no deseaba explicarle el motivo por el cual había vuelto. No era porque fuera a juzgarme. Más bien era porque yo me habría sentido juzgada.

Fuera como fuese, para mí tenía más sentido establecerme en el escenario del crimen, que aún reunía a muchos de los testigos. De modo que evité entrar en Ipswich y me dirigí al norte por la A12, pasando de largo el desvío a la derecha que me habría llevado directa a Woodbridge. En vez de eso, proseguí la marcha durante ocho kilómetros, tras los cuales me hallé frente a un rótulo de aspecto caro (letras doradas sobre un fondo pintado de negro) y un camino estrecho que me condujo entre setos y amapolas silvestres de color rojo vivo esparcidas aquí y allá hasta una entrada de piedra y, al otro lado, la antigua casa de la familia Branlow, erigida sobre un buen pedazo de la vieja campiña de Suffolk.

Puesto que gran parte de lo que quiero explicar había sucedido o sucedería allí, me siento en la obligación de describirlo con detalle.

Era un bello lugar, a caballo entre una casa de campo, un castillo y un palacio francés, de forma cuadrada y regular, rodeado de extensiones de césped salpicadas por árboles ornamentales y, a lo lejos, un bosque más frondoso. En algún momento de su historia debieron de orientar la casa en sentido opuesto al original, ya que el camino de grava procedía de la dirección equivocada y avanzaba de forma un tanto confusa hasta un flanco elevado, con varias ventanas pero sin puerta, mientras que la verdadera entrada se hallaba al doblar la esquina, mirando al otro lado.

Estando allí de pie, delante de aquella construcción, se apreciaba su magnificencia: la puerta principal con su pórtico en arco, las torres y las almenas góticas, los escudos de armas y las chimeneas de piedra que debían de estar conectadas a múltiples hogares. Las ventanas tenían doble altura y un relieve de yeso en forma de cabezas de damas y caballeros que, olvidados desde mucho tiempo atrás, asomaban por las esquinas. Varias aves de piedra se posaban muy arriba, en el remate mismo del tejado, con un águila en cada extremo, y encima de la puerta principal había una lechuza de lo más elegante con las alas extendidas. Ahora que lo pensaba, había visto una lechuza pintada en el rótulo de la entrada. Se trataba del logotipo del hotel, y también aparecía impreso en las cartas del restaurante y en el papel de notas.

Un muro bajo rodeaba el edificio, con una hondonada al otro lado, y le concedía una sensación de imperturbabilidad, como si él mismo hubiera elegido aislarse del mundo real. A la izquierda, lo que equivale a decir en el lado opuesto al camino de entrada, un conjunto de puertas discretas, más modernas, se abrían desde el bar del hotel hacia una extensión de césped muy llana y bien cuidada, y allí era donde, ocho años atrás, había tenido lugar el convite de la boda. A la derecha, un poco apartadas, había dos versiones en miniatura del pabellón principal. Una era una capilla y la otra un granero convertido en spa y que limitaba con un jardín de invierno y una piscina cubierta.

Mientras aparcaba el MG sobre la grava se me ocurrió pensar que cualquier escritor que quisiera situar la escena de un crimen en una clásica casa de campo encontraría allí todo el material necesario. Y que cualquier asesino que quisiera deshacerse de un cadáver disponía de cientos de hectáreas donde conseguirlo. Me preguntaba si la policía habría buscado a Cecily Treherne en aquel terreno. Ella había dicho que iba a dar un paseo y encontraron su coche en la estación de Woodbridge, pero ¿cómo podían saber con seguridad que era ella quien lo conducía?

Sin siquiera darme tiempo a apagar el motor, apareció un joven que sacó mi equipaje del maletero. Me guio hasta el vestíbulo de la entrada, que era cuadrado pero daba la impresión de ser circular gracias a una mesa redonda, una alfombra redonda y un corro de pilares de mármol que sostenían el techo decorado con un círculo de estuco muy ornamentado. Cinco puertas —una de las cuales correspondía a un moderno ascensor— conducían en distintas direcciones, pero el joven me acompañó hasta un segundo vestíbulo donde había un mostrador de recepción resguardado bajo una impresionante escalera de piedra.

La escalera ascendía curvándose sobre sí misma y me permitía ver todo el recorrido hasta el techo abovedado, tres plantas más arriba. Era casi como hallarse dentro de una catedral. Un ventanal enorme se alzaba frente a mí, y algunas de sus lunas eran vidrieras de colores, aunque no tenía nada de religioso. Más bien era como el que podría encontrarse en una vieja escuela o incluso en una estación de tren. En el lado opuesto, algo parecido a un rellano se extendía de un extremo al otro, separado en parte por una pared pero con una abertura semicircular recortada en ella de modo que si un huésped pasaba por allí casi seguro que podían verlo desde abajo. El rellano conectaba dos pasillos que recorrían toda la longitud del hotel; podría decirse que formaba la barra horizontal de una gran letra «H».

Una mujer con un vestido negro de corte impecable se hallaba sentada tras el mostrador de recepción, hecho de algún tipo de madera oscura y bien pulimentada con un bisel de espejo. Parecía fuera de lugar. Sabía que la mayor parte de Branlow Hall había sido construida a principios del siglo XVIII y para el resto del mobiliario habían elegido expresamente piezas tradicionales y pasadas de moda. Apoyado contra la pared opuesta había un caballo balancín con la pintura desconchada y los ojos saltones. Me recordó a la famosa historia de terror de D. H. Lawrence. Tras el mostrador de recepción había dos pequeños despachos, uno a cada lado. Más tarde supe que Lisa Treherne ocupaba uno, y Cecily, su hermana, el otro. Las puertas estaban abiertas y pude ver dos escritorios idénticos con sendos teléfonos. Me pregunté si Cecily habría efectuado la llamada a Francia desde allí.

—¿Señora Ryeland?

La recepcionista me estaba esperando. Cuando Pauline Treherne me ofreció alojamiento gratis dijo que le explicaría al personal que la estaba ayudando con un asunto pero no cuál. La joven tenía más o menos la misma edad que el hombre que había salido a recibirme; de hecho podrían ser hermanos. Los dos tenían el pelo rubio, cierto aspecto de autómatas y posiblemente eran escandinavos.

—¡Hola! —Situé mi bolso entre ambas, a punto para sacar una tarjeta de crédito si me la pedía.

—Espero que haya tenido un buen viaje desde Londres.

—Sí, gracias.

—La señora Treherne la ha alojado en el ala Moonflower. Estará muy cómoda allí. —Moonflower. Era el nombre que Alan Conway le había puesto al hotel en su libro—. Tiene que subir un tramo de escaleras, o puede coger el ascensor.

—Por la escalera está bien, gracias.

—Lars le llevará la maleta y le mostrará la habitación.

Escandinavos, sin duda. Seguí a Lars por la escalera hasta el rellano del primer piso. Había óleos colgados en las paredes;

miembros de la familia a lo largo de los siglos, ninguno sonriente. Lars giró a la derecha y seguimos avanzando por detrás de la abertura que había visto desde abajo. Reparé en una mesa apoyada contra la pared, sobre la que reposaban dos candelabros de cristal y, entre ambos, un soporte con un gran broche de plata. Tenía la forma de un círculo con una aguja, y había una tarjeta escrita a máquina, doblada por la mitad, que lo describía como una fíbula del siglo XVIII, lo cual me encantó puesto que era una palabra con la que no me había topado jamás. Bajo la mesa había un capazo de perro con una mantita de cuadros escoceses, y me acordé de Bear, el golden retriever de Cecily Treherne.

—¿Dónde está el perro? —pregunté.

—Ha salido a dar un paseo —respondió Lars con vaguedad, como si le sorprendiera que lo hubiese preguntado.

Todo lo descrito hasta el momento era antiguo, pero cuando llegamos al pasillo reparé en los mecanismos para tarjetas electrónicas de apertura que se habían añadido a las puertas y en la cámara de videovigilancia que nos observaba desde lo alto de una esquina. Debieron de instalarla mucho después del asesinato y tal vez por su causa; si no, el asesino habría aparecido en las imágenes. La primera puerta con la que nos encontramos era la número 10. La 11 venía a continuación. Pero donde debería haber estado la 12 no había número, y tampoco existía ninguna habitación número 13, probablemente por superstición. ¿Eran imaginaciones mías o Lars había echado a andar más deprisa? Oí las tablas del suelo crujir bajo su paso, y las ruedas de mi maleta seguían chirriando al chocar contra las juntas de la madera.

Después de la habitación 14, llegamos junto a una puerta antiincendios que se abría hacia un pasillo a todas luces nuevo, parte de una extensión que sobresalía por la parte trasera del edificio. Era como si hubieran añadido un segundo hotel, más moderno, al original, y me pregunté si existía de la misma manera ocho años atrás, cuando Frank Parris llegó al hotel... y se marchó para siempre. La moqueta de la parte nueva tenía uno de esos horrendos estampados que la gente jamás pone en su casa. Las puertas eran de una madera más nueva y ligera, y también estaban más juntas, lo que hacía pensar que allí las habitaciones eran más pequeñas. La iluminación la aportaban unos focos empotrados. ¿Aquello era el ala Moonflower? Obvié preguntárselo a Lars, que iba muy por delante, arrastrando mi chirriante maleta.

No me habían asignado una habitación normal sino una suite al final del pasillo. Lars deslizó la tarjeta por la ranura para que pudiéramos entrar y me encontré en medio de un espacio luminoso y confortable decorado en diversas tonalidades de crema y beis con un televisor de pantalla panorámica colgado en la pared. El juego de cama era de los caros. Sobre una mesa me aguardaban una botella de vino y un frutero de cortesía. Me acerqué a la ventana. Al asomarme vi el patio trasero del hotel y, a lo lejos, una hilera de lo que debían de ser establos reformados. El spa con la piscina se encontraba situado a la derecha. Un camino conducía a una casa grande y moderna construida detrás del hotel. Vi el nombre, BRANLOW COTTAGE, junto a la puerta.

Lars depositó mi maleta en una de esas rejillas plegables que nunca hemos instalado en el Polydorus porque ocupan demasiado espacio y, además, son ridículas.

—Nevera, aire acondicionado, minibar, cafetera... —Me guio por la habitación, no fuera a ser que sola me perdiera, aunque actuaba más por amabilidad que por pasión—. El código del wifi está encima de la mesa, y, si desea cualquier cosa, puede marcar el cero para hablar con recepción.

—Gracias, Lars —dije.

—¿Necesita algo más?

—De hecho, me gustaría entrar en la habitación 12. ¿Podría darme la llave?

Me miró unos instantes con una expresión peculiar, pero los Treherne habían preparado el terreno.

—La abriré yo —se ofreció.

Se dirigió a la puerta y viví uno de esos desagradables momentos en que no sabía si debía darle una propina, y me preguntaba si él esperaba o no que lo hiciera. En Creta habíamos dispuesto un sombrero de paja sobre la barra, y siempre que a alguien le sobraba calderilla la echaba allí para que luego el personal hiciera partes iguales. En general, no soy amante de las propinas. Me parece una idea anticuada, un retroceso a los tiempos en que se consideraba que los camareros y el personal de los hoteles pertenecen a una clase social más baja. Pero Lars no estaba de acuerdo. Puso mala cara, dio media vuelta y se marchó.

Deshice el equipaje con una creciente sensación de incomodidad. Mi ropa, colocada dentro de un armario caro de una habitación cara, más bien parecía pingajos que colgaban de cualquier manera. Eso me recordó que en dos años apenas me había comprado nada nuevo.

En el exterior, un Range Rover negro pasó junto a los establos y enfiló el camino de entrada de Branlow Cottage, cuya grava crujía bajo las ruedas. Oí cerrarse de golpe la puerta del coche y me asomé por la ventana a tiempo de ver a quien se apeaba: un hombre de aspecto joven que lucía un chaleco acolchado y una gorra. Lo acompañaba un perro. Al mismo tiempo, la puerta de la casa se abrió y una niña de cabello negro fue corriendo hacia él, seguida por una mujer delgada y morena que llevaba una bolsa de la compra. El hombre aupó a la niña. No le vi bien la cara pero sabía que tenía que tratarse de Aiden MacNeil. La niña era su hija, Roxana. La mujer debía de ser Eloise, la niñera. Habló un momento con ella y a continuación dieron media vuelta y regresaron a la casa.

Me sentí culpable, como si los hubiera estado espiando. Me alejé de la ventana, cogí mi bolso con algo de dinero, una libreta y tabaco, salí de la habitación, crucé la puerta antiincendios y me encaminé a la parte vieja del hotel, donde estaba la habitación 12. Lo consideré el sitio más evidente por donde empezar. Lars había dejado la puerta abierta sujeta por una papelera, pero yo no deseaba que nadie me molestara, de modo que quité la papelera y la puerta se cerró detrás de mí.

Me hallé en una habitación que era la mitad de grande que la que me habían asignado. No había cama ni moqueta, seguramente las habían retirado por estar cubiertas de sangre. Había leído en muchas novelas de asesinatos que los actos violentos alteran en cierto modo el ambiente del lugar donde se han cometido, y yo nunca había terminado de creérmelo, pero sin duda en esa habitación reinaba algo..., en los sitios vacíos donde debería haber muebles, en la pintura desvaída de las paredes que dejaba ver dónde había habido cuadros colgados, en las cortinas inexistentes. Había dos carros con un montón de toallas y enseres de limpieza, una pila de cajas, una colección de aparatos —tostadoras y cafeteras—, fregonas, cubos..., todos aquellos trastos que no quieres ver cuando te alojas en un hotel elegante.

Allí era donde habían asesinado a Frank Parris. Traté de imaginarme que se abría la puerta y alguien se colaba en la habitación. Si Frank dormía cuando lo atacaron, habrían necesitado una tarjeta electrónica para entrar, aunque seguro que Stefan Codrescu la tenía. Podía deducir dónde había estado la cama por la posición de los enchufes a lado y lado, e imaginé a Frank tumbado en la oscuridad. En un impulso, volví a abrir la puerta. Las bisagras no chirriaron, pero tuvo que oírse un leve zumbido o chasquido cuando se desconectó la cerradura electrónica. ¿Habría bastado para despertarlo? Los periódicos explicaban poco, y los Treherne no habían conseguido añadir mucho más. En alguna parte debía de existir un informe policial que me dijera si Frank se encontraba tumbado o de pie, qué llevaba puesto y en qué momento exacto había muerto. Aquella habitación destinada a almacén, ruinosa y destartalada, me ofrecía muy poca información.

De pronto, allí plantada, me desanimé. ¿Por qué me había marchado del lado de Andreas? ¿Qué narices creía que estaba haciendo? Si Atticus Pünd se hallara en Branlow Hall, a esas alturas ya habría resuelto el misterio. Tal vez la situación de la habitación 12 o el capazo del perro le habrían dado una pista. ¿Y el broche? Era típico de una historia de Agatha Christie, ¿a que sí?

Pero yo no era detective. Ni siquiera era ya editora. No sabía nada.

Lisa Treherne

Pauline y Lawrence Treherne me invitaron a unirme a ellos para cenar la primera noche de mi estancia, pero, cuando entré en el comedor del hotel, Lawrence estaba solo.

—Lo siento, pero Pauline tiene dolor de cabeza —me explicó. Aun así, reparé en que la mesa estaba puesta para tres—. Lisa me ha dicho que cenaría con nosotros —añadió—, pero tendremos que empezar sin ella.

Se le veía más viejo que en Creta, vestido con una camisa a cuadros que le quedaba demasiado grande y unos pantalones rojos de pana. Tenía más surcos debajo de los ojos y sus mejillas presentaban esas ronchas oscuras que siempre he asociado con alguna enfermedad o con la edad avanzada. Resultaba obvio que la desaparición de su hija le estaba pasando factura y me pregunté si a Pauline le ocurría lo mismo, si su «dolor de cabeza» tenía exactamente la misma causa.

Me senté en el extremo opuesto. Llevaba un vestido largo y unos zapatos con tacón de cuña, pero no me sentía cómoda. Tenía ganas de descalzarme y notar la arena bajo los pies.

—Es muy amable por haber venido, señorita Ryeland —empezó a decir.

—Por favor, llámeme Susan.

Creía que ya habíamos superado esa fase.

Se acercó un camarero y pedimos las bebidas. Él quería un gin-tonic. Yo me decidí por una copa de vino blanco.

—¿Qué tal la habitación? —preguntó.

—Muy bonita, gracias. Tiene un hotel fantástico.

Él suspiró.

—Ya no es mío. Ahora lo regentan mis hijas. Y me resulta difícil disfrutar de él en estos momentos. A Pauline y a mí nos llevó toda una vida de trabajo emprender el negocio y levantarlo, y, cuando sucede una cosa así, no te queda más remedio que preguntarte si valió la pena.

—¿Cuándo hicieron la ampliación? —Me miró extrañado, como si le hubiera planteado una pregunta rara—. ¿El hotel ya estaba así cuando mataron a Frank Parris?

—Ah..., sí. —Entonces lo entendió—. Hicimos la reforma en 2005. Añadimos dos alas: Moonflower y Barn Owl. —Esbozó una sonrisa—. Los nombres fueron idea de Cecily. Moonflower hace referencia a la flor de luna, que se abre después de ponerse el sol, y Barn Owl lleva el nombre de un ave nocturna, la lechuza. —Sonrió más abiertamente—. Como habrá notado, tenemos lechuzas por todas partes. —Cogió la carta y me mostró la imagen estampada en dorado de la cubierta—. Esto también fue cosa de Cecily. Se dio cuenta de que Barn Owl es un anagrama de Branlow y tuvo la brillante idea de convertirlo en nuestro logo.

Noté que el corazón me daba un vuelco. Alan Conway también tenía debilidad por los anagramas. En uno de sus libros, por ejemplo, los nombres de todos los personajes eran versiones revueltas de estaciones de metro de Londres. Era un extraño juego que proponía a sus lectores y que solo desmerecía la calidad de su escritura.

Lawrence seguía hablando.

—Cuando hicimos la reforma, añadimos un ascensor para el acceso de sillas de ruedas —explicó—. Y derribamos una pared para ampliar el comedor.

El comedor era justo donde nos encontrábamos. Había entrado desde el vestíbulo circular y de camino había reparado en el ascensor nuevo. La cocina daba al extremo más alejado y se extendía hasta la parte trasera del hotel.

—¿Desde la cocina se puede subir a la planta de arriba? —pregunté.

—Sí. Hay un ascensor para el servicio y una escalera. Los construimos al mismo tiempo. También convertimos los establos en dependencias para los empleados y añadimos el spa y la piscina.

Saqué la libreta y anoté lo que Lawrence me acababa de explicar. Significaba que quien hubiera matado a Frank Parris pudo llegar a la habitación 12 por cuatro caminos distintos: el ascensor de la entrada del hotel, el de la parte trasera, la escalera principal y la de servicio. Y, si fue alguien que ya estaba en el hotel, pudo bajar desde la segunda planta. Hubo alguien atendiendo el mostrador de recepción toda la noche, pero, aun así, debió de ser muy fácil pasar por allí sin llamar la atención.

Sin embargo, cuando estábamos en Creta Pauline Treherne me dijo que habían visto a Stefan Codrescu entrar en la habitación. ¿Por qué puso tan poco cuidado?

—Supongo que no han tenido noticias de Cecily —dije.

Lawrence hizo una mueca.

—La policía cree que la han visto en las imágenes de un circuito de videovigilancia de Norwich, pero para mí no tiene mucho sentido. No conoce a nadie allí.

—¿Se encarga el superintendente Locke de la desaparición?

—El superintendente jefe, querrá decir. Sí, no puede decirse que confíe mucho en él. Tardó mucho en iniciar la investigación, que era cuando corría más prisa; y ahora tampoco me parece especialmente eficiente. —Bajó la cabeza con aire sombrío—. ¿Ha tenido la oportunidad de volver a leer el libro?

Era una buena pregunta.

Debéis de pensar que es lo primero que hice, releer el libro de principio a fin. Pero ni siquiera lo llevaba conmigo. De hecho, en Creta no tenía ninguno de los libros de Alan Conway; me traían demasiados malos recuerdos. Había echado un vistazo a una librería de Londres con intención de comprar un ejemplar y me sorprendió descubrir que no les quedaba ninguno. Cuando trabajaba en el mundo editorial nunca supe si eso era una buena o una mala señal. ¿Se trataba de un éxito de ventas o de una mala gestión de la distribución?

La verdad era que todavía no quería leerlo.

Lo recordaba bastante bien: el pueblo de Tawleigh-on-the-Water, la muerte en Clarence Keep, las diversas pistas, la identidad del asesino. Todavía conservaba mis notas en alguna parte, los «intercambios» por e-mail con Alan durante el proceso de edición (he añadido las comillas porque jamás escuchó ni una palabra de lo que le dije). La historia no me reservaba ninguna sorpresa. Conocía el argumento de cabo a rabo.

Pero era necesario tener presente que Alan escondía cosas en el texto, no solo anagramas sino también acrósticos, acrónimos..., palabras dentro de las palabras. En parte lo hacía para divertirse, pero también para dar rienda suelta al lado más desagradable de su naturaleza. Ya me había quedado claro que utilizó muchos elementos de Branlow Hall en *Atticus Pünd acepta el caso*, pero lo que no hizo fue describir qué ocurrió realmente en junio de 2008. En el libro no aparecía ningún publicista, ninguna boda ni ningún martillo. Si Alan, durante su breve visita al hotel, descubrió de algún modo quién mató a Frank Parris en realidad, pudo haberlo escondido en una simple palabra, en un nombre o en una descripción de algo totalmente irrelevante. Pudo incluir el nombre del asesino en forma de acróstico en los títulos de los capítulos. Algo captó la atención de Cecily Treherne cuando leyó el libro, pero había pocas probabilidades de que captara la mía, por lo menos hasta que supiera muchas más cosas de ella y del resto de personas del hotel.

—Todavía no —dije en respuesta a la pregunta de Lawrence—. He pensado que sería más sensato conocer primero a todo el mundo y echar un vistazo. No sé qué encontró Alan cuando vino aquí. Cuanto mejor conozca el hotel, más oportunidades tendré de atar cabos.

—Sí, bien pensado.

—¿Es posible ver la habitación en la que se alojaba Stefan Codrescu?

—La llevaré allí después de la cena. Ahora la ocupa otro miembro del personal, pero seguro que no le importará.

El camarero llegó con las bebidas en el mismo momento que Lisa Treherne, o por lo menos quien deduje que era ella. Había visto en el periódico fotografías de su hermana, Cecily: una chica guapa con rasgos un poco infantiles, labios en forma de corazón y mejillas regordetas. Dejando aparte el pelo rubio, de peinado corto y pasado de moda, aquella mujer no se le parecía en nada. Presentaba una apariencia dura y seria, y llevaba ropa expresamente seleccionada para darle un aspecto profesional, con unas gafas baratas y unos zapatos cómodos. Tenía una cicatriz en un lado de la boca y me costó apartar la mirada de ella. Se trataba de una perfecta línea recta de poco más de un centímetro de longitud; tal vez se hubiera cortado con un cuchillo. Yo en su lugar la habría suavizado con un poco de corrector, pero ella permitía que definiera su aspecto. Hizo una mueca, como si no fuera capaz de sonreír, como si la cicatriz se lo impidiera.

Se acercó a la mesa igual que un boxeador sube al ring, y antes incluso de que abriera la boca supe que no íbamos a congeniar.

—De modo que usted es Susan Ryeland —dijo, y se sentó sin ceremonias—. Yo soy Lisa Treherne.

—Es un placer conocerla.

—¿Lo es?

—¿Te apetece algo de beber, cariño? —preguntó Lawrence, un poco nervioso.

—Ya se lo he pedido al camarero. —Me miró directamente a los ojos—. ¿Fue idea suya enviar aquí a Alan Conway?

—Yo no sabía nada —le contesté—. Sabía que estaba escribiendo un libro, pero no vi el contenido hasta que estuvo terminado, y no tenía ni idea de que había venido a este hotel hasta que su padre fue a Creta para hablar conmigo.

Intentaba adivinar si Lisa aparecía en el libro. En *Atticus Pünd acepta el caso* sale un personaje con una cicatriz: una bella actriz de Hollywood llamada Melissa James. Sí. Alan debió de pasárselo en grande al convertir a esa mujer tan poco atractiva en lo opuesto a sí misma.

Lisa prosiguió sin dar señas de haberme oído.

—Pues espero que esté contenta si le ha ocurrido algo a Cess por culpa de lo que pone en ese libro.

—No me parece justo... —empezó a decir Lawrence.

Pero yo sabía defenderme sola.

—¿Dónde cree que está su hermana? —pregunté.

Me planteaba si Lisa estaba dispuesta a aceptar que había muerto y a destruir cualquier esperanza que aún albergara su padre. Vi que, por un momento, se sintió tentada, pero no llegó tan lejos.

—No lo sé. Al principio de su desaparición, supuse que Ade y ella se habían peleado.

Cess y Ade. Los diminutivos no eran precisamente cariñosos. Más bien parecían una forma de ahorrar tiempo.

—¿Solían discutir?

—Sí...

—Eso no es verdad —interrumpió Lawrence.

—Vamos, papá. Ya sé que te gusta imaginarlos como la pareja perfecta. Aiden es el marido perfecto, ¡el padre perfecto! Pero, si me preguntan a mí, diré que solo se casó con Cess porque le puso las cosas muy fáciles. Tiene una maravillosa sonrisa y ojos azules, pero nadie se pregunta nunca qué se esconde detrás.

—¿Qué quiere decir exactamente, Lisa? —le pregunté. Me sorprendió que mostrara sus sentimientos con tanta claridad.

Apareció otro camarero con un whisky doble sobre una bandeja de plata. Ella lo cogió sin darle las gracias.

—Es que me harta ver a Ade pavoneándose por el hotel como si fuera suyo. Nada más. Sobre todo porque siempre me toca a mí hacer el trabajo duro.

—Lisa lleva los registros —explicó Lawrence.

—Me ocupo de la contabilidad, los contratos, los seguros, el personal y el control de existencias. —Se bebió la mitad del whisky de un trago—. Él, mientras, se dedica a embaucar a los clientes.

—¿Cree que fue él quien mató a Frank Parris? —quise saber.

Lisa se me quedó mirando. Mi pregunta pretendía provocarla, pero también era de una lógica aplastante. Si habían matado a Cecily era porque sabía algo del anterior asesinato, de lo que se deducía que quien hubiera matado a Frank Parris debía de haberla matado a ella también.

—No —respondió, y se terminó el whisky.

—¿Por qué no?

Ella me miró con lástima.

—¡Porque fue Stefan! Confesó el crimen. Está en la cárcel.

En el comedor empezaban a entrar más huéspedes. Eran las siete menos cuarto y fuera aún había mucha luz. Lawrence cogió una de las cartas de encima de la mesa.

—¿Pedimos la cena? —propuso.

Yo tenía hambre, pero no quería interrumpir a Lisa. Aguardé a que continuara.

—Fue un error contratar a Stefan Codrescu, y deberíamos haberlo despedido de inmediato. Ya lo dije en su momento, pero no me hicisteis caso. No es solo que fuera un delincuente, es que se había criado con delincuentes. Le dimos una oportunidad y él se burló de nosotros. No estuvo aquí más de cinco meses, gracias a Dios, pero nos estuvo estafando desde el momento mismo en que puso aquí los pies.

—Eso no lo sabemos —rebatió Lawrence.

—Sí que lo sabemos, papá. Yo sí que lo sé. —Se volvió hacia mí—. Llevaba pocas semanas aquí cuando empecé a notar cosas raras. Supongo que usted no tiene ni idea de lo que supone dirigir un hotel, Susan... —Podría haberla sacado de su error, pero lo dejé pasar—. Es como una máquina con mil piezas distintas, y el problema es que, si alguna desaparece, nadie lo nota, la máquina no para: vino y whisky; champán; filetes de ternera; dinero para el cambio; las pertenencias de los huéspedes, como joyas, relojes o gafas de sol de marca; ropa de cama y toallas; muebles antiguos... Meter aquí a un ladrón es como darle a un adicto a las pastillas las llaves de la farmacia más cercana.

—Cuando Stefan llegó aquí, nunca había sido acusado de hurto —le recordó Lawrence, pero no sonaba convencido.

—¿Qué dices, papá? Lo habían encerrado por robo con allanamiento y agresión.

—No es lo mismo.

—No quieres escucharme. Nunca me escuchas. —Lisa lo ignoró y centró su energía en mí—. Yo sabía que algo iba mal, que alguien se estaba llevando cosas, pero, cada vez que mencionaba a Stefan, todos se aliaban contra mí.

—Al principio te caía bien. Pasabas mucho tiempo con él.

—Intenté que me cayera bien porque era lo que todos esperabais, pero te he explicado mil veces que el único motivo por el que iba con él era para ver qué hacía. Y no me faltaban razones, ¡ya lo creo que no! Lo que pasó en la habitación 12 fue horrible, pero sirvió para demostrar que yo tenía razón desde el principio.

—¿Cuánto dinero desapareció de la habitación de Frank Parris? —pregunté.

—Ciento cincuenta libras —dijo Lawrence.

—¿Y de verdad creen que Stefan mataría a alguien a martillazo limpio por una cantidad así?

—Estoy segura de que Stefan no pretendía matar a nadie. Se coló en la habitación en plena noche creyendo que podría llevarse lo que fuera y salir airoso. Pero aquel pobre hombre se despertó y se enfrentó a Stefan, y él perdió el control y lo atacó. —Lisa me miró con aires de superioridad—. Todo se destapó en el juicio.

Para mí no tenía sentido. Si Stefan no pensaba matar a Frank Parris, ¿por qué llevaba un martillo? ¿Y por qué entró en la habitación mientras estaba ocupada? Sin embargo, no dije nada. Hay personas con las que es mejor no discutir, y Lisa, sin duda, era de esas.

Llamó al camarero y pidió otra bebida. Yo aproveché la oportunidad para pedir la cena: una ensalada y otro vaso de vino. Lawrence se decidió por un filete.

—¿Pueden contarme que sucedió la noche del crimen? —pregunté, y me sentí un poco ridícula nada más pronunciar la frase. Sonaba anticuada, demasiado manida. Si la hubiera encontrado en una novela, la habría suprimido.

Lawrence me relató los hechos.

—Ese fin de semana teníamos aquí a treinta personas, entre amigos y familiares, pero, tal como le he explicado, el hotel seguía estando abierto al público y también había otros huéspedes. Estábamos completos.

—Frank Parris había llegado dos días antes de la boda, el jueves. Pensaba quedarse tres noches. Lo recuerdo porque fue un huésped difícil desde el principio. Estaba cansado y sufría jet lag, y no le gustó su habitación, de modo que insistió en que se la cambiáramos.

—¿En qué habitación se alojaba?

—Le dimos la 16. Está en el ala Moonflower, donde se aloja usted.

Yo había pasado por delante de la habitación 16 de camino a mi suite. Se hallaba al otro lado de la puerta antiincendios, donde empezaba la moqueta estampada.

—Prefería la parte antigua del hotel —prosiguió Lawrence—. Por suerte, conseguimos reorganizar las cosas, así que pudimos ofrecerle lo que quería. Por cierto, ese es el trabajo de Aiden, lograr que los huéspedes estén contentos, y se le da muy bien.

—¿La persona a la que cambiaron de habitación para contentar a Frank Parris no se quejó?

—Por lo que recuerdo, era un director de colegio jubilado que viajaba solo. No creo ni que llegara a enterarse.

—¿Se acuerda de su nombre?

—¿Del del director? No. Pero no me costará encontrarlo si quiere.

—Me será de ayuda. Gracias.

—La boda se celebraba el sábado, y avisamos a los huéspedes de que les causaríamos algunas molestias. Por ejemplo, el viernes por la tarde cerramos temprano el spa para poder invitar a todo el personal a una copa, fuera, junto a la piscina. Queríamos que participaran en la celebración aunque no vinieran propiamente a la boda. La barra se abrió a las ocho y media y terminó a las diez.

—¿Invitaron a Stefan?

—Sí, estuvo allí, igual que Aiden y Cecily, y Pauline y yo. Lisa...

El nombre del acompañante de Lisa, o más bien su no acompañante, quedó pendiente.

—Fue una noche muy calurosa. De hecho, puede que recuerde que ese verano hubo una ola de calor.

—Hizo un calor horrible, pegajoso —dijo Lisa—. Me moría de ganas de marcharme a casa.

—Lisa no vive en esta finca —aclaró Lawrence—. Aunque podría —añadió—. El terreno tiene más de ciento veinte hectáreas.

—Aiden y Cecily viven en mi antigua casa —masculló Lisa con amargura.

—En Branlow Cottage —dije yo.

—Me trasladé a Woodbridge, y me encuentro muy cómoda allí. Aquella noche me marché mucho antes de las diez. Me fui a casa y me metí en la cama.

—Le pediré a Derek que le cuente el resto —dijo Lawrence—. Es el encargado del turno de noche y llegó sobre esa hora. Él no estuvo en la fiesta.

—¿No lo invitaron?

—Claro que lo invitamos, pero a Derek no le gusta mezclarse con la gente. Lo comprenderá cuando lo conozca. De hecho, estaba en la recepción cuando se produjo el asesinato.

—¿Cuándo fue?

—Según la policía, Parris murió alrededor de las doce y media de la noche del viernes.

—¿Usted estaba aquí, Lawrence?

—No. Pauline y yo compramos una casa en Southwold cuando dejamos de ocuparnos del hotel. Nos fuimos a dormir allí.

—Pero a la mañana siguiente estábamos todos aquí para la boda —aclaró Lisa—. Fue un día muy bonito... excepto por lo del asesinato, claro. ¡Pobre Aiden! Seguro que esperaba otra cosa cuando le echó el ojo a Cess.

—De verdad, Lisa, te estás pasando —protestó Lawrence.

—Lo único que digo es que quería dar un braguetazo. ¿Qué hacía antes de conocerla a ella? ¡Nada! Era agente inmobiliario.

—Le iba muy bien. Y, digas lo que digas, ha sido de gran ayuda en el hotel —repuso Lawrence con desaprobación—. En fin, me parece muy poco apropiado hablar en ese tono con lo preocupados que estamos todos por Cecily.

—¡Yo también estoy preocupada por ella! —exclamó Lisa, y, para mi sorpresa, vi que empezaban a saltársele las lágrimas, por lo que supe que estaba diciendo la verdad. El camarero había llegado con su segundo whisky, y ella atrapó el vaso de la bandeja de un zarpazo—. Claro que estoy preocupada. ¡Es mi hermana! Y si le ha ocurrido algo malo... No soporto imaginármelo.

Fijó la vista en la bebida. Los tres permanecimos sentados en silencio.

—¿Qué recuerda de la boda? —le pregunté.

—Fue una boda normal. Aquí celebramos bodas constantemente. Es nuestro pan de cada día. —Dio un suspiro—. La misa se hizo en la rosaleda. Yo fui la dama de honor. Vino el registrador de Ipswich, y luego dimos un banquete en una carpa en el jardín principal. Yo me senté al lado de la madre de Aiden, que vino desde Glasgow.

—¿Su padre también estuvo?

—El padre de Aiden murió cuando él era pequeño. De cáncer. Tiene una hermana, pero no la invitaron. De hecho, no vino casi nadie de su familia. La señora MacNeil me pareció muy agradable, una anciana dama de costumbres escocesas. Yo estaba pensando en lo aburrido que era todo cuando oí un grito que venía de fuera de la carpa, y al cabo de unos minutos llegó Helen. Parecía que hubiera visto un fantasma.

—¿Helen?

—Era la encargada del servicio de limpieza. Una de las camareras de piso acababa de entrar en la habitación 12 y encontró a Frank Parris con el cráneo destrozado y trocitos de sesos esparcidos por las sábanas. —Lisa casi se estaba regodeando. A pesar de lo que había dicho antes, no podía evitar alegrarse de que le hubieran arruinado el gran día a su hermana. Al mirarla, me pregunté si no le faltaba algún tornillo.

—La camarera de piso se llamaba Natasha —intervino Lawrence—. Entró para limpiar la habitación y encontró el cadáver.

Lisa se tomó todo el whisky de golpe.

—No sé qué espera descubrir, Susan. Stefan confesó el crimen y ha obtenido su justo castigo. Pasarán diez años antes de que se planteen dejarlo salir, y lo tiene bien merecido. En cuanto a Cess, aparecerá cuando se le antoje. Le encanta ser el centro de atención. Seguramente lo está haciendo para montar un numerito. —Se puso en pie tambaleándose y me di cuenta de que debía de haber estado bebiendo antes de llegar y aquellos dos whiskies dobles eran el colofón de muchos otros—. Os dejo que sigáis —dijo.

—Lisa, deberías comer algo.

—No tengo hambre. —Se inclinó hacia mí—. Usted es la responsable de que Cecily haya desaparecido —gruñó—. Usted publicó ese puto libro. Y usted va a encontrarla.

Lawrence la observó mientras salía del comedor haciendo eses entre las mesas.

—Lo siento —se disculpó—. Lisa trabaja mucho. De hecho, se encarga de todo el funcionamiento del hotel, pero acaba un poco cansada.

—No parece que le caiga muy bien su hermana.

—No haga caso de eso. A Lisa le gusta llamar la atención. —Intentaba convencerme, pero ni él mismo parecía muy convencido—. La cosa empezó de muy pequeñas —reconoció—. Siempre han rivalizado mucho.

—¿Cómo se hizo esa cicatriz?

—Ah, ya me imaginaba que me lo preguntaría. —Se resistía a contármelo, y esperé—. Me temo que se la hizo Cecily. Fue un completo accidente, pero... —Soltó un suspiro—. Lisa tenía doce años y Cecily diez, y se pelearon. Cecily le lanzó un cuchillo de la cocina. En realidad no quería hacerle daño a su hermana. Fue una tontería, una chiquillada debido a que perdió los nervios, pero la hoja le hizo un corte en la cara a Lisa y... Bueno, ya ha visto el resultado. Cecily se llevó un gran disgusto.

—¿Por qué se peleaban?

—¿Tiene alguna importancia? Por algún chico, seguramente. Siempre estaban celosas la una de la otra por los novios. En fin, es algo bastante corriente entre las chicas jóvenes. Cecily siempre ha sido la más atractiva de las dos y, si empezaba a salir con alguien, Lisa se ponía hecha una furia. Por eso la tiene tomada con Aiden, claro. Todo lo que ha dicho de él... solo son celos. Mi yerno no es nada problemático, de verdad. Siempre me he llevado muy bien con él. —Cogió su copa de vino—. ¡Cosas de chicas!

Lo dijo a modo de brindis, pero no me uní a él. Más que cosas de chicas, aquello parecía de psicópatas. Cecily había desfigurado a Lisa. Esta le guardaba un fuerte rencor a Aiden. Y ese rencor, junto con los celos, podrían haber salpicado también a Stefan Codrescu.

¿Un accidente grave? ¿O un crimen?

¿Dónde estaba el límite?

El encargado de noche

No cené gran cosa. Me sentía molesta por lo que Lisa me había dicho, y me preguntaba si tenía razón. Jamás había empujado a Alan Conway hasta Branlow Hall, pero no cabía duda de que yo había sacado partido de su visita a aquel lugar. Me gustara o no, en parte era culpa mía.

Tras el café, Lawrence y yo salimos por la puerta que daba a la cocina, y me fijé en la escalera del servicio y el ascensor que subían hasta la segunda planta. Salimos rodeando la parte trasera del hotel y, al otro lado del patio, vi el camino que iba a Branlow Cottage. En algunas ventanas había luz. El Range Rover negro seguía fuera.

—Aiden está pasando por un verdadero infierno —aseguró Lawrence—. Desde el momento en que informó de la desaparición de Cecily, se convirtió en el principal sospechoso. En casos como este, el culpable siempre es el marido. Pero me resisto a pensar que pueda haberle hecho daño a mi hija. Los he visto juntos. Sé lo que significan el uno para el otro.

—¿Solo tienen una hija? —pregunté.

—Sí, me entristeció un poco que no tuvieran más, pero fue un parto difícil y creo que Cecily no quiso verse obligada a pasar otra vez por lo mismo. Sea como sea, ha estado muy ocupada con la dirección del hotel.

—Dice que Roxana tiene siete años. —Ya había hecho los cálculos—. ¿Cuándo es su cumpleaños?

Lawrence sabía adónde quería ir a parar.

—Cecily estaba embarazada cuando se casó; pero no se casó por eso. Los jóvenes de hoy en día no sienten esa presión, o por lo menos no como nosotros. Aiden es un padre muy volcado en su hija. Ahora mismo, ella es lo único que lo mantiene en su sano juicio.

—¿Cree que le importaría hablar conmigo?

Eso me preocupaba. Estaba allí porque me habían pedido que leyera un libro que podría tener o no algo que ver con un asesinato cometido ocho años atrás. Pero eso era una cosa, e interrogar a un marido afectado por la desaparición de su mujer era otra muy distinta.

—Estoy seguro de que lo hará con gusto. Puedo preguntárselo, si quiere.

—Es todo un detalle. Gracias.

Mientras hablábamos, pasamos junto a la piscina, construida dentro de un enorme jardín de invierno que daba la impresión de estar inspirado en el Pabellón Real de Brighton. Me detuve junto a una elegante nave, una réplica en miniatura del edificio principal. En otra época había sido un granero pero ahora albergaba un spa. Era ya la hora de cerrar, y un joven atractivo emergió de la puerta lateral. Iba vestido con un chándal y llevaba una bolsa de deporte. Nos vio y nos saludó con la mano.

—Ese es Marcus —me dijo Lawrence—. Es el encargado del spa, pero solo lleva un par de años con nosotros.

—¿Quién ocupaba su puesto cuando asesinaron a Frank Parris?

—Un australiano. Se llamaba Lionel Corby. Pero se marchó poco después. De hecho, perdimos a unos cuantos empleados, como se podrá imaginar.

—¿Sabe dónde está ahora?

—Es posible que haya regresado a Australia. Tengo su último número de teléfono si le sirve de ayuda.

Había venido de Australia. Igual que Frank Parris. Era algo significativo en cierto modo.

—Sí, podría serme útil —dije.

Llegamos al edificio de los establos, convertido en dependencias para el personal del hotel. Había cinco apartamentos pequeños tipo estudio, el uno al lado del otro, cada uno con su puerta y una sola ventana que daba al hotel. Al final había una sala dedicada al mantenimiento general. Lawrence la señaló.

—Allí es donde Stefan guardaba su caja de herramientas, incluido el martillo que usó para cometer el crimen.

—¿Puedo echar un vistazo?

No sé qué esperaba encontrar. La sala tenía el suelo de hormigón y varias estanterías llenas de cajas de cartón, botes de pintura, diversos productos de droguería... Y en la puerta no había cerradura. Cualquiera podría haber entrado, y así se lo dije a Lawrence.

—La defensa utilizó mucho ese argumento durante el juicio —convino Lawrence—. Sí, cualquiera podría haber cogido el martillo. El problema es que era lo único que Stefan podía presentar a su favor, y tenía muy poco peso en comparación con toda las demás pruebas.

Nos dirigimos al apartamento contiguo, el que había ocupado Stefan. Era el número 5. Lawrence llamó con los nudillos, y al no obtener respuesta sacó una llave maestra y la giró en la cerradura.

—Antes he hablado con Lars —me explicó—. Es muy posible que esté en el pub junto con Inga. Los dos son nuevos de este año.

Recordé a la chica de mirada inteligente del mostrador de recepción.

—¿Son daneses? —pregunté.

—Sí. Los contratamos a través de una agencia. Ya no participamos en el programa para delincuentes juveniles.

La puerta se abrió y dio paso a una habitación del tamaño de una caja de cerillas con una cama individual junto a la entrada, un escritorio, un armario ropero y una cómoda. Otra puerta daba acceso a un baño construido en una esquina, con un inodoro, un lavabo y una ducha. Supuse que los cinco apartamentos eran idénticos. El de Lars estaba tremendamente ordenado. Por su aspecto se diría que la cama estaba por estrenar, y en el baño vi las toallas colocadas con extrema perfección en el colgador. Aparte de un par de libros encima del escritorio, no se veía ningún otro objeto personal.

—Los escandinavos son ordenadísimos —musitó Lawrence tras leerme el pensamiento—. No estaba así ni de lejos cuando lo ocupaba Stefan.

Eso me sorprendió.

—¿Cómo lo sabe?

—Lionel, el encargado del gimnasio que le he mencionado, solía pasar muchos ratos aquí. Stefan y él eran bastante amigos. Debería leer los informes policiales.

—Es fácil decirlo pero no veo cómo.

—Puedo encargarme de hablar con Locke, el superintendente jefe.

—No, no hace falta. Lo conozco. —Y sabía que probablemente Locke no me daría nada de nada, ni siquiera los buenos días. Miré en la habitación, aunque no quise entrar—. Aquí encontraron dinero que pertenecía a la víctima.

—Sí. Debajo del colchón.

—No es precisamente el mejor sitio para guardar dinero robado.

Lawrence asintió.

—Pueden emplearse muchos adjetivos para describir a Stefan Codrescu —comentó—. Pero si algo está claro es que no era demasiado inteligente.

—Alguien pudo colocar el dinero ahí a propósito.

—Imagino que cabe la posibilidad, pero la cuestión es cuándo. Durante el día es casi imposible. Como ve, la puerta queda enfrente del hotel, y en ese espacio había decenas de personas. Teníamos a los invitados de la boda, el spa estaba abierto, había guardias de seguridad, el personal de cocina iba y venía continuamente, la gente miraba por las ventanas... No creo que nadie pudiera colarse en su apartamento sin que lo vieran, y, créame, la policía tomó declaración a muchos testigos.

»Y no fue solo el dinero. También encontraron restos de sangre en el suelo del cuarto de baño y en la ropa de cama de Stefan. Las personas encargadas del examen forense pudieron determinar que llevaban allí más de doce horas, por lo que el crimen tuvo que cometerse durante la noche. La cosa está más clara que el agua. El viernes por la noche, Stefan mata a Frank Parris. Hay mucha sangre. Vuelve al apartamento, se ducha, se acuesta y deja un montón de huellas por todas partes.

—De manera que si alguien colocó pruebas para inculpar a Stefan tuvo que hacerlo después de medianoche —concluí.

—Sí, pero tampoco es muy probable. En primer lugar, la puerta se cierra automáticamente; y sí, antes de que me lo pregunte, teníamos un duplicado de la llave en el despacho de Lisa. Pero observe la posición de la cama. Está al lado de la puerta. No veo cómo alguien podría entrar, ponerse a toquetear las sábanas y a trastear en el cuarto de baño y después salir de la habitación sin despertar a Stefan.

Lawrence cerró la puerta y regresamos juntos al hotel.

—Derek ya debería estar aquí —dijo—. Le he pedido que venga temprano para que hable con él. —Hizo una pausa—. ¿Puedo pedirle que sea amable con él? Lleva diez años trabajando aquí y es un buen hombre, pero no es una persona fuerte. Se dedica a cuidar de su madre y la mujer no está nada bien. Lo que Alan Conway le hizo, lo que les hizo a los dos, fue espantoso, la verdad.

Recordé que en el libro hay un personaje llamado Eric Chandler que trabaja como chófer personal y arreglalotodo junto con su madre, Phyllis. Aparecen en el primer capítulo y los retrata sin piedad.

—¿Derek ha leído *Atticus Pünd acepta el caso*? —pregunté.

—No, por suerte. Derek no lee demasiado. Posiblemente es mejor no mencionárselo.

—No le diré nada.

—Muy bien, pues que tenga buenas noches.

—Buenas noches. Gracias por la cena.

No había ninguna necesidad de que Lawrence Treherne me lanzara aquella advertencia. En el momento mismo en que lo vi, supe que Derek Endicott era un hombre vulnerable, ávido por complacer, temeroso de cometer alguna ofensa. Lo revelaban aquellos ojos de pestañeo constante tras unas gafas de cristales gruesos, la sonrisa dubitativa, el pelo rizado y desmelenado sin ninguna clase de forma ni estilo. Tenía entre cuarenta y cincuenta años, pero su rostro era aniñado, de mejillas regordetas, labios gruesos y un cutis que daba a entender que jamás se afeitaba. Se hallaba ya en su puesto detrás del mostrador de recepción, acurrucado en el hueco de la escalera, que ascendía en diagonal por encima de él en el tramo hasta la primera planta. Vi que tenía un poco de comida guardada en una fiambrera de plástico, además de un termo y una revista de pasatiempos.

Me esperaba. Lawrence le había explicado por qué estaba allí. Cuando me acerqué, se puso de pie con torpeza y se volvió a sentar antes de llegar a levantarse del todo. En la zona de recepción hacía más bien frío; sin embargo, observé el brillo del sudor en su cuello y en ambos lados de la cara.

—Señor Endicott... —empecé a decir.

—Llámeme Derek, por favor. Todo el mundo me llama así.

Tenía una voz sibilante y aguda.

—¿Sabe por qué estoy aquí?

—Sí. El señor Treherne me ha pedido que viniera temprano esta noche.

Aguardó con nerviosismo a que le hiciera la primera pregunta, y yo traté de tranquilizarlo.

—Usted estuvo aquí la noche en que asesinaron a Frank Parris. Cualquier cosa que viera u oyera puede ser de muchísima ayuda.

El hombre frunció el entrecejo.

—Creía que estaba aquí por Cecily.

—Bueno, es posible que las dos cosas guarden relación.

Lo pensó un momento. Vi en sus ojos cómo procesaba la información.

—Sí, puede que tenga razón.

Me apoyé en el mostrador.

—Ya sé que hace mucho tiempo, pero ¿recuerda lo que pasó aquella noche?

—¡Pues claro que me acuerdo! Fue horrible. No llegué a conocer al señor Parris. De hecho, nunca veo a ningún huésped a menos que me pongan en el turno de día, y eso solo pasa si les falta personal. Aunque en realidad sí que vi al señor Parris subir a la planta de arriba. Fue después de cenar, pero no hablamos. —Volvió a corregirse—. No, no es verdad. Hablamos por teléfono. El jueves. Llamó desde su habitación. Quería pedir un taxi para el viernes a primera hora de la mañana. Me encargué yo.

—¿Adónde quería ir?

—A Heath House, en Westleton. Lo anoté en el libro. Por eso me acordaba cuando la policía me lo preguntó, y, además, conozco esa casa; está muy cerca de donde vivo con mi madre. No me gustó nada que viniera la policía. Este hotel es muy bonito, y la gente acude aquí para descansar y relajarse, no para...

No se le ocurrió ninguna forma de terminar la frase y se quedó en silencio.

—Para serle sincero, esa noche, la noche antes de la boda, no me encontraba muy bien. Me sentía molesto...

—¿Por qué se había molestado?

—No, quiero decir que tenía molestias en el estómago. Algo que comí me sentó mal.

—Usted no fue a la fiesta.

—No. ¡Pero me habían invitado! Me alegré mucho por Cecily y por el señor MacNeil. —Me pareció curioso que Cecily fuera la única persona del hotel a la que llamaba por el nombre de pila—. Pensé que eran la pareja perfecta. Y fue genial verla tan contenta. ¿Sabe dónde está?

—Espero averiguarlo.

—Ojalá no le haya ocurrido nada malo. Es una de las personas más buenas que existen. Nada le supone nunca un gran problema. Conmigo siempre se ha portado muy bien.

—¿Puede explicarme qué ocurrió la noche en que asesinaron a Frank Parris? —le pregunté.

—No sé gran cosa. —Dijera lo que dijese, seguro que Derek había ensayado todo aquel discurso. Tomó aire y empezó con la explicación—. A las diez, yo estaba aquí, en la recepción. Fue más o menos la hora en que acabó la fiesta para el personal. Por lo que contaron, todos lo habían pasado muy bien. Estaban muy contentos.

»El señor Parris subió a su habitación cinco minutos después de que yo llegara, o sea que debían de ser las diez y cinco. Después, vi pasar a unas cuantas personas alojadas en el hotel; algunas eran huéspedes corrientes y otras formaban parte de los invitados de la boda. De todas formas, a medianoche volvía a estar solo, y no me molesta. Me gusta este trabajo porque no me importa estar solo. Mi madre me prepara un sándwich y me traigo algo para leer o a veces escucho la radio. Cecily dice que podría mirar películas en el ordenador, pero no me parece bien porque creo que mi trabajo exige que esté atento.

—¿Y vio u oyó algo esa noche?

—¡Ahora se lo explico! —Volvió a tomar aire—. Poco después de medianoche, Bear se puso a ladrar de repente.

—¿Bear? ¿El perro?

—El perro de Cecily. Casi siempre duerme en la casa, pero a veces pasa la noche en el hotel, en el primer piso, y ese día estaba aquí, en su capazo. —Derek señaló hacia la abertura circular de la primera planta. Era imposible ver el capazo desde donde estaba sentado, pero cualquier sonido habría llegado allí abajo—. No quisieron llevárselo a casa por la boda y todo el tinglado —siguió diciendo—, así que se quedó a dormir aquí.

—Y se puso a ladrar.

—Pensé que le habrían pisado la cola o algo así, y subí a ver, pero no había nadie. Bear estaba tumbado en el capazo, la mar de tranquilo. Es posible que hubiera tenido una pesadilla. Me arrodillé y me puse a acariciarlo, y fue entonces cuando alguien pasó por allí.

—¿Por dónde?

—Por el pasillo. Alguien salió del ascensor nuevo y fue hacia el ala Moonflower.

Ya he explicado que Branlow Hall está construido en forma de letra H. Cuando Derek se agachó junto al perro, se encontraba más o menos en la mitad de la línea horizontal, con un pasillo en cada extremo. Quien fuera que se había trasladado hasta la habitación 12 tuvo que hacerlo desde la parte frontal del edificio.

—¿Es posible que entrara alguien de fuera del hotel? —pregunté.

—No lo sé.

—¿Pero la puerta de entrada estaba cerrada con llave?

Derek negó con la cabeza.

—Nunca cerrábamos las puertas por entonces, no había necesidad. —Hizo una mueca y se puso muy serio—. Ahora sí que cerramos.

—Y usted no vio quién era.

Se trataba de una pregunta retórica. La persona que apareció fugazmente en el pasillo estuvo en su línea de visión menos de un segundo.

—Me pareció que era Stefan —admitió Derek. Estaba angustiado y las siguientes palabras brotaron sin que pudiera controlarlas—. No pretendía buscarle problemas a nadie, tan solo le dije a la policía lo que había presenciado. El hombre llevaba una caja de herramientas, y era la caja de Stefan, la había visto un montón de veces. Y llevaba puesto un gorro.

Se llevó las manos a la cabeza para mostrarme lo que quería decir.

—¿Se refiere a un gorro de lana?

—Sí. Stefan solía llevar gorros de lana. Pero había poca luz y todo fue muy rápido. Le dije a la policía que no podía asegurarlo.

—¿Y qué hizo a continuación? —le pregunté—. ¿Qué hizo después de ver al hombre con la caja de herramientas?

—Fui hasta el pasillo principal para comprobar quién era. Pero llegué demasiado tarde. Ya no estaba.

—Había entrado en alguna habitación.

—Era la única posibilidad. —Derek parecía abatido, como si de algún modo todo hubiera sido culpa suya—. La policía dijo que había entrado en la habitación 12.

La habitación 12 estaba a cinco o seis pasos del lugar donde el rellano se unía con el pasillo y quedaba en la parte interior de la puerta antiincendios. Si Derek fue allí de inmediato, el intruso tuvo que desaparecer en cuestión de segundos.

—¿Lo oyó llamar a la puerta?

—No.

—¿Alguien vio algo?

—No.

—¿Y qué le vino a la cabeza?

—Nada. Quiero decir que pensé que Stefan habría entrado en alguna habitación para reparar un váter o algo, aunque no tenía mucho sentido porque el cliente debería haberme llamado a mí primero para que le avisara. Pero todo estaba tranquilo, no se oían ruidos ni nada, y al cabo de poco volví a la recepción y ya está.

—¿No oyó nada más?

—No —dijo, negando con la cabeza.

—Derek... —¿Cómo podía decírselo sin ofenderlo?—. A Frank Parris le golpearon con un martillo. Tuvo que gritar. No puedo creer que no lo oyera.

—¡No oí nada! —Levantó la voz—. Yo ya había vuelto abajo y estaba escuchando música en la radio, y...

—De acuerdo. —Esperé a que se calmara—. ¿Quién descubrió el cadáver? —pregunté.

—Fue Natasha. Era una de las camareras de piso. Me parece que era rusa o algo así. —Abrió mucho los ojos al recordar lo ocurrido—. Lo encontró cuando entró a limpiar la habitación. Dicen que no podía parar de gritar.

—Pero eso fue mucho después; al día siguiente.

—Sí. —Derek se inclinó hacia delante y dijo las siguientes palabras casi en un susurro—. ¡Alguien había puesto un cartel de «No molestar» en la puerta de la habitación 12! —me explicó—. Lo hicieron a propósito, para que nadie se enterara.

—Y, entonces, ¿por qué entró Natasha?

—Porque lo habían quitado.

—¿Quién lo quitó?

—No lo sé. No lo descubrieron.

Me di cuenta de que no tenía nada más que contarme. Se le veía exhausto.

—Gracias, Derek —dije.

—Ojalá no hubiera ocurrido. El hotel nunca ha vuelto a ser como antes. Siempre tiene un ambiente... Se lo digo a mi madre muchas veces. Es como si hubiera una presencia maligna. Y ahora Cecily ha desaparecido. Cuando hizo esa llamada supe que algo iba mal. Estaba muy alterada. Todo tiene relación, y no creo que la cosa acabe aquí.

—¿Tiene idea de quién mató a Frank Parris?

Mi pregunta le sorprendió, como si nadie le hubiera pedido nunca su opinión sobre lo ocurrido.

—Stefan no —dijo—. Aunque fuera él la persona a quien vi corriendo por el pasillo, estoy seguro de que él no lo mató. Se le veía un chico muy majo. Era muy tranquilo. Sé que a la señorita Treherne..., a Lisa, no le caía muy bien y decía que robaba, pero a mí me parecía una buena persona. ¿Cree que la encontrarán?

—¿A Cecily Treherne?

—Sí.

—Seguro que sí. Seguro que aparecerá sana y salva.

Eso fue lo que le dije, pero en el fondo de mi corazón era consciente de que estaba mintiendo. No llevaba en el hotel ni un día entero, pero había captado algo. Tal vez fuera esa presencia maligna de la que hablaba Derek. La cuestión es que tenía el convencimiento de que Cecily ya estaba muerta.

FaceTime

¿Me estaría haciendo vieja?

Observaba mi rostro en la pantalla del ordenador mientras intentaba conectar con Creta y, aunque es cierto que la cámara de los MacBook Air no favorece a nadie, lo que vi no me dejó muy contenta. Parecía cansada. Los dos años de exposición al sol de Creta y al tabaco no le habían hecho mucho bien a mi cutis. Al marcharme de Londres dejé de teñirme el pelo, y no tengo muy claro si el resultado era natural y encantador o simplemente soso. Nunca he prestado demasiada atención a la moda. Cuando vivía sola en mi piso de Crouch End, solía vestirme con camisetas extragrandes y mallas. Por supuesto, me ponía elegante para ir al trabajo, pero, con el retiro forzoso, me sentí liberada de las tres «T» (el traje, los tangas y los tacones), y bajo el sol de Grecia me vestía con cualquier cosa que resultara amplia y ligera. Andreas siempre me había dicho que le gustaba tal como soy y que no necesitaba impresionarlo, pero al mirarme me pregunté si no me estaría abandonando (una expresión horrible que me sonaba a libertinaje y decadencia).

Se oyó un zumbido y mi imagen se desplazó hasta una esquina, donde debía estar, mientras que en su lugar apareció la cara de Andreas ocupando la pantalla. Temía que hubiera salido, o peor, que estuviera en casa y no me contestara. Pero allí lo tenía, sentado en la terraza. Cuando se recostó en el asiento, vi por detrás de él las persianas y las jardineras con la salvia y el orégano que yo misma había plantado. Su ordenador se encontraba sobre la mesa con el cristal agrietado, aquella que siempre decíamos que teníamos que cambiar pero para lo que nunca encontrábamos el momento.

—*Yassou, agapiti mou!* —exclamó.

Era una broma que nos hacíamos todas las mañanas; desde el día en que llegué al hotel, me saludaba en griego. Pero ahora me preguntaba si me estaría provocando, recordándome la distancia que había entre ambos.

—¿Cómo estás? —le pregunté.

—Te echo de menos.

—¿Qué tal el hotel?

—El hotel... ¡es el hotel! Sigue estando en su sitio.

La cara de Andreas llenaba la estancia de luz, en todos los sentidos. Su piel morena y su pelo negro y grueso contrastaban con la deslumbrante blancura de sus dientes, e incluso se captaba el brillo de sus ojos. Era un hombre increíblemente guapo, y al verlo allí, delante de mí, me entraron unas ganas locas de abrirme paso por aquel rectángulo de la pantalla y arrojarme en sus brazos. No lo había dejado. Eso era lo que me repetía a mí misma. Solo me había marchado una semana. Cuando todo terminara, regresaría a Creta con diez mil libras en el bolsillo. Al final, esa experiencia serviría para unirnos más.

—¿Dónde estás? —me preguntó Andreas.

—En el hotel. En Branlow Hall.

—¿Cómo es?

—Es una locura de sitio. Las paredes están llenas de pinturas al óleo y tiene vidrieras de colores en las ventanas. En algunas habitaciones hay una cama con dosel. Te encantaría.

—¿Y con quién compartes la tuya?

—¡Para!

—Es que echo de menos tenerte en la mía. Esto no es lo mismo sin ti. He recibido quejas de muchos clientes habituales.

El tono había cambiado y ahora hablábamos en serio. Me di cuenta de que me había marchado de Creta sin ni siquiera pensar en las consecuencias inmediatas. No había habido ningún intercambio de puntos de vista, ningún intento de allanar las dificultades que habían empezado a aflorar en nuestra relación. Nuestra última conversación estuvo llena de acritud. «No quiero que te vayas», había dicho. Pero yo me había marchado de todos modos. Ahora me preguntaba si había hecho mal; o peor, si había destruido algo que para mí era muy valioso.

—¿Cómo están Panos y Vangelis? —pregunté.

—Están bien.

—¿Ellos no me echan de menos?

—¡Pues claro que sí! —Extendió las manos de modo que desaparecieron a un lado y otro de la pantalla—. Pero nos apañamos.

Hice una mueca.

—O sea que os las arregláis bien sin mí.

—¡Necesitamos el dinero! ¿Te han pagado ya?

En realidad, Lawrence no me había dado nada todavía.

—Lo reclamaré —repuse.

—De no ser por ese dinero, no habría dejado que te marcharas.

Cuando hablaba así se notaba que era griego de pies a cabeza. No tenía muy claro que fuera una broma.

—Cuéntame cosas del asesinato —dijo a continuación—. ¿Ya sabes quién es el culpable?

—Aún no sé nada.

—Ha sido el marido.

—¿Qué?

—Lo de la mujer que ha desaparecido. Seguro que ha sido el marido. Pasa siempre.

—Aún no he hablado con él. Pero las cosas son más complicadas de lo que parecen. Tiene que ver con algo que ocurrió hace ocho años. Si han matado a Cecily, ha sido por eso.

Andreas señaló la pantalla y su dedo se cernió sobre mí, distorsionado por la perspectiva.

—Haz el favor de andarte con cuidado. Recuerda que, si te metes en líos, yo no estaré ahí para salvarte.

—¿Por qué no coges un avión? —propuse, con ganas de tenerlo a mi lado.

—Sin ti, el Polydorus sobrevive, pero no puede sobrevivir sin ninguno de los dos.

Se oyeron unos gritos. La voz venía de debajo de la terraza, creo, pero me fue imposible determinar quién era. Andreas prestó atención y a continuación se encogió de hombros indicando que lo lamentaba.

—Tengo que dejarte —dijo.

—Si es el microondas, apágalo y vuelve a encenderlo.

—Esa norma funciona con cualquier cosa de este hotel. ¡De este país! —Se inclinó hacia delante—. Te echo de menos, Susan. Y estoy preocupado por ti. No te pongas en peligro.

—No lo haré.

Los gritos proseguían; cada vez más fuertes.

—Te quiero.

—Yo también.

A más de tres mil kilómetros de distancia, nuestras manos se unieron. Los dos alcanzamos el botón al mismo tiempo. Lo accionamos. La imagen desapareció de la pantalla.

Heath House, Westleton

La mañana siguiente empezó con una sorpresa desagradable.

Había desayunado en la habitación y me dirigía a la planta baja cuando un hombre trajeado apareció en la puerta del hotel y se acercó a la recepción con paso decidido. Lo reconocí al instante: los ojos huraños, la piel negra, el cuello y los hombros musculados, incluso la forma de caminar, como si buscara chocar con un muro para demolerlo y abrirse paso. Lo hubieran ascendido o no, no cabía duda de que se trataba del superintendente jefe Richard Locke, y por un instante me planteé dar media vuelta y regresar a mi habitación como si hubiera olvidado algo en lugar de arriesgarme a encontrármelo por segunda vez. Se puso hecho una furia cuando intervine en su última investigación.

Pero era demasiado tarde, no podía evitarlo, de modo que agaché la cabeza y seguí adelante a toda prisa fingiendo que no había reparado en él, como abstraída en mis pensamientos. Nos cruzamos a pocos centímetros el uno del otro, al pie de la escalera, y, aunque por fuerza tuvo que verme, no me reconoció, lo cual inevitablemente interpreté como una clara falta de agudeza para alguien que se hacía llamar detective. Para ser justa, debía de tener la cabeza en otra parte. Oí que preguntaba por Aiden MacNeil y me di cuenta de que había acudido allí para informarle sobre la búsqueda de su esposa y, probablemente, de la ausencia de progresos. Me alegré de que Locke no me reconociera. Hubiera supuesto una distracción que no nos convenía a ninguno de los dos.

Eso también me concedía la excusa perfecta para retrasar mi entrevista con Aiden, un momento que seguía temiendo. No estaba de acuerdo con lo que decía Andreas. El hecho de que Aiden estuviera casado con Cecily no lo convertía en el sospechoso número uno de su desaparición. Por el contrario, e ignorando lo que afirmaba Lisa, toda la evidencia mostraba que los dos eran muy felices juntos. También tenían una hija, y sin duda eso reducía las probabilidades de que quisiera hacer daño a su esposa, ¿verdad?

Fue un alivio montarme en mi querido y viejo MG Roadster y sentir la velocidad mientras me alejaba del hotel. Hacía un día bonito, pero quería llegar a la carretera lo antes posible, de modo que aguardé hasta el final del camino de acceso al hotel para detenerme y bajar la capota. Después proseguí mi camino, forzando la velocidad hasta más allá del límite, notando cómo el viento me acariciaba los hombros y me enredaba el pelo. Circulé a toda pastilla entre hojas verdes y bosques hasta la A12, y luego me dirigí hacia el norte, a Westleton. Frank Parris había visitado un lugar llamado Heath House el día en que lo asesinaron. Me preguntaba si era donde habían vivido sus parientes y, más concretamente, si todavía vivían allí.

Westleton es un pueblo curioso, sobre todo porque no es exactamente un pueblo sino más bien una confluencia de carreteras. Está Yoxford Road, que lleva a Yoxford; Dunwich Road, que lleva a Dunwich, y Blythburg Road, que lleva a Blythburg; pero no hay ninguna carretera llamada Westleton Road que lleve a Westleton. Es como si quisieran decirte que no hay ningún motivo para visitar el pueblo en el que te encuentras. Tiene un garaje anticuado, un pub que aparece anunciado pero que no se encuentra en ninguna parte, una tienda de libros de segunda mano y poco más. Dicho eso, se halla en el límite de una magnífica reserva natural y puede llegarse caminando hasta el mar. Seguro que es precioso vivir allí.

No me resultó fácil encontrar Heath House, sobre todo al viajar en un coche viejo sin navegador. En el hotel me había impreso un mapa, pero anduve conduciendo en círculos hasta que me crucé con un granjero que estaba lavando un tractor con la manguera. Él me dirigió hacia un callejón estrecho en el que no había reparado, sobre todo porque no tenía nombre. El callejón me llevó desde el centro del pueblo por entre la mismísima naturaleza para acabar desembocando en una pradera con una casa de madera en el otro extremo. Se trataba de Heath House. El nombre aparecía escrito en un buzón de estilo norteamericano situado junto a la puerta.

Era el tipo de casa diseñada para observarla en una mañana de verano con el césped recién cortado, las plantas en plena floración, una hamaca meciéndose bajo los árboles y todo eso. Debía de tener cien años, y sin siquiera haber llegado a entrar sabía que habría vigas vistas y chimeneas, acogedores rincones y techos con los que tenías que andarte con cuidado para no darte un golpe en la cabeza. No era especialmente bonita; el tejado había sufrido una reparación poco acertada y las tejas cambiaban de color a la mitad, y en un lateral habían añadido un invernadero moderno y feo. Sin embargo, se trataba de una casa muy cómoda consigo misma. Debía de tener cinco o seis dormitorios, dos de los cuales quedaban resguardados bajo los aleros del tejado. En un árbol había colgadas unas campanas de viento que tintineaban relajadamente con la brisa.

Aparqué el coche y me apeé. No era necesario cerrarlo con llave ni poner la capota. Al abrir la verja, reparé en un hombre vestido con un mono de trabajo azul marino que pintaba el marco de una ventana. Era bajito y delgado, más bien pálido, con el pelo cortado al rape y unas gafas redondas. ¿Sería el propietario de la casa? ¿O bien trabajaba para el propietario? Costaba deducirlo con garantías.

—Hola —dijo.

No pareció sorprenderse lo más mínimo al verme. Me sonreía.

—¿Vive aquí? —le pregunté.

—Sí. ¿En qué puedo ayudarla?

No había acudido preparada para tanta jovialidad y no estaba segura de cómo presentarme.

—Siento mucho asaltarlo de esta forma —dije—, pero me preguntaba si podemos conversar un rato. —Él aguardó a que prosiguiera—. Se trata de Branlow Hall.

Él mostró interés al instante.

—Ah, ¿sí?

—Me alojo allí.

—Qué afortunada. Es un hotel muy bonito.

—Estoy preguntando a la gente sobre algo que ocurrió hace bastante tiempo. ¿Por casualidad conoció a un hombre llamado Frank Parris?

—Sí. Conocía a Frank. —Se dio cuenta de que aún sostenía la brocha y la dejó—. ¿Por qué no entra y tomamos una taza de té?

Me desconcertó tanta amabilidad por su parte. No solo se le veía dispuesto a hablar conmigo sino que parecía ansioso por hacerlo.

—Gracias —le dije, y le tendí la mano—. Soy Susan Ryeland.

Él bajó la vista a su mano, manchada de pintura blanca.

—Martin Williams. Perdóneme por no estrecharle la mano. Venga por aquí.

Me guio rodeando un lateral y entramos por una puerta corredera. El interior de la casa era exactamente tal y como lo había imaginado. La cocina era una estancia amplia y acogedora, con un conjunto de fogones y horno de estilo tradicional, una isla donde se preparaba la comida, cazuelas colgando de las vigas y una mesa de madera de pino con ocho sillas. Tenía modernas ventanas que daban al jardín y un arco que conducía a un vestíbulo con las paredes de ladrillo rojo, una mesita redonda antigua y una escalera que subía a la planta superior. La familia compraba en Waitrose. Había dos bolsas reutilizables en el suelo junto a una hilera de botas de agua, un arenero de gato, una tabla de planchar, raquetas de tenis, una cesta para la colada y una bomba de bicicleta. La casa no se veía desordenada sino más bien llena de vida. Todo estaba donde tenía que estar. Mapas de Ordnance Survey junto con libros de observación de aves yacían esparcidos sobre la mesa al lado de un ejemplar de *The Guardian*. Por todas partes había fotos enmarcadas de dos chicas, desde su infancia hasta poco más de los veinte años.

—¿Prefiere un té fuerte o una menta poleo? —preguntó Martin a la vez que alcanzaba el hervidor de agua.

Sin embargo, antes de que pudiera contestar, entró una mujer. Era un poco más baja que él, más o menos de la misma edad. Guardaban una perfecta armonía como pareja. La mujer me recordó un poco a Lisa Treherne; destilaba la misma acritud. La diferencia residía en que se mostraba más a la defensiva. Ese era su territorio, y no me quería allí.

—Esta es Joanne —dijo Martin, y se volvió hacia ella—. Y esta es Susan. Viene de Branlow Hall.

—¿Branlow Hall?

—Sí. Está buscando información sobre Frank.

A Joanne le cambió la cara al oír eso. Durante unos instantes se había mostrado poco hospitalaria, pero ahora se la veía ofendida. Tal vez incluso estuviera asustada.

—Es un poco difícil de explicar... —empecé a decir, tratando de tranquilizarla.

Junto a los fogones, el hervidor eléctrico empezó a silbar.

—Le estaba preparando una infusión a Susan —explicó Martin—. ¿Qué le apetece, al final?

—Un té está bien —dije.

—Ya lo preparo yo. —Joanne cogió las tazas y las bolsitas de té.

—No, no, cariño. Tú siéntate y cuida de nuestra invitada. —Me sonrió—. No vienen muchos visitantes por aquí, y siempre es agradable tener compañía.

¿Por qué tenía la impresión de que esos dos estaban tramando algo? Me recordaban al matrimonio de *¿Quién teme a Virginia Woolf?*, los que invitan a una joven pareja a su casa para acabar despellejándolos.

Joanne y yo nos sentamos a la mesa, y aproveché para preguntarle por Westleton mientras Martin preparaba el té. Pero se me ha olvidado todo lo que me contó. Solo recuerdo la forma en que me miraba, intensa y combativa. Me alegré cuando Martin se unió a nosotras. A diferencia de su esposa, él estaba completamente relajado. Incluso sirvió un plato de galletas.

—Bueno, ¿y por qué tiene tanto interés en Frank? —preguntó Martin.

—¿Eran parientes? —pregunté a mi vez.

—Sí. —Martin se mostraba por completo impasible—. Era mi cuñado, el hermano de Joanne.

—Y vino a Suffolk a visitarles.

—Perdóneme, Susan, pero no ha contestado a mi pregunta inicial. —Me sonrió—. ¿Por qué está haciendo averiguaciones sobre Frank?

Asentí.

—Seguro que se han enterado de que Cecily Treherne ha desaparecido. Sus padres son los dueños del hotel.

—Sí. Lo leímos en los periódicos.

—Me han pedido que les ayude porque creen que la desaparición puede estar relacionada con la muerte de Frank.

—¿A qué se dedica usted? ¿Es vidente o algo así?

—No. Trabajaba en una editorial. Uno de los autores que editaba escribió un libro sobre lo ocurrido y creen que podría guardar relación. —Me resultaba demasiado difícil explicar toda la historia, de manera que me lancé de lleno—. ¿Vieron a Frank el fin de semana en que murió?

Por un momento, creí que iban a negarlo. Joanne pareció dar un respingo pero Martin ni siquiera vaciló.

—Ah, sí. Se pasó por aquí el mismo día del asesinato. Lo mataron un viernes por la noche, si no me equivoco. Y por la mañana había venido aquí, justo después del desayuno. ¿Qué hora era, cariño?

—Sobre las diez —respondió Joanne sin dejar de mirarme.

—¿Pueden explicarme el motivo?

—Acababa de llegar de Australia. Quería vernos.

—Pero no se alojó en su casa.

—No. Nos habría alegrado que se alojara aquí, pero ni siquiera supimos que estaba en el país hasta que llamó desde el hotel. Así era Frank. Un hombre lleno de sorpresas.

No creía ni una palabra de lo que me estaba contando, y lo más extraño es que tampoco creía que fuera su intención colármelo. Todo lo que decía, e incluso esa sonrisita suya..., estaba más que ensayado. Era como un ilusionista que me retaba a elegir una carta con la certeza de que, al cabo de dos segundos, se habría transformado en otra diferente. Un modo muy extraño de comportarse teniendo en cuenta que le estaba hablando de un hombre, un miembro de su familia, a quien habían asesinado brutalmente.

Me volví hacia Joanne. Tal vez con ella fuese más fácil.

—Miren, no me gusta nada entrometerme —dije—. Ya sé que no es asunto mío, pero, como les he explicado, yo solo trato de encontrar a Cecily, y cualquier cosa que me cuenten sobre lo que ocurrió aquel fin de semana podría serme de ayuda.

—Me parece que no tenemos nada que contar... —empezó a decir Joanne.

—Puede preguntarnos todo lo que quiera —la atajó Martin—. No tenemos nada que esconder.

En las novelas de Alan Conway, los personajes solo decían eso cuando sí que tenían algo que esconder. Miré alrededor.

—¿Cuánto tiempo llevan viviendo aquí? —pregunté. Había cambiado de tema a propósito, para acercarme desde un ángulo distinto.

—Nos trasladamos en... —Martín contó con los dedos—, bueno, debió de ser siete años antes de que Frank se marchara a Australia, en 1998. Ese año murió la madre de Joanne.

—¿La casa era de su madre?

—Sí. Antes vivíamos en Londres. Yo trabajaba para una correduría de seguros de la ciudad, Guest Krieger... Imagino que no le suena. Están especializados en arte.

—No tengo obras de arte.

—Bueno, por suerte hay muchos clientes ricos que sí que las tienen. —Me obsequió con aquella extraña sonrisa suya. La cosa empezaba a cargarme—. Joanne siempre había querido vivir fuera de Londres, y la cuestión es que la mayor parte de mi trabajo son llamadas telefónicas, de modo que da igual desde dónde las haga. Las niñas estaban a punto de empezar el colegio cuando la casa quedó vacía, así que nos trasladamos aquí.

—¿A qué colegio iban sus hijas? —pregunté.

—A la Woodbridge School.

—Mi hermana también llevaba allí a sus hijos —les dije—. Y mi compañero antes trabajaba de profesor allí.

—Les fue muy bien aflojar un poco el ritmo —explicó Joanne—. Ahora van a la universidad.

—Debieron de alegrarse mucho de ver a su tío.

—Ellas no lo vieron. No estaban en casa cuando vino.

—¿Y él no quiso esperarlas? Después de un viaje tan largo desde Australia...

—Frank había venido por trabajo —dijo Martin, y permitió que su voz delatara una ligera impaciencia. Había estado sosteniendo una galleta y en ese momento la partió por la mitad y dejó ambos trozos sobre la mesa—. Es muy triste, pero perdió mucho dinero cuando montó el negocio en Australia y vino a Inglaterra casi sin blanca. Tenía la idea de crear otra agencia y quería que invirtiéramos en ella. —Sacudió la cabeza—. Aunque me temo que la opción estaba descartada de antemano. Ahora trabajo por mi cuenta, y me va bastante bien, pero me habría sido imposible llevar un negocio con él. No habría funcionado.

—¿Por...?

—Porque no me caía bien. A ninguno de los dos nos caía bien.

Ahí estaba de pronto. Una especie de confesión. ¿Pero a qué conducía exactamente?

Joanne dejó sobre la mesa la taza y el plato, que entrechocaron.

—En realidad no era cuestión de que me cayera bien o no —admitió—. Frank y yo teníamos muy pocas cosas en común. Para empezar, había una diferencia de edad considerable. Pero también habíamos elegido caminos distintos en la vida. Cuando vivía en Londres, trabajé como gestora de pagos en el Sistema

Nacional de Salud. Tenía a Martin y a las niñas. No es que desa-
probara su forma de vivir, pero me resultaba totalmente ajena.

—¿En qué sentido?

—Bueno, estaba lo de su orientación sexual, por supuesto.
Frank era gay, y no es que yo tenga nada en contra de eso. Pero
¿por qué tenía que restregártelo por las narices? Siempre andaba
metido en fiestas y drogas, y esa forma de vestirse, y tantos hombres jóvenes que...

—¡Para, para! —A Martin parecía divertirle la indignación
de su esposa. Le dio unos golpecitos en el brazo—. ¡Se te va a
echar encima la policía de lo políticamente correcto!

—Ya sabes lo que pensaba de él, Martin. Me parecía de muy
mal gusto, nada más.

—A Frank le gustaba llamar la atención —convino Martin—.
Eso es todo.

—¿Y qué pasó cuando apareció por aquí? —pregunté.

—Nos dijo que había perdido mucho dinero. —Martin había
vuelto a tomar la iniciativa—. Quería que le ayudáramos. Le dijimos que nos lo pensaríamos, aunque los dos teníamos decidido
que no lo haríamos. Avisamos a un taxi y regresó al hotel.

—¿Comentó algo de la boda?

—De hecho, le fastidiaba bastante que hubiera una boda. El
hotel estaba lleno de gente, y en el jardín habían montado una
carpa que tapaba las vistas. Comentó que deberían haberle ofrecido un descuento.

—¿Y dijo algo sobre Cecily? ¿O sobre su prometido, Aiden
MacNeil?

—No mencionó a ninguno de los dos. Ojalá pudiera contarle
más cosas, Susan, pero solo estuvo aquí tres cuartos de hora.
Nos tomamos un té. Charlamos. Y luego se marchó.

Era evidente que Joanne estaba deseando que yo hiciera lo
mismo. Me había terminado el té y no me ofrecieron una segunda taza, de modo que me puse en pie.

—Han sido los dos muy amables —dije—. Es posible que me
quede en Suffolk unos días más. ¿Les importa si vuelvo por aquí?

—Venga siempre que quiera —me invitó Martin—. Si tiene más preguntas, estaremos encantados de contestarlas, ¿verdad, Jo?

—La acompaño a la puerta. —Joanne también se había puesto en pie y señalaba el arco del vestíbulo.

Si hubiera sido un poco menos formal, me habría guiado hacia la puerta corredera por donde había entrado. Pero era evidente que sentía la necesidad de que cruzara el vestíbulo y saliera por la puerta principal, lo cual me permitió ver el tablero de corcho medio oculto detrás de los fogones y el horno, y, al pasar por delante, la tarjeta de visita prendida en una esquina.

WHESLEY & KHAN - ABOGADOS

FRAMLINGHAM

Fue Sajid Khan quien les dijo a Lawrence y Pauline Treherne dónde podían encontrarme. Había sido el abogado de Alan Conway, y me pregunté qué relación tenía con Martin y Joanne Williams.

Estaba a punto de preguntarle a Joanne de qué lo conocía, pero no tuve la oportunidad. Desde que habíamos salido de la cocina mostraba una expresión de pocos amigos, pero de repente se volvió hacia mí y vi que había sucedido algo grave. Estaba furiosa. Me miraba como si deseara fulminarme.

—No quiero que vuelva a poner los pies aquí —masculló en voz baja para que Martin no la oyera.

—¿Cómo dice?

—Márchese. No teníamos ningunas ganas de ver a Frank y tampoco queremos verla a usted. Lo que sucedió en el hotel no tiene nada que ver con nosotros, así que lárguese y déjenos en paz.

Ni siquiera recuerdo el momento en que salí de la casa. Solo recuerdo un portazo tras de mí, y la sensación de que no sabía qué había ocurrido, pero, fuera lo que fuese, no tenía ningún sentido.

Branlow Cottage

No vi a nadie cuando regresé al hotel, y tampoco había rastro de ningún coche de policía, por lo que deduje (y esperaba no equivocarme) que el superintendente jefe Locke se habría marchado. Faltaba poco para mediodía, y me pareció un buen momento para hacerle una visita a Aiden MacNeil. Seguía infundiéndome cierto temor entrevistarlo, pero sabía que no podía demorarlo por más tiempo. Telefoneé a Lawrence desde el coche; sin embargo, fue Pauline quien contestó.

—Lawrence está en el jardín —dijo—. Siento mucho no haber podido recibirla ayer. No me encontraba bien.

—No se preocupe, Pauline. Voy de camino a ver a Aiden.

—Ah, sí. Esta mañana ha venido la policía a hablar con él.

—¿Alguna novedad?

—Ninguna.

—Me preguntaba si Lawrence le ha dicho algo a Aiden. Me comentó que le avisaría de que posiblemente yo quisiera verlo.

—No lo sé. Espere un momento, que se lo pregunto.

Se oyó un chasquido cuando dejó el teléfono, y a continuación, en la distancia, su voz que llamaba desde la ventana:

—¡Cariiiñooo!

Aguardé un minuto aproximadamente hasta que regresó. Tenía la respiración un poco agitada.

—Sí. Está esperando a que se ponga en contacto con él.

—¿No le importa que vaya a verlo?

—En absoluto. Todo lo que pueda servir para encontrar a Cecily...

Eso me tranquilizó.

Crucé el hotel y pasé frente a Lars, que estaba sentado tras el mostrador de recepción leyendo una revista de fútbol danesa llamada *Tipsbladet*. Él ni siquiera levantó la cabeza. Salí a la parte trasera, dejé atrás el spa y la piscina y recorrí el camino de grava que conducía a Branlow Cottage.

No sé por qué le habían puesto el nombre de «cottage», como a una casa de campo, cuando en realidad era una sólida construcción de tres plantas erigida en su propio terreno, rodeada por un muro bajo y una verja. En el jardín había un columpio y una piscina de plástico medio desinflada. El Range Rover estaba aparcado en el camino de entrada. Al pasar junto a él, con la grava crujiendo bajo mis pies, tuve una extrañísima sensación de inquietud, o incluso miedo. Pero no era por Aiden. Estaba pensando en Cecily: hija, esposa y madre de una niña de siete años. Había salido para dar un paseo por la campiña de Suffolk y jamás había regresado. ¿Acaso a una persona puede ocurrirle algo peor? Cuando vives en el campo, pasas cada minuto del día rodeado por la nada. Yo ahora notaba el vacío de esa nada. Pero ni por un segundo se te ocurre pensar que puedes convertirte en parte de ella.

Cuando me acercaba a la puerta principal, esta se abrió y dio paso a Aiden, que echó a andar hacia mí. Me había visto desde la ventana. Me tendió la mano.

—Imagino que usted es Susan Ryeland.

—Sí.

—Llega en buen momento. Roxie ha salido con Eloise. A esta hora no está en la escuela. Venga, pase.

Mi primera impresión de Aiden me sorprendió. Era un hombre muy atractivo, de pelo rubio y ojos azules, y estaba en plena forma. Llevaba un jersey polo, unos pantalones tejanos y unos mocasines. Por lo que me habían dicho los Treherne, sabía que tenía treinta y dos años, pero parecía que tuviera cinco menos como mínimo, y su aire de Peter Pan se notaba incluso en la forma de moverse, con ligereza. Lo seguí hasta la cocina, y él, sin preguntarme, encendió el hervidor de agua. La casa estaba muy limpia y ordenada. No había nada fuera de su sitio en ninguna de las superficies.

—¿Cuándo ha llegado? —me preguntó.

Fue en el momento en que se dio la vuelta cuando reparé en el cansancio de sus ojos, en los surcos de preocupación. Se notaba que no dormía bien. Había perdido peso.

—Ayer. —No sabía cómo empezar—. Lo siento mucho. Esto debe de ser horroroso para usted.

—¿Horroroso? —Esbozó una sonrisa mientras pensaba en la palabra—. Eso ni siquiera da una idea de lo que es esto; en serio, Susan. Y lo peor es que la puta policía cree que yo tengo algo que ver. Lo peor es que han venido ya siete u ocho veces y todavía no han logrado ni una puñetera pista.

Su voz sonaba cascada. Al hablar parecía que estuviera sufriendo un terrible dolor de garganta.

—Conozco a Locke, el superintendente jefe —dije—. Es un hombre muy meticuloso.

—¿De verdad? Pues, para empezar, si el superintendente jefe y sus amiguitos fueran un poco más meticulosos, a lo mejor Cecily ya estaría en casa.

Lo observé preparar el té. Lo hizo con los mismos movimientos tensos y bruscos con los que un alcohólico se serviría una copa de whisky, y no paró de hablar todo el tiempo, incluso dándome la espalda.

—Llamé a la policía a las ocho de la tarde del día que desapareció. Era miércoles. Debería haber estado de vuelta a las seis para acostar a Roxana, y la llamé al móvil una decena de veces. No contestó. Sabía que le había ocurrido algo, pero pasó una hora más antes de que apareciera alguien, una pareja de agentes locales, y ni siquiera entonces se lo tomaron en serio. Me preguntaron si habíamos discutido. Si estaba deprimida. No se pusieron en marcha hasta al cabo de dos horas, cuando el perro de Cecily apareció en la estación de Woodbridge. Su coche también estaba allí.

—¿El Range Rover?

—No, ese es mi coche. Ella conduce un Golf Estate.

Reparé en el uso del verbo en presente. Aiden no vaciló; tenía el convencimiento de que Cecily estaba viva.

—¿Qué le ha contado Locke? —pregunté.

—No me ha contado nada, que es exactamente lo que han avanzado en la investigación. —Se acercó a la nevera y sacó un cartón de leche. A continuación lo estampó contra la encimera de tal manera que estuvo a punto de estrujarlo—. No tiene ni idea de lo que es esto —me dijo—. Han revisado sus cuentas del banco, sus informes médicos, sus fotografías... Una nuestra del día de la boda ha salido en todos los periódicos. Hubo un centenar de personas que estuvieron buscándola por la zona del río Deben. Nada. Y luego empezamos a recibir noticias. La habían visto en Londres. Estaba en Norwich. Estaba en Ámsterdam, aunque no sé cómo se las arregló para llegar allí teniendo como tiene el pasaporte arriba.

Sirvió la leche.

—Me han dicho que las primeras setenta y dos horas son clave. Las personas que estaban por la zona siguen allí y tal vez recuerden algo. Aún se podría encontrar pruebas. ¿Sabe que al 80 por ciento de los desaparecidos los localizan a cuarenta kilómetros de donde viven?

—No lo sabía.

—Me lo explicó Locke. Pensaba que eso me animaría. Pero aún no la han encontrado, y ha pasado más de una semana.

Trajo el té a la mesa y nos sentamos el uno frente al otro, aunque ninguno lo probó. Me apetecía un cigarrillo, pero sabía que Aiden no fumaba. La casa no olía a tabaco y él tenía los dientes muy blancos. Pensé en lo que me había dicho Andreas por FaceTime: «Seguro que ha sido el marido. Pasa siempre». Pues bien, o Aiden MacNeil era el actor más brillante que había conocido o estaba al borde de un ataque de nervios. Lo miré allí sentado, delante de mí, con los hombros hundidos. No había ni un solo músculo de su cuerpo que estuviera relajado. Era un hombre destrozado.

—Sus suegros creen que la desaparición de Cecily podría tener algo que ver con un libro que leyó —empecé a decir.

Él asintió.

—*Atticus Pünd acepta el caso*. Sí, ya me lo han dicho.

—¿Usted lo ha leído?

—Sí. —Hubo una larga pausa—. Yo se lo regalé a Cecily. La animé a que lo leyera. —De pronto se mostró enfadado—. Si es cierto, si ha desaparecido por algo que tiene que ver con esa historia, entonces es culpa mía. Ojalá nunca hubiera oído hablar de ese puto libro.

—¿Dónde oyó hablar de él?

—Uno de los huéspedes lo mencionó. Lo cierto es que mi trabajo aquí consiste en eso, en hablar con los huéspedes. En tenerlos contentos. Cecily se ocupa de toda la gestión y Lisa lleva la contabilidad. Yo solo soy el relaciones públicas. —Se levantó y fue hasta una mesita auxiliar sin dejar de hablar—. Conocí a Alan Conway cuando estuvo aquí hace muchos años, pero no tenía ni idea de que pensara escribir un libro sobre nosotros. De hecho, me dijo específicamente que no pensaba hacerlo... Menudo cabrón. Luego ese huésped me habló del libro y me dijo que salía un hotel que se llamaba Moonflower, y, claro, como aquí tenemos un ala con el mismo nombre... Fui a comprar un ejemplar, y enseguida vi que salíamos todos. Lawrence; Pauline; Derek, el encargado de noche; yo...

Dio media vuelta y vi que sostenía un ejemplar de bolsillo nuevecito. Reconocí la cubierta con la silueta de Atticus Pünd, el título con las letras en relieve, el texto «Recomendado por el *Sunday Times*» impreso con orgullo en la parte superior. ¿Cuántas horas había pasado trabajando en el diseño de la serie? Recordaba las conversaciones con el departamento de producción, los consejos de que evitaran los trazos simples y los colores pastel de la olvidada Inglaterra de Enid Blyton, por mucho que fuera en esa categoría donde efectivamente encajaban los libros. Había muchos sellos —como la colección de clásicos del crimen de la

Biblioteca Británica— que llenaban el mostrador central de Waterstones con sus ediciones vintage, y nosotros teníamos que hacer algo que destacara. Alan era un autor moderno y original, mucho más que un imitador de Dorothy L. Sayers o John Dickson Carr. Ese era el mensaje que quería transmitir. Tras la muerte de Alan, cuando Orion Books adquirió la serie, cambiaron la sobrecubierta pero no variaron el diseño. Seguía siendo, en gran parte, obra mía.

—De modo que Cecily lo leyó. ¿Le comentó algo?

—Muy de pasada. Dijo que había encontrado algo raro y que la hacía pensar que, a fin de cuentas, Stefan no era el responsable del asesinato. Pero no me explicó nada más, Susan. Le habría pedido que me contara más cosas, pero teníamos trabajo en el hotel. Roxana no dormía bien. Lisa estaba más cabrona que de costumbre. Había muchas pelotas en el aire y no teníamos tiempo de sentarnos a charlar.

Los dos nos quedamos mirando el té y nos dimos cuenta a la vez de que no nos apetecía. Se levantó y sacó una botella de vino de la nevera. Sirvió dos copas.

—Intento que las cosas sigan funcionando por Roxana. Ella no entiende nada de lo que está pasando salvo que su madre ha desaparecido. ¿Cómo se supone que voy a explicárselo?

Dio un trago de vino, y le concedí unos instantes para que el alcohol hiciera su efecto.

—¿Le importaría hablarme de la boda? —le pregunté a continuación—. ¿Y de su relación con Cecily?

—Claro que no. Si sirve de algo.

—¿Cómo se conocieron?

—Vino a Londres porque estaba pensando en comprarse un piso. Yo soy de Glasgow, pero en ese momento vivía en Londres con mi madre.

—Su madre asistió a la boda.

—Sí.

—¿Y ahora no ha venido para echarle una mano?

Él negó con la cabeza.

—Tiene alzhéimer. Mi hermana, Jodie, se ocupa de cuidarla.

Pero tampoco querría que estuvieran aquí. Tengo a Eloise. Y ellas no pueden hacer nada.

—Lo siento —dije—. Siga.

—Me trasladé al sur... sobre el año 2001, creo. Encontré trabajo como agente inmobiliario y así fue como conocí a Cecily. Me tocó enseñarle un estudio de un solo dormitorio en Hoxton. Era genial en cuanto al acceso desde Suffolk, pero tenía un precio exagerado y había problemas con la cubierta del edificio. Dio la casualidad de que ese día era mi cumpleaños y no veía la hora de terminar de trabajar y marcharme al pub, donde me esperaba un grupo de amigos, así que le recomendé que no lo comprara y, en vez de eso, le pedí que se viniera conmigo. —Sonrió al evocar el recuerdo—. A todos mis amigos les cayó genial. Y todos sabían que estábamos hechos el uno para el otro.

—¿Cuánto tiempo pasó hasta que decidieron casarse?

—Dieciocho meses. Para Pauline y Lawrence todo fue demasiado rápido, pero nosotros no queríamos perder tiempo. Me propusieron que entrara a formar parte del negocio, y a mí me pareció bien. Lo que hacía en Londres y lo que hago aquí... no es tan diferente. Trato con la gente.

—Vale. Hábleme del día de la boda. Explíqueme cómo fue todo.

El vino resultaba de ayuda. No sé si Aiden se sentía más cómodo o no, pero yo sí que lo estaba.

—Nunca lo olvidaré. —Aiden sacudió la cabeza—. Cecily siempre empezaba el día leyendo su horóscopo en el periódico. Bueno, pues ese sábado le decía que se preparara para unos cuantos altibajos, y eso es lo último que uno espera leer el día de su boda, con lo cual se puso de mal humor. Obviamente, la predicción resultó de lo más acertada. No me gusta tener que decir esto, pero Lawrence y Pauline la fastidiaron dejando el hotel abierto al público. Si no, lo habríamos tenido todo controlado y ese día Frank Parris no habría estado aquí y no habría pasado nada de lo que pasó.

—¿Cuándo lo conoció?

—El jueves por la tarde, cuando llegó. Había reservado una

habitación estándar, y lo pusimos en el ala Moonflower. Era una habitación estupenda, pero él no estaba satisfecho. Quería algo más tradicional, así que lo arreglé y le asignamos la habitación 12. Allí fue donde lo asesinaron.

—Descríbamelo.

Aiden lo pensó.

—Cincuenta años, cabello cano y rizado, más bien bajo. Tenía jet lag cuando llegó, y por eso estaba de mal humor. Pero al día siguiente estaba más simpático.

—¿Lo vio dos veces?

—Le hice el registro de entrada, y el viernes al mediodía Cecily y yo nos lo encontramos en la puerta del hotel. Acababa de llegar en taxi. Nos dijo que le encantaba la nueva habitación, y, cuando supo que íbamos a casarnos, fue de lo más amable. Tenía unos modales bastante exagerados. Se notaba que era alguien a quien le gustaba hacerse ver. Si en ese momento me hubieran dicho que al cabo de unas horas estaría muerto, no me lo habría creído. Era un hombre lleno de vida.

—¿Les explicó para qué había ido a Westleton?

Aiden se quedó pensativo unos instantes.

—No, me parece que no. A mí no me habló de Westleton en ningún momento, pero sí de que esa noche iba a ir a Snape Maltings a ver una ópera. Alguna de Mozart. No sé si vino expresamente para eso, la gente recorre un montón de kilómetros para ir a Snape, y bastantes se alojan con nosotros.

—¿Y ya no volvió a verlo?

—Puede que sí. Pero, en todo caso, no le presté atención. Como debe de imaginar, Susan, estaba bastante ocupado.

—El viernes por la noche se celebró una fiesta.

—El viernes a última hora de la tarde, sí. Fue cosa de Lawrence y Pauline; querían que todo el mundo participara en la celebración. Son buena gente. El hotel es su casa. —Miró por la ventana, como si hubiera oído algo, pero no había rastro de Roxana—. La fiesta empezó sobre las ocho y media y duró más o menos una hora.

—¿Stefan también estaba?

—Sí. Estaban todos. Lionel, Derek, Stefan, Lisa... No, Derek no. Pero todos los demás sí.

—¿Habló con Stefan?

Aiden frunció el entrecejo.

—Es probable. La verdad es que no me acuerdo. No creo que pasara mucho tiempo con él porque tenía un pie fuera.

—¿Iba a marcharse?

—¿No se lo han contado? Lo despidieron. A Lisa no le caía bien. Estaba convencida de que se dedicaba a robar dinero... o algo así. De hecho, no necesitaba ningún motivo para echarlo. Si no le caes bien a Lisa, vas fuera. Todo el mundo lo sabe. Yo tampoco le caigo muy bien, a decir verdad, pero seguramente es porque estoy casado con su hermana. No soporta que Cecily tenga algo que ella no tiene.

Me extrañó que Lisa no hubiera mencionado el despido de Stefan. ¿Qué había dicho durante la cena? «Deberíamos haberlo despedido de inmediato». Tal vez con eso quisiera dar a entender que lo había hecho después, pero me pareció que había evitado mencionarlo expresamente y me pareció raro. Dejando aparte el resto, eso aumentaba las probabilidades de que Stefan se hubiera sentido tentado de robarles a los clientes, ya que se había quedado sin trabajo. Lo lógico habría sido que Lisa tuviera interés en que yo lo supiera.

—¿Vio de nuevo a Frank Parris? —pregunté.

—No. Estuve con Cecily hasta las ocho y media. Luego fuimos a la fiesta, y después nos acostamos.

Se me pasó una idea por la cabeza.

—¿No tendrían que haber dormido en habitaciones separadas, al ser la noche anterior a la boda?

—¿Por qué? Fue una boda tradicional en muchos aspectos, Cecily lo quiso así. Pero no celebramos ninguna despedida de solteros, y desde luego no pensábamos dormir en habitaciones separadas.

Recordé algo que Aiden acababa de decir.

—Antes ha mencionado que había habido altibajos. ¿A qué se refería exactamente?

—Bueno, lo del asesinato fue una buena faena, qué quiere que le diga.

—¿Y qué más?

—¿De verdad quiere saberlo? No tiene importancia.

—Todo tiene importancia. Nunca se sabe qué puede acabar siendo relevante.

Aiden suspiró.

—Bueno, hubo pequeños contratiempos. El tipo de cosas que pueden pasar en cualquier boda. Para empezar, montaron tarde la carpa. El material no llegó hasta el viernes después de comer y tuvieron que pasarse la tarde trabajando para dejarla lista. Una de las damas de honor se puso enferma y tuvo que cancelar su participación. Cecily lo interpretó como un augurio de mala suerte. Y luego se disgustó porque había perdido una pluma que quería tener en el momento del enlace en la rosaleda.

—¿Una pluma?

—Era de su padre. Colecciona estilográficas antiguas. Ese día no paraba de hablar de lo mismo. Acababa de comprársela en una tienda de antigüedades de Snape. Era nueva, no la habían usado. Y era de color azul.

—¿Y qué? —No lo pillaba.

—Era vieja pero también nueva. Era prestada, ¡y era azul!

—Ah, claro. —Me sentí como una idiota.

—La cuestión es que Cecily no la encontró. Más tarde se nos ocurrió que tal vez Stefan la hubiera birlado. Pero también pasaron otras cosas. Se rompió una caja de botellas de vino. Se equivocaron con el pastel. Pero ¿por qué le cuento todo esto? Fue una boda como cualquier otra.

—Exceptuando que asesinaron a un hombre.

—Sí. —Eso hizo que se pusiera serio—. Debería de haber sido el día más feliz de mi vida —dijo—. Nos casamos al mediodía, en el jardín. No fue una ceremonia religiosa; ninguno de los dos es creyente. Empezaron a servir las bebidas sobre la una menos cuarto. Y entonces, cuando empezábamos a sentarnos para comer, una camarera de piso —una chica que se llamaba Natasha Mälk— salió gritando que había una persona muerta, y ahí se terminó todo. Ahí se terminó mi boda. —Vació la copa y la apartó como para indicar que no pensaba beber más—. Amaba a Cecily más de lo que pueda imaginarse. Y aún la amo. Es inteligente, y guapa, y considerada, y es capaz de soportarme. Tenemos una hija maravillosa. Y ahora ha pasado esto, y es como si toda mi vida se hubiera convertido en una jodida pesadilla.

Justo en ese momento, un coche se detuvo en el camino de entrada: un Volkswagen Golf Estate de color plateado. Vi que lo conducía la niñera. Roxana viajaba en el asiento trasero con el cinturón de seguridad puesto. La niñera salió del coche, y Bear, el golden retriever, también salió de un salto. Ese era el perro que había ladrado por la noche, claro. Por aquel entonces debía de ser solo un cachorro. Se había hecho viejo, y ahora estaba gordo y era lento; haciendo honor a su nombre, se movía como un oso.

—¿Le importa si seguimos en otro momento? —preguntó Aiden.

—Claro que no.

—¿Cuánto tiempo piensa quedarse?

Era una buena pregunta. La verdad era que no lo sabía.

—Puede que una semana más —respondí.

—Gracias. Gracias por intentar ayudar.

De momento no había hecho nada de nada.

Dejé a Aiden MacNeil en la cocina y me dirigí al exterior. Cuando abrí la puerta de la casa, Roxana pasó por mi lado como una exhalación, impaciente por ver a su padre y sin siquiera reparar en mí. Era una niña muy guapa, de tez bronceada y profundos ojos oscuros. Él la acogió en sus brazos.

—¿Cómo está mi chica?

—¡Papá!

—¿Dónde habéis estado?

—Hemos ido al parque. ¿Mamá ya está en casa?

—Todavía no, cariño. Aún la están buscando.

Una vez fuera, me di de bruces con la niñera, Eloise, que portaba una manta y una cesta de pícnic. Nos quedamos unos instantes allí paradas, sin saber cuál de las dos debía ceder el paso a la otra.

Se la veía furiosa, de un modo parecido a lo que me había ocurrido por la mañana con Joanne Williams; aunque había una diferencia. La emoción que transmitía Eloise era tan potente, tan intensa, que me quedé de una pieza. Y no sabía a qué venía aquello, porque la niñera y yo no nos conocíamos de nada. Antes la he descrito como una persona delgada y morena, pero en realidad también era como un espectro, vengativa, como sacada de una tragedia griega. Incluso en un soleado día de verano como ese, iba vestida con ropa de distintos tonos de gris. Tenía el pelo negro azabache con un mechón gris en un lado. Más que a Mary Poppins, se parecía a Cruella de Vil.

—¿Quién es usted? —me preguntó.

—Una amiga de la familia. Me han pedido que les ayude.

—No necesitamos ayuda. Lo único que necesitamos es que nos dejen en paz.

Tenía un acento francés típico de una película de arte y ensayo. Clavó sus ojos en los míos.

Pasé rozándola y me dirigí de nuevo al hotel. Cuando me encontraba a cierta distancia, miré atrás para echar un último vistazo a la casa. Ella seguía allí, plantada en el escalón de la entrada, observándome y advirtiéndome que no se me ocurriera volver.

Contactos

De: Craig Andrews <CAndrews13@aol.com>
Enviado: 20 de junio de 2016 a las 14.03
Para: Susan Ryeland <S.Ryeland@polydorus.co.gr>
Asunto: RE: Stefan Codrescu

Hola, Susan:

Tu correo me ha sorprendido. Veo que utilizas una dirección nueva.
¿Es de Grecia? Me disgusté mucho al enterarme de lo ocurrido. Pero
¿qué pasó en realidad? Cada cual cuenta una historia distinta. Lo
único que sé es que me entristece haberte perdido de vista. ¡Lo
pasaba genial en nuestras largas sesiones a base de Pringles y
prosecco!
¿Viste mi nuevo libro en la lista de los diez más vendidos del
Sunday Times? Solo duró una semana, pero la editorial
ya puede ponerlo en la cubierta. Se llama *Marca de tiempo* (lo sé,
mis títulos siempre incluyen «tiempo», y el personaje es el mismo,
Christopher Shaw... Hodder no deja que salga de mi zona de
confort).
Stefan Codrescu está en la prisión de Wayland, en Norfolk. Si
quieres verlo, tendrá que darte permiso. Tal vez puedas hablar con

su abogado. Lo he buscado en internet. ¿Te interesa el crimen? Me encantaría saber qué estás haciendo. Ya me contarás.

Cuídate,
Craig

P. D.: Si vienes y necesitas alojamiento, avísame. Ahora vivo solo y hay sitio de sobra. Besos

Stefan Codrescu
Prisión de Wayland
Thompson Road
Griston
Thetford IP25 6RL

20 de junio de 2016

Apreciado Stefan:

No nos conocemos, pero me llamo Susan Ryeland y antes trabajaba en el sector editorial. Hace poco me contactaron Lawrence y Pauline Treherne, propietarios de Branlow Hall, donde tengo entendido que trabajó usted. Como tal vez haya visto en la prensa, su hija Cecily ha desaparecido. Están muy preocupados y creen que yo podría ayudarlos.

El motivo por el que acudieron a mí es que mi escritor más famoso, Alan Conway, escribió una novela sobre Branlow Hall y lo que allí ocurrió hace ocho años. Alan ha muerto, por lo que es imposible hablar con él, pero podría haber en su libro algún detalle que guarde relación con Cecily Treherne, y también con usted y su condena.

Me gustaría mucho que nos viéramos lo antes posible. Según tengo entendido, solo puedo entrar en la prisión de Wayland si me incluye en su lista de visitas. ¿Podría hacerlo? Si quiere contactar conmigo, puede llamarme al 07710 514444 o escribirme a Branlow Hall.

Quedo a la espera de su respuesta.
Un cordial saludo,

SUSAN RYELAND

De: Susan Ryeland <S.Ryeland@polydorus.co.gr>
Enviado: 20 de junio de 2016 a las 14.18
Para: James Taylor <JamesTaylor666!@gmail.com>
Asunto: Alan Conway

Querido James:

Hace mucho que no nos vemos y espero que no hayas cambiado tu dirección de correo electrónico. ¿Cómo estás? La última vez que nos reunimos fue en una cena que hicimos en el hotel Crown de Framlingham, en la que bebimos mucho y me contaste que ibas a apuntarte a una escuela de arte dramático. ¿Llegaste a hacerlo? ¿Debería haber visto ya tu nombre en letras de neón?
Supongo que te preguntarás por qué me pongo en contacto contigo. Es una larga historia, pero resulta que vuelve a tener que ver con Alan Conway.
Alan escribió un libro llamado *Atticus Pünd acepta el caso*. Lo hizo antes de que fuerais pareja y, naturalmente, antes de que aparecieras en sus novelas como ayudante de Pünd. Parece que pudo basar el argumento en una historia real que sucedió en Suffolk, en un hotel llamado Branlow Hall. ¿Te mencionó ese nombre alguna vez? Detuvieron por asesinato a un tal Stefan Codrescu, pero es posible que no fuese el verdadero culpable.
Sé que Alan conservaba muchas notas. Recuerdo que registramos juntos su despacho buscando información sobre *Sangre de urraca*. Doy por hecho que heredaste sus cuadernos cuando te quedaste con Abbey Grange y, aunque tal vez los hayas tirado todos a un contenedor, si tienes alguno quizá resulte útil.
Puedes ponerte en contacto conmigo a través de esta dirección de correo electrónico o llamarme a este número: 07710 514444. Imagino que vives en Londres. Ahora mismo estoy en Suffolk, pero puedo ir allí en cualquier momento.

Con cariño,
Susan (Ryeland)

Viernes 20 de junio, 14.30
Hola, Lionel. Te envío esto
desde Branlow Hall. Sigues
teniendo este número?
Estás en el Reino Unido? Nos podemos ver?
Es sobre Cecily Treherne.
Muy importante. Gracias.
Susan Ryeland

De: Susan Ryeland <S.Ryeland@polydorus.co.gr>
Enviado: 20 de junio de 2016 a las 14.38
Para: Kate Leith <Kate@GordonLeith.com>
Asunto: Alan Conway

Hola, Katie:

He vuelto durante unos días al Reino Unido y a Suffolk. Perdona, no
he tenido tiempo de llamarte ni de enviarte un correo. Todo ha
sucedido de repente. Me temo que vuelve a ser por Alan Conway.
No me deja en paz.
¿Cómo estás? ¿Y Gordon, Jack y Daisy? Ha pasado una eternidad
desde que nos vimos. ¡Y no habéis venido a visitarme a Creta!
¿Qué te parece si cenamos juntas hoy o mañana sábado? Puedo ir a
tu casa o puedes venir tú. Me alojo en Branlow Hall (gratis).
Llámame o mándame un correo.

Besos,
Susan

Viernes 20 de junio, 14.32
Hola, Susan. Sí, he visto lo de
Cecily en la prensa. Terrible.
Ayudaré en lo que pueda.
Estoy en Londres. Virgin Active

Barbican. Llámame o mándame
un correo a LCorby@virginactive.co.uk
cuando quieras. Un saludo. Lionel

De: Susan Ryeland <S.Ryeland@polydorus.co.gr>
Enviado: 20 de junio de 2016 a las 14.45
Para: Lawrence Treherne <lawrence.treherne@Branlow.com>
Asunto: Cecily

Apreciado Lawrence:

Espero que esté bien y que Pauline se encuentre mejor.
Esta mañana he conocido a Aiden y hemos hablado un buen rato.
También he conseguido localizar a Lionel Corby con el número que
me dio. Está en Londres, y probablemente iré mañana a hacerle una
visita. Podríamos hablar por teléfono, pero creo que es mejor que
nos veamos en persona.
Mientras estoy fuera, ¿podría pedirle un favor? ¿Podría escribir todo
lo que ocurrió, desde su punto de vista, el jueves 14, el viernes 15 y
el sábado 16 de junio, es decir, el fin de semana de la boda? ¿Vio u
oyó algo la noche del asesinato? Sé que es mucho pedir, pero,
cuantas más personas entrevisto, más se complica todo, y me sería
muy útil contar con un resumen.
Por otra parte, aunque deteste tener que pedírselo, si pudiera
enviarme parte del pago que acordamos se lo agradecería mucho.
Mi pareja, Andreas, está solo en Creta, y puede que tenga que
contratar a más gente que me sustituya. Si quiere hacerle una
transferencia, puedo darle los datos de su cuenta.

Gracias,
Susan

P. D.: Dijo que me daría el nombre del director de colegio que se
marchó de la habitación 12 cuando llegó Alan Conway. ¿Ha podido
encontrarlo?

De: Kate Leith <Kate@GordonLeith.com>
Enviado: 20 de junio de 2016 a las 15.03
Para: Susan Ryeland <S.Ryeland@polydorus.co.gr>
Asunto: RE: Alan Conway

Sue!

No puedo crear que estés aquí y no me lo hayas dicho.
Sí. Ven esta tarde. A las 7 o cuandop quieras. Qué haces en Branlow
Hall?
Me alegra que no pagues tú. Cuesta un ojo de la cara.
Godron no está aquí, me temo. Trabaja tarde, como siempre.
Daisy también de viaje, pero quizá Jack nos honre con su
presencia.
Avísame si hay problema. Si no, tee espero sobres las 7.
Deseando verte.

Besos,
Katie

De: Susan Ryeland <S.Ryeland@polydorus.co.gr>
Enviado: 20 de junio de 2016 a las 15.20
Para: Andreas Patakis <Andakis@polydorus.co.gr>
Asunto: Te echo de menos

Mi querido Andreas:

Se me hace raro mandarte un correo. Nunca nos enviamos
correos...; al menos, no en los últimos dos años (salvo aquella vez
que desapareciste en Atenas y casi aviso a la Interpol). Pero estoy
enviando un montón de correos y parece lo más fácil.
En primer lugar, te echo de menos. De verdad. Cuando me despierto
por las mañanas, lo primero que me llama la atención es la cama
vacía. Me han dado una montaña absurda de almohadas, pero no es
lo mismo. Solo llevo aquí un par de días, pero ya se me hace muy

largo. Pasé con el coche por delante de Cloverleaf cuando estuve en Londres (la fachada sigue cubierta de andamios) y tuve la extraña sensación de que en realidad este no es mi sitio. Ya no sé muy bien dónde estoy.

No hay mucho que contar de Cecily Treherne. Esta mañana he conocido a su marido y me ha caído mejor de lo que esperaba. Me extrañaría mucho que tuviera algo que ver con su desaparición. Yo no diría precisamente que está de luto, pero se le ve agotado. Tiene una cría de siete años y una niñera que parece recién salida de la película *La profecía*. Y un perro que estaba allí, en su cesta, la noche que murió Frank Parris y que debió de verlo todo. ¡Ojalá pudiera hablar!

Me da la impresión de que la policía ha dejado de buscar a Cecily. Está a cargo del caso el superintendente Locke, el detective que investigó el asesinato de Alan. La verdad, no se lució mucho. Aún no hemos hablado, y mejor así, porque, como seguramente recordarás, no nos llevábamos bien.

En cuanto a lo que pasó hace tantos años, parece tan complicado como una novela de Alan Conway, pero sin los indicios y pistas habituales del autor para ayudarme a resolverlo. Y, si es cierto que Stefan Codrescu no lo hizo, ¡vuelve a faltar el último capítulo! He averiguado en qué cárcel está encerrado y le he escrito, aunque no sé si querrá verme.

Pero no te escribo por el crimen.

La decisión de volver al Reino Unido fue muy repentina. Aunque sé que se supone que solo será una semana, he pensado mucho en nosotros, en el hotel y en Creta. Te quiero, Andreas, y deseo estar contigo, pero empieza a preocuparme que no estemos bien...; al menos, no tan bien como antes.

Nunca tenemos tiempo de hablar de nada que no sea el negocio, y a veces me pregunto si nosotros dirigimos el hotel o el hotel nos dirige a nosotros. Me he esforzado mucho por llevarlo bien, pero los dos trabajamos tanto que no tenemos tiempo el uno para el otro. Además, si he de ser sincera, después de pasarme toda la vida en el sector editorial, lo echo de menos. Siempre me ha encantado todo lo que tiene que ver con los libros: los manuscritos, la edición, las reuniones con los representantes, las fiestas... No me siento realizada.

¡Dios, eso suena horrible! ¡Parece que solo piense en mí! Pero no es así. La verdad es que pienso en los dos.

Creo que tenemos que sentarnos a hablar de lo que hacemos, por qué lo hacemos y si de verdad queremos seguir haciéndolo juntos. Incluso me pregunto hasta qué punto eres feliz en el Polydorus, sobre todo teniendo en cuenta que todo va mal. Si hemos cometido un error, debemos tener el valor de admitirlo. Lo último que queremos es acabar echándonos la culpa el uno al otro, pero algunas veces pienso que eso es exactamente lo que acabaremos haciendo.

En fin, lo dejo ahí. Me voy a cenar con Katie. Por favor, no te enfades conmigo. Es que me gustaría que las cosas volvieran a ser como antes. Ojalá *Sangre de urraca* nunca hubiera existido. Maldito Alan Conway. Todo es culpa suya.

Te mando todo mi amor,
Susan

De: Susan Ryeland <S.Ryeland@polydorus.co.gr>
Enviado: 20 de junio de 2016 a las 15.35
Para: Michael Bealey <mbealeyt@orionbooks.com>
Asunto: Londres/ayuda

Michael:

Sé que ha pasado mucho tiempo, pero estoy en Londres durante unos días y me gustaría saber si hay alguna vacante en Orion Books o en Hachette. Quizá recuerdes que me contactaste hace un par de años. Disfrutamos de una agradable comida en Wolseley y estuve a punto de aceptar... Fue antes de que las cosas se torciesen.

¿O tal vez sabes de algún puesto libre en otra editorial? ¿Editor sénior? ¿Coordinador editorial? Lo que sea.

Espero que todo vaya bien. Me alegro de que estéis ganando dinero con Atticus Pünd. ¡Y con las cubiertas originales!

Besos,
Susan

Three Chimneys

Katie salió de su casa dando botes justo cuando yo llegaba en el MG. Supuse que debía de estar esperando a oír el motor del coche. Hacía dos años que no nos veíamos y me pareció que estaba completamente igual, contenta de verme, relajada. Me apeé del vehículo y nos abrazamos.

—Estás guapísima. ¡Qué morena! ¡Madre mía, pareces más griega que inglesa!

Le traía aceite de oliva, miel y hierbas secas del pueblo de Kritsa, en las colinas. Lo cogió todo y me acompañó al interior. Tuve que reconocer que, casi por primera vez desde mi llegada a Inglaterra, me sentí bienvenida.

Por supuesto, había preparado una cena perfecta, perfectamente presentada en su perfecta cocina. ¿Cómo lo hacía? Le había enviado el correo a las dos y media de la tarde y ese era el día en que trabajaba en el centro de jardinería local, y aun así se las había arreglado para preparar un tayín marroquí de pollo con garbanzos, almendras y cuscús servido con un rosado muy frío. Si alguien hubiera venido a mi piso de Crouch End, no habría encontrado ni la mitad de los ingredientes. ¿Comino molido? ¿Hojas de cilantro? Casi todos los frascos de mi especiero tenían esa cualidad viscosa y polvorienta de lo que nunca se ha abierto, y el visitante tendría que haber rebuscado en la nevera para encontrar una verdura que no estuviese mustia, golpeada o pocha... O las tres cosas.

Si alguien hubiera venido a cenar conmigo, yo habría pedido que nos trajesen la comida. Sin embargo, cuando me ofrecí a invitar a mi hermana a un pub o un restaurante de Woodbridge, se negó en redondo.

—No. En un restaurante no podremos hablar tranquilas. Además, Jack volverá después y querrá verte.

Jack era su hijo de veintiún años, un estudiante de primero en la Universidad de Bristol. Daisy, de diecinueve, disfrutaba de un año sabático ayudando a refugiados en el norte de Francia.

Es curioso que las dos nos hayamos mantenido tan unidas pese a lo mucho que nos separa. Nos ocurría incluso de pequeñas. Crecimos juntas en una casa muy normal del norte de Londres. Fuimos al mismo colegio. Nos prestábamos la ropa y bromeábamos sobre los novios de la otra. No obstante, mientras Katie era feliz soñando con el día en que tuviera un hogar y una vida casi idéntica a la que nuestros padres nos habían impuesto, yo me escapaba a la biblioteca del barrio para tener sueños muy distintos. Me incorporaría a una banda en la posada Jamaica y me aprovecharía de todo infortunado marinero que se me acercara. Me enamoraría hasta las trancas de Edward Rochester, pero, en mi versión, sería yo quien lo salvase a él de las llamas. Viajaría a la ciudad perdida de Kôr y encontraría la inmortalidad en el pilar de fuego. Éramos justo lo contrario de Cecily y Lisa Treherne, dos hermanas en guerra perpetua que se arrojaban cuchillos. Literalmente. Katie y yo no teníamos nada en común, salvo un cariño mutuo que había perdurado desde siempre.

A veces deseaba parecerme más a ella. La vida de Katie era un modelo de tranquilidad y orden: los dos hijos de unos veinte años, el marido contable que pasaba tres noches por semana en Londres y que seguía enamorado de ella tras un cuarto de siglo de matrimonio, el trabajo a tiempo parcial, el círculo de buenos amigos, la labor comunitaria... y todo lo demás. A menudo pensaba en ella como en una versión más inteligente y madura de mí misma.

Y, sin embargo, no podría vivir en una casa como aquella. Ni siquiera me habría comprado una casa con nombre. Para gente como yo, los números ya estaban bien.

Three Chimneys estaba en una tranquila calle en forma de medialuna, y sí, tenía tres chimeneas, aunque resultaban completamente inútiles porque todas se habían rellenado con esas estufas de gas con efecto hogar de leña. Al contemplar las superficies brillantes, las puertas correderas de vidrio, las alfombras gruesas y los exquisitos cuadros, supe que viviendo allí me habría sentido atrapada, pero a Katie no parecía importarle. Era madre, esposa y ama de casa. Le gustaba sentirse bien definida.

Tampoco es que considerase que mi vida caótica fuese envidiable. Mi amor temprano por los libros no me había llevado a los lugares de mi imaginación. Me había llevado a... los libros. Empecé como editora júnior en HarperCollins, pasé a ser coordinadora editorial, luego fui directora editorial y, por último, directora de Ficción en una empresa que había sido pasto de las llamas. El sector editorial está lleno de idealistas, personas a las que les encanta su trabajo, motivo por el cual muchos de nosotros estamos mal pagados. Tuve la suerte de comprar un piso de dos habitaciones en Crouch End antes de que los precios se disparasen, pero no logré liquidar la hipoteca hasta el día en que lo vendí. Y, aunque había tenido muchas relaciones, ninguna duró porque yo no quise. Al menos, Andreas había cambiado eso.

Y allí estábamos. Dos hermanas mirándonos a través de un abismo que se había ido ensanchando a medida que cumplíamos años mientras nos alejábamos sin dejar de estar unidas. Nos juzgábamos mutuamente, pero esos juicios hablaban sobre todo de nosotras mismas.

—¿Te parece sensato implicarte en la investigación de otro crimen? —preguntó Katie.

—Esta vez tendré más cuidado.

—Eso espero.

—De todos modos, empiezo a pensar que todo esto puede ser una pérdida de tiempo.

—¿Por qué lo dices? —preguntó Katie, extrañada.

—Porque, cuantas más preguntas hago, más probable me parece que fuera Stefan Codrescu quien mató a Frank Parris. Todas las pruebas están en su contra. Además, tal como yo lo veo, solo había dos personas que tuvieran un móvil, y ni siquiera estoy segura de cuál era.

—¿Quiénes son?

—Pues... una pareja de Westleton, Joanne y Martin. Ella era la hermana de Frank.

Katie pareció sorprendida.

—¿Joanne y Martin Williams?

—¿Los conoces?

—Solo los he visto una vez. No puedo decir que me cayeran bien.

Eso resultaba insólito. Katie siempre pensaba lo mejor de todo el mundo.

—¿Por qué? —pregunté.

—No tengo nada personal contra ellos, pero no son mi tipo. —Se percató de que yo quería más detalles y continuó, reacia—: Ella era una auténtica sargenta. Dominaba la mesa..., no dejaba a nadie meter baza. Y él era un auténtico felpudo. Ella lo pisoteaba a conciencia. Parecía disfrutar haciéndolo.

Me quedé asombrada.

—¿Y eso cuándo fue? —pregunté.

—Pues... hace siglos. Puede que incluso antes del asesinato. Coincidimos en una cena, y solo me acuerdo de ellos porque bromeé con el asunto después. ¡No entendía que dos personas así pudieran permanecer casadas!

—¿Y era ella la que dominaba la situación?

—Totalmente.

—Es raro porque los he visto esta mañana y, si acaso, diría que era al revés. —Los aparté de mi mente—. Tuvo que ser Stefan —dije—. A ver..., sangre en la almohada, sangre en la ducha, dinero debajo del colchón. ¡Hasta lo vieron entrar en la habitación!

—En ese caso, ¿qué le ha pasado a Cecily Treherne?

—Podría ser una simple coincidencia. Pudo caerse al río. Pudo ir a nadar y ahogarse. Según su hermana, el matrimonio no era lo que parecía. Puede que ella se fugara con otro.

Mientras lo decía, supe que era imposible. No habría dejado atrás a su hija.

—¿Te pagarán aunque no obtengas resultados?

No había pensado en ese detalle. Cogí mi paquete de tabaco.

—¿Te importa que salga un ratito? Necesito un cigarrillo.

Katie me miró de soslayo.

—Dijiste que estabas pensando en dejarlo.

—Lo pensé.

—¿Y qué pasó?

—Decidí no hacerlo.

Me dio un cenicero. Ya sabía que iba a tener que usarlo. A continuación, puso una cafetera de filtro, leche y dos tazas en una bandeja. Y, algo insólito en ella, dos copas de whisky.

—¿Te tomarás uno conmigo? —preguntó.

—Uno pequeño. Tengo que conducir.

Salimos al exterior y nos sentamos ante una mesa de madera, junto al estanque. Hacía una noche cálida. La luna estaba en cuarto menguante y brillaban algunas estrellas en el cielo. Como cabía esperar, el jardín estaba precioso, lleno de plantas que Katie compraba a mitad de precio en su lugar de trabajo. Una estatua nueva representaba una rana en posición de salto que echaba agua por la boca; el sonido del chorrito hacía que el silencio que nos rodeaba pareciese más profundo. Vi un arbusto seco, redondo y bien podado. Llamaba mucho la atención, porque formaba parte de un grupo circular situado en mitad del césped. No habría sabido ponerle nombre, pero se había puesto completamente marrón. Por algún motivo, aquello me perturbó. Lo lógico habría sido que Katie se librara de él en cuanto las primeras hojas empezaran a marchitarse.

Encendí un cigarrillo y me puse a fumar tranquilamente, escuchando caer el agua.

—¿Volverás a Creta? —preguntó.

Entre Katie y yo no había secretos. Mientras cenábamos, habíamos hablado del hotel, los problemas y mis dudas.

—No sé. Ni siquiera sé cómo está mi relación con Andreas. Antes de salir de Inglaterra, me pidió que me casara con él.

—Ya me lo contaste. Le diste calabazas.

—Le dije que sí. Pero después los dos cambiamos de opinión. Creímos que el matrimonio no nos sentaría bien. Le devolví el anillo. De todos modos, costaba mucho más de lo que podía permitirse, y necesitamos cada céntimo que podamos conseguir. —La observé por encima de la punta del cigarrillo—. A veces me gustaría parecerme más a ti.

—Sabes que no es verdad —replicó, apartando la mirada.

—Lo digo en serio. Hay ocasiones en que me siento agotada. No sé si quiero continuar con Andreas. No sé lo que quiero.

—Escúchame, Susan. Olvídate de esa estúpida investigación. —Se había vuelto otra vez hacia mí y me miró fijamente a los ojos—. Regresa a Grecia. Inglaterra ya no es tu sitio. Vuelve con Andreas.

—¿Por qué dices eso?

—Porque es un buen hombre y no te conviene perderlo. Francamente, me alegré mucho cuando lo conociste. ¡Fui yo quien te lo presentó!

—No es verdad. Fue Melissa...

—Nunca lo habrías conocido si yo no hubiera enviado a Jack y a Daisy a la Woodbridge School. Créeme, cuando tienes a alguien como Andreas en tu vida, deberías dar gracias. Pero siempre has sido así. Siempre estás pensando en el futuro, haciendo planes. Nunca te paras a disfrutar de lo que tienes.

Me quedé perpleja. Pensé que trataba de decirme algo muy distinto.

—Katie, ¿va todo bien? —quise saber.

Exhaló un suspiro.

—¿Alguna vez piensas en la edad que tienes? —preguntó.

—Intento evitarlo. No olvides que tengo dos años más que tú.

—Lo sé. Pero a veces pienso en eso. —Trató de restarle importancia—. No soporto la idea de envejecer. Estoy llegando a una edad en la que miro a mi alrededor en esta casa, en este jardín, y me pregunto: ¿y ya está?

—Pero es todo lo que siempre has querido, ¿no?

—Sí. Supongo. He tenido suerte.

Se hizo el silencio entre nosotras. Por algún motivo, no era un silencio demasiado cómodo.

—¿Le dijiste a Sajid Khan dónde encontrarme?

No sé por qué solté la pregunta en ese preciso instante. Me rondaba a todas horas la cabeza desde que Lawrence y Pauline Treherne se presentaron en el hotel. ¿Cómo me encontraron? Dijeron que Khan les había dado mi dirección, pero él no la tenía. Solo la tenía Katie.

—¿Sajid Khan? ¿El abogado? —preguntó, desconcertada—. Nos ayudó en el centro de jardinería con un despido improcedente. Nos vemos de vez en cuando. Pero no creo haberle dicho nada. ¿Fue él quien te metió en todo esto?

—Eso parece.

—Pues espero que no me eches a mí la culpa. Quizá fuese Gordon. Es incapaz de guardar un secreto.

El sonido de una moto interrumpió nuestra conversación.

—Ese es Jack —dijo Katie. Parecía aliviada.

Al cabo de unos momentos, Jack entró por la verja del jardín. Llevaba puesta una cazadora de cuero y tenía un casco en la mano. Hacía dos años que no lo veía, y su aspecto me desconcertó un poco. Tenía el pelo largo y bastante sucio. No se había afeitado, y la barba incipiente no le sentaba bien. Se me acercó y me dio dos besos. El aliento le olía a alcohol y a tabaco. No estaba en condiciones de juzgarlo, pero, aun así, me sorprendió. Nunca había fumado siendo adolescente. Al mirarlo, pensé que se había apagado la luz de su mirada. Casi parecía nervioso, como si no esperase encontrarme allí.

—Hola, Susan —dijo.

—Hola, Jack. ¿Cómo estás?

—Bien. ¿Qué tal en Creta?

—Todo bien.

—Mamá, ¿hay algo en la nevera?

—Hay pollo. Y puedes acabarte la pasta si te apetece.

—Gracias. —Me dedicó una media sonrisa—. Me alegro de verte, Susan.

Jack se fue arrastrando los pies en dirección a la cocina. Lo vi marcharse, recordando al niño de diez años que descubrió *El señor de los anillos*, al de doce que gritaba y se reía en el asiento trasero de mi MG nuevo, al chico de quince que tanto sudó para sacarse el título de enseñanza secundaria. ¿Era simplemente parte del proceso de crecimiento natural o había algo que yo desconocía?

Katie debió de intuir lo que estaba pensando.

—El primer curso en la uni le está costando un poco —dijo—. Cuando viene, solo quiere comer, que le lave la ropa e irse a la cama. Pero estará bien en un par de semanas. Necesita unos cuantos mimos, eso es todo.

—Me extraña que le hayas dejado comprarse una moto.

No era asunto mío, pero sabía cuánto debía de haberle disgustado esa idea. A Katie siempre le había preocupado mucho, de forma casi obsesiva, la posibilidad de que sus hijos se hicieran daño.

Hizo un gesto de impotencia.

—Tiene veintiún años. Fue él quien ahorró el dinero. ¿Cómo iba a impedírselo? —Dejó su copa sobre la mesa como para indicar que la velada había terminado—. Lo siento, Susan. Debería entrar a ocuparme de él.

—No pasa nada. Mañana iré a Londres y tengo que madrugar. Gracias por la cena.

—Me ha encantado verte. Pero, por favor, piensa en lo que te he dicho. Francamente, no creo que vayas a encontrar a Cecily Treherne. Puede que nadie la encuentre. Y a Frank Parris lo mataron hace mucho. Más vale que dejes el tema.

Nos despedimos con unos besos y cada cual se fue por su lado.

Hasta que no estuve en el coche, no me di cuenta de que algo no cuadraba en aquel encuentro casi desde el principio. Katie se había esforzado demasiado. Era como si hubiera preparado el tayín de pollo, el vino rosado, las servilletas de papel y lo demás para distraerme; como si todo aquello fuera falso..., igual que las chimeneas del tejado.

Pensé en el arbusto muerto, abandonado en mitad del césped. Y entonces recordé el correo que me había enviado, nada menos que con tres errores tipográficos. «Me temo que Godron no está». Bueno, todo el mundo se equivoca. Seguramente iba con prisa. Pero eso no era propio de Katie. Era muy meticulosa.

Tal vez hubiese pasado demasiado tiempo jugando a los detectives, hablando con personas aparentemente simpáticas y educadas que en realidad podían ser asesinos desalmados. Sin embargo, no pude dejar de pensar que Katie ocultaba algo. No me decía la verdad.

La última copa

Cuando llegué al hotel, ya era muy tarde. Estaba decidida a irme a dormir enseguida. No obstante, mientras cruzaba el vestíbulo, vi a Aiden MacNeil sentado a solas en el bar. Se trataba de una oportunidad demasiado buena para desperdiciarla, por lo que me acerqué a él.

—¿Le importa que lo acompañe?

Me había sentado antes de que pudiera darme una respuesta. Sin embargo, noté que se alegraba de verme.

—Me vendrá bien la compañía —dijo.

El bar tenía el aire de un club de caballeros, pero uno más bien vacío: éramos los únicos clientes sentados allí, rodeados de butacas de cuero, mesitas auxiliares, alfombras y mucha madera en las paredes. Un reloj de péndulo marcaba su tictac en la esquina, recordándonos con brío que eran las diez y veinte. Aiden llevaba un jersey de cachemira, vaqueros y mocasines sin calcetines. Sostenía una copa de un líquido incoloro que sin duda no era agua. También vi un libro en rústica que había puesto boca abajo. Era el ejemplar de *Atticus Pünd acepta el caso* que me había mostrado antes.

—¿Qué bebe? —pregunté.

—Vodka.

Lars estaba detrás de la barra. Inga y él parecían ocupar todo el hotel, como extras de *Los cuclillos de Midwich*.

—Tomaré un whisky doble, y póngame otro vodka para el señor MacNeil —dije. Eché un vistazo al libro—. ¿Lo está leyendo?

—Releyendo. Más o menos por décima vez. No dejo de pensar que, si Cecily encontró algo en él, puede que yo también lo encuentre.

—¿Y?

—Nada de nada. No suelo leer novelas de suspense y sigo pensando que Alan Conway era un auténtico cabrón, pero he de admitir que sabía contar una historia. Me gustan las historias ambientadas en pueblecitos donde nadie dice la verdad. Además, tiene varios giros fantásticos, y el final te deja a cuadros... Al menos, la primera vez que lo lees. Lo que no entiendo es por qué tenía que ser tan borde.

—¿A qué se refiere?

—Escuche esto. —Había doblado la esquina de una de las páginas. Abrió el libro por allí y empezó a leer—: «Pese a todos sus defectos, Algernon se expresaba muy bien. Había estudiado en una pequeña escuela privada de West Kensington y sabía mostrarse agradable e ingenioso cuando le convenía. Su corto pelo rubio y su aspecto de galán le brindaban un atractivo natural, sobre todo entre las mujeres de cierta edad, que lo aceptaban tal como era y no le preguntaban por su pasado. Aún recordaba el día en que compró su primer traje en Savile Row. Le costó mucho más de lo que podía permitirse, pero, igual que el coche, decía mucho de él. Cuando entraba en una sala, la gente se percataba de su presencia. Cuando hablaba, todos lo escuchaban».

Dejó el libro sobre la mesa.

—Ese soy yo —dijo—. Algernon Marsh.

—¿Usted cree?

—Trabaja como agente de la propiedad inmobiliaria. Lo mismo que hacía yo. Se parece físicamente a mí. Incluso tiene mis iniciales. Aunque no sé por qué lleva un nombre tan estúpido.

Tenía razón. Durante el proceso de edición, yo había instado a Alan a cambiar el nombre de Algernon, que me sonaba como si fuese el de un personaje salido de una obra de Noël Coward. «Ni siquiera en las novelas de Agatha Christie aparece nadie que se llame Algernon», le había dicho. Naturalmente, no me había hecho caso.

—Alan tenía un extraño sentido del humor —respondí—. Por si le sirve de consuelo, le diré que yo también salí en uno de sus libros.

—¿En serio?

—Sí. Sarah Lamb en *Anís y cianuro*. Ya sabe, Lamb significa «cordero» y, al parecer, Ryeland es una raza de oveja. Ella es un verdadero monstruo, y la asesinan casi al final. —Llegaron las copas. Aiden apuró la que tenía delante y empezó con la siguiente—. ¿Pasó mucho tiempo con Alan cuando vino aquí?

—No. —Aiden negó con la cabeza—. Lo vi dos veces: una cuando ayudé a encontrarle una nueva habitación y otra durante unos cinco minutos. No me cayó nada bien. Dijo que era amigo de Frank Parris y que solo quería saber lo que había ocurrido, pero no paraba de hacer preguntas y tuve desde el principio la sensación de que ocultaba otros motivos. Pasó más tiempo con Lawrence y Pauline. Y con Cecily. Fueron tontos confiando en él, porque se marchó y escribió un libro sobre nosotros. —Hizo una pausa—. ¿Hasta qué punto lo conocía usted?

—Era su editora, pero nunca nos llevamos demasiado bien.

—¿Todos los escritores son así? ¿Todos roban ideas del mundo que los rodea?

—Cada escritor es distinto —dije—. Pero más que robar absorben. En realidad, su profesión es muy extraña. Viven en un espacio nebuloso, entre el mundo al que pertenecen y el mundo que crean. Por un lado, son monstruosamente egocéntricos. Autoconfianza, autoanálisis, autoodio incluso…, pero todo gira siempre en torno a ellos mismos. ¡Pasan tantas horas solos! Y, sin embargo, al mismo tiempo poseen un altruismo auténtico. Lo único que quieren es complacer a otras personas. Muchas veces pienso que para ser escritor debe de hacer falta sufrir una especie de deficiencia. Hay un vacío en tu vida, así que lo llenas con palabras. Yo no podría hacerlo, aunque me encanta leer. Por eso me hice editora. Disfruto de todas las gratificaciones y la emoción de crear un libro, pero mi trabajo es más divertido.

Di un sorbo de mi copa y descubrí que Lars me había traído un whisky puro de malta de la isla de Jura. Notaba el sabor a turba.

—Alan Conway no se parecía a ningún otro escritor que haya conocido —continué—. No le gustaba escribir. O, al menos, no le gustaban los libros que tanto éxito le habían proporcionado. Creía que escribir relatos de suspense suponía rebajarse. Ese es uno de los motivos por los que usted y el hotel aparecen en su novela. Creo que disfrutó jugando con usted y convirtiéndolo en Algernon porque, para él, todo era un simple juego.

—¿Cuáles fueron los otros motivos?

—Se lo contaré, aunque nunca se lo he contado a nadie. Se estaba quedando sin ideas. Así de simple. Incluso le robó el argumento de su cuarto libro, *Grito en la noche*, a un tipo al que dio clases en un curso de escritura creativa. Hablé con él y leí el manuscrito original. Me parece que Alan vino a Branlow Hall en parte por curiosidad, ya que conocía a Frank Parris, pero, sobre todo, porque buscaba inspiración para su siguiente libro.

—Pero se las arregló para descubrir quién era el verdadero asesino. Al menos, eso creía Cecily. ¿No se trata de eso en realidad?

Negué con la cabeza.

—No lo sé, Aiden. Puede que encontrase algo, pero también es posible que lo escribiera sin saber siquiera lo que hacía. Cuando Cecily leyó el libro, una palabra o una descripción pudo despertar un recuerdo o crear una asociación que solo ella conocía. Lo que quiero decir es que, si Alan hubiese averiguado que Stefan Codrescu no había matado a Frank Parris, se lo habría dicho a alguien, ¿no le parece? Al hacerlo, no habría perjudicado sus ventas. Quizá incluso las habría impulsado. ¿Qué razón podía tener para guardar silencio?

—En ese caso, ¿qué fue lo que leyó Cecily? ¿Y qué le ha sucedido?

No tenía respuesta para eso.

Detrás de la barra, Lars estaba secando un vaso. Lo dejó y dijo:

—Cerramos en cinco minutos, señor MacNeil.

—Está bien, Lars, creo que hemos terminado. Puede empezar a recoger ya.

—No le he preguntado por Cecily. —Ese era el tema de conversación que más nerviosa me ponía, pero parecía que nos sentíamos cómodos y que era el momento adecuado para abordarlo—. Lo que pasó ese último día...

—Miércoles.

Pronunció la palabra en voz baja, contemplando su bebida. Noté un cambio evidente en la atmósfera mientras me adentraba en un territorio doloroso.

—¿Le importa hablar de eso?

Vaciló.

—Ya lo he repasado una y otra vez con la policía. No creo que sirva de nada. No tiene nada que ver con usted.

—Eso es verdad. Y sé que no es asunto mío. Pero yo también estoy preocupada por ella y, si hay algo que recuerde, cualquier pequeño detalle, aunque le parezca irrelevante, nunca se sabe...

—De acuerdo. ¡Lars! Tomaré una última copa antes de cerrar. —Me miró—. ¿Y usted?

—No, gracias.

Se armó de valor.

—No sé muy bien qué contarle, Susan. Fue un día muy normal. Eso es lo peor. Era un miércoles como cualquier otro y yo no tenía la menor idea de que toda mi puta vida iba a saltar por los aires. Aquella tarde, Eloise llevó a Roxie al médico. No era nada importante, un simple dolor de barriga.

—Hábleme de Eloise.

—¿Qué quiere saber?

—¿Cuánto tiempo lleva con ustedes?

—Desde el principio. Llegó después de que naciera Roxie.

—Roxana es un nombre muy bonito.

—Sí. Lo eligió Cecily.

—Así pues, ¿Eloise llegó a Suffolk un año después de que mataran a Frank Parris?

—En efecto. Roxana nació en enero de 2009. Ella llegó un par de meses después.

—¿Estaba en Inglaterra cuando se cometió el asesinato?

—No irá a pensar que ella tuvo algo que ver, ¿verdad? Perdone, pero eso es absurdo. Eloise Radmani es de Marsella. No conocía a Frank Parris. Y la historia de cómo llegó aquí resulta muy triste. Estaba casada. Conoció a su marido en Londres, cuando ambos eran estudiantes. Pero él murió.

—¿De qué?

—De sida. Tenía una úlcera de estómago y necesitaba una transfusión. Tuvo muy mala suerte. Murió en Francia. Entonces, ella decidió volver a Inglaterra y empezó a trabajar para una agencia de niñeras.

—¿Qué agencia?

—Knightsbridge Knannies.

Recordé la mirada de Eloise cuando salí de la casa: una mirada profundamente vengativa.

—Así que, el día que desapareció Cecily, Eloise llevó a Roxana al médico.

—Después de comer. Sí. Yo había sacado al perro por la mañana, a dar una pequeña vuelta por los jardines. A Cecily le tocaba sacarlo por la tarde. Se pasó el día entrando y saliendo del hotel. Igual que yo. No nos alejamos mucho.

—¿Habló con usted del libro?

—No.

—¿Sabía que les había enviado un ejemplar a sus padres, que vivían en el sur de Francia?

Aiden negó con la cabeza.

—Me lo preguntó la policía —dijo—. Pauline les comentó lo de la llamada telefónica, naturalmente. ¿De verdad fue una coincidencia que llamase a sus padres el martes para hablarles de esa novela estúpida y que justo al día siguiente...? —Dio un trago de vodka y el hielo tintineó contra el cristal—. Aunque he de decirle que el superintendente jefe Locke no cree que exista ninguna relación. Tiene la teoría de que, si alguien atacó a Cecily, lo hizo completamente al azar.

—¿Qué opina usted?

—La verdad es que no sé qué opinar. Pero la respuesta a su pregunta es que no me contó que había enviado el libro. Tal vez creyó que no me la tomaría en serio. O, como sabía que nunca tuve tiempo para Stefan Codrescu, dio por sentado que no me interesaría. Me duele mucho que no confiase en mí. Me siento responsable.

—¿Cuándo la vio por última vez? —pregunté.

—No sé por qué me pregunta todo esto. ¡No entiendo qué es lo que quiere saber! —Aiden MacNeil se contuvo—. Lo siento. Es que es muy difícil. —Se acabó la bebida justo cuando Lars le traía la última que había pedido. La recibió agradecido y vertió el contenido en la copa que acababa de vaciar—. La última vez que la vi serían más o menos las tres de la tarde —dijo—. Cogió el Volkswagen. Yo salí una media hora después con el Range Rover. Tenía que ir a Framlingham para reunirme con nuestro abogado, un hombre llamado Sajid Khan.

Resultaba curioso que el nombre de Sajid Khan surgiera una y otra vez. Era el abogado de Alan Conway. Les había dicho a los Treherne dónde encontrarme. Trabajaba para Martin y Joanne Williams. Mi hermana Katie había recurrido a sus servicios. Y ahora Aiden me contaba que había ido a verlo el día que desapareció Cecily.

—Debía firmar unos documentos —continuó—. Nada importante. También tenía que hacer algunos recados. Cecily me había pedido que llevase algo de ropa a la tienda solidaria. Colabora mucho con EACH.

—¿EACH?

—East Anglia's Children's Hospices. No tienen sede en Woodbridge. Tenía que recoger una silla que nos habían retapizado. También fui al supermercado. Volví sobre las cinco, tal vez sobre las cinco y media. Me extrañó que Cecily no estuviese aquí. Inga le estaba dando la merienda a Roxie. A veces viene a ayudar.

—¿Dónde estaba Eloise?

—Tenía la tarde libre. —Aiden apuró su copa y yo hice lo propio—. Cuando dieron las siete y vi que Cecily seguía sin regresar, me puse a buscarla por el hotel. A veces se ponía a trabajar en el despacho principal y se le pasaban las horas sin darse cuenta. Sin embargo, no estaba allí. Nadie la había visto. Aun así, seguí sin preocuparme demasiado. Al fin y al cabo, esto es Suffolk. Aquí nunca sucede nada.

Tanto Frank Parris como Alan Conway habían sido asesinados en Suffolk, pero decidí no mencionarlo.

—Llamé a algunos de sus amigos. Traté de telefonear a Lisa, pero no pude localizarla. Pensaba que podía haberle ocurrido algo a Bear. Se está haciendo viejo y a veces tiene problemas con las caderas. Sea como fuere, a las ocho, al ver que seguía sin noticias suyas, tomé la decisión de llamar a la policía.

Se calló. Fue entonces cuando empezó el largo silencio.

Yo estaba tratando de determinar la cronología. Aiden había salido del hotel a las tres y media aproximadamente. Volvió poco después de las cinco; quizá a las cinco y media. Framlingham estaba a unos veinte minutos de Woodbridge. El tiempo transcurrido parecía lógico para hacer un par de recados y tener una reunión con alguien.

—¿A qué hora se reunió con Sajid Khan? —pregunté.

Me dedicó una mirada extraña y supe que le había hecho una pregunta de más.

—¿Por qué quiere saberlo?

—Solo intento...

Pero no me dejó acabar.

—Cree que la maté yo, ¿no es así?

—No.

Me di cuenta de que mi tono no había sonado nada convincente.

—Sí lo cree. ¿Cuándo salí de aquí? ¿Cuándo la vi por última vez? ¿Cree que la policía no me lo ha preguntado hasta la saciedad? Todos piensan que maté a la única mujer que me ha hecho feliz, y eso es lo que pensarán durante el resto de mi vida. Mi hija va a crecer dudando si su padre mató a su madre, y nunca voy a poder explicarle...

Se puso de pie tambaleante. Me quedé asombrada al ver las lágrimas que resbalaban por sus mejillas.

—No tiene derecho —continuó diciendo con voz ronca—. No tiene ningún derecho. No me importa aguantar esto de la policía. Es su trabajo. Pero ¿quién es usted? Para empezar, es la persona que causó todo este problema. Fue quien publicó el libro, convirtiendo lo que pasó aquí en una especie de entretenimiento. Y ahora viene aquí como si fuera Sherlock Holmes o el puto Atticus Pünd, haciéndome preguntas que no son asunto suyo. Si encuentra algo en el libro, siga con eso. Haga aquello para lo que le han pagado. ¡Pero de ahora en adelante déjeme en paz!

Se marchó. Contemplé cómo salía del bar zigzagueando. A mi espalda, Lars bajó de golpe una persiana metálica que se estrelló contra la barra. De pronto, estaba sola.

Framlingham

Sentí pena por Aiden y temí haber ido demasiado lejos. Pero eso no me impidió comprobar su historia al día siguiente.

Se me hacía extraño estar de nuevo en Framlingham, el pueblo donde Alan Conway había decidido vivir y en el que yo había pasado tanto tiempo justo después de su muerte. Aparqué en la plaza principal, frente al Crown, donde me había alojado y donde había disfrutado de una cena con James Taylor, pareja de Alan, en la que ambos habíamos bebido de más. Eso me recordó que seguía sin tener noticias suyas. Me pregunté si habría recibido mi correo. Me apetecía estirar las piernas, así que eché a andar por High Street y pasé por delante del cementerio en el que estaba enterrado Alan. Pensé en visitar su tumba, que vi entre dos tejos, pero decidí no hacerlo. Siempre habíamos tenido una relación tensa y difícil. Si me hubiese acercado a la lápida para charlar un rato, lo más seguro habría sido que la charla degenerase en pelea.

Framlingham estaba más silencioso que nunca. Pese a contar con un magnífico castillo rodeado de un paisaje precioso, entre semana adolece de un extraño vacío. Cuesta saber si las tiendas están abiertas y, francamente, también cuesta interesarse por ese detalle. Se celebra un mercado rural los fines de semana en la plaza principal, pero los demás días ese espacio es poco más que un aparcamiento. El supermercado al que Aiden había acudido se halla justo en el centro, pero se esconde como si supiera lo feo que es y le diera vergüenza estar allí.

La tienda solidaria se encontraba al final del pueblo, poco después de una agencia inmobiliaria. Era muy pequeña y ocupaba lo que alguna vez fue una de cuatro casitas idénticas, situadas formando una hilera. Sin embargo, alguien había instalado unos modernos escaparates en la fachada, algo que la distinguía por completo de sus vecinas. Me temo que las tiendas solidarias me suelen generar una sensación de desánimo. Abundan mucho, y cada una de ellas me hace pensar en el fracaso de un negocio y en la decadencia general del centro de casi todas las poblaciones. Sin embargo, esta en concreto, atendida por una vivaracha voluntaria llamada Stavia, contaba con montones de libros y juguetes y con tres colgadores de ropa de una calidad sorprendente. No había nadie en el establecimiento aparte de nosotras dos, y Stavia tenía ganas de hablar. De hecho, una vez que empezó, me costó meter baza.

—¿Aiden MacNeil? Sí, por supuesto que me acuerdo de él. Yo estaba aquí cuando vino. Ya hablé con la policía. ¡Lo que ha sucedido es horrible! Esas cosas no pasan en Suffolk, aunque tuvimos lo de Earl Soham hace años y la muerte de ese escritor. El señor MacNeil vino ese miércoles por la tarde, claro. Vi cómo aparcaba el coche al otro lado de la calle, ahí mismo.

»Trajo cuatro o cinco vestidos, varios jerséis y unas cuantas blusas... Algunas de las prendas eran muy viejas, pero había un vestido Burberry que estaba por estrenar. Todavía llevaba puesta la etiqueta. Lo vendimos enseguida por cien libras esterlinas, que es mucho más de lo que solemos sacar por ninguna prenda. La policía quiso saber quién lo había comprado, pero no pude ayudarlos porque esa persona había pagado en efectivo. Se llevaron las prendas que no habíamos vendido y no he vuelto a verlas. La verdad, me parece un poco injusto, aunque supongo que, dadas las circunstancias, no puedo quejarme. Ah, y también había ropa de hombre. Una chaqueta, varias corbatas, una camisa vieja y un chaleco muy bonito.

—¿Habló con él?

—Sí. Charlamos un poco. Era un hombre muy agradable, muy simpático. Me dijo que iba a recoger una silla. Le habían cambiado los muelles o algo así. Dijo que su mujer colaboraba mucho con EACH y que había dado bastante dinero para nuestro centro de cuidados paliativos pediátricos. No puedo creerme que tenga nada que ver con su desaparición. No habría podido quedarse aquí charlando, ¿verdad?

—¿Recuerda a qué hora estuvo aquí?

—Eran las cuatro. Lo sé porque, justo antes de que entrara, recuerdo haber pensado que solo nos faltaba media hora para cerrar. Por cierto, ¿por qué le interesa tanto? ¿Es periodista? Espero no causarle problemas a ese señor hablando de todo esto...

Logré tranquilizarla y, llevada en parte por un sentimiento de culpa, me gasté cinco libras en una maceta de estilo mexicano con un cactus que resultó ser falso. La doné en otra tienda solidaria que encontré de regreso al coche.

Después eché a andar hacia el edificio de color mostaza que albergaba el bufete de abogados Wesley & Khan. Había estado allí dos años atrás y tuve una extraña sensación de *déjà vu* al entrar en lo que debía de haber sido en algún momento una casa particular. De hecho, estaba segura de que, tras el mostrador de recepción, se hallaba sentada la misma chica aburrida; no solo eso, quizá estaba leyendo incluso la misma revista. Era como si el tiempo se hubiera detenido. Las plantas de las macetas seguían estando medio muertas. El ambiente estaba tan vacío como recordaba.

Esta vez había telefoneado de antemano para pedir cita y la chica me acompañó al piso de arriba en cuanto llegué. Los tablones desiguales crujieron bajo mis pies. Se me ocurrió que había dos misterios relacionados con el bufete Wesley & Khan. ¿Quién era Wesley? ¿Existía siquiera? ¿Y cómo se las había arreglado un hombre como Khan, de orgullosa procedencia india, para acabar en un lugar como Framlingham? Suffolk no es racista. Pero sí muy blanco.

Sajid Khan era exactamente como lo recordaba: moreno y

efusivo, con unas cejas gruesas que casi se le juntaban en el centro de la frente. El abogado se levantó de un salto tras su impresionante y enorme escritorio (falsamente) antiguo y cruzó el despacho a grandes zancadas para tomar mi mano extendida entre las suyas.

—¡Mi querida señora Ryeland, qué placer volver a verla! ¡Tengo entendido que se aloja en Branlow Hall! Es muy propio de usted volver a interesarse por los líos de Suffolk. —Me acompañó a una silla—. ¿Le apetece té?

—No, gracias.

—Insisto. —Pulsó una tecla del teléfono—. Tina, ¿puedes traer té para dos? —Sonrió de oreja a oreja—. ¿Qué tal le va por Creta?

—Muy bien, gracias, aquello es precioso.

—Nunca he estado allí. En verano solemos ir a Portugal. Aunque, si dirige un hotel, quizá deberíamos probar.

Se sentó detrás del escritorio. El marco digital seguía allí, el de las fotos que se deslizaban una tras otra. Me pregunté si habría añadido alguna en los dos años que habían transcurrido. Las miré y me parecieron las mismas. Su mujer, sus hijos, su mujer y sus hijos, su mujer y él... Un carrusel inacabable de recuerdos.

—Lo de Alan Conway fue increíble —continuó diciendo, más serio—. Nunca llegué a saber qué había ocurrido, pero tengo entendido que estuvieron a punto de matarla. —Levantó una ceja, y la otra la acompañó—. ¿Ya se encuentra bien?

—Sí, estoy perfectamente.

—Hace algún tiempo que no tengo noticias del joven que era su pareja, James Taylor. Supongo que recuerda que heredó todo el dinero. Lo último que supe fue que estaba en Londres, gastando su herencia lo más rápido posible. —Sonrió—. Bueno, ¿cómo puedo ayudarla esta vez? Mencionó a Cecily MacNeil por teléfono.

Era la primera vez que alguien la llamaba así. Para todos los demás era Cecily Treherne, como si el matrimonio nunca se hubiera producido.

—Sí —dije—. Sus padres vinieron a verme a Creta. Curiosamente, puede que Alan esté de nuevo involucrado. ¿Sabe que escribió un libro basado en parte en lo sucedido en Branlow Hall?

—Sí, lo leí. Y quizá sea muy duro de mollera, porque no capté la relación. Claro, que el libro no estaba ambientado en Suffolk y no había ninguna boda ni nada parecido. Sucedía en algún pueblo de Devon.

—Tawleigh-on-the-Water.

—Eso es. No se mencionaba a nadie por su nombre.

—Alan siempre cambiaba los nombres. Creo que debía de tener miedo de que le pusieran una demanda. —Había llegado el momento de ir al grano. Tenía previsto volver a Londres y estaba deseando ponerme en marcha—. Lawrence y Pauline Treherne creen que Cecily se fijó en algún detalle del libro y que eso puede estar relacionado con su desaparición. ¿Le importa que le haga unas preguntas?

Extendió las manos.

—Dispare. Me temo que no pude ayudarla mucho la última vez. Quizá en esta ocasión pueda hacerlo mejor.

—Vale. Quiero empezar por Aiden. Vino a verlo el día que desapareció Cecily.

—Así es.

—¿Recuerda a qué hora?

Khan pareció sorprendido, como si mi pregunta fuese inoportuna.

—A las cinco. Fue una reunión breve por un contrato con un nuevo proveedor. —Hizo una pausa—. Espero que no piense que él tuvo nada que ver con la desaparición de su mujer.

—No exactamente. Sin embargo, la víspera de su desaparición Cecily llamó a sus padres por teléfono. Creía haber encontrado pruebas nuevas sobre el asesinato de Frank Parris ocho años atrás y no se lo contó a Aiden...

—Creo que debo interrumpirla aquí, señora Ryeland. En primer lugar, el señor MacNeil es un cliente de este bufete y, en cualquier caso, no tenía absolutamente ningún motivo para asesinar a Frank Parris, si es eso lo que está sugiriendo.

La puerta se abrió y la joven de recepción entró con dos tazas de té y un azucarero sobre una bandeja. Las tazas llevaban el logo W&K impreso en el lateral.

—¿Qué fue del señor Wesley? —pregunté mientras él me pasaba una de aquellas tazas.

—Se jubiló. —Khan le sonrió a la chica—. Gracias, Tina.

Esperé a que la muchacha se hubiera ido y entonces continué con más precaución.

—¿Estaba usted en Framlingham cuando se produjo el asesinato?

—Pues sí. Lo cierto es que hablé con el señor Parris. Tuvimos una breve conversación la víspera de su muerte.

—¿De verdad? —pregunté, sorprendida.

—Sí. Se me pidió que me pusiera en contacto con él por un asunto personal. Tenía que ver con una herencia. No hace falta que entre en detalles.

—Actuaba en nombre de Martin y Joanne Williams —dije. En realidad, iba de farol. Recordaba haber visto la tarjeta de visita del abogado en la cocina de la pareja y supuse que debía de referirse a ellos—. Fui a Heath House —añadí—. Me lo explicaron todo.

—¿Cómo están?

—Muy bien. De hecho, me hablaron de usted en términos muy elogiosos. Le estaban muy agradecidos.

Ahora estaba mintiendo descaradamente. Martin y Joanne no me habían dicho gran cosa, pero esperaba que Khan se sintiera lo bastante halagado para poder sacarle algo de información.

Funcionó.

—Bueno, al final no hice gran cosa por ellos —dijo, de un modo que mostraba a las claras lo satisfecho que estaba de sí mismo—. ¿Le hablaron de la casa?

—Sí.

—El testamento no dejaba lugar a dudas. Heath House era al 50 por ciento para los dos hijos: Frank Parris y su hermana. Que el señor Parris les hubiera permitido vivir allí sin pagar alquiler desde la muerte de su madre no constituía un acuerdo verbal. El señor Parris no renunció a sus derechos en ningún momento.

Yo intentaba poner cara de póquer, pero Khan acababa de facilitarme un dato que podía cambiarlo todo. «Tenía la idea de montar otra agencia y quería que invirtiéramos en ella». Eso era lo que Martin había dicho, pero se había mostrado deliberadamente vago, casi insincero. Frank Parris estaba en la ruina y quería su parte de la casa. Ese era el motivo de su llegada a Suffolk. También podía ser el motivo por el que lo mataron.

—Les encanta esa casa —dije.

—Desde luego. Joanne creció en ella. Es un sitio precioso.

La señora Khan se deslizó por la pantalla, en bañador y con una pala de plástico en la mano.

—Así que habló con Frank Parris —proseguí.

—Lo llamé al móvil. Fue el viernes, justo después de que visitara a su hermana. Tenía pensado poner la casa en venta con Clarke, la agencia inmobiliaria de Framlingham. He de decir que se mostró bastante brusco, pero tengo entendido que las cosas no le habían ido bien en Australia. Le pedí que les diera a los señores Williams algo más de tiempo para hacerse a la idea del traslado y, de paso, para encontrar otro sitio en el que vivir. Tuve un éxito parcial. Parris seguía queriendo contactar con Clarke, pero aceptó darles más tiempo.

—Debían de estar muy disgustados.

—La señora Williams no estaba nada contenta —respondió mientras añadía una generosa cucharadita de azúcar a su té.

No me costaba imaginarlo. Aún recordaba sus últimas palabras: «Lárguese y déjenos en paz».

—No debieron de lamentar mucho que lo mataran a martillazos —comenté. Había descubierto lo que necesitaba saber. No tenía por qué tener pelos en la lengua.

Como cabía esperar, Khan puso cara de pena.

—No creo que sea así. Eran familia y estaban muy unidos. Los señores Williams habían vivido diez años sin pagar alquiler. Lo cierto es que no tenían ningún motivo de queja.

No había probado el té, y tampoco me apetecía. Me estaba

preguntando si Martin y Joanne habrían ido a Branlow Hall la noche del asesinato y cómo averiguarlo. Podía ser que Parris les hubiese dicho en qué habitación se alojaba, pero, si alguno de ellos hubiera decidido matarlo, habrían tenido que encontrarla. Intenté imaginármelos recorriendo el hotel con un martillo y pisando accidentalmente la cola de Bear mientras avanzaban por el pasillo tratando de no hacer ruido. Me pareció improbable. Sin embargo, nadie más tenía un móvil tan evidente.

—Muchas gracias, señor Khan —dije, levantándome para poner fin a la entrevista.

Él también se puso en pie y nos estrechamos la mano.

—¿Cómo está su hermana? —preguntó.

—La vi ayer. Está muy bien, gracias.

—Espero que se hayan solucionado las cosas con Wilcox —continuó diciendo. Al ver mi gesto de sorpresa, añadió—: Aunque tal vez no hablasen de eso.

—¿Hablar de qué? —pregunté.

Sonrió, tratando de aparentar que no era nada demasiado grave. Sin embargo, había cometido un error y lo sabía. Hizo lo que pudo por echar marcha atrás.

—Bueno, solo le di unos consejos —dijo.

—¿Es clienta suya?

La sonrisa seguía allí, pero vacilante.

—Tendrá que preguntárselo a ella, señora Ryeland. Estoy seguro de que lo entiende.

Si no era clienta suya, podía haberlo dicho.

Después de pasar aquella velada con Katie, me había dado cuenta de que había algún problema. ¿Estaba Jack metido en algún tipo de aprieto? ¿Tenía mi hermana problemas económicos? ¿Qué era lo que no me había contado? Mientras caminaba de regreso al coche, Martin y Joanne Williams, Frank Parris, Branlow Hall e incluso Cecily Treherne parecían de pronto menos importantes.

Mi hermana estaba en apuros. Necesitaba saber por qué.

Martlesham Heath

Estaba de camino hacia Londres.

Había recibido más correos... aunque ninguno de Andreas. No me extrañó. Ni en el mejor de los momentos respondía demasiado rápido, y mostraba una extraña reticencia cuando se trataba de asuntos personales o emocionales. Necesitaba tiempo para pensar.

Por suerte, James Taylor se alegraba mucho de mi presencia en el Reino Unido. Estaría encantado de volver a verme y traería todo lo que encontrase en relación con *Atticus Pünd acepta el caso*. Sugirió que cenáramos en Le Caprice y confié en que fuese él quien pagara la cuenta. También había quedado con Lionel Corby en el gimnasio en el que ahora trabajaba. Además, Michael Bealey me había invitado a «un trago rapidito» en Soho House, en Greek Street.

Me había decidido a llamar a Craig Andrews. Era posible que tuviera que pasar varios días en Londres y no me tentaban demasiado las comodidades del Premier Inn. En su primer correo me había ofrecido una habitación, y yo recordaba haberlo visitado en una magnífica casa victoriana de Ladbroke Grove. Por cierto, el dinero no procedía de sus libros, sino de su antiguo empleo en banca. Las novelas de Christopher Shaw eran buenas, de las que se sitúan en mitad de la lista de ventas, nada más, pero le habían brindado la libertad necesaria para disfrutar del dinero que había ganado. Craig estaba más que dispuesto a acogerme y me gustó volver a hablar con él, pero ¿por qué me sentí culpable al colgar? Era ridículo. Lo único que esperaba era una habitación de invitados durante un par de noches, y quizá una cena y una botella de vino compartida.

Antes de entrar en la A12, hice una parada en Woodbridge. Durante mi estancia en el hotel, había mantenido un aspecto más o menos presentable, y a Katie, naturalmente, le daba igual la pinta que tuviese, pero no podía entrar en Le Caprice, ni tampoco en casa de Craig, vestida con ninguna de las prendas que llevaba en la maleta. En la plaza vieja, había un par de tiendas muy buenas de las que salí con un vestido de cóctel hasta la rodilla de terciopelo azul marino y una chaqueta de algodón de Ralph Lauren (con un descuento del 25 por ciento). Había gastado mucho más de lo que pretendía, pero me recordé a mí misma el dinero que me debía Lawrence y confié en que llegase antes que el próximo pago de mi tarjeta de crédito.

Con las bolsas a salvo en el maletero, proseguí mi viaje hacia el sur. Pocos kilómetros después de Woodbridge llegué a una rotonda cuya tercera salida llevaba a Martlesham Heath. De forma impulsiva, puse el intermitente y me dirigí hacia allí. Me gustase o no, y la verdad era que no me gustaba mucho, había un encuentro que debía tener lugar. No podía seguir aplazándolo.

La comisaría de Suffolk ocupaba un edificio moderno y muy feo situado a unos cinco minutos de la calle principal. Era un bloque cuadrado de hormigón y planchas de vidrio que lograba eludir cualquier mérito arquitectónico. Cabía preguntarse qué habían hecho los habitantes de Martlesham Heath para merecer semejante muestra del brutalismo en un extremo de su pueblo añadida al horror desmesurado del centro de investigación BT que estropeaba el horizonte urbano en el otro. Supongo que, como mínimo, ambas construcciones les proporcionaban puestos de trabajo.

Me acerqué al mostrador de recepción y pregunté por el superintendente jefe Locke. No, no tenía cita. ¿De qué asunto se trataba? De la desaparición de Cecily Treherne. La agente uniformada pareció dudar, pero hizo la llamada mientras me sentaba en una de las sillas de plástico y hojeaba un ejemplar de *Suffolk Life* de cinco meses atrás. No estaba segura de que Locke fuese a recibirme, y la agente no había dado ninguna indicación de que le hubiese cogido el teléfono siquiera, así que me sorprendí cuando apareció de repente al cabo de unos pocos minutos saliendo de un ascensor. Vino directamente hacia mí, con tanta determinación que no me habría extrañado que me hubiese agarrado, me hubiese detenido y me hubiese arrastrado a una celda. Esos eran sus modales..., siempre al borde de la violencia. Era como si los delincuentes a los que investigaba le hubiesen contagiado una especie de virus. Yo sabía que no le caía bien. Lo había dejado claro la última vez que nos vimos.

Sin embargo, cuando habló, lo hizo casi en tono divertido.

—¡Vaya, vaya! ¡Mi querida señora Ryeland! Cuando la vi en el hotel, tuve la sensación de que no era una simple coincidencia. ¿Por qué será que no me ha sorprendido saber que estaba aquí? Puedo dedicarle cinco minutos. Aquí abajo hay un despacho donde podemos hablar...

No había sido justa con el superintendente jefe Locke. Sí que se había fijado en mí cuando nos cruzamos en la recepción de Branlow Hall, pero había optado por ignorarme. Locke me acompañó a una habitación cuadrada e impersonal, con una mesa y cuatro sillas colocadas exactamente en el centro. Una ventana daba a la zona boscosa que rodeaba el edificio. Me sostuvo la puerta y la cerró mientras yo tomaba asiento.

—¿Cómo está? —preguntó.

La pregunta me pilló por sorpresa.

—Estoy muy bien, gracias.

—Me enteré de lo que ocurrió mientras investigaba la muerte de Alan Conway. Estuvieron a punto de matarla. —Levantó el dedo índice—. Le advertí que no se metiera.

No recordaba que me hubiese dicho nada semejante, pero no quise discutir.

—¿Qué está haciendo de nuevo en Suffolk, esta vez en Branlow Hall? No hace falta que me conteste. Aiden McNeil me ha llamado para quejarse de usted. ¡Tiene gracia! Habría pensado que Alan Conway ya le había causado suficientes penas, pero es incapaz de dejarlo en paz.

—Pues yo habría pensado que es él quien no quiere dejarme en paz, superintendente.

—Era un cabrón cuando estaba vivo y sigue siendo un cabrón ahora que está muerto. ¿De verdad cree que puso algo en su libro? ¿Otro mensaje secreto... esta vez sobre Frank Parris?

—¿Lo ha leído? —pregunté.

—Sí.

—¿Y?

Locke estiró las piernas y se puso a reflexionar. Me sorprendió comprobar que se estaba mostrando amable, simpático incluso. Pero, claro, su enemigo siempre fue Alan Conway y no yo. Alan le había pedido ayuda para documentarse y, a cambio, lo había convertido en un personaje vagamente cómico, el inspector Raymond Chubb. También había creado en el segundo libro, *No hay descanso para los malvados*, una grotesca parodia de la mujer de Locke, a quien yo no conocía personalmente. Era posible que, después de la muerte de Alan, el superintendente jefe hubiese decidido perdonarme por el papel que yo había desempeñado en todo aquel asunto. También pudo contribuir el hecho de que su *alter ego* no apareciese en *Atticus Pünd acepta el caso*.

—Me pareció el mismo montón de basura de siempre —dijo con calma—. Ya conoce mi opinión sobre las novelas de detectives.

—Desde luego, la expresó de forma muy rotunda.

No había necesidad de que me lo recordara, pero lo hizo:

—Las novelas de suspense que escribe la gente como Alan Conway no guardan absolutamente ninguna relación con la vida real. Si sus lectores piensan lo contrario, peor para ellos. Nadie recurre a detectives privados, a menos que quiera espiar a un hijo adolescente o averiguar a quién se tira un marido. Y los asesinatos no suelen producirse en casitas con techo de paja o mansiones. Ni tampoco en pueblos de la costa. *¡Atticus Pünd acepta el caso!* Dígame una cosa de ese libro, una sola, que no sea una completa basura. La actriz de Hollywood que compra una casa en mitad de la nada. Ese asunto del diamante. El cuchillo sobre la mesa del vestíbulo. ¡Vamos, hombre! En cuanto ves un cuchillo sobre una mesa, sabes que va a terminar en el pecho de alguien.

—Eso decía Chéjov.

—¿Cómo?

—El dramaturgo ruso. Dijo que, si en el primer acto has colgado una pistola en la pared, en el siguiente debe ser disparada. Explicaba que cada elemento de una historia debe tener sentido.

—¿También dijo que la historia debe ser increíble y el final completamente absurdo?

—Supongo que no lo adivinó.

—Ni siquiera lo intenté. Leí el libro porque pensé que podía tener algo que ver con la desaparición de Cecily Treherne, y resultó ser una absoluta pérdida de tiempo.

—Vendió medio millón de ejemplares en todo el mundo.

No sé por qué estaba defendiendo a Alan Conway. Quizá me estaba defendiendo a mí misma.

—Bueno, ya sabe lo que opino de eso, señora Ryeland. Hacen del asesinato un juego y le piden a la gente que se sume. ¿Cómo se apellidaba el detective de *Atticus Pünd acepta el caso*? Hare, ¿no? Pues el tal Hare es un zopenco, un tonto integral. No hace nada a derechas. —Golpeó la mesa con los nudillos—. Debe de estar muy orgullosa de sí misma. Medio millón de ejemplares de gilipolleces infantiles que trivializan el crimen y minan la confianza en la policía.

—Usted lo tiene muy claro, superintendente jefe, pero creo que se equivoca con las novelas de asesinatos. Por cierto, enhorabuena por el ascenso. No creo que los libros de Alan hayan perjudicado a nadie, salvo a mí. Los lectores disfrutaban con ellos y sabían muy bien lo que obtenían al leerlos: no la vida real, sino una vía de escape. Y es evidente que todos necesitamos eso hoy en día. Noticias las veinticuatro horas. Noticias falsas. Políticos que se tachan mutuamente de mentirosos cuando no están mintiéndose a sí mismos. Puede que haya algo de consuelo en un libro que busca un sentido en el mundo en el que se desarrolla y te lleva a una verdad absoluta.

Locke no pensaba discutir conmigo.

—¿Por qué está aquí, señora Ryeland? —preguntó.

—Si se refiere a por qué estoy en Martlesham Heath, confiaba en que me dejara ver el informe policial sobre Stefan Codrescu. Han pasado ocho años, así que ya no puede ser de ningún interés para nadie. Me gustaría ver los informes forenses, los interrogatorios..., todo.

Negó con la cabeza.

—Eso no va a pasar.

—¿Por qué no?

—¡Porque es confidencial! Es trabajo de la policía. ¿De verdad cree que voy a facilitar información sensible a cualquiera que venga a llamar a la puerta?

—¡Pero imagine que Stefan Codrescu no lo hizo!

Fue entonces cuando Locke perdió la paciencia y su voz adoptó un tono amenazador.

—Escúcheme —dijo—. Fui yo quien dirigió la investigación, así que, francamente, lo que acaba de decir resulta insultante. Usted no estaba aquí cuando se produjo el asesinato. Solo se sentó a esperar que su gallina de los huevos de oro lo convirtiese en un cuento de hadas. No tengo la más mínima duda de que Codrescu mató a Frank Parris por el dinero, porque era un ludópata. Lo confesó en una habitación idéntica a esta, un piso más arriba, y su abogado estuvo sentado a su lado todo el rato. No hubo maltrato ni amenazas.

»Codrescu era un delincuente cargado de antecedentes, y contratarlo en el hotel fue una locura. Si tanto le interesa el crimen, deje que le cuente una historia, una de verdad. Solo un mes antes del asesinato de Branlow Hall, yo formaba parte de un equipo que enchironó a una banda de rumanos que actuaba en Ipswich. Eran un grupito encantador, implicado en mendicidad, asaltos violentos y robo con allanamiento. Todos eran graduados de una academia rumana del crimen. No le estoy tomando el pelo. Incluso tenían sus propios libros de texto, que les enseñaban cómo evitar la detección electrónica, cómo ocultar su ADN. Esa clase de cosas.

»Bueno, pues resulta que su principal fuente de ingresos era un burdel del distrito de Ravenswood y que la chica más joven que trabajaba allí tenía catorce años. ¡Catorce! La habían metido en el país clandestinamente y la obligaban a atender a tres o cuatro hombres cada noche. Si se negaba a hacerlo, le pegaban y la mataban de hambre. ¿Cree que eso les gustaría a sus lectores? ¿La violación continuada de una niña de catorce años? ¡Deberían haber enviado a Atticus Pünd a investigar el asunto!

—No entiendo por qué me cuenta esto —repliqué—. Lo que describe es horrible, por supuesto, pero ¿Stefan Codrescu estuvo implicado?

—No...

Se me quedó mirando como si yo no lo hubiese entendido.

—¡Lo que está diciendo es que debió de ser él quien matara a Frank Parris porque era rumano!

Locke soltó una especie de rugido y se levantó tan deprisa que su silla se habría volcado hacia atrás de no haber estado atornillada al suelo.

—Márchese de aquí ahora mismo —dijo—. Y márchese de Suffolk.

—La verdad es que voy de camino a Londres.

—Me alegro. Porque, si tengo la impresión de que está obstruyendo mi investigación de la desaparición de Cecily Treherne, la detendré.

Me puse de pie. Pero no me marché todavía.

—Entonces ¿qué cree que le ha ocurrido a Cecily? —pregunté.

Me miró fijamente. Pero entonces respondió:

—No lo sé. Diría que está muerta y que alguien la ha matado. Quizá fuese su marido. Quizá tuvieran una discusión y él le clavase un cuchillo, aunque no hemos encontrado ni rastro del ADN de ella en él ni en ningún otro sitio en el que no debería estar. Quizá fuese ese tío siniestro que vive con su madre y trabaja de noche. Quizá estuviese encaprichado con ella. O quizá fuese un absoluto desconocido que caminaba a orillas del río Deben con una erección y una mente enferma.

»Puede que nunca lo sepamos. Pero le diré quién no fue. No fue alguien a quien mencionaron en una estúpida novela de detectives escrita hace ocho años. Métaselo en la cabeza y vuélvase a casa. Y deje de hacer preguntas. No volveré a avisarla.

Lawrence Treherne

Paré en una gasolinera de las afueras de Londres y abrí la bandeja de correo. Seguía sin tener noticias de Andreas. Había recibido una confirmación de James Taylor: a las siete y media en Le Caprice. Y una larga nota de Lawrence Treherne, que leí mientras disfrutaba de un café y un cruasán tan rancio y blando que no guardaba relación alguna con nada que se pudiese comprar jamás en Francia. El correo llegaba en el momento perfecto. Era un relato paso a paso de lo sucedido en Branlow Hall, contado desde una sola perspectiva. Resultaba interesante ver cómo se conectaba con lo que yo ya sabía. También podría usarlo como referencia cuando me reuniese con Lionel Corby a la mañana siguiente.

Esto es lo que leí.

De: Lawrence Treherne <lawrence.treherne@Branlow.com>
Enviado: 21 de junio de 2016 a las 14.35
Para: Susan Ryeland <S.Ryeland@polydorus.co.gr>
Asunto: RE: Cecily

Apreciada Susan:

Me preguntó qué recordaba del día de la boda. Le escribo este correo con la ayuda de mi mujer. Tendrá que disculpar la falta de estilo; me temo que no se me da bien escribir. El relato que escribió Alan Conway es muy distinto de lo que ocurrió en Branlow Hall en 2008, por lo que no creo que pueda serle útil nada de lo que voy a contarle, aunque tampoco estará de más que le explique los hechos.

Puede que le interese saber cómo se conocieron Aiden y mi hija, y empezaré por ahí porque creo que forma parte de la historia.

A principios de agosto de 2005, Cecily estaba en Londres y se planteaba dejar el hotel. Creo que ya se lo comenté, y es algo que me duele decir, pero la cuestión es que su hermana y ella han tenido siempre una relación muy difícil. No quiero que se imagine nada raro. Es normal que dos chicas que crecen juntas discutan por la música, la ropa, los novios y cosas así, y mis dos hijas no eran ninguna excepción. Lisa ha dicho siempre que Cecily era nuestra favorita, pero no es verdad. Era nuestra hija mayor y las queríamos a las dos por igual.

En aquella época, las dos eran ya mayores y trabajaban juntas en Branlow Hall. El plan era que acabaran ocupándose del negocio en nuestro lugar, pero no se llevaban nada bien. La tensión entre ellas era tremenda. Hubo muchas habladurías y prefiero no entrar en detalles. La cuestión es que Cecily decidió vivir por su cuenta. Había pasado toda su vida en Suffolk y le apetecía intentar abrirse paso en la gran ciudad. Nos ofrecimos a comprarle un piso en Londres; puede parecer un exceso, pero era algo en lo que ya habíamos pensado. Nos gustaba asistir a obras de teatro y conciertos en la capital y, a la larga, iba a resultar más económico. Por eso estaba ella allí.

Encontró un sitio que le gustó en la zona este de Londres, y Aiden fue el agente inmobiliario que se lo enseñó. Se cayeron bien enseguida. Él tenía un par de años menos que ella, pero le iba muy bien. Ya tenía ahorrado el dinero suficiente para comprarse un piso en Edgware Road, cerca de Marble Arch. No estaba nada mal para

alguien de veintitantos años, aunque solo tuviera una habitación.
Mientras hablaban, Cecily descubrió que ese día era el cumpleaños
de Aiden, así que insistió en salir con él y conocer a sus amigos.
Cecily solía comportarse así. Le gustaba coger el toro por los
cuernos, y más tarde me dijo que supo desde el principio que los
dos eran compatibles.

Conocimos a Aiden poco después y nos agradó mucho. De hecho,
nos hizo un favor enorme, porque tenía tantas ganas de marcharse
de Londres como Cecily de estar allí y la convenció de quedarse en
Branlow Hall. No le gustaba la ciudad y creía que a ella tampoco le
gustaría, pero decidieron conservar su piso por si necesitaban
alejarse. Sin embargo, la verdad fue que, después de que él llegara,
la relación de Cecily con Lisa mejoró mucho. Eran dos contra uno,
¿sabe? Aiden le proporcionaba autoconfianza.

Por cierto, adjunto un par de fotografías de Cecily. Puede que haya
visto las que se han publicado en la prensa, pero ninguna le hace
justicia. Es una chica preciosa. Me recuerda mucho a su madre
cuando tenía esa edad.

Aiden y Cecily se mudaron a Branlow Cottage seis meses antes de
casarse. Lisa pasaba mucho tiempo allí, pero la convencimos de
mudarse a un piso que teníamos en Woodbridge. Era lógico, sobre
todo después de que naciera Roxana. Aiden pasó a ocuparse de las
relaciones públicas del negocio. Hacía todos los folletos, los
comunicados de prensa, la publicidad, los eventos especiales... y lo
hacía muy bien. Más o menos por esa época, Pauline y yo nos dimos
cuenta de que podíamos jubilarnos con la conciencia tranquila. Lisa
también estaba haciendo un trabajo excelente. A pesar de lo que le
dijo el otro día, no creo que Aiden le cayese mal. Lo cierto es que yo
esperaba que le entrasen ganas de casarse también.

Y vamos ya al meollo de la cuestión. El 15 de junio de 2008. El fin
de semana de la boda.

He estado pensando en cada minuto de aquellos días, empezando
por el jueves, y en todos los problemas que surgieron. Para
empezar, tuvimos una bronca por teléfono con los contratistas que
tenían que entregar la carpa. Se les había averiado el camión y
llegarían tarde, lo cual es una de las peores excusas que he oído en

mi vida. No llegaron hasta el viernes a la hora de comer, y tuvimos que trabajar como locos para montar la carpa a tiempo. Cecily estaba de los nervios porque una de las damas de honor había cogido una gripe muy fuerte. Además, había perdido una pluma que yo le había prestado. Era una Montblanc 342 de 1956 con plumín de oro, una pieza magnífica sin estrenar, en su estuche original. La verdad es que me enfadé mucho con ella, aunque en ese momento no dije nada. Quise dársela porque era algo viejo, algo nuevo, algo prestado y algo azul.

Lisa siempre estuvo convencida de que fue Stefan quien cogió la pluma. Entraba y salía de la casa llevando cosas mientras la pluma estaba allí, encima de la mesa. Se lo mencioné a la policía, pero nunca se encontró. Al final, Cecily tuvo que arreglárselas con dos monedas, un broche de Pauline y un lazo.

¿Qué más? Cecily llevaba toda la semana sin dormir bien por los nervios de última hora. Yo le había dado diazepam. No quería tomárselo, pero Aiden y Pauline insistieron. ¡No queríamos que se casara con cara de zombi! Tenía que estar guapísima y sentirse muy bien en el gran día. Al menos, tuvimos suerte con el tiempo. El viernes hizo un día precioso. Las previsiones meteorológicas acertaron por una vez. Los invitados empezaron a llegar. La carpa quedó montada finalmente y todos pudimos relajarnos.

Cuando apareció Frank Parris, yo no estaba. Era jueves por la tarde y me encontraba en nuestra casa de Southwold. Lo vi un momento el viernes por la mañana, al llegar al hotel. Subía a un taxi. Llevaba chaqueta de color beis y pantalones blancos. Tenía el pelo claro y rizado, como el del niño del cuadro de Millais, no sé si sabe a cuál me refiero. Es curioso, pero ya en ese momento supe que traería problemas. Pensará que es muy fácil decirlo a toro pasado, pero estaba discutiendo con el taxista, un hombre muy serio que viene mucho a buscar huéspedes y que se había retrasado un par de minutos. Tuve la sensación de que el cielo se había oscurecido. En mi opinión, Alan Conway y él eran muy parecidos.

Esa noche celebramos una fiesta. Queríamos agradecerle al personal todo el trabajo que había hecho. Además, el día siguiente iba a ser muy ajetreado. Lo organizamos todo junto a la piscina.

Hacía una noche estupenda, aunque un poco calurosa. Había vino espumoso, canapés, Pimm's. Cecily dijo unas palabras para dar las gracias a todos que fueron muy apreciadas.

Supongo que querrá saber quién acudió. Prácticamente estaba todo el personal. Entre los asistentes se encontraba Anton, que era el chef, Lionel, Natasha, William, que se ocupaba del jardín, Cecily, Aiden, Lisa, Pauline y yo. Y, por supuesto, Stefan. Invité a muy pocos familiares, aunque me parece recordar que estaba el hermano de Pauline. Y la madre de Aiden, que era muy agradable, se dejó caer durante unos diez minutos antes de irse a la cama. Aquello pretendía ser un evento del hotel más que una parte de la boda. Si quiere, puedo enviarle una lista completa. Éramos unas veinticinco personas en total.

Sé que debo hablarle de Stefan. Empezaré diciendo que siempre me cayó bien, a pesar de todo lo ocurrido. Me parecía tranquilo, trabajador, educado y, al menos en apariencia, agradecido por la oportunidad que le había dado. Cecily opinaba exactamente lo mismo que yo. Como sabe, lo defendió de forma apasionada, al menos al principio, y se sintió muy decepcionada cuando confesó el crimen. Solo Lisa tenía dudas sobre él. Estaba convencida de que sisaba, y no me complace en absoluto reconocer que al final se demostró que estaba en lo cierto. Ojalá la hubiéramos escuchado antes y nos hubiéramos librado de Stefan, pero ya no tiene sentido darle más vueltas.

De hecho, Lisa y Stefan se habían reunido la víspera, o sea, el jueves, y ella lo había despedido. Así pues, cuando llegó a la fiesta de la piscina el viernes por la noche, Stefan sabía que se marchaba. Por cierto, le dimos una indemnización generosa, tres meses de salario, así que no iba a morirse de hambre, pero aun así puede que el despido explique lo que sucedió posteriormente. Esa noche se emborrachó. Lionel, el encargado del spa, tuvo que ayudarlo a volver a su habitación. Puede que ya tuviese decidido compensar su pérdida de ingresos robando a los huéspedes. No lo sé. No sé por qué Lisa tuvo que tomar esa decisión solo dos días antes de la boda. Podría haber sido más oportuna.

Otro detalle de la fiesta antes de pasar a otra cosa: Derek Endicott no acudió. Esa noche estaba de un humor extraño. Traté de hablar con él, pero parecía muy desazonado, como si hubiese recibido malas noticias. Debería habérselo mencionado antes, pero no me he acordado hasta ahora, mientras escribo. ¡Pauline dijo que parecía que hubiese visto un fantasma!

Derek trabajaba esa noche. Pauline y yo volvimos a casa más o menos a las diez y media. Según la policía, Frank Parris fue asesinado después de medianoche. Lo atacaron con un martillo en su habitación, la número 12. No lo supimos hasta después.

Pauline y yo llegamos al hotel al día siguiente, el día de la boda de nuestra hija, a las diez. Tomamos café y galletas con los invitados. La ceremonia se celebró a mediodía en la rosaleda que está al sur de la casa, al otro lado de la valla, ante el registrador del concejo del condado de Suffolk. El almuerzo se sirvió a la una menos cuarto con ciento diez invitados sentados en ocho mesas. El menú era fabuloso: ensalada tailandesa de anacardos y quinoa, salmón escalfado y tarta de melocotón blanco con crema de almendras. Estaba muy nervioso porque debía dar un discurso y no me gusta hablar en público, pero resultó que no llegué a decir ni una palabra. Nadie lo hizo.

Descubrí que ocurría algo cuando oí un grito en los jardines. El sonido llegó amortiguado por la lona, pero aun así quedó claro que sucedía algo terrible. Entonces entró Helen en la tienda. Helen era la encargada del servicio de limpieza, una mujer muy seria y tranquila que no se alteraba por nada en condiciones normales. Sin embargo, vi al instante que estaba muy trastornada. Lo primero que pensé fue que el hotel debía de estar en llamas, porque no había ningún otro motivo posible para que viniera. Al principio no me dijo lo que pasaba. Me pidió que la acompañase y, aunque estaban a punto de servir el primer plato, comprendí que no tenía otra opción.

Natasha nos esperaba fuera en un estado terrible, blanca como una pared. Las lágrimas rodaban por sus mejillas. Era ella quien había encontrado el cadáver, un espectáculo tremendamente horrible. Frank Parris, vestido con un pijama, estaba tumbado sobre la cama con la cabeza tan machacada que resultaba irreconocible. Había sangre, trozos de hueso y demás por todas partes. Espeluznante.

Helen había telefoneado ya a la policía, que era justo lo que había que hacer, pero, como puede imaginarse, aquello suponía el final inmediato de la celebración de la boda. Y en efecto, mientras hablábamos fuera de la carpa oí las primeras sirenas, que se acercaban por la A12.

Es casi imposible describir lo que ocurrió a continuación. Una perfecta boda inglesa se convirtió en cuestión de minutos en una absoluta pesadilla. Aparecieron cuatro coches de policía. Una docena de personas o más, entre agentes, detectives, fotógrafos y forenses, invadieron los jardines. La primera en llegar fue una inspectora llamada Jane Cregan que hizo un buen trabajo al ocuparse de todo. Algunos invitados empezaban a salir de la tienda para ver qué sucedía, pero ella les pidió a todos que volvieran a entrar y les explicó parte de lo sucedido.

La inspectora se hizo cargo de la situación, pero el hecho fue que la fiesta se acabó y que nadie pudo marcharse. Los invitados a la boda pasaron a ser de pronto sospechosos o posibles testigos, y la carpa se convirtió en una gran celda. Como es natural, lo lamenté sobre todo por Aiden y Cecily. Tenían una habitación reservada en Londres y al día siguiente iban a coger un vuelo a Antigua para pasar la luna de miel. Hablé con la señora Cregan para que les dejara marchar. No podían haber tenido nada que ver con el asesinato. Ninguno de ellos conocía siquiera a Frank Parris. Bueno, lo habían visto brevemente la víspera. Pero de nada sirvió. Al final, el seguro nos devolvió el dinero y se fueron al Caribe un par de semanas más tarde. Aun así, no fue un gran comienzo para la vida de casados, desde luego.

Una parte de mí sigue deseando que Natasha no hubiese entrado en la habitación 12 hasta más tarde. Quizá Aiden y Cecily hubieran podido irse antes de que se descubriese el cadáver. Natasha había empezado a trabajar a las ocho y media y había pasado por delante de la habitación 12 una hora más tarde de camino hacia el ala Moonflower. Estaba segura de que en aquel momento había un cartel de «No molestar» en la puerta, por lo que decidió dejar esa habitación para el final. Cuando volvió a pasar por allí poco después de la una, el cartel ya no estaba. De hecho, lo encontraron en un cubo de basura del pasillo. Lo habían tirado.

Lo del cartel intrigó a la policía. Stefan Codrescu pudo haberlo puesto en la puerta para ocultar lo que había hecho, pero, si se piensa un poco, no habría tenido ningún sentido. Además, ¿por qué iba a quitarlo después? Más tarde negó haberlo tocado, aunque la policía encontró sus huellas en él junto a una minúscula muestra de la sangre de Frank Parris. Así que, obviamente, estaba mintiendo. Para serle sincero, es algo en lo que he pensado muchas veces y sigo sin encontrarle sentido. El cartel estaba allí a las nueve y media, y a la una estaba en el cubo. ¿Qué explicación puede haber? ¿Alguien encontró el cadáver y quiso ocultarlo durante tres horas y media? ¿Stefan sintió la necesidad de volver a la habitación? Al final, la policía decidió que Natasha debía de haberse equivocado. Por desgracia, no puede hablar con ella. Volvió a Estonia y no tengo la menor idea de dónde está. También me enteré de que Helen murió hace un par de años. Tuvo cáncer de mama. Tal vez la inspectora Cregan pueda ayudarla.

En cuanto a Stefan, la mañana del día de la boda se mantuvo en un segundo plano. Puede que tuviera resaca. Lo cierto es que estaba enfurruñado, de mal humor. El aseo del vestíbulo se había atascado y tuvo que desatascarlo, una tarea muy poco agradable. Parecía haber dormido muy poco esa noche, y me sentí moralmente obligado a contárselo a la policía. Tenía cara de sueño. Poseía una llave maestra de todas las habitaciones, por lo que le habría resultado fácil entrar en la número 12. Y tenía todo el aspecto de alguien que acaba de cometer un horrible crimen y está esperando que caiga el hacha sobre su cuello.

Espero que esto le sirva de ayuda. Sigo aguardando a que me cuente lo que opina del libro. En cuanto a su otra petición, si quiere darme los datos bancarios de su pareja estaré encantado de enviarle un adelanto sobre la suma que acordamos. ¿Qué le parecen dos mil quinientas libras?

Un cordial saludo,
Lawrence Treherne

P.D.: El huésped al que sacamos de la habitación 12 se llamaba George Saunders. Había sido director de la escuela secundaria de Bromeswell Grove y estaba en Suffolk para asistir a una reunión. LT

Había dos fotografías de Cecily adjuntas al correo, ambas tomadas el día de la boda.

Lawrence me había descrito a su hija como «preciosa». Siendo su padre y en ese día concreto, ¿qué otra palabra iba a utilizar? Sin embargo, no era del todo cierto. Llevaba un vestido de novia de color marfil y un medallón de platino u oro blanco grabado con un corazón y una flecha y tres estrellas. Su cabello rubio natural estaba perfectamente peinado de un modo que me hizo pensar en Grace Kelly. La muchacha miraba más allá de la cámara, como si acabase de ver la felicidad absoluta que se hallaba más adelante y que sería suya. No obstante, mostraba cierto aire de vulgaridad. No quiero ser cruel, de verdad. Era una mujer atractiva. Todo lo que veía en la fotografía me sugería que era alguien a quien me gustaría conocer. Y aún mantenía una leve esperanza de poder hacerlo algún día.

Lo que intento decir es que podía imaginármela haciendo la declaración de la renta, poniendo la lavadora o realizando tareas de jardinería, pero no recorriendo a toda velocidad una carretera serpenteante de Mónaco en los años cincuenta a bordo de un Aston Martin descapotable.

Cerré el portátil y volví al coche. Aún tenía que llegar a Londres y luego coger la North Circular Road hasta Ladbroke Grove. Craig Andrews había dicho que estaría en casa antes de las cuatro para recibirme y yo quería darme una ducha y cambiarme antes de cenar en Le Caprice.

Debería haber pasado más tiempo pensando en lo que había leído. El correo de Lawrence contenía muchas respuestas al enigma. Pero aún no las había visto.

Ladbroke Grove

Cuando trabajaba como editora, me gustaba ver dónde vivían y trabajaban mis escritores. Quería saber qué libros tenían en sus estanterías y qué cuadros colgaban de sus paredes, si sus escritorios estaban pulcros y ordenados o bien eran un campo de batalla hecho de notas e ideas descartadas. Me irritaba que mi autor más vendido, Alan Conway, no me invitase nunca a la extensa propiedad que era Abbey Grange (le había cambiado el nombre por el de un relato corto de Conan Doyle). No la vi hasta después de su muerte.

No estoy segura de que necesitemos conocer la vida de un autor para apreciar su trabajo. Pongamos por ejemplo a Charles Dickens. ¿Aumenta en mucho nuestro disfrute de *Oliver Twist* el hecho de saber que él mismo fue un golfillo londinense y que trabajó en una fábrica de betún para calzado con un muchacho que se llamaba Fagin? Por otro lado, cuando conocemos a sus personajes femeninos, ¿es una distracción recordar lo mal que trató a su primera esposa? Los festivales literarios de todo el país convierten a los escritores en actores y abren unas puertas a su vida privada que, en mi opinión, muchas veces sería mejor dejar cerradas. Desde mi punto de vista, es más satisfactorio conocer a los autores por las obras que producen que al contrario.

Sin embargo, editar un libro es una experiencia muy distinta de leerlo sin más. Es una colaboración, y siempre consideré que me correspondía entrar en la mente del escritor para compartir parte del proceso creativo. Puede que los libros se escriban en aislamiento, pero sus creadores se definen hasta cierto punto por sus ambientes. Siempre me pareció que, cuanto más supiera de ellos, más podría ayudarlos a lograr lo que intentaban conseguir.

Había visitado a Craig Andrews una sola vez, mientras editaba su primera novela. El escritor poseía una casa de tres habitaciones en una calle arbolada y tranquila con aparcamientos para residentes. Había transformado el sótano en una cocina espaciosa con zona de comedor cuyos ventanales daban a un patio. La planta baja albergaba un despacho con biblioteca integrada y un salón con un piano vertical y un televisor de pantalla panorámica colgado en la pared. Los dormitorios se hallaban en las dos plantas superiores. Aunque Craig tenía muchas amigas, nunca se había casado y la decoración reflejaba exclusivamente sus gustos caros pero contenidos. Había libros por todas partes, centenares de volúmenes en estanterías diseñadas para encajar en cada rincón y recoveco. No hace falta decir que cualquiera que coleccione libros no puede ser mala persona. Quizá parezca raro que un autor que incluía en sus novelas descripciones gráficas de violencia entre bandas callejeras y los extremos —u honduras— a que llegan ciertas mujeres para meter drogas en la cárcel fuese aficionado a la poesía romántica y a las acuarelas francesas. Aunque lo cierto es que siempre admiré su elegancia y autenticidad.

Era yo quien había descubierto a Craig. Al menos, había dado crédito al joven agente que me lo había recomendado y, nada más leer su manuscrito, me hice con él mediante un contrato por dos libros. Su primera novela llevaba el título *Una vida sin espejos*, que en realidad hacía referencia a una fantástica cita de Margaret Atwood: «Vivir en prisión es vivir sin espejos. Vivir sin espejos es vivir sin identidad». También fue lo primero que cambié. Su libro estaba bien escrito, pero no era ficción literaria. Craig no estaba nada interesado en la clase de ventas que, por desgracia, se obtienen en ese campo. Puede que *Tiempo de con-*

dena fuese más burdo, pero resultaba incisivo y quedaba bien en la cubierta.

Me recibió en la puerta vestido con su característica indumentaria: camiseta y vaqueros. Me fijé en que iba descalzo. Supongo que cualquiera que se haya pasado veinte años trabajando en banca se ha ganado el derecho a ir sin corbata ni calcetines. Tenía cuarenta y cuatro años; lo recordaba por haberlo leído en su biografía. Sin embargo, aparentaba menos. Era socio de un gimnasio local y lo utilizaba. Tenía la clase de imagen que ayuda a vender libros.

—¡Me alegro mucho de verte, Susan! —Me dio dos besos—. Pasa y dame esa bolsa.

Me condujo a una cómoda habitación situada en la última planta. La habían construido en el alero y sus ventanas daban a los jardines comunitarios de la parte de atrás; desde luego, estaba mejor que el Premier Inn. Había un baño privado con una de esas duchas que salpican agua en todas direcciones, y Craig me dijo que podía usarla y cambiarme de ropa mientras calentaba el hervidor. Esa noche saldríamos los dos. Él iba al teatro. Yo cenaría con James Taylor.

—Te daré unas llaves y te enseñaré dónde está la nevera. A partir de ahí, estás en tu casa.

Me alegraba de volver a verlo. Eso me recordaba la vida que me las había arreglado para perder a raíz de mi colaboración con Alan Conway. Abrí la cremallera de la maleta de ruedas y saqué mi ropa, así como las compras que había hecho en Woodbridge. Las había guardado al bajar del coche para no presentarme en la puerta de Craig con pinta de venir de las rebajas.

Con todo, me sentía un tanto incómoda mientras lo colocaba todo encima de la cama. Cuando duermo en casa ajena suelo tener la impresión de que cruzo una línea, de que soy una intrusa. Esa era una de las razones por las que no le había pedido a Katie que me dejara dormir en su casa. ¿De verdad había ido allí para ahorrarme un par de noches en un hotel barato? Por supuesto que no. Craig me había invitado y yo no había encontrado ningún motivo para no aceptar. Resultaría más agradable que estar sola.

Sin embargo, me había sentido culpable al telefonearle. Y ahora, al mirar mi portátil sobre la cama, supe por qué. Estaba prometida con Andreas. Puede que hubiéramos aplazado la boda, pero no la habíamos anulado del todo. El anillo de diamantes había vuelto a la tienda, pero existían otros anillos de diamantes. ¿Qué estaba haciendo en casa de un hombre al que apenas conocía, un hombre rico, soltero y más o menos de mi edad? No le había contado nada de eso a Andreas. ¿Qué habría dicho yo si él se hubiera escabullido a casa de alguna belleza ateniense? ¿Cómo me habría sentido?

Naturalmente, como me recordé a mí misma, no iba a pasar nada. Craig nunca había mostrado el menor interés en mí, ni yo en él. Aunque supongo que no me ayudó estar de pie en su ducha mientras estos pensamientos cruzaban mi mente, disfrutando, por cierto, del agua a una presión que nunca habíamos podido conseguir en Creta. Me sentía expuesta en todos los sentidos. Me pregunté si debía hacerle a Andreas una videollamada y contarle dónde estaba. Al menos, desaparecería todo atisbo de traición. Estaba allí por negocios. Estaba ganando diez mil libras esterlinas que se invertirían en el hotel. Con la diferencia horaria, serían las ocho en Creta. La hora de la cena para los huéspedes, aunque los griegos preferían cenar mucho más tarde. Tal vez Andreas estuviese ayudando en la cocina. O atendiendo la barra. ¡Ya debía de haber leído mi correo! ¿Por qué no me había hecho una videollamada?

Cuando salí, el portátil seguía allí con aire acusador. Decidí esperar otro día antes de enviarle un nuevo correo. Craig aguardaba abajo y era de mala educación tenerlo esperando. Y quizá yo no quisiera hablar con Andreas. Era él quien tenía que hablar conmigo.

Me puse mi nuevo vestido de cóctel y un par de sencillos pendientes de plata comprados en Creta. Me eché un poco de perfume en cada muñeca y bajé.

—Estás guapísima. —Craig apagó el hervidor al verme entrar en la cocina y vertió agua hirviendo en una tetera de vidrio con unas grandes hojas que parecían auténticas. También se había cambiado de ropa: ahora llevaba una camisa de manga larga, calcetines y zapatos—. Es té blanco de Sri Lanka —continuó diciendo—. Estuve en el festival de Galle en febrero.

—¿Y qué tal?

—Fantástico. Aunque suelen meter en la cárcel a todos los escritores que les molestan. No tendría que haber ido. —Acercó a la mesa dos tazas con sus platitos—. Hablando de cárcel, ¿escribiste a Stefan Codrescu?

—Sigo esperando noticias suyas.

—¿De qué va todo esto?

Le hablé del libro de Alan, de Lawrence y Pauline Treherne y de su visita a Creta, de la desaparición de Cecily. Hice cuanto pude para no mostrarme como una heroína valiente y aventurera que iba tras la pista de un asesino. Supongo que pensaba en lo que Richard Locke me había dicho en Martlesham Heath: Cecily Treherne, madre de un niño pequeño, podía haber sido asesinada mientras paseaba al perro. No había duda de que a Frank Parris lo habían matado a golpes ocho años antes. Qué fácil era restar importancia a esos dos acontecimientos, hacer que pareciesen un mero entretenimiento. Yo no estaba allí por eso. No era Atticus Pünd. Mi trabajo, le expliqué, era leer el libro y tratar de encontrar en él algo que pudiera ser útil.

—¿Hasta qué punto conocías a Alan Conway? —preguntó Craig.

—Publiqué su primera novela, igual que la tuya. Aunque tú fuiste mucho más simpático.

—Gracias —respondió Craig con una sonrisa.

—Lo digo en serio. Al final, trabajé en nueve de sus novelas y me encantaron..., al menos hasta que llegué al final.

—¿Vas a contarme lo que ocurrió?

No tenía otra opción. Al fin y al cabo, había aceptado su hospitalidad. Se lo conté todo, y solo me percaté del transcurso de las horas porque habíamos pasado del té blanco al vino blanco.

—Es una historia extraordinaria —dijo cuando por fin terminé—. ¿Te importa que te haga una pregunta?

—Adelante.

—Estuvieron a punto de matarte mientras investigabas. ¿Por qué lo haces por segunda vez? Estás sugiriendo que alguien pudo matar a Cecily por lo que ella sabía. ¿No podría sucederte a ti también?

Katie me había dicho exactamente lo mismo y le di a él la misma respuesta:

—Voy con cuidado.

Pero ¿era cierto? Había hablado con Aiden MacNeil, con Derek Endicott, con Lisa Treherne y con Martin y Joanne Williams. Había estado a solas con ellos, y alguno podía haberme mentido. Cualquiera de ellos podía haber matado a un hombre a martillazos. La niñera era siniestra, e incluso el detective resultaba vagamente amenazador. Desde luego, no era la clase de personas con las que debería tratar, pero ¿cómo podía sacarles información sin confiar en ellos, al menos en cierta medida? Después de todo, quizá me estaba poniendo en peligro.

—¿Has releído el libro? —preguntó Craig.

—¿*Atticus Pünd acepta el caso*? Aún no. Pensaba empezar el lunes.

—Ten, puedes quedarte mi ejemplar si quieres. —Fue hasta una estantería y volvió con la nueva edición en la mano—. Alguien me lo compró, pero aún tengo la vieja edición arriba. A no ser que ya tengas uno...

—No. Iba a comprármelo.

—Pues así te lo ahorras. —Miró su reloj de pulsera—. Tengo que irme —dijo—. Puede que luego no nos veamos. La obra no termina hasta las diez y media.

—¿Y si te invito a cenar mañana? No te he preguntado por tu trabajo, por tu nueva editorial y demás. No estás casado, ¿verdad?

—¡Qué va!

—Pues vamos a algún sitio de por aquí. Si no te importa que me quede otra noche.

—En absoluto. Me encantaría.

Salió antes que yo. Después de que se fuera, caí en la cuenta de algo que debería haberme resultado obvio desde el principio.

Con su barba bien recortada, su piel oscura y sus ojos castaños, Craig me recordaba mucho a Andreas, varios años más joven, más rico y más en forma. El pensamiento resultaba indigno, pero era verdad. Siempre me había atraído cierto tipo de hombre, y pensé que, si Andreas era la realidad, Craig era el ideal.

Pero yo estaba con Andreas.

Pedí un Uber para ir a Londres. No habría encontrado sitio para el MG en la ciudad, así que lo dejé aparcado cerca de la estación de Ladbroke Grove. Tardé media hora en llegar a Le Caprice.

No paré de pensar en Craig durante todo el trayecto.

Le Caprice, Londres

La última vez que cené con James Taylor, los dos nos emborrachamos. Estaba decidida a no permitir que aquello se repitiera, y menos con lo cara que sale la bebida en Le Caprice. Solo había estado allí en una ocasión, cuando me invitó por mi cumpleaños Charles Clover, mi jefe. Una relación que no acabó nada bien. La comida era excelente, pero lo que más recuerdo es que todo el mundo me miraba mientras cruzaba la sala. En ese restaurante es imposible llegar a tu mesa sin que los demás comensales se fijen en ti, lo que quizá sea el motivo de que a la mitad de los clientes les encante. Sin embargo, no es mi caso. Yo prefiero los establecimientos más anónimos, donde no tengo la sensación de que debo comportarme. Me pregunté por qué lo habría elegido James. Tenía mucha más categoría que el Crown de Framlingham, eso estaba claro.

James llegó con diez minutos de retraso. Ya empezaba a pensar que iba a darme plantón cuando apareció dando saltitos, acompañado hasta nuestra mesa por un camarero que parecía conocerlo bien. Habían transcurrido dos años desde la última vez que nos vimos y, mientras atravesaba la sala, pensé que estaba exactamente igual: el pelo largo, el rostro infantil con su contradictoria barba incipiente, los ojos llenos de alegría y entusiasmo, con solo un atisbo de malicia... Me había caído bien de inmediato cuando nos conocimos en Abbey Grange, y esperaba sentir lo mismo ahora.

Sin embargo, mientras se sentaba y se disculpaba por el retraso echándole la culpa al tráfico, noté que algo no iba bien, que parecía cansado y tenso. Lo más probable era que saliera demasiado de fiesta, bebiera en exceso y consumiera demasiadas drogas. Tenía cierto aire byroniano, y hube de recordarme a mí misma que Lord Byron había muerto de septicemia con solo treinta y seis años. Iba de negro, con el mismo tipo de cazadora de cuero y camiseta que siempre le había gustado, aunque las marcas eran más caras. Cuando levantó una mano para pedir champán, vi una pulsera y dos anillos de oro que antes no llevaba.

—¡Menuda sorpresa me llevé cuando me escribiste, Susan! La cena la pago yo, y no admito discusiones. ¿Cómo estás? Me enteré de que habías resultado herida cuando tratabas de descubrir quién mató a Alan. ¡Es horrible! Me cuesta creer que lo asesinaran. ¡Me pregunto qué le habría parecido eso! Seguramente contribuyó a vender los libros.

Me relajé. Tal vez hubiera cambiado su apariencia, pero James seguía siendo el mismo.

—No creo que se hubiese sentido impresionado —dije—. Las historias de asesinatos no le gustaban demasiado.

—Le habría gustado salir en los periódicos. Muchas veces hablábamos de cuántos centímetros tendría. ¡Me refiero a su necrológica, no pienses mal! —Soltó una carcajada y cogió la carta—. Voy a tomar vieiras y filete con patatas. La comida de aquí me encanta. Y quiero saber todo lo que pasó. ¿Por qué mataron a Alan exactamente? ¿A quién había molestado? ¿Y cómo te viste implicada?

—Te lo contaré todo —dije, pensando que ya se lo había explicado a Craig y que empezaba a estar harta de aquello—. Pero antes quiero que me digas cómo estás y cómo te ha ido. ¿Actúas en alguna obra? La última vez que nos vimos, dijiste que ibas a apuntarte a una escuela de arte dramático.

—Presenté una solicitud en la Real Academia de Arte Dramático y en la Central, pero no mostraron interés en mí. Seguramente soy demasiado mayor y disoluto. De todas formas, tampoco tengo tantas ganas. Además, dispongo de tanto dinero que no me hace falta trabajar. ¿Sabías que vendimos Abbey Grange por dos millones de libras? No sé quién va a pagar tanto por sentarse en un campo en mitad del puñetero Suffolk, pero no me quejo. Los libros de Alan siguen vendiéndose y la editorial continúa enviándome talones por los derechos de autor. Es como ganar la lotería, salvo que ocurre cada seis meses.

Alan Conway había estado casado y había tenido un hijo con su esposa, Melissa. No obstante, seis meses después de la publicación de *Atticus Pünd acepta el caso*, salió oficialmente del armario confesando su homosexualidad y se divorció de su mujer, que se mudó a Bradford-on-Avon, un pueblo de Wiltshire. Estando casados, Alan recurrió a los servicios de distintos chaperos durante al menos un año. Los contactaba en Londres, en los inicios de internet, en un momento en que las tarjetas de las cabinas telefónicas se iban eliminando de forma gradual. Mi compañero de cena había sido uno de aquellos chaperos.

James no había escatimado detalles al hablarme del tiempo que habían pasado juntos: el sexo, los viajes clandestinos a Francia y Estados Unidos, etcétera. La verdad es que su descaro me resultaba cautivador. Alan había contratado a James como su «investigador», y estoy segura de que desgravaba todo el dinero que le pagaba (en realidad, a cambio de sexo). Tras el divorcio, James se fue a vivir con él. Durante la convivencia, los veinte años de diferencia entre ambos no les facilitaron precisamente las cosas. El personaje de James Fraser, que apareció en la cuarta novela como ayudante de Pünd, estaba basado en él. Salió en todos los demás libros, hasta el final.

Pedimos la comida. Llegó el champán y James me habló de su nueva vida en Londres. Se había comprado un piso en Kensington, que era donde había vivido antes. Viajaba mucho. Había tenido una serie de aventuras amorosas, pero ahora mantenía una relación seria con un hombre mayor, un diseñador de joyas.

—La verdad es que se parece un poco a Alan. Es curioso que siempre se acabe volviendo a buscar más de lo mismo.

Su pareja, Ian, le animaba a sentar la cabeza, a hacer algo con su vida, pero James no lograba decidir qué.

—¿Sabías que van a rodar una serie de televisión sobre la primera entrega de Atticus Pünd?

—¿Cuándo empiezan a filmar? —quise saber.

—Ya han empezado. ¡Sir Kenneth Branagh interpretará a Atticus Pünd y yo seré uno de los productores ejecutivos! —exclamó con una amplia sonrisa—. No salgo en el primer libro, pero, si los hacen todos, acabará interpretándome algún actor. He sugerido a Ben Whishaw. ¿Qué opinas?

Después del primer plato, absolutamente delicioso, hube de hacer un esfuerzo para que volviéramos a centrarnos en Alan Conway. Al fin y al cabo, ese era el objetivo del encuentro. Para ello, tuve que explicarle en pocas palabras lo que había ocurrido desde mi llegada de Creta. James se había enterado por la prensa de la desaparición de Cecily Treherne, pero la noticia no le había causado demasiada impresión. Le interesaba mucho más la implicación de Alan en el asesinato original y, cuando le dije cómo se llamaba la víctima, su reacción me cogió por sorpresa.

—Conocía a Frank Parris —dijo.

—¿De qué?

—¿A ti qué te parece, cielo? Se me folló... unas cuantas veces, que yo recuerde.

Las mesas de Le Caprice están bastante juntas, y noté que la pareja que cenaba en la de al lado volvía la cabeza.

—¿Dónde?

—¡En Londres! Él tenía un piso en Shepherd Market, no muy lejos de aquí. Nunca me gustó recibir a clientes en mi propio espacio. Normalmente iba a hoteles. Agradables y anónimos. Pero Frank había salido del armario. ¡Y de qué manera! Me llevaba a restaurantes y a discotecas para exhibirme delante de sus amigos antes de llevarme a su casa.

—¿Por qué recurría a chaperos?

—¡Porque podía! A Frank le tiraban los chicos jóvenes y

podía permitírselos. Lo del matrimonio, las parejas de hecho y demás no iba con él..., o quizá sí, pero no lo admitía. En cualquier caso, era un pervertido. Puede que no le resultara fácil encontrar una pareja que quisiera hacer la clase de cosas que le gustaban a él.

—¿Como qué?

Las palabras salieron de la boca de James antes de que yo pudiera detenerlas, pero él no se sentía incómodo.

—Humillación, sobre todo. Disfrazarse. Algo de *bondage*. Conocí a unos cuantos hombres así. Con ganas de hacerte pasar un mal rato...

Los de la mesa de al lado nos escuchaban con interés.

—¿Cómo lo conoció Alan? —pregunté, bajando la voz y esperando que él hiciera lo mismo.

—No lo sé con exactitud, pero no debió de ser difícil. Había muchos bares en Londres, o quizá fuese en una de esas saunas, ya sabes. De hecho, Alan, Frank, Leo y yo estuvimos juntos una vez. ¡Por cierto, estoy hablando de cenar! ¡No es lo que piensas! Tuve la impresión de que Frank era el guía espiritual de Alan, por así decirlo. Alan aún estaba muy poco seguro de sí mismo, de su sexualidad, y Frank lo animó a seguir adelante.

—¿Quién era Leo?

—Otro chapero como yo. —James continuaba sin bajar la voz y me di cuenta de que las mesas que nos rodeaban estaban algo silenciosas. Seguro que aquella no era la clase de conversación que acostumbra a oírse en Le Caprice—. Muchos nos conocíamos —siguió diciendo—. No es que socializáramos exactamente, pero resultaba útil saber si había bichos raros por ahí..., policías guapos, esa clase de cosas.

—¿Vivías con Alan cuando mataron a Frank?

—No. Aún no. Aunque nos veíamos bastante y Alan hablaba ya de irnos a vivir juntos. Cuando ocurrió, estábamos fuera. Oímos la noticia en la radio. —Se quedó pensativo—. He de decir que me quedé conmocionado. O sea, si a Frank lo hubieran matado a martillazos en su piso de Londres o en un callejón del Soho, yo ni siquiera habría pestañeado. Eso habría sido relativamente normal; sobre todo, teniendo en cuenta sus preferencias. Pero en un hotel pijo en mitad del campo...

—¿Alan se quedó afectado?

Eso era más difícil de responder.

—Yo no diría que se quedó afectado. No. Aunque sí intrigado. Estaba haciendo una gira por Europa. Seguramente te acordarás. Alan detestaba las giras. Eso era lo curioso de él. Odiaba a la gente que amaba sus libros. Estuvimos en Francia, Holanda y Alemania, y después de que todo acabase alquiló una casa en la Toscana durante tres semanas, en las colinas. Era un sitio precioso.

—¿Cuándo se enteró de la muerte?

—Yo oí la noticia en la radio y se lo dije. En cuanto volvimos, fue al hotel. No porque Frank Parris le importase un pimiento, sino porque pensó que quizá pudiera usar lo ocurrido en su nuevo libro.

Llegó el segundo plato: filete para James, lenguado para mí. Observando al camarero que limpiaba el pescado con pericia usando dos cuchillos, se me ocurrió que, en cierto modo, él y yo hacíamos exactamente lo mismo: separar la carne para encontrar las espinas. La única diferencia era que él las descartaría, mientras que yo las necesitaba para entender lo que había sucedido.

—La cuestión es que Alan estaba estancado —siguió diciendo James—. En Toscana estuvo de mal humor. Los dos primeros libros se habían vendido muy bien. Ya era conocido y recibía una avalancha de dinero. Bueno, eso ya lo sabes, claro. Fue sobre todo gracias a ti. Pero el tercer libro no llegaba.

—Hasta que visitó Branlow Hall.

—Así es. Cogió una habitación y se quedó allí un par de noches, aunque no era necesario porque solo vivía a veinte minutos de distancia y le ponía nervioso la posibilidad de tropezarse con Melissa.

—¿Por qué? —Me quedé perpleja—. Pensaba que se había mudado a Bradford-on-Avon.

—No. Eso fue más tarde. Después de que se separaran y vendieran su casa de Orford, ella quiso quedarse cerca durante una temporada. No sé por qué. Puede que solo necesitara tiempo para asimilar la situación. Así que alquiló una casa que estaba justo al lado del hotel. De hecho, al fondo de su jardín había una verja que daba al recinto.

¡Melissa también se hallaba en la escena del crimen! Me reservé la información para después.

—Gracias a Dios, eso nunca ocurrió —prosiguió James—. Debes recordar que ella era la única que sabía que Alan era gay. ¡Aún no había salido del armario y no le había hablado de mí a nadie! ¿Tú lo sabías?

—¡No! Me enteré por los periódicos.

—Pues eso era Alan para ti. Como te iba diciendo, pasó tres o cuatro días allí, y supe que tenía el argumento de su libro porque, cuando volvió, estaba de muy buen humor. Dijo que había hablado con mucha gente y que sabía lo que iba a escribir.

Agucé las orejas.

—¿Sabes con quién habló?

—¡Con todo el mundo! —James había llegado con una bolsa de plástico que había dejado en el suelo, debajo de la mesa. Ahora la cogió y me la enseñó—. He traído todo lo que he encontrado. Hay fotografías, notas, lápices de memoria..., algunos con grabaciones. Puede que tenga más cosas en casa. Si encuentro algo más, te avisaré.

—Esto es fantástico, James. Gracias. —Estaba sinceramente sorprendida—. No pensaba que hubieras conservado sus viejos documentos.

James asintió con la cabeza.

—No iba a hacerlo —dijo—. Cuando vendí la casa, iba a tirarlo todo a la basura. No tienes idea de cuánto había. Para empezar, centenares de libros suyos. ¡Nada menos que nueve títulos en treinta idiomas!

—Treinta y cuatro —corregí.

—¿Qué iba a hacer yo con Atticus Pünd en japonés? Y luego estaban los manuscritos, las galeradas, las libretas, los borradores... Llegué a quedar con un transportista de Ipswich para que viniera con su furgoneta y lo llevara todo al vertedero. Pero entonces ocurrieron dos cosas. En primer lugar, recibí una llamada de una universidad estadounidense. Dijeron que lamentaban mucho la muerte de Alan y que estaban interesados en adquirir su archivo. ¡Fíjate en la palabra «adquirir»! No es que especificaran que fuesen a pagar, pero dejaron claro que los viejos manuscritos y los demás documentos tenían valor.

»En segundo lugar, antes de que se validara el testamento y en un momento en el que andaba muy mal de fondos, decidí vender algunos de los libros de Alan. Elegí parte de su colección de Agatha Christie. Ya sabes que tenía todas sus novelas. Así que llevé un montón a una librería de viejo de Felixstowe y tuve mucha suerte, porque el propietario, que era un tipo honrado, ¡me dijo que todos eran primeras ediciones y valían una pequeña fortuna! El de Roger Ackroyd valía dos mil libras por sí solo. Y allí estaba yo, esperando conseguir dinero suficiente para comer *fish and chips*... ¡y no estoy hablando de la clase de *fish and chips* que sirven aquí!

—Así que aún lo tienes todo —concluí.

—Les he dicho a los de la universidad que me hagan una oferta. Aún estoy esperando. Pero me he quedado todo lo demás... ¡Todo! Pensaba revisarlo y averiguar qué era cada cosa, pero soy un vago y aún no me he puesto manos a la obra. Sea como fuere, después de tu llamada saqué todo lo que encontré en relación con *Atticus Pünd acepta el caso*. Ese era el libro, ¿verdad?

—Sí.

—Tienes suerte de que todo esté etiquetado. Alan era así. Si alguien escribía algo sobre él en la prensa, recortaba el artículo y lo metía en un libro. Era muy experto en sí mismo. —Se rio con malicia—. Si no te importa, me gustaría que me lo devolvieras todo. Puede que estés viendo mi pensión de jubilación.

Me costaba imaginar a James Taylor como un jubilado.

—¿Te habló del asesinato?

—Alan nunca me hablaba de sus libros, ni siquiera cuando me incluía en ellos. Pero, como te he comentado, estaba mucho más contento cuando volvió a casa, y te voy a decir una frase que pronunció dándose muchos humos: «No es él».

—Hablaba de Stefan Codrescu.

—No sé quién es.

—El hombre al que detuvieron.

—Pues creo que Alan se refería exactamente a eso. Conocía al detective que dirigía la investigación y estaba convencido de que había sido un desastre.

—Pero no te reveló quién era el asesino.

—No. Lo siento.

—Supongo que si realmente hubiera sabido quién asesinó a Frank Parris lo habría comentado. Sobre todo porque Frank era amigo suyo.

James hizo una mueca.

—No necesariamente. Le tenía cariño a Alan, pero a veces era un auténtico gilipollas. Era uno de los hombres más egoístas que he conocido en mi vida. No creo que ni Frank Parris ni la persona que lo asesinó le importasen un pimiento. —Me apuntó con el tenedor—. De todos modos, es muy posible que no lo supiera. ¿Lo sabes tú?

—No —admití.

—Pero lo averiguarás. —Sonrió—. He de decir, Susan, que es gracioso que estemos los dos aquí, otra vez juntos. Y con el fantasma de Alan aún flotando sobre nosotros. Me pregunto si alguna vez nos dejará en paz. —Levantó su copa—. ¡Por Alan!

Entrechocamos las copas.

Pero no bebí.

Cecily Treherne

Cuando llegué a Ladbroke Grove ya era tarde, pero no pensaba irme a dormir. Volqué la bolsa de plástico que James me había dado y dejé que el contenido se desparramara por la cama. Había una copia mecanografiada íntegra, metida en una funda de plástico, de *Atticus Pünd acepta el caso* con anotaciones en los márgenes, varios cuadernos, media docena de fotografías, unos cuantos dibujos, recortes de prensa sobre el asesinato de Branlow Hall, incluidos los artículos del *East Anglian Daily Times* que ya había leído, diversas páginas impresas desde el ordenador y tres lápices de memoria. Mientras miraba todo aquello, tuve la certeza de que las respuestas que buscaba debían de estar delante de mí. ¿Quién había matado a Frank Parris y dónde estaba Cecily Treherne? Ni la policía había visto aquellas pruebas. Pero ¿por dónde empezar?

El manuscrito, que parecía un segundo borrador, podría haber despertado el interés de cualquier archivero amante de su trabajo. Por ejemplo, la primera frase decía en un principio lo siguiente: «Tawleigh-on-the-Water era un diminuto pueblo formado por poco más que un puerto y dos calles estrechas rodeadas de al menos cuatro extensiones de agua distintas». Alan había rodeado con un círculo tres palabras: «diminuto», «poco» y «estrechas». Yo habría hecho lo mismo, porque hay demasiadas descripciones relacionadas con el pequeño tamaño en una sola frase. Luego tachó todo el párrafo, aunque lo usó en el primer capítulo, que se iniciaba en la cocina de Clarence Keep, o Clarence Court, como se llamaba en la primera versión.

Y así sucesivamente. Allí no había nada que tuviese ningún interés para el mundo en general ni, desde luego, nada que guardase relación con el asesinato.

Los cuadernos eran igual de académicos. Reconocí la escritura pulcra y apretada de Alan, la tinta azul claro que prefería. Había docenas de páginas llenas de preguntas, ideas, tachones, flechas.

> Algernon sabe lo del testamento.
> ¿Le hace chantaje?
> Jason tuvo un rollo de una noche con Nancy.
> 60 libras
> Bragas robadas de cajón.

Algunos de los nombres cambiarían, pero la mayoría de estas ideas aparecían en una u otra forma. Había dibujado planos detallados de Branlow Hall, que había utilizado como base del hotel Moonflower de su libro simplemente levantándolo ladrillo a ladrillo y depositándolo en Devon. Como en todos sus libros, el pueblo en el que se produce el crimen no existe. Sin embargo, al mirar los mapas, parecía haberlo imaginado en algún punto de la costa, cerca de Appledore.

La mayoría de las páginas impresas desde el ordenador procedían del mejor amigo del escritor, Wikipedia, y correspondían a artículos sobre diamantes famosos, rodajes cinematográficos en el Reino Unido, el crecimiento urbanístico de Saint-Tropez, la ley de homicidios británica del 21 de marzo de 1957 y otros hilos argumentales que aparecían en la novela.

Uno de los lápices de memoria contenía imágenes de las personas con las que se había entrevistado. Reconocí a Lawrence y Pauline Treherne, a Lisa y Cecily, a Aiden MacNeil y a Derek.

Otra foto mostraba a una mujer recia y bajita de ojos estrechos y pelo muy corto que llevaba un vestido negro y un delantal blanco. Di por sentado que sería Natasha Mälk, la camarera de piso estonia que había encontrado el cadáver. Otro hombre, posiblemente Lionel Corby, aparecía posando en la puerta del spa. También había fotografías del edificio: la habitación 12, los establos, el bar, el jardín donde se había celebrado la boda. Me sentí incómoda al descubrir que yo había estado siguiendo sus huellas desde el principio.

James había añadido una fotografía a la vieja usanza, realmente impresa en papel, que me llamó la atención porque Alan aparecía en ella. Estaba sentado entre dos hombres, en un restaurante de aspecto caro que tenía cierto aire londinense. Un James mucho más joven se hallaba a un lado. Un tipo de rizado pelo gris, muy bronceado y vestido con chaqueta de terciopelo, se encontraba al otro. Tenía que ser Frank Parris. ¿Con quién había estado James esa noche, con Frank o con Alan? Era difícil saberlo. Los tres estaban muy juntos y sonreían.

Había dado por sentado que la foto la había hecho un camarero. Sin embargo, al mirarla mejor, me di cuenta de que la cámara estaba demasiado baja y demasiado cerca. La mesa tenía cuatro cubiertos, así que debía de haberla hecho el cuarto miembro del grupo. ¿Pudo haber sido Leo, el chapero al que James había mencionado? Dos hombres y dos chicos. Parecía muy posible.

Oí que la puerta de la calle se abría y se cerraba. Craig había regresado del teatro. Solo había encendido la lámpara de una de las mesillas de noche y había echado las cortinas antes de sentarme. Fue entonces, al encontrarme muy quieta y conteniendo el aliento, cuando me percaté de que había hecho todo aquello deliberadamente, para que no se percibiera ninguna luz y no hubiese ninguna posibilidad de que me molestasen. Esperé mientras Craig subía las escaleras. Oí que una segunda puerta se abría y se cerraba. Exhalé.

Centré mi atención en los demás lápices de memoria. Conecté el segundo a mi portátil. Contenía entrevistas con Lawrence,

Pauline y Lisa. Esas no eran las que me interesaban; por lo menos, de momento. Cogí el último lápiz y lo conecté. Y allí estaba, exactamente lo que esperaba.

Cecily Treherne.

Había traído auriculares y me los puse, bastante nerviosa. No sabía si Cecily estaba viva o muerta, pero era el motivo por el que me encontraba ahí, y había sentido cómo su fantasma se cernía sobre mí desde mi llegada a Suffolk. ¿De verdad quería oír su voz? Había algo muy macabro en la idea de que aquello pudiera ser cuanto quedaba de ella. Por otra parte, habían pasado unos cuantos años desde la última vez que oí a Alan Conway y, desde luego, no tenía ningún deseo de recibir sus comunicaciones de ultratumba. Sin embargo, esa era la entrevista que más necesitaba oír. No iba a esperar a la mañana siguiente.

Moví el cursor e hice clic en «Reproducir».

Se produjo una breve pausa y luego los oí. Era una pena que las cámaras de vídeo no se hubieran introducido en los smartphones hasta varios años más tarde, porque me habría encantado verlos también. ¿Qué llevaba puesto Cecily? ¿Qué aspecto tenía al moverse? ¿Y dónde estaban? Sonaba como si se hallasen dentro del hotel, pero era imposible tener esa certeza.

Alan hacía un esfuerzo por comportarse bien. Casi sonreí al reconocer la cualidad de su voz, ligeramente zalamera. Cuando le interesaba, sabía mostrarse obsequioso. Lo sabía por experiencia, aunque, en mi caso, ese comportamiento siempre había ido seguido de una serie de quejas o alguna exigencia poco razonable. No me importó no poder verlo a él. Casi todas nuestras conversaciones se habían desarrollado por teléfono, y así era como yo lo conocía. Con Cecily era distinto. Por primera vez, había vuelto a medias a la vida. Tenía una voz parecida a la de su hermana Lisa. Daba la sensación de ser una persona agradable, cálida y relajada.

Costaba creer que la conversación hubiese tenido lugar ocho años atrás. Las voces estaban perfectamente preservadas. De repente, se me ocurrió que, tras la muerte de mis padres, el primer recuerdo que perdí fue cómo sonaban sus voces. Eso nunca volvería a suceder. La tecnología moderna ha cambiado la naturaleza de la muerte.

ALAN: Hola, señora MacNeil. Gracias por hablar conmigo.

CECILY: Aún no estoy acostumbrada a que me llamen así. Por favor, llámeme Cecily.

ALAN: Sí, claro. Por supuesto. ¿Qué tal fue la luna de miel?

CECILY: Bueno, evidentemente fue bastante difícil al principio, después de lo ocurrido. Se retrasó dos semanas. Pero nos alojamos en un hotel precioso. ¿Ha estado alguna vez en Antigua?

ALAN: No.

CECILY: Nelson Bay. Sin duda, los dos necesitábamos unas vacaciones.

ALAN: Ha conseguido un bronceado fantástico.

CECILY: Gracias.

ALAN: La verdad, no quisiera robarle demasiado tiempo.

CECILY: No se preocupe. Hoy todo está muy tranquilo. ¿Qué le parece su habitación?

ALAN: Es muy bonita. Este hotel es precioso.

CECILY: Sí.

ALAN: Por cierto, ¿sabe que mi exmujer les ha alquilado una propiedad?

CECILY: ¿Qué propiedad?

ALAN: Oaklands.

CECILY: ¡Melissa! No sabía que ustedes...

ALAN: Nos separamos el año pasado.

CECILY: Oh. Lo siento. Hemos charlado un par de veces. A veces la veo en el spa.

ALAN: No se preocupe. Todo fue muy amistoso y me alegro de que sea feliz aquí. Espero que no le moleste hablar de lo que ocurrió.

CECILY: No. Ya ha pasado más de un mes y hemos limpiado a fondo la habitación 12. En los hoteles ocurren muchas cosas terribles. Es como en la película *El resplandor*; no sé si la habrá visto. Apenas me crucé con Frank Parris y por suerte no llegué a ver la habitación, así que no es un tema que me

	angustie demasiado. Lo siento. No es que pretenda restarle importancia. Sé que era amigo suyo.
ALAN:	Hacía algún tiempo que no nos veíamos. Nos conocimos en Londres.
CECILY:	¿Y ahora vive en Framlingham?
ALAN:	Sí.
CECILY:	Aiden me ha dicho que es escritor.
ALAN:	Sí. He publicado dos libros, *Atticus Pünd investiga* y *No hay descanso para los malvados*.
CECILY:	Me temo que no los he leído. No tengo mucho tiempo para leer.
ALAN:	Se han vendido muy bien.
CECILY:	¿Va a escribir algo sobre nosotros?
ALAN:	No es ese mi plan. Como les expliqué a sus padres, solo quiero saber qué pasó. Frank se portó genial conmigo cuando trataba de hacer unas averiguaciones y siento que se lo debo.
CECILY:	Me sentiría muy incómoda si apareciese en un libro.
ALAN:	Nunca incluyo a nadie en mis libros, y menos sin su permiso. Y no escribo sobre crímenes reales.
CECILY:	En ese caso, no tengo inconveniente.
ALAN:	Me han dicho que la policía ha detenido a alguien.
CECILY:	A Stefan. Sí.
ALAN:	¿Puede hablarme de él?
CECILY:	¿Qué quiere saber?
ALAN:	¿Se sorprendió cuando lo detuvieron?
CECILY:	Sí, mucho. De hecho, me quedé conmocionada. Como sabe, mis padres siempre han contratado a delincuentes juveniles en el hotel. Creo que es una idea maravillosa. Debemos ayudarlos. Sé que Stefan se había metido en líos, pero no fue culpa suya. Si pensamos en el mundo donde creció, es fácil darse cuenta de que no se le ofreció ninguna oportunidad. Desde que llegó al hotel, siempre se mostró muy agradecido. Trabajaba mucho y creo que tenía buen corazón. Soy consciente de que a mi hermana no le caía bien, pero eso era porque no hacía lo que ella quería.

ALAN: ¿Y qué era?

CECILY: Según ella, no trabajaba lo suficiente. También lo acusó de robar, pero el ladrón podía ser cualquiera, como Lionel, Natasha o cualquier otra persona. La tomó con él porque sabía que a mí me caía bien. Me pareció fatal que lo despidiese. No se lo contaría si no le hubiese dicho a ella exactamente lo mismo. Mi hermana no tenía ninguna prueba. Creo que el despido fue injusto.

ALAN: La policía cree que entró en la habitación de Frank porque lo habían despedido..., porque sabía que iba a abandonar el hotel.

CECILY: Eso dijeron, pero no estoy segura de que sea cierto.

ALAN: ¿Cree que no lo hizo él?

CECILY: No lo sé, señor Conway. Pensé desde el principio que él no había sido. Lo comenté con Aiden e incluso él estuvo de acuerdo conmigo, aunque nunca había sido muy fan de Stefan. Ese chico era una de las personas más tiernas que he conocido en mi vida. Siempre se mostraba muy correcto al tratar conmigo. Y, como le he dicho, sabía que mis padres le habían dado una oportunidad excelente. Nunca les habría fallado. Cuando supe que había confesado, no pude creérmelo. Y ahora la policía dice que tiene pruebas más que suficientes para acusarlo, aunque no he podido averiguar cuáles son. No lo sé. Parecen pensar que es un caso claro. Dicen que encontraron dinero en su habitación... Lo siento. ¿Me disculpa un momento? Es que todo lo del asesinato resulta tan horrible y traumático...

La grabación se interrumpe y después se reanuda.

CECILY: Perdóneme.

ALAN: No se preocupe, lo entiendo. Era el día de su boda. Este asunto debió de ser tremendo para usted.

CECILY: Lo fue.

ALAN: Si quiere, podemos seguir en otro momento.

CECILY: No. Hagámoslo ahora.

ALAN: Pues bien, me preguntaba si podría hablarme más de Frank Parris.

CECILY: Como le he comentado, no lo vi mucho.

ALAN: ¿Lo vio el jueves, cuando llegó?

CECILY: No. Oí que no le gustaba su habitación, pero Aiden se ocupó de eso. Aiden sabe llevar muy bien a los huéspedes. A todo el mundo le cae bien. Además, si hay algún problema, siempre encuentra el modo de arreglarlo.

ALAN: Trasladó a Frank a la habitación número 12.

CECILY: Esa habitación estaba reservada para otro huésped, un profesor o algo así. Aún no había llegado, así que no se enteró.

ALAN: Y el viernes fue a Westleton en taxi.

CECILY: Derek se ocupó de eso. ¿Ha hablado con Derek?

ALAN: ¿El encargado del turno de noche? He quedado con él más tarde.

CECILY: Vi al señor Parris cuando regresó, sobre la hora de comer. Yo estaba discutiendo con los de la carpa, que se habían retrasado y nos habían dejado tirados. Al final todo salió bien, pero no volveremos a contratarlos. Estaba en la explanada oriental cuando regresó en otro taxi. Aiden salió en ese momento y vi que los dos se ponían a charlar.

ALAN: ¿Sabe de qué hablaban?

CECILY: Bueno..., del hotel, la habitación, esa clase de cosas. Yo quería ver a Aiden, así que me acerqué y él me presentó.

ALAN: ¿Qué le pareció Frank Parris?

CECILY: ¿Puedo serle sincera? Sé que era amigo suyo y no quiero ofenderlo.

ALAN: No se corte, por favor.

CECILY: La verdad es que no me cayó bien. Me cuesta explicarlo, seguramente porque ese día tenía muchas cosas en la cabeza, pero me pareció..., bueno, me pareció poco sincero. Pensé que se esforzaba por mostrarse simpático y agradable. Le agradeció mucho a Aiden lo del cambio de habitación, pero tuve la sensación en todo momento de que estaba fingiendo. Cuando dijo que le encantaba el hotel, me dio la impresión de que no le gustaba nada. Nos felicitó a Aiden y a mí porque íbamos a casarnos, pero fue casi como si se estuviera burlando de nosotros.

ALAN: A veces Frank era un poco... altanero.

CECILY: No sé muy bien qué significa eso.

ALAN: Desdeñoso.

CECILY: Era más que eso. Estaba mintiendo. Y hasta puedo ponerle un ejemplo. Aiden dijo que esa noche organizábamos una fiesta para celebrar la boda y que esperaba que el ruido no le causara molestias. Y Frank contestó que le daba igual porque pensaba salir. Tenía previsto ir a Snape Maltings, a ver una representación de *Las bodas de Fígaro*. No sé nada de ópera, pero recuerdo que fue absolutamente concreto con el nombre. No paraba de decir que era su ópera favorita, que siempre le había gustado y que estaba deseando verla.

ALAN: ¿Qué le hace pensar que mentía?

CECILY: Sé que mentía porque resulta que fui al mercadillo de Snape Maltings un par de días después y vi una lista con todos los espectáculos. *Las bodas de Fígaro* no aparecía en la lista. Ese viernes por la noche, una orquesta joven interpretaba obras de Benjamin Britten.

ALAN: ¿Por qué piensa que iba a inventarse algo así?

CECILY: Pues por lo que acabo de decirle. Se burlaba de nosotros.

ALAN: Aun así, me resulta muy extraño.

CECILY: No creo que hubiese ningún motivo. Simplemente pienso que disfrutaba sintiéndose superior. Quizá fuese porque era gay y nosotros heterosexuales. ¿Está mal decirlo? Él había vivido en Londres y nosotros estábamos en un lugar perdido, en el campo. Él era el huésped y nosotros solo el personal. No lo sé. Cuando se despidió, nos estrechó la mano de una forma rara. Cogió la mano de Aiden entre las suyas como si fuese el presidente o algo así y no lo soltaba. Y luego me dio un beso, algo que no me pareció nada apropiado, y al mismo tiempo me apoyó la mano en la espalda, muy abajo. No sé por qué le cuento todo esto. Lo que quiero decir es que jugaba con nosotros. Solo estuve con él unos minutos y usted lo conocía mucho mejor que yo, pero no me pareció un buen hombre. Lo siento, pero es la verdad.

ALAN: ¿Volvió a verlo?

CECILY: No. Asistí a la fiesta del viernes por la noche y ni siquiera pensé en él. De todos modos, el hotel estaba lleno, así que había otros muchos huéspedes de los que preocuparse. Me acosté temprano tras tomarme un somnífero. Al día siguiente celebramos la boda.

ALAN: ¿Vio a Stefan Codrescu en la fiesta?

CECILY: Sí. Estaba allí.

ALAN: ¿Cómo lo vio?

CECILY: Lisa acababa de despedirlo, así que no estaba muy contento. De hecho, apenas pronunció palabra. Aiden dijo que había bebido demasiado. Se marchó bastante temprano. Creo que Lionel lo acompañó a su habitación.

ALAN: Pero pocas horas después se había levantado. Según la policía, fue entonces cuando volvió al interior del hotel, a la habitación número 12.

CECILY: Eso dijeron.

ALAN: Derek lo vio.

CECILY: Puede que se equivocase.

ALAN: ¿Eso cree?

CECILY: No estoy segura. No puedo hablarle de todo eso. De hecho, si no tiene más preguntas, creo que le he contado todo lo que sé.

ALAN: Me ha resultado muy útil, Cecily. Y ese bronceado le sienta de maravilla. ¿Qué le parece la vida de casada?

CECILY: *(Risas)*. Bueno, estamos empezando. Lo pasamos genial en Antigua y ahora me alegro de estar de vuelta. Somos muy felices en Branlow Cottage. Solo quiero dejarlo todo atrás y seguir adelante.

ALAN: Muchas gracias.

CECILY: Gracias a usted.

La grabación terminó, y el silencio que la siguió me resultó muy oprimente. Recordé que seguía desaparecida después de diez días y me pregunté si alguien volvería a oír su voz alguna vez.

Había otra entrevista en el lápiz de memoria. Aiden me había dicho que se había reunido con Alan brevemente. Tuve que reproducir la entrevista un par de veces para darme cuenta de que debía de ser anterior a la conversación de Alan con Cecily. Pauline Treherne presentó a los dos hombres cuando Alan ya estaba grabando.

PAULINE: Lo siento. No quiero salir en la grabación.

ALAN: Solo es para uso particular. Resulta más fácil que tomar notas.

PAULINE: Aun así, no quiero hacer comentarios. ¿Seguro que no escribirá sobre lo que pasó?

ALAN: No, no. Mi nueva novela ni siquiera está ambientada en Suffolk.

PAULINE: ¿Ya tiene título?

ALAN: Todavía no.

Llega Aiden.

PAULINE: Este es Aiden MacNeil, mi yerno.

ALAN: Creo que ya nos conocemos.

AIDEN: Sí. Estaba en recepción cuando llegó usted. Le ayudé a cambiar de habitación. Espero que se sienta más cómodo ahora.

ALAN: Todo está perfecto, muchas gracias.

AIDEN: Disculpe, ¿está grabando esto?

ALAN: Pues sí. ¿Le importa?

AIDEN: Prefiero que no lo haga.

PAULINE: El señor Conway desea saber más sobre el asesinato.

AIDEN: Pues no quiero hablar de él.

ALAN: ¿Puede decirme por qué?

AIDEN: Discúlpeme, señor Conway, pero mi función consiste en proteger los intereses del hotel. El asunto de Stefan Codrescu solo nos ha causado problemas, y creo que no nos conviene darle más publicidad.

ALAN: Nadie más va a escuchar estas cintas.

AIDEN: Aun así, prefiero que no me grabe. Ya declaramos ante la policía todo lo que ocurrió aquel día, sin ocultar nada. Y si pretende sugerir que el hotel tuvo alguna responsabilidad...

ALAN: No es mi intención.

AIDEN: Eso dice usted, pero no podemos estar seguros.

PAULINE: ¡Aiden!

AIDEN: Lo siento, Pauline, pero ya le he dicho a Lawrence que me parece mala idea. Ya sé que el señor Conway es un escritor muy respetado, pero...

ALAN: Llámeme Alan, por favor.

AIDEN: No voy a prestarme a este juego. Lo siento. ¿Le importa apagar la grabadora?

ALAN: Si insiste...

AIDEN: Insisto.

Y ese era el final.

Resultaba evidente que a Aiden le había desagradado Alan Conway desde el primer momento, y no me costaba entenderlo. ¿Debía darle importancia al hecho de que se hubiera negado a ser entrevistado? No. Tal como Aiden había dicho, solo estaba haciendo su trabajo.

Eran más de las doce y tenía que levantarme temprano, pero lo último que hice antes de acostarme fue ir a Apple Music y descargar la ópera *Las bodas de Fígaro*. La escucharía al día siguiente.

Lionel Corby (desayuno)

A la mañana siguiente me desperté cansada; no había dormido bien. Cuando salí de la casa a primera hora, Craig ni siquiera se había levantado todavía. Había quedado a las siete con Lionel Corby, el que fuera el encargado del spa de Branlow Hall cuando tuvo lugar el asesinato, y tenía que cruzarme todo Londres. Me senté en el metro aún adormilada y estuve ojeando un periódico gratuito que me duró dos o tres paradas. El trayecto se me hizo eterno.

Mi primera impresión de Lionel Corby no fue del todo buena. Llegó zigzagueando entre los coches montado en una bicicleta carísima de esas que tienen las ruedas superfinas, ataviado con un culote de licra diseñado claramente para presumir de sus músculos perfectos y, ya de paso, de sus moldeados genitales. No me gusta pensar mal de la gente, lo cual no es una característica muy útil cuando estás investigando un asesinato, pero hubo una cosa que me llamó enseguida la atención: era... un creído. Vale, sí, trabajaba en un gimnasio y tenía que vender su físico, pero ¿era necesario hacerlo de forma tan llamativa? Al darnos la mano me miró de arriba abajo y yo me sentí totalmente trasnochada. Él, por su parte, se puso a canturrear mientras encadenaba la bicicleta al aparcabicis.

—Bueno, Susan, ¿te apetece desayunar? —Tenía un acento australiano muy marcado y cantarín—. La cafetería no está mal y tengo descuento.

Entramos. El gimnasio Virgin Active era una especie de búnker de hormigón en mitad de una calle principal muy concurrida. Curiosamente, Atticus Pünd vivía en un piso a la vuelta de la esquina..., lo cual quiere decir que Alan Conway se había inspirado en ese edificio. La cafetería acababa de abrir y no había nadie. El aire acondicionado ya estaba en marcha y era como estar en una nevera. Lionel pidió una bebida energética de esas que hacen con frutas y verduras saludables que parecen baba verde. Nada apetecible. Cuando se sentó me percaté de que se había puesto un gorro de punto. Aunque tenía el pelo lustroso, se le intuía la coronilla y seguramente le daba vergüenza. Me apetecían unos huevos revueltos, pero lo más parecido que había era la tostada de pan de masa madre con huevos escalfados sobre aguacate machacado, y no me atraía nada, así que me conformé con un capuchino.

Nos pusimos en una mesa cerca de la ventana.

—Solo tengo media hora —dijo Lionel.

—Te agradezco que hayas venido.

—No es nada, Sue. Qué horror lo de Cess. —Sonó demasiado sincero para ser verdad—. ¿Hay novedades?

—Me temo que no.

—Qué mal. ¿Y tú qué tienes que ver con todo esto? ¿Eres amiga de la familia?

—No exactamente. Lawrence Treherne me ha pedido ayuda. —No quería entrar en ese tema otra vez y Lionel había dicho que solo teníamos media hora, así que proseguí y le expliqué que la desaparición de Cecily podría estar relacionada con el asesinato de Frank Parris, al que habían matado hacía ocho años.

—¡Frank Parris! —Soltó un silbidito—. Cuando leí tu mensaje me pregunté cómo podía ayudarte yo. No he vuelto a Branlow Hall desde que me fui. Si te digo la verdad, no lo soportaba. Fue una alegría salir de allí.

—Pero estuviste cuatro años. Es mucho tiempo.

Él sonrió y dijo:

—Ya veo que has hecho los deberes. En realidad fueron tres años y nueve meses. Me hice cargo del spa nuevo cuando lo terminaron. Me encantaba. El equipamiento era moderno, estaba todo recién estrenado y la piscina era genial. Y a veces venían clientes decentes..., sobre todo gente de fuera. Pero me pagaban fatal. También era entrenador personal, pero los Treherne solo me daban el 25 por ciento de lo que cobraban. Vaya mierda de jefes. Y además te diré que a veces aquello parecía un manicomio más que un hotel elegante. Stefan me caía bien. E hice buenas migas con parte del personal de cocina. Pero al resto no lo aguantaba.

—¿Y no te sonará una clienta llamada Melissa Conway? —No sé por qué le pregunté por ella. Me sorprendió cuando James me comentó que vivía en Woodbridge, y en el lápiz de memoria Cecily decía que era usuaria del spa.

—¿Melissa? Sí, me suena. La señora estaba allí abonada. Pero creo que se apellidaba Johnson. Vivía de alquiler en una casa de la finca.

Era ella, pero había recuperado su apellido de soltera.

—¿Por qué lo preguntas? —quiso saber Lionel.

—Era la mujer de Alan Conway —contesté.

—¡Anda! Ya veo. Pues, ahora que lo dices, estuvo allí antes de que pasara, a última hora de la tarde del miércoles o el jueves. Me acuerdo porque estaba de muy mal humor. Poca broma.

—¿Sabes por qué estaba molesta?

—Ni idea —dijo él, encogiéndose de hombros.

—¿Y cómo acabaste en Branlow Hall? —le pregunté—. ¿Cómo empezaste a trabajar allí?

—Pues, mira, no sabía dónde me estaba metiendo. Me vine a Londres desde Perth hace como once años. Me refiero al Perth de Australia, claro. Mi madre era inglesa. Alquilé una habitación en Earls Court y encontré trabajo de entrenador personal. Tenía solo veinte años, pero había hecho un curso complementario en una universidad de Perth y tuve suerte. Caí de pie. Tenía varios clientes particulares y me recomendaron a otra gente. Pero Londres es una ciudad cara y me costó mucho no acabar con el agua al cuello. ¡Ni te imaginas las cosas que he tenido que hacer! Bueno, pues empecé a entrenar a un tío que me contó que acababa de estar en Branlow Hall y que estaban buscando a alguien para encargarse del spa. Me pareció una buena forma de ganar dinero, así que fui a hacer una entrevista y me cogieron.

—¿Quién te recomendó?

—No me acuerdo.

—¿Todos tus clientes eran hombres?

—No. Más o menos la mitad. ¿Por qué lo preguntas?

—Por nada. Sigamos. ¿Por qué eran tan malos jefes los Treherne, aparte de por el sueldo que te pagaban?

—Bueno, sobre todo por eso, pero me hacían trabajar mucho. Echaba diez horas al día, seis días a la semana. Dudo que eso sea legal. Y nada de incentivos. Si comías en el hotel, tenías que pagarlo y, aunque era barato, no te hacían ningún descuento en el bar. Ni siquiera te dejaban entrar si había huéspedes.

»Y no veas cómo trataban a los delincuentes... Ellos lo llamaban "programa para delincuentes juveniles", pero nada más lejos de la realidad. Era un infierno. A Stefan le pagaban muy por debajo del salario mínimo y tenía que estar disponible las veinticuatro horas del día, no exagero. Se suponía que se encargaba del mantenimiento general, pero siempre le endilgaban las tareas más desagradecidas: limpiar los inodoros, las canaletas del tejado, encargarse de la basura..., lo que fuera. Una vez se puso muy malo y no le dieron el día libre. En serio, lo tenían a su merced. Si se quejaba, se exponía a que lo echaran. Era rumano. Tenía antecedentes penales. No iban a cogerlo en ningún sitio, y menos sin referencias. Y ellos lo sabían. Eran unos cabrones.

»Y luego estaba Lisa Treherne. —Meneó la cabeza con cara de admiración—. La hija mayor. Esa sí que era un mal bicho.

—Lo acusó de robar.

—Ella sabía que no era ningún ladrón. La ladrona era Natasha.

—¿La camarera de piso?

—Sí. Todo el mundo estaba al tanto. ¡No se cortaba! Ojo con

tu reloj si te daba la mano. Pero Lisa jugaba al mismo juego de poder que su padre. Quería a Stefan.

—¿Quería en qué sentido?

—¿Tú qué crees? —Lionel me miró con desdén—. Estaba loca por él. Un chaval de veintidós años de Europa del Este. Carne fresca. No le quitaba los ojos de encima.

¿Podía fiarme de lo que me estaba contando Lionel? Según él, Melissa estaba enfadada, Lawrence carecía de moral, a Stefan lo explotaban y Lisa era codiciosa. No tenía nada bueno que decir de nadie. Aun así, me acordé de mi encuentro con Lisa en el comedor de Branlow Hall. Tenía bastantes ganas de venganza. «Fue un error contratar a Stefan Codrescu. Ya lo dije en su momento, pero no me hicisteis caso». ¿Y lo que comentó su padre...? «Al principio te caía bien. Pasabas mucho tiempo con él». Me pareció contradictorio. Puede que Lionel acabara de aclarar el asunto.

—Lisa también lo intentó conmigo, por si te sirve de algo —prosiguió él—. Estaba siempre entrando y saliendo del spa, y hazme caso, colega, los ejercicios que quería hacer no tenían nada que ver con lo que a mí me enseñaron en Perth.

—¿Tenía una relación con Stefan? —Lo pregunté aun a sabiendas de que era poco probable. Si se hubieran acostado juntos, seguro que habría salido en el juicio.

Lionel meneó la cabeza y contestó:

—No sé yo si a eso se lo puede llamar tener una relación. A Stefan le gustaba tanto como a mí —dijo con ironía; luego se señaló la boca y añadió—: ¿Sabes esa cicatriz que tenía? Pues aunque no la tuviera tampoco es que fuera Miranda Kerr precisamente. Pero, si te refieres a si se acostaban, sí. ¡El pobre no podía negarse! Se podría decir que, en el fondo, la que dirigía el hotel era ella. Lo tenía comiendo de su mano.

—¿Te lo contó él?

—No. Nunca hablaba de esas cosas. Pero siempre parecía desdichado cuando ella estaba presente. Y una vez los vi juntos.

Había entrado una pareja en la cafetería. Lionel se inclinó hacia delante con aire de complicidad.

—Dos o tres semanas antes del asesinato —prosiguió—, terminé en el spa y salí a echar una carrerita por el recinto. Era una noche cálida. Se estaba genial. Había luna llena. Después de correr estiré un poco y luego me puse a hacer dominadas. Siempre usaba el mismo árbol. Tenía una rama a la altura perfecta. De hecho, estaba en el bosque cerca de Oaklands, la casa donde vivía Melissa. Pues iba yo por ahí y de repente oí ruidos. Y entonces los vi en la hierba, los dos totalmente en bolas y él encima de ella.

—¿Seguro que eran Lisa y Stefan?

—Buena pregunta, Sue. Era de noche y estaban un poco lejos, y al principio pensé que era Aiden echando un polvo con su futura cuñada, lo cual habría estado muy gracioso. Pero he entrenado con él y sé que tiene un tatuaje muy grande en el hombro. Siempre lo llamaba su «serpiente cósmica», ¡pero a mí más bien me parecía un renacuajo gigante! —Se rio—. En fin, quienquiera que fuera, no era Aiden. Si hubiera sido él, habría visto el tatuaje a la luz de la luna.

»El caso es que no quería que me tomaran por un pervertido, así que me fui. Y seguro que ya te imaginas lo que pasó. Pisé una puta rama y sonó como un disparo. Evidentemente, pararon. El tío miró a todas partes y le vi la cara igual que te la estoy viendo a ti ahora mismo. Era Stefan, segurísimo.

—¿Él te vio a ti?

—Lo dudo.

—¿Se lo contaste?

—Ni de broma.

—No lo entiendo —dije tras sopesarlo—. Si estaban liados, ¿por qué lo despidió Lisa un par de semanas después?

—Yo también me lo planteé. Mi teoría es que él la mandó a paseo. Lo estaba explotando, ni más ni menos. A lo mejor la amenazó con ponerle una queja.

Aún no había tenido noticias de Stefan Codrescu y me preguntaba cuándo le llegaría la carta que le había mandado a la cárcel. Habría que ver si accedía a quedar conmigo, pero era vital que nos viéramos. Tenía que saber lo que había pasado entre él y

Lisa Treherne. Ella no iba a soltar prenda. El único que podía contarme lo que ocurrió era él.

—Tú estuviste con él el viernes por la noche —dije—. Se emborrachó en la fiesta.

—Sí. —Miró el reloj de pared. Ya habíamos consumido veinte minutos de la media hora de la que disponíamos. Apuró su batido de proteínas y se dejó un bigote verde sobre el labio superior—. No parecía él. Normalmente toleraba bien el alcohol. Pero, claro, acababan de despedirlo, a lo mejor quería ahogar sus penas.

—Lo llevaste a su habitación, ¿no?

—Sí, sobre las diez. Volvimos andando a los establos. Nos tenían allí alojados. Estábamos en habitaciones contiguas. Le di las buenas noches y nos fuimos a la cama. Yo estaba hecho polvo, la verdad.

—¿A qué hora te acostaste?

—Supongo que diez o quince minutos después, pero no oí nada, antes de que me lo preguntes. Tengo el sueño muy profundo, así que me temo que no sé si Stefan se levantó y se fue al hotel. Lo que sí sé es que yo lo dejé tumbado en la cama.

—¿Lo viste al día siguiente?

—No. Yo estuve en el spa y él estuvo ayudando con los preparativos de la boda.

—¿Tú crees que fue él quien mató a Frank Parris?

Se lo pensó. Al final asintió.

—Sí, seguramente. A ver, la policía encontró muchas pruebas y me consta que estaba sin blanca. Apostaba mucho en internet. Es típico de los rumanos. No era raro que me pidiera que le echara un cable, porque él no cobraba hasta final de mes. —Volvió a mirar la hora y se puso de pie. Se había acabado el tiempo—. Espero que puedas ayudarlo, Sue. La verdad es que me caía bastante bien y creo que lo que le pasó fue muy desagradable. Y espero que aparezca Cecily. ¿Se sabe ya qué le ocurrió?

—Aún no. —Quería preguntarle otra cosa—. Antes has dicho que al principio pensaste que la pareja del bosque eran Aiden y Lisa. ¿Él era promiscuo?

—¡Promiscuo! Me hace gracia que uses esa palabra. ¿Te refieres a si tonteaba? —Me dedicó una sonrisa torcida—. No sé nada de su matrimonio. Tampoco sé por qué se me pasó por la cabeza cuando los vi que a lo mejor era él. Desconozco si eran felices o no, pero una cosa sí te digo: dudo que Aiden actuara a espaldas de Cecily. O sea, fue ella quien dio con él y se lo trajo de Londres, y a su manera era tan dura o más que su hermana. Si se hubiera enterado de que la estaba engañando, le habría cortado las pelotas y se las habría desayunado.

Nos dimos la mano. Había entrado otro entrenador en la cafetería, también vestido de licra, y los vi darse un abrazo de tíos, chocando el pecho y frotándose la espalda.

Seguía sin tener claro si me gustaba Lionel Corby. ¿Era creíble la versión de los hechos que acababa de exponerme? Tampoco lo tenía claro.

Michael Bealey (comida)

Michael J. Bealey era un hombre muy ocupado.

Me había llamado su asistente personal para decirme que al final no iba a ser posible lo de tomar un trago en el Soho House, que si podía quedar a almorzar a las doce y media. La comida acabó siendo algo rápido en el Prêt que había a la vuelta de la esquina de su apartamento, en King's Road, pero por mí iba bien; dudo que Michael hubiera tenido suficiente conversación para un menú de dos platos. A pesar de ser un autor prolífico, siempre había sido un hombre parco en palabras. Por cierto, la «J.» de su tarjeta de visita era importante para él. Al parecer había conocido a Arthur C. Clarke y a Philip K. Dick y había adaptado su nombre en homenaje a ellos. Era un reconocido experto en la obra de ambos y había publicado extensos artículos sobre el tema en *Constellations* (que además había editado en Gollancz) y en *Strange Horizons*.

Cuando llegué, él ya estaba allí, pasando un texto en su iPad. Así encorvado parecía un topo que estuviera intentando excavar una madriguera dentro de la pantalla. Tuve que recordarme que éramos más o menos de la misma edad. Pero con su pelo canoso, sus gafas y su traje anticuado aparentaba diez años más, aunque a él no parecía importarle. Hay hombres que en realidad nunca han sido jóvenes y que ni siquiera quieren serlo.

—¡Hola, Susan! —No se levantó. No era de los que daban besos, ni siquiera rozando la mejilla. Pero al menos cerró la tapa de la funda del iPad y me sonrió, parpadeando por culpa del sol. Ya había pedido: un café y una tartaleta Bakewell que descansaba sobre su envoltorio de papel—. ¿Qué te apetece tomar? —preguntó.

—No quiero nada, gracias. —Había echado un ojo a la bandeja de los muffins y la bollería, pero daban tanta pena que no se me antojó nada. En cualquier caso, quería zanjar el asunto lo antes posible.

—Pues te recomiendo que pruebes esto. —Me acercó la tartaleta—. Está muy buena.

Esa forma entrecortada de hablar... La tenía grabada. Parecía un actor de la típica obra de entreguerras donde la gente habla largo y tendido pero la acción casi brilla por su ausencia.

—¿Cómo estás? —me preguntó.

—Muy bien, gracias.

—¡Y en Grecia, al parecer!

—En Creta, para ser exactos.

—No he estado.

—Deberías ir. Es precioso.

Aunque era domingo, había tráfico en King's Road y el aire olía a polvo y a gasolina.

—Bueno, ¿cómo va todo? —pregunté de golpe para romper el silencio.

Él suspiró y parpadeó varias veces.

—Bueno, ya sabes, no ha sido un año muy allá. —Según él, ningún año era nunca muy allá. Había hecho de la melancolía una forma de arte.

—Fue una alegría que retomaras la serie de Atticus Pünd. —Yo quería ser positiva—. Y además conservaste las cubiertas antiguas. El otro día me dieron un ejemplar y pensé que había quedado genial.

—Me pareció que no tenía sentido gastar dinero en cambiarlas.

—¿Se están vendiendo bien?

—Se estaban.

Me quedé esperando a que me explicara a qué se refería, pero se limitó a beber lo que fuera que había en su vaso de papel.

—¿Qué ha pasado? —pregunté al final.

—Pues lo de David Boyd.

Me sonaba un poco el nombre, pero no acababa de ubicarlo.

—¿Quién es David Boyd?

—El escritor. —Otro silencio. Michael vaciló antes de proseguir—: Yo mismo lo introduje en la empresa, así que supongo que en parte fue culpa mía. Compré su primer libro en Frankfurt, en una puja a tres bandas, pero tuvimos suerte. Uno de los editores se retiró y el otro no estaba muy entusiasmado, así que lo conseguimos a buen precio. El primer libro lo publicamos hace dieciocho meses y el segundo, en enero.

—¿Es ciencia ficción?

—No exactamente. Ciberdelincuencia. Está muy bien documentado y muy bien escrito. La verdad es que es aterrador. Empresas grandes, fraude, política, los chinos... Pero nos llevamos un chasco con las ventas. No sé qué falló, pero el primer libro se quedó corto y el segundo fue incluso peor. Además, tenía un agente muy agresivo, un tal Ross Simmons, de Curtis Brown, e intentó que firmáramos otro acuerdo, así que tomamos la decisión de soltarlo. Una pena, pero así fue. Cosas que pasan.

¿Adónde quería llegar?

—¿Y entonces qué pasó? —le pregunté.

—Pues que se ofendió. El escritor, no el agente. Se sintió defraudado porque, según él, no habíamos cumplido con nuestra palabra. Muy desagradable todo, pero no te lo vas a creer. Lo peor fue que se vengó pirateando Hely Hutchinson.

Ante mí se abrió todo un abanico de posibilidades a cuál más aterradora. Había leído algo sobre Hely Hutchinson en el *Bookseller*. Era un centro de distribución nuevo y muy moderno cerca de Didcot, en Oxfordshire. Algo más de veintitrés mil metros cuadrados. Contaba con tecnología robótica y distribuía sesenta millones de libros al año.

Había sido una pesadilla, me explicó Michael.

—Caos total. Enviaban los títulos que no eran a las librerías que no eran. Ignoraban pedidos. Un cliente recibió el mismo ejemplar de Harlan Coben todos los días durante un mes... Había libros que desaparecían sin más. Cuando te ponías a buscarlos, era como si no se hubieran escrito. Entre ellos, las reediciones de *Atticus Pünd*. —Se dio cuenta de que había dicho varias frases de un tirón y paró—. Un suplicio.

—¿Y cuánto tiempo estuvisteis así? —le pregunté.

—Seguimos así. Tenemos a gente allí resolviendo la papeleta. Los dos últimos meses han sido los peores. ¡Sabe Dios cómo va a influir esto en las ventas y los beneficios de este trimestre!

—Lo siento mucho —repuse—. ¿Habéis hablado con la policía?

—Ya están en ello, sí. En realidad no te puedo decir más. Hemos conseguido mantener a la prensa al margen. Ni siquiera tendría que habértelo contado.

Entonces ¿por qué lo había hecho? Me lo imaginé.

—Supongo que no es el mejor momento para abordar el tema —dije—. Me refiero a lo de darme trabajo.

—Me encantaría ayudarte, Susan. Creo que hiciste una labor espléndida con las novelas de Pünd, y me consta que no fue fácil trabajar con Alan Conway.

—Y solo sabes la mitad.

—¿Qué pasó realmente en Cloverleaf Books?

—No fue culpa mía, Michael.

—No lo dudo. —Cogió un trozo de tartaleta—, pero se oían rumores.

—No eran ciertos.

—Rara vez lo son. —Se lo metió en la boca y esperó a que se deshiciera, sin masticar ni tragar—. Mira, ahora mismo estoy apagando fuegos y no puedo ayudarte, de verdad. Pero puedo correr la voz y a ver qué pasa. ¿Qué tienes en mente? ¿Editora? ¿Directora editorial?

—Lo que sea.

—¿Y trabajar por proyectos, por tu cuenta?

—Sí. Podría ser.

—A lo mejor hay algo.

O a lo mejor no. Eso era todo.

—¿Seguro que no quieres un café? —añadió.

—No, Michael. Gracias.

No me despachó enseguida. De haberlo hecho habría sido humillante. Estuvimos charlando diez minutos más sobre el negocio, sobre la quiebra de Cloverleaf, sobre Creta... Cuando se terminó el café y la tartaleta, nos despedimos sin darnos la mano; él tenía los dedos llenos de azúcar glas. ¡Y en eso quedó la chaqueta de Ralph Lauren! La reunión había sido una pérdida de tiempo total.

Craig Andrews (cena)

Era la tercera comida del día y yo todavía no había ingerido nada, pero esta vez iba a compensarlo. Craig me había llevado a una *trattoria* clásica de Notting Hill, el típico sitio donde los camareros van de blanco y negro y a los molinillos de pimienta les sobran como quince centímetros. La pasta era casera; el vino, áspero y de precio razonable, y las mesas estaban demasiado juntas. Esos eran los restaurantes que me gustaban a mí.

—Bueno, ¿qué opinas? —me preguntó mientras degustábamos una *bruschetta* muy rica de tomate maduro y hojas gruesas de albahaca fresca.

—¿La comida? ¿El restaurante?

—¡El crimen! ¿Crees que van a encontrar a Cecily Treherne?

Meneé la cabeza y dije:

—Yo creo que ya tendría que haber aparecido.

—O sea que está muerta.

—Sí. —Me quedé pensativa un momento. Me sabía fatal darla por perdida sin más—. Seguramente.

—¿Alguna idea de quién la mató?

—No es tan fácil, Craig. —Intenté ordenar mis pensamientos—. Para empezar, está la llamada de Cecily a sus padres. Vamos a suponer que alguien la escuchó hablar. Al principio pensé que llamó desde Branlow Cottage. En ese caso solo podrían haber sido Aiden o Eloise, la niñera. Pero en realidad llamó desde su oficina, en el hotel, y eso ampliá el campo.

—¿Cómo lo sabes?

—Porque me lo contó Derek, el encargado del turno de noche. Estaba allí. «Cuando hizo esa llamada supe que algo iba mal. Estaba muy alterada». Eso me dijo.

—O sea que él escuchó la conversación.

—Sí. Pero la oficina de Lisa Treherne estaba al lado y a lo mejor ella también la escuchó. O un huésped. O alguien al pasar por delante de la ventana. —Suspiré—. El problema es el siguiente. Si asumimos que alguien quería callar a Cecily porque sabía algo sobre la muerte de Frank Parris, es de suponer que la mató la misma persona que lo mató a él. Pero, hasta donde yo sé, nadie de los ya mencionados conocía a Frank. Ni Derek, ni Aiden, ni Lisa. Ninguno tenía razones para hacerlo.

—¿A lo mejor la mataron para proteger a alguien?

—Podría ser. Pero ¿a quién? Se supone que Frank Parris estaba en Australia. Apareció por casualidad el fin de semana de la boda, pero su único vínculo con Branlow Hall es que tenía una reserva allí para tres días. —Bebí un poco de vino; lo habían llevado a la mesa metido con mucho gusto en una canasta de rafia—. Lo curioso es que hay dos personas que sí tenían razones para matarlo a él. ¡Y las dos me han mentido! El problema es que no viven en el hotel y no sé cómo iban a oír a Cecily hablando por teléfono. —Le había dado vueltas al asunto—. A no ser que estuvieran allí tomando algo...

—¿Quiénes?

—Joanne y Martin Williams. La hermana y el cuñado del difunto. Viven en Westleton y la mitad de la casa era de Frank. Por eso estaba en Suffolk. Quería obligarlos a que la vendieran.

—¿Por qué dices que te mintieron?

—Es una nimiedad, la verdad.

Aiden fue el primero en mencionarlo. La carpa de la boda llegó con retraso. La llevaron al hotel el viernes a la hora de la comida. Cuando hablé con Martin Williams, me dijo que su cuñado, Frank, se había quejado de la boda, sobre todo de la carpa, porque se cargaba las vistas al jardín. Pero también me dijo que se presentó pronto en su casa, después de desayunar. Atando cabos, no puede ser que Frank viera la carpa.

Sin embargo, está claro que Martin sí la vio. Debía de haber ido a Branlow House en algún momento de la tarde del viernes. La cuestión es por qué. A lo mejor fue a averiguar en qué habitación se alojaba Frank porque quería matarlo. Eso también explicaría lo último que me dijo Joanne: «Lárguese y déjenos en paz». Sabía lo que había pasado y tenía miedo.

Después de contárselo, Craig sonrió y dijo:

—Muy ingenioso, Susan. ¿Crees que el tal Martin Williams quería matar a su cuñado?

—Bueno, como he dicho, es el único que tenía un móvil. A no ser que... —No me había planteado verbalizar lo que pensaba, pero Craig estaba tan fascinado con la historia que supe que debía continuar—. A ver, es un poco descabellado, pero se me ha pasado por la cabeza que a lo mejor Frank no era el objetivo.

—¿Qué quieres decir?

—Para empezar, se cambió de habitación. Al principio estaba en la 16, pero al parecer era demasiado moderna para él y lo cambiaron a la 12.

—¿Quién se quedó con la 16?

—George Saunders, el director jubilado de un colegio de la zona, el Bromeswell Grove. Pero vamos a suponer que no lo sabía nadie. Llaman a la puerta de la habitación 12 en mitad de la noche y al abrir, con todo en penumbra, le dan un golpe en la cabeza con un martillo y lo matan sin darse cuenta de quién es.

—¿Crees que abriría la puerta en mitad de la noche?

—Bien visto. Yo había pensado otra cosa. Creo que no tenía nada que ver con Frank Parris, ni George Saunders ni ningún invitado, sino con Stefan Codrescu. Al parecer estaba liado con Lisa Treherne y Branlow Hall era un bullir de celos sexuales y cabreo. A lo mejor querían incriminarlo.

—¿De asesinato?

—¿Por qué no?

—¿Y mataron a un invitado al azar sin más? —No hacía falta que lo dijera con tanto escepticismo. Ni yo misma tenía claro si me lo creía—. Ahora entiendo por qué quieres hablar con Stefan —añadió.

—Si es que puedo...

—Dale tiempo. El sistema penitenciario se lo pone muy difícil a todas las partes implicadas, tanto internas como externas. Yo creo que es por eso.

Llegaron los primeros. Hablamos un rato de la cárcel.

Cuando conocí a Craig hacía cuatro años, era muy nervioso, como todos los escritores novatos, y sentía la necesidad de disculparse por lo que hacía. Acababa de cumplir cuarenta años; un poco mayor para empezar como escritor, aunque mucho más joven que Alexander McCall Smith cuando publicó su primer éxito, *La primera agencia de mujeres detectives*, y puede que en parte lo contratara por eso. También tenía mucho dinero. No alardeaba de ello, pero su ropa, su coche y su casa en Ladbroke Grove hablaban por sí solos. Acababa de dejar Goldman Sachs; fue el director del departamento de acciones del Reino Unido. Esa información nunca salía en la contracubierta de sus libros.

Le aseguré que no tenía que disculparse por *Tiempo de condena* (como terminó llamándose) y que me gustó trabajar con él. El personaje principal, Christopher Shaw, era un policía que se infiltraba de civil en cárceles de máxima seguridad para sonsacar información a reclusos notorios. La fórmula funcionó bien en los tres primeros libros de la serie.

—¿Por qué empezaste a interesarte por las cárceles? —le pregunté; estábamos terminando el primer plato y ya no quedaba vino.

—¿No te lo he contado nunca? —Vi que vacilaba. La luz de las velas se reflejaba en sus ojos—. Mi hermano estuvo en la cárcel.

—Lo siento... —Me sorprendió que no me lo hubiera contado antes. La cínica que llevo dentro lo habría usado en la promoción.

—John era presidente de un banco comercial. Intentó conseguir inversores en Qatar allá por 2008, justo después de la crisis financiera. Les dio incentivos, que por supuesto no declaró. La Oficina de Fraudes Graves fue a por él. Y... —dijo, moviendo la mano— le cayeron tres años.

—Perdón por haber preguntado.

—No pasa nada. No fue por codicia, sino por miedo y estupidez, pero lo que le pasó hizo que me replanteara mi carrera. Podría haber sido yo perfectamente. ¡Lo metieron en la cárcel! No es que no se mereciera que lo castigaran, pero, joder, la cárcel es una pérdida de tiempo. Estoy convencido de que en el futuro la gente se preguntará cómo era posible que en el siglo XXI perpetuáramos un concepto tan absurdo y victoriano. ¿Quieres que pidamos postre?

—No.

—Pues te invito a un café en casa.

Hacía buena noche otra vez y fuimos dando un paseo. Me quedé pensando en si me habría cargado la velada preguntándole por su vida personal, pero en realidad nos unió más.

—¿Has estado casada?

—No. —No me esperaba esa pregunta.

—Yo tampoco. He estado a punto dos veces, pero no salió adelante. Supongo que ya es demasiado tarde.

—Qué dices —repuse—. Si aún no tienes ni cincuenta años.

—No me refiero a eso. Nadie en su sano juicio querría casarse con un escritor.

—Conozco muchos escritores felizmente casados.

—El año pasado estuve saliendo con alguien. Una divorciada de mi edad. Teníamos muchos intereses en común. La verdad es que me gustaba. Pero no dejaba que se acercara a mí... cuando estaba trabajando. Y el problema era que estaba todo el rato trabajando. Al final se cansó. Y no me extraña. Cuando estás escribiendo un libro lo único que te importa es eso, pero hay gente que no lo asume.

Ya estábamos en su casa. Abrió la puerta y entramos.

—¿Tú estás con alguien, Susan? —me preguntó.

Justo entonces todo cambió. Solo Dios sabe la de novelas románticas que he leído, así que distinguí enseguida el trasfondo galopando a lo lejos y supe exactamente lo que me estaba preguntando Craig; más bien supe a dónde quería llegar con la pregunta que acababa de hacerme. Tendría que haberme dado cuenta nada más entrar en su elegante pisito de soltero; o cuando acepté cenar con él en ese restaurante local tan pintoresco, con sus velitas y sus botellas de vino en canastas de rafia.

Lo peor de todo era que no sabía cómo contestar.

No estaba en Creta y no estaba con Andreas. Me sentí tentada. ¿Por qué no? Craig encarnaba un estilo de vida urbanita, con fiestas, libros superventas..., todo lo que yo había dejado atrás, de hecho. Además, era guapo, buena compañía, civilizado y rico. Y si bien una vocecita me susurró que eso era lo que tanto había temido que pasara nada más invitarme a su casa, otra me recordó que eso era precisamente lo que quería y me recomendó que me aferrara a ello con las dos manos.

«No. Estaba, pero lo dejamos».

Eso era lo que quería decir y lo que podría haber dicho. No era tan difícil. Pero no era verdad. Aún no. Y quizá no quería que lo fuera.

—¿Estás saliendo con alguien? —repitió.

—Sí. ¿No te lo he contado? Voy a casarme.

Lo observé mientras lo asimilaba.

—Felicidades —dijo—. ¿Quién es el afortunado?

—Se llama Andreas. Es el copropietario del hotel de Creta.

—He de decir que es lo último que me esperaba de ti, pero me parece genial. Bueno, ¿nos tomamos un café?

—No, gracias. Ha sido una velada muy agradable, pero si voy a Suffolk mañana me tocará madrugar.

—Claro.

—Gracias por la cena, Craig.

—Un placer.

Parecíamos actores en una obra de teatro, recitando líneas escritas por otra persona. Me dio un besito en la mejilla y luego [*mutis*] subí las escaleras yo sola.

Primera página

Un gin-tonic grande, un sándwich club ensartado con un palillo de cóctel rematado por una banderita de Estados Unidos, una cajetilla de tabaco y el libro.

Ya estaba lista.

Llegué a Suffolk antes de comer. Deshice la maleta, me di una ducha rápida en la habitación y luego me instalé en una mesa de madera fuera del bar. Estaba justo al lado de la extensión de césped (la explanada oriental) donde colocaron la carpa de la boda de Aiden y Cecily. La entrada principal del hotel estaba a la vuelta de la esquina y me acordé de Helen, la encargada del servicio de limpieza (me la imaginé mayor, seria y con un uniforme perfectamente confeccionado), corriendo por la gravilla sin aliento y buscando a Lawrence para contarle lo que Natasha acababa de encontrar en la habitación 12. ¡Qué horror de día debieron de pasar todos! Los invitados engalanados, Aiden y Cecily recién casados (hacía apenas una hora) y, de repente, coches de policía, fotógrafos y el desagradable superintendente Locke con sus preguntas. Y, para rematar, el cuerpo en la camilla...

Aunque hacía sol, sentí escalofríos. Habría estado más a gusto dentro, pero para mí leer y fumar siempre han sido inseparables y, si bien era un hábito asqueroso (el tabaco, evidentemente), necesitaba concentrarme. El libro era *Atticus Pünd acepta el caso*. Era el ejemplar que me había dado Craig en Londres. Había llegado la hora de enfrentarme tanto al texto en sí como a mis recuerdos sobre su proceso de creación. Se me hizo raro. Estaba a punto de leer una novela de misterio a la par que yo misma formaba parte de una.

Había pospuesto la lectura por varias razones que ya he explicado. Sabía perfectamente quién era el asesino de la historia y me acordaba de todas las pistas. Creo poder asegurar que las novelas de suspense son de las pocas formas de literatura que rara vez merecen ser releídas.

Pero ahora ya me había hecho una idea de lo que pasó en Branlow Hall entre el 14 y el 15 de junio. Conocía a casi todos los personajes implicados. Alan Conway había estado en el hotel, a lo mejor incluso sentado ahí mismo, donde me encontraba en ese momento, y había visto algo. «No es él», le había dicho a James Taylor. Vino buscando inspiración y se llevó mucho más que eso. Aun así, no se lo contó a la policía. La respuesta estaba en su libro y yo iba a descubrirla. Era la única forma de averiguar por qué había desaparecido Cecily.

Tenía el libro de bolsillo delante de mí. Recorrí con el dedo el título en relieve como si estuviera leyendo en braille. Era increíble el daño que había hecho Alan Conway a lo largo de su carrera. Casi muero por culpa de *Sangre de urraca*. ¿Había muerto Cecily Treherne por culpa de esta precuela?

Me encendí un cigarro, abrí el libro por la primera página y empecé a leer.

Alan Conway

Atticus Pünd acepta el caso

MOONFLOWER HOTEL

HOTEL

SOBRE EL AUTOR

La primera novela publicada de Alan Conway, *Atticus Pünd investiga*, se convirtió en un éxito de la noche a la mañana y ganó el premio Gold Dagger concedido por la Crime Writers' Association a la mejor novela negra del año. Iba a ser el primero de una serie de nueve libros, protagonizada por el detective alemán, pero el proyecto se vio frustrado tras la muerte repentina del autor en 2014, en su casa de Framlingham, en el condado de Suffolk. Anteriormente casado, y padre de un hijo, hizo pública su homosexualidad seis meses después de la publicación de *Atticus Pünd acepta el caso*, que por entonces ya era un superventas internacional. En su obituario en el *Times* lo comparaban con Agatha Christie por sus tramas ingeniosas y más de una vez se han referido a él como una incorporación tardía a la «edad de oro» de la escritura policiaca. Ha vendido más de veinte millones de ejemplares de sus obras y la BBC 1 emitirá en breve una adaptación de *Atticus Pünd investiga* protagonizada por sir Kenneth Branagh.

La serie de Atticus Pünd

Atticus Pünd investiga
No hay descanso para los malvados
Atticus Pünd acepta el caso
Grito en la noche
Regalo navideño para Pünd
Anís y cianuro
Mándale a Atticus rosas rojas
Atticus Pünd en el extranjero
Sangre de urraca

ATTICUS PÜND ACEPTA EL CASO

LA CRÍTICA HA DICHO:

«Cierra la puerta, acurrúcate delante de la chimenea y adéntrate en lo último de Alan Conway. No te defraudará».

Good Housekeeping

«Me encantan las novelas de suspense con un buen final que te deje a cuadros y, madre mía, esta cumple con todas las de la ley. ¡Estoy deseando que salga el siguiente libro!».

PETER JAMES

«Una vez más, Conway nos muestra una Inglaterra más amable y olvidada. Y lo hace inquietantemente bien».

New Statesman

«Es el tercer libro de la serie y Atticus Pünd sigue gozando de buena salud. Una historia repleta de giros fantásticos que te tendrá en vilo todo el rato».

Observer

«Cada nuevo lanzamiento de la serie de Atticus Pünd se convierte casi en un acontecimiento anual. ¿Te imaginas el desenlace? ¡Yo no lo vi venir!».

Publishers Weekly

«Atticus Pünd ya es más famoso incluso que Angela Merkel. ¡Y más entretenido!».

«Una actriz famosa aparece estrangulada y... ¿de quién sospechan? ¡De todo el mundo! El último Atticus Pünd es la bomba».

«Un asesinato y varios embustes en la costa inglesa. *Atticus Pünd acepta el caso* es posiblemente mi preferido hasta la fecha».

ATTICUS PÜND ACEPTA EL CASO

Alan Conway

ORION BOOKS

Libro de bolsillo de Orion

Primera edición publicada en Gran Bretaña en 2009 por Cloverleaf Books
Edición de bolsillo publicada en 2016 por Orion Fiction,
un sello de The Orion Publishing Group Ltd,
Carmelite House, 50 Victoria Embankment, Londres EC4Y 0DZ

Una empresa de Hachette UK

5 7 9 12 8 6 4

El registro CIP de este libro está disponible
en la Biblioteca Británica.

ISBN (libro de bolsillo) 771 0 5144 4566 6

Compuesto por Arkline Wales

Impreso y encuadernado en Gran Bretaña por Anus & Sons, Appledore

www.orionbooks.co.uk

En memoria de Frank y Leo

ÍNDICE

PERSONAJES

Melissa James:	actriz de Hollywood que vive en Tawleigh
Francis Pendleton:	marido de Melissa
Phyllis Chandler:	cocinera y ama de llaves de Melissa
Eric Chandler:	chófer y encargado de mantenimiento, hijo de Phyllis
Lance Gardner:	director del hotel Moonflower
Maureen Gardner:	mujer de Lance, codirectora del hotel
Algernon Marsh:	promotor inmobiliario y empresario
Samantha Collins:	hermana de Algernon y mujer de Leonard
Doctor Leonard Collins:	médico de cabecera del pueblo y marido de Samantha
Joyce Campion:	tía de Algernon y Samantha
Harlan Goodis:	millonario estadounidense y marido de Joyce
Nancy Mitchell:	recepcionista del hotel Moonflower
Brenda Mitchell:	madre de Nancy
Bill Mitchell:	padre de Nancy
Sīmanis Čaks, alias Simon Cox:	productor de cine

Charles Pargeter:	dueño del diamante de Ludendorff
Elaine Pargeter:	mujer de Charles
Inspector Gilbert:	encargado de investigar el diamante de Ludendorff
Subinspector Dickinson:	compañero de Gilbert
Atticus Pünd:	detective de fama mundial
Madeline Cain:	secretaria de Atticus
Inspector jefe Edward Hare:	encargado de investigar los asesinatos del Moonflower

1

CLARENCE KEEP

Eric, ¿me ayudas a fregar los platos o vas a estar ahí sentado todo el día?

Eric Chandler levantó la vista de las páginas de carreras del *Cornish & Devon Post* y se mordió la lengua. Se había pasado dos horas limpiando y puliendo el Bentley, pero había sido en vano, porque el tiempo iba a cambiar otra vez. De momento abril estaba siendo horrible, con chubascos procedentes del mar. Cuando por fin entró en la cocina, tenía frío, estaba mojado y lo último que le apetecía era ayudar a su madre a fregar los platos o a lo que fuera.

Phyllis Chandler estaba agachada delante del horno y se enderezó con una bandeja de florentinas recién hechas que parecían discos perfectamente dorados. Las llevó a la encimera y se dispuso a ponerlas en un plato con ayuda de una espátula. Eric a veces se preguntaba cómo lo hacía, sobre todo porque, casi ocho años después de que acabara la guerra, aún se racionaban los huevos y el azúcar, pero, de alguna manera, ella nunca permitía que ese tipo de cosas se interpusieran en su camino. El pan blanco reapareció gracias a ella, que lo trajo en dos bolsas de la compra desde el pueblo, y siempre se las había apañado para estirar hasta más allá de lo razonable su ración de carne de uno con ocho peniques.

Mientras se afanaba en la cocina, a Eric le recordó al erizo de una historia que ella le leía cuando era niño. *El cuento de la señora Bigarilla*. Así se llamaba. Narraba las supuestas aventuras de una eriza lavandera que vivía en el Distrito de los Lagos..., aunque en realidad no pasaba gran cosa. Su madre ciertamente respondía al perfil del personaje, porque era pequeña y oronda y llevaba incluso la misma ropa: un vestido estampado con un delantal blanco que le envolvía su generosa barriga. Y era muy hirsuta, sin duda la palabra que mejor la definía.

Eric miró el fregadero. Su madre llevaba varios días muy ocupada con los preparativos del fin de semana. Huevos rellenos, sopa de guisantes, pollo à la King... Melissa James tenía invitados y, como de costumbre, había sido muy precisa respecto a lo que iban a comer. Era época de sopas y guisos, desde luego, pero en la despensa también había un par de capones y una pierna de cordero. Arenques ahumados y gachas de avena para desayunar. Un cóctel Tom Collins a las seis. Le rugió el estómago y se dio cuenta de que no se había llevado nada a la boca desde la comida. Su madre se había vuelto hacia el horno, así que estiró el brazo y cogió una florentina. Seguía caliente y se la pasó corriendo de una mano a otra.

—¡Te he visto! —exclamó ella.

¿Cómo era posible? Estaba de espaldas a él con el culo en pompa.

—Hay de sobra —repuso él.

El olor a fruta deshidratada y a melaza le inundó las fosas nasales. ¿Cómo hacía para ser tan buena cocinera?

—¡No son para ti! Son para los invitados de la señorita James.

—Los invitados de la señorita James no van a notar que falta una.

Eric tenía la sensación de que estaba atrapado, de que había nacido atrapado. Siempre pegado a su madre (no tenía recuerdo de lo contrario), no como familia suya que era, sino como una especie de apéndice, atado a las tiras de su delantal. Su padre fue capitán del ejército y se emocionó mucho cuando estalló la Primera Guerra Mundial; ansiaba conseguir medallas y gloria y engañar a los alemanes. En realidad lo único que le dieron fue un tiro en la cabeza en un lugar remoto cuyo nombre Eric ni siquiera sabía deletrear. Tenía siete años cuando recibieron el telegrama; aún se acordaba de lo que sintió... o más bien de lo que no sintió. Fue incapaz de llorar la pérdida de un hombre al que casi ni conocía.

Él y su madre vivían en Tawleigh-on-the-Water, en una casa de campo tan pequeña que cuando uno de los dos quería pasar el otro tenía que hacerse a un lado. A Eric no le fueron bien los estudios y hacía trabajos esporádicos en el pub del pueblo, en la carnicería, en el puerto..., pero nunca se quedaba mucho tiempo. Cuando estalló la Segunda Guerra Mundial estaba en edad de unirse al servicio militar obligatorio, pero no fue posible. Tenía un pie zambo de nacimiento. De pequeño los niños lo llamaban Patojo y las niñas lo ignoraban y se reían de él disimuladamente cuando lo veían por la calle cojeando. Se unió a los Voluntarios para la Defensa Local, pero incluso allí se mostraron reacios a acogerlo.

La guerra terminó. Melissa James llegó a Tawleigh y Phyllis entró a formar parte del servicio. Puesto que Eric no tenía otra opción, se fue con su madre. Ella era el ama de llaves y la cocinera. Él, el mayordomo, el chófer, el jardinero y el encargado del mantenimiento. Pero no el lavaplatos. Eso nunca fue parte del trato.

Ahora tenía cuarenta y tres años y estaba empezando a darse cuenta de que esa era su vida. Eso era lo que le había tocado. Se dedicaba a limpiar el coche, a bruñir la plata y a decir: «Sí, señorita James» o «No, señorita James», y por mucho que vistiera un traje bueno que ella le había comprado, que le pedía con insistencia que se pusiera cuando la llevaba al centro, seguía siendo el Patojo. Siempre lo sería.

Le dio un mordisco a la florentina, ya un poco templada, y saboreó la mantequilla. Eso también formaba parte de la trampa. Ella cocinaba. Él engordaba.

—Si tienes hambre, hay galletas de coco en la lata —dijo Phyllis con un tono más amable.

—Están rancias.

—Las meto en el horno unos minutos.

Se las apañaba para humillarlo hasta cuando era amable con él. ¿Acaso esperaba que le diera las gracias por ofrecerle las sobras que no querían Melissa James y sus amigos? Aún sentado a la mesa, Eric sintió que la ira se apoderaba de él. Había notado que cada vez era más ciega e incontenible; no solo la ira, también otras emociones. A lo mejor tenía que hablar con el doctor Collins; ya lo había tratado varias veces por unas infecciones leves y por los callos. Siempre le había parecido bastante simpático.

Pero sabía que no era posible. No podía contarle a nadie cómo se sentía, porque, a fin de cuentas, no era culpa de él y no podía hacer nada al respecto. Era mejor no soltarlo, que siguiera siendo su secreto.

A no ser que Phyllis lo supiera. A veces lo miraba de una forma que lo hacía dudar.

Hubo un movimiento junto a la puerta. Era Melissa James. Llevaba unos pantalones de tiro alto, una camisa de seda y una chaqueta de paje con botones dorados. Eric dejó la florentina a medias en la mesa y se levantó corriendo. Phyllis se volvió y se secó las manos en el delantal para dar muestra de lo muy atareada que estaba.

—No hace falta que te levantes, Eric —dijo Melissa; era inglesa de nacimiento, pero había estado tanto tiempo trabajando en Hollywood que cuando decía ciertas palabras se distinguía ese deje nasal tan estadounidense—. Voy a Tawleigh...

—¿Quiere que la lleve, señorita James?

—No, voy en el Bentley.

—Acabo de lavarlo.

—¡Perfecto! Gracias.

—¿A qué hora le gustaría cenar esta noche? —preguntó Phyllis.

—A eso venía. Francis va a Barnstaple esta noche. A mí me duele un poco la cabeza, así que me acostaré pronto.

Ahí estaba ese deje otra vez, pensó Eric. Melissa lucía su acento estadounidense con orgullo.

—Si quiere le caliento un poco de sopa. —Phyllis sonó preocupada. En su mundo, la sopa era igual que un medicamento, pero más eficaz.

—La verdad es que he pensado que a lo mejor te apetece ver a tu hermana. Te puede llevar Eric en el Bentley.

—Muy amable por su parte, señorita James.

La hermana de Phyllis y tía de Eric vivía en Bude, bajando por la costa. Llevaba un tiempo mal y era posible que tuvieran que operarla.

—Volveré sobre las seis. Cuando llegue, os vais los dos a disfrutar de la velada.

Eric se había quedado mudo. Siempre le pasaba lo mismo cuando Melissa James entraba en la estancia. Era incapaz de quitarle los ojos de encima. No solo porque era una mujer muy atractiva, sino porque además era actriz de cine. Raro era que nadie en Inglaterra reconociera su pelo rubio de corte juvenil, sus ojos azules y brillantes, su sonrisa dotada de cierto encanto gracias a esa levísima cicatriz en la comisura de la boca. A pesar de que llevaba muchos años trabajando para ella, Eric no se creía que vivieran realmente bajo el mismo techo. Cuando la miraba, era como si estuviera en el cine y ella, en la pantalla, varias cabezas más alta que él.

—Bueno, os veo luego. —Melissa dio media vuelta y se fue.

—¡Coja el paraguas, señorita! Parece que está lloviendo —gritó Phyllis.

La aludida respondió levantando la mano y desapareció.

La otra esperó un segundo antes de volverse hacia Eric.

—¿Se puede saber en qué estabas pensando? —preguntó, enfadada.

—No entiendo —repuso él, respirando hondo.

—No dejabas de mirarla.

—¿¡Yo!?

—¡Te has quedado embobado! —Su madre apoyó las manos en las caderas igual que la señora Bigarilla—. Como sigas así vas a conseguir que nos echen a los dos.

—Mamá... —Notó que empezaba a invadirle una ola de violencia.

—A veces me pregunto qué se te pasará por la cabeza, Eric. Estás siempre solo aquí sentado. Eso no es sano.

Él cerró los ojos. Otra vez la misma historia, pensó.

—A estas alturas ya tendrías que estar ennoviado con una muchacha —prosiguió ella—. Es verdad que no eres muy agraciado y que tienes lo del pie, ¡pero aun así! ¿Y la chica esa del Moonflower? Nancy. Conozco a su madre. Es una familia muy agradable. Podrías invitarla a merendar.

Él no interrumpió la cháchara y empezó a oír la voz cada vez más lejos. Sabía que un día de estos acabaría hartándose y ya no podría contenerse más. ¿Qué pasaría entonces?

No tenía ni idea.

Al salir de la cocina Melissa James cruzó el vestíbulo hacia la puerta principal. No había moqueta en el suelo de madera y, casi de forma automática, sin pensarlo, anduvo con mucho sigilo, sin hacer nada de ruido con los pies. Sería genial salir de casa sin que hubiera ningún conflicto. Ya tenía suficientes cosas en la cabeza...

Phyllis estaba en lo cierto. Parecía que iba a seguir lloviendo; casi no había parado en toda la semana, pero no tenía en mente coger el paraguas. Siempre le había parecido un invento absurdo. Cuando no se colaba la lluvia por debajo, el viento te lo arrancaba de la mano. Solo lo usaba si se lo sujetaba otra persona, en el plató o al salir del coche cuando iba al estreno de una película. Pero eso era distinto. Era lo que se esperaba que hiciera. Cogió la gabardina del perchero de la entrada y se la puso sobre los hombros.

Melissa compró Clarence Keep en un momento de locura, cuando podía permitirse casi cualquier cosa sin importar lo que costara. Qué nombre tan raro para una casa. Keep significaba «torreón», la parte más robusta de los castillos, la última resistencia. Sin embargo, nunca pretendió que esa fuera su función. Además, aunque se quedó prendada de él en cuanto lo vio, no tenía nada que ver con un castillo.

Clarence Keep era un disparate de estilo Regencia construido por sir James Clarence, un comandante militar que estuvo en la guerra de la Independencia de Estados Unidos y que luego fue gobernador de Jamaica. Tal vez encontró allí la inspiración; la casa estaba hecha casi en su totalidad de madera pintada de un blanco deslumbrante y sus elegantes ventanas daban a unas praderas amplias y despejadas que se precipitaban hacia el mar. Tenía un porche que se extendía a ambos lados de la entrada y justo encima sobresalía el balcón del dormitorio principal. Las praderas eran totalmente llanas y de un verde vivo casi tropical. Solo faltaban las palmeras. La casa bien podría estar en una plantación.

Se decía que la reina Victoria se alojó allí una vez. Perteneció durante un breve periodo a William Railton, el arquitecto que diseñó la Columna de Nelson, que está en Trafalgar Square. Cuando Melissa dio con Clarence Keep esta llevaba mucho tiempo abandonada y ella fue totalmente consciente de que tendría que invertir no poco dinero en devolverle su esplendor. Aun así, se llevó una desagradable sorpresa con la suma final. En cuanto acabó de lidiar con la podredumbre seca, apareció otro inconveniente: la humedad. Daños por inundaciones, fallos en los cimientos, hundimientos y otros tantos problemas habían guardado cola para pedir su autógrafo, siempre en el anverso de un cheque. ¿Había merecido la pena? La casa era preciosa. Le encantaba vivir allí, despertarse y ver el mar y oír las olas rompiendo, pasear por el jardín (cuando hacía buen tiempo), organizar fiestas los fines de semana... Pero a veces pensaba que tanto bregar había acabado con ella en varios sentidos.

Sobre todo económicamente.

¿Cómo había dejado que las cosas se le fueran tanto de las manos? Ya llevaba cinco años sin hacer ninguna película en Hollywood y tres sin actuar en general. Se había dedicado al cien por cien a su vida en Tawleigh-on-the-Water: terminar la reforma, ampliar sus intereses empresariales, jugar al tenis y al bridge, montar a caballo, entablar amistades... y casarse. Era como si se hubiera propuesto hacer de su existencia el papel más importante de su carrera. Por supuesto, el director de su banco ya la había puesto sobre aviso. Y sus contables le habían escrito. Aún se acordaba de cuando sus agentes le gritaron por teléfono desde Nueva York. Pero entonces Melissa estaba muy ocupada pasándoselo bien y no les hizo caso. Había hecho varias películas con mucho tirón en Inglaterra y Estados Unidos. Había salido en la portada de *Woman's Weekly*, *Life* e incluso *True Detective* tras aparecer en pantalla junto a James Cagney. Ya trabajaría cuando le hiciera falta. Era Melissa James. Cuando decidiera retomarlo, volvería por la puerta grande.

Pero no podía demorarlo mucho más. Por alguna razón, tenía una pila de facturas que casi quitaba el hipo. Estaba pagando cinco sueldos. Mantenía un barco y dos caballos. El hotel Moonflower, el negocio que había adquirido, había estado al completo durante al menos medio año, lo cual tendría que haberle generado unos beneficios considerables. Sin embargo, estaba dando pérdidas. Le habían asegurado que sus inversiones iban bien, pero de momento no había tenido ganancias. Lo peor era que, según le habían explicado sus agentes de Gran Bretaña y Estados Unidos, quizá no consiguiera tantos papeles en el cine como ella esperaba. Ya había cumplido los cuarenta y al parecer ahora formaba parte de un mercado nuevo, así que su hueco lo ocupaban actrices jóvenes, como Jayne Mansfield, Natalie Wood o Elizabeth Taylor. ¡De un día para otro empezaron a pedirle que hiciera de madre de esas chicas! Y lo peor era que ese papel no estaba muy bien pagado.

Aun así, Melissa se negaba a preocuparse. Cuando empezó años atrás como actriz secundaria en esas películas baratas que los productores británicos se vieron obligados a hacer para alcanzar las cuotas estipuladas, no veía el momento de que llegara el día en que fuera conocida internacionalmente. Estaba convencidísima de que acabaría pasando. Era de esas personas que siempre conseguían lo que querían. Y eso era justo lo que sentía ahora. Esa misma mañana le habían mandado un guion maravilloso de un thriller donde interpretaría el papel protagonista, una mujer cuyo marido intenta asesinarla, pero, como a este le sale mal la jugada, le hace una encerrona. El director era Alfred Hitchcock, y eso era sinónimo de taquillazo, no cabía duda. En realidad no le habían ofrecido el papel. Tenía que verse con el señor Hitchcock en Londres cuando llegara, dentro de un par de semanas. Pero Melissa confiaba en sí misma. Era como si hubieran escrito el papel para ella. Y en cuanto se metiera en una sala con los guionistas se aseguraría de que así fuera.

En todo eso pensó mientras se dirigía a la puerta, pero justo antes de abrir oyó pasos detrás y supo al momento que su marido, Francis Pendleton, estaba bajando las escaleras. Por un segundo se planteó seguir andando y salir de casa como si no lo hubiera oído. Pero jamás se lo tragaría. Era mejor no darle tanta importancia.

Se volvió y sonrió.

—Estaba a punto de irme —dijo.

—¿Adónde?

—Al hotel. Tengo que hablar con los Gardner.

—¿Quieres que te acompañe?

—¡No! No hace falta. En media hora estoy de vuelta.

Le parecía muy curioso lo difícil que era actuar sin cámaras, sin luces y sin guion, cuando no había cincuenta personas delante y tenía que ser ella misma. Melissa estaba intentando mostrarse tranquila y aparentar que todo iba bien. Pero su pareja artística no le siguió el juego. De hecho, la estaba mirando con mucho recelo.

Se conocieron en el rodaje de la última película que ella había hecho en Inglaterra; por eso había vuelto a su país de origen. *Rehén del destino* era un thriller decepcionante basado en una novela de John Buchan. Melissa hacía de madre joven que busca a su hija secuestrada. Rodaron varias escenas en Devon, en Saunton Sands en concreto, y Francis era su asistente personal. Aunque él era diez años más joven, la chispa saltó enseguida y ella supo exactamente cómo podía acabar aquello. Tener una aventura en un rodaje no era ninguna novedad. De hecho, Melissa no recordaba ni una película en la que no hubiera acabado viviendo una relación amorosa con un actor o un miembro del equipo. Pero con Francis fue distinto. Por alguna razón, cuando terminaron la última escena y todo el mundo se fue a casa, él se quedó y ella se percató de que aquel hombre había llegado a la conclusión de que debían formalizar su relación.

¿Por qué no? Era guapo. Tenía el pelo rizado y, gracias a su velero, el Sundowner, presumía de moreno y de un físico espectacular. También era inteligente y, más importante todavía, se desvivía por ella. Y la unión no era tan desigual como podría parecer. Su familia era rica; su padre era vizconde y poseía una finca de ocho mil hectáreas en Cornualles. De hecho, él era el honorable Francis Pendleton. Y, aunque no iba a heredar el título ni las tierras ni usaba el tratamiento honorífico, seguía siendo idóneo. Cuando contaron que iban a casarse, salieron en todas las columnas de cotilleos de la prensa londinense y a Melissa se le pasó por la cabeza que, cuando volviera por fin a Hollywood y entrara en el Polo Lounge o el Chateau Marmont del brazo de un aristócrata británico guapísimo y sofisticado, transmitiría exactamente el mensaje que ella quería sobre su persona.

Francis fue el único que la apoyó cuando quiso comprar Clarence Keep. Es más, él la alentó y ella ahora ya sabía por qué. Para empezar, estaba cerca de su propio territorio. La finca de su familia se ubicaba en un condado colindante y, a pesar de que sus padres le habían retirado la palabra (no les impresionó lo que leyeron en las columnas de cotilleos), él siempre había querido llevar ese estilo de vida. No ayudaba ni con el hotel, ni con los caballos ni con nada de nada. Nunca se levantaba antes de las diez. Se había convertido en el amo de su propia mansión con su *tropaeum uxor*, su mujer trofeo.

Melissa se quedó mirándolo. Estaba plantado al pie de la escalera, con su blazer azul y sus pantalones blancos; parecía que iba a salir a navegar con el yate, ese que ya no se podían permitir, y abría y cerraba los puños mientras se afanaba en buscar las palabras adecuadas. En su opinión, Francis había dejado de dar la talla con el paso del tiempo. A veces (muchas, de hecho) le echaba la culpa de las decisiones que ella misma había tomado, como si él hubiera planeado cómo plegarla dentro de su mundo.

—Tenemos que hablar —dijo él.

—Ahora no, Francis. He quedado con los Gardner. Qué horror de pareja.

—Bueno, pues cuando vuelvas...

—¿Tú no ibas a salir esta noche?

—Dirás «nosotros» —contestó él con el ceño fruncido.

—No —repuso con cara de pena—. Lo siento, cielo. Me duele la cabeza. Me lo perdonas, ¿no? Me acostaré pronto.

—Bueno, si tú no vienes, yo tampoco.

Melissa suspiró. Eso era lo último que quería. Ya había planeado lo que iba a hacer esa noche que tenía para ella sola.

—No seas tonto —dijo—. Llevas semanas queriendo ir a la ópera. Además, lo disfrutas más cuando vas solo y lo sabes. Siempre me dices que me quedo dormida en el segundo acto.

—Es que es así.

—No me gusta. No entiendo lo que cuentan. No le veo el sentido. —Si había conflicto, la cosa no iba a acabar bien. Se acercó a él y le puso la mano en el brazo—. Vete y disfruta, Francis. Ahora mismo tengo mucho lío con el hotel, el guion nuevo y demás. Hablamos mañana o pasado. —Y, para quitar hierro, añadió—: ¡No tengo pensado moverme de aquí!

Pero a Francis esto último no le hizo gracia. Le cogió la mano antes de que ella la retirase y la apretó fuerte contra su brazo.

—No vayas a dejarme, Melissa. Sabes que te sigo queriendo. Haría lo que fuera por ti.

—Lo sé. No hace falta que lo digas.

—Me moriría si me dejas. No puedo vivir sin ti.

—Qué tonterías dices, Francis. —Intentó zafarse, pero él no la soltaba—. Ahora no puedo hablar —insistió—. Y Eric y su madre están en la cocina... —añadió en voz baja.

—No nos oyen.

—Podrían salir.

Eso surtió efecto, tal como Melissa había previsto. La soltó y, al instante, ella retrocedió para quedar fuera de su alcance. Entonces dijo:

—No me esperes, no vaya a ser que de camino quedes atrapado detrás de un tractor y te pierdas el primer acto.

—¿No has dicho que volvías en media hora?

—No sé lo que voy a tardar. Tengo que hablar de la contabilidad con los Gardner. De hecho, se me ha ocurrido una cosa para ponerlos en un aprieto.

—¿El qué?

—Te lo cuento después. Mañana hablamos.

Estaba a punto de irse cuando oyó un resoplido y unos arañazos en el suelo de madera: un perrito apareció corriendo por el pasillo hacia su ama. Era un chow, un bloque sólido de pelo rojizo, con la cara rechoncha, orejas triangulares puntiagudas y la lengua de color morado oscuro. Melissa se derritió. Dio un grito de alegría, se agachó y le pasó los dedos por el cuello, donde el pelaje era más espeso.

—¡Kimbitooo! —canturreó—. ¿Qué tal está mi bebote? —Tenía delante la cara del perro y se dejó lamer la nariz y la boca—. ¿Cómo está mi chico guapo? Mamá se va al pueblo, pero no tardo nada. ¿Vas a esperarme en la cama?

Francis puso mala cara. No le gustaba que el can se subiera a la cama, pero se calló.

—¡Pues venga! ¡Buen chico! —añadió Melissa—. Mamá vuelve enseguida. —Se enderezó y miró a Francis—. Pásalo bien en la ópera. Nos vemos mañana.

Y luego por fin se fue. Salió corriendo y cerró la puerta principal, dejando a su marido sombríamente consciente de que había sido mucho más cariñosa con el perro que con él.

2

ALGERNON MARSH

Melissa estaba tan fascinada con el Bentley como con su chow. Era un coche precioso. Un lujo. Y era suyo y solo suyo. Eso era lo más importante, que le pertenecía y le daba sensación de empoderamiento. Sentada en el asiento de cuero plateado, con el rugido del motor de fondo y sabedora de que el coche se reconocía a más de un kilómetro y medio de distancia, notó que la inquietud tras su encuentro con Francis se disipaba de la mano de la propulsión a chorro. Era un Mark VI de color azul claro con la capota motorizada; por desgracia, no podía quitarla porque había vuelto la lluvia; chispeaba y el día estaba triste y gris. ¿Por qué tenía que hacer tanto frío y tan mal tiempo a finales de abril? Su agente le había contado que Alfred Hitchcock quería rodar la película nueva en los estudios Warner Brothers de Burbank, en California, y la idea no podía gustarle más. Qué bien volver a ver el sol.

Clarence Keep estaba a menos de un kilómetro de Tawleigh-on-the-Water, un pueblo costero cuyo nombre se podría decir que no le hacía justicia, porque, más que estar sobre el agua, como este indicaba, se hallaba rodeado ni más ni menos que por cuatro masas distintas de este elemento: el canal de Bristol a la derecha, el mar de Irlanda a la izquierda y dos estuarios, el del río Taw y el del Torridge. A veces parecía que el puerto, tan pequeño como era, luchaba por su existencia, sobre todo cuando soplaba viento y las olas rompían sin cesar, dejando a su paso una espuma gris. Luego los barcos de pesca arrancaban las amarras y el faro parpadeaba en vano e iluminaba solo las nubes que se arremolinaban a su alrededor.

El pueblo tenía unos trescientos habitantes. Casi todas las casas estaban en Marine Parade, que se extendía a lo largo del paseo marítimo, en paralelo a Rectory Lane, una segunda carretera más estrecha. Los demás edificios que había en Tawleigh-on-the-Water eran la iglesia de Saint Daniel, la carnicería, la panadería, el taller mecánico y una tienda de suministros navales que también vendía menaje. Durante años solo había habido un bar, el pub Red Lion, pero Melissa compró la oficina de la aduana, del siglo XIX, y la transformó en un hotel con doce habitaciones que además tenía restaurante y un bar muy acogedor: el Moonflower. Lo llamó así por una de sus películas.

No había comisaría de policía en el pueblo, pero no les hacía falta, porque allí no pasaba nada desde tiempos inmemoriales, más allá del grupo de adolescentes que iba a la playa a beber y a montar alboroto. Tampoco había oficina de correos, banco, biblioteca ni cine. Si necesitabas algo de eso, tenías que desplazarte hasta Bideford, a unos veinte minutos en tren de vapor, que recorría de arriba abajo la única línea que había desde Instow, o a un cuarto de hora si ibas en coche por el puente de Bideford. A los turistas a veces les sorprendía que tampoco hubiera pescadería, pero se debía a que los pescadores vendían el producto directamente del bote.

El Moonflower se hizo pensando en esas familias de Londres y otras ciudades que, cada vez más, anhelaban huir a la costa durante los meses de verano, por lo que Melissa había procurado que atrajera tanto a grandes como a pequeños. Las habitaciones más caras tenían baño privado. Aunque la cena se servía exclusivamente a las siete en punto, a las cinco y media se ofrecía una merienda-cena para los huéspedes más jóvenes. Los fines de semana había conciertos, meriendas y cróquet o críquet francés al aire libre. Las niñeras y los sirvientes se alojaban en un edificio anexo que había al final del jardín, en un discreto segundo plano.

Melissa paró delante de la entrada. La lluvia había arreciado y, aunque solo anduvo unos pasos por la gravilla, cuando llegó al vestíbulo tenía el pelo y los hombros salpicados de gotas. Lance Gardner, el director, había presenciado su llegada con afectación, sin plantearse siquiera llevarle un paraguas y ayudarla a entrar en el edificio. ¿Así recibía a los huéspedes?

—Buenas noches, señorita James —dijo, ajeno al mal humor que le había despertado.

—Hola, señor Gardner.

Nunca se hablaban usando el nombre de pila. Simplemente, no procedía. Lance y Maureen Gardner eran sus empleados, no sus amigos. Cuando los conoció, él era el propietario del Red Lion y ella, la tabernera. Se complació mucho cuando consiguió hacerse con ellos para que dirigieran el hotel. Al fin y al cabo, conocían la zona. Tenían amistades en el ayuntamiento y en la policía. Si surgieran problemas con las licencias o con los proveedores locales, ellos sabrían cómo solventarlos. En el momento le pareció buena idea, pero ahora, tres años y medio después de abrir el Moonflower, se preguntaba si hizo bien confiando ciegamente en esa pareja. Casi no sabía nada de ellos. Cuando trabajan en el pub, este daba beneficios (hasta ahí habían llegado sus pesquisas), pero estaban atados a una cadena de cervecerías que apenas los supervisaba.

Sin embargo, el Moonflower no reportaba ningún beneficio estando a su cargo. Algo no iba bien. El hotel era conocido. La prensa había hablado positivamente de él, seguro que atraída por el hecho de que la propietaria era una actriz de Hollywood de carne y hueso. Al principio, ella supo que algunos clientes iban solo porque tenían la esperanza de verla y la ilusión de volver a casa con un autógrafo suyo. Pero, como el hotel ya estaba establecido y Melissa cada vez se pasaba menos por allí, la gente empezó a verlo como lo que era: un refugio elegante y acogedor en un pueblo costero muy bonito con una playa estupenda y unas vistas maravillosas. Iba muy bien: completo casi todo el verano y muy concurrido durante los meses más húmedos.

Pero era un pozo sin fondo que se tragaba el dinero. Su dinero. ¿Quién tenía la culpa? Melissa ya había adoptado ciertas medidas para averiguarlo, pero había citado a la pareja para demostrar una teoría que llevaba tiempo gestándose en su cabeza.

—¿Cómo va todo? —le preguntó a Lance Gardner de pasada mientras lo seguía por la zona de recepción hacia su oficina.

—La verdad es que no nos quejamos, señorita James. Tenemos nueve habitaciones ocupadas. Me temo que el mal tiempo no está de nuestro lado. Pero he consultado los partes de la agencia meteorológica y en mayo va a hacer muy buen tiempo.

Franquearon la puerta y entraron en una estancia grande y cuadrada con dos escritorios, archivadores y una caja fuerte anticuada muy vistosa en un rincón. En una pared se extendía una compleja centralita que conectaba con todas las habitaciones; Melissa le dio el visto bueno a pesar de que costaba un dineral. Maureen Gardner estaba sentada en su mesa revisando papeles y se levantó cuando entró ella.

—Buenas tardes, señorita James.

—¿Le apetece un té? —preguntó Lance Gardner—. ¿Quizá algo más fuerte? —añadió con cierta insidia; el bar no abría hasta las seis y media.

—No, gracias.

—Le ha llegado esto, señorita James... —Maureen Gardner sacó un fajo con tres sobres ya abiertos y se los entregó mientras ella se sentaba. El primero era de color lila. Se había imaginado que olería a lavanda y así fue. Sabía de quién era.

Ahora recibía muchas menos cartas que cuando su carrera estaba en pleno apogeo, pero todavía tenía clubes de admiradores en Estados Unidos y en Gran Bretaña, y, cómo no, se había anunciado a bombo y platillo la dirección del Moonflower. Todos los meses dos o tres personas le suplicaban que hiciera otra película y le decían que la echaban mucho de menos. Esa mujer que le escribía cartas en papel de color lila y que firmaba como «Tu admiradora número uno» tenía una caligrafía firme y clara y ponía las comas y los puntos donde correspondía. Melissa se preguntaba si estaría soltera o casada, si sería una persona feliz o triste. Nunca había entendido esa necesidad, a veces preocupante, que tenía cierta gente que le seguía la pista. Miró la hoja y leyó lo que ponía: «¿Cómo nos hace esto, estimada señorita James? Sin usted, la pantalla pierde lustre. Nos está privando de su luz». Hay que estar un poco trastornada para escribir algo así, ¿no? Y era como la novena o la décima misiva que le había enviado la señorita Lila a lo largo de los años.

—Gracias —dijo mientras metía la carta en el sobre; no pensaba contestar, ya nunca lo hacía—. Les he echado un ojo a las cuentas hasta febrero —añadió con intención de volver al tema en cuestión.

—En Navidad nos fue muy bien —explicó la señora Gardner.

—Bueno, supongo que lo que quiere decir es que en diciembre no tuvimos tantas pérdidas como en el mes anterior.

—Creo que habría que subir los precios, señorita James —exclamó Lance Gardner—. Las tarifas de las habitaciones y el restaurante...

—Pero este hotel ya es uno de los más caros de Devonshire.

—Dirigimos esta empresa con mano dura. Hemos recortado personal. Como comprenderá, no podemos descuidar la calidad del servicio que ofrecemos...

A veces Lance Gardner parecía y hablaba como un mero charlatán de feria. No solo por la chaqueta cruzada, el pelo repeinado hacia atrás y el bigote fino, sino por sus formas en general; nunca te miraba a los ojos. Su mujer era igual, aunque ella era más grande y hablaba más fuerte. Iba muy maquillada. Melissa rememoró la primera vez que la vio detrás de la barra del Red Lion; allí encajaba a la perfección. Ambos rondaban los cincuenta años. Llevaban mucho tiempo casados, pero no tenían hijos. Se podría decir que se reflejaban mutuamente, pero como si se mirasen en el típico espejo de feria que deforma y distorsiona las imágenes hasta dejarlas irreconocibles.

Decidió activar la trampa.

—He estado pensando en recurrir a un equipo de contables —dijo.

—¿Perdón? —Lance Gardner la miró manifiestamente consternado.

—Quiero que alguien de Londres revise los libros de los últimos dos años: los ingresos, todos los desembolsos, la redecoración, la centralita nueva... —Señaló esta última con un gesto de la mano—. Una auditoría integral, en resumen.

—Espero que no esté insinuando que Maureen y yo...

—Yo no insinúo nada, señor Gardner. Estoy segura de que ambos han hecho un trabajo excelente. Solo estoy siendo prudente. Estamos perdiendo dinero y no sabemos por qué. Si queremos beneficios, hay que averiguarlo.

—Aquí en Tawleigh hacemos las cosas a nuestra manera, señorita James —intervino la mujer, pues su marido se había quedado mudo—. A los pescadores siempre les pagamos en efectivo, por ejemplo. A ellos les viene mejor, así que no hay facturas. Y la última vez que vino el señor Hocking no nos cobró nada y lo invitamos a cenar y le dimos una botella de whisky escocés. —Melissa se acordaba vagamente. Se refería a un electricista del pueblo—. Lo que quiero decir —prosiguió— es que no tengo claro que una empresa de Londres vaya a ayudarnos.

—Bueno, ya veremos. —Ella ya sabía que iban a discutírselo. Los había estado observando con atención y lo había visto venir—. Ya está decidido. Quiero que empiecen a prepararlo todo para cuando vengan.

—¿Y eso cuándo será? —preguntó Lance—. ¿Les ha escrito ya?

—Mañana. Imagino que vendrán en una o dos semanas. Se lo haré saber en cuanto me entere.

Ya había dicho todo lo que tenía que decir, así que se levantó. Lance y Maureen Gardner no se movieron.

—Muchas gracias —concluyó Melissa.

Casi se dejaba las cartas. Las cogió y salió de la habitación.

Se hizo un prolongado silencio, como si quisieran asegurarse de que estaban solos.

—¿Qué vamos a hacer? —preguntó Maureen; se la veía nerviosa.

—No tenemos nada de lo que preocuparnos. Ya has oído lo que ha dicho. —Lance sacó una cajetilla de tabaco del cajón del escritorio y se encendió un cigarro—. Estamos haciendo un buen trabajo.

—No sé yo si sus contables pensarán lo mismo.

—Sus contables a lo mejor ni se presentan. Todavía no les ha escrito y puede que ya no lo haga.

—¿Qué quieres decir? —Maureen miró a su marido horrorizada—. ¿Qué vas a hacer?

—Hablaré con ella. Voy a convencerla de que recurrir a una panda de embaucadores de la ciudad es tirar el dinero. Le recomendaré a alguien de aquí. Más barato. Seguro que la hago entrar en razón.

—¿Y si no te hace caso?

Lance Gardner echó el humo y este se quedó suspendido a su alrededor.

—Entonces ya se me ocurrirá algo...

Antes, mientras Melissa se dirigía hacia el Moonflower, otro coche había bordeado Barnstaple por Braunton Road considerablemente más rápido. Era un vehículo francés, un Peugeot de color crema; no era un modelo que se viera mucho en las carreteras británicas, pero el dueño no lo había elegido a la ligera. Más que un mero medio de transporte, era su tarjeta de presentación.

El hombre que iba al volante estaba tranquilo, fumándose un cigarro y haciendo caso omiso de la aguja del velocímetro, que cada vez estaba más cerca del ochenta. Los árboles que flanqueaban la carretera pasaban a toda velocidad y formaban un túnel verde que resultaba curiosamente hipnótico. Seguía lloviendo y los limpiaparabrisas contribuían a esa sensación con su vaivén, de izquierda a derecha y vuelta a empezar, igual que un reloj de bolsillo.

No se había percatado de lo tarde que era. La sobremesa tras la comida en el club de golf había derivado en un copeo maratoniano; habían colado el alcohol por la puerta de atrás de la sala privada para miembros. Tendría que parar a comprar pastillas de menta antes de llegar a casa. Si su hermana notaba que le olía el aliento a whisky, lo reprobaría. Y aunque solo iba a quedarse en su casa hasta el fin de semana, su marido, ese doctorcillo con ínfulas, estaba a la espera de cualquier oportunidad para pedirle que se fuera.

Algernon Marsh suspiró. Las cosas habían ido de maravilla hasta que empezaron a ir mal y todo acabó patas arriba de repente. Estaba en apuros y lo sabía.

Pero ¿acaso tenía él la culpa de algo?

Sus padres murieron la primera semana del bombardeo alemán. Él contaba solo dieciséis años y, aunque no estaba cerca de Londres cuando pasó, muchas veces tenía la sensación de que él también había sido víctima de esa misma bomba. Al fin y al cabo, había arrasado con su casa, con su cuarto, con sus pertenencias y con todos los recuerdos de su niñez. Él y Samantha se fueron a vivir con Joyce, una tía soltera, y, aunque esta y aquella se llevaban bien (bueno, mucho más que bien, la verdad), Algernon y su tía nunca estaban de acuerdo en nada.

Y así había sido hasta la edad adulta. Samantha se casó con el médico, tuvo dos hijos y empezó su nueva vida en su casa de Tawleigh, donde tenía unos vecinos agradables y un puesto en el ayuntamiento. Pero después de una guerra deslucida, Algernon se sumió en un vacío enorme y se vio solo y sin identidad. Había coqueteado un poco con varias bandas del sur de Londres (los Elephant Boys, la mafia de Brixton), pero, como ya se figuraba y quedó comprobado después de que lo condenaran a tres meses por una refriega en el famoso Nut House, en Piccadilly, él no estaba hecho para delinquir seriamente. Cuando lo soltaron trabajó de dependiente en una tienda, de corredor de apuestas, de vendedor a puerta fría y, por último, de agente inmobiliario, y gracias a este empleo encontró su vocación.

Pese a todos sus defectos, Algernon se expresaba muy bien. Había estudiado en una pequeña escuela privada de West Kensington y sabía mostrarse agradable e ingenioso cuando le convenía. Su corto pelo rubio y su aspecto de galán le brindaban un atractivo natural, sobre todo entre las mujeres de cierta edad, que lo aceptaban tal como era y no le preguntaban por su pasado. Aún recordaba el día en que compró su primer traje en Savile Row. Le costó mucho más de lo que podía permitirse, pero, igual que el coche, decía mucho de él. Cuando entraba en una sala, la gente se percataba de su presencia. Cuando hablaba, todos lo escuchaban.

Se había pasado a la promoción inmobiliaria. La guerra había arrasado más de cien mil edificios en Londres, lo cual se traducía en una buena oportunidad para (re)construir. Lo malo era que el mercado estaba saturado y Algernon no era más que un pez chico.

Consiguió comprarse un piso en Mayfair. Estaba inmerso en un par de proyectos buenos. Y había descubierto el sur de Francia y Saint-Tropez, un sitio del que nunca había oído hablar. Ahí estaba el dinero de verdad. La costa se estaba convirtiendo en un lugar de esparcimiento para ricos, con hoteles de cinco estrellas, bloques de apartamentos nuevos, restaurantes, puertos deportivos y casinos, y era ideal para lo que tenía en mente; estaba lo bastante cerca para que sus clientes se sintieran a gusto, pero no tanto como para que estuvieran enterados de lo que pasaba realmente. A Algernon se le ocurrió el nombre de su futura empresa en menos de un minuto: Grupo Sun Trap. Tras su paso por Francia, volvió con nociones de francés y con un coche que, por suerte, tenía el volante en el lado derecho. Estaba listo para ponerse manos a la obra.

Había ido mejor de lo que se había imaginado. De momento ya tenía treinta inversores, y algunos habían contribuido en varias ocasiones. Les había garantizado que los beneficios multiplicarían por cinco y hasta por diez la cantidad invertida. Lo único que había que hacer era esperar. Y aunque tuvo que pagarles dividendos a varios, los demás siempre se contentaban con recibir acciones adicionales en la empresa, a las que posteriormente se sumarían gratificaciones aún más generosas.

Algernon no había empezado a ir a ver a su hermana a Devon porque estuvieran muy unidos, sino porque ella vivía en una casa grande donde podía alojarse ocasionalmente cuando necesitaba huir de Londres. Se había enemistado con varios socios de antaño a los que prefería evitar y a veces tenía que subirse al coche y poner rumbo al sudoeste. No le gustaba mucho Tawleigh-on-the-Water. Le parecía aburrido. Jamás se habría imaginado que encontraría a su inversor más importante en un sitio tan atrasado, pero eso era precisamente lo que había pasado.

Le presentaron a Melissa James justo después de que ella adquiriese el Moonflower. Al principio le intimidó la idea de conocer a una actriz tan famosa, pero no tardó en recordarse que solo era otra mujer rica de tantas que casi suplicaba que le quitaran su dinero, cosa que él había conseguido más rápido de lo previsto. Se hicieron socios, luego amigos y después algo más. No le había costado nada convencerla de que el Grupo Sun Trap le acabaría reportando mucho más que las películas a las que había renunciado.

Aquel viaje lo estaba haciendo por ella. Lo había llamado por teléfono hacía unos días, estando él en su piso de Mayfair.

—Querido, ¿eres tú?

—¡Melissa, querida! ¿Cómo estás?

—Necesito verte. ¿Puedes venir?

—Claro. Ya sabes que, por ti, lo que sea. —Algernon hizo una pausa—. ¿Todo bien?

—Quiero hablar de mi inversión...

—Va todo de maravilla.

—Lo sé. Lo has hecho fenomenal. Y precisamente por eso he decidido que es buen momento para vender mis acciones.

Algernon estaba en la cama y se enderezó de repente.

—¿Lo dices en serio?

—Totalmente.

—En seis meses habrán duplicado su valor. Está pendiente la inauguración del hotel nuevo. Y en cuanto terminen las villas de Cap Ferrat...

—Ya lo sé. Pero estoy satisfecha con lo que he ganado. Vente con los papeles. Será un placer verte igualmente.

—Claro, querida. Como quieras.

«¡Como quieras!». Si no conseguía disuadirla, Algernon iba a tener que reunir casi cien mil libras para darle a Melissa unos beneficios que en realidad no existían. Pisó el acelerador y pasó por encima de un charco levantando agua y salpicando. Había quedado con Melissa para el día siguiente. Con suerte solo estarían ellos dos. Todo sería mucho más fácil sin su marido presente.

¿Qué hora era? Miró el reloj del cuadro de mandos y frunció el ceño. Las cinco y veinte. ¿En serio se había tirado toda la tarde bebiendo en el Saunton Golf Club?

Cuando volvió a mirar de frente, un hombre había invadido el parabrisas.

Se dio cuenta demasiado tarde de que, en los pocos segundos que había quitado los ojos de la carretera, se había desviado hacia un lateral. Incluso notó que la rueda delantera se subía al margen enyerbado que separaba la carretera del seto vivo, justo por donde iba andando el hombre. Vio una cara con la mirada fija y la boca contraída de espanto. Se peleó desesperadamente con el volante para intentar virar. Pero fue en vano. Iba conduciendo a ochenta kilómetros por hora.

El estruendo del motor amortiguó la voz del hombre, si es que dijo algo, pero el sonido del coche al arrollarlo fue lo más terrorífico que había oído Algernon en su vida. Tremendamente estridente. Pisó el freno con ímpetu y se percató de que el otro había desaparecido como por arte de magia. Ya no estaba. El coche chirrió al parar. Intentó convencerse de que era todo producto de su imaginación, de que había atropellado a un conejo o a un ciervo en vez de a un ser humano. Pero lo había visto con sus propios ojos. Tenía el estómago revuelto por el alcohol y le entraron ganas de vomitar.

El vehículo se había quedado en diagonal a la carretera. Los limpiaparabrisas estaban chirriando y estiró el brazo para desactivarlos. ¿Y ahora qué? Aferró la palanca de cambios, dio marcha atrás y paró al lado del seto vivo. Las lágrimas empezaron a brotar, pero no lloraba por el hombre al que acababa de herir o incluso... matar, sino por él, porque había bebido y se había puesto al volante aun estando inhabilitado durante un año por un incidente con un coche de policía en Hyde Park Corner. ¿Qué iba a ser de él? Si lo había matado, lo meterían en la cárcel.

Apagó el motor y abrió la puerta. La lluvia le roció la cara con regocijo. Aún tenía el cigarro en la mano, pero se le quitaron las ganas de fumar de repente y lo tiró a la hierba. ¿Dónde estaba? ¿Y el atropellado? ¿Y qué se suponía que hacía él solo caminando por una carretera principal en mitad de la nada? Un coche pasó a toda velocidad.

Tenía que hacer algo ya. Salió del vehículo y anduvo un poco. Se topó enseguida con el hombre. Llevaba una gabardina y estaba tumbado boca abajo sobre la hierba. Se le veía totalmente dislocado, con las piernas y los brazos apuntando a diferentes direcciones, como si un monstruo hubiera intentado desmembrarlo. Parecía que no respiraba. Algernon estaba casi seguro de que había muerto. Era imposible sobrevivir a un impacto como ese. Eso significaba que era asesinato. Se había despistado dos segundos para mirar la hora en el cuadro de mandos y aparte de matar a una persona había destrozado su propia vida.

Un coche pasó de largo sin parar.

A lo mejor el conductor no lo había visto porque estaba lloviendo muy fuerte. Era evidente que tampoco había visto al hombre atropellado. De repente Algernon lamentó tener un vehículo francés en Inglaterra.

Seguro que era el único en todo el país. Miró hacia atrás. No había nadie en la carretera. Estaba solo.

Lo decidió en caliente. Dio media vuelta y fue corriendo hacia el coche; justo entonces se percató de que la rejilla del radiador estaba abollada y de que la insignia plateada de Peugeot estaba manchada de sangre brillante. Algernon se estremeció. Sacó un pañuelo y lo limpió. Tuvo el impulso de tirarlo al suelo, pero luego se lo pensó. Entonces se acordó del cigarro. ¿Cómo se le había ocurrido deshacerse así de él? Demasiado tarde. Seguro que se lo había llevado el viento. No pensaba ponerse a gatas para buscarlo. Lo que tenía que hacer era irse de allí lo más lejos posible.

Se subió al coche, cerró la puerta y arrancó. El motor traqueteó pero no se movió. Estaba empapado y le chorreaba agua por la frente. Atizó el volante con las manos y lo intentó otra vez. Esta vez sí reaccionó.

Se puso en marcha y se fue sin mirar atrás. Hizo el viaje hasta Tawleigh sin parar, pero no se atrevió a entrar en casa de su hermana de esa guisa, empapado y con las manos temblándole. Aparcó en una callejuela tranquila y se quedó ahí veinte minutos, con la cabeza entre las manos sin saber qué hacer.

Mientras Algernon Marsh estaba en el coche hundido en la miseria, observando la lluvia repiqueteando en el parabrisas, su hermana también estaba al borde de la conmoción por una carta que tenía delante, sobre la mesa.

—No entiendo —dijo—. ¿Esto qué quiere decir?

—Querida, creo que es evidente —repuso su marido—. Tu tía...

—Joyce.

—Joyce Campion te ha declarado su heredera única. Y, por desgracia, ha fallecido hace poco. Los abogados quieren ponerse en contacto contigo para hablar de la herencia, que al parecer puede ser considerable. Mi amor, en parte es buena noticia ¡para los dos! ¿Y si estoy casado con una multimillonaria?

—Por Dios, no digas eso, Len.

—Bueno, podría ser.

La carta había llegado con el correo de la mañana, pero estaban ambos tan ocupados que Samantha no la había abierto hasta ese momento. El remitente era Parker & Bentley, un bufete de abogados de Londres sito en Lincoln's Inn, y hasta el membrete, con sus letras negras en relieve, infundía cierto miedo. A Samantha siempre le había inquietado la ley. Se ponía nerviosa con cualquier cosa que le resultara mínimamente incomprensible.

Después de haber leído dos veces aquella carta mecanografiada de tres párrafos, había llamado a su marido y le había pedido que la leyera él también.

Leonard y Samantha Collins estaban sentados en la cocina de su casa de cinco habitaciones, donde a su vez él tenía su consulta. Era un edificio antiguo magnífico, si bien no le habría venido mal una capa de pintura. El agua salina del mar se había cebado con él y el viento había arrancado varias tejas. El mal tiempo también había hecho mella en el jardín, así como los críos que se dedicaban a saquearlo. Aun así, seguía siendo una casa familiar robusta con un huerto que generaba kilos de frambuesas en verano, un terreno con árboles frutales y una casita en un árbol. Estaba ubicada en Rectory Lane, justo al lado de Saint Daniel, precisamente una de las razones por las que la había elegido Samantha. Era muy devota y nunca faltaba a misa los domingos. Ayudaba al párroco con las flores, con las principales fiestas religiosas, con las recaudaciones de fondos, con la merienda para jubilados de los jueves y hasta con la asignación de las parcelas del cementerio (un servicio al alcance de cualquier habitante de la parroquia previo pago de una módica cantidad).

Samantha invertía su tiempo a partes iguales en la iglesia y en la familia, que incluía a su hijo Mark, de siete años, y a su hija Agnes, de cinco. También ayudaba a su marido supervisando las cuentas, los historiales y el funcionamiento de la consulta en general. Había gente que pensaba que era una mujer muy estricta, de esas que nunca iban sin pañuelo ni bolso y que siempre parecía ir con prisas. Aun así, era educada. Le sonría a todo el mundo, si bien evitaba no pararse a conversar.

Lo sabía todo sobre los habitantes de Tawleigh-on-the-Water.

Gracias a sus charlas con el párroco, que la consideraba su confidente, se había enterado de sus necesidades espirituales, de sus preocupaciones e incluso de sus pecados. Y gracias a su marido se había hecho una imagen (¿o quizá una radiografía?) sobre qué enfermedades tenían y cuáles eran las causas. El señor Doyle, el carnicero, bebía mucho y tenía cirrosis hepática. Nancy Mitchell, una empleada del Moonflower que era soltera, estaba embarazada de tres meses. Ni siquiera Melissa James, tan famosa como era, se libraba: le habían recetado pastillas contra el estrés y el insomnio.

Lo cierto era que Samantha nunca había caído en la cuenta de que a lo mejor tenía más información de la conveniente, tanto para ella como para los demás. En cualquier caso, era muy prudente y no se entregaba al cotilleo, que a veces hacía del pueblo un lugar pequeñísimo. Se podría decir que creía en el secreto de la confesión y que los pacientes recibían en la consulta el mismo saludo formal que los domingos en la iglesia. Es más, la madre de Nancy, la señora Mitchell, que iba a su casa tres veces a la semana para echar una mano con los críos, no sabía nada del estado de su hija. A Leonard y a Samantha les había costado contenerse, claro está, pero el juramento hipocrático les impedía contar nada.

Ya llevaban ocho años casados. El doctor Leonard Collins había sido especialista en el Hospital King Edward VII de Slough y Samantha estaba de voluntaria cuando se conocieron. Se comprometieron poco después. Él era grácil y elegante, un moreno apuesto con la barba perfecta y debilidad por los trajes de tweed. La gente del pueblo creía que estaban hechos el uno para el otro; vivían y trabajaban juntos, siempre en perfecta armonía salvo por dos cosas. Por un lado, el doctor Collins no era especialmente religioso. Iba con su mujer a misa por deferencia más que por convicción. Por otro lado, y para disgusto de ella, fumaba en pipa; tenía la misma Stanwell Royal Briar desde que era adolescente. No había conseguido convencerlo de que lo dejara, pero él se comprometió a no fumar nunca delante de los niños.

—Pero hace años que no veo a mi tía Joyce —dijo—. La verdad es que no estábamos en contacto, solo nos mandábamos felicitaciones en Navidad y por nuestro cumpleaños.

—Es evidente que ella se acordaba de ti —repuso Leonard; cogió la pipa, se lo pensó un momento y la dejó.

—Era un persona maravillosa y me da mucha pena que haya muerto. —Samantha tenía la típica cara seria y cuadrada que expresa mejor la pena que el placer—. Le pediré al párroco que le dedique una oración el domingo.

—Seguro que ella te lo agradecería.

—Me siento culpable. Tendría que haber hecho un mayor esfuerzo por mantener el contacto.

Samantha se quedó callada, pensando en Joyce Campion, esa mujer que dio un paso al frente tras la muerte de sus padres. De hecho, fue su tía quien la animó a ir a misa. Algernon, cómo no, se negó. También fue ella la que le pagó las clases de secretariado, donde aprendió taquigrafía y mecanografía, y quien movió hilos posteriormente para conseguirle a su sobrina un trabajo como mecanógrafa en Horlicks, una empresa de leche malteada que había en Slough. Samantha siempre había visto en su tía a la solterona por antonomasia, así que le sorprendió mucho enterarse de un día para otro de que iba a casarse con un tal Harlan Goodis, un multimillonario que tenía una agencia de publicidad en Nueva York. Eso fue más o menos cuando ella conoció a Leonard y se casó con él. Primero vivieron en una casa que había heredado su marido cerca de Torrington y luego se mudaron a Tawleigh. Puede que fuera inevitable que perdieran el contacto.

—Su marido murió hace dos años —dijo Samantha—. No tenían hijos. Es más, que yo sepa, no tenían familia en general.

—Según los abogados, parece que te lo ha dejado todo a ti.

—¿De verdad crees que podría ser... mucho?

—Es difícil saberlo. A ver, a él no le iba nada mal. Supongo que depende del dinero que se gastara ella antes de morir. ¿Quieres llamarlos tú o prefieres que lo haga yo?

—Te agradecería que lo hicieras tú, Len. Me pondría muy nerviosa. —Samantha miró la carta por enésima vez. La observaba de una forma que daba a entender que habría preferido no recibirla—. No conviene que nos hagamos muchas ilusiones —añadió—. No dice nada de ningún dinero. A lo mejor nos ha dejado cosas que no nos hacen falta. Cuadros, joyas antiguas...

—Unos Picassos y una tiara de diamantes.

—¡Calla! Para ya de fantasear.

—Si no es una suma importante, ¿para qué quieren verte?

—No lo sé. Porque...

La puerta al abrirse la interrumpió. Apareció un niño pequeño en pijama, recién salido del baño. Era Mark, su hijo de siete años.

—Mami, ¿vas a subir a leerme? —preguntó.

Samantha estaba cansada. No les había puesto la merienda a los niños todavía y aún había que preparar la cena, pero sonrió y se puso de pie.

—Claro, hijo. Enseguida voy.

Habían empezado a leer a C. S. Lewis hacía poco. A Mark le encantaban los libros. Precisamente la noche anterior se lo había encontrado en el fondo del armario intentando dar con la entrada a Narnia.

El niño se fue corriendo y ella se dispuso a seguirlo, pero entonces cayó en la cuenta. Se dio la vuelta y se dirigió a su marido.

—No pone nada de Algernon —afirmó.

—Ya, me he percatado —contestó él con el ceño fruncido—. Dice muy claramente que tú eres la única heredera.

—Mi tía Joyce se quedó horrorizada cuando metieron a Algie en la cárcel —dijo Samantha—. ¿Te acuerdas? El asunto ese de Piccadilly...

—Fue antes de conocernos.

—Te lo he contado. —Estaba parada en la puerta, pero sabía que Mark la esperaba arriba—. Ella siempre decía que no era de fiar —prosiguió—. Empezó a andar con malas compañías... Y esos tejemanejes que se traía. ¿Lo habrá excluido?

—Eso parece, sí.

—Pues tendré que compartirlo con él. No puedo quedármelo todo. Es decir, si resulta que es... —hizo una pausa, reacia a contemplar esa posibilidad— ¡mucho!

—Supongo, sí. —Leonard bajó la voz por miedo a que los niños estuvieran escuchándolos—. Querida, ¿puedo decirte una cosa?

—Leonard, sabes que tu opinión me importa. —No mentía. Era la primera persona a la que acudía siempre cuando quería consejo. Incluso aunque luego no lo aplicara.

—Bueno, yo en tu lugar no se lo diría.

—¿Qué? ¿Que no se lo diga?

—No todavía. A ver, tienes razón. No sabemos de cuánto dinero estamos hablando y hasta que no vayamos a Londres y hablemos con los abogados no lo averiguaremos. No merece la pena montar un escándalo por nada.

—Pero acabas de decir...

—Ya sé lo que acabo de decir, pero hazme caso. —Leonard pensó muy bien las palabras. Samantha y Algernon no se veían mucho, pero él sabía que estaban unidos. Era lógico, teniendo en cuenta lo que vivieron durante la guerra; sus padres murieron de forma inesperada y ellos lo perdieron todo—. Algernon se está quedando en casa ahora mismo. No creo que sea el mejor momento para hablar de esto, pero me preocupa un poco.

—¿Qué quieres decir?

—No pretendo asustarte, querida, pero tiene una faceta que en realidad no conocemos. Y cabe la posibilidad de que sea...

—¿De que sea qué?

—Temerario. Ya sabes cómo le gusta maquinar y fantasear. Es mejor no decirle nada de momento. Al menos deberíamos averiguar de qué estamos hablando antes de contarle nada. —Leonard sonrió. A Samantha le pareció igual de guapo que el día en que se conocieron; por eso se casó con él—. Te has ganado un descanso —añadió—. Creo que no he conseguido darte la vida que te mereces. No gano suficiente. Esto es una oportunidad para empezar desde cero.

—No digas tonterías. Yo no tengo ninguna queja. He sido muy feliz.

—Yo también. Me considero muy afortunado.

Samantha fue corriendo hacia la mesa, le dio un beso en la mejilla a su marido y se fue a leer sobre Narnia.

3

EL RESCATE DE LA REINA

Melissa había previsto irse del Moonflower en cuanto hubiera hablado con los Gardner, pero al salir de la oficina del director vio a Nancy Mitchell en la recepción y, cómo no, tuvo que parar a charlar un rato. Trabajaba en el hotel desde que se abrió. Era la hija del farero, buena chica y de fiar, y la política de Melissa era ser siempre amable con el personal. Sabía que era muy fácil ganarse fama de distante.

—¿Qué tal, Nancy? —le preguntó sonriendo.

—Muy bien, señorita James. Gracias.

No lo parecía. Era una persona de naturaleza algo nerviosa, como si le diera pavor ofender a la gente, pero ese día parecía derrengada. Tenía los ojos rojos del cansancio o de llorar y la melena rubia enredada; necesitaba urgentemente un cepillado. Al lo mejor le pasaba algo con su novio, aunque no sabía si estaba saliendo con alguien. Tenía poco más de veinte años y, si bien no carecía de atractivo, sus rasgos no encajaban del todo, como en esos cuadros donde el artista intenta dárselas de inteligente. Eso fue lo primero que pensó Melissa. Lo segundo fue que no era permisible que los huéspedes se toparan con una recepcionista llorosa al entrar y salir del hotel. Eso era intolerable.

—¿Seguro que estás bien? —preguntó otra vez.

—Sí, señorita James. —Le pareció notarla amedrentada.

—¿Qué tal tus padres? —Intentó ser agradable; no quería que se sintiera amenazada.

—Muy bien, señorita James. Gracias.

—Me alegro. —Miró alrededor para ver si había alguien más—.
Oye, si te pasa algo, sabes que puedes contármelo. Quiero pensar
que somos amigas después de tanto tiempo.

Para su asombro, la chica se quedó mirándola casi con cara de
terror.

—¡No! —exclamó, pero luego bajó la voz y dijo—: Perdón...
Muy amable por su parte, señorita James. Es que... he tenido problemas en casa. A mi padre lo tiene preocupado la rodilla, está todo el
día subiendo y bajando escaleras.

Nancy acababa de decir que sus padres estaban bien. Como actriz que era, Melissa sabía enseguida si alguien estaba mintiendo. De
hecho, estaba empezando a exasperarse.

—Verás, es que eres la cara visible del Moonflower —le advirtió—. Sinceramente, no puedes estar así, con esa mala pinta. Si no
estás bien, deberías irte a casa.

—Lo siento, señorita James. —Nancy se recompuso como pudo
y forzó una sonrisa—. Voy al baño a empolvarme la nariz. Ahora se
me pasa.

—Bien. Tienes que cuidarte.

Melissa le sonrió fugazmente y se marchó. Se había quedado un
poco preocupada tras el encuentro. Le había dado a entender a Nancy que eran amigas y ante la idea la chica se había quedado horrorizada. Cualquier otra persona se habría sentido halagada. ¿Le habían
contado algo los Gardner? ¿Sabía lo de las dificultades económicas
del hotel?

Dejó de pensar en la chica, pero sus problemas no habían hecho
más que empezar. De camino al coche vio a un hombre plantado
delante y tuvo el mal presentimiento de que la estaba esperando. Era
bajo y corpulento y llevaba un traje oscuro chafado por la lluvia.
También se le había mojado el poco pelo que tenía. Aunque iba afeitado, el vello empezaba a asomar en la barbilla y sobre el labio superior. Desentonaba totalmente en un pueblo costero como aquel; parecía un gángster de pacotilla recién salido de la cárcel. No hacía
falta que hablara para saber que era extranjero, pero cuando lo hizo
su acento reveló que venía de Europa del Este.

—Buenas tardes, Melissa —saludó.

—¡Simon! Qué sorpresa. ¿Cómo no me has avisado de que venías?

—Porque, si te lo hubiera advertido, seguro que no estarías aquí. —Lo dijo sonriendo, como si le estuviera gastando una broma. Pero ambos sabían que iba en serio y que era verdad.

—Sabes que siempre es un placer verte —repuso ella alegremente—, pero me habría gustado que me avisaras, porque mucho me temo que ahora mismo no puedo hablar...

—Melissa, cinco minutos.

—Tengo que volver a casa, Simon. Voy a la ópera con Francis.

—No. He hecho cinco horas en coche desde Londres para hablar contigo. Tampoco estoy pidiendo tanto.

No quería discutir con él delante del hotel. Podían salir o entrar huéspedes en cualquier momento. Aunque quizá era mejor zanjar ya el asunto. Levantó las manos en son de paz y sonrió.

—Vale. Vamos al bar. ¿Vas a alojarte en el Moonflower?

—Sí.

—Pues me temo que no puedo ofrecerte una copa. Me lo impide la ley. Pero si quieres te pido un té...

Volvieron juntos al hotel.

Por supuesto, en realidad no se llamaba Simon Cox. Se había cambiado el nombre al llegar al país. Seguramente se llamaba Simeon, Semjén o algo así de enrevesado. Cuando se lo presentó su agente en Londres, le contó que era un empresario próspero que se había hecho de oro gracias a la banca y los seguros, pero que había decidido dar el salto al cine. Melissa conocía a mucha gente así, pero había que reconocerle a Simon que él sí había dado el paso: había adquirido los derechos de un libro y había encargado el guion. Quería que Melissa fuera la protagonista.

La película se llamaba *El rescate de la reina* y era un romance de época ambientado en el siglo XII. Ella sería Leonor de Aquitania, que pasó a ser reina de Inglaterra tras casarse en 1152 con el duque de Normandía, posteriormente conocido como Enrique II. El guion se centraba en su relación con Ricardo, su hijo predilecto, y en su etapa de reina viuda, en la que se dejó la piel reuniendo el desorbitado rescate que le pidieron por él después de la tercera cruzada. El comienzo del rodaje estaba previsto para dentro de dos meses y el acuerdo de condiciones ya estaba listo, pero el contrato de Melissa seguía en su mesa sin firmar.

Había decidido que no quería participar.

Al principio se quedó impresionada. El guion tenía fuerza. Era obra de un antiguo profesor de historia que había trabajado como asesor técnico con Roy Boulting y Anthony Asquith cuando aún no escribía. Leonor era un personaje fundamental en la trama. De hecho, saldría en pantalla prácticamente de forma ininterrumpida... Era el típico papel que despertaba interés cuando llegaba la temporada de premios. Hacía años que no rodaba una película en Inglaterra y su agente le había asegurado que, a pesar del presupuesto relativamente bajo, sus admiradores se iban a poner contentísimos. Se lo había vendido como la vía ideal para volver a los platós.

Por desgracia, las fechas se solapaban con la película que esperaba hacer con Alfred Hitchcock. *Marca la A de asesinato* (no estaba muy segura del título) prometía ser más relevante, más lustrosa, más internacional y más rentable. Se iba a rodar en Estados Unidos, en un sitio con sol, no en esos páramos grises donde se ubicaban los estudios Shepperton. Se quedó mirando a Simon Cox mientras se sentaba en uno de los bancos corridos de piel del bar del hotel y sintió una punzada de disgusto, tanto por él como por ella. ¿A quién se le ocurría prestarle su nombre a un productor inexperto y sin méritos? ¿Y cómo osaba ir allí y abordarla así? Debería haber llamado a los agentes de Londres o Nueva York. Era con ellos con quienes tenía que hablar.

Bueno, en cuanto pudiera le daría carpetazo. Se recordó a sí misma que era poco probable que se vieran otra vez.

—Melissa... —dijo él.

—Lo siento, Simon —lo interrumpió ella—, pero creo que no deberíamos hablar de esto ni aquí ni ahora.

—¿Qué quieres decir? —repuso él, mirándola con asombro.

—Las cosas no se hacen así. Lo sabrías si tuvieras más experiencia en la industria del cine. ¡No puedes hablar con el artista! Tienes que dirigirte al agente.

—Ya hablé con él. Me dijo que te había enviado todo el material, pero no he tenido noticias de ti. ¡Nada! ¡Y el rodaje empieza en tres meses! Diez semanas, de hecho. Está todo listo menos tú. ¿Y el contrato? ¿Por qué no vienes a conocer al director y haces las pruebas de vestuario y de guion?

Melissa no podía más.

—Lo siento —dijo—. Ha habido cambios y ya no me interesa *El rescate de la reina.*

Fue como si le hubiera dado un puñetazo en la cara.

—¿Cómo? —dijo él.

—No voy a hacerla.

—¡Melissa!

—El guion está bien. Tiene muchas cosas buenas. Pero creo que no es para mí.

—¡Pero si lo he escrito pensando en ti! ¡Tu agente me dijo que te iba como un guante!

—Será por actrices... —Ansiaba levantarse y marcharse, pero él estaba mirándola—. No he firmado el contrato porque la verdad es que me han hecho una oferta mejor. Y he llegado a la conclusión de que este proyecto no es para mí. No obstante, ojalá coseches muchos éxitos...

—¡Me vas a mandar a la quiebra! —Se le atascaban las palabras en la garganta. No conseguía que le salieran—. He tenido que pedir mucho dinero porque salías tú. Tenemos al director, al diseñador, los estudios, los guiones, el reparto... Ya hemos levantado el palacio, la torre, los muros de Jerusalén... Todo por ti. ¡Y ahora vienes y me dices que no vas a hacerlo! ¡Me vas a ruinar! —Su dominio del idioma empeoraba según aumentaba el enfado.

—Eso es justo lo que he dicho. Si supieras las cosas básicas sobre producción cinematográfica, sabrías que esto es muy habitual. La gente cambia de opinión. ¡Y yo también! —Intentó mostrar un atisbo de compasión—. Mi agente representa a varios nombres muy reconocidos. Si quieres, puedo hablar...

—No quiero nombres reconocidos. Te quiero a ti. Eso es lo que acordamos.

—Tú y yo no acordamos nada. Es justo lo que estoy intentando decirte. Sinceramente, Simon, no has obrado bien. No deberías haber venido. No tienes derecho a presionarme.

El hombre estaba al borde de un ataque al corazón. Melissa ya se había hartado. Se zafó de él y se levantó.

—Te recomiendo que regreses a Londres y busques ya a alguien —le aconsejó—. Por favor, no vuelvas a dirigirme la palabra.

Y se fue.

Simon Cox se quedó allí plantado, encogido en el asiento. Tenía la mano abierta sobre la mesa y la cerró poco a poco hasta formar un puño. A lo lejos oyó la puerta del coche cerrándose y el motor arrancando silenciosamente. Siguió allí quieto.

Entró una persona en el bar. Era Nancy, la recepcionista, que lo miró con cara de preocupación.

—¿Quiere algo, caballero? —le preguntó.

—No, gracias.

Se levantó, pasó por delante de ella y salió a la calle. Una pareja que venía de frente se sobresaltó y se apartó para dejarlo pasar.

Más tarde contarían que aquel hombre tenía una mirada asesina.

Nancy Mitchell había oído casi toda la conversación entre Melissa James y el productor desde la recepción. No lo había hecho aposta. No pretendía escuchar a escondidas, pero la puerta estaba abierta y, como no había gente alrededor, el sonido se propagó sin cortapisas por el Moonflower. Cuando vio a la señorita James salir del bar y franquear la entrada del hotel, entró a verlo, pero el personaje registrado como «Sr. Cox» procedió igual que la actriz. A Nancy le despertó la curiosidad y lo siguió al exterior, justo a tiempo para ver cómo se metía en un coche negro achaparrado y marcharse. Se fijó en que se dirigía a Clarence Keep. ¿La estaba siguiendo?

No era asunto suyo. Se quedó mirando hasta que perdió el coche de vista; había parado de llover otra vez, aunque seguían cayendo gotas de los árboles y el acceso de entrada estaba cubierto de charcos. Miró la hora y volvió a la recepción. Solo faltaban quince minutos para las seis en punto, que era cuando terminaba su turno. Entonces le daba el relevo a la señora Gardner, que se quedaba hasta que llegaba el encargado del turno noche, a las diez.

Sacó un espejo de mano y se miró mientras pensaba en lo que le había dicho la señorita James. Seguía un poco despeinada, pero ya no se notaba que había llorado. Ojalá no hubiera sido su jefa precisamente la que se había percatado. ¿Y esa idea peregrina de ser amigas? Nancy había oído cosas inimaginables para la gente de Tawleigh sobre esa mujer pudiente y famosa. Se las daba de amable, pero no lo era.

Sin embargo, en ese momento ella necesitaba una amiga más que nunca. Solo de pensarlo se echó a llorar. ¿Por qué no hizo nada por evitarlo? Qué estúpida...

La última vez que vio al doctor Collins fue hacía dos semanas. Nancy ni siquiera les había contado a sus progenitores que tenía cita con el médico. Su padre era de esas personas que nunca se ponían malas y que pensaban que los demás eran igual. Ella no creía que fuera nada serio, así que se quedó de piedra cuando el doctor le dijo lo que le pasaba.

—Nancy, no sé si vas a alegrarte o no, pero estás embarazada.

Ni siquiera había oído esa palabra en su vida, y menos de un hombre, por mucho que fuera médico. Ante ella se abrió un mundo casi desconocido. Su vida acababa de dar un vuelco inconcebible.

—¡No puede ser! —susurró.

—¿Por qué lo dices? ¿No has estado nunca con... un hombre?

Ella fue incapaz de responder. Tenía las mejillas ardiendo.

—Si has estado con alguien —prosiguió él—, vas a tener que decírselo. Hagas lo que hagas, él debe formar parte de ello.

¿Qué iba a hacer? ¿Y si se enteraba su padre...? Las preguntas se le acumulaban en la cabeza, pero no tenía respuestas. A no ser, claro, que no fuera verdad. A lo mejor era un error.

—Solo pasó una vez. —Estaba a punto de echarse a llorar. No era capaz de mirarlo a los ojos y agachó la cabeza.

—Me temo que no hace falta más.

—¿Está seguro, doctor?

—Al cien por cien. ¿Prefieres hablar con mi esposa? A lo mejor te ayuda tratarlo con una mujer.

—¡No! No quiero que se entere nadie más.

—Bueno, van a enterarse antes o después. Ya se empieza a notar y dentro de un mes...

¿¡Ya se notaba!? Se tocó la tripa.

—Hay que hacer más pruebas —prosiguió él— y aparte voy a mandarte al hospital de Barnstaple. Eres joven y estás sana, así que no te preocupes por...

Imposible no preocuparse. No paraba de darle vueltas.

—¿Quieres hablarme del padre?

—¡No! —No podía contárselo a nadie antes que a él. Pero ni siquiera sabía si era capaz de decírselo.

—A lo mejor prefieres venir con él. —El doctor Collins se percató de que estaba muy angustiada. Le dedicó una sonrisa afable—. ¿Cómo se llama? —preguntó.

—John —soltó sin pensar—. Es un chico de la zona. Nos conocimos en Bideford. Y... —Se mordió el labio—. Solo lo hicimos una vez, doctor. No caí en que...

—¿Te apetece un té?

Ella meneó la cabeza. Tenía las mejillas mojadas.

Él se acercó y le puso una mano en el hombro.

—No te disgustes —le dijo—. Tener hijos es maravilloso. Mi mujer dice que crear vida es un milagro. Y no eres la única chica que tiene un desliz. Hay que ser fuerte, por el bien de la criatura.

—¡No quiero que se entere nadie!

—Bueno, tendrías que decírselo por lo menos a tus padres. Deberías contárselo a ellos primero. Te mandarán con algún familiar y harán las gestiones pertinentes por ti. Una vez que lo adopten y vuelvas a casa, será como si nunca hubiera pasado.

Al día siguiente, Nancy fue a la biblioteca de Bideford y consultó varios libros de medicina, pero no encontró lo que buscaba. Quería impedir el nacimiento. Había oído en algún sitio que beber mucha ginebra funcionaba. Supuso que por eso la llamaban «la perdición de las madres». Y una vez le dijo una chica en el Red Lion que había que bañarse en agua muy caliente. Así que el sábado por la noche, mientras sus padres estaban en el cine, hizo las dos cosas. Después de beberse media botella de Old Tom, se metió en la bañera vestida y se sumergió en el agua humeante hasta el cuello. Esa misma noche, más tarde, se puso malísima y pensó que a lo mejor había surtido efecto, pero cuando vio de nuevo al doctor Collins este le dijo que todo seguía igual.

Entonces escribió al hombre al que había llamado John, al padre de la criatura. Le dejó claro que no había duda de que era suyo, pues ella solo había estado con él; no obstante, intentó mostrarse conciliadora. Le dijo que no se lo iba a contar a nadie, pero que tenía miedo y estaba sola; necesitaba su ayuda.

Recibió la respuesta a la mañana siguiente, en un sobre blanco y grueso con su nombre escrito a máquina en el anverso. Le sorprendió lo mucho que pesaba. Supuso que la carta era muy larga, pero al abrirla vio doce billetes de cinco libras y una única hoja con el nombre y las señas de un médico de Baker Street, en Londres.

Cómo podía ser tan cruel. La misiva no estaba firmada y la había escrito a máquina en vez de a mano para no dejar rastro. Ni un atisbo de compasión ni comprensión. Ni tampoco lugar a discusión. Tenía que deshacerse de él. Ese era el mensaje, lisa y llanamente. Y lo del dinero le pareció repugnante; era la cantidad justa y necesaria, sesenta libras en billetes usados de cinco. Eso demostraba que había hecho sus pesquisas. Si hubiera averiguado que abortar clandestinamente costaba sesenta libras y dos chelines, le habría añadido un puñado de monedas.

Esa carta fue un antes y un después.

Al principio Nancy se sintió abochornada y pensó que era todo culpa de ella. Pero acababa de cambiar de opinión. Era consciente de que no podía decir quién era el padre. Se montaría un escándalo que repercutiría exclusivamente en ella y se vería obligada a irse de Tawleigh para no volver. Pero aun así tenía cierto poder. Podía forzarlo a pagar por lo que había hecho, y le iba a costar mucho más de sesenta libras.

Allí sentada, mientras observaba el minutero del reloj del pasillo acercarse poco a poco al doce, Nancy Mitchell tomó una decisión. El padre de su hijo se había pensado que podía comprarla, pero ella iba a demostrarle que estaba muy equivocado.

4

SECRETOS Y SOMBRAS

En Clarence Keep, Phyllis Chandler estaba terminando de pintarse los labios antes de irse. Se encontraba de pie en su habitación, ubicada en las dependencias del servicio, donde vivían ella y su hijo. El ala este era de su dominio y permanecía aislada del resto de la casa por muros gruesos y puertas macizas. Había una escalera de servicio en la parte de atrás de la cocina que llevaba a una zona con dos dormitorios, un baño y una sala de estar con sofá, televisor y una cocina pequeña. Entre esa zona y la casa principal había un arco con un cortinón de terciopelo. Si estaba cerrado significaba que la señorita James estaba en la residencia. Su habitación se ubicaba justo a la izquierda, y eso le facilitaba a Phyllis la tarea de cambiar las sábanas y la limpieza. La verdad es que estaba satisfecha con el acuerdo al que habían llegado. Los Chandler contaban con mucho espacio y comodidad. No obstante, los tenían escondidos, fuera del alcance de miradas y oídos ajenos.

Estaba preocupada porque iba a llegar tarde. Le había dicho a su hermana Betty que llegaría a las siete en punto, pero eran casi las seis y, evidentemente, no podían irse hasta que volviera la señorita James, porque necesitaban el coche. Eric estaba en la sala de estar viendo *The Appleyards* en la televisión. En realidad era un programa infantil, pero era su favorito, cómo no. Oyó a lo lejos un coche desacelerando. ¡A lo mejor era ella! Phyllis se fijó en si tenía el sombrero bien puesto y fue a asomarse.

Había un pasillo que iba desde la parte de atrás de la casa hasta la delantera. En cada extremo había una ventana y de las paredes colgaban cuadros y fotografías de Tawleigh: el faro, la playa, el hotel... Phyllis se dirigió hacia la ventana de delante, puesto que desde ahí se veía bien el acceso. Pero saliendo del dormitorio algo le llamó la atención. Ya se había fijado con anterioridad. Siempre había estado muy orgullosa de su buen ojo para los detalles: desde las ondas del borde de una tarta de masa quebrada hasta la manera en la que colgaba una toalla en el toallero.

Había algo raro.

Con el ceño fruncido y desconcertada, se acercó, sin darse cuenta de que Eric la observaba atentamente desde la sala de estar, cuya puerta estaba abierta.

Francis Pendleton también había oído el coche aproximándose. Se asomó a la ventana por enésima vez, pero no vio nada. ¿Dónde estaba Melissa? Le había dicho que solo iba a estar media hora con los Gardner, pero llevaba fuera más de una hora. Ya tendría que haber vuelto. Ojeó su Rolex Oyster Elegante; se lo regaló ella por su primer aniversario. Eran las 17.55. Si seguía esperando, iba a llegar tarde a la representación de *Las bodas de Fígaro*, en Barnstaple. Pero no le importaba. No estaba de humor para ir a la ópera. Tenía que hablar con Melissa.

Entró en la sala de estar y sacó un cigarro de una caja plateada que le habían regalado a ella unos ejecutivos de los estudios MGM. Tenía un grabado en la tapa con el logotipo y su famoso lema: *Ars Gratia Artis*. Clarence Keep estaba plagada de recuerdos de películas, premios y regalos. De hecho, el encendedor que tenía en la mano lo utilizó Humphrey Bogart en *Casablanca*.

Mientras fumaba, se fijó en las fotografías en blanco y negro enmarcadas que había encima del piano. Melissa en Los Ángeles. Melissa con Walt Disney. Melissa en el plató de *Rehén del destino*. Al ver esta última se acordó de cuando se conocieron. Ella era la estrella y él aceptó ser su asistente no por falta de dinero, sino porque le pareció que sería entretenido ver cómo se hacía una película.

Cuando apareció Melissa, se quedó petrificado. Ya la había visto antes, claro, como todo el país, pero no estaba preparado para la belleza y la serenidad que emanaba en la vida real. No fue por su piel perfecta, sus deslumbrantes ojos azules ni su sonrisa juguetona. Y tampoco por su seguridad en sí misma, fruto de ser admirada en el mundo entero. Lisa y llanamente, era adorable. Supo al momento que, a pesar de su posición dispar y de la diferencia de edad (se llevaban diez años), no iba a parar hasta conseguirla.

Descubrió enseguida qué cosas le agradaban y cuáles no. Le gustaba usar jabón de azahar de Floris en el baño; también las rosas (nunca claveles), el tabaco de la marca Du Maurier y que le sujetaran el paraguas cuando llovía. No le gustaban los fotógrafos sin autorización. En 1946 aún había racionamiento, pero, gracias a los agentes estadounidenses y al estudio, le encontraba todo lo que quería. Bastaba con que Melissa lo dijera en voz alta. Y esta descubrió enseguida que podía llamarlo a cualquier hora del día o de la noche, porque él siempre iba a estar ahí.

La relación cambió cuando ella se enteró de que su joven y apasionado asistente era más importante de lo que se había imaginado. Al parecer venía de la aristocracia británica y era el segundo hijo de una familia cuyo origen databa de la Edad Media. No fue Francis quien se lo dijo, aunque había procurado que se enterase. Se acordó de cuando fue con ella allí mismo, a Clarence Keep, después de haber visto el anuncio. Mientras les enseñaban el edificio, él no paró de visualizarlo no como el hogar de Melissa, sino de los dos.

Francis apagó el cigarro en un cenicero de cristal, un regalo de cumpleaños del director del Moonflower. No de su cumpleaños, qué va. Era curioso que hubiera tan pocas cosas de él en la casa. Miró a su alrededor: un piano que había costado una fortuna pero que ella tocaba muy de vez en cuando; libros que siempre dejaba a medio leer; fotos en las que solo aparecía ella... Casi parecía un forastero en ese lugar. Casarse con Melissa siempre fue lo único que él quiso. Pero le había salido caro. A todos los efectos, ahora era invisible.

No le molestaba. Francis Pendleton sabía que, si optabas por ponerte demasiado cerca del sol, no podías quejarte cuando te convertías en una mera silueta. Lo habían despojado hasta de su apellido. Ella siempre había sido Melissa James y su familia se había dado por vencida. «¡Vas a casarte con una actriz!». Aunque pareciera imposible transmitir tanto desdén en seis palabras de nada, su padre, lord Pendleton, lo consiguió con creces. Eso tampoco lo sorprendió. Su progenitor era una persona terca y arrogante que no había ido al cine en su vida y que ni en sueños habría dejado que entrara un televisor en esa mole solariega que él llamaba «hogar». Él prefería los ejemplares encuadernados en piel y descoloridos de Dickens y Smollett. Sí a la cultura, no al entretenimiento. Esa frase podría figurar perfectamente en el blasón familiar. Su padre le había dejado muy claro que no iba a heredar nada de él. Su futuro dependía en exclusiva de Melissa.

Y, por si fuera poco, el último año todo había ido mal. Los problemas económicos se habían infiltrado como la marea cuando hay luna llena, de forma silenciosa e implacable. La restauración de Clarence Keep casi los había dejado en la ruina. El hotel daba pérdidas. Melissa veía demasiado a su supuesto asesor financiero, Algernon Marsh, y, de momento, sus planes de inversión no les habían reportado ni un penique. Pero lo peor de todo era que su caché se había visto mermado. Nadie la quería. Ella no tenía una cita con Alfred Hitchcock; él iba a someterla a una audición. No era lo mismo. Algo así jamás habría pasado cinco años atrás.

Francis aplastó la colilla. Movido por un impulso, se levantó y se acercó al buró que había pegado a la pared del fondo. Abrió el cajón de abajo del todo. Estaba lleno de recibos viejos y facturas que Melissa nunca miraba; por eso él había escondido ahí la carta. La sacó. Era una única hoja con marcas de haber sido estrujada y alisada posteriormente. La tinta era de color azul marino, la que siempre usaba ella, y su letra se reconocía enseguida. Francis la había leído hasta la saciedad y se la sabía de memoria, pero se obligó a leerla una vez más.

13 de febrero

Mi queridísimo:

No puedo seguir con esta farsa. De verdad, ya no aguanto más. Tenemos que ser valientes y contarle a todo el mundo que el destino nos ha unido y que nos importamos, aunque eso signifique perjudicar a nuestro círculo más cercano. Francis sabe que se ha terminado. ~~Quiero volver a Estados Unidos y retomar mi carrera y quiero hacerlo contigo.~~ Sé cómo te sientes, pero...

La última frase estaba tachada y las rayas se habían corrido; debió de parar abruptamente y hacer una pelota con la hoja que luego tiró a la papelera del dormitorio; allí la había visto Francis. ¿Por qué no la había roto? Puede que ella, de forma inconsciente o no, tuviera la esperanza de que él la leyera y se enterase de la verdad. Melissa tenía la costumbre de comportarse como si viviera en uno de esos dramas baratos que hacía cuando empezó su carrera. Hasta el estilo de la carta tenía regusto a melodrama, con esa referencia al destino y ese «queridísimo».

Con la misiva en la mano, Francis sintió que le costaba respirar. Ella no sabía que la había encontrado. Se había sentido tentado de decírselo no pocas veces, pero le daba miedo lo que pudiera pasar. Quería averiguar quién era el destinatario, aunque a su vez pensaba que eso era lo de menos. Lo que lo carcomía era la idea de perderla, la perspectiva de vivir sin ella.

Sin embargo, era consciente de que no podía seguir postergándolo. Tenían que hablar cara a cara. Puede que aún estuviera a tiempo. Haría lo que fuera para retenerla. Lo que fuera.

Siete y media de la tarde.

El inspector jefe Edward Hare miró la hora en el reloj de pared que había enfrente de su escritorio justo cuando el minutero marcó la media hora con un sonoro tac que parecía transmitir que no le quedaban fuerzas para volver a las doce.

Aunque ya había terminado su horario, seguía en su despacho de Waterbeer Street trabajando, en el edificio que albergaba la comisaría de Exeter desde hacía setenta años. Las gotas de lluvia chocaban contra la ventana y proyectaban sombras con forma de lágrima en la pared de enfrente. Le gustaba esa oficina, con su atmósfera oscura y acogedora, las estanterías llenas de libros y esa sensación de que todo estaba en su sitio. Iba a echarla de menos.

Aunque no lo habían anunciado todavía, el departamento se estaba mudando al este de la ciudad, a una zona más moderna de las afueras de Heavitree. Hare tenía la impresión de que los cambios se habían acelerado desde que acabara la guerra y, aunque había intentado no quedarse atrás, seguía un poco triste. La comisaría de Waterbeer Street era inigualable. Le recordaba a las estaciones de tren bávaras o al típico palacio de cuento popular, con sus ladrillos grises, sus ventanas alargadas y sus torres circulares. Su mismo despacho estaba en una esquina cuyo tejado cónico se asemejaba a un sombrero de mago, con vistas a Walton's Food Hall, que llevaba abierto desde poco después de que él empezara. Había visto los diseños del nuevo edificio: era tan moderno, funcional y deprimente como se había imaginado. Por lo menos contaría con mejores instalaciones. Puede que la luz eléctrica mitigara la vista cansada, pero él se alegraba de no tener que mudarse allí.

Después de treinta años en el cargo, iba a jubilarse a los cincuenta y cinco. Tendría que estar medianamente satisfecho con su carrera: empezó como agente de policía y acabó siendo inspector jefe; pero no podía evitar sentirse decepcionado. Sabía que sus superiores lo consideraban una persona de fiar, trabajadora, competente, pero ¿qué querían decir esos epítetos? Que no había estado a la altura de lo que habían augurado sus inicios. Iban a organizarle una fiesta de despedida: vino, pinchos de queso, un discurso y un reloj de obsequio. Y se acabó. Adiós, muy buenas.

Se puso las gafas de nuevo entre suspiros y volvió a los documentos que tenía delante. Se estaba preparando para un juicio que iba a empezar en breve en ese mismo edificio (la comisaría y el juzgado eran vecinos) y, como iba a ser su última comparecencia, quería desempeñarse con soltura y dominar los hechos.

Empezó a sonar el teléfono.

Se quedó sorprendido. ¿Quién lo llamaba a esas horas? Supuso que Margaret, su sufrida esposa, estaría preguntándose dónde andaba. Cogió el auricular dispuesto a explicárselo. Nada más oír la voz, se puso recto. Era el subjefe de policía.

—Me alegra dar con usted, Hare. Está haciendo horas extra.

—Sí, señor.

—Pues lo siento mucho, pero voy a tener que interrumpir su velada. Ha habido un asesinato en Tawleigh-on-the-Water. ¿Le suena?

Vagamente. Estaba en la costa oeste de Devon, a unos sesenta y cinco kilómetros. Supuso que la víctima era una persona importante. De no ser así, el subjefe no se habría puesto en contacto con él.

—Creo que no he estado nunca, señor —dijo, aunque le quiso sonar que sí había estado una vez de vacaciones en la playa con su mujer y sus hijas, ¿o fue en Instow?

—Es Melissa James, la actriz. Ha aparecido estrangulada en su casa.

—¿Han forzado la entrada?

—De momento no sé nada más. Me han llamado de la policía local y yo se lo paso a usted. Quiero que se ponga manos a la obra *ipso facto*. Melissa James era muy famosa y aquello se va a llenar de periodistas.

—Señor, ¿está usted al tanto de que me voy del cuerpo el mes que viene?

—Sí, y es una pena. Pero vamos a confiar en que así estará más concentrado. Hare, necesito resultados, y cuanto antes mejor. Yo no voy mucho al cine, pero la señorita James al parecer era muy famosa. No podemos permitir que se carguen a vecinos mediáticos. Le da mala fama al condado. Quiero que me informe a mí personalmente.

—Lo que usted diga, señor.

—Pues eso. A lo mejor esto es justo lo que necesita, Hare. Hace ya un tiempo que están muy tranquilos por ese lado. Es su oportunidad de retirarse por todo lo alto. ¡Buena suerte! —Y colgó.

Mientras dejaba el auricular, Hare pensó en lo que acababa de decirle su superior. Probablemente tenía razón en todo. Él sí había visto varias películas de Melissa James, incluso la que se rodó allí. Esa que se llamaba... *Rehén del destino*. Fue a verla con su mujer. Aunque la trama le pareció muy artificiosa, su interpretación sin duda era excepcional. Dado el perfil de la actriz, era cierto que en el cuerpo no verían con muy buenos ojos que demorasen el cometido de llevar al agresor a juicio.

A lo mejor eso también era justo lo que necesitaba: un motivo para que sus hijas estuvieran orgullosas de él. Estaría bien ver por fin su nombre en los titulares. La prensa lo ignoraba casi siempre; se interesaba más por los delincuentes que arrestaba.

Se echó hacia delante, cogió el teléfono y marcó un número. Quería pedirle a alguien del parque móvil que lo llevara, pero antes tenía que llamar a su mujer para decirle que volviera a meter la cena en el horno. No le daba tiempo. Iba a pasar la noche en Tawleigh y tenía que hacer la maleta.

5

EL DIAMANTE DE LUDENDORFF

A tticus Pünd se ajustó la pajarita y, al mismo tiempo, aprovechó para comprobar su aspecto en el espejo del cuarto de baño. No era de natural un hombre vanidoso, pero tenía que reconocer que lo que vio le agradó. En definitiva, se encontraba en extraordinaria forma física. Era menudo pero estaba sano y no aparentaba su edad, lo cual era más extraordinario aún dadas las experiencias por las que había pasado. Había sobrevivido a la guerra y a cosas mucho peores, y aunque algunas veces había llegado a pensar que jamás volvería a ver la luz del día, había salido ileso y más triunfante de lo que cabía imaginar.

No pudo evitar sonreír, y su reflejo, como para demostrar su aprobación, también sonrió. Quizá ayudaba el hecho de que hubiera perdido el cabello siendo bastante joven. No había ningún mechón de canas traicionero que delatara sus sesenta y dos años. Debía su constitución mediterránea a la sangre griega que corría por sus venas, aunque había nacido y vivido la mayor parte de su vida en Alemania. De hecho, resultaba curioso. Había nacido en tierras extranjeras y ahí estaba ahora, viviendo en Londres, de nuevo como un forastero. No obstante, también le venía bien. Era investigador, detective. Debía su salario a comunidades de personas a quienes no conocía de nada anteriormente y con quienes no volvería a tener contacto después; siempre trabajaba desde fuera. Era tanto una profesión como un modo de vida.

¿Lo que veía eran nuevas líneas de expresión en las comisuras de sus ojos? Alcanzó las gafas de montura metálica y se las puso. La noche anterior no había dormido bien, y empezaba a pensar que había cometido un error en la elección de su nueva cama y el colchón Airfoam. «Se quedará dormido sobre una mullida nube de espuma formada por células de aire diminutas», prometía el anuncio, pero no debería habérselo creído. Dormía sin compañía desde que murió su mujer, y por las noches era cuando más la echaba de menos, allí tendido y rodeado de tanto espacio libre. Necesitaba algo más pequeño, más simple; una cama como la que ocupaba cuando iba al colegio. Sí. La idea le atraía. Al día siguiente se lo comentaría a la señorita Cain.

Miró el reloj. Eran las seis y diez. Le daba tiempo de sobra de ir caminando hasta Gresham Street, no lo esperaban allí hasta las siete. Pünd había accedido a hacer algo muy poco propio de él: dar un discurso. Una cosa era escribir sobre su profesión y otra muy distinta hablar de ella y tal vez desvelar algún secreto. Ese era el problema. Según su experiencia, a la gente no le interesaba la teoría abstracta del trabajo de un detective, que era el tema de su libro todavía inacabado, *Panorama de la investigación criminal.* Querían datos sensacionalistas: huellas dactilares con sangre, pruebas del delito, detalles minuciosos sobre la forma de cometer el crimen. Para Pünd, un asesinato nunca era un juego, ni siquiera una intriga que resolver. Su trabajo consistía en indagar en las partes más oscuras y desesperadas de los seres humanos. No podía resolverse un crimen a menos que se comprendiera qué lo originaba.

Dos reflexiones habían posibilitado que cambiara de opinión. En primer lugar, sus anfitriones eran personas serias. Un gremio de la City, ni más ni menos que la Venerable Compañía de Orfebres, lo había invitado como conferenciante de honor a su cena anual, y le habían dejado claro que podía elegir libremente el tema de su discurso siempre que, como era natural, guardara relación con su profesión. A cambio de treinta minutos de su tiempo, lo recompensarían con una deliciosa cena, vino de primera clase y una aportación considerable al Fondo para Huérfanos de la Policía Metropolitana y de la City de Londres, una de sus organizaciones benéficas favoritas.

Se aplicó un poco de colonia en las mejillas, apagó la luz y entró en el dormitorio, donde la chaqueta de las cenas de gala lo esperaba colgada del respaldo de una silla. La señorita Cain le había preparado el discurso. Lo vio sobre la cama; doce páginas impolutas unidas con un clip sujetapapeles. El título, *Crimen y castigo*, estaba escrito con letras mayúsculas en el encabezado. Pünd se puso la chaqueta, dobló las páginas con cuidado, las guardó en el bolsillo y se dirigió a la sala contigua.

Hacía poco que se había instalado en ese piso de la séptima planta de Tanner Court, el señorial edificio de Farringdon, y aún no se había acostumbrado. Los muebles eran antigüedades alemanas en su mayoría procedentes de cuando se trasladó a Inglaterra al acabar la guerra. Pero todo lo demás le resultaba todavía ajeno. Las habitaciones, con sus techos de doble altura, le parecían mucho más grandes de lo que les correspondía por derecho. Las alfombras y las cortinas se veían nuevas y flamantes, y recordaba cómo en el momento de elegirlas le horrorizó tanto el reparar en lo carísimas que eran como en lo fácil que le resultaba pagarlas. La cocina estaba tan limpia y reluciente que le angustiaba tener que utilizarla. Aunque nunca cocinaba para él solo; al mediodía tomaba una ensalada y por la noche solía cenar fuera.

Observó el reloj de péndulo colgado en el rincón, que en otro tiempo perteneció a su padre. Fue fabricado por Erhard Junghans en el siglo XIX y, por tanto, contaba casi cien años; sin embargo, nunca se había retrasado ni un minuto. Todavía no tenía que irse. Se sirvió un poco de jerez y sacó un cigarrillo negro Sobranie de una caja de ébano que le había regalado un cliente como muestra de agradecimiento. De hecho, aquel piso tal y como estaba había podido materializarse gracias a un caso reciente. Encendió el cigarrillo y se sentó, tratando de relajarse en su entorno mientras recordaba el extraño asunto del diamante de Ludendorff, que había supuesto, en muchos aspectos, su más rotundo éxito hasta la fecha.

Aparentemente, el robo era imposible; sucedió como por arte de magia y desconcertó a la policía, al público británico y, lo más importante, al consternado dueño, que no solo perdió el diamante sino varias piezas más de joyería aparte de dinero en efectivo y certificados de acciones por valor de casi cien mil libras.

Se llamaba Charles Pargeter, y era un multimillonario con casas en Nueva York y Knightsbridge que había amasado su fortuna gracias a la industria del petróleo. Su esposa, Elaine, era una conocida anfitriona de fiestas para la alta sociedad, patrocinadora de arte, miembro de varios consejos y una mujer de gran belleza. El robo había tenido lugar justo antes de la Navidad del año anterior.

De hecho, los Pargeter regresaban de una fiesta cuando descubrieron que alguien había entrado en su domicilio. Fue, sin duda, obra de profesionales. Habían desconectado el sistema de alarma y habían forzado una ventana de la planta baja. La casa no estaba del todo vacía. Era sábado, y a dos empleadas, la cocinera y la criada, les habían dado el fin de semana libre. El mayordomo se había quedado, pero tenía casi setenta años y se había pasado todo el tiempo durmiendo. Los Pargeter habían regresado a casa acompañados por John Berkeley, un socio y amigo, y él fue quien reparó en la ventana rota antes incluso de entrar en la casa.

Al principio Charles Pargeter no se preocupó. Era un hombre precavido y había hecho instalar una caja fuerte en la segunda planta de la casa. Y no era cualquier caja fuerte sino la mejor que podía comprarse con dinero: una cámara de acero resistente y a prueba de incendios del fabricante estadounidense Sentry, que pesaba casi cien kilos y estaba fijada al suelo. Dentro de la cerradura de la combinación, reforzada para evitar a toda costa que accedieran a ella, había nada más y nada menos que siete ruedas, con lo cual para abrirla hacía falta una secuencia de siete pasos. Solo tres personas conocían la combinación: Pargeter, su esposa y Henry Chase, el abogado de la pareja. Había una segunda cerradura que se accionaba mediante una llave de la cual no existía ningún duplicado. Charles Pargeter siempre la llevaba consigo. La caja fuerte se hallaba al final de un vestidor estrecho y oscuro. Los ladrones habrían necesitado información de alguien de la casa incluso para saber que estaba allí.

Esa noche, Charles Pargeter, Elaine Pargeter y John Berkeley entraron juntos en la casa a oscuras, y al principio pensaron que habían llegado a tiempo y que no había sucedido nada. No obstante, cuando Charles encendió la luz del dormitorio, lo asaltó la terrible realidad. La puerta de la caja fuerte estaba abierta de par en par y todo su contenido había sido robado.

Elaine Pargeter llamó a la policía mientras Berkeley conducía a su amigo a la planta baja y le servía un gran vaso de whisky. Tuvieron cuidado de no tocar nada de nada. La policía, representada por el inspector Gilbert y el subinspector Dickinson, llegó poco después. Formularon varias preguntas y examinaron la cámara vacía. Buscaron huellas dactilares tanto en la caja fuerte como en la ventana forzada, pero no encontraron ninguna.

Pünd recordaba haber leído lo del robo en los periódicos. Todo el país quedó tremendamente impactado por lo ocurrido debido a dos motivos. El primero era que, verdaderamente, aquella caja fuerte resultaba impenetrable. El fabricante estadounidense se desplazó de inmediato a Inglaterra y tras un examen minucioso anunció que la culpa no era de su producto. La cerradura no podía ser forzada y no lo había sido; quien había abierto la caja fuerte conocía la combinación, aunque eso reducía el número de sospechosos a dos: Charles Pargeter y su esposa. Su abogado, Henry Chase, la única otra persona a quien habían confiado la clave de apertura, se hallaba en el extranjero la noche en cuestión. Claro que podría haberle revelado la combinación a un cómplice, pero seguía existiendo el problema de la llave. Pargeter guardaba la suya en el llavero y nunca la perdía de vista. Lo había llevado encima durante la fiesta y se lo entregó al inspector Gilbert, quien confirmó que se trataba de la llave correcta; y, sin duda, encajaba en la cerradura. ¿Podría alguien haberla robado y haber encargado una copia? El fabricante insistió en que también eso era imposible. La llave era distinta a cualquier otra, tenía un diseño patentado único. Durante una rueda de prensa estuvieron peligrosamente cerca de acusar a Pargeter y su esposa de querer cometer un fraude contra la aseguradora. Pero también eso era muy improbable. Pargeter no tenía problemas de dinero. Por el contrario, su negocio iba viento en popa. Era una de las personas más ricas del mundo.

Sin embargo, lo que realmente captó el interés general fue el diamante de Ludendorff. Hay muchas piedras preciosas que parecen existir solo en mundos fantásticos y pintorescos, y esta no era la excepción. Se trataba de «un diamante de talla rosa en forma de lágrima», de treinta y tres quilates y ciento cuarenta facetas. Lo habían encontrado en Golconda, la misma región de la India que había dado el Koh-i-Noor. En otros tiempos pertenecía a un aristócrata ruso, el príncipe Andrei Ludendorff, cuya muerte se produjo en un duelo pero no por causa de su contendiente. Su pistola se había atascado y le explotó en la mano, y una esquirla de metal le fue a parar al ojo. Se dice que el diamante fue enterrado con él, pero que su esposa, no muy afectada por su muerte, había enviado a dos ladrones de tumbas a recuperarlo. Pargeter lo había adquirido directamente de manos del dueño en Nueva York por un precio secreto, aunque salió a relucir la cifra de dos millones de dólares estadounidenses. Es posible que fuera incluso mayor.

Y ahora había desaparecido. Pargeter también había perdido dinero en metálico y acciones. Su mujer guardaba varios collares de perlas y diamantes, anillos y una diadema en la misma caja fuerte. Incluso les robaron los pasaportes y las partidas de nacimiento. Sin embargo, todo eso carecía de importancia en comparación con el diamante de Ludendorff. Según Pünd pudo comprobar, existía cierta admiración por los delincuentes que habían llevado a cabo ese golpe espectacular sin violencia alguna. A la vez, Pargeter gozaba de muy poca simpatía, pues se le consideraba el instigador del robo más que la víctima; era como si su extrema riqueza lo convirtiera, por lógica, en el punto de mira.

En realidad, Pargeter no era un hombre desagradable. Cuando llegó al despacho de Pünd en Old Marylebone Road, se había mostrado callado y discreto. Tenía el aspecto de un profesor de Harvard, con su pelo cano y grueso, sus gafas plateadas y su impecable indumentaria de traje cruzado con corbata. Pünd recordaba palabra por palabra lo que le había dicho.

—Señor Pünd —empezó, de pie con las manos detrás de la espalda—, mi familia me asegura que usted es el mejor detective del mundo, y, tras revisar su historial, creo que es la única persona que puede devolverme el diamante de Ludendorff. —Hablaba con acento americano, midiendo cuidadosamente las palabras antes de permitir que salieran de sus labios—. Quiero explicarle por qué estoy aquí hoy. En primer lugar, como seguro que ya sabe, la policía no ha logrado dar con ninguna explicación razonable para lo que, de entrada, parece un robo imposible. Les he repetido muchas veces, y se lo aseguro a usted también, que solo tres personas conocemos la combinación de la caja fuerte, y a las otras dos les confiaría incluso mi vida.

—¿Nunca se la ha revelado a nadie más? —lo interrumpió Pünd.

—No.

—¿Y nunca la ha anotado en un papel? ¿Tal vez para recordarla?

—No.

—Pero, si lo he entendido bien, esa combinación está formada por un código de siete números distintos.

—Tengo una memoria excelente.

—Pues entonces le preguntaré esto: ¿fue usted quien eligió los números? ¿Guardan relación, tal vez, con fechas significativas? ¿La de su nacimiento, por ejemplo? ¿O el de su mujer?

—Para nada. La caja fuerte llegó con la combinación ya integrada. Y, antes de que me lo pregunte, Sentry tiene sus protocolos de seguridad. Nadie de la empresa sabe qué caja fuerte compré ni dónde pensaba instalarla. Vino desde Estados Unidos en un buque portacontenedores. Contraté a unos hombres que la recogieron en Southampton y la llevaron a mi casa de Londres. La combinación me llegó por correo unos días más tarde.

—Gracias. Por favor, continúe.

Charles Pargeter cogió aire. No era el tipo de persona acostumbrada a pedir favores. En su trabajo, él daba las instrucciones y esperaba que los demás las siguieran al pie de la letra. Pünd tuvo la impresión de que había ensayado lo que estaba a punto de decir.

—Compré el diamante de Ludendorff por muchos motivos —explicó—. Es un objeto de gran belleza que podría tener más de mil millones de años de antigüedad. ¡Piénselo! Es una pieza única. Y también, por extraño que parezca, una inversión inteligente. Voy a serle sincero, señor Pünd; puede que en esa decisión hubiera un componente de vanidad. Cuando tienes la suerte de haber amasado una gran fortuna, siempre te sientes tentado de cometer alguna excentricidad, no tanto para exhibirla ante los demás sino para ti mismo. Para tener presente lo importante que eres.

»Así, cuando le digo que el ladrón me hirió, lo digo en todos los sentidos. Quien se ha llevado el diamante hace que me sienta como un imbécil. Siempre me han agradado los británicos y, francamente, me sorprende lo poco que han tardado en cogerme ojeriza tras este incidente. Incluso han publicado una caricatura mía en la revista *Punch*. Es posible que la haya visto.

Pünd hizo un gesto para indicar que no, aunque lo cierto era que la recordaba muy bien. Mostraba al multimillonario sentado a la mesa del desayuno en pijama, comiéndose un huevo pasado por agua cuya cáscara ocultaba el diamante. El pie de la viñeta rezaba: «Vaya, ¿por qué no miraría aquí dentro?».

—Incluso se ha dicho que yo mismo podría estar implicado en el robo —prosiguió Pargeter—, lo cual es una acusación absurda y ponzoñosa. En resumen, todo el país me humilla y, francamente, es algo que me cuesta tanto asimilar como la propia pérdida de la joya. Pero bueno, permítame que vaya al grano. Le pagaré el dinero que me pida con tal de que investigue lo que ocurrió realmente. Quién lo hizo y cómo. Si consigue devolverme lo que es mío, le daré un plus de cincuenta mil libras. Perdóneme por ser tan directo, señor Pünd. Estoy seguro de que es usted un hombre muy ocupado, así que dígame lo que piensa y no le haré perder más el tiempo.

En realidad, Pünd había tomado su decisión en el momento mismo en que Pargeter entró en el despacho. Estaba intrigado. Se trataba de uno de los rarísimos casos en que un delito cometido sin violencia podía considerarse, tal vez, un verdadero reto para el intelecto. El momento también resultaba providencial. El contrato de alquiler de su piso y despacho estaba a punto de vencer. Había estado buscando una nueva vivienda y había encontrado una en Farringdon que le pareció ideal a excepción del precio, muy por encima de sus posibilidades. Pünd no creía en la suerte ni en el destino, pero a lo mejor Charles Pargeter había aparecido en respuesta a sus plegarias.

Al día siguiente fue a Knightsbridge acompañado por el chófer de Pargeter, que había acudido a recogerlo en un Rolls-Royce de color plata. La casa se encontraba en una calle tranquila por detrás de los almacenes Harrods. Era diferente en cuanto a que estaba aislada, rodeada de un muro de ladrillo rojo con un camino de acceso de grava y parterres de flores. Pünd empezó por la ventana forzada, que se encontraba en un lateral de la casa. Ese detalle le sorprendió de entrada, ya que no se correspondía con lo que había leído en los periódicos ni lo que le habían dicho. Lo llevaron hasta la puerta principal, y dentro de la vivienda encontró a Charles Pargeter y a su esposa, esperándolo. La mujer rezumaba elegancia; era más alta que su marido y vestía una indumentaria sencilla compuesta de un jersey de cachemir y unos pantalones. No llevaba joyas. La casa en sí misma era bastante común. Por lo que Pünd pudo ver, no había ninguna obra de arte destacada en las paredes ni se exhibían valiosos objetos de plata. A lo mejor la casa que los Pargeter tenían en Nueva York era más ostentosa.

—¿Le apetece un café, señor Pünd? —preguntó Elaine Pargeter—. Podemos pasar al salón...

—Prefiero ir directamente arriba, si no le importa, señora Pargeter. Para empezar, me gustaría ver esa caja fuerte que según su fabricante es... impenetrable. ¿Lo digo bien?

—Lo acompaño —se ofreció Charles Pargeter.

Mientras subían la escalera, Pünd formuló una pregunta que le había venido a la cabeza antes de entrar en la vivienda.

—Hay una cosa que me extraña —dijo—. La noche en que se produjo el robo regresaron tarde a casa.

—Sí, sobre la una.

—Y eran tres personas.

—Sí. John Berkeley es amigo mío desde hace muchos años. Es el vicepresidente de Shell Transport and Trading. Estudiamos juntos en la universidad. Dio la casualidad de que estaba pasando unos días en Londres y suele alojarse en nuestra casa, así se ahorra el hotel.

—¿Quién de ustedes se dio cuenta de que habían roto la ventana? Tengo la impresión de que en el trayecto desde el coche hasta la puerta de entrada no se ve el lateral de la casa.

—Fui yo —dijo Elaine Pargeter—. John vio trozos de cristales rotos en el camino, porque brillaban a la luz de la luna, y di una vuelta de reconocimiento. Entonces me di cuenta de que la ventana estaba rota.

—¿Fueron directamente arriba?

—Yo quería que Elaine se quedara en el coche —dijo Pargeter—. Temía que hubiera intrusos en la casa y no quería que corriera peligro...

—¡Y yo te dije que ni hablar! —exclamó Elaine.

—Es cierto. Entramos los tres juntos. Vi que la alarma no estaba puesta y me olí que pasaba algo. Tenemos un mayordomo, Harris, y pensé que debía estar durmiendo en el ala del servicio, pero aun así en esa parte de la casa tendría que haber funcionado la alarma. Fuimos directos al dormitorio principal. Sabía que todas las cosas que considero valiosas, y que naturalmente incluyen el diamante, estaban en la caja fuerte. Recuerdo el gesto de llevarme la mano al bolsillo y notar la llave. Ni se me pasó por la cabeza que pudieran haber abierto la caja.

Llegaron arriba y cruzaron el pasillo para entrar en una habitación cuya decoración evocaba un poco el estilo oriental, con las paredes cubiertas de papel pintado de color rojo oscuro y vistas al jardín trasero. Igual que en el resto de la casa, lo más impactante de aquella estancia eran sus dimensiones. La cama tenía un tamaño enorme, las cortinas parecían el telón de un escenario y el tocador era una pieza de anticuario. Una puerta daba acceso al cuarto de baño. La otra se abría hacia un pasillo estrecho con armarios roperos a un lado y otro. A unos tres metros de distancia los roperos terminaban y había un pequeño entrante con el techo abovedado. Posiblemente lo habían construido expresamente para la caja fuerte, que se encontraba allí, apoyada contra la pared.

Si el millonario y su esposa esperaban que Pünd se aproximara para examinar la caja, se quedaron con un palmo de narices. Permaneció donde estaba, con el ceño medio fruncido, como si tratara de captar algo en el ambiente. Por fin habló.

—¿Al entrar encendieron las luces? —preguntó.

—La del dormitorio sí pero la del vestidor no.

—¿Y cómo es eso?

—No queríamos dejar marcas ni huellas. Pero le aseguro que había luz suficiente para verlo todo. La puerta de la caja fuerte estaba abierta y saltaba a la vista que dentro no había nada. Debo decir que me alegré mucho de que John Berkeley estuviera conmigo. No soy un hombre que muestre sus sentimientos, supongo que estoy acostumbrado a llevar la procesión por dentro. No obstante, en aquel momento sentí que me iba a dar algo, que estaba a punto de desmayarme. Me reafirmo en lo que le dije ayer, señor Pünd, pero en ese momento solo pensaba en todo lo que me habían arrebatado. Había perdido millones y millones de dólares, y al mismo tiempo sabía que era imposible. ¡La única llave de la caja la tenía yo, maldita sea! ¡La tenía en la mano!

—¿Y qué hizo entonces?

—Tuve claro que no podía entrar en el vestidor, era el escenario del delito y no quería destruir ninguna prueba.

—Muy bien pensado.

—John tomó el control de la situación. Le pidió a Elaine que llamara a la policía mientras me llevaba a mí abajo y me servía un gran vaso de whisky. También sacó a Harris de la cama y le preguntó si había oído algo, pero no hubo suerte. Lo cierto es que Harris es demasiado mayor para el trabajo, pero lleva tanto tiempo conmigo que no soy capaz de echarlo. Tengo la esperanza de que decida jubilarse.

—¿Y confía en él?

—Lleva treinta años con nosotros, señor Pünd. Cuando se marche, cuidaremos de él. Y él lo sabe. Además, ¿para qué querría un hombre de su edad un diamante como ese? Es inconcebible que tenga algo que ver con el robo.

Pünd asintió.

—¿Me permite...?

Entró en el pasillo por entre los roperos, se agachó al lado de la caja fuerte y posó una mano sobre la superficie de acero. Para pesar casi cien kilos, era más pequeña de lo que había imaginado. Tenía la forma de una baraja de cartas, más alta que profunda, y estaba desprovista de todo elemento a excepción del tirador, la rueda de la combinación y, a su lado, la cerradura para la llave. El nombre del fabricante aparecía escrito en la parte superior. La puerta encajaba a la perfección en el cuerpo de la cámara y resultaba imposible introducir una simple hoja de papel y mucho menos la punta de una palanca. La caja era de color gris y su ubicación, rodeada por tres paredes decoradas con papel pintado de color rojo en consonancia con el ambiente oriental del dormitorio, resultaba casi teatral. Pünd no trató de moverla. Enseguida vio que era absolutamente maciza y que estaba fijada al suelo con tornillos.

—¿Podría abrir la caja? —preguntó.

—Claro. Pero está vacía.

—¿La policía la ha examinado?

—Sí. Fueron muy meticulosos. No hay huellas. No está forzada. Nada.

Pargeter se inclinó y empezó a mover la rueda de la combinación. Dieciséis a la izquierda, cinco a la derecha, veintidós a la izquierda... Efectuó siete movimientos distintos antes de que las muescas se alinearan. Hizo girar la llave en la cerradura y luego accionó el tirador. Se oyó un chasquido y la puerta se abrió. Pünd, situado tras él, estiró el cuello para mirar dentro y comprobó que no había nada.

Abrió la puerta del todo y la volvió a cerrar de golpe, y con ello notó su peso, su solidez. No había nada más que ver. Se incorporó y trasladó su atención a las paredes de alrededor, que empezó a golpear con los nudillos como buscando un pasadizo secreto. Elaine Pargeter lo observaba desde el dormitorio y no parecía impresionada. Pünd deslizó el dedo sobre una pequeña rasgadura del papel y a continuación la frotó con el pulgar mientras permanecía sumido en sus pensamientos. La caja fuerte fue cerrada de nuevo, y los tres juntos se dirigieron abajo.

Entraron en el salón y esta vez Pünd sí que aceptó una taza de café, servida por la criada que la noche del robo se hallaba ausente y que parecía desconocer que hubiera ocurrido algo malo. Los Pargeter se sentaron en un sofá frente a él. Pünd estaba un poco más incorporado que ellos, sentado en una silla antigua de respaldo alto que podría proceder de una iglesia.

—Me iría bien hablar con su amigo, el señor Berkeley —dijo.

—No sé muy bien qué va a contarle —repuso Pargeter—. Hizo una declaración muy completa ante la policía y ha regresado a Nueva York. Pero puedo ponerle en comunicación con Shell si lo desea.

—La policía... —Pünd dio un sorbo de café y depositó la taza cuidadosamente en el plato situado en equilibrio sobre su rodilla. Se volvió hacia Elaine—. ¿Fue usted quien los telefoneó, señora Pargeter?

—Sí. El inspector Gilbert llegó al cabo de una media hora. Lo acompañaba un subordinado, un joven muy agradable. Eran las dos de la madrugada; los dos agentes cubrían el turno de noche. Nos interrogaron en la misma sala donde estamos ahora y nos hicieron muchísimas preguntas. Luego fueron arriba, y también echaron un vistazo al lateral de la casa donde da la ventana rota. Nos pidieron que no entráramos en el vestidor; John había estado en lo cierto. A la mañana siguiente teníamos aquí todo un desfile de Scotland Yard: policía científica, fotógrafos... ¡Un montón de gente!

—Me gustaría saber si en algún momento la policía insinuó que podrían haber hecho desaparecer ustedes mismos el diamante.

—No. Al contrario —dijo Pargeter—. Fueron amabilísimos. Se centraron en la caja fuerte y su funcionamiento. Examinaron la llave. Era evidente que nunca habían visto nada igual. —Hizo una pausa—. Sin embargo, sí que quisieron saber quién más conocía la combinación.

—Y usted les dijo lo mismo que me ha dicho a mí.

—Exacto. Solo hay tres personas en el mundo que la conocen. Mi mujer, yo y nuestro abogado.

—Pero eso no es cierto, señor Pargeter.

—¿¡Qué!? —El empresario miró a Pünd con enfado, disgustado porque le llevaba la contraria.

—Nadie más conoce la combinación —insistió su esposa.

Pünd cerró los ojos.

—Dieciséis a la izquierda, cinco a la derecha, veintidós a la izquierda, treinta a la derecha, veinticinco a la izquierda, once a la derecha, treinta y nueve a la izquierda. —Volvió a abrir los ojos—. Es correcta, ¿no?

Pargeter se sonrojó.

—¡Me ha estado mirando mientras la abría!

—Exacto.

—Bueno, ha sido un bonito truco, señor Pünd, pero no sé muy bien adónde quiere ir a parar. Nadie ha entrado nunca en esa sala conmigo aparte de mi mujer, y que conste que le he visto mirando detrás de mí. Tiene buena memoria, pero puede olvidarse de esos números, ya no sirven para nada. En fin, a lo hecho, pecho. Me desharé de esa caja y compraré una nueva.

—Ah, claro, a lo hecho, pecho. Eso dice el refrán cuando come-
temos un error. —Pünd sonrió—. Pero a mí me parece que usted no
es consciente del error que cometió.

—¿Cómo dice?

Pünd se puso de pie.

—Tengo que investigar unas cuantas cosas —dijo—, pero para
mí está claro cómo robaron el diamante de Ludendorff y el resto del
contenido de la caja, y también quién lo hizo. ¿Se quedará en Inglaterra unos días?

—Los que hagan falta.

—No serán muchos, señor Pargeter. ¡Pronto se descubrirá todo!

La detención de los culpables había tenido lugar cuatro días más
tarde, y al final recuperaron el diamante, todas las joyas de la señora
Pargeter y la mayor parte del dinero. Y Pargeter había sido fiel a su
palabra. Sentado en su salón recién estrenado con el jerez y el cigarrillo, Pünd pensó en el cheque que había recibido junto con una breve
nota de agradecimiento; más dinero del que había ganado en varios
años. Ese mismo día depositó la señal de Tanner Court. Compró los
muebles, entre los que se incluía un bonito escritorio Biedermeier.
Contrató a una secretaria para que le ayudara con las tareas adminis-
trativas. Eso le recordó que tenía que pedirle a la señorita Cain que se
deshiciera de la cama. Había sido un error comprarla, sin duda.

¿Y los culpables?

No le llevó mucho tiempo averiguar que John Berkeley, el viejo
compañero de escuela de Pargeter, tenía graves problemas económicos. El propio Pargeter se lo había dado a entender. Se alojaba en su
casa porque no podía permitirse pagar un hotel. Ahondando un poco
más descubrió que no era ninguna coincidencia que el inspector Gilbert (que se estaba divorciando) y el subinspector Dickinson (a
quien le encantaban las carreras) se hallaran en la comisaría de
Knightsbridge esa noche a la una y media de la madrugada. De hecho, ambos se habían prestado voluntarios para cubrir el turno de
noche, ya que sabían que recibirían una llamada. Hicieron falta tres
personas para burlar el sistema de seguridad de la caja fuerte más
impenetrable del mundo, y, aunque Pünd no conocía con certeza todos los detalles, solo podía haber sucedido de una forma.

La clave era Berkeley. Salió con los Pargeter y sabía que la casa estaba desierta excepto por un anciano mayordomo que se pasaría la noche durmiendo. Mientras estaban fuera, Dickinson entró rompiendo una ventana y silenció la alarma. Tuvo mucho tiempo para preparar el escenario del robo. En primer lugar, colocó un panel —una pieza de escenografía teatral cubierta de papel pintado de color rojo oscuro— delante de la caja fuerte cerrada. Luego puso allí otra caja, idéntica al modelo de Sentry pero fabricada con un material mucho más endeble —madera pintada—, con la puerta abierta mostrando el interior vacío.

Cuando los Pargeter regresaron de la fiesta, Berkeley supuestamente descubrió los trozos de cristal roto en el camino de entrada. Era muy importante que Pargeter y su esposa supieran antes de entrar en la casa que les habían robado, ya que eso influiría en su comportamiento. Por supuesto, fueron directos a la caja fuerte, y de nuevo fue Berkeley quien tomó el control de la situación. Lo había dicho Pargeter con esas mismas palabras. Él les impidió que encendieran la luz de vestidor. Les dijo que no entraran. Desde una distancia de tres metros, y a pesar del reflejo que proyectaba la luz, la ilusión debía de ser perfecta. La pared de mentira se confundía con la real. Y la verdadera caja fuerte se hallaba detrás, oculta, mientras que la de madera estaba abierta y vacía.

Los Pargeter creían que les habían robado aunque no tenían ni idea de cómo era posible. Berkeley llevó a su amigo abajo, aparentemente para tranquilizarlo cuando en realidad lo que quería era que no investigara demasiado. Por supuesto, si en ese momento los Pargeter hubieran averiguado que los estaban engañando, ni Berkeley ni sus cómplices habrían corrido ningún peligro. Habrían considerado que todo aquello era un extraño tejemaneje y nadie habría descubierto lo que tenían planeado.

Todo cambió con la llegada de Gilbert y Dickinson. Pünd tenía una idea clara de cómo se habían sucedido las cosas. «¿Y cuál es exactamente la combinación de la caja fuerte, caballero?». Charles Pargeter debió de cantar los números sin pensárselo dos veces. A fin de cuentas, era la policía quien se lo preguntaba, así que no se le ocurrió pensar que estaba cometiendo un error. «¿Me permite echar

un vistazo a su llave, caballero?». Pargeter la entregó sin más. Creía
que ya le habían robado, pero en realidad el robo tuvo lugar mientras
estaba sentado en su salón respondiendo a las preguntas de la policía. Uno de los dos agentes, seguramente Dickinson, subió corriendo y abrió la caja fuerte verdadera para vaciar su contenido. Luego
sacó los bienes de la casa por la puerta de atrás junto con la caja falsa
y el panel de madera, y dejó la estancia tal y como aparentaba estar
cuando llegaron los Pargeter.

Solo había cometido un pequeño error. Al mover el panel y
afianzarlo en aquel entrante del vestidor, había rasgado un poquito el
papel pintado. Pünd encontró la rasgadura, y todas las otras piezas
del puzle habían ido encajando.

Miró el reloj. Eran las seis y media; hora de marcharse. Se terminó el jerez, apagó el cigarrillo y finalmente fue a por el bastón de
palo de rosa que siempre llevaba consigo, no porque lo necesitara
sino para darse importancia. Se miró una vez más en el espejo, palpó
el discurso guardado en el bolsillo interior de la chaqueta y salió de
casa.

6

CRIMEN Y CASTIGO

Había trescientas personas en Goldsmiths' Hall, el antiguo salón del gremio de los orfebres. Las mujeres lucían vestidos largos y los hombres, corbata negra. Estaban sentados ante cuatro mesas largas, en un salón cuya ostentación era muy superior a cualquier cosa que Pünd hubiera visto en su vida: altas columnas, magníficas lámparas de araña y ornamentos de oro más que suficientes para recordar a los presentes la actividad a la cual aquel lugar debía su existencia. Tal vez el hecho de ser extranjero lo llevaba a sentir una particular admiración por aquella antigua tradición británica. El gremio se había formado en la Edad Media y ahora, seiscientos años más tarde, seguía existiendo para proporcionar educación y apoyo a sus conciudadanos. La comida era excelente y la conversación, animada. Se alegraba de haber ido.

También su discurso había sido bien recibido. Había hablado durante una hora y media, en la que explicó sus experiencias como agente de policía de la Ordnungspolizei en Alemania y lo que había ocurrido cuando los nazis tomaron el control. Pero, a medida que se acercaba a las últimas páginas, cambió de rumbo. A fin de cuentas, cuando lo invitaron a hablar le habían dado vía libre, y había algo que quería poner de relieve.

—Como sabrán —empezó a decir—, la Comisión Real sobre la Pena de Muerte creada por el último primer ministro hará un comunicado dentro de unos meses, y tengo la esperanza y el convencimiento de que, aunque no veamos abolida la pena capital de un día para otro, pronto cambie la ley al respecto. No se trata solo de evitar posibles errores como ha ocurrido este año con los casos de Timothy Evans y Derek Bentley. No; sin duda, si el nazismo y la guerra nos han enseñado algo es que debemos creer en la santidad de la vida, incluso la de un criminal.

»¿Es cierto que todos los asesinos merecen la muerte? ¿El hombre que pierde el control durante un terrible instante, que tal vez golpea y mata a su mujer o a su mejor amigo durante una pelea, debe ser tratado de igual modo que aquel que ha planeado y ejecutado un asesinato a sangre fría para su beneficio personal? ¿Acaso no es hora de diferenciar los distintos tipos de homicidio para poder aplicarles una sentencia adecuada?

»A los jueces ya no les apetece dictar sentencias de muerte, damas y caballeros. Deben saber que casi la mitad de los asesinos son indultados. En la primera mitad de este siglo se dictaron mil doscientas diez penas de muerte de las cuales se conmutaron quinientas treinta y tres, y la cifra va en aumento. He conocido a muchos asesinos. Aborrezco lo que han hecho, pero con frecuencia siento cierta compasión ante las terribles circunstancias que los llevaron a cometer el crimen. A fin de cuentas, ellos también son humanos.

»Matar al asesino es ponerse a su nivel. Espero el fallo de la Comisión Real con interés. Creo que con él veremos el inicio de una nueva era.

Pünd temía que sus reflexiones no conectaran con la audiencia, pero al ocupar su asiento obtuvo un aplauso cálido y largo. Fue más tarde, mientras repartían el oporto y los puros, cuando de pronto el tesorero, un hombre ligeramente brusco que se sentaba a su lado, hizo un comentario.

—No habrá leído la noticia sobre Melissa James.

—¿La actriz a la que mataron en Devonshire hace unos días?

—Sí. Perdóneme, señor Pünd, pero me pregunto si de verdad lo que acaba de decir tiene sentido en un caso como el de ella.

—Creo que la policía todavía no ha identificado al asesino.

—Bueno, todo apunta a que la mató el marido, por lo que yo sé. Fue la última persona que la vio con vida. Diría que estrangular a alguien es una forma muy íntima de matarle, y todas las circunstancias sugieren lo que los estadounidenses llaman «un crimen pasional». A ver, tenemos a una joven guapa y con talento a quien el mundo entero adora. Ha hecho películas extraordinarias. Mi mujer y yo éramos grandes admiradores suyos. ¿De verdad está dispuesto a perdonar al asesino?

—La clemencia y el perdón no son lo mismo.

—¿Está seguro? A mí me parece que lanza un mensaje equívoco. Pierda los nervios. Mate a su mujer. ¡La ley lo comprenderá!

Pünd no estaba de acuerdo, pero se reservó la opinión. Había pronunciado su discurso, que era lo que le habían pedido, y ahí acababa todo. Aun así, las palabras del tesorero seguían resonando en su cabeza a la mañana siguiente cuando terminó de desayunar y se encerró en su despacho. Su secretaria había llegado a las nueve, muy puntual, y mientras lo esperaba estaba comprobando el correo.

—¿Qué tal le fue con su discurso, señor Pünd? —preguntó.

—Pues estupendamente, creo, señorita Cain. —Había llegado a casa con un cheque, y se lo entregó a la secretaria—. ¿Puede enviar esto al Fondo para Huérfanos de la Policía?

La señorita Cain cogió el pedazo de papel, y sus cejas se enarcaron al ver la cifra.

—Han sido muy generosos —opinó.

—Es un donativo considerable, la verdad —convino él.

—Y usted es muy amable al dedicarles su tiempo, señor Pünd.

Atticus Pünd sonrió. Estaba convencido de haber encontrado a la secretaria ideal en Madeline Cain, que había llegado hasta él a través de una agencia de gran renombre. De hecho, había entrevistado a tres mujeres y ella le pareció sin duda la mejor al contestar a sus preguntas con la eficiencia y el brío que ahora aplicaba a su trabajo. Tenía cuarenta y cinco años, se había graduado en el Colegio para Señoritas de Cheltenham, no estaba casada y tenía un piso en Shepherd's Bush. Había trabajado como secretaria particular para unos cuantos altos cargos, y las referencias de todos eran excelentes. Con su pelo negro azabache, su gusto por una indumentaria que, sin duda, podía calificarse de austera y sus gafas con montura de carey, podía inspirar cierto rechazo al principio. Pero también era afectuosa. Solo llevaba tres meses trabajando para Pünd y, no obstante, ya estaba completamente volcada en él.

—¿Puedo hacerle una pregunta, señorita Cain?

—Claro, señor Pünd.

—¿Cuál es su opinión sobre lo que dije anoche?

—¿Sobre el discurso?

—Sí.

—Bueno, no creo que sea la persona adecuada para opinar. —La señorita Cain frunció el entrecejo. Había mecanografiado el discurso, desde luego, y conocía su contenido—. Me parece que su descripción de Alemania en los años cuarenta es muy interesante.

—¿Y mis afirmaciones sobre la pena de muerte?

—No lo sé, la verdad. No es algo a lo que le haya dado muchas vueltas. Creo que está bien mostrar compasión en algunos casos, pero no deberíamos animar a que la gente piense que las malas acciones quedan sin castigo. —Cambió de tema—. Tiene una visita de la señora Allingham a las once. Quiere hablarle de su marido.

—¿Y qué ha hecho su marido?

—Se ha fugado con su secretaria. ¿Quiere que yo esté presente?

—Es una muy buena idea.

La señorita Cain ya había abierto el correo y estaba echando un vistazo a las cartas mientras hablaba. Se detuvo con una de ellas en la mano.

—Alguien le escribe desde Nueva York —anunció.

—¿Se trata de herr Pargeter?

—No, no. Es una agencia. —Le puso la carta delante.

Pünd la cogió y reparó en que estaba mecanografiada en papel de alta calidad. Según el membrete, la enviaban desde la agencia William Morris, 1740 Broadway, Nueva York.

Decía así:

Estimado Mr Pünd:

Me llamo Edgar Schultz y soy un socio principal de la agencia William Morris de Nueva York. Tuve el privilegio de representar a la señorita Me-

lissa James, un reconocido talento de la gran
pantalla y una persona maravillosa. Estoy seguro de que comprenderá lo mucho que me ha conmocionado la noticia de su fallecimiento.

Mientras escribo esto, no existen respuestas
en relación con lo ocurrido en su casa de Devonshire hace una semana. Sin ánimo de menospreciar
el trabajo de la policía británica, mis socios y
yo querríamos contratarlo para que investigue el
crimen.

Si desea llamar a mi despacho en Judson 6-5100,
será un placer hablar con usted.

Muy atentamente,

EDGAR SCHULTZ

Pünd leyó la carta con detenimiento y luego la dejó a un lado.

—Qué curioso —dijo—. Ayer mismo me estuvieron hablando
de este asunto.

—Todo el mundo habla de Melissa James —apostilló la señorita
Cain.

—Tiene razón. Es una noticia de interés general, y esta invitación es tan oportuna como inesperada. No obstante, pensándolo
bien, me parece que Devonshire está muy lejos de aquí y la información sobre el caso, por lo que yo sé, es bastante clara. Me sorprende
que la policía todavía no haya dado con la solución.

—A lo mejor necesitan su ayuda.

—Suele ocurrir. Pero viajar tan lejos...

—Como usted diga, señor Pünd. —Se quedó un momento pensativa—. Pero la señorita James era una muy buena actriz y ahora
mismo no tiene usted ningún caso entre manos.

—¿Qué hay de la señora Allingham?

—Me parece algo bastante sórdido. Estoy segura de que este
otro caso va más en la línea de sus intereses.

Pünd sonrió.

—Sí, puede que tenga razón. —Tomó una decisión—. Vamos a
ver. Si es tan amable de concertar una llamada transoceánica para

esta tarde, escucharemos lo que ese hombre, herr Schultz, tiene que decirme.

—Claro, señor Pünd. Yo me encargaré.

La llamada quedó fijada para las tres, cuando en Nueva York era media mañana. La señorita Cain estableció la conexión y la pasaron con el despacho de Schultz. En ese momento le tendió el auricular a Pünd. Él lo mantuvo pegado a su oreja y oyó un ruido sibilante, y luego, con una claridad sorprendente, una voz con un fuerte acento de Brooklyn.

—¿Diga? ¿Es el señor Pünd? ¿Me oye?

—Sí, sí, le oigo. ¿Es el señor Schultz?

—Gracias por llamar, caballero. Quiero que sepa que tiene muchos admiradores aquí en Nueva York.

—Es usted muy amable.

—En absoluto. Si alguna vez se decide a escribir un libro sobre sus hazañas, espero que permita que esta agencia le represente.

Pünd pensó que eso era exactamente lo que podía esperarse de un agente de Nueva York. Mientras comentaba el fallecimiento de uno de sus clientes, ya estaba tratando de captar otro. No dijo nada e ignoró la propuesta, y puede que el hombre del otro extremo de la línea telefónica se diera cuenta de que se había pasado de la raya.

—Todos estamos destrozados por la muerte de la señorita James —dijo con sinceridad—. Como tal vez sepa, llevaba un tiempo sin actuar, pero estaba a punto de anunciar su regreso, y todo cuanto puedo decir es que esto representa una gran pérdida para la industria cinematográfica. Siento no haber podido ir a Londres a hablar con usted personalmente, pero de veras espero que nos ayude. Queremos descubrir quién lo hizo. Queremos saber qué ocurrió. Sentimos que se lo debemos a Melissa.

—Y, si descubro la verdad, ¿qué harán? —preguntó Pünd.

—Bueno, la competencia la tiene la policía británica, desde luego. Pero creemos que no podemos quedarnos de brazos cruzados sin hacer nada. Queríamos participar activamente, y entonces a alguna lumbrera de mi despacho se le ocurrió proponer que me pusiera en contacto con usted de inmediato. Por suerte, uno de los socios de la empresa tenía previsto viajar a Londres esta semana y se llevó la carta en el avión. Seguro que está usted de acuerdo en que no tenemos tiempo que perder. No queremos que el rastro se enfríe.

—Es cierto que una investigación es más efectiva durante los días inmediatamente posteriores a la fecha del delito —convino Pünd.

—Le pagaremos sus honorarios habituales, señor Pünd. Pídale a su secretaria que se ponga en contacto con el departamento de finanzas. No sé expresarle lo mucho que significa para nosotros que se una a nuestra causa. Este sector está lleno de tiburones, y lo son tanto los hombres como las mujeres, pero Melissa era una de las personas más amables y consideradas que he tenido el privilegio de conocer. Nunca permitió que el éxito se le subiera a la cabeza, y nunca se olvidó de sus admiradores.

—¿Cuándo habló con ella por última vez, señor Schultz?

—¿Disculpe? No le oigo.

—Digo que cuándo habló con ella por última vez.

—Hace un par de semanas. Estuvimos conversando sobre un contrato para una nueva película. Iba a ganar mucho dinero, y me da la impresión de que lo que ha sucedido guarda relación con eso.

—Imagino que es posible. —Pünd no parecía convencido.

—Bueno, le dejaremos las pesquisas a usted. ¿Puedo decirles a mis socios que hemos llegado a un acuerdo?

—Puede decirles que me lo pensaré.

—Gracias, caballero. Aprecio de veras su interés. Espero noticias suyas.

Colgó. Pünd permaneció sentado en silencio.

—¿Qué le ha dicho? —quiso saber la señorita Cain. Había estado sentada frente a él durante toda la conversación, pero solo pudo oír lo que se comentaba desde un extremo del teléfono.

—Qué interesante —comentó Pünd—. Si decido aceptar el caso, ¡será la primera vez que me comprometa en una llamada de larga distancia!

—Lo lógico es que se hubieran tomado la molestia de viajar hasta aquí —dijo la señorita Cain con gesto reprobatorio.

—Es cierto.

—¿Va a aceptarlo?

Pünd le dio la vuelta a la carta y tamborileó suavemente con los dedos sobre el papel, como si tras las palabras se ocultara algo y estuviera intentando descubrirlo. Por fin asintió.

—Sí —contestó—. Justo anoche me hablaron del caso, y ahora ha pasado esto. Hay algo en la forma de proceder de los agentes de Melissa que me dice que, tal como usted sugiere, se trata de un asunto muy interesante. Por favor, ¿puede comprar dos billetes de tren de primera clase para... Tawleigh-on-the-Water? Creo que el pueblo se llama así. También necesitaremos alojamiento en algún hotel cómodo.

La señorita Cain se puso de pie.

—Ahora mismo.

—Si es tan amable, necesitamos ponernos en contacto con la policía local para informarles de nuestra llegada, y también puede volver a llamar a herr Schultz y decirle que he decidido aceptar el caso.

—Sí. Además me ocuparé del contrato y del pago.

—Eso también. ¿Doy por sentado que no hay ningún asunto que le impida acompañarme?

—Ninguno, señor Pünd. Haré la maleta en cuanto llegue a casa.

—Gracias, señorita Cain. Y, si me hiciera el favor de pasar a recoger los billetes de tren, nos marcharemos mañana.

7

CUESTIÓN DE TIEMPO

Tardaron seis horas en llegar a Tawleigh-on-the-Water, tras salir de Paddington al mediodía y cambiar de tren dos veces, en Exeter y en Barnstaple. La señorita Cain lo había dispuesto todo con la eficiencia que Pünd había aprendido a admirar. La mujer conocía el número de los diferentes andenes, y en cada parada los esperaba un mozo de equipaje, garantizándoles un trayecto lo más fluido posible. Pünd pasó el tiempo absorto en un estudio que había recibido de la muy respetada Academia Americana de Ciencias Forenses, un análisis de los llamados *Estudios acotados* de Frances Glessner Lee, quien había construido maquetas de complejas escenas del crimen para poder analizarlas. Mientras, su secretaria leía un libro de la biblioteca, *Una hija es una hija*, la última novela de Mary Westmacott.

Un taxi los estaba esperando en Bideford, y en él cruzaron el puente del mismo nombre con dirección a Tawleigh justo en el momento en que el sol empezaba a ponerse. Por fin la lluvia había cesado, y su primera visión del pueblo bien podría corresponder a alguna de las postales turísticas que se vendían en la cerería. Pasaron junto a un faro pintado de vivo color situado en el extremo más alejado de un puerto, una hilera de barcos de pesca, el pub Red Lion y, finalmente, una extensa playa de arena y guijarros en forma de medialuna. Cierto era que no había niños, ni castillos de arena, ni burros, ni helados, pero resultaba fácil imaginárselos. Las aguas rielaban tapizadas de un rojo brillante y las olas rompían con un ritmo suave y delicado mientras la luna ocupaba su lugar en el cielo y la oscuridad se volvía más densa.

—Nunca hubiera imaginado que en un lugar como este pudiera cometerse un crimen —musitó la señorita Cain mientras miraba por la ventana.

—La propia naturaleza del crimen hace que tenga lugar en cualquier parte —respondió Pünd.

Iban a alojarse en el hotel Moonflower. El taxi se detuvo, pero nadie acudió a ayudarles con el equipaje. La señorita Cain puso los ojos en blanco, pero Pünd se mostró más indulgente. El hotel se hallaba en plena investigación policial. Lo raro habría sido que las cosas se desarrollaran con normalidad.

Al menos la joven apostada tras el mostrador de recepción fue más amable.

—Bienvenidos al Moonflower —saludó sonriendo—. Veo que tienen una reserva para dos noches.

—Puede que nos quedemos más tiempo —advirtió la señorita Cain.

—Pues solo tienen que avisarme. —Se volvió hacia Pünd—. Usted se alojará en Captain's Room, señor Pünd. Estoy segura de que se encontrará muy cómodo allí. Y a su ayudante le he asignado una habitación en la planta de encima. Si quieren dejar aquí el equipaje, haré que se lo suban.

Captain's Room era en origen un despacho cuando el edificio hacía las funciones de oficina de aduana. Tenía una forma perfectamente cuadrada, con una cama donde debería haber estado el escritorio y dos ventanas con vistas al paseo marítimo y a la playa situada enfrente. Seguía conservando en gran medida el sabor náutico; había un arcón a los pies de la cama, una silla giratoria de capitán de barco en una esquina y, entre las dos ventanas, una bola del mundo. A Pünd le llamó la atención el armario del baño con sus decenas de cajones diminutos para que todo se mantuviera en su sitio si se producía una fuerte marejada. Mientras tanto, a la señorita Cain la habían acompañado a una habitación más pequeña en la buhardilla. Los dos estaban cansados tras el largo viaje y se acostaron temprano después de que les llevaran una bandeja con la cena.

Pünd abrió los ojos rodeado de cielo azul y graznidos de gaviotas. Eran las siete y media cuando bajó a desayunar, y la joven que les había dado la bienvenida la noche anterior todavía no había empezado su turno de trabajo. Su lugar lo ocupaba un hombre con bigote y el pelo peinado hacia atrás, ataviado con un blazer y un pañuelo de cuello. Estaba muy ocupado escribiendo una carta a máquina con tan solo un dedo de cada mano, pero levantó la cabeza en cuanto apareció Pünd.

—Buenos días —musitó—. Llegó ayer de Londres, ¿correcto?

Pünd asintió.

—¿Le gusta su habitación?

—Es muy cómoda, gracias.

—Soy Lance Gardner, el director general. Si necesita cualquier cosa, avíseme. Imagino que querrá desayunar.

—Esa es mi intención.

—No solemos servir el desayuno hasta las ocho. Veré si ha llegado ya el chef. —Pero Gardner no se movió de donde estaba—. ¿Ha venido por lo del asesinato?

—He venido para ayudar a la policía, sí.

—Me alegro de que no sea periodista. Llevan toda la semana merodeando por aquí, y, cómo no, tienen todos los gastos pagados y dejan el bar temblando. En cuanto a la policía, si quiere saber mi opinión, toda ayuda les viene de perlas. Ya hace más de una semana del asesinato y aún no han averiguado nada. Nos tienen a todos aquí y nos acribillan con sus preguntas estúpidas. ¡Parece que vivamos en Rusia!

—¿Conocía a la señorita James? —preguntó Pünd mientras pensaba que, en realidad, Tawleigh-on-the-Water no tenía prácticamente nada en común con la Unión Soviética.

—Pues claro. Era la dueña del hotel, y yo lo dirijo en su nombre. Aunque no es que se mostrara muy agradecida.

—¿No era fácil trabajar con ella?

—Si quiere que le diga la verdad, señor...

—Me llamo Atticus Pünd.

—¿Es alemán? No pienso hacer comentarios. Yo no luché en la guerra; tuve raquitismo. —Se frotó el cuello mientras pensaba en la pregunta de Pünd—. Que si era fácil trabajar con ella... Bueno, a mí me parecía agradable. Nos llevábamos bien. Pero la verdad es que no tenía ni idea de cómo funciona un hotel, y menos de las costumbres de aquí. No todo es dos y dos son cuatro. Cuando se trabaja con agricultores y pescadores que proceden de Tawleigh desde hace varias generaciones, tienes que aprender a adaptarte. Ella no formaba parte de este mundo y nunca llegó a comprenderlo. Esa es la verdad.

Lance Gardner había utilizado la palabra «verdad» tres veces seguidas. Pünd sabía por experiencia que las personas que hacen tanto hincapié en la verdad rara vez son sinceras.

—Debe de resultarle muy frustrante tener que esperar tanto para que concluya la investigación —apuntó Pünd.

—No lo lamentaré cuando termine, se lo aseguro.

—¿Tiene alguna teoría sobre quién podría ser el asesino?

Lance Gardner se inclinó hacia delante, contento de que le hubieran hecho esa pregunta.

—Todos dicen que fue el marido. El culpable siempre es el marido, ¿verdad? Ya se sabe, si el coche de mi mujer se despeñara en Beachy Head, dirían que yo iba al volante. Pero se equivocan. ¡Yo estaría detrás empujando! —Soltó una risotada—. Créame, Francis Pendleton no ha tenido nada que ver. No es ningún asesino.

—Entonces ¿quién ha sido?

—En mi opinión, nadie de la zona. Melissa James era famosa. Tenía muchos seguidores y admiradores raros. Le enviaban cartas al hotel. Sabían dónde vivía. No me sorprendería que algún loco se hubiera presentado aquí con un plan descabellado y la hubiera matado solo porque no le gustaba su última película, o porque no le había mandado un autógrafo, o, simplemente, porque quería ser tan famoso como ella. La policía da palos de ciego con sus preguntas, pero pierden el tiempo. ¡Y nos lo hacen perder a los demás!

—Es una teoría interesante, señor Gardner. ¿Dónde sirven el desayuno?

—En el comedor. —Gardner señaló con el dedo—. Por esa puerta. Voy a ver si el chef está por aquí.

El desayuno le supo riquísimo. Pünd había comprado un ejemplar de *The Times*, cuya edición había llegado en el tren nocturno, y lo leyó mientras comía huevos revueltos con beicon y tostadas con mermelada y se tomaba una taza de fuerte té de Ceilán. La señorita Cain no desayunó con él, lo cual no le extrañó. Era de esa clase de mujer que cuida mucho los detalles, y debía de considerar un exceso de familiaridad desayunar en la misma habitación que su jefe.

De hecho, apareció a las nueve en punto, la misma hora a la que empezaba a trabajar en Londres, y se dirigieron juntos al salón principal. Estaban allí sentados cuando, al cabo de diez minutos, apareció Hare, el inspector jefe. Los vio de inmediato y se unió a ellos.

—¿Señor Pünd?

El inspector jefe se plantó delante de él. Pünd se levantó y se estrecharon la mano. La primera impresión de Hare fue la de un hombre extranjero, delgado y de aspecto elegante que parecía saberlo todo sobre él y que lo examinaba con unos ojos que no se perdían detalle. Estaba en lo cierto. Pünd se encontraba ante un agente de policía que se sentía superado por un caso cuya solución se le resistía, y que estaba al borde del fracaso y la decepción. Y, sin embargo, desde un inicio sintieron mutua simpatía, como si el hecho de estar juntos abriera por fin nuevas posibilidades.

—El inspector jefe Hare, supongo.

—Es un gran placer conocerle, caballero. No hace falta decir que la fama le precede.

De hecho, Hare había consultado sus archivos en Exeter en cuanto oyó que Pünd estaba en camino. Leyó información detallada sobre varias de sus investigaciones, incluida la detención de Luce Julien, el caso que lo catapultó a la fama justo después de la guerra, sobre una artista de renombre internacional que vivía en Highgate y que había asesinado a su marido con una espátula en su cuarenta aniversario de boda. Y, por supuesto, la reciente restitución del diamante de Ludendorff estaba en boca de todo el país.

—¿Me permite que le presente a mi secretaria, la señorita Cain? Pünd la señaló y Hare le estrechó la mano también.

—Es un placer conocerla.

—¿Puedo ofrecerle un té?

—No, gracias, caballero. Acabo de desayunar.

—Espero que no sienta que mi presencia aquí es una intrusión —empezó a decir Pünd mientras los dos hombres tomaban asiento de nuevo.

—En absoluto, señor Pünd. Para serle franco, su presencia no podría alegrarme más. —El inspector jefe se pasó la mano por la frente—. Llevo treinta años como policía en activo. Y que conste que quise unirme al ejército cuando empezó la guerra, pero no me dejaron. Decían que me necesitaban aquí. La cuestión es que no estoy acostumbrado a los crímenes. En todo el tiempo que pasé en la policía de Devon y Cornualles, apenas investigué una decena de casos, y en los tres primeros los culpables se entregaron al día siguiente. Apreciaré muchísimo toda la ayuda que pueda prestarme.

Pünd se sintió complacido. De inmediato había sabido que iba a llevarse bien con Hare, y lo que acababa de oír lo confirmaba.

—Tiene suerte de vivir en una parte del país donde no se producen muchas muertes violentas, inspector jefe.

—Estoy de acuerdo, señor Pünd. En los años de la guerra hubo saqueos, deserciones y crimen organizado. El regreso a los respectivos hogares supuso una gran agitación y, como puede imaginar, los tiroteos estaban a la orden del día. Pero en Devonshire la gente no anda por ahí matándose. Esa ha sido mi experiencia..., por lo menos hasta ahora. —Hizo una pausa—. ¿Me permite preguntarle por qué le interesa este caso, caballero?

—Los agentes de la señorita James, en Nueva York, me han pedido que me encargue de investigar en su nombre.

—Lo que implica que no confían en mí, imagino.

—Sea cierto o no, inspector jefe, le aseguro que no comparto esa opinión. Me gustaría pensar que podemos ocuparnos de esto juntos.

A Hare se le iluminó la expresión.

—No veo ningún motivo que lo impida.

—Usted me lleva varios días de ventaja. Tal vez quiera compartir conmigo lo que ha averiguado hasta la fecha.

—Claro.

—¿Le importa que tome notas, inspector jefe? —preguntó la señorita Cain, y sacó una pluma y un cuaderno de su bolso.

—Adelante, por favor. —Hare también sacó su cuaderno. Se

aclaró la garganta—. El problema de este caso es que debería ser coser y cantar. Estamos en una población pequeña. La señorita James era una persona extremadamente famosa. Y hay un margen de solo diecisiete minutos en los que tuvo que cometerse el crimen. No sé por qué la solución no es más evidente.

—Según mi experiencia, cuanto más evidente es la solución, más cuesta encontrarla —observó Pünd.

—Puede que tenga razón.

Hare abrió su cuaderno de notas y relató lo que había escrito en él. Durante los siguientes minutos, habló sin interrupción.

—La última persona que vio con vida a la señorita James fue su marido, Francis Pendleton. Puede que se pregunte por qué no la llamo señora Pendleton, por cierto, pero todo el mundo la conocía por su nombre artístico, y es el que usaba aquí. El señor Pendleton es diez años más joven que su esposa y procede de una familia pudiente. Su padre es lord Pendleton, miembro conservador de la Cámara de los Lores, quien parece ser que no aprobaba el matrimonio de su hijo, así que, por lo que dicen, rompió la relación con él y le cortó el grifo.

»Se comenta que Francis Pendleton y su esposa tenían algunos roces. Claro que en un pueblo como Tawleigh-on-the-Water hay muchas habladurías, lo cual dificulta mi trabajo al tener que separar la verdad de las simples conjeturas. La cuestión es que hay una cocinera y un mayordomo que viven en la casa, una extravagante construcción del siglo XIX que se llama Clarence Keep y que está a casi un kilómetro del pueblo. Las dos mitades de Clarence Keep, es decir la de la señorita James y Francis Pendleton y la que ocupa el servicio doméstico, están bien delimitadas y no es fácil enterarse de lo que ocurre en la otra mitad, pero aun así me han dicho que había veces en que oían discutir al matrimonio. Los Gardner, que dirigen el hotel, también me han confirmado que las cosas entre los dos no iban demasiado bien.

»La señorita James estaba en una reunión, aquí, en el Moonflower, que acabó a las 17.40. Se fue a casa, y llegó un poco más tarde de las 18.00. Tanto la cocinera como el mayordomo confirmaron la hora, porque vieron llegar su coche, que era inconfundible, un Bentley. Según el señor Pendleton, su esposa y él mantuvieron una conversación breve y cordial antes de que él saliera en su otro coche, un Austin, para asistir a una representación de ópera en Barnstaple, *Las bodas de Fígaro*, que empezó a las 19.00. Se marchó a las 18.15, según él, aunque solo contamos con su palabra ya que nadie lo vio ni lo oyó salir. Tenía el coche aparcado en un lateral de la casa que no se ve desde las dependencias del servicio. La señorita James iba a ir con él, por cierto, pero al final decidió acostarse temprano.

»De manera que si hacemos caso de las pruebas, a las 18.15 solo quedaban tres personas en la casa. La señorita James estaba arriba, en su dormitorio. Phyllis y Eric Chandler, la cocinera y el mayordomo, estaban abajo, en la cocina.

—¿Son marido y mujer?

—No. Madre e hijo.

—Qué poco común.

—Diría que «poco común» es una buena forma de describirlos a los dos. —Hare tosió—. A las 18.18, unos minutos después de la hora en que Francis dice que se marchó, llegó un desconocido a la casa. No tenemos ni idea de quién era. Solo sabemos que estuvo aquí porque los Chandler oyeron ladrar al perro. Melissa James tenía un chow que se llama Kimba. El perro siempre ladra cuando se acercan desconocidos a la puerta. Si hubiera sido Melissa James o su marido, o bien un amigo o algún criado, se hubiera quedado callado. Pero a las 18.18 empezó a ladrar de un modo frenético, y al cabo de un par de minutos los Chandler oyeron que la puerta de entrada se abría y se cerraba.

—¿Ninguno salió de la cocina para ver quién era?

—No, señor Pünd. Tenían la noche libre, lo que significa que no llevaban puesto el uniforme, y no lo consideraron apropiado. Y es una pena porque, solo con que hubieran sacado la cabeza por la puerta, el misterio podría estar resuelto.

»En ese escenario cabe preguntarse una cosa. ¿Abrió Melissa James la puerta a las 18.20 y dejó entrar a un desconocido en la casa, que luego fue quien la mató? Parece la conclusión más lógica. A las 18.25, Phyllis y Eric Chandler se marcharon de la casa y se llevaron el Bentley de la señorita James. Ella les había dicho que podían cogerlo para ir a Bude a visitar a la hermana de la señora Chandler, que no se encontraba muy bien. Eric vio que el Austin no estaba allí, por cierto. Y antes de que me lo pregunte, no hay duda alguna de que los Chandler se marcharon de Clarence Keep. He hablado con un par de testigos que los vieron salir, y un coche así no pasa desapercibido. Además, la hermana de la señora Chandler confirma su versión.

»Si estoy en lo cierto, la señorita James se quedó sola en la casa con alguien a quien no conocía. A las 18.28 estaba muy alterada y telefoneó al doctor Leonard Collins, que era su médico de cabecera y también un buen amigo, así que está claro que a esa hora seguía con vida. El doctor Collins estaba en su casa, en Tawleigh, con su mujer. Tal vez debería mencionar que la llamada se efectuó a través de la centralita del pueblo, por lo que no hay duda de que tuvo lugar. Según el doctor Collins, la señorita James estaba aterrorizada. Dijo que necesitaba ayuda y le pidió que fuera a la casa. Samantha Collins, la esposa del doctor Collins, estaba en la sala cuando él contestó al teléfono y oyó parte de la conversación. Vio cómo su marido se marchaba y se fijó en la hora, las 18.35.

»El doctor Collins llegó a Clarence Keep a las 18.45 y le sorprendió encontrar la puerta abierta. Entró. Nada indicaba que ocurriera algo extraño, pero, después de haber oído a Melissa por teléfono, estaba preocupado. La llamó, pero no obtuvo respuesta. No había nada fuera de su sitio, pero subió a ver.

»Encontró a la señorita James en su dormitorio. La habían estrangulado con el cable del teléfono que estaba sobre la mesilla junto a la cama. Durante lo que debió de ser un violento forcejeo, arrancaron la toma de la pared. Además, la señorita James se golpeó la cabeza con una mesita decorativa que había cerca de la cama. Encontramos una contusión debajo del pelo y una mancha de sangre en el tablero de la mesita; del grupo AB positivo, que era el suyo.

»El doctor Collins hizo todo lo posible para reanimar a la señorita James mediante un masaje cardiaco y el boca a boca. Según su declaración, ella todavía tenía el cuerpo caliente cuando llegó, y podría haber funcionado. Por desgracia, no fue así. Llamó a la policía y avisó a una ambulancia a las 18.56. La llamada también quedó registrada, claro. Enviaron a un equipo de Barnstaple que llegó una media hora más tarde.

»Y eso es más o menos todo, señor Pünd. Le he dicho que el asesinato pudo tener lugar en un intervalo de diecisiete minutos, y me refiero al que va desde las 18.28, cuando la señorita James llamó al doctor, a las 18.45, cuando él llegó. Hay más detalles, más declaraciones de testigos que debe conocer, pero solo sirven para complicar las cosas. Lo que le he contado es la secuencia básica de los hechos. Estoy bastante seguro de que es precisa, pero al mismo tiempo eso forma parte del problema. Cuando se tiene conocimiento de los pasos minuto a minuto, como en este caso, es muy difícil ver cómo se las arregló el asesino para cometer el crimen.

—Ha hecho una composición de los hechos y los momentos temporales muy certera, inspector jefe—reconoció Pünd—. Le estoy muy agradecido. Nos facilitará mucho la labor a la hora de sacar conclusiones.

Hare sonrió, tal vez porque notó que Pünd había hablado en plural.

—¿Hay algo más que pueda contarme sobre la escena del crimen en sí misma? —preguntó Pünd.

—No gran cosa. Melissa James estaba sin duda muy alterada momentos antes de su muerte. Lo sabemos por la llamada al doctor Collins, pero también porque encontramos dos pañuelos de papel arrugado en el suelo del dormitorio y otro en el salón. Estaban impregnados de fluido ocular.

—Lágrimas —dijo Pünd.

—Estaba llorando cuando habló con el doctor Collins. Detesto decir esto, señor Pünd, pero parece muy probable que quien la agredió estuviera en la casa cuando llamó al médico.

—Es muy posible que tenga razón, inspector jefe. Aunque eso me lleva a preguntarme por qué el asesino le permitió hacer la llamada si pensaba matarla.

—Es cierto. —Hare volvió una hoja de su cuaderno de notas—. Debió de forcejear con el asesino. La cama estaba muy deshecha, había una lámpara volcada y ella tenía varias marcas de estrangulación alrededor del cuello, lo que sugiere que, como mínimo, intentó librarse del cable del teléfono que utilizaron para matarla.

El hombre suspiró.

—Tengo varias declaraciones de testigos que puedo pasarle,

pero imagino que preferirá hablar directamente con las personas implicadas. Siguen en Tawleigh, aunque hay un par que no muestran ningunas ganas de colaborar. No obstante, hay dos cosas importantes que me gustaría compartir con usted ahora.

»La primera es sobre un empresario que se llama Simon Cox. Tuvo una fuerte discusión con la señorita James en el bar del hotel poco después de las 17.30. Lo sabemos porque los oyó Nancy Mitchell, que trabaja en la recepción. Es una chica muy agradable y educada, por cierto. Su padre es el farero. Pero sospecho que se ha buscado problemas; diría que está embarazada.

—¿Qué le hace pensar eso, inspector jefe?

Hare sonrió.

—Tengo una hija. Está felizmente casada y le va muy bien. Seré abuelo por primera vez en septiembre, y lo único que puedo decirle es que se aprende a distinguir los síntomas.

—Le doy la enhorabuena.

—Gracias, señor Pünd. No le he dicho nada a Nancy sobre eso porque puede que no sea relevante y no quiero que se altere si no es necesario. —Volvió a consultar sus notas—. La cuestión es que Simon Cox siguió a la señorita James cuando se marchó del hotel y no puede justificar dónde estuvo entre ese momento y las 18.45, la hora en que bajó a cenar. Dice que fue a dar un paseo, ¡pero eso es lo que dicen todos!

—¿Le ha amenazado con detenerle?

—¿Por obstrucción a la justicia, quiere decir? ¿O como sospechoso de asesinato? Imagino que podría hacerlo por cualquiera de las dos cosas. Hoy tenía la intención de hablar con él. A lo mejor podemos hacerlo juntos.

—Por supuesto. ¿Y qué es lo otro que quería comentarme?

—Es sobre un tipo llamado Algernon Marsh. Se aloja aquí con su hermana, que es la mujer del doctor Collins. Es un joven atractivo, con muy buena presencia. Tiene un coche francés muy elegante. Pero he hablado con Scotland Yard y han estado investigando sus negocios. Parece ser que está hecho una buena pieza, aunque eso no le ha supuesto ningún impedimento para mantener una relación muy estrecha con la señorita James.

—¿Cómo de estrecha?

—No quiere hablar de ello.

—¿Es posible que tuvieran una relación sentimental?

Hare negó con la cabeza.

—Francis Pendleton insiste en que todo iba de maravilla entre él y su mujer. Claro que él es el primer interesado en hacérnoslo creer, ¿verdad? Sigue siendo el sospechoso número uno.

—Sin embargo, según el doctor Collins, cuando Melissa James lo llamó, su marido se había marchado a Barnstaple a ver una ópera.

—Sí, bueno. Supongo que pudo salir de casa y volver a entrar.

—¿Y por qué la señorita James no se lo dijo al doctor Collins cuando habló con él?

Hare suspiró.

—Todas son preguntas muy pertinentes. Y ese es precisamente mi problema. Todo debería ser muy sencillo pero nada tiene ningún sentido.

Pünd reflexionó sobre lo que el inspector jefe le había explicado.

—Con su permiso, inspector jefe, me gustaría empezar por el domicilio de Melissa James. Clarence Keep, creo que ha dicho que se llama. Me sería muy útil conocer a Francis Pendleton y juzgar las cosas por mí mismo.

—Desde luego. Ahora mismo lo acompaño.

—Puede que esto les sirva.

La señorita Cain llevaba un rato sin hablar, pero en ese momento le dio la vuelta a su cuaderno y se lo entregó a Pünd. Había dispuesto sus anotaciones en una hoja, formando columnas perfectas.

17.40 La señorita James sale del Moonflower.

18.05 La señorita James llega a casa.

18.15 Francis Pendleton sale de Clarence Keep para ir a la ópera.

18.18 Oyen ladrar al perro. ¿Un desconocido llega a Clarence Keep?

18.20 Oyen que alguien abre y cierra la puerta de entrada de Clarence Keep.

18.25 Los Chandler se marchan. El Austin no está.

18.28 Melissa James telefonea al doctor Collins.

18.35 El doctor Collins sale de su casa.

18.45 El doctor Collins llega a Clarence Keep.
Melissa James está muerta.

18.56 El doctor Collins llama a la policía y avisa a
una ambulancia.

Pünd examinó la hoja. Ya había grabado en la memoria toda la información relevante, pero aun así agradeció tenerla a su disposición de esa forma. Era como si los distintos momentos temporales se hubieran convertido en rótulos del camino que conducía a la verdad.

—Gracias, señorita Cain —dijo—. Le agradecería que mecanografiara todo esto.

—Lo haré con mucho gusto, señor Pünd.

—Quiero una copia para mí y otra para el inspector jefe Hare. No me cabe la menor duda de que la solución al problema se encuentra escondida entre los diez momentos que ha anotado. Lo único que tenemos que hacer es examinarlos con detalle y descubriremos la verdad.

8

PLEAMAR

Estaban a punto de salir cuando un hombre bajito y moreno entró como una exhalación en la sala y fue directo hasta el inspector jefe Hare. Era Simon Cox. El empresario y aspirante a productor de cine llevaba puesto el mismo traje que el día en que se encontró con Melissa, y estaba de muy mal humor.

—¡Inspector! —exclamó nada más llegar—. Me han dicho que estaría usted aquí y quiero que le quede más claro que el agua que me he hartado de este cautiverio absurdo. He telefoneado a mis abogados y me aseguran que esto es indignante y que usted carece de autoridad para retenerme. Yo no he tenido nada que ver con la muerte de Melissa James, ya se lo dije. Estuvimos en el bar. Hablamos durante unos diez minutos y luego se marchó. Y no me cansaré de insistir en que usted me permita hacer lo mismo.

Pünd observó al recién llegado. A juzgar por su grueso pelo negro y sus rasgos angulosos, además de su acento, se diría que era de procedencia rusa o eslava. Esa actitud colérica no le pegaba nada. Era demasiado menudo, demasiado poca cosa, y solo consiguió parecer un bravucón.

—No conoce a mi socio, el señor Atticus Pünd —repuso el inspector jefe, sacudiéndose así de encima el rapapolvo de que acababa de ser objeto.

—No tengo el placer, no.

—He pensado que debería hablar con él, señor Cox. Estoy seguro de que tiene algunas preguntas para usted.

—¡Por Dios! ¿Está sordo? ¿No ha oído lo que acabo de decir?

—¿Sobre lo de retenerle aquí? Bueno, también puedo hacerlo con una orden de detención, si lo prefiere. A lo mejor sus abogados se quedarían más tranquilos.

—¿Una orden de detención? ¿Por qué motivo?

—Por mentirle a un agente de policía. Por obstrucción a la autoridad durante el ejercicio de sus funciones...

—¡Yo no le he mentido! —Cox seguía en sus trece, pero ahora su voz denotaba cierta inseguridad.

—¿Por qué no se sienta? —le sugirió Pünd haciendo uso de su tono más afable mientras le señalaba una silla vacía—. Estoy seguro de que todo ha sido un malentendido. Si nos concede unos minutos más de su tiempo, señor Cox, estoy seguro de que acabaremos con esto y usted podrá dedicarse a sus cosas.

El empresario miró a Pünd, y, tras poner en la balanza la opción de una conversación tranquila frente a la posibilidad de ir a la cárcel, asintió en señal de acuerdo. Ocupó su lugar en el sofá entre Pünd y Hare. Madeline Cain ya había sacado su cuaderno de notas y aguardaba con la pluma preparada.

—¿Vino a Inglaterra antes de la guerra? —preguntó Pünd. Parecía verdaderamente interesado en saberlo.

Cox asintió.

—En 1938. Desde Letonia.

—De modo que Cox no es su verdadero apellido.

—No es muy diferente. En realidad me llamo Sīmanis Čaks. No tengo nada que esconder, señor Pünd. Pero debe comprender que no es fácil hacer negocios en este país siendo extranjero. ¡Por lo menos uno ha de procurar que no se le note demasiado!

—Lo comprendo perfectamente. Yo tampoco nací aquí. —Sonrió como si ambos hubieran alcanzado un objetivo común—. Vino usted a este pueblo con la intención de encontrarse con la señorita James —siguió diciendo.

—Sí.

—O sea que era un asunto importante. Yo mismo hice el viaje ayer y fue un trayecto de muchas horas. Tuve que coger tres trenes. ¡Y esos sándwiches que sirven! ¡Son horribles!

—Bueno, yo vine en coche. Pero tiene razón. Le expliqué el motivo al inspector. Quería que participara en una película mía.

—¿Qué película?

—Es un romance de época. Se llama *El rescate de la reina*. Melissa estaba interesada en interpretar el papel protagonista, Leonor de Aquitania.

—¡La mujer del rey Enrique II! —En su juventud, Pünd había estudiado historia en la Universidad de Salzburgo—. Y dice que ella estaba interesada. ¿Habían acordado las condiciones?

—Por eso teníamos que hablar. Falta poco menos de dos meses para que empiece el rodaje y quería asegurarme de que podíamos seguir contando con ella.

—¿Y la respuesta fue que sí?

Cox iba a contestar, pero, antes de que lo hiciera, Pünd extendió un dedo en señal de advertencia.

—Debo prevenirle, señor Cox, de que en un hotel hay mucha gente, y más aún en el bar. Tiene que saber que su conversación pudo llegar a muchos oídos ajenos, y sería una estupidez por su parte..., cómo decirlo..., deformar la realidad de los hechos, sobre todo en el contexto de una investigación de asesinato.

Cox guardó silencio. Era evidente que estaba sopesando sus opciones, pero vio que solo había una salida.

—Bueno, si de verdad quiere saberlo... —empezó a decir—. Melissa James había cambiado de opinión. Parece ser que había aceptado una oferta mejor. Es un comportamiento muy poco profesional, desde luego, pero es lo normal entre las actrices. Yo me enfadé. Me había mentido y me había hecho perder el tiempo. Pero para mí la cuestión no tiene mayor importancia. Hay muchas otras actrices a quienes puedo proponérselo. A fin de cuentas, ella llevaba cinco años sin trabajar en ninguna película. Ya no era la estrella que creía ser.

Había hablado deprisa y la señorita Cain tardó unos momentos en terminar de tomar notas. Pünd oyó el sonido del plumín sobre el papel cuando subrayó las últimas palabras.

—Y entonces la siguió cuando ella salió del hotel —musitó Hare. Ya había interrogado a Cox y se sentía bastante molesto porque, ante las preguntas de Pünd, estaba dando una versión diferente de los hechos.

—Salí poco después que ella. No la seguí.

—¿Y adónde fue?

—Ya se lo dije. —La mirada de Simon había recuperado aquel brillo desafiante—. Había conducido muchas horas y al llegar había subido directamente a mi habitación del hotel. Necesitaba caminar y ver un poco el panorama, y por suerte había parado de llover.

—Fue a Appledore —señaló Hare.

—Eso también se lo dije.

—Me dijo que había estado paseando por la playa.

—Estuve paseando una hora, sí. La playa se llama Gray Sands.

—Y no se cruzó con nadie. Nadie lo vio.

Cox se volvió hacia Pünd como si esperara que se pusiera de su parte.

—Ya se lo dije al inspector. Era tarde, las seis menos cuarto. El cielo estaba encapotado y se notaba mucha humedad porque había llovido. ¡Estuve solo! A lo lejos vi a un hombre con un perro, pero había demasiada distancia para que pueda reconocerme. ¡De hecho, quería estar solo! Tenía que plantearme qué iba a hacer después, y me ayudó que no hubiera nadie cerca.

Hare sacudió la cabeza, dudoso.

—Como comprenderá, caballero, eso dificulta mucho que podamos contrastar su versión de los hechos.

—Ese es su problema, inspector, no el mío.

Hubo un largo silencio y Hare pensó que ya no habría más preguntas cuando de pronto habló la señorita Cain. Sus contribuciones habían sido tan escasas hasta el momento que fue toda una sorpresa oír su voz.

—Disculpe, señor Pünd. ¿Puedo preguntar una cosa?

—Por supuesto, señorita Cain.

—Seguro que está mal que me entrometa, pero resulta que me crie en Appledore. De hecho, viví allí hasta los quince años, cuando mis padres se trasladaron a Londres. La cuestión es que conozco aquellas playas como la palma de mi mano, y es imposible pasear por Gray Sands después de las cinco de la tarde, y menos a finales de abril.

—¿Y por qué?

—Por la marea de primavera. Todas las tardes a las cuatro sube hasta lo alto del acantilado y durante cuatro o cinco horas no queda rastro de la playa. Puedes caminar por el borde del acantilado, pero incluso eso es un riesgo. Hay señales de peligro por todas partes. De hecho, una vez se ahogaron dos personas. La marea los sorprendió a medio camino.

Hubo otro silencio. El inspector jefe Hare se volvió hacia Simon Cox con mirada acusadora.

—¿Qué tiene que decir ante eso, señor?

—Yo... Yo... —Cox no daba con las palabras apropiadas.

—¿No estuvo paseando por Gray Sands?

—Estuve en una playa. Tal vez... Tal vez el nombre no era ese.

—¿Y puede describirnos la playa en la que sí estuvo?

—¡No! No me acuerdo. Me están confundiendo.

Enterró la cara en las manos.

—Me temo que voy a tener que pedirle que me acompañe a Exeter, señor Cox. Vamos a proseguir con las preguntas bajo prisión provisional y en presencia de otro agente. Queda usted detenido.

—¡Espere! —Simon Cox se había quedado lívido. Abría y cerraba la boca como si le costara respirar. Ninguno de los presentes se habría sorprendido si en ese momento hubiera sufrido un grave ataque al corazón—. Necesito un vaso de agua —dijo sin aliento.

—Iré a buscarlo —se ofreció la señorita Cain jovialmente. Se puso de pie y salió de la sala, y al cabo de un momento volvió con un vaso y una jarra.

Cox bebió con ansia. La señorita Cain recogió su cuaderno de notas mientras Pünd y el inspector jefe aguardaban a que Cox hablara.

—¡De acuerdo! —dijo al fin—. Les he mentido. Pero no tenía elección. Todo este asunto ha sido una pesadilla.

—Para Melissa James sí que ha sido una pesadilla —replicó Hare sin rastro de compasión—. Y para todos sus allegados. El asesino anda suelto y podría volver a actuar. ¿No se le ha ocurrido pensarlo? ¿O es que la mató usted? ¿La siguió hasta su casa? ¿Es eso lo que ocurrió?

—La seguí, sí. —Cox volvió a llenarse el vaso y bebió más agua—. No tiene ni idea del perjuicio que me suponía su decisión. ¡Va a ser mi ruina! ¡Debo miles y miles de libras! *El rescate de la reina*... Era eso, exactamente. ¡El dinero de la película iba a ser mi rescate!

—De modo que fue a su casa —intervino Pünd.

—Fui a su casa. Si se lo hubiera dicho, usted habría pensado que la maté yo, y tendría razón, podría haberlo hecho. Estaba lleno de odio. Ella había roto su promesa. Me había mentido. Y descartó mi oferta sin pensarlo dos veces solo porque soy un don nadie, porque a sus ojos yo soy un campesino de Letonia y solo podía ofrecerle mi buena voluntad y todo mi corazón. Sí. Pude haberla estrangulado yo, lo confieso. Pero no lo hice. No volví a hablar con ella.

—¿Y qué ocurrió?

—Encontré Clarence Keep. Está a menos de un kilómetro y medio del hotel y solo tardé unos minutos en llegar hasta allí en mi coche. Pensaba que Melissa habría llegado antes que yo, así que me sorprendió no ver el Bentley aparcado fuera. Estaba seguro de que no la había adelantado, de modo que pensé que debía de haber ido a alguna otra parte y que pronto llegaría.

—¿Dónde aparcó?

—En el margen de la carretera, cerca de unos árboles que me tapaban. No quería que me viera cuando volviera a casa porque pensaba que se marcharía.

—¿Cuándo llegó ella?

—Un poco después de las seis.

—¿Y dónde estuvo durante los veinte minutos anteriores?

Hare formuló la pregunta más para sí mismo que para los demás, pero Cox contestó de todos modos.

—No tengo ni idea. Pasó por mi lado sin darse cuenta de que estaba allí y enfiló el camino de acceso a la finca. La vi salir del coche y entrar en la casa.

—¿Qué ocurrió a continuación?

—Esperé unos minutos. Intentaba pensar qué le diría. Empezaba a arrepentirme de haber ido hasta allí. Sabía que Melissa había tomado su decisión y que yo no podía hacer nada. Aun así, salí del coche y recorrí a pie el camino hasta la puerta, pero, antes de llamar al timbre, oí una voz que venía de una ventana de un lateral que estaba un poco abierta. Era una voz de mujer, pero no la de Melissa. Parecía más mayor y estaba enfadada con alguien. Dijo que era repugnante; lo culpaba de algo.

—Phyllis Chandler y su hijo —dedujo Hare—. Debían de estar en la cocina.

—No sé quiénes eran. No los vi.

—¿Oyó lo que decía?

—En parte... sí. Pero no recuerdo las palabras exactas. Dijo algo así como que el Moonflower era retorcido y que ella lo había visto con claridad. —Cogió aire—. Y luego dijo que, si Melissa descubría la verdad, tendrían que matarla.

Hubo un largo silencio. Hare miraba al productor de hito en hito.

—Amenazaron con matarla. Ha muerto estrangulada. ¿Y no nos lo ha dicho hasta ahora?

Cox parecía destrozado.

—Ya se lo he explicado, inspector. No vi quién estaba allí ni con quién hablaba. Y aún no sé lo que oí. No sé exactamente...

—¡Pero oyó que esa mujer decía que tendrían que matarla!

—Creo que sí. —Cox sacó un pañuelo y se enjugó la cara. El sudor le brillaba en el labio superior—. No querían que Melissa descubriera la verdad.

—¿Y qué hizo después? —preguntó Pünd algo más amablemente.

—Me marché de la casa. Pensé que había sido un error ir allí. No me había servido de nada. Melissa no me habría recibido. ¿Y qué sentido tenía volver a humillarme?

—¿A qué hora regresó al hotel? —quiso saber Hare.

—Un poco más tarde. No sé decirle la hora con exactitud y nadie me vio llegar. Lo siento. La chica de la recepción no estaba. Subí a mi habitación para darme una ducha y cambiarme antes de cenar. Volví a bajar a las siete menos cuarto y me encontré con la señora Gardner, la mujer del director.

—¿Y por qué se inventó una historia tan complicada? —preguntó Hare—. ¡Un largo paseo por Gray Sands! Por lo que nos ha contado, solo estuvo fuera del hotel una media hora. Si quería mentirme, podría haberme dicho que estuvo todo el tiempo en su habitación.

—Vieron cómo me marchaba —explicó Cox con aire abatido—. Y es posible que alguien me viera de camino a Clarence Keep. Fue una estupidez, sí. Pero los hechos son los hechos, inspector. Tenía un buen motivo para matar a Melissa James. Estuvimos discutiendo antes de su muerte y la seguí hasta su casa. Era evidente que cuando todo eso saliera a la luz yo me convertiría en el sospechoso número uno. No pensaba ni que se creyera lo que oí. Pensaba que iba a decirme que me lo había inventado.

Pünd miró al inspector jefe Hare como si quisiera pedirle permiso, y, cuando este hizo un gesto de asentimiento, se dirigió a Simon Cox.

—Debería volver a Londres, señor Cox. Ha cometido una estupidez mintiéndole a la policía y podría haber causado un grave trastorno al retrasar la investigación. Pero, ahora que nos ha dicho la verdad, no hay motivos para seguir reteniéndolo. De todos modos, nos pondremos en contacto con usted si surgen más preguntas.

Cox levantó la cabeza.

—Gracias, señor Pünd. Lo siento muchísimo, inspector.

—Inspector jefe, gracias —lo corrigió Hare, incapaz de resistirlo por más tiempo.

—Lo siento. Sí...

Simon Cox se puso de pie y abandonó la sala.

—¿De manera que nos hemos creído su versión? —preguntó Hare cuando Cox se hubo marchado—. Entonces ¡tendríamos que ir a detener a Phyllis Chandler y a su hijo!

—Hay que interrogarlos, sin duda —convino Pünd—. Pero también hay que tener presente que el señor Cox no domina el idioma, y además oyó la conversación a través de una ventana en un momento en que tenía los nervios de punta.

—Sé que el Moonflower está perdiendo dinero —musitó Hare—. Y está claro que la señorita James sospechaba de alguna clase de desfalco.

—No me cabe duda de que el señor Pendleton podrá proporcionarnos más información sobre ese particular. —Pünd se volvió hacia su secretaria—. Pero, antes de que nos marchemos, hay una cosa que debo preguntarle, señorita Cain. No recuerdo que mencionara que había vivido en Devonshire cuando la entrevisté para el puesto.

Esa vez fue la secretaria quien se ruborizó.

—De hecho, señor Pünd, no he estado allí en mi vida.

—¡Un momento! —Hare no podía creer lo que acababa de oír—. ¿Me está diciendo que esa historia sobre Gray Sands...?

—Espero que me perdone, señor, pero me la he inventado. —Pestañeó varias veces y prosiguió a toda prisa—. Era evidente que ese caballero les estaba mintiendo y de pronto se me ocurrió una posible forma de destapar el pastel, por llamarlo de alguna manera. He jugado con el hecho de que nunca había estado aquí antes, y he decidido contarle que la playa por donde decía haber paseado no existía, por lo menos a esa hora. —Se volvió hacia Pünd—. Espero que no se enfade conmigo, señor Pünd.

El inspector jefe Hare soltó una carcajada.

—¿Enfadarse con usted? Se merece una medalla, señorita Cain. Ha sido una actuación brillante.

—Ha sido de gran ayuda, sí —reconoció Pünd.

—Ustedes dos forman un gran equipo.

—Sí —convino Pünd—. La verdad es que sí.

9

LA ESCENA DEL CRIMEN

El inspector jefe Hare tardó menos de cinco minutos en llevar en coche a Atticus Pünd y su secretaria desde el hotel Moonflower hasta Clarence Keep. La noche del asesinato, Melissa James tardó más de veinte, lo que implicaba que estuvo por lo menos un cuarto de hora en paradero desconocido. ¿Qué hizo durante ese tiempo? Tal vez hubiera una explicación inocente. Podría haber ido caminando hasta la oficina de correos. Podría haberse encontrado con alguien por la calle y entretenerse charlando. Pero la cuestión seguía siendo que luego se marchó a casa y la asesinaron, y todo lo que hiciera esa noche tenía una significación que podía resultar decisiva. Tal como Pünd había escrito en el prólogo de *Panorama de la investigación criminal*: «En algunos aspectos, los papeles del detective y del científico están íntimamente relacionados. Los hechos que llevan hasta un asesinato están igual de unidos que los átomos que componen una molécula. Resulta muy fácil pasar por alto un simple átomo o no darle importancia, pero, si lo haces, tal vez en lugar de obtener azúcar acabes obteniendo sal».

En otras palabras, las elecciones que Melissa hizo esa tarde pudieron contribuir a su muerte. Pünd quería conocer todos sus pasos.

El coche cruzó la verja de Clarence Keep y siguió avanzando hasta la puerta de entrada. La casa impresionaba ya a primera vista, con su porche y su balcón con ornamentos, asentada en un prado inmaculado que ascendía desde la carretera del litoral. Al mirar atrás, Pünd pudo ver toda la franja de la costa, el faro y Tawleigh-on-the-Water justo al final, a menos de un kilómetro de distancia hacia el este. El Bentley estaba aparcado en el camino de grava, despojado de su dueña; y, por algún motivo, a pesar de su elegancia, emanaba tristeza. A su lado había otro coche, un Morris Minor bastante destrozado, y, en una explanada del lateral de la casa, un Austin-Healey de un verde llamativo.

—El Austin pertenece a Francis Pendleton —musitó Hare—. El Bentley, por supuesto, era de la señorita James. El Morris, no estoy seguro.

Pünd examinó la parte frontal de la casa. Francis Pendleton afirmaba haber salido de Clarence Keep a las 18.15. Era uno de los momentos de los que había tomado nota la señorita Cain. Ahora Pünd veía que, debido a la forma de herradura del camino con sus dos verjas gemelas, le habría sido posible salir de la casa por la cristalera que daba a la explanada donde estaba aparcado el Austin. Bien podría haberse dirigido en coche hasta la carretera principal, desaparecer pendiente abajo y marcharse sin que nadie se diera cuenta. Solo contaban con su palabra para saber a qué hora había salido de allí.

Mientras tanto, la señorita Cain se había apeado del coche de Hare y observaba la casa con un entusiasmo que en ella resultaba inusual.

—¡Qué casa tan bonita! —exclamó.

—A mí también me lo parece —dijo el inspector jefe—. Es fácil comprender por qué la señorita James quería vivir aquí.

—Es preciosa.

—Mantenerla debe de costar un ojo de la cara, y la señorita James estaba atravesando un bache económico, por cierto. —Las últimas palabras iban dirigidas a Pünd—. He hablado con el director de su banco. Se estaba planteando poner a la venta el Moonflower para recaudar fondos, y también tenía en mente sus otras propiedades. Sin duda necesitaba actuar en una película.

Estaban a punto de llamar al timbre cuando se abrió la puerta de entrada y apareció un hombre vestido con un traje de tweed que llevaba un voluminoso maletín de médico. Pünd lo habría reconocido aunque Hare no se lo hubiera descrito cuando comentaban el caso. Se lo presentó.

—Este es el doctor Collins. Recordará que fue quien encontró el cadáver de la señorita James.

Atticus Pünd no necesitaba que se lo recordara. Sonrió y le estrechó la mano al doctor.

—¿Pünd? —Collins tardó un momento en atar cabos sobre el nombre—. ¡Usted es el tipo que resolvió aquel caso del diamante de Ludendorff! ¿Qué narices le ha traído hasta este rincón del mundo?

—El señor Pünd se ha prestado amablemente a colaborar en las diligencias de la investigación —explicó Hare con la jerga oficial que llevaba utilizando los últimos treinta años.

—Ah, por supuesto. Qué tonto soy. ¿Por qué si no iba a estar aquí?

—Usted es el médico del señor Pendleton —dijo Pünd.

—Correcto. —Collins hizo una mueca—. Espero que no hayan venido para hablar con él.

—¿Está demasiado enfermo para hablar?

—Bueno, apenas ha dormido desde que murió su mujer y está hecho un manojo de nervios. Me he dejado caer por aquí durante la ronda matutina para echarle un vistazo, y le he dicho que, si no se procura pronto un sueño reparador, no me quedará otra opción que mandarlo al hospital. Él no quiere que lo ingresen, de manera que le he administrado una dosis bastante elevada de reserpina.

—¿Es un tranquilizante?

—Sí, un alcaloide extraído de una planta que crece en la India, *Rauwolfia serpentia*. Lo receté mucho durante la guerra, y verdaderamente funciona. Se ha tragado la pastilla delante de mí y, aunque puede que tarde un rato en hacerle efecto, no creo que lo encuentren en sus plenas facultades mentales.

—Estoy seguro de que ha hecho lo que debía, doctor Collins.

—¿Se marcha a casa, caballero? —preguntó Hare.

—Tengo que ir a visitar a la señora Green en Leavenworth Cottage, y a la joven Nancy en el faro, y luego podré volver a casa y comer con calma. ¿Por qué? ¿Quieren hablar conmigo?

—Nos gustaría intercambiar unas palabras, caballero. Si no le importa.

—Creo que ya les he dicho todo lo que sé, pero no me importa volver a explicarlo. Le pediré a Samantha que ponga a hervir la tetera.

Pasó delante de ellos y se agachó para subir al coche. Le llevó tres intentos conseguir arrancar el motor, pero por fin se alejó por el camino y se incorporó a la carretera.

—Espero no haberme precipitado, señor Pünd —dijo Hare—. He supuesto que querría hablar con él.

—Tiene razón. Seguramente es uno de los átomos a tener en cuenta —repuso Pünd de forma críptica.

Llamaron al timbre y al momento se oyeron unos ladridos feroces y agudos. La puerta se abrió y salió un perro pequeño, una bola de pelo rojizo con las patas cortas y una tupida cola que se curvaba por encima de sus cuartos traseros. Al mismo tiempo, una voz lo llamó.

—Kimba, vuelve aquí.

Y, en el momento en que el perro obedecía, Pünd descubrió ante él a un hombre con un traje oscuro y aspecto desaliñado.

—Este es Eric Chandler —lo presentó Hare.

Pünd observó al criado con interés, preguntándose si se encontraba ante alguien que, cuando menos, había estado dispuesto a cometer un crimen. Le pareció que no. Eric tenía entre cuarenta y cincuenta años y cierto aire infantil aunque no en un sentido positivo. Se estaba quedando calvo, pero se había dejado largo el pelo que conservaba, de tal modo que le rozaba el cuello de la camisa. Permanecía de pie con una postura ladeada y por eso daba la impresión de tener un brazo más largo que el otro.

—Buenos días, inspector jefe —saludó Eric.

—Buenos días, Eric. ¿Podemos entrar?

—Claro, señor. Siento lo del perro. Siempre se pone nervioso cuando vienen desconocidos.

Entraron los tres juntos en el recibidor con el suelo cubierto por un entarimado de roble y alguna alfombra aquí y allá. Una escalera con la barandilla de madera conducía a la planta superior.

—Se nota de quién era la casa —observó la señorita Cain en voz baja.

Era cierto. El recibidor, que conectaba el salón, situado a un lado, con la cocina, situada en el lado opuesto, era muy espacioso.

Parecía una habitación más de la casa y lo habían decorado a conciencia con recuerdos de la carrera de Melissa James, empezando por una vitrina que contenía una decena de galardones entre los cuales había dos Globos de Oro. Sobre sendas mesas gemelas se exhibía un extraño conjunto de objetos que incluía una daga turca de aspecto peligroso con piedras de colores incrustadas. Pünd la cogió y le sorprendió descubrir que la hoja era tan real como utilizable. Él no solía ir al cine, pero Hare había visto y disfrutado *Noches de harén*, una comedia ambientada en Estambul, y recordó ahora que a Melissa, que hacía el papel de una turista inglesa, la amenazaban con esa misma daga en la escena final.

Mientras tanto, Madeline Cain examinaba los diversos cuadros que adornaban las paredes. Todos eran pósteres de películas; entre ellos había uno de *Moonflower* y otro de *El mago de Oz* con la dedicatoria «Para mi estrella más resplandeciente. Con amor, Bert Lahr».

—Recuerdo su actuación en esa película —dijo la mujer casi para sí.

Eric la oyó.

—El señor Lahr actuó con la señorita James en *Ella es mi ángel*, y se hicieron muy amigos —explicó—. *El mago de Oz* era una de sus películas favoritas. —Tragó saliva—. Lo que ha ocurrido es terrible. No tengo palabras para expresar cuánto la echaremos de menos todos.

El perro había decidido por fin que los recién llegados eran personas de confianza y había desaparecido en dirección a la cocina.

—Nos gustaría ver al señor Pendleton —anunció Hare.

—Sí, señor. Los acompañaré arriba. —Eric Chandler avanzó hacia la escalera con paso irregular y un ligero balanceo de hombros—. El señor Pendleton ocupa la habitación de invitados —confesó—. No ha sido capaz de entrar en el dormitorio principal desde que sucedió esa desgracia. ¿Ya saben que el doctor ha estado con él?

—Por eso queremos verlo enseguida. Hablaremos con él. Y luego el señor Pünd dará una vuelta por la casa, y me parece que también querrá hablar con usted.

—Estaré en la cocina con mi madre.

—¿Cómo está su madre, Eric?

—Sigue más o menos igual, señor. Todo esto le ha afectado mucho. —Eric sacudió la cabeza—. No sé qué será de nosotros ahora. Más vale no pensarlo.

Los guio arriba hasta un pasillo que recorría la casa de un lado a otro, con un arco en el extremo más alejado. Había una cortina de terciopelo descorrida que revelaba otro pasillo a continuación. Eric señaló una puerta junto a la escalera.

—Este era el dormitorio de la señorita James —dijo—. Las dependencias del servicio están pasado el arco. El cuarto del señor Pendleton está por aquí...

Giró a la izquierda y los llevó hasta una puerta situada a medio pasillo. Llamó a la puerta, primero con suavidad, luego más fuerte.

—Adelante.

La voz que procedía del otro lado era casi inaudible.

Eric se hizo a un lado y Pünd entró en la habitación a oscuras, seguido del inspector jefe Hare y la señorita Cain. A pesar de que eran las diez y media de la mañana, las cortinas permanecían cerradas, y la escasa luz del sol de aquel nuevo día nublado era incapaz de colarse por ellas. Francis Pendleton tenía todo el aspecto de un inválido, tumbado en la cama con la espalda apoyada sobre unas almohadas, vestido con un pijama y una bata, con la cara pálida y demacrada y los brazos estirados sin fuerzas a un lado y otro. Volvió la cabeza hacia ellos cuando entraron, y Pünd observó la vacuidad de su mirada, resultado del dolor de la pérdida y de la medicación que le habían administrado para combatirlo. Claro que la aflicción y los remordimientos eran primos hermanos. Era muy posible que Pendleton acabara en ese estado si, efectivamente, había matado a su esposa.

—Señor Pendleton... —empezó Pünd.

—Lo siento. Creo que no le conozco.

—Le presento a Atticus Pünd —dijo Hare a la vez que tomaba asiento junto a la cama—. Si le parece bien, le gustaría hacerle unas cuantas preguntas.

—Estoy muy cansado.

—Claro, señor Pendleton. Está pasando por una situación muy difícil. Intentaremos no quitarle mucho tiempo.

Madeline Cain se había sentado en una silla de un rincón del dormitorio con la intención de mantenerse lo más oculta posible. Pünd era el único que estaba de pie.

—Comprendo que esto debe de suponer para usted un tremendo shock, señor Pendleton —comenzó.

—Yo la quería. No puede hacerse idea de cuánto. Ella lo era todo para mí. —Las palabras resultaban casi incorpóreas. Pendleton no se dirigía a Pünd. Hablaba como si ni siquiera fuese consciente de que había alguien más en la habitación—. La conocí durante el rodaje de una película. Yo era su ayudante. Para mí todo aquello no significaba nada, no tenía ningún interés por el cine y pensaba que era una película tonta: secuestran a una chica y hay enfrentamientos entre bandas y conspiraciones. Sabía que no valía nada. Pero cuando entró Melissa, todo cambió. Era como si hubieran encendido todas las luces. Supe de inmediato que quería casarme con ella. Nunca ha habido nadie más para mí.

—¿Cuánto tiempo han estado casados, señor Pendleton?

—Cuatro años. Lo siento, pero estoy muy cansado. ¿Podemos hablar más tarde?

—Por favor, señor Pendleton. —Pünd dio un paso adelante—. Debo hacerle unas preguntas sobre el día de su muerte.

Hare pensó que sería inútil, que bajo los efectos de la medicación Pendleton no recordaría nada. Sin embargo, al parecer las palabras de Pünd lo habían espabilado. Se incorporó en la cama y miró al detective con los ojos llenos de temor.

—¡El día de su muerte! No lo olvidaré nunca...

—Su mujer se marchó del Moonflower y volvió a casa.

—Ese hotel es la ruina. Todo es por culpa de esa gentuza que lo dirige. Se lo advertí a Melissa, pero ella no quiso escucharme. Ese era su problema, que siempre veía la parte buena de las personas.

—Pero a usted le parece que hay algún comportamiento retorcido. —Hare utilizó la palabra a propósito porque recordaba lo que le había dicho Simon Cox.

—Retorcido, sí...

—¿Había ido allí para hablar con el señor y la señora Gardner? —preguntó Pünd.

—Exacto. Iba a vender el hotel. No quería hacerlo, pero no le quedaba más remedio, por lo menos si queríamos conservar esta casa. Pero, antes de venderlo, tenía que descubrir adónde estaba yendo a parar el dinero...

—¿Creía que las personas que dirigen el hotel le estaban robando?

—A mí me lo parece. Y ella me creía.

—¿La vio cuando volvió a casa?

—Esperé a que llegara. Yo estaba a punto de marcharme a Barnstaple, teníamos entradas para la ópera..., *Las bodas de Figaro*. Pero ella tenía dolor de cabeza y no quiso venir. Eso es lo que me dijo, pero creo que quería estar sola. Tenía muchos problemas. Yo quería ayudarla, y lo intenté.

—De manera que la dejó aquí y se marchó solo a la ópera.

—Sí. *Las bodas de Fígaro.* ¿Se lo he dicho?

—¿Antes de marcharse estuvo hablando con ella... diez minutos?

—Puede que un poco más.

—¿Discutieron?

—¡No! Con Melissa no se discutía. —Pendleton esbozó una débil sonrisa—. Se hacía lo que ella quería. Yo siempre hacía lo que ella quería. Era más fácil así. —Bostezó—. Estuvimos hablando de los Gardner. Ella me dijo que había visto a Nancy. Y a ese productor, cómo se llama... ¡Cox! Se llevó una sorpresa muy desagradable. Resulta que él la había seguido y la estaba esperando en el hotel.

Se recostó y posó la cabeza en la almohada. Era evidente que pronto se quedaría dormido. Pero Pünd no había terminado.

—¿Es posible que se reuniera con alguien después de salir del hotel? —preguntó.

—No lo sé. Me lo habría dicho...

—¿Eran felices juntos?

—Nunca he sido más feliz que en estos años con Melissa. ¿Cómo podría explicárselo? Era rica. Era famosa. Era guapa. Pero había algo más. Era única. No puedo vivir sin ella. No podré...

Al final el tranquilizante hizo su efecto. Francis Pendleton cerró los ojos, y al cabo de un momento quedó sumido en un profundo sueño.

Los tres visitantes salieron de la habitación en silencio.

—Me parece que no le ha servido de gran cosa —opinó Hare.

—Usted ya lo había interrogado, inspector jefe, y si es tan amable de prestarme sus notas...

—Haré que le envíen la transcripción, señor Pünd.

—Estoy seguro de que me revelarán todo lo necesario. Pero de momento le diré que ese hombre no miente cuando habla de su amor por Melissa James. El medicamento puede haberle aturdido la mente pero no el corazón. —Pünd miró alrededor—. Volveremos a hablar con él, pero por ahora me parece que nos será útil ver la habitación donde se cometió el crimen.

—Está por aquí.

Regresaron al pasillo. Pünd cruzó el arco y miró brevemente las paredes, donde había cuatro fotografías colgadas y una ventana al final. Luego regresó junto a la puerta que le había indicado Eric. La abrió y ante él apareció una habitación luminosa situada en la parte frontal de la casa, con tres ventanas desde donde se veía el jardín y, justo a continuación, el mar. Otra puerta daba al balcón que había visto nada más llegar, y se imaginó la vista en los meses de verano, con los rayos de sol y el cabrilleo del agua. Debía de ser magnífico despertarse allí.

La habitación estaba decorada con papel pintado de seda con motivos orientales que incluían pájaros y hojas de flor de loto. A Pünd le recordó de inmediato a un lugar donde había estado recientemente, pero tardó unos instantes en relacionarla con la habitación de Knightsbridge que servía de dormitorio a los Pargeter. Se preguntó por qué le había venido esa idea a la cabeza. Melissa tenía un gusto más femenino. Había añadido unas cortinas de muselina, flores secas y un dosel de seda sobre una cama antigua con cuatro postes. La moqueta era de color marfil y los muebles parecían de estilo francés, pintados a mano: una *bonnetière* bretona, un chifonier y un buró con dos montones de cartas bien apiladas. Unas mesillas de bronce dorado con sendas lámparas se hallaban a un lado y otro de la cama. Una de las lámparas tenía una raja bien visible en la pantalla de cristal. Pünd reparó en una toma de teléfono instalada en la pared y dedujo que el aparato solía descansar sobre la mesilla más alejada de la puerta. La policía debía de haberlo quitado de allí porque, a fin de cuentas, era el arma del crimen. Una puerta abierta daba a un gran cuarto de baño con una ducha, una bañera, un inodoro y, algo muy poco habitual, un bidé.

—Lo siento, pero han limpiado y ordenado la habitación —explicó Hare—. Estuvo cuatro o cinco días intacta y tenemos muchas fotografías que puedo enseñarle. Pero al señor Pendleton le molestaba mucho tenerla así porque le recordaba constantemente lo que había pasado; y, al final, como se encontraba en un estado emocional tan delicado, me di por vencido y dejé que la arreglaran. Claro que no sabía que usted vendría. Lo lamento.

—No se preocupe, inspector jefe. Ha hecho lo correcto. Pero me sería de gran ayuda que me describiera cómo estaba la primera vez que la vio.

—Por supuesto. —Hare miró alrededor y se tomó su tiempo antes de empezar—. Melissa James estaba encima de la cama. Era una estampa horrorosa. No sé si ha visto alguna vez a una víctima de estrangulación, pero es una muerte terrible. Estaba tumbada con la cabeza inclinada y un brazo retorcido rodeándole el cuello. Tenía los ojos muy abiertos inyectados en sangre y los labios hinchados. ¿Se encuentra bien, señorita Cain?

Madeline Cain estaba de pie junto al buró, pero al oír esa descripción macabra se sintió mareada. Quiso apoyar la mano detrás para sostenerse, pero se tambaleó y estuvo a punto de caerse, y en consecuencia una de las pilas de cartas se desmoronó y acabó en el suelo. Por un momento, dio la impresión de que ella iba a acabar igual.

Pünd acudió corriendo a su lado.

—¡Señorita Cain!

—Perdóneme, señor Pünd. —Tenía los ojos desorbitados detrás de sus gafas de montura de carey. Se puso de rodillas con dificultad y recogió las cartas—. Qué torpe... Lo siento.

—No tiene que disculparse por nada —dijo él—. He sido un necio y un desconsiderado. Debería esperarnos abajo.

—Gracias, señor Pünd. —El hombre la ayudó a levantarse y ella le entregó las cartas—. Creo que, verdaderamente, esto me ha sobrepasado.

—¿Quiere que la acompañe?

—No. Estoy bien, de verdad. Lo siento. —Intentó esbozar una sonrisa—. En United Biscuits no me pasaban estas cosas.

Salió a toda prisa de la habitación.

—¿Quiere que tome notas yo? —preguntó Hare. Era evidente que estaba afectado por lo que acababa de presenciar.

—Estoy seguro de que me acordaré de todo. —Pünd volvió a cerrar la puerta—. Ha sido un error traer a la señorita Cain a la escena del crimen —añadió, y volvió a dejar las cartas sobre el buró—. Es que antes no tenía secretaria y aún no sé bien cómo he de proceder.

—¿Continúo?

—Claro, inspector jefe.

—Bueno, la víctima presentaba dos zonas con abrasiones en el cuello y restos de sangre procedente de los conductos auditivos. Me temo que no ofreció mucha resistencia. La ropa de cama estaba muy arrugada y se le había salido un zapato, pero no tenía nada debajo de las uñas. Creo que la atacaron por detrás. Eso explicaría por qué no consiguió alcanzar al hombre que la mató.

—¿Saben seguro que fue un hombre?

—Corríjame si me equivoco, señor Pünd, pero me resulta difícil imaginarme a una mujer estrangulando a otra mujer.

—Es poco común, sin duda.

—Fue el doctor Collins quien descubrió el cadáver, claro. Es un tipo sensato y, aunque intentó reanimar a la señorita James, no tocó nada más.

—¿Qué hay del arma homicida?

—La estrangularon con el cable del teléfono, que estaba al lado de la cama. Eso me hace pensar que no habían planeado el asesinato. Si alguien hubiera venido con la intención de matarla, lo lógico hubiese sido que trajera su propia arma. No encontramos huellas en el teléfono, por cierto. Lo examinamos y no había nada. O bien el asesino las limpió o llevaba guantes.

Pünd asimiló esa información sin hacer ningún comentario.

—Me ha dicho que había dos pañuelos de papel tirados en el suelo.

—De hecho, eran tres. Uno de ellos estaba en la planta de abajo. —Hare se acercó al tocador—. Aquí había una caja de pañuelos de papel —dijo—. Ahora está en Exeter junto con las demás pruebas. —Hizo una pausa—. Antes de que la atacaran, Melissa James estaba muy alterada. Encontramos dos pañuelos de papel en el dormitorio, uno en la papelera y otro en el suelo. También los tenemos. Estuvo llorando mucho, señor Pünd.

—¿Tiene alguna idea de cuál era el motivo?

—Bueno, ya ha oído lo que ha dicho Pendleton. Es posible que fuera por los encuentros en el hotel, primero con los Gardner y luego con Simon Cox. Aunque, por otra parte, todos coinciden en que estaba perfectamente cuando se marchó.

—Puede que los testimonios no sean fiables.

—Es cierto. Pero también estuvo charlando con Nancy Mitchell, la joven que trabaja en la recepción, y ella lo confirma; no parecía que le ocurriera nada malo.

—O sea que está claro que algo le afectó mucho después de haber abandonado el Moonflower.

—Exacto. Evidentemente, pudo ser algo que ocurrió durante los veinte minutos en los que no sabemos dónde estuvo Melissa. Pero yo diría que es más probable que tenga que ver con algo que le pasó con su marido. No olvidemos que es la última persona que la vio con vida. Hablaron diez minutos y luego él se marchó a la ópera... Según dice, a las 18.15. Y tenemos la certeza de que estaba llorando cuando llamó al doctor Collins doce o trece minutos más tarde.

—No me ha contado lo que le dijo.

—Es mejor que se lo cuente el propio doctor. —Hare sacudió la cabeza y suspiró—. No tiene mucho sentido.

—Muy bien. Y ahora me gustaría ver la habitación donde encontraron el tercer pañuelo de papel.

Salieron del dormitorio y se dirigieron abajo, al salón, que ocupaba la esquina frontal de la casa, con dos ventanas que daban al mar y dos laterales. Una doble puerta acristalada se abría a la explanada donde Francis Pendleton había aparcado el Austin. Pünd reparó en las otras muchas referencias a la vida de actriz de Melissa James: las fotografías enmarcadas, la caja de plata para cigarrillos de la Metro-Goldwyn-Mayer, más pósteres y una claqueta de una de sus películas.

—Encontramos el otro pañuelo de papel arrugado ahí... —Hare

señaló en dirección a un escritorio con cajones hecho de aluminio colocado contra la puerta más alejada. Daba la impresión de que tenía fines decorativos. En el centro había un gran jarrón con flores secas y, al lado, un teléfono de baquelita de aspecto pesado—. Estaba en el suelo, debajo del escritorio.

—¿Hay más teléfonos en la casa? —preguntó Pünd.

Hare se quedó pensativo un momento.

—Creo que hay uno en la cocina, pero ninguno más.

—Qué interesante... —Pünd hablaba casi para sí mismo—. Tiene razón al observar que la señorita James derramó muchas lágrimas. Lloró mientras estaba en el dormitorio, las pruebas sugieren que también lloró aquí. Pero esta es la pregunta que le hago, inspector jefe. ¿Qué le pasaba y por qué la llevó a desplazarse a dos lugares diferentes de la casa?

—No estoy seguro de poder contestar a eso —repuso Hare.

—Perdóneme, amigo mío, pero creo que debería hacerlo. Sabemos que la mataron en el dormitorio. Y, sin embargo, también puede ser que telefoneara al doctor Collins desde abajo, desde este mismo salón. ¿Cómo es posible?

—Muy fácil. No lo llamó desde aquí por la sencilla razón de que el asesino estaba con ella. Sabía que corría peligro y se puso nerviosa. Empezó a llorar. Se inventó una excusa y subió al dormitorio. Desde allí llamó al doctor Collins. Pero el asesino la siguió y la estranguló con el cable.

—En el dormitorio había dos pañuelos de papel, y aquí solo uno. ¿No le hace pensar que estuvo más tiempo arriba que aquí?

—Lo siento, señor Pünd. No acabo de entender adónde quiere ir a parar.

—Solo intento comprender lo que sucedió en esta casa, inspector jefe. Y de momento no le encuentro el sentido.

—En eso estoy con usted. Nada sobre este caso parece tener ningún sentido.

—Pues vayamos a hablar con los Chandler. Ellos estuvieron en la casa prácticamente hasta el momento del crimen. Y estoy seguro de que tiene ganas de saber con exactitud de qué hablaban los dos en la cocina.

Abandonaron el salón y cruzaron el pasillo hasta la cocina, donde encontraron a Phyllis Chandler y a su hijo sentados ante una mesa vacía. Por una vez no había pasteles, ni galletas florentinas, ni señal alguna de que hubieran cocinado. Los fogones estaban fríos; se habían cancelado todas las celebraciones del fin de semana. Francis Pendleton apenas había probado bocado desde que murió su esposa. No había nada que mantuviera ocupados a los dos miembros del servicio doméstico.

—Nunca pensé que acabaría así —dijo Phyllis cuando todos estuvieron sentados alrededor de la mesa—. El año que viene cumplo sesenta y cinco, y tenía ganas de que llegara el momento de jubilarme. No sé qué vamos a hacer si perdemos este trabajo. No tenemos ningún sitio adonde ir.

—¿No creen que es posible que el señor Pendleton les pida que se queden? —preguntó Pünd. Estaba sentado enfrente de la mujer, con el inspector jefe a su lado.

—Ni siquiera estoy segura de que él se quede aquí, ahora que ella ya no está. Nunca he conocido a dos personas más inseparables, la verdad.

—Y sin embargo he oído que entre ellos había algunos roces. —Pünd solo estaba repitiendo lo que le había dicho Hare, y este se lo había oído decir a la propia cocinera. Miró a Phyllis con una expresión casi de disculpa.

La mujer se sonrojó.

—Bueno, es cierto que tenían sus diferencias de vez en cuando. Les ocurre a todos los matrimonios. La señorita James tenía muchas cosas en la cabeza, con todo lo del hotel y la nueva película. Pero el señor Pendleton estaba coladito por ella. Se enfrentó a la voluntad de su familia cuando se casaron, y ningún pariente ha vuelto a poner los pies aquí, pero eso a él le daba igual. ¡Mírelo ahora! ¡Ella era todo su mundo!

—¿Conoce a un hombre que se llama Algernon Marsh?

—Sí. Me lo presentaron. —Ahora se la veía incómoda. Pünd aguardó a que continuara—. Muchas veces se aloja en el pueblo, con su hermana, que es la mujer del doctor. —Volvió a guardar silencio, y luego, al darse cuenta de que Pünd esperaba más información, añadió—: Vino unas cuantas veces a la casa, y parecía que a la señorita James le caía bien. No sé por qué. No querría meter la pata, pero creo que ella era demasiado generosa con respecto a sus sentimientos hacia él; interprételo como quiera.

Eso era todo lo que pensaba decir, y podía significar muchas cosas. Al otro lado de la mesa, Eric Chandler se removía en la silla, incómodo, evitando la mirada de su madre.

—¿Podría por favor explicarme qué ocurrió la noche que asesinaron a la señorita James? Sé que ya se lo ha explicado al inspector jefe, pero me gustaría oírlo directamente de usted.

—Claro, señor, aunque no hay mucho que contar. Eric y yo teníamos la noche libre. Pensábamos ir a Bude para visitar a mi hermana. La señorita James fue muy amable y me dijo que podía coger el Bentley, así que esperamos a que ella volviera del pueblo.

—¿Le explicó qué iba a hacer allí?

—No. Pero dijo que le dolía un poco la cabeza y que se acostaría temprano. Yo subí a cambiarme... Eric y yo tenemos nuestra habitación arriba. Debía de ser un poco antes de las seis. Después, bajé a la cocina, y estuvimos los dos juntos esperando a que volviera.

—Oímos un coche, pero no era el suyo —terció Eric.

—¿Y cuándo fue eso?

Eric se encogió de hombros.

—Alrededor de las seis.

Lo que Eric acababa de explicar coincidía con lo que Pünd ya sabía por Simon Cox. El productor de cine había llegado a la casa a esa hora, pero se había quedado dentro del coche.

—La señorita James llegó al cabo de unos minutos —prosiguió Phyllis—. Entró en casa y fue directamente arriba, creo. No estoy segura porque soy un poco dura de oído y, de todos modos, aquí las paredes son muy gruesas. Mi hijo, Eric, se lo explicará.

Eric apartó un momento los ojos de la mesa, pero no dijo nada.

—¿A qué hora salieron de casa? —preguntó Pünd.

—Pues era más tarde de lo que me habría gustado. Íbamos a visitar a mi hermana Betty, que nos esperaba a las siete, pero no salimos de casa hasta las seis y veinticinco.

—¿Vieron marcharse al señor Pendleton?

—No, señor. Pero tenía el coche en la explanada del otro lado de la casa. Debió de salir por la cristalera del salón.

—Sin embargo, informaron a la policía de que alguien llegó a la casa después de que él se hubiera marchado.

—Es verdad, señor. No llamaron al timbre, pero oímos ladrar a Kimba, y eso es una señal inequívoca de que había venido un desconocido. Y luego, al cabo de un minuto, la puerta se abrió y se cerró, con lo cual queda demostrado.

—Pero no salieron a ver quién era.

—Teníamos la noche libre. No estábamos vestidos para recibir visitas.

—Entonces es posible que, cuando ustedes se marcharon, la señorita James se quedara a solas con ese desconocido, fuera quien fuese.

La señora Chandler se ruborizó.

—No sé qué insinúa, señor. No teníamos motivos para pensar que iba a ocurrirle algo malo. Tawleigh es un pueblo muy tranquilo. Ni siquiera cerramos la puerta con llave por las noches. Nunca había sucedido una cosa así. —Señaló una puerta—. Eric y yo salimos por la puerta trasera. Nos montamos en el Bentley y nos fuimos.

—¿Y no oyeron nada más? ¿No se percataron de ninguna pelea, ni de que se rompió una lámpara?

—No oímos nada, señor. La casa estaba totalmente en silencio.

El interrogatorio parecía haber tocado a su fin. Pünd se puso de pie.

—Hay una cosa más que debo preguntarle —dijo—. Antes de marcharse estuvo discutiendo con su hijo. —Lo comentó como si acabara de caer en la cuenta, sin darle importancia.

Phyllis Chandler se ofendió.

—Me parece que se confunde, señor.

—¿No estuvieron discutiendo del hotel Moonflower? ¿No le parece que algo está ocurriendo allí que puede tacharse de retorcido?

Eric lo miró sorprendido, pero su madre lo atajó enseguida.

—Puede que mencionáramos el hotel —dijo—. Todo el mundo sabe que está perdiendo dinero, y, ya que me lo pregunta, la señorita James tenía sus dudas sobre la forma en que lo dirigen.

—Se refiere a los Gardner, ¿no?

—No lo sé, señor. Eso no tiene nada que ver ni con Eric ni conmigo.

—Pero aun así se enfadó con su hijo.

—Me he llevado un chasco con mi hijo. Si hubiera conocido a su padre, comprendería por qué.

—¡Mamá! ¡No puedes hablar así de mí! —Eric salió en defensa propia por primera vez.

—¡Sí que puedo hablar así! —Phyllis lo fulminó con la mirada—. Desde que naciste, no hago más que llevarme un chasco tras otro. Tu padre era muy valiente. ¿Pero qué has hecho tú? —Se cruzó de brazos—. No tengo nada más que decir.

—Necesito hacerle una última pregunta. —Pünd observó de cerca a la mujer—. ¿Tenía miedo de que la señorita James descubriera algo que nos está ocultando? ¿De qué estuvieron hablando esa noche en la cocina?

Pünd no repitió todo lo que Cox le había dicho. Él afirmaba que los Chandler pensaban matar a Melissa James si lo descubría.

Phyllis Chandler la tomó con él.

—Es una vergüenza ver que la gente no hace más que espiar a los demás. Sí. Eric y yo nos dijimos unas cuantas cosas, pero nada importante. Llevar una casa como esta es agotador, ¿y cree que nos alegra tener que trabajar juntos? Puede que discutiéramos. Es normal, todo el mundo discute. Y si alguien nos escuchó a escondidas, lo que debería hacer es venir aquí y decírnoslo a la cara en vez de comportarse como un cobarde y actuar por la espalda.

—Lo siento, señora Chandler, pero mi trabajo consiste en buscar el sentido a todos los detalles.

—Bueno, pues esto es totalmente irrelevante. —Dio un suspiro—. Eric no ha estado haciendo el trabajo que le corresponde. Eso es todo. Tuve la necesidad de intercambiar unas palabras con él y lo hice.

—Muy bien, señora Chandler. No se hable más.

Atticus Pünd sonrió como para asegurarle a la mujer que no tenía de qué preocuparse. A continuación el inspector jefe y él salieron de la cocina y regresaron al recibidor.

La señorita Cain los estaba esperando sentada en una silla.

—Lo siento mucho, señor Pünd —se disculpó.

—Espero que se haya recuperado, señorita Cain.

—Sí, señor. He dado una vuelta por el jardín.

Intentó sonreír, pero saltaba a la vista que seguía estando afectada.

—¿Quiere regresar al hotel?

—No, señor. Prefiero quedarme con ustedes. —Sus mejillas revelaban una pizca de enfado—. Es horrible lo que le han hecho a esa mujer, y quiero descubrir quién ha sido.

—Espero no defraudarla —dijo Pünd.

—¿Qué conclusiones ha sacado de esos dos? —preguntó Hare, mirando en dirección a la cocina.

—Son unos infelices —repuso Pünd—. Y esconden algo; eso lo tengo claro. Pero no debemos perder de vista que Melissa James telefoneó al doctor Collins cuando ellos ya se habían marchado.

—Eso dicen.

—A lo mejor el doctor Collins puede darnos más información.

Phyllis Chandler los observó marcharse desde la ventana de la cocina. Eric se levantó de la mesa y fue hacia ella.

—Lo sabe —dijo Phyllis sin darse la vuelta—. Y, si aún no lo sabe, lo descubrirá.

—¿Qué vamos a hacer? —La voz de Eric sonó como un gemido.

Volvía a sentirse como un niño pequeño que veía cómo su padre partía con el ejército, y al regresar a casa de la escuela esperaba a que su madre le dijera lo que tenía planeado para él.

Pero esa vez ella no pensaba implicarse.

—Querrás decir qué vas a hacer.

La mujer dio media vuelta y se alejó, dejando a Eric a solas con sus sombríos pensamientos.

10

VEN, DULCE MUERTE

—Buenos días. Bienvenidos a Bedside Manor.

El doctor Collins había salido a recibirlos a la puerta de su casa. Se había despojado de la chaqueta, pero seguía llevando la camisa, la corbata y el chaleco que le habían visto antes. Tenía una pipa de fumar en la mano.

—No es el nombre real de la casa —siguió diciendo—. El original es bastante soso, Church Lodge. Samantha no me dejó cambiarlo bajo ningún concepto, porque le gusta la idea de vivir junto a una iglesia, pero todos mis pacientes prefieren llamarla Bedside Manor, y yo también. Pasen y tómense esa taza de té que les he prometido.

Con Pünd en cabeza, entraron en la acogedora casa que su esposa y él se habían hecho construir en Rectory Lane. Todo, desde las alfombras a las cortinas pasando por el papel pintado, se veía bastante ajado, pero eso formaba parte de su encanto. Había un barullo de abrigos de todas las tallas y colores en el recibidor, una hilera de botas de agua, una radio conectada en la planta de arriba y un olor de pan recién hecho procedente de la cocina que inmediatamente transmitían una vitalidad de la que Clarence Keep carecía.

—Aquí tengo la consulta —dijo el doctor Collins señalando una puerta con el extremo de la pipa—. Pasen al salón.

Los guio hasta una habitación sencilla de forma cuadrada con dos mullidos sofás, muchas estanterías repletas de libros, un piano vertical que lograba dar la impresión de estar completamente desafinado incluso antes de que nadie lo tocara y unos retratos desvaídos de la época victoriana. Encima del piano había una cruz, un crucifijo, y una partitura musical: *Ven, dulce muerte*, de Johann Sebastian Bach.

—¿Toca usted el piano? —preguntó Pünd.

—Yo no, Samantha. —Collins prestó atención a la partitura—. Le gusta Bach, pero imagino que en estos momentos no es la pieza más adecuada. —Le dio la vuelta para ocultar el título—. Por favor, tomen asiento. Mi mujer los ha visto llegar y estará con ustedes en un abrir y cerrar de ojos.

—¿Está aquí su cuñado, caballero? —preguntó Hare.

—¿Algernon? Sí, está arriba. No me digan que también quieren verlo.

—Es una buena idea, sí. Antes de marcharnos.

—Espero que no piensen que ha tenido algo que ver con el asesinato, inspector jefe. Algie es más bien un bala perdida, ¡pero no creo que hasta ese punto!

No quedaba claro hasta qué punto el doctor Collins hablaba en broma. Su mirada adoptó cierta frialdad como de acero en cuanto salió a relucir el nombre de Algernon.

Al cabo de unos instantes, Samantha Collins llegó con el té. Pünd pensó que costaba imaginarla sin una bandeja en las manos, o bien una cesta con la colada o el aspirador. Sabía que había una palabra muy apropiada para describirla. ¿Metomentodo? No, no era esa, aunque verdaderamente siempre andaba metida en toda clase de tareas. Tenía el pelo castaño, aunque había empezado a perder bastante el color, y lo llevaba recogido y atado con una cinta. No iba maquillada. A Pünd le impactó lo poco que parecía preocuparse por su aspecto, o tal vez era que, con sus dos trabajos en la iglesia y en la consulta, nunca tenía tiempo para ponerle remedio.

—Buenos días, señor Pünd —saludó.

El reloj marcaba las diez en punto.

—Señora Collins. —Pünd se dispuso a ponerse de pie.

—¡No se levante, por favor! Espero que no le importe que sirva el té en bolsitas. Si no, tendría que ofrecerles un Earl Grey. Me alegro de volver a verle, inspector jefe. Y usted debe de ser la señorita Cain.

—¿Cómo está? —Madeline Cain hizo una inclinación de cabeza pero no se levantó.

—Mi marido me ha dicho que se han visto en Clarence Keep y que iban a venir. Han elegido un buen momento. Los niños están con la señora Mitchell en el faro porque esta tarde vamos a salir, así que en la casa hay paz y tranquilidad. ¿Quieren leche?

—Un poco, por favor.

—Yo lo tomaré con una rodaja de limón si es posible —dijo la señorita Cain.

—Len, he dejado un plato con rodajas de limón en la cocina, ¿te importa?

—¡Voy volando! —El doctor se levantó y salió de la sala.

—Este asunto es de lo más desagradable —prosiguió Samantha mientras vertía el té—. Un asesinato es algo horrible, y un estrangulamiento hace que aún sea peor. Lo último que vio Melissa fue a la persona que la mató. Lo último que sintió fueron sus manos alrededor del cuello. El pasado domingo rezamos por ella en la iglesia. Leímos el salmo 23: «El señor es mi pastor; nada me falta. En campos de verdes pastos me hace descansar...».

—*¡Verdes pastos!*

La señorita Cain había estado tomando notas, pero en ese momento levantó la cabeza del papel.

—Es verdad, era el nombre de una de sus películas y por eso pensamos que era adecuado. El párroco le dedicó un sermón precioso.

—¿Tenían ustedes una relación muy cercana? —preguntó Pünd.

Samantha lo pensó antes de contestar.

—No especialmente, señor Pünd. Claro que todo el mundo sabía quién era, y tal vez ese fuera, en parte, el problema. No es fácil trabar amistad con una persona famosa.

—¡Aquí tienen!

El doctor Collins había regresado con el limón.

—Pero se trataban con ella —dijo Pünd para proseguir con su investigación.

—Ah, sí. Vino a casa algunas veces.

—¿Estaba delicada de salud?

—Sufría un poco de agotamiento a causa de todos los problemas que tenía —respondió el doctor Collins—, pero en realidad no era a mí a quien venía a ver.

—Mi hermano, Algernon, era su asesor financiero —explicó Samantha—. Pasaban mucho tiempo juntos.

—Y supongo que su hermano estaba con ustedes el día en que tuvo lugar el crimen.

—Sí, estaba aquí. Salió por la tarde con unos amigos y llegó sobre las siete.

Sin coartada a la hora de la muerte. Pünd vio que la señorita Cain anotaba las palabras en su cuaderno.

—¿Hablaron con él? —preguntó Pünd.

—No. Fue directo a su habitación. —Samantha parecía perpleja—. ¿Por qué me hace todas esas preguntas sobre Algie? Él nunca le haría daño a nadie.

—Solo intento esclarecer los hechos —la tranquilizó Pünd. Se volvió hacia el doctor Collins—. Me resultaría útil que me explicara con exactitud que ocurrió en el momento de la muerte de la señorita James, empezando por la llamada telefónica que recibió.

El doctor Collins asintió.

—Ya sabe que traté de salvarle la vida —dijo—. Si hubiera llegado unos minutos antes, posiblemente lo habría conseguido.

—Estoy seguro de que hizo cuanto pudo.

—Al principio pensé que había llegado a tiempo. Estaba tendida en la cama y vi que había habido un forcejeo, pero parecía... Bueno, pensaba que podía estar viva. Lo primero que hice fue buscarle el pulso, y no lo encontré.

—Por favor, empiece por el principio.

El doctor Collins dio un suspiro.

—Yo estaba en la consulta con Samantha. ¿Qué hora era, cariño?

—Faltaba muy poco para las seis y media.

—Eso es. Esa tarde en la consulta estuvimos bastante tranquilos. Solo visitamos al señor Highsmith por su reumatismo, y vino la señora Leigh con los gemelos; los dos tenían tosferina, pero por suerte lo atajamos a tiempo. Estaba recogiendo cuando sonó el teléfono, y era Melissa.

—¿Qué le dijo?

—No tenía mucho sentido, señor Pünd. Era obvio que estaba

muy alterada. Dijo que en la casa había alguien y que si podía ir allí rápidamente.

—¿No le dijo el nombre de la persona?

—No estoy seguro de que la conociera. «¡Está aquí!». Eso fue lo que me dijo. «No sé lo que quiere. ¡Tengo miedo!». Estaba llorando. Le dije que se calmara y que llegaría enseguida. —Se volvió otra vez hacia su mujer—. ¿Cuánto tiempo estuve al teléfono?

—Solo un minuto. Incluso puede que menos.

—¿Y usted oyó la conversación, señora Collins?

Samantha lo pensó.

—Podía oír la voz de la otra persona. Era, sin duda, la señorita James. Y vi que Len estaba muy alarmado, de manera que me acerqué. La oí pedir socorro.

—Solté el teléfono lo más rápido que pude —dijo el doctor Collins—. Sabía que tenía que llegar allí de inmediato. Cogí mi maletín y me fui.

—¿Y cuánto tiempo tardó en llegar a Clarence Keep?

—Bueno, claro, está en la otra punta del pueblo, y me costó un poco arrancar el coche. Vamos a tener que comprarnos uno nuevo. El Morris está para el arrastre, literalmente. La cuestión es que llegué en cuanto pude.

—¿Y qué ocurrió entonces?

—Llamé al timbre pero no me contestaron, así que empujé la puerta, que estaba abierta, y entré. Enseguida salió el perrillo y se puso a ladrarme, pero aparte de eso en la casa había un silencio..., bueno, sepulcral. Llamé a Melissa, pero no tuve respuesta. Entré en la cocina por si encontraba a Eric o a Phyllis, pero habían salido. Recuerdo que no había ningún coche aparcado en el camino de entrada. Fui al salón y al comedor, pero estaban desiertos y no había señales de que hubiera ocurrido nada raro. Aun así, debo decir que estaba bastante preocupado. Subí a la planta de arriba, con el perro detrás, y fui directo al dormitorio principal. Debe de preguntarse cómo es que conocía la casa, pero, claro, había estado allí varias veces para visitar a Melissa cuando se encontraba mal.

»Lo primero que pensé es que debía de haberse acostado, pero nada más doblar la esquina vi lo que había pasado. La puerta estaba abierta y ella estaba tumbada boca arriba con el cable del teléfono alrededor del cuello. Una de las mesillas estaba volcada y a Melissa se le había salido un zapato. Entré corriendo y traté de buscar alguna señal de que seguía con vida, y luego intenté reanimarla con un masaje cardiaco. Pero no hubo suerte.

—¿En ningún momento temió por su propia vida, doctor Collins? Su agresor podía andar cerca todavía.

—Ya ve, ¡ni se me pasó por la cabeza! Solo pensaba en Melissa. Cuando me di cuenta de que no podía hacer nada, volví abajo porque, claro, no podía llamar a la policía desde el dormitorio. Habían arrancado el cable del teléfono de la pared. Entré en el salón y llamé desde allí.

—¿Y el perro?

—¡Qué pregunta tan extraña, señor Pünd! ¿A qué se refiere?

—¿Fue tras usted?

—Sí, me siguió. Al pobrecillo se le veía bastante angustiado, aunque yo no tenía tiempo para estar pendiente de él. Salí de la casa, me senté en el coche y esperé a que llegara la policía.

Hubo una breve pausa mientas Pünd asimilaba todo aquello. La señorita Cain había estado tomando notas muy deprisa, pero al final consiguió apuntar todo lo que se había dicho y paró.

—¿Podría describirme su relación con la señorita James? —pidió Pünd—. He notado que la llama Melissa, y, como ha dicho, conocía bien su casa. Se lo pregunto porque me resulta curioso que usted fuera la primera persona a quien llamó.

—¿En lugar de llamar... a quién?

—Bueno, a la policía.

El doctor Collins asintió.

—La respuesta es muy sencilla. Yo estaba mucho más cerca. La policía tenía que venir desde Bideford. En cuanto a nuestra relación, Melissa era una paciente hipocondriaca, de manera que nos veíamos a menudo. Para serle sincero, no podía hacer gran cosa por ella desde el punto de vista médico, pero le gustaba tener a alguien con quien hablar y podría decirse que terminamos haciéndonos buenos amigos. Creo que yo le aportaba serenidad.

—Se convirtió en su confidente.

—Podría decirse así, sí.

—¿Le habló de la relación que tenía con su marido? ¿Tal vez de la posibilidad de que estuviera viéndose con otra persona?

—No sé si debo contestar a eso. —El doctor Collins frunció el entrecejo—. Me debo a la confidencialidad entre médico y paciente. La cuestión es que no me contó nada sobre Francis. Melissa era actriz. Le gustaba hablar de sí misma, sobre todo de su trabajo. Iba a actuar en una película de Alfred Hitchcock y estaba muy emocionada.

—Deberíamos irnos —dijo Samantha Collins mirando el reloj—. Tenemos que coger el tren.

—¿Adónde van? —quiso saber Hare.

—A Londres —respondió el doctor Collins—. Pero solo por un día. Mañana estaremos de vuelta.

—¿Es un viaje de trabajo o de placer?

—Es un asunto privado, inspector jefe.

—Con todos mis respetos, caballero, ningún asunto es privado cuando se está en mitad de una investigación por asesinato.

—Lo siento. Por supuesto, tiene razón. —El doctor Collins estiró el brazo y cogió a Samantha de la mano—. Vamos a ver a un abogado por una suma de dinero que parece que mi mujer ha heredado de su tía. Le aseguro que no tiene nada que ver con la muerte de Melissa James.

Hare asintió.

—¿Hay algo más que necesite saber, señor Pünd?

—Solo una cosa. —Pünd se volvió hacia el doctor Collins—. Cuando le llamó por teléfono, ¿por casualidad la señorita James no le contó dónde había estado antes de volver a casa?

—¿Cómo dice?

—Salió del hotel a las 17.40, pero no llegó a casa hasta pasadas las 18.00 —explicó Hare—. Tendremos que averiguar qué ocurrió durante esos veinte minutos.

—Yo se lo diré —terció Samantha Collins. Hizo una pausa al ver que los había pillado a todos por sorpresa—. Estuvo en la iglesia.

—¿En Saint Daniel?

—Exacto, inspector jefe. Subí para leerle a mi hijo y al mirar por la ventana vi su coche aparcado al lado de la verja. Desde el dormitorio de Mark se ve muy bien la iglesia. Salió del coche y se quedó un momento en la puerta. Luego entró.

Pünd permaneció pensativo unos instantes.

—Me ha parecido entender que desempeña usted una labor muy activa en la iglesia del pueblo, señora Collins.

—Sí, intento ayudar siempre que puedo.

—¿Veía por allí a menudo a la señorita James?

—No asistía mucho a misa, aunque participaba en las lecturas de Navidad y de la Fiesta de la Cosecha, y lo hacía muy bien; y, como tal vez sepa, pidió que se la enterrara en el cementerio local, aunque de momento la policía tiene el cadáver bajo custodia. —Samantha miró a Hare con gesto acusador.

—Podrán hacerlo muy pronto —le aseguró Hare.

—Pero, ya que me lo ha preguntado, la vi entrar y salir unas cuantas veces.

Pünd frunció el entrecejo.

—¿No es un poco raro? No me da la sensación de que fuera una persona muy religiosa.

—No tienes que ser un devoto para disfrutar de la paz y el consuelo que ofrece una iglesia —opinó Samantha.

—¿Estaba sola ese último día?

—Sí.

—¿La vio marcharse?

—No, no la vi salir. Volví a la consulta y después me olvidé por completo de ella.

El doctor Collins se puso de pie.

—Es hora de que nos marchemos —anunció—. Han dicho que querían ver a mi cuñado.

—Nos sería de ayuda, sí —dijo Pünd.

—Le pediré que baje. —Fue hasta la puerta, y, vacilante, se detuvo, súbitamente incómodo—. Puede que les parezca raro, pero les agradecería que no le comenten nada de lo que les he contado sobre por qué vamos a Londres. Como les decía, a Samantha y a mí nos gustaría mantenerlo en secreto.

—Por supuesto.

—Algie y la tía Joyce no se llevaban muy bien —explicó Samantha cuando su marido hubo abandonado la sala.

Lo oyeron llamar a Algernon desde el recibidor.

—Me sorprende que hayan tenido que dejar a los niños con la señora Mitchell —observó Hare—. ¿No estarían mejor aquí con su tío?

—Me temo que a Algie no se le dan muy bien los niños. De todas formas, les encanta estar con Brenda. La conocen bien porque suele venir y me ayuda con las tareas de la casa. Y para ellos es todo un lujo dormir en el faro.

El doctor Collins entró en la sala seguido por un hombre de sonrisa nerviosa y pelo rubio que llevaba un sello de oro en un dedo y un reloj caro. Iba ataviado con una camisa blanca y unos pantalones de montar de algodón sargado.

—Espero que nos perdonen pero tenemos que marcharnos —dijo el doctor Collins en cuanto entró.

Samantha se levantó y se puso los guantes.

—Hasta mañana, Algernon. Tienes la cena en la nevera. Y el número del hotel está en mi escritorio de la consulta, por si necesitas ponerte en contacto con nosotros.

—Que disfrutéis de la obra.

O sea que le habían dicho que iban al teatro. Pünd tomó nota mentalmente. Era un dato de sumo interés.

Algernon Marsh se quedó de pie hasta que Leonard y Samantha Collins se hubieron marchado. Entonces habló.

—Len me ha dicho que quieren hablar conmigo. ¿De qué se trata?

—¿De qué cree que se trata, señor Marsh? —repuso Hare—. Estamos investigando la muerte de la señorita Melissa James.

—Ah, claro. Sí. —Parecía muy tenso, pero en ese momento se relajó un poco—. Ya hablé con usted, inspector jefe. He contestado a todas sus preguntas. Me sorprende un poco que quieran volver a hablar conmigo.

—El responsable soy yo, señor Marsh —explicó Pünd en tono de disculpa—. Pero todo me induce a pensar que tenía una relación muy estrecha con la señorita James.

—Yo no diría eso. La asesoraba sobre algunas inversiones.

—Pero también era un buen amigo suyo.

—Me gustaría pensar que soy un buen amigo de todos mis clientes.

—¿Con qué frecuencia se veían?

La pregunta estaba formulada en tono inocente, pero le sentó como una puñalada.

—De vez en cuando nos veíamos en Londres.

Algernon había captado que aquel detective privado con sus gafitas redondas y su bastón de palo de rosa podía llegar a representar una amenaza para él, e hizo lo posible por responder con evasivas.

—Y también venía a verla aquí.

—No, venía a ver a mi hermana. De hecho, fue Sam quien me presentó a Melissa en primer lugar.

—¿Y sobre qué inversiones la estaba asesorando? —preguntó Hare.

—Tenía una cartera bastante extensa, inspector jefe. Pero le aseguro que Melissa estaba muy contenta con mis servicios.

—Estoy seguro de que así era, caballero —musitó Hare, y su voz revelaba algo más que una nota de sarcasmo.

Algernon Marsh no le prestó atención. Parecía tener el completo dominio de la situación, como si le hubieran quitado un peso de los hombros.

—¿Hay algo más en lo que pueda ayudarles?

—Quizá podría decirnos dónde estuvo entre las seis y las siete de la tarde del día en que se cometió el crimen.

—Estuve aquí. Me quedé dormido arriba. —Algernon sonrió—. Me pasé un poco con la bebida al mediodía y tuve que dormir la mona.

De manera que había estado conduciendo bajo los efectos del alcohol, pensó Hare. No era el momento de entrar en detalles, pero no se le olvidaría. Prefirió seguir con el hilo de la conversación.

—Su hermana nos ha informado de que no llegó a casa hasta las siete.

—Pues se equivoca. Eran las seis y cuarto. Llegué y me fui directo arriba. —Se encogió de hombros—. Me temo que no me vio nadie, en realidad, lo cual es una lástima. Si están buscando que les dé una coartada, no tengo ninguna.

—¿Cuánto tiempo piensa quedarse en Tawleigh, señor Marsh? —pregunto Pünd.

—Unos cuantos días. Ahora que Melissa ya no está, no tiene mucho sentido que me quede por aquí.

—Pero hace un momento ha dicho que había venido a ver a su hermana.

—Vine por las dos, señor Pünd. ¿Los acompaño a la puerta?

Al cabo de unos momentos, Pünd, el inspector jefe y la señorita Cain se alejaban por el camino después de que les cerraran la puerta de golpe.

—¡No me creo ni una palabra de lo que dice ese hombre! —masculló la señorita Cain.

—Es una buena pieza —convino Hare. Pasaron junto al Peugeot aparcado en el camino de entrada, y Pünd observó un instante la insignia plateada y la abolladura de la rejilla del radiador.

—¿Y ahora qué? —preguntó el inspector jefe.

—Creo que ya hemos tenido bastante por hoy. Me gustaría leer las transcripciones de sus interrogatorios y reflexionar sobre lo que hemos visto. ¿Piensa regresar a Exeter?

—No, señor Pünd. He pensado que es mejor que me quede en Tawleigh ahora que usted está aquí. A Margaret, mi mujer, no le importará perderme de vista unos cuantos días, y la verdad es que quiero pasar todo el tiempo posible con usted. Tengo la sensación de que puedo aprender algunas cosas. Dicho eso, me temo que no puedo permitirme el precio del Moonflower, así que he alquilado una habitación en el Red Lion.

—Es muy amable, inspector jefe. ¿Le gustaría que cenáramos juntos esta noche?

—Nada me gustaría más.

—Pues está hecho.

Los tres se subieron al coche de policía y partieron de allí, pasando junto al cementerio de Saint Daniel y la tumba recién cavada donde pronto descansaría Melissa James.

11

CAE LA NOCHE

I

La luna se elevaba sobre Tawleigh-on-the-Water, pero por algún motivo aquella suave pátina de luz confería al pequeño pueblo portuario un aire todavía más oscuro. Las calles estaban desiertas, y en el cielo se recortaba la marcada silueta de Saint Daniel. El haz procedente del faro emitía destellos en un mar inacabable, y los barcos pesqueros, que cabeceaban al unísono, parecían casi asustados, perdidos en la nada. Era imposible determinar dónde acababa la playa y dónde empezaba el agua.

El inspector jefe Hare recorrió la corta distancia hasta el Red Lion estampando los pies contra la acera. Era divertido escuchar lo fuerte que sonaba todo después de la puesta de sol. Aunque aceptó la invitación a cenar de inmediato, empezaba a albergar dudas. No podía ignorar el hecho evidente de que hacía tan solo ocho años que Inglaterra y Alemania se tenían declarada la guerra. Hare no sabía nada sobre las andanzas de Pünd en esa época, y se preguntaba si debería considerarlo en cierto modo un enemigo. Lo mismo podía aplicarse al caso. Pünd se había presentado como un igual. Le sugirió que trabajaran juntos para descubrir al asesino. Pero ¿decía realmente la verdad? ¿O él estaba destinado a recostarse en el asiento y no hacer ninguna contribución mientras, sencillamente, la última oportunidad de ponerse a prueba se le escapaba de las manos?

Acababa de hablar con su esposa por teléfono y ella trató de tranquilizarlo. Siempre se había sentido orgullosa de él. Tal vez su carrera se estuviera acabando, pero, ocurriera lo que ocurriese en Tawleigh, no tenía nada de lo que avergonzarse. En cualquier caso, ¿no estaba confundiendo las prioridades? Lo único que importaba era coger al asesino, asegurarse de que no volvería a actuar. Daba igual quién se llevara las medallas.

Y su esposa tenía razón, por supuesto. Siempre la tenía.

Atticus Pünd lo estaba esperando en la recepción cuando llegó al Moonflower. A Hare le sorprendió comprobar que estaba solo.

—¿La señorita Cain no cenará con nosotros?

—Ha subido temprano a su habitación.

De hecho, la secretaria había declinado prudentemente la invitación de Pünd, ya que de nuevo consideró inapropiado cenar con su jefe. Estaba feliz a solas con su libro, una bolsa de agua caliente y la perspectiva de una noche tranquila.

El comedor resultaba atractivo, formal sin ser recargado, y casi todas las mesas estaban ocupadas, sobre todo por familias con niños. Pünd había pedido tener privacidad, y un camarero acompañó a los dos hombres hasta una mesa resguardada en un espacio aparte junto a una ventana que daba a la bahía. Había un menú con tan solo dos opciones para cada plato. El inspector jefe no daba crédito cuando vio los precios, y Pünd se dio cuenta.

—Esta noche invito yo, por supuesto —dijo—. Es una de las ventajas de ser detective privado; dentro de unos límites razonables, te sientes con derecho a no reparar en gastos.

—Ojalá pasara lo mismo en el cuerpo de policía —repuso Hare—. Pero el jefe no está dispuesto a pagar nada más allá de un bollo glaseado en la cantina de la comisaría. Por lo menos eso sí que debería costearlo, pero cuesta tres reuniones del comité y una montaña de papeleo.

—¿Qué tal es el Red Lion?

—Para mi sorpresa, muy cómodo, gracias. Aunque no tengo vistas al mar. De hecho, mi habitación da al patio de la carnicería; muy oportuno, dadas las circunstancias.

La camarera se acercó y ambos pidieron un cóctel de gambas y lenguado de Dover. De postre podían elegir entre bizcocho con mermelada o macedonia.

—¿Le apetece un vino? —preguntó Pünd.

—No sé si debería beber estando de servicio.

—Ya pasan de las siete, inspector jefe. Y, como no me apetece beber solo, insistiré. Creo que me decanto por media botella de chablis.

Las últimas palabras iban dirigidas a la camarera, que se marchó a por el vino.

—Bueno, puesto que he terminado mi turno y estamos cenando juntos, debería llamarme por mi nombre, señor Pünd.

—¿Y cuál es?

—Edward.

—Pues, como sabe, yo soy Atticus.

—¿Es un nombre turco?

—Es griego, de hecho, aunque mis padres se trasladaron a Alemania antes de que yo naciera.

—¿Su padre era policía?

—Sí. ¿Cómo lo sabe?

Hare sonrió. Albergaba un cálido sentimiento hacia el hombre frente al que estaba sentado y se arrepintió de sus dudas iniciales.

—Mi padre también era policía, y el subinspector que trabaja conmigo es hijo de un agente en activo. Es curioso comprobar con qué frecuencia se sigue el ejemplo de los padres. Y eso también puede aplicarse a los delincuentes, por cierto.

Pünd pensó en ello.

—Sí, es cierto y muy interesante. Debería tenerlo en cuenta para el libro que estoy escribiendo, *Panorama de la investigación criminal*.

—Un título sugestivo.

—Es el trabajo de toda una vida. ¿Sus padres aún viven?

—Los dos están bien. Se trasladaron a Paignton. Yo tengo un hijo y una hija, y ambos quieren seguir la tradición familiar. Cada vez se incorporan más mujeres al cuerpo, cosa que me alegra.

—A lo mejor algún día su hija es la jefa de policía.

—No estaría mal. ¿Usted tiene hijos?

Pünd sacudió la cabeza con cierta tristeza.

—No. No he tenido esa suerte.

Hare sintió que estaba pisando un terreno resbaladizo y se apresuró a cambiar de tema.

—¿Ya era detective privado cuando llegó a Inglaterra?

—No, llegué después de la guerra y tuve que encontrar un modo de ganarme la vida.

—Bueno, pues lo ha hecho muy bien. Le envidio. Debe de haberse topado con delincuentes fascinantes.

—Los delincuentes rara vez me fascinan, amigo mío.

—¿Y cómo es eso?

Pünd se quedó pensándolo unos instantes.

—Siempre se creen más listos de lo que son en realidad, creen que pueden derrotar a la policía, saltarse la ley, violar la esencia de la sociedad con tal de alcanzar sus metas.

—Eso los convierte en peligrosos.

—Eso los convierte en predecibles. Lo que los hace peligrosos es su convencimiento de que nada debe detenerlos, de que lo que hacen está justificado. No quiero hablarle de mis experiencias durante la guerra, pero le diré una cosa. Las mayores atrocidades ocurren cuando la gente, sin importar sus fines ni sus motivos, se convence de que lleva la razón absoluta.

Llegó el primer plato, y con él el vino. Pünd hizo la cata y asintió en señal de satisfacción.

—No quiero estropear la velada hablando de trabajo —empezó a decir Hare—, pero debo preguntarle una cosa: ¿tiene alguna idea después de lo de hoy?

—Tengo muchas ideas, y debo decirle que los testimonios que me ha proporcionado hoy son excelentes. Las entrevistas no podrían haber sido más reveladoras ni efectivas.

Hare se sintió complacido.

—Aún no sé quién lo hizo —dijo.

—Pero tiene sus sospechas.

—Sí. —Hare era consciente de que Pünd le había devuelto la pregunta, pero siguió hablando de todos modos—. Había unas cuantas personas interesadas en quitar de en medio a la señorita James, empezando por los directores de este establecimiento. ¿Ha visto que ella se había puesto en contacto con una asesoría contable de Londres?

—Ha estado muy acertado descubriéndolo.

—Bueno, comprobé todos los números de teléfono a los que llamó a lo largo de las últimas semanas. Estaba a punto de contratar a una empresa de Londres para llevar a cabo una auditoría completa. Los Gardner no debieron de ponerse muy contentos, aunque matarla para evitar algo así es un pelín drástico.

»Luego está el mayordomo. No me he creído ni una palabra de lo que su madre nos ha dicho cuando hemos hablado con ellos en la cocina, y al verlo allí sentado a la mesa... Bueno, francamente..., tiene algo que me pone los pelos de punta. Además el productor, Cox, los oyó discutir la noche del asesinato, y debieron de gritar bastante para que las voces llegaran al jardín de la entrada. Me apuesto cualquier cosa a que ese hombre no anda metido en nada bueno.

—¿Y qué me dice del señor Cox?

—¡Sīmanis Čaks, querrá decir! Sin duda podría ser el desconocido de la puerta, al que el perro se puso a ladrarle. Me contó una sarta de mentiras, y si Melissa James renunció a participar en su película y eso le chafó la producción, podría haber decidido cobrarse la venganza.

—La venganza... El móvil más antiguo. Se encuentra ya en las viejas tragedias griegas.

—No obstante, si tuviera que apostar por una persona, seguiría diciendo que es el marido.

—Ah, ¡sí! Francis Pendleton.

—El amor frustrado puede llegar a ser igual de destructivo que la venganza. Por lo que he visto, el hombre estaba perdidamente enamorado de ella. ¡Imagínese que descubrió que tenía una aventura! Hace un momento ha nombrado las tragedias griegas, pero esto es William Shakespeare en estado puro. Seguro que ha leído *Otelo*. A Desdémona también la estrangulan.

—Qué interesante. A mí también me parece el sospechoso número uno.

—Sin duda fue la última persona que la vio con vida, y solo tenemos su palabra de que se marchó cuando él dice.

—El coche no estaba.

—Pudo irse y volver otra vez. No se olvide de que los Chandler oyeron que alguien entraba en la casa.

—¿Pero el perro le habría ladrado a Francis Pendleton?

—Es una buena observación.

—También está la cuestión del arma homicida.

—El cable del teléfono.

—Debo decir que me tiene perplejo.

—¿Se refiere a que no sabe por qué no lo hicieron con las manos? Pünd sacudió la cabeza.

—No, no me refiero a eso. Le diré una cosa. A mi entender, lo del teléfono hace que sea más improbable que Francis Pendleton matara a su mujer. Más improbable, que no imposible. ¿Ha podido confirmar si esa noche, efectivamente, asistió a la representación de *Las bodas de Fígaro*?

—Pregunté en el teatro, pero había un público de cuatrocientas personas. No tenemos forma de saber quiénes eran.

—Podría preguntar si alguien llegó tarde. O si había alguien que parecía distraído.

—Es una buena idea. Lo haré. —Tomó un poco de vino. En casa, de vez en cuando se bebía un vaso de cerveza con la cena, pero lo del vino era un lujo excepcional—. Se habrá dado cuenta de que me explicó lo mucho que disfrutó con la representación.

—Lo he leído en sus fantásticas notas, sí.

—Claro que podría haber mentido. Pero no es el comportamiento propio de alguien que acaba de matar a su mujer.

Pünd levantó su copa y bebió con los ojos medio cerrados.

—Es cierta la observación de la señorita Cain, ¿verdad? Qué pena que incluso en un sitio tranquilo y agradable como Tawleigh-on-the-Water haya tanta gente capaz de cometer un crimen.

Fuera rompían las olas y teñían de negro la playa de guijarros.

II

En el faro, los dos niños —Mark y Agnes Collins— todavía no se habían ido a la cama. Estaban demasiado emocionados, acostados en sus literas gemelas de un dormitorio completamente circular, en mitad de la altura de la torre. Cada vez que el haz emitía su luz en rotación, el destello pasaba frente a las dos pequeñas ventanas y las sombras se alargaban de repente. Era como estar dentro de un libro de aventuras.

De hecho, aquel dormitorio había sido en otros tiempos un despacho. Brenda Mitchell, la madre de Nancy, había colocado las literas para que los niños que pasaran allí la noche vivieran la experiencia mágica de lo que suponía dormir dentro de un faro de verdad. Ella, junto con su marido y Nancy, tenía la cama en la planta baja, en un edificio mucho menos atractivo que habían hecho construir adosado a un lateral. Allí era donde también se ubicaban la cocina, la sala de estar y el pequeño cuarto de baño. Madre, padre e hija vivían confinados en un espacio que podría considerarse demasiado reducido para resultar confortable.

Nancy Mitchell había leído algunas páginas del ejemplar de *Las crónicas de Narnia* que Mark llevaba consigo, y en ese momento alisó las colchas de las dos literas y apagó la luz, pero dejó una pequeña lámpara encendida en el suelo. Al cabo de tan solo seis meses aquel dormitorio tendría una utilidad muy distinta. Habría otro niño en la casa, y sería el suyo. ¿Era un niño o una niña? No se había atrevido a preguntárselo al doctor Collins y, de todos modos, dudaba que él lo supiera.

Bajó por la escalera de caracol y cruzó la puerta que daba a la cocina. Su padre se hallaba sentado a la mesa mientras su madre removía algún guiso en los fogones. Otra vez estofado. Brenda debía de haber comprado cuello de cordero en la carnicería, donde siempre le regalaban algún hueso para que pudiera preparar un caldo. Los tres miembros de la familia tenían trabajo, pero por algún motivo nunca reunían suficiente dinero para salir adelante. Las dos mujeres se veían obligadas a entregarle su salario a Bill Mitchell, y él les repartía lo necesario para el mantenimiento de la casa y otros gastos. El problema era que siempre les devolvía una cantidad mucho menor de la que le habían entregado.

Nancy pensó en las sesenta libras que había recibido y que tenía escondidas dentro de la funda de la almohada. En el faro apenas contaba con espacio privado, y le preocupaba mucho que su madre, que siempre se encargaba de hacer la colada, se topara accidentalmente con el dinero si lo guardaba entre su ropa.

—¿Cómo están los niños, Nancy? —se interesó Brenda.

—Aún no se han dormido, mamá. Les he leído y los he arropado, pero solo quieren mirar por la ventana.

—Tendrías que cobrarles.

Bill Mitchell era un hombre de pocas palabras; muy pocas veces pronunciaba más de tres o cuatro al mismo tiempo.

—¿Qué quieres decir? —preguntó Brenda.

—Al doctor Collins y su mujer.

—La señora Collins siempre se ha portado muy bien conmigo. Y me pagan dinero extra por cuidar de los niños.

—Se lo pueden permitir.

Brenda Mitchell llevó el estofado a la mesa y fue a por tres platos.

—Ven a sentarte, Nancy. —Se detuvo a observar a su hija—. ¿Te encuentras bien? —le preguntó.

—Sí, mamá. Estoy bien.

—Se te ve cansada. Y hay algo...

Su madre lo sabía. O, si no lo sabía, lo sospechaba y pronto lo descubriría. Y, cómo no, se lo contaría a su padre. Brenda no se atrevería a ocultarle una cosa así, y, aunque Nancy le rogara que guardara el secreto, pronto se notaría de todos modos. Y, cuando llegara ese momento, se desataría el infierno. Si contrariabas a Bill Mitchell, te enterabas enseguida. Nancy había perdido la cuenta de las veces que le había visto moratones a su madre en la espalda y en los brazos, y también ella había recibido algún bofetón de vez en cuando.

Pero Nancy tenía un plan. Todo estaba a punto. Y, cuando levantó el plato para pasarle la cena a su padre, se dio cuenta de que no podía esperar ni un día más.

Lo haría al día siguiente.

III

Alojados en su hotel de Londres, Leonard Collins y su esposa se sentían incapaces de probar bocado. Y no se trataba solo de que la comida, a base de croquetas, zanahorias hervidas y puré de patatas, les pareciera fría y nada apetecible.

Habían cogido un taxi directamente desde la estación de Paddington hasta el despacho de su abogado en Lincoln's Inn. Los recibió el anciano señor Parker, quien los saludó con un caluroso apretón de manos y los acompañó a través de las salas elegantemente amuebladas hasta su despacho privado. Mientras caminaban tras él, Samantha notó cómo las cabezas se volvían. Los secretarios y administrativos los observaban, y eso le dio una idea de lo que estaban a punto de escuchar. Era como ser famoso. Había visto a personas que se comportaban de esa misma forma cuando Melissa James entraba en la consulta. «Saben lo nuestro —pensó—. Y lo que saben está a punto de cambiarnos la vida».

Tenía razón. Se preguntó por qué habían regresado a esa habitación en el Alleyn's, un hotel destartalado de una hilera de casas adosadas victorianas de Earls Court. Ni siquiera era realmente un hotel; no eran más que dos edificios juntos, con alfombras baratas y olor de aceite frito y ropa sucia. Su dormitorio era pequeño, y esa noche no pegarían ojo con el tráfico que pasaba zumbando por la calle. ¿No deberían haberse trasladado al Ritz o al Dorchester?

Setecientas mil libras.

Era como ganar la quiniela, aunque Samantha nunca jugaba a nada. Era más dinero del que jamás había soñado. Más dinero del que podría llegar a asimilar.

El amable señor Parker se lo explicó todo. En primer lugar, tendría que legalizarse el testamento. Nombrarían a un agente para comprobar todos los bienes de la señora Campion, que incluían un piso en Manhattan, una colección de arte, valores y acciones. Aunque Samantha era la única pariente que constaba como heredera, la señora Campion también había legado dinero a una biblioteca, a un orfanato y a varias organizaciones benéficas. Pero, al final, la suma que rozaba las siete cifras sería enviada a la joven a quien recordaba tan bien y que se había convertido en Samantha Collins. Resultaba increíble.

—¡No tenía ni idea! —exclamó Leonard. Por una vez, parecía haberse quedado de piedra—. Me refiero a que cuando recibimos esa carta pensé que a lo mejor eran miles de libras, y recuerdo que estuve bromeando contigo sobre el tema. Pero no me imaginaba para nada...

—¿Qué vamos a hacer?

—No lo sé, cariño. Es tu dinero. Tendrás que decidirlo tú.

Los dos se quedaron mirando la comida, que se estaba quedando helada por momentos.

—Puede que te haga una sugerencia —dijo Leonard.

—¿Cuál?

—Bueno, nos estamos comportando como si todo esto fuera una mala noticia. Sentados en silencio, sin atrevernos a mirarnos a los ojos. ¿No deberíamos estar celebrándolo?

—No lo sé. El dinero...

—Espero que no se te ocurra decir que el dinero es el origen de todos los males.

—No.

—O que no da la felicidad. Puede que las dos cosas sean ciertas, cariño, pero piensa en todo lo que podemos hacer con él. Bedside Manor se está cayendo a trozos. Tenemos goteras en el tejado, y necesitamos cambiar todas las alfombras de la planta de arriba. A Mark y a Agnes siempre les compramos la ropa dos tallas grande para que la aprovechen más tiempo, y hace siglos que no te permites el lujo de un vestido nuevo.

—Tienes razón. —Estiró el brazo y cogió la mano de su marido—. Lo siento, Leonard. A veces creo que debe de resultarte muy difícil estar casado conmigo.

—La verdad es que no. ¡Eres la única que me soporta!

Ella se echó a reír.

—Invertiré el dinero en nosotros dos, en nuestra familia. Y también donaré un poco a la iglesia.

—A la fundación para la conservación del órgano.

—Sí. —De repente, se puso seria—. No creo que el Señor nos hubiera enviado ese dinero si no quisiera que lo disfrutáramos.

—En la riqueza y en la pobreza. Eso nos prometimos. Y, si ahora nos toca disfrutar de la riqueza, ¡no es culpa nuestra!

—Empezaremos ahora mismo. —Le soltó la mano, cogió el cuchillo y el tenedor y los colocó con decisión sobre el plato—. No creo que debamos cambiar de hotel; de todas formas, es solo una noche, y no vamos a empezar a despilfarrar dinero hasta que sepamos seguro que lo tenemos en el banco. Pero tampoco pienso quedarme aquí sentada y tragarme esta bazofia. Seguro que hay algún restaurante pequeño o una pizzería en el barrio.

—Creo que he visto una cerca de la estación.

—Pues vamos.

—¡Esta noche salimos!

Leonard Collins se levantó y besó a su mujer.

No fue hasta más tarde, al abandonar el hotel cogidos del brazo, cuando Samantha se volvió hacia él y le hizo una pregunta.

—¿Y qué hay de Algernon?

—¿Qué pasa con él?

—Tendremos que contárselo, Len. Si de verdad es tanto dinero como dice el señor Parker, al final se enterará de todos modos. —Suspiró—. Además, creo que deberíamos compartir un poco con él. A fin de cuentas, nos criamos juntos. No me parece justo.

—Bueno, tú misma, Sam. Es tu hermano. Pero, si me permites dar mi opinión, tu tía no lo habría querido, y solo le servirá para malgastarlo. En fin, ya sabes la clase de negocios en los que anda metido. —Como ella no decía nada, siguió hablando—. Si quieres un consejo, de momento no le cuentes nada. Si Algernon lo descubre antes de que esté todo arreglado, solo nos traerá problemas. Te pido que esperes hasta que esté todo claro.

Había una pizzería en la esquina, justo enfrente. Se veía confortable y acogedora, con ventanas que proyectaban su luz amarilla en la acera. Parecía que aún estaba abierta.

—¡Espaguetis con albóndigas! —exclamó Leonard Collins.

—¡Y un vino espumoso!

—¡Así se habla!

Se apresuraron a entrar.

IV

En esos momentos, Algernon Marsh se encontraba sentado en su habitación de Church Lodge; o más bien en la habitación que le habían cedido por un breve periodo de tiempo. Tenía un gran vaso de whisky en una mano mientras con la otra sostenía la carta que había encontrado en el último cajón del escritorio de su cuñado. La había leído varias veces: «Joyce Campion, viuda de Harlan Goodis. La herencia...».

No es que hubiera estado fisgoneando. Eso habría implicado una actuación intencionada para averiguar cosas sobre la vida privada de Leonard y Samantha, y lo cierto era que, aparte del refugio ocasional que le ofrecían, junto con las comidas y la bebida gratis, no le despertaban el más mínimo interés. Un médico algo engreído de un pueblucho del culo del mundo casado con una santurrona que, probablemente, había convertido su vida en un calvario; así era como los veía.

Pero sabía que se traían algo entre manos. Desde el momento en que llegó a aquella casa, Samantha y Leonard se habían comportado de manera rara. Hablaban entre susurros, intercambiaban miradas misteriosas y se callaban de golpe cuando él aparecía en la habitación. Y entonces, esa misma mañana, entró en la cocina y encontró a Samantha sentada a la mesa leyendo una carta. La dobló y la guardó en cuanto lo vio llegar, pero le dio tiempo de reconocer el protocolario membrete y el elegante sobre blanco del envío. Era de un bufete de abogados; se percató al instante.

—¿Malas noticias? —preguntó solícito, fingiendo no tener demasiado interés.

—No. No es nada importante.

Fue su forma de ocultar la carta lo que le hizo sospechar que estaba mintiéndole, el hecho de que la hubiera doblado y la hubiera escondido bajo la chaqueta, cerca del corazón en todos los sentidos. Y luego vino aquel viaje a Londres, del que le avisaron de un día para otro, como si el trayecto de cinco horas de ida y otras cinco de vuelta para pasar la noche en un hotel de mala muerte fuera un comportamiento de lo más normal.

En cuanto se quedó solo, hizo una llamada telefónica. Tenía un amigo en Londres que había pasado tres años trabajando en la industria publicitaria en Nueva York hasta que un malentendido sobre el dinero de sus dietas había provocado su despido inmediato. Algernon conservaba el recuerdo lejano de que la empresa era de Harlan Goodis.

—No; no trabajaba para él —le dijo Terry—. Pero me lo crucé unas cuantas veces y allí lo conocía todo el mundo. Hizo campañas para Minute Maid y Paper Mate, y colaboró en la promoción de la cadena hotelera Best Western. Empezó como redactor publicitario, pero al final consiguió abrir su propia agencia en Madison Avenue.

—¿Era muy rico?

En el otro extremo de la línea telefónica se oyó una risita.

—¿Por qué tienes tanto interés en ese tipo, Algie? Es un poco tarde. Lleva muerto dos años.

—Ya lo sé.

—Estaba forrado. Tenía un piso con vistas a Central Park. Qué digo un piso... ¡Un ático de lujo! Conducía un Duesenberg descapotable, un coche precioso. No me importaría que cayera en mis manos, te lo aseguro. No sé por cuánto dinero traspasó la agencia, pero podría averiguarlo.

—¿Me harías el favor de investigarlo?

—¿Y qué gano yo?

—Venga, Terry. Me lo debes. —El otro lado de la línea quedó en silencio—. Te invitaré a comer en el club. Pero tenemos que darnos prisa, podría ser importante. Le dejó todo el dinero a su viuda, una tal Joyce Campion. Puede que la cantidad se haya hecho pública.

—Hay unas cuantas personas a las que podría llamar. Pero están en Estados Unidos. Te cobraré.

—Vale, pero hazlo —dijo Algernon, y colgó.

«Heredera única».

Eran las dos palabras que le habían saltado a la vista. Qué injusto. Samantha y él se criaron juntos. Crecieron como niños corrientes y felices, y estaban muy unidos. Entonces cayó una bomba del cielo que mató a sus padres y se llevó todo lo que tenían, y después nada volvió a ser igual. Aún recordaba el día en que su tía les dijo que cuidaría de ellos. A él no le cayó bien desde el principio, con aquel pelo teñido de negro azabache, la cara chupada y el exceso de pintalabios. Se comportaba como una gran dama, pero vivía en una casita diminuta de West Kensington. ¿Qué habría visto en ella Harlan Goodis?

Siempre se estaba quejando de Algernon. Quería que se pusiera a trabajar, como su hermana, que se había mudado a un lugar de mala muerte en Slough. Le había propuesto que se hiciera contable, o dentista. Un primo suyo tenía una consulta y a lo mejor podía ayudarle. Algernon, con poco más de veinte años, culpaba a su tía Joyce por la pérdida de su juventud casi en la misma medida en que culpaba a los alemanes. Y el hecho de que se desviara del camino correcto y se metiera en el mundo de los negocios clandestinos y la delincuencia era también culpa suya.

Él no era ningún delincuente en realidad. Todo fue por aquella ocasión fortuita en que en la puerta de un club de Piccadilly se desató una buena pelea. Si no hubiera estado borracho, no se habría metido en medio. Aún recordaba el juicio y la forma en que lo miraba la tía Joyce cuando lo condenaron a tres meses por alterar el orden público. ¡Estaba más enfadada ella que el juez! Antes de que se lo llevaran, se volvió y le sacó la lengua, y esa fue la última vez que la vio. Se alegró mucho cuando hizo las maletas y se largó a Estados Unidos.

Ahora, un montón de años más tarde, le estaba demostrando lo que pensaba de él. No le bastaba con darle a entender que Samantha era su favorita; tenía que restregárselo por la cara. Muy en el fondo se arrepentía de haberle sacado la lengua en el juzgado, porque aquel gesto iba a costarle la mitad de lo que podría ser una auténtica fortuna. Claro que quizá se estaba autoengañando. Aquella vieja bruja siempre había sido una vengativa y no le habría dejado ni un céntimo de todos modos.

No obstante, Algernon tenía una cualidad que la tía Joyce había subestimado y que incluso Samantha ignoraba. Nunca se daba por vencido. Toda su vida había peleado (y por desgracia también en aquella ocasión en la puerta del Nut House). Por ejemplo, había lanzado Sun Trap tras una racha de fracasos empresariales, y, aunque actualmente las cosas no estaban yendo del todo bien, había conseguido tener mucho éxito, por lo menos hasta cierto punto. Tal vez Samantha se hiciera rica, pero Algernon conocía cosas de la vida en Tawleigh-on-the-Water de las que ella no tenía ni idea. Seguro que podría utilizar ese recurso para desviar una buena parte de la fortuna en su favor; suponiendo que tal fortuna existiera, por supuesto.

Sonó el teléfono, y con las prisas por contestar estuvo a punto de tirar el vaso de whisky al suelo.

—¿Algie?

—¡Terry! ¿Has averiguado algo?

—Un montón de cosas. Agárrate, tío. No te lo vas a creer.

V

Eran las nueve y media.

Phyllis y Eric Chandler se encontraban en su sala de estar privada de la segunda planta de Clarence Keep. Habían estado escuchando música en la radio, pero al cabo de un rato Phyllis se cansó de los comentarios jocosos durante las pausas y la apagó. Ahora estaban allí sentados con aire lóbrego en el más absoluto silencio. Eric se ofreció a servirle a su madre una taza de cacao caliente —siempre tomaban cacao caliente antes de irse a dormir—, pero ella no quiso.

—Voy a entregarme —anunció de repente.

—Pero, mamá... —A Eric le temblaba la voz—. No te soporto cuando te pones así.

—No sé qué quieres decir.

—Sí que lo sabes. Siempre me haces lo mismo, incluso de niño cuando te enfadabas conmigo. Te llevaste una decepción nada más nacer, ¿verdad?, porque tenía mal el pie. Y, cuando papá se marchó, sé lo que significó para ti. Habrías preferido que me mataran a mí en la guerra en vez de a él.

Phyllis se cruzó de brazos.

—Qué cosas tan horribles dices, Eric. Tendrás que...

—¡No pienso lavarme la boca con agua y jabón! ¡Ya no tengo diez años!

Estaban acostumbrados a hablar en voz baja. Eran conscientes de su posición en aquella casa, y su primera obligación consistía en no dejarse ver si no los necesitaban y jamás llamar la atención. No obstante, Eric le había gritado a su madre, y su reacción inmediata fue mirar hacia la puerta, nervioso, para asegurarse de que estaba bien cerrada.

—No deberías haberlo hecho —le susurró ella con voz sibilante—. No tendrías que haberte comportado así.

—¿Te crees que me gusta estar aquí? ¿Te parece que me lo he pasado muy bien trabajando contigo todos estos años? —Tenía la respiración agitada y se sentía al borde de las lágrimas—. Nunca has planteado las cosas desde mi punto de vista. No tienes ni idea de lo que supone ser como yo.

Por unos instantes, algo en su tono de voz conmovió a Phyllis, pero no se acercó a él, no se movió del sitio.

—No deberías haberle mentido a ese policía —dijo despacio.

—¡Y tú no deberías haber dicho lo que dijiste!

—Puede que no, pero ya te lo advertí; se acabarán enterando de todas formas. Y ¿qué crees que pasará entonces? —Se cruzó de brazos—. He tomado una decisión, Eric. Cuando todo esto termine y la policía nos deje en paz, me iré a vivir con mi hermana. Ya he trabajado mucho. Y tienes razón, no nos sienta nada bien estar aquí juntos.

Él la miró de hito en hito.

—¿Y qué pasa conmigo?

—Puedes quedarte aquí. Seguro que el señor Pendleton cuidará de ti. —Miró en dirección a la casa principal—. ¿No ha hablado contigo esta noche?

Eric le había llevado la cena a Francis Pendleton a las siete y había vuelto al cabo de una hora para retirar la bandeja. El dueño de la casa apenas había salido de su dormitorio en todo el día. Había estado durmiendo varias horas después de que el doctor Collins le suministrara aquella medicina, y luego se había quedado allí sentado solo, en apariencia sin hacer nada. Casi no había probado bocado.

—No me ha dicho nada.

—Bueno, pues tendrás que ser tú quien hable con él.

—No dejará que me quede aquí. Ni siquiera se quedará él. Venderá Clarence Keep y volverá a Londres.

—Bueno, eso es lo que tú dices.

A Eric Chandler le temblaba la voz y, para disgusto de su madre, se echó a llorar.

—Por favor, mamá —gimoteó—. No me dejes.

—Voy a dejarte, Eric. Debería haberlo hecho hace años. Después de lo que has estado haciendo aquí, no quiero volver a verte nunca más.

Se levantó y volvió a encender la radio justo en el momento en que el locutor del programa presentaba *El Danubio azul*, de Johann Strauss. Madre e hijo permanecieron atentos sin mirarse. Phyllis tenía la expresión pétrea. Eric lloriqueaba en silencio. La orquesta empezó a tocar y sonó el alegre vals.

VI

En el otro extremo del pasillo, Francis Pendleton yacía en la oscuridad, poniendo sus ideas en orden. No estaba ni dormido ni despierto sino en un estado intermedio, e intentaba separar el horror de lo sucedido del punto en el que se encontraba ahora. Quería levantarse pero apenas podía moverse; el medicamento que había tomado por la mañana todavía mantenía paralizado su organismo. Aunque sobre todo se sentía aplastado por el dolor de la pérdida de Melissa, que fue su único y verdadero amor hasta el final. Cuando pensaba en ella, ya no quería seguir viviendo.

Rodó hasta colocarse de lado y, muy lentamente, como si fuera un anciano, se puso de pie. Aún iba vestido con el pijama y la bata que llevaba cuando el inspector jefe y aquel señor alemán habían acudido a verlo por la mañana. No se acordaba de lo que les había dicho y tampoco de sus preguntas, pero tenía la esperanza de no haberse ido de la lengua.

Abandonó el dormitorio y salió al pasillo con los pies descalzos. La casa estaba prácticamente en silencio, la oscuridad resultaba casi palpable, como si tuviera que apartarla con la mano para proseguir su camino, pero la cortina de terciopelo estaba descorrida y pudo oír, muy a lo lejos, una música de vals procedente de la sala de estar del servicio. Quiso pedirles que la apagaran, pero no se vio con fuerzas.

No tenía ni idea de adónde iba, pero no le sorprendió encontrarse allí de pronto. Abrió otra puerta y miró el dormitorio principal, el que había compartido con Melissa durante los cuatro años que duró su matrimonio. No. Eso no era del todo cierto. Hacia el final, cada vez quería dormir más noches sola, y aquella habitación se convirtió en la de ella; ya no era de los dos.

La luz de la luna se colaba a raudales por la ventana y alumbraba el interior, y Francis posó la mirada en la cama que habían elegido juntos y el ropero que había encontrado ella en una pequeña tienda de segunda mano de Salisbury. Miró las dos mesillas de bronce dorado y sintió una punzada en las entrañas al ver que faltaba el teléfono. La policía lo había incautado, claro. Se quedó parado en medio del marco de la puerta como si lo hubieran clavado en el sitio, sin atreverse a entrar.

Lo vendería todo, decidió. Vendería la casa y los muebles. Vendería...

Paseó la mirada por la habitación y descubrió una cosa que le llamó la atención. El cajón de arriba del chifonier situado entre las dos ventanas estaba un poco abierto. ¿Por qué? Él mismo había estado allí cuando acudió la policía, y también después, cuando limpiaron el dormitorio. Había echado un vistazo esa misma mañana y el cajón estaba cerrado. No le cabía duda.

Hizo un esfuerzo para cruzar la puerta y romper aquella barrera invisible. Se acercó hasta allí y abrió más el cajón, donde Melissa guardaba sus prendas más íntimas: las medias y la ropa interior. Miró las distintas piezas de ropa mientras pensaba en su forma y su calidez cuando Melissa las llevaba puestas. Y entonces, en medio de aquella nebulosa, recordó la que faltaba: un picardías blanco de seda con un estampado de flores que le había comprado él en París. Lo encontró en una boutique carísima de los Campos Elíseos. Pasaban por allí y ella lo vio en el escaparate y dijo que le gustaba, de modo que tras regresar al hotel él volvió corriendo y se lo compró para darle una sorpresa. Metió la mano en el cajón y revolvió las otras prendas por si se equivocaba, aunque estaba seguro de que no. Lo había visto pulcramente doblado después de que limpiaran la habitación. Estaba encima de la pila de ropa. Estaba allí.

¿Quién se lo había llevado? ¿Quién era capaz de semejante profanación?

Francis oyó cómo la música penetraba en la oscuridad. Pensó en Eric Chandler y aquella forma que siempre tenía de mirar a Melissa. A menudo se reían juntos de aquello, pero en el fondo pensaba que no estaba bien. Tuvo ganas de entrar en la sala de estar y enfrentarse a ambos, madre e hijo. Pero no tenía fuerzas suficientes. Se sentía enfermo. Tendría que esperar a la mañana siguiente.

Francis Pendleton salió a tientas del dormitorio principal y regresó a la cama.

VII

Atticus Pünd se encontraba de nuevo en su habitación tras una fantástica cena con el inspector jefe Hare. Varias ideas daban vueltas en su mente y aún no tenía ganas de acostarse, de modo que encendió un cigarrillo y salió al estrecho balcón. Desde allí gozaba de una vista sin interrupciones del mar que se alargaba hasta el horizonte; una línea recta, trazada a la perfección por la luz de la luna. Esta ocupaba la parte baja del cielo y parecía un ojo que lo observaba desde el otro extremo del mundo. Escuchó el ritmo de las olas mientras se fumaba su cigarrillo. La noche le estaba revelando algo, y sabía lo que era.

No tendría que haber aceptado el caso.

Viajar a Tawleigh-on-the-Water había sido un error, y no solo porque no había podido ver al cliente que lo envió allí. Habría sido un placer encontrarse cara a cara con el señor Edgar Schultz y descubrir el verdadero motivo por el que había contratado a un detective privado. «Queremos saber qué ocurrió. Sentimos que se lo debemos a Melissa». Eso le había dicho por teléfono, pero también le había dicho otras cosas que resultaron no ser ciertas. Había algo en la carta que recibió; era un detalle solamente, pero le preocupaba de todos modos.

¿Se habría precipitado? Aunque personalmente no había visto las películas de Melissa James, sabía que mucha gente en todo el mundo se deleitaba con ellas, y por eso merecía ser admirada. Tal vez ese era el motivo por el cual había ofrecido sus servicios enseguida. También era cierto que, una semana después, la policía no había detenido a ningún sospechoso. ¿Era cosa de un detective privado conseguir que se hiciera justicia cuando de otro modo no la habría? Él creía que no. No se veía a sí mismo en el papel de vengador. Era, más bien, una figura relacionada con la administración. Se comete un crimen. Se resuelve. Su papel consistía en conectar esas dos acciones.

Ese crimen aún no se había resuelto. Se le ocurrió pensar que la mayoría de las personas a quienes había interrogado hasta entonces tenían una explicación razonable sobre su paradero en el momento del asesinato. Francis Pendleton estaba camino de la ópera. Phyllis Chandler y su hijo estaban juntos y parecía improbable (aunque no imposible) que uno hubiera cometido el crimen sin que el otro lo supiera. El doctor Collins estaba en la consulta con su esposa. Los Gardner estaban en el hotel. Y así sucesivamente.

¿Y Simon Cox? Había tenido la oportunidad pero, en opinión de Pünd, no la sangre fría suficiente. ¿Algernon Marsh, tal vez? Aseguraba que estaba durmiendo en su habitación después de haber bebido demasiado. No obstante, su hermana había afirmado que llegó a la casa cuarenta y cinco minutos más tarde de lo que él decía.

Todo estaba mal. Pünd había escrito sobre la estructura de un crimen, sobre cómo durante una investigación los hechos se reorganizan solos hasta que, de pronto, es posible identificarlos. Tal y cual persona tienen que ser los autores porque es el único modo de que todo cobre sentido. Los diez momentos temporales que la señorita Cain había anotado deberían servir exactamente para eso. Tendrían que aparecer como los puntos a unir de esos dibujos que tanto les gustan a los niños: conéctalos en el orden correcto y saldrá la figura. Pero de momento no había sido así.

Exhaló el humo y lo observó formar una voluta en el aire y desaparecer en la oscuridad de la noche. Y en ese preciso instante comprendió que en Tawleigh-on-the-Water había una presencia maligna y que lo había sabido desde el momento de su llegada. La tenía cerca. Ahora lo sentía.

Entró de nuevo en la habitación y cerró la puerta tras de sí.

12

LA DETENCIÓN

Señora Chandler, me gustaría hablar con usted...

Phyllis Chandler acababa de hervir el agua para el té cuando Francis Pendleton entró en la cocina. El hombre, pálido y muy delgado, tenía ojeras y las mejillas hundidas. Sin embargo, mostraba una actitud decidida que resultaba insólita en él.

—Me alegro mucho de ver que se ha levantado, señor —comentó ella—. Iba a llevarle té y alguna tostada para el desayuno.

—No quiero desayunar, gracias. ¿Dónde está Eric?

—Ha ido a Tawleigh. Le he pedido que traiga más huevos.

La mujer supo al instante que se avecinaban problemas. Se dio cuenta por el tono de voz de Pendleton y por su forma de interesarse por Eric.

—He de hacerle una pregunta —dijo Francis—. ¿Alguno de ustedes ha entrado en el dormitorio de mi esposa desde...? —No halló un modo de acabar la frase—. ¿Alguno ha estado allí?

—Yo no, señor, puedo asegurárselo...

—Pues alguien se ha llevado una cosa. No son imaginaciones mías, porque se han dejado el cajón abierto y sé que eso estaba ahí.

—¿Qué se han llevado?

El color desapareció del rostro de Phyllis mientras aguardaba la caída del hacha.

—Algo muy personal. Un picardías de seda. Imagino que sabrá a cuál me refiero.

—¿Ese blanco tan bonito, el de las flores?

La señora Chandler lo había planchado muchas veces.

—Sí. ¿No lo tendrá en el lavadero?

Por un instante se planteó la posibilidad de mentirle, pero ¿de qué serviría?

—No, señor.

—¿Tiene idea de quién puede haberlo cogido?

Phyllis cogió una silla y se dejó caer en ella. Las lágrimas asomaron a sus ojos. .

—¿Señora Chandler?

—Fue Eric.

—¿Cómo dice?

La mujer lo había susurrado en una voz tan baja que él no la había oído.

—¡Eric! —repitió ella, sacando un pañuelo para enjugarse los ojos.

—Pero ¿por qué iba Eric a...?

—No tengo respuesta a su pregunta, señor Pendleton. No sé qué decirle. Quisiera que se me tragase la tierra. —Ahora que había empezado, Phyllis no podía parar de hablar—. Él no está bien. Adoraba a la señora, pero se deja llevar. Ya se lo he dicho. He discutido con él.

—¿Usted lo sabía? —inquirió Francis, escandalizado.

—Lo del picardías no, señor. Pero sabía... otras cosas.

—¿Ha cogido algo más?

—No lo sé, señor. Puede. Tiene un problema...

Francis levantó la mano. Aquello resultaba inesperado, y no tenía fuerzas para lidiar con ello. Durante un buen rato, ambos guardaron silencio. Luego, él tomó aliento y dijo:

—De todas formas, voy a vender Clarence Keep. Ya lo tengo decidido. No puedo seguir viviendo aquí yo solo. Pero creo que usted y su hijo deben marcharse de inmediato, al final de la jornada. Mi esposa está muerta y todo lo que a él se le ocurre es... —Se interrumpió—. Debería denunciarlo. Puede que lo denuncie.

—He tratado de evitarlo, señor.

Phyllis se echó a llorar.

—Lo lamento, señora Chandler. Ya sé que no es culpa suya, pero quiero que se vayan. En lo que respecta a su hijo, dígale que no quiero volver a verlo. Me pone enfermo.

Francis dio media vuelta y salió.

En el hotel Moonflower, Atticus Pünd acababa de desayunar cuando Maureen Gardner le llevó una nota de Hare. En ella, el inspector jefe explicaba que, como Pünd había sugerido, se iba a Barnstaple para hacer más preguntas sobre *Las bodas de Fígaro* y, en concreto, para averiguar si alguno de los asistentes había llegado tarde. La representación había comenzado a las siete en punto. Aunque Francis Pendleton hubiese salido de casa a las seis y cuarto, como afirmaba, habría llegado muy justo. De haber salido después, le habría resultado difícil, si no imposible. Desde luego, no habría tenido tiempo de regresar a casa, asesinar a su esposa, cubrir sus huellas, volver al lugar en el que hubiera dejado el coche, conducir hasta Barnstaple, aparcar el vehículo y llegar al teatro a tiempo para asistir a la obertura.

Una vez más, todo se reducía a la lista de diez momentos que la señorita Cain había elaborado, aquella imagen que se negaba a formarse. Pünd no había podido conciliar el sueño. Le resultaba imposible sacar de su mente las distintas combinaciones. Lo habían estado atormentando durante buena parte de la noche.

La señorita Cain se reunió con él en el salón. En el preciso instante en que tomó asiento, Pünd se percató de que parecía alterada. Había desayunado en su habitación, como otros días, y empezó entregándole un montón de páginas mecanografiadas.

—Mis notas de ayer —anunció—. Hay mucho material, espero no haberme dejado nada.

—Gracias. —Pünd cogió los documentos y los ojeó rápidamente. Abarcaban la entrevista con Simon Cox, la visita a Clarence Keep, a Francis Pendleton y a los Chandler—. Todo parece estar muy bien ordenado, señorita Cain. ¡No sabía que llevase una máquina de escribir! —añadió con cierta malicia.

—El señor y la señora Gardner me dejaron usar su despacho.

Alan Conway

—La señorita Cain se estremeció, como si estuviese ocultando algo.

—¿Hay algo más? —preguntó Pünd con delicadeza.

—Pues sí. Hay otra cosa. Espero que no piense que he actuado de forma impropia, señor Pünd, y supongo que los Gardner fueron muy amables ayudándome. Pero al cabo de diez minutos me dejaron sola y, recordando lo que dijo el inspector jefe sobre la situación económica del hotel y lo que podía estar pasando, decidí aprovechar la oportunidad para echar un vistazo.

—¡Mi querida señorita Cain! —Pünd le dedicó una amplia sonrisa—. Es una auténtica Sherlock Holmes. O tal vez se parezca más a Raffles, el caballero ladrón. ¿Qué averiguó?

—La estaban engañando, señor Pünd. No cabe duda alguna. ¡La pobre señorita James depositó su confianza en dos verdaderos maleantes!

Sacó tres documentos escritos y firmados por Lance Gardner. Cada uno de ellos iba dirigido a un proveedor: un colmado de Barnstaple, una tienda de muebles de Taunton y una lavandería de Newquay. En cada caso, Gardner indicaba que habían realizado un pago excesivo por error y solicitaba que les enviasen la diferencia a vuelta de correo.

—Es un truco muy viejo —dijo ella—. Fui asistente personal del director del Savoy de Londres durante dieciocho meses y me lo explicó todo. Haces deliberadamente un pago excesivo a los proveedores, en ocasiones de hasta diez veces el importe correcto. Es muy fácil poner un cero de más. Luego les escribes una carta de disculpa, como estas, solicitando el reembolso. ¡Pero mire adónde pide que envíen el dinero!

Pünd examinó la primera de las cartas.

—«Sr. L. Gardner» —leyó en voz alta.

—Exacto. Esa es su cuenta bancaria personal. Así se embolsa la diferencia. Esas tres cartas suman casi doscientas libras, y he encontrado muchas más escondidas en los archivos. No pude coger más porque se habrían dado cuenta de su desaparición, pero no me extraña que el hotel tenga problemas económicos. Sabe Dios cuánto llevan haciendo esto. Puede que hayan robado miles de libras.

—Esto es extraordinario, señorita Cain. —Pünd comprobó las otras cartas. Los importes solicitados oscilaban entre cincuenta y más de cien libras—. Debemos entregárselas al inspector Hare tan pronto como regrese.

—Si no le importa, señor, preferiría que no mencionase cómo las ha conseguido.

—Como quiera.

—Hay otra cosa...

La señorita Cain inclinó la cabeza y Pünd comprendió que lo que la tenía preocupada no era el robo de las cartas incriminatorias. Estaba inquieta por otro motivo.

—Lamento mucho tener que decirle esto, señor Pünd: he decidido dejar de trabajar para usted. Naturalmente no me iré hasta dentro de un mes, pero quisiera que el periodo de preaviso empezase hoy.

Pünd alzó la vista, sinceramente sorprendido.

—¿Puedo preguntar por qué?

—Estoy encantada de trabajar para usted, señor, y admiro mucho lo que hace. Está claro que es una persona extraordinaria. Sin embargo, como pudo ver, ayer me alteré mucho mientras hablaba del asesinato con el inspector jefe. Las descripciones del crimen me resultaron... Bueno, como le he dicho, me alteré mucho.

—Tenía todo el derecho del mundo a alterarse, señorita Cain. Hicimos mal en hablar tan abiertamente delante de usted.

—No se lo reprocho en absoluto, señor Pünd. Ni mucho menos. Pero me temo que me di cuenta de que no estoy hecha para el campo en el que trabaja. La empresa hotelera, los seguros, la industria alimentaria... En todos esos sectores me he sentido a gusto y creo haber sido eficiente. Pero las jóvenes estranguladas, los agentes de policía y todas esas personas que mienten son algo muy distinto. Esta noche no he pegado ojo mientras daba vueltas y vueltas al mismo tema. Esta mañana, al salir el sol, he comprendido que esto no es lo mío, por más que lamente dejar de trabajar para usted.

—Lo entiendo perfectamente. —Pünd sonrió con cierta tristeza—. Acepto su preaviso, señorita Cain. Aunque he de decir que será muy difícil sustituirla.

—En absoluto. La agencia cuenta con muchas jóvenes que le

servirán igual que yo. Solo espero que resuelva el caso antes de mi marcha. Me gustaría ver al culpable entre rejas.

—Es muy posible que su deseo se cumpla. Aquí llega el inspector jefe, y parece que trae novedades.

Era cierto. Hare había entrado a grandes zancadas, con una actitud decidida y segura que nunca le habían visto. Fue directamente hacia ellos.

—Buenos días. ¿Han desayunado?

—Pues sí, inspector jefe. ¿Cómo le ha ido en Barnstaple?

—Ha sido sumamente revelador. No sé cómo no se me ocurrió ir allí antes. Mi problema fue confiar demasiado en los agentes locales, aunque no es culpa de ellos. Le estoy muy agradecido por su sugerencia.

—¿Va a contarnos lo que ha averiguado?

—En realidad, si no le importa, voy a pedirle que confíe en mí esta vez. Volveré a Clarence Keep. ¿Le gustaría venir conmigo?

—Estaría encantado. ¿Viene también usted, señorita Cain?

—Desde luego, señor Pünd. Iré a por mi bolso...

Dos policías de uniforme aguardaban en un segundo coche, delante del hotel. Al verlos, Pünd se volvió hacia su compañero y dijo:

—¿Puedo interpretar, inspector jefe, que pretende hacer una detención?

—Así es, señor Pünd. —Hare era un hombre distinto del que había recibido a Pünd solo un día antes—. No espero tener problemas, pero he pensado que lo mejor era pedirles a dos agentes locales que nos acompañen.

—¡Ya sabe quién lo hizo! —exclamó la señorita Cain.

—Creo saberlo —respondió Hare—. Lo he deducido de lo que decíamos anoche, señor Pünd. Por cierto, gracias por una cena excelente. En cualquier caso, creo que el próximo encuentro le va a resultar muy interesante.

—De eso estoy seguro —repuso Pünd.

Recorrieron en coche la breve distancia que los separaba de Clarence Keep y, una vez más, Eric los dejó pasar al vestíbulo. Parecía aún más zafio y desaliñado que de costumbre, y se alarmó claramente al ver el coche de policía y a dos hombres de uniforme. Casi temblaba hasta que Hare lo tranquilizó.

—Tenemos un asunto que tratar con el señor Pendleton —dijo Hare—. ¿Está despierto?

Pünd vio que una expresión de alivio recorría el rostro del mayordomo.

—Ha acabado de desayunar hace media hora, señor.

—¿Y dónde está ahora?

—Arriba.

—¿Puede pedirle que baje? Y prefiero que usted y la señora Chandler permanezcan en sus habitaciones hasta que los avise. Necesitamos hablar con el señor Pendleton en privado.

Eric volvió a poner cara de preocupación, pero solo pudo asentir con la cabeza.

—Le diré que están aquí —contestó.

El inspector jefe entró en el salón, con sus vistas al mar y aquellas puertas acristaladas que daban al jardín lateral. Fue allí donde Francis Pendleton lo encontró pocos minutos después. Había logrado ponerse una camisa limpia y el pantalón de un traje, pero se quedó claramente impactado al ver a tantas personas esperándolo. Pünd se había acomodado en un sofá. La señorita Cain estaba sentada en una butaca de respaldo alto, en un rincón, lo más apartada posible. Hare se hallaba de pie en el centro de la sala. En cuanto a los policías de uniforme, había uno junto a la puerta y otro al lado de las puertas acristaladas.

Se recuperó rápidamente y se acercó a saludar a Hare.

—Me alegro mucho de verlo. ¿Hay novedades?

—Ha habido avances, señor —dijo Hare—. En realidad, guardan relación con lo que nos contó sobre sus movimientos el día que murió su esposa.

Pendleton se tambaleó.

—¿Cómo dice...?

—¿Me haría el favor de sentarse, señor?

—Estoy muy bien de pie.

—Insisto... —Hare esperó a que Francis se sentara para proseguir—: La última vez que estuvimos aquí, y también en conversaciones anteriores, me dijo que salió a las seis y cuarto de la tarde para acudir a la ópera y que su esposa se fue a dormir temprano porque le dolía la cabeza. Ambos hablaron brevemente de la reunión que ella había mantenido en el hotel Moonflower, pero no discutieron. ¿Es así?

—Por supuesto que sí. Ya se lo conté.

—También me contó que le había encantado *Las bodas de Fígaro*. No mencionó ningún detalle insólito sobre la representación.

—Porque no tuvo nada de insólito. Era una compañía semiprofesional. Lo hicieron muy bien.

—¿Estuvo allí desde el principio?

—Sí.

—¿Qué me dice del cantante que interpretaba a Fígaro?

—No recuerdo quién interpretaba ese papel, pero lo hizo genial. ¿Adónde quiere ir a parar exactamente, inspector?

Hare hizo una pausa antes de responder. Su voz sonó pragmática y, al mismo tiempo, letal.

—Lo cierto es que fue una representación atípica, señor. De haber estado allí al principio, sabría que el director salió al escenario para anunciar que el señor Henry Dickson, que hacía el papel de Fígaro, había sufrido un accidente y estaba herido. Quiso dar un paseo antes de la función y lo atropelló un coche que se dio a la fuga. Tuvo suerte de salir vivo. Lo sustituyó un tal señor Bentley, quien tuvo que cantar con el libreto en la mano. La opinión general fue que no daba la talla, y al final de la representación buena parte del público pidió que se le devolviera el dinero.

Francis Pendleton había escuchado todo aquello en un silencio sepulcral.

—¿Asistió a la ópera, señor Pendleton? —preguntó el inspector jefe.

Se produjo otra pausa prolongada. Luego, Francis respondió:

—No.

—Su esposa y usted no hablaron de la situación financiera del hotel. Discutieron.

Pendleton no dijo nada, pero asintió con la cabeza.

—¿A qué hora salió realmente de casa?

—No tengo la menor idea. Después de lo que declaré, aunque no mucho.

—Fue después de asesinar a su mujer.

Francis Pendleton escondió la cara en las manos.

—Gracias a Dios —susurró—. No va a creerlo, pero es lo que quería..., que esto terminase. Haré una confesión completa. Se lo contaré todo. ¿Estoy detenido?

—Si nos acompaña, señor, lo acusaremos formalmente cuando lleguemos a la comisaría.

—Lo lamento, inspector jefe. No se imagina hasta qué punto. Ignoro cómo he conseguido soportarlo. No creo que hubiera aguantado mucho más. —Bajó la vista—. Tengo que ponerme unos zapatos y coger mi chaqueta. ¿Puedo subir?

—Sí, señor. Le esperamos aquí.

—Gracias. Yo...

Pendleton iba a añadir algo, pero abandonó la idea y salió de la sala, moviéndose como un sonámbulo.

—Bueno, ha sido más fácil de lo que esperaba —dijo Hare. Se volvió hacia Pünd—. Ambos estábamos de acuerdo en que era el sospechoso más probable. Y resulta que estábamos en lo cierto.

Sin embargo, Pünd no parecía tan seguro.

—Queda pendiente la cuestión del teléfono —murmuró—. Y la lista de diez momentos elaborada por la señorita Cain, la cronología en la que se basa todo este caso. Todavía me pregunto si cuadrará.

—Podemos hablar de eso en la comisaría local, señor Pünd. Lo importante es que tenemos al asesino. Ha confesado. Ya habrá tiempo de sobra para solventar todos los detalles en los próximos días.

—Hay otra cosa que quiero preguntarle, inspector jefe. ¿Han detenido al conductor que atropelló al pobre señor Dickson?

—Aún no. No tienen muchas pistas. Dos personas que pasaban por allí más o menos a esa hora creen haber visto un coche de color claro en el arcén, pero no pueden decirnos el color exacto porque estaba lloviendo y tampoco vieron al conductor.

—No obstante, vieron que era claro. Eso resulta interesante...

Tal vez iba a continuar, pero en ese momento la señorita Cain lanzó un grito y señaló la ventana.

—¡Allí!

Todos los presentes se volvieron y vieron lo mismo: una figura había estado observando el interior de la sala a través del cristal, espiándolos.

—¿Quién...? —empezó a decir Hare.

Pero la figura ya había desaparecido. Había salido disparada, tan rápido que resultaba imposible saber quién era. Solo habían visto una cabeza apoyada contra el cristal y unas manos a ambos lados de los ojos. Ni siquiera podrían haber dicho si se trataba de un hombre o de una mujer.

Todo el mundo actuó a la vez. El policía de uniforme abrió la puerta de par en par y salió precipitadamente al vestíbulo seguido de su compañero. El inspector jefe Hare comprendió que las puertas acristaladas representaban la salida más rápida, por lo que fue corriendo hacia ellas y giró la llave, que estaba en la cerradura. Salió a toda prisa con Pünd pisándole los talones.

Estaban en el lateral de la casa. El Austin-Healey verde de Francis Pendleton se hallaba aparcado en su lugar. La carretera se extendía ante ellos. Mientras estaban allí, los dos policías de uniforme salieron de estampida por la puerta principal. Hare se apresuró a darles órdenes.

—¡Tú, quédate aquí y asegúrate de que Pendleton no se marche! ¡Y tú, sal a la carretera y comprueba si hay un coche!

Uno de los policías se situó junto a la puerta principal mientras el otro echaba a correr por el camino de acceso.

Hare se acercó a Pünd.

—¿Ha podido ver quién era?

—He visto a alguien, pero no de quién se trataba.

—¿Eric Chandler?

—No habría podido moverse tan rápido. Ni tampoco su madre, que es demasiado mayor.

Hare recorrió con la vista el jardín vacío.

—Puede que fuese alguien completamente inocente. El cartero o un repartidor.

—Se ha esforzado mucho por esconderse.

—Eso es cierto.

Pünd y Hare dieron la vuelta a la casa hasta situarse en la parte trasera, pero allí tampoco había nadie. Una puerta daba a una zona situada detrás de la cocina. Cuando Hare probó a abrirla, descubrió que no estaba cerrada con llave. ¿Había salido por ella el misterioso intruso? Clarence Keep estaba rodeada por un murete con arbustos al otro lado. En caso de que el desconocido lo hubiese escalado, habría desaparecido al instante. Desde luego, no se veía a nadie. Habían llegado demasiado tarde.

Y entonces oyeron el grito, fuerte y agudo, procedente del vestíbulo.

El policía que montaba guardia junto a la puerta principal fue el primero en volver a entrar. Pünd y el inspector jefe Hare llegaron unos diez segundos más tarde. Ninguno de ellos olvidaría lo que vio.

La señorita Cain se encontraba al pie de la escalera, de espaldas a la puerta. Era ella la que había gritado, y aún estaba casi histérica.

Francis Pendleton estaba bajando los peldaños. Se había puesto la chaqueta y los zapatos. Parecía sostener algo delante del cuerpo. Tenía el rostro completamente blanco.

La sangre corría entre sus dedos. Pünd se acordó del cuchillo turco de mango multicolor utilizado en la película *Noches de harén*. Lo buscó sobre la mesa del vestíbulo a sabiendas de que no estaría allí. Francis Pendleton lo tenía entre las manos. La hoja curva se hallaba clavada en su pecho hasta la empuñadura.

El hombre avanzaba a trompicones. Lanzando otro grito, la señorita Cain alargó los brazos y lo acogió entre ellos.

Francis Pendleton se desplomó en el suelo y no se movió.

13

POST MORTEM

E l inspector jefe Hare se hizo cargo de la situación al instante.

—¡Ocúpese de ella! —le gritó a Pünd mientras se adelantaba de un brinco para examinar el cadáver.

Pünd rodeó a su secretaria con el brazo y la acompañó a la cocina. La mujer había dejado de gritar, pero parecía conmocionada. Tenía el vestido cubierto de sangre. El policía, un joven de veintitantos años, estaba allí de pie, absolutamente inmóvil. Era evidente que nunca había visto un muerto, y menos aún uno que estuviera vivo solo unos momentos antes.

—¡Sube al piso de arriba! —le espetó Hare—. Registra la casa. ¡Es muy posible que el asesino siga aquí!

Mientras pronunciaba estas palabras, había apoyado una rodilla en el suelo para tomarle el pulso a Pendleton.

El policía subió corriendo hasta el rellano del primer piso y desapareció al doblar una esquina. En la cocina, Pünd cogió una silla y, con gestos delicados, ayudó a la señorita Cain a sentarse. La secretaria temblaba violentamente mientras las lágrimas resbalaban por sus mejillas. En su fuero interno, Pünd se dijo que, si no se hubiese despedido ya, aquella sería sin duda la gota que colmaría el vaso. No quería dejarla sola, por lo que se sintió aliviado al ver aparecer al segundo policía, alertado por los gritos.

Pünd se volvió hacia él.

—¿Puede ocuparse de esta señorita?

—Sí, señor.

—¿Lleva un radiotransmisor?

—Me temo que no, señor. No tenía idea de que...

—No importa. El inspector jefe Hare pedirá una ambulancia y más ayuda. Quédese aquí.

Se disponía a marcharse cuando se abrió una puerta al fondo de la cocina y apareció Phyllis Chandler.

—¿Qué pasa? —quiso saber—. He oído gritos. ¿Por qué está aquí la policía?

—Señora Chandler, debo pedirle que se quede en la cocina. No debe salir al vestíbulo bajo ningún concepto. Si es tan amable, ¿puede prepararle a mi secretaria un té bien cargado? Ha sufrido una gran conmoción. —Se inclinó hacia la señorita Cain—. Tengo que dejarla durante unos minutos, pero pediré una ambulancia para que la lleven al hospital. Intente no tocar la ropa que lleva puesta, porque la policía la necesitará como prueba. Estas personas cuidarán de usted. Vuelvo enseguida.

Saludó con la cabeza a la señora Chandler, que ya estaba cogiendo el hervidor, y volvió al vestíbulo justo a tiempo de ver que Hare se incorporaba.

—Está muerto —dijo el inspector jefe.

—Es increíble. Ha ocurrido delante de nuestras narices.

—¡Y ha sido culpa mía! —Hare nunca había parecido más derrotado—. No debería haberle permitido abandonar la sala.

—La verdad, no creo que deba sentirse culpable —le aseguró Pünd—. Era algo perfectamente razonable, y esto... —Miró el cadáver que yacía al pie de la escalera—. Ninguno de nosotros podría haberlo esperado.

—No entiendo cómo ha sucedido.

—Hay muchas preguntas, pero nos las plantearemos más tarde. Por ahora, debe hacer una llamada telefónica. Necesitamos dos ambulancias, una para Francis Pendleton y otra para la señorita Cain.

—También tendré que pedir refuerzos.

El agente que había ido al piso de arriba bajó en ese momento. Trataba de no mirar el cuerpo, pero no podía apartar la vista de él.

—No hay nadie, señor —dijo—. Había un hombre sentado en una cocina, pero dice que trabaja aquí.

—Eric Chandler —dijo Hare.

—Sí, señor. Nadie más. ¿Quiere que mire fuera?

—Buena idea.

El policía pasó junto al muerto, manteniéndose lo más alejado posible, y salió al exterior.

—Empezaré a hacer las llamadas —anunció Hare, y volvió a la sala.

Pünd se quedó solo. Un charco de sangre rojo oscuro se había extendido por el suelo de madera. Por algún motivo, le recordó la noche anterior y el mar a la luz de la luna. Entonces había sentido que una presencia malvada amenazaba a los habitantes de Tawleigh-on-the-Water. No esperaba comprobar tan pronto que estaba en lo cierto.

Tres horas más tarde, el inspector jefe Hare y Atticus Pünd se hallaban en el salón de Clarence Keep, sentados uno frente a otro. Por una vez, estaban incómodos. Hare seguía sintiéndose culpable por lo ocurrido, e incluso Pünd empezaba a pensar que el asesino se había burlado de él. Verse convocado a la escena de un crimen una semana después del acontecimiento era una cosa, pero esta vez se encontraba presente cuando tuvo lugar. Era algo que nunca había sucedido.

Los acontecimientos se habían precipitado desde el asesinato. Habían llegado dos ambulancias y cuatro coches de policía procedentes de Barnstaple y se había iniciado el ritual que sigue a cualquier crimen. Un forense había declarado a Francis Pendleton muerto de una sola puñalada en el corazón. Un fotógrafo de la policía había tomado veinte instantáneas distintas de la escena del crimen. Expertos en huellas dactilares habían revisado toda la zona, solo una semana después de realizar la misma operación en el piso de arriba. Se había colocado el cadáver sobre una camilla para trasladarlo a la ambulancia que lo llevaría a Exeter, donde se le practicaría la autopsia. La segunda ambulancia había salido ya con la señorita Cain.

Ya se había comprobado que el doctor Leonard Collins y su esposa Samantha seguían en Londres. Simon Cox, el productor, se hallaba en su casa de Maida Vale. Lance Gardner había pasado toda la mañana en el hotel, y su mujer Maureen había estado atendiendo el mostrador de recepción porque Nancy Mitchell no se había presentado a trabajar. Ella y Algernon Marsh eran las únicas personas relacionadas con la investigación cuyo paradero se desconocía, y la policía los estaba buscando.

La misteriosa figura de la ventana se había esfumado. Fuese quien fuese, no había dejado huellas ni ningún otro rastro. Salvo por el hecho de que tanto Hare como Pünd la habían visto, aunque fuese solo por un instante, podría haber sido producto de su imaginación.

—A mí me parece que Francis Pendleton se ha suicidado —comentó el inspector jefe, rompiendo el silencio—. Habrá una investigación completa, por supuesto. Pero, en mi opinión, es la única explicación posible. ¡Tenga en cuenta las pruebas! El cuchillo, utilizado en una de las películas de Melissa James, estaba sobre una mesa, justo al lado de la escalera. Debió de verlo cuando subió a buscar la chaqueta y los zapatos. Acababa de confesar el asesinato de su esposa y sabía que todo había terminado para él. Lo agarró y tomó la salida fácil. Puede que, al fin y al cabo, sea lo mejor. Ahorra el coste de un juicio.

—¿Y qué me dice del intruso?

—No estoy convencido de que pueda haberlo matado, señor Pünd, incluso suponiendo que estuviese aquí para eso. Pendleton fue apuñalado unos noventa segundos después de que su secretaria viese la figura en la ventana. Para matarlo, el intruso tendría que haber dado la vuelta a la casa y entrado por la puerta de atrás. Habría llegado a la cocina. Habría tenido que continuar hasta el vestíbulo, coger el cuchillo y apuñalar a Pendleton antes de esfumarse. ¿Cómo le habría dado tiempo?

—No doy nada por sentado, inspector jefe. Y estoy de acuerdo con usted: habría resultado muy difícil, aunque no imposible, cometer el crimen de la forma que acaba de describir.

Por una vez, Hare se mostraba agitado. Estaba a la defensiva, y Pünd entendía por qué. Era su último caso. Esperaba jubilarse al final de una investigación satisfactoria con el agradecimiento y los parabienes de sus superiores. No había previsto más complicaciones y no estaba nada preparado para ellas cuando llegaron.

—Todo me parece muy sencillo —insistió—. Francis Pendleton era un hombre que acababa de matar a su esposa y que había sido descubierto. Usted oyó lo que dijo. En realidad, quería que todo acabase.

Pünd esbozó una sonrisa de disculpa.

—Es muy posible que estrangulase a su mujer. Lo he dicho muchas veces, y sigue siendo la explicación más plausible, sobre todo teniendo en cuenta que mintió sobre la ópera. Pero aún debemos tener en cuenta la cuestión del teléfono. Como recordará, lo comentamos anoche durante la cena.

—Ah, ¡sí! El teléfono. ¿Por qué no se explica? ¡Es evidente que está obsesionado con eso! ¿Qué es lo que le preocupa del teléfono?

—Solo una cosa, inspector jefe, y es algo que me llamó la atención desde el principio. Usted me dijo que no encontraron huellas en el teléfono.

—Así es. Lo habían limpiado.

—Pero ¿por qué iba Francis Pendleton a hacer eso si fuese él quien lo había usado como arma del crimen? No era alguien ajeno a la casa. Habría utilizado el teléfono muchas veces. No tenía ninguna necesidad de limpiar nada.

Hare reflexionó.

—Tiene razón, aunque ¿se le ha pasado por la cabeza que pudiese limpiar el teléfono deliberadamente para despistarnos?

—Eso me parece improbable.

—¿Qué más da, señor Pünd? ¡Francis Pendleton confesó el asesinato! Ambos estábamos presentes.

—Yo no oí que lo confesara, inspector jefe. Solo dijo que pensaba hacer una confesión completa.

—¡Exacto!

—Pero ¿una confesión de qué?

—¡No lo sé! —replicó Hare, perdiendo la paciencia—. Quizá iba a confesar que había robado dulces en la tienda del pueblo o que había aparcado en línea amarilla. Pero, dado que yo acababa de detenerlo por asesinato, me imagino que lo más normal sería que se estuviese refiriendo al crimen. —Se contuvo—. Lo siento mucho, señor Pünd —dijo—. No debería hablarle así.

—Inspector jefe —repuso Pünd, hablando despacio—, no tiene que disculparse. Créame si le digo que no deseo complicar el asunto innecesariamente. Pero no creo que Francis Pendleton haya confesado el crimen. Y puedo sugerirle tres motivos por los que es improbable que se suicidara.

—¡Siga!

—Abandonó el salón para ponerse la chaqueta y los zapatos. Si pensaba suicidarse, pudo haber sido una excusa para quedarse a solas. Sin embargo, llegó a ponérselos; los llevaba cuando murió. ¿Por qué lo hizo? Si iba a morir, ¿qué le importaba ir o no bien vestido?

—Disculpe que se lo diga, señor Pünd, pero puede que usted no entienda la forma de pensar de un caballero inglés. Investigué el caso de un terrateniente de Taunton que se voló la tapa de los sesos. El hombre, que tenía problemas económicos, dejó una carta donde explicaba exactamente lo que iba a hacer y por qué. No obstante, se puso un esmoquin antes de suicidarse. Quería tener el mejor aspecto posible cuando muriera.

Pünd se encogió de hombros.

—Muy bien. Analicemos ahora la ubicación del cuchillo. Está sobre una mesa, al pie de la escalera. Sin embargo, cuando la señorita Cain ve a Pendleton, él se encuentra varios peldaños por encima. Ahora tiene el cuchillo clavado en el pecho. ¿Qué cree que ocurrió? ¿Se llevó el cuchillo a su habitación? ¿Decidió luego matarse mientras bajaba las escaleras? No tiene sentido.

»Y también está el método de la muerte —se apresuró a continuar Pünd, antes de que Hare volviera a interrumpirlo—. Si el señor Pendleton hubiera sido japonés, ¡tal vez aceptaría que pudiera haberse hecho el harakiri! No obstante, como usted mismo ha dicho, era un caballero inglés. ¿Alguna vez ha oído de alguien que se haya suicidado así? Había navajas de afeitar en su cuarto de baño. Podría haberse ahorcado con una corbata. Pero ¿coger un cuchillo y clavárselo en el corazón...?

—Estaba desesperado.

—Pero no lo bastante para morir sin su chaqueta y sus zapatos.

—Está bien. —Hare asintió despacio con la cabeza, sin poder escapar a la lógica de lo que decía Pünd—. ¿Qué cree que ocurrió?

—Mientras no averigüemos la identidad de la persona a la que vimos en el jardín, no puedo contestar a eso. Sin embargo, antes de que abandonemos esta casa, hay una cuestión que debe ser resuelta.

—¿Y cuál es, señor Pünd?

—¿Por qué está desgarrado el papel pintado del dormitorio de la señorita James?

Phyllis Chandler, que había vuelto arriba en cuanto la ambulancia se llevó a Madeline Cain, estaba sentada con Eric en su salita. Francis Pendleton les había dicho que se fueran al final de la jornada y habían comenzado a preparar su equipaje de inmediato; se hallaban rodeados de maletas. Su marcha se había visto interrumpida por la muerte del dueño de la casa. Casi no habían hablado en todo el día y ahora también estaban callados. Cuando Pünd llamó a la puerta y entró con Hare, no mostraron reacción alguna.

—¿Se marchan? —preguntó Pünd, mirando las maletas.

—Sí, señor. Si he de serle sincera, no podría quedarme ni un minuto más en esta casa después de todo lo que ha pasado.

—¿Se da cuenta de que no puede desaparecer sin más, señora Chandler? —preguntó Hare—. Es posible que tengamos que hacerle más preguntas.

—No voy a desaparecer, inspector jefe. Me voy a casa de mi hermana, en Bude.

—¿Y su hijo?

Phyllis miró brevemente a Eric, que se encogió de hombros.

—No sé adónde iré —dijo este—. No tengo amigos. No tengo nada. Me da igual...

Pünd dio un paso adelante. Había conocido a pocas personas tan infelices, atrapadas en su propia prisión. Sin embargo, había asuntos que resolver.

—Señora Chandler, tengo que hablar de una cosa con usted... y con su hijo.

Al oír que lo mencionaban, Eric Chandler alzó la vista con aire de culpabilidad.

—Empecemos por esta mañana, cuando atacaron al señor Pendleton. Ustedes estaban en esta habitación.

—Sí, señor. Estábamos haciendo el equipaje.

—Entonces ¿habían decidido marcharse antes de los terribles acontecimientos que se han producido hoy?

Phyllis tragó saliva al comprender que había revelado una información que no pretendía dar a conocer.

—La verdad es que el señor Pendleton ya nos había despedido —dijo—. Pensaba vender la casa y no necesitaba nuestros servicios.

—Aun así, ha sido bastante repentino —sugirió Pünd con suavidad.

—Fue su decisión, señor. Estoy segura de que sabía lo que hacía.

Hare decidió intervenir.

—Deben de haber oído gritar a la señorita Cain. ¿Estaban juntos en ese momento?

Phyllis Chandler vaciló. No quería decir la verdad, pero se dio cuenta de que no tenía otra opción.

—Yo estaba aquí dentro. Eric estaba en su dormitorio.

—Hacía las maletas —explicó Eric—. No vi nada.

—Ninguno de los dos vimos nada.

—¿No miró por la ventana? ¿No oyó pasar a nadie?

—¿Por qué pregunta todo el rato lo mismo? —replicó Phyllis Chandler impaciente—. Ya le he dicho que soy dura de oído. Solo sabíamos que había policías en la casa. ¡Nos dijeron que nos quedáramos en nuestras habitaciones y eso hemos hecho!

—¿Por qué quería el señor Pendleton que se marcharan?

—Ya se lo he dicho...

—Me ha mentido, señora Chandler. —Ahora fue Pünd quien se irritó—. Y no puede haber más mentiras. ¡Se han producido dos asesinatos en esta casa y, aunque entiendo perfectamente su deseo de proteger a su hijo, no puede seguir engañándome!

—No sé de qué habla, señor.

—Pues se lo enseñaré.

Antes de que nadie pudiera impedírselo, Pünd salió con aire decidido. Hare fue tras él. Eric Chandler y su madre se miraron y los siguieron.

Pünd sabía muy bien lo que buscaba. Debido a una extraordinaria coincidencia, el papel pintado del dormitorio de Melissa James le había recordado la casa de Knightsbridge donde investigó el robo del diamante de Ludendorff. Enseguida se fijó en una pista idéntica a la que había encontrado allí: una rasgadura en el papel pintado de la pared. Ese detalle podría no haberle llamado la atención. Sin embargo, recordó las palabras que había oído Simon Cox: «Dijo algo así como que el Moonflower era retorcido». Aquello no tenía sentido. Los Gardner podían ser retorcidos. Podía ser que en el hotel se dieran comportamientos retorcidos Pero ¿de qué forma podía ser retorcido el hotel en sí?

No entró en el dormitorio. En lugar de eso, se metió en el pasillo que corría a lo largo de este, aún en la zona del servicio. Mientras caminaba, iba midiendo la distancia. Se detuvo delante de las fotografías en las que se había fijado. Mostraban imágenes de Tawleigh: el faro, la playa y el hotel. Ante la mirada horrorizada de Eric y su madre, levantó la foto del Moonflower de su gancho para revelar un orificio practicado a través de los ladrillos.

—Es justo lo que esperaba —dijo.

Hare dio un paso adelante y acercó el ojo al orificio. Se encontró mirando el dormitorio de Melissa James. Recordó el papel pintado del otro lado y comprendió que el agujero debía de ser prácticamente invisible. Volvió la vista atrás. Phyllis Chandler estaba al borde de las lágrimas. Eric Chandler luchaba por respirar, blanco como una sábana.

—¿Qué significa esto? —exigió saber Hare.

—Creo que estamos ante una mirilla secreta —dijo Pünd.

Hare miró a Eric con repugnancia.

—¡Es usted un mirón!

Eric se quedó sin habla y Hare se volvió hacia Pünd.

—¿Cómo lo ha sabido? —preguntó.

—Recordará la discusión que oyó el productor de cine, Simon Cox. La señora Chandler dijo que sabía lo que su hijo había estado haciendo. Se había dado cuenta de que el Moonflower estaba torcido, no «retorcido», como creyó oír el señor Cox, y añadió que lo había visto con claridad. Se refería, por supuesto, a la fotografía del hotel y a que había mirado por el orificio practicado en la pared. Cox no escuchó la conversación al completo, pero estará de acuerdo en que esta parte tiene sentido.

Hare miró a Phyllis con cara de asco.

—¿Estaba enterada de esto?

La mujer asintió con expresión lúgubre.

—Levanté la foto de la pared. Fue el mismo día que murió la señorita James. Bajé a mirar por la ventana y me di cuenta de que la fotografía no estaba bien colgada. Por eso estábamos en la cocina y no nos marchamos hasta más tarde. ¿Cómo cree que me sentí? Estaba escandalizada. ¡Mi propio hijo!

—¿También dijo que mataría a Melissa James si lo descubría?

—¡No, señor! —exclamó Phyllis Chandler, horrorizada. Pero entonces se acordó—: Dije que, si la señora descubría la verdad, eso la mataría. ¡Eso fue lo que dije! Y así habría sido. Ella confiaba en Eric. No tenía la menor idea de que la espiaba.

—Yo no... —Eric trató de decir algo, pero las palabras no salieron de su boca.

Sin embargo, ahora Phyllis se mostró implacable.

—Y luego, esta misma mañana —continuó—, el señor Pendleton me dijo que alguien había estado en el dormitorio de su esposa y se había llevado algunas de sus cosas.

—¿Qué cosas? —inquirió Hare.

—Cosas personales. Ropa interior. De la cómoda junto a la cama...

—¡Yo no he sido! —gritó Eric.

—¡Claro que sí! —Su madre se volvió hacia él, furiosa—. ¿Por qué sigues mintiendo? Eres un gordo cobarde y estás mal de la cabeza. Ojalá nunca hubieras nacido. ¡Sabe Dios que a tu padre le daría vergüenza!

—Mamá...

Era una visión horrible. Eric gemía mientras las lágrimas corrían por sus mejillas. Había retrocedido tambaleándose y sus hombros chocaron contra la pared. Se desplomó. Pünd y el inspector jefe se apresuraron a ayudarlo; juntos, lograron llevarlo de nuevo a la salita. Lo acomodaron en un sofá y Hare fue a buscarle un vaso de agua.

Pero no podía beber. Sollozaba sin poder contenerse. Su madre se hallaba de pie junto a la puerta, mirándolo sin el menor asomo de compasión. Pünd no pudo evitar pensar que la vida de ambos habría sido mucho mejor si la mujer hubiera querido a su marido un poco menos y a su hijo un poco más.

—¿Qué pasará ahora? —preguntó la señora Chandler—. ¿Van a detenerlo?

—Es evidente que ha infringido la ley —replicó Hare, incómodo—. Podría detenerlo...

—¡Solo me gustaba mirarla! —exclamó Eric entre sollozos; sus palabras resultaban casi incomprensibles—. ¡Era tan guapa! Nunca le habría hecho daño. ¡Nunca me llevé nada!

Hare miró a Pünd, que asintió con la cabeza.

—Puesto que los dos se marchan de la casa y ni el señor Pendleton ni la señorita James están aquí para poder presentar cargos, lo mejor será que continúen por su camino. Simplemente deben asegurarse de que sepamos dónde encontrarlos. Otra cosa, Eric... Creo que debería hablar con el doctor Collins para que le recomiende a un profesional que lo pueda ayudar. Lo que ha hecho está muy mal.

—Pero es que yo no...

—No tengo nada que añadir.

Hare y Pünd se marcharon. La señora Chandler se apartó para dejarlos pasar. Ninguno de ellos volvió la vista atrás.

—Espero estar haciendo lo correcto —murmuró Hare mientras bajaban las escaleras—. Si han asesinado a Francis Pendleton, puede que Eric Chandler sea el sospechoso más probable. De hecho, es el único sospechoso. Se encontraba en la casa. Y ya ha oído lo que ha dicho su madre: él estaba en una habitación y ella en otra. Lo que significa que, en realidad, ella no tenía ni idea de dónde estaba él. Si pensaba que Pendleton iba a despedirlo por robar las bragas de su mujer o lo que fuese, ahí tenemos el móvil.

—Lo que dice es cierto —convino Pünd—. Ese chico está muy maleado. Creo que su vida ha sido desdichada en muchos aspectos. Y, sin embargo, no me parece una persona violenta. A su propio modo retorcido, adoraba a Melissa James. ¿Habría sido capaz de matar al hombre con el que estaba casada?

Habían llegado al vestíbulo. Un policía de uniforme apareció por la puerta del salón y se aproximó a ellos. Había estado buscando a Hare. Llevaba en la mano una bolsa para pruebas transparente que contenía una carta manuscrita.

—Disculpe, señor —dijo—. He pensado que debía ver esto. Lo hemos hallado en el salón, escondido en el fondo de un buró. Estaba oculto entre un montón de periódicos viejos, claramente para evitar que alguien lo encontrase.

Le entregó la carta a Hare, que la leyó atentamente.

—Vaya, puede que esto le haga cambiar de opinión —murmuró—. Puede que yo tuviese razón después de todo.

Le mostró la carta a Pünd. Estaba muy arrugada, como si la hubiesen tirado antes de acabar de escribirla.

13 de febrero

Mi queridísimo:

No puedo seguir con esta farsa. De verdad, ya no aguanto más. Tenemos que ser valientes y contarle a todo el mundo que el destino nos ha unido...

—Melissa James tenía una aventura y quería sacar a Francis Pendleton de su vida. Él no pudo soportar la idea de perderla, así que la mató y, al verse descubierto, se suicidó. —Hare recuperó la carta—. ¿Acaso se le ocurre otra explicación?

—Estoy de acuerdo en que parece una prueba irrefutable —convino Pünd—. Aun así, inspector jefe, hay una información que necesitamos antes de poder considerar la investigación completa.

—¿Cuál es?

—Melissa James tenía una aventura. Eso resulta evidente. Pero ¿con quién?

14

ATROPELLO CON FUGA

Qué haces aquí? —preguntó el doctor Collins.

—La verdad es que te estaba esperando —respondió Algernon.

El doctor había entrado en la cocina de Church Lodge y se había encontrado con su cuñado sentado a la mesa, fumando un cigarrillo. Samantha estaba ayudando al párroco con los preparativos para el próximo servicio y se había llevado a los niños. Le gustaba que pasaran tiempo con ella en la iglesia. La señora Mitchell vendría a limpiar al cabo de unas horas. El doctor Collins creía estar a solas.

Algernon Marsh no le caía bien. Sabía demasiado de sus actividades pasadas y presentes, y le desagradaba tenerlo en la casa. Sin embargo, en esto, como en tantas otras cosas, se había dejado desautorizar por Samantha, que, como bien sabía, tenía una naturaleza más indulgente. No podía convencerla de que Algernon era un incordio desde el día en que nació. Quizá sus padres tuviesen el don de la profecía. Lo habían bautizado con el nombre de un villano salido directamente de un melodrama y, desde luego, en eso se había convertido.

Al verlo ahora, el doctor Collins sintió una punzada de irritación. En cierto modo, los dos eran completamente opuestos. Él ejercía la medicina desde hacía quince años, primero en Slough y luego en Tawleigh, trabajando para sus pacientes las veinticuatro horas por un salario que apenas le permitía mantener a su mujer y a sus dos hijos. Nunca se había quejado. Esa era su vocación: incluso durante los años de la guerra, había servido con el Royal Army Medical Corps. Algernon, por supuesto, se había mantenido muy alejado de la acción, con un trabajo de oficina en Whitehall. Con sus trajes caros, su coche francés, sus tortuosos negocios que, sin duda, estaban pensados para beneficiarle solo a él, era el vivo ejemplo de la nueva generación que estaba arrastrando al país a una era de egoísmo y hedonismo.

Incluso la forma en que Algernon se sentaba a la mesa —su mesa—, invadiendo el espacio con el humo del tabaco, se le antojaba deliberadamente ofensiva. El doctor Collins no lo había invitado. Algernon se había presentado allí sin más y ahora se comportaba como si fuese el amo de la casa.

—Lo siento. ¿Me estás esperando? —preguntó el doctor Collins.

Trataba de mostrarse cortés por Samantha.

—Sí. He pensado que podíamos charlar un poco.

—No se me ocurre de qué podríamos charlar, pero, de todas formas, voy a tener que decepcionarte. He de revisar los historiales de mis pacientes.

—Estoy seguro de que pueden esperar.

—Me temo que no.

—Siéntate, Leonard. Tenemos que hablar.

No era una invitación, sino una amenaza. El doctor Collins vio en la voz y en la sonrisa aterciopelada de su cuñado algo que le desaconsejó marcharse. En contra de su instinto, tomó asiento junto a la mesa.

—Gracias.

Una vez más, Algernon se las arregló para pronunciar una palabra de una forma que distorsionaba absolutamente su significado. Miró con gesto despiadado al hombre sentado frente a él.

—¿De qué se trata, Algernon? La verdad es que no...

—Se trata de esto.

Algernon se sacó una hoja de papel del bolsillo y la desdobló. Sobresaltado, el doctor Collins reconoció la carta que Parker & Bentley, de Londres, había enviado a Samantha. Algernon la colocó plana sobre la mesa, entre los dos.

—¿De dónde has sacado eso? —inquirió el doctor Collins, furioso—. Has metido las zarpas en mi escritorio. ¿Cómo te atreves? ¡Es privado!

—¿No pensabais contármelo? La pobre tía Joyce la palma en Nueva York y le deja a Samantha... ¿cuánto exactamente? Supongo que por eso estuvisteis ayer en Londres.

—No es asunto tuyo.

—Es totalmente asunto mío, Leonard. Soy hermano de Samantha, por si se te ha olvidado. Yo también tuve que vivir con la vieja.

—No te ha dejado nada, Algernon. Desaprobaba tu modo de vida, igual que yo. La cantidad de dinero no te importa, porque no vas a recibir ni un penique.

—¿Eso es lo que dice Samantha?

—Sí.

—¿O la has convencido tú de que lo diga? Que yo recuerde, Sam siempre tuvo debilidad por mí; al menos, hasta que se casó contigo. Te apuesto lo que quieras a que querrá compartir conmigo su buena suerte. ¿Cuánto has dicho que era?

—No lo he dicho.

—He investigado un poco y tengo entendido que Harlan Goodis ganó una pasta con la publicidad. Mis amigos me han dicho que podríamos estar hablando de un millón de libras.

—¿Qué quieres, Algernon? —preguntó el doctor Collins, mirando a su cuñado con un desprecio nada disimulado.

—Estaba pensando que lo justo sería la mitad.

El doctor Collins se le quedó mirando y soltó una risotada.

—¿Estás loco?

—¿No opinas lo mismo?

—Ya te he dicho lo que opino. Tú tía no te ha dejado nada. Se lo ha dejado a mi mujer. Fue su deseo específico que no recibieras nada en absoluto y, si Samantha sigue mi consejo, no volverá a tratarte una vez que haya heredado el dinero.

—Te hace caso, ¿verdad?

—Sí.

—Estupendo. Así podrás convencerla para que cambie de opinión.

—¿Y por qué voy a hacer eso?

—Porque sé un par de cosas sobre ti, Leonard, que quizá prefieras que no le cuente a Samantha... ni a nadie más.

Fue como si el doctor Collins hubiera recibido un puñetazo en la cara.

—¿De qué estás hablando?

—¿En serio quieres que te lo diga?

—¡Estás intentando chantajearme!

—Diría que lo estoy consiguiendo. —Algernon se inclinó hacia delante—. Llamémoslo falta de profesionalidad en tu trato con determinados pacientes.

—Niego categóricamente lo que insinúas, sea lo que sea. Nunca ha habido ninguna mala praxis por mi parte, y tus patéticos intentos de desacreditarme solo harán que des con tus huesos en la cárcel, que es lo que mereces.

—Puede que Samantha no esté de acuerdo.

—¡No metas a mi mujer en esto!

El doctor Collins podría haber saltado de su silla y haberse abalanzado sobre el otro hombre, pero la conversación se vio interrumpida por dos coches que aparcaron en el camino de acceso. Atticus Pünd y el inspector jefe Hare iban en el primero. Policías de uniforme los seguían en el otro.

Algernon se levantó y miró por la ventana.

—Parece que tendremos que proseguir con esta agradable conversación más tarde —dijo con acento cansino. Alargó el brazo hacia la carta, pero el doctor Collins se la arrebató—. Ambos sabemos de qué estamos hablando —continuó diciendo Algernon—. Quiero la mitad. De momento, cerraré el pico. Pero vas a tener que usar todo tu encanto y tu capacidad de persuasión con Sam. No te daré mucho tiempo.

Sonó el timbre.

El doctor Collins, que miraba fijamente a Algernon Marsh, se forzó a apartar la mirada y fue a abrir la puerta.

En el umbral, el inspector jefe Hare se percató al instante de que ocurría algo. El doctor, habitualmente tranquilo y sereno, estaba muy alterado. Y no solo porque hubiera tantos representantes de la ley invadiendo su casa.

—¿Sí?

—Lamento mucho molestarlo, doctor Collins, pero quisiera saber si está aquí su cuñado.

Algo en la pregunta pareció hacerle gracia al doctor, porque la sombra de una sonrisa cruzó su rostro.

—¿Algernon? Sí. Precisamente estaba hablando con él.

—Pues nos gustaría hacer lo mismo, si no le importa.

—No irán a detenerlo, ¿verdad?

—Espero que me perdone, pero no puedo compartir esa información con usted, señor.

—Naturalmente. Pasen. Está en la cocina...

Los dos agentes de uniforme se quedaron en la puerta. Después de lo sucedido en Clarence Keep, Hare no quería arriesgarse. Pünd y él siguieron al doctor Collins por el pasillo. Cuando llegaron, Algernon Marsh salió de la cocina con aire de indiferencia.

—¡Inspector! ¡Señor Pünd! ¡Cuánto me alegro de verlos! ¿Han venido a hablar conmigo o con mi cuñado? Seguro que Leonard tiene mucho que contarles.

—La verdad, señor Marsh, es que hemos venido a verlo a usted.

A Algernon se le descompuso el gesto, aunque la sonrisa seguía en su sitio.

—Todo esto se está volviendo un tanto fastidioso, inspector.

—Quizá sea cierto, pero debo hacer mi trabajo. —Hare se volvió hacia el médico—. ¿Hay algún sitio privado al que podamos ir, señor?

—Pueden ir a mi despacho si quieren.

Pünd no había dicho nada, pero había oído la pulla que Algernon Marsh le había lanzado a su cuñado. El doctor Collins tenía algo que contar y Algernon sabía de qué se trataba. ¿Guardaba relación con Melissa James? Probablemente.

—Nos vemos luego, Leonard —dijo Algernon—. Piensa en lo que hemos hablado.

Las sospechas de Pünd quedaron confirmadas. Sin duda, existía cierta animosidad entre los dos hombres.

El doctor Collins los acompañó al despacho, que también usaba como consulta. Había una camilla en un rincón y una cortinilla colgando de una barra. Pünd se sentó en un lateral. Hare y Algernon Marsh ocuparon ambos lados del escritorio.

—Me gustaría hablar con usted de una empresa que es propiedad suya —empezó diciendo Hare—. El Grupo Sun Trap.

—¿A qué viene eso? —preguntó Algernon, y soltó una risita—. ¿Quiere invertir, inspector?

—Soy inspector jefe, señor Marsh, y debo advertirle que este asunto no es para tomarlo a risa. —Hare hizo una pausa—. Parece ser que son muchas las personas que han invertido en esa empresa. ¿Le importa explicarme a qué se dedica exactamente?

—En absoluto. Construye propiedades en el sur de Francia: hoteles, chalets, esa clase de cosas... Parece que allí se ha desatado la fiebre del oro. Cannes, Niza, Saint-Tropez... Puede que aún no haya oído hablar de esos sitios, pero muy pronto los querrá visitar el mundo entero.

—Creo que Melissa James había invertido en su empresa.

El rostro de Algernon se ensombreció.

—¿Quién se lo ha dicho? —Recobró la compostura—. Melissa había invertido una pequeña cantidad. Sí.

—Yo no diría que noventa y seis mil libras sea una cantidad pequeña, señor Marsh.

—Eso es un asunto privado. ¿Con quién han hablado exactamente?

—Con el director de su banco. Hemos localizado tres talones que la señorita James extendió a nombre del Grupo Sun Trap.

—Es poco en comparación con los dividendos que habría obtenido una vez que las promociones terminaran.

—¿Y cuántos hoteles y chalets han terminado hasta ahora?

—Este tema le viene grande, inspector jefe —replicó Algernon, haciendo hincapié en la última palabra—. El asunto es más complicado.

—En realidad, es muy sencillo —intervino Pünd—. El sistema fue inventado hace treinta años por un caballero italiano llamado Charles Ponzi. Ese señor indujo a unos inversores a invertir sus ahorros en un proyecto que, en realidad, nunca iba a producir nada. Sin embargo, usó el dinero de inversores posteriores para pagarles dividendos a los primeros, haciéndoles creer así que el proyecto iba bien. Mientras tanto, se quedaba con todo.

—¡No he hecho nada ilegal!

—Puede que sí, señor —dijo Hare—. La Ley de delitos contra la propiedad de 1916, sección 32, prohíbe expresamente la obtención de dinero mediante falsos pretextos con la intención de estafar. Conlleva una sentencia de cárcel de cinco años.

—¡Yo no he estafado a nadie! —Algernon se había encogido en su asiento, y su bravuconería había dado paso a una actitud defensiva y quejumbrosa—. Melissa sabía exactamente lo que hacía. La mantuve informada en todo momento.

—¿Y cuál era exactamente su relación con la señorita James?

—Éramos amigos.

—¿Amigos íntimos?

—¡Sí!

—¿La señorita James y usted se acostaban juntos?

Algernon se quedó boquiabierto.

—He de decir que es usted muy directo, inspector jefe. Y no veo por qué debería responder a su pregunta. ¡Demonios, no es asunto suyo!

Hare no se dejó amilanar. Sacó la carta que habían encontrado en Clarence Keep y se la mostró a Algernon.

—¿Esto iba destinado a usted?

Algernon cogió la carta y se la quedó mirando. Pünd lo observó con atención. Algernon Marsh era un consumado embustero: calculaba todo lo que decía y solo contaba la verdad cuando le convenía. Incluso ahora, estaba sopesando las distintas posibilidades. Por fin tomó una decisión.

—Está bien —dijo. Tenía los hombros caídos. Arrojó la carta sobre la mesa—. Sí. «Mi queridísimo». Siempre me escribía así. Y lo de escaparnos juntos. Hablábamos mucho de eso.

—Entonces tenían una relación.

—Sí. La verdad es que estaba loca por mí. Sabía que había cometido un error con Francis. Él no podía darle lo que ella quería.

—¿Y qué era?

—Emoción. Desafío. Sexo. Lo que quieren todas las mujeres. La cosa empezó en Londres, y yo le hacía una visita cada vez que venía a Tawleigh. De hecho, era el principal motivo que me traía a este pueblecito deprimente. —Echó un vistazo a la carta—. ¿De dónde han sacado eso?

—Creemos que Francis Pendleton pudo encontrarlo...

—¿Y matarla? ¿Es eso lo que está diciendo? Es una idea horrible. Aunque, claro, él era completamente incapaz, como marido y como amante. No me extraña que ella viniera a por mí. Y yo nunca le hice ningún daño.

—Aparte de robarle.

—¡Tampoco se pase, inspector jefe! Eso es un poco fuerte.

—Mi impresión, señor Marsh, es que dirigía su empresa con la mentalidad de un conductor que atropella a alguien y se da a la fuga. No tenía ningún sentido de la vergüenza, ninguna moralidad. Hacía lo que hacía y pasaba a otra cosa.

Una vez más, Pünd lo vio: el miedo regresando a los ojos de Algernon mientras asimilaba lo que Hare acababa de decir.

—No he hecho nada malo —murmuró Algernon.

—El señor Henry Dickson no estaría de acuerdo.

—¿Henry Dickson? No sé quién es.

—Es un cantante de ópera que está hospitalizado en Barnstaple, en un estado grave pero estable. A principios de esta semana, lo atropelló un coche en Braunton Road. El conductor no se paró.

—Espero que no esté insinuando...

La voz de Algernon lo delató. El conocimiento de su culpa estaba allí, en cada una de sus palabras.

—¿Puede explicar cómo se ha dañado la parte delantera de su Peugeot, señor Marsh?

—No puedo. Yo no...

—Su automóvil fue visto por otro conductor que pasó por la escena del accidente. Tenemos esto... —Hare sacó una segunda bolsa para pruebas con un cigarrillo fumado a medias, de papel marrón, estropeado por la lluvia—. También sabemos cuánto había bebido en el club de golf de Saunton y tenemos razones para creer que conducía bajo la influencia del alcohol.

Hare esperó a que Algernon hablara, pero este no necesitaba decir nada más. Sabía que estaba acabado.

—Algernon Marsh, queda detenido por cometer diversos delitos tipificados en la Ley de tráfico de 1930 y la Ley de delitos contra la propiedad de 1916. No tiene que decir nada, pero debo advertirle que cualquier cosa que diga podrá usarse en su contra. ¿Hay algo que quiera decir?

—Pues sí, hay una cosa.

—¿Y qué es?

Algernon no estaba asustado. Lo tenía todo calculado.

—Estaba enamorado de Melissa James y ella lo estaba de mí. Es lo único que me importa ahora mismo, inspector jefe. Puede detenerme si quiere, pero nunca me quitará eso.

Aún sonreía cuando lo sacaron de la casa.

15

LA JOVEN DEL PUENTE

Los dos coches de policía se dirigían a la comisaría de Barnstaple escoltando a Algernon Marsh cuando, al llegar al puente de Bideford, se encontraron con un embotellamiento inesperado. El inspector jefe Hare comprendió enseguida que sucedía algo insólito: era media tarde y no había razón para que entre diez y veinte automóviles estuvieran parados a cada lado del río. Muchos de los conductores habían bajado de sus vehículos y miraban hacia el centro del puente. Hare y Pünd salieron a averiguar qué ocurría mientras Algernon permanecía en el coche de atrás con los dos policías. De camino hacia el puente, iban oyendo los comentarios de los conductores:

—¡Pobre chica!

—Alguien debería hacer algo.

—¿Han llamado a la policía?

Al llegar al puente, vieron al instante lo que había sucedido.

Una joven se había subido a la balaustrada de piedra que corría a lo largo del puente y se hallaba de pie en el estrecho saliente del otro lado. Se inclinaba hacia delante, sobre el río, agarrándose con las manos estiradas hacia atrás. El puente no tenía más de seis metros de altura, pero las aguas turbias corrían rápidas, formando remolinos. Si la chica se dejaba caer, tal vez la caída no la matase, pero probablemente se ahogaría.

Hare, que tenía una hija mayor, se sintió invadido por la compasión hacia la joven que se había visto impulsada a cometer semejante acto. Supuso que debía de tener unos veinte años. Al verla más de cerca, reconoció el cabello castaño y los rasgos ligeramente irregulares.

—¡Es la chica del Moonflower! —exclamó.

—Nancy Mitchell —añadió Pünd, que también la había reconocido.

—Hay que impedir que se tire.

Hare se abrió paso entre dos hombres que observaban impotentes a la entrada del puente. Por suerte, ninguno de los conductores se había acercado demasiado, a sabiendas de que la joven saltaría si se sentía amenazada.

Pünd agarró al inspector por el brazo.

—Con todos mis respetos, amigo mío, quizá sea mejor que yo intente hablar con ella. Sabe que es usted policía, y tal vez sepa también que suicidarse es un delito. Si ve que se le aproxima, puede que se alarme...

—Tiene razón. —No había tiempo para discutir. Hare se había situado delante de la multitud y se volvió para hablar—: Soy agente de policía —anunció con voz serena—. ¿Puedo pedirles a todos que retrocedan?

Los espectadores obedecieron. Al mismo tiempo, Pünd continuó avanzando hasta encontrarse solo en el puente vacío. Nancy lo miró con los ojos desorbitados por el miedo.

—¡No se acerque! —gritó.

Pünd se detuvo a unos diez pasos de distancia.

—¡Señorita Mitchell! ¿Se acuerda de mí? Me alojo en el hotel.

—Sé quién es, pero no quiero hablar con usted.

—No tiene que hacerlo. No hace falta que diga nada. Pero deje que le hable yo, por favor.

Pünd dio dos pasos hacia delante y la joven se tensó. El detective se detuvo y miró el agua sucia y revuelta que pasaba a toda velocidad bajo sus pies. La gente del otro lado del río se removió inquieta. Por fortuna, había llegado otro policía que se aseguró de que nadie avanzara.

—Ignoro qué la ha empujado a un acto tan extremo como el que está contemplando en este momento —continuó Pünd—. Debe de ser muy desdichada, de eso estoy seguro. ¿Me creerá si le digo que, por muy feas que puedan parecer las cosas, mañana mejorarán si usted lo permite? Así es la vida, señorita Mitchell, y yo soy la prueba palpable de ello.

Ella no contestó y Pünd dio dos pasos más. Cuanto más se acercara, menos tendría que gritar.

—¡Quédese donde está! —chilló Nancy.

—No voy a tocarla —replicó Pünd, mostrándole las manos—. Solo deseo hablar.

—¡Usted no puede saber lo que estoy pensando!

—Lo que está pensando no, pero tal vez sepa lo que siente. —El detective dio otro paso hacia delante—. Yo también he sufrido, señorita Mitchell. Soporté una violencia terrible en una cárcel de Alemania, durante la guerra. Asesinaron a mi mujer. Asesinaron a mis padres. Me encontré completamente solo en un abismo, rodeado de una crueldad y de unas atrocidades que soy incapaz de describir. Igual que usted, deseé la muerte. Y, sin embargo, sobreviví. Tomé la decisión más estúpida e irracional de mi vida. Contra todo pronóstico, ¡opté por seguir viviendo! ¿Me alegro de haberlo hecho? Sí. Porque estoy aquí y tengo la esperanza de poder convencerla de que haga lo mismo.

—Para mí no existe ninguna esperanza.

—Siempre la hay. —Pünd dio otros dos pasos hacia ella. Estaba ya tan cerca que, si ambos hubieran estirado los brazos, se habrían tocado—. Deje que cuide de usted, señorita Mitchell. Deje que la ayude a eliminar las cosas malas que han pasado.

La joven no sabía qué hacer. Pünd vio que le costaba decidirse y supo lo que debía decir.

—¡Piense en el hijo que lleva en su seno! —exclamó—. ¿No va a darle una oportunidad?

Ella, que estaba mirando las aguas del río, volvió la cabeza de golpe.

—¿Quién se lo ha contado?

De hecho, era el inspector jefe Hare quien lo había adivinado.

—Lleva el milagro de la vida escrito en la cara —dijo Pünd—. Y esa vida es lo primero.

Nancy Mitchell se había echado a llorar. Asintió débilmente con la cabeza y giró el cuerpo sin dejar de agarrarse con ambas manos a la balaustrada. Pünd avanzó de un brinco, la rodeó con sus brazos, la alzó del saliente y la dejó en una zona segura. Pocos instantes después llegó Hare, en el preciso momento en que Nancy caía inconsciente al suelo.

Dos horas más tarde, Atticus Pünd y el inspector jefe Hare ocupaban unas incómodas sillas de madera frente a una habitación individual situada en la primera planta del hospital de North Devon, en Barnstaple, el mismo centro en el que Henry Dickson iba recuperándose poco a poco. Pünd pensó que Madeline Cain también debía de estar ingresada allí. No la había visto desde la muerte de Francis Pendleton, aunque se había asegurado de que estaba bien atendida.

La puerta se abrió y una doctora joven salió de la habitación.

—¿Cómo está? —preguntó Hare.

—Le he dado un sedante suave y está un poco amodorrada, pero quiere verlos. No lo aconsejo. Después de lo que ha pasado, necesita descansar.

—Trataremos de no fatigarla —dijo Hare.

—Mejor. Por cierto, está embarazada. Tenía razón en eso. De unos tres meses. Por fortuna, el feto no ha sufrido daños.

La doctora se alejó. Pünd y Hare intercambiaron una mirada y entraron.

Nancy Mitchell se hallaba tendida en la cama, con el pelo extendido sobre la almohada. Parecía descansada y extrañamente serena. Los dos hombres se sentaron.

—Señor Pünd —empezó diciendo—, quiero darle las gracias. Lo que pensaba hacer... era una gran estupidez. Me da vergüenza haber hecho tanto el ridículo.

—Me alegro de que esté aquí y de que se sienta mejor, señorita Mitchell.

—¿Va a detenerme, inspector jefe?

—No tengo la menor intención de hacerlo —respondió Hare.

—Mejor. Quiero verlos a los dos porque necesito desahogarme.

Desde luego, antes de que lleguen mis padres. La doctora me ha dicho que estaban de camino.

A Hare le sorprendió la seguridad con la que hablaba Nancy Mitchell. Era como si su experiencia en el puente de Bideford le hubiese proporcionado una especie de epifanía.

—Supongo que debería empezar por el principio. Tenía razón, señor Pünd. Seguro que la doctora les habrá dicho que espero un hijo. Aún no se lo he contado a mis padres, pero he decidido quedármelo. No voy a darlo en adopción solo porque la gente de Tawleigh me mire mal. Mi padre no estará de acuerdo, pero llevo toda la vida teniéndole miedo y ya estoy cansada. Puede que esté en lo cierto, señor Pünd, y que esto sea una oportunidad para tomar las riendas de mi vida.

»Antes de que lo pregunten, voy a decirles el nombre del padre, aunque no se lo he dicho a nadie más y no pensaba hacerlo. Pero supongo que ustedes tienen que saberlo, así que voy a decírselo: el marido de Melissa, Francis Pendleton. ¿Les sorprende? De eso se trata, ¿no? Y es el motivo por el que tengo que hablar con ustedes. No estaba enamorada de él y, por si se lo están preguntando, no lo maté, aunque supongo que diría esto en cualquier caso, ¿verdad? —Hizo una pausa—. Les contaré cómo ocurrió.

»Lo conocía muy bien, naturalmente. Puede que la propietaria del Moonflower fuese la señorita James, pero él iba mucho por el hotel. La ayudaba a dirigirlo. No diré que nos hiciéramos amigos, pero a él parecía gustarle hablar conmigo. También quería mi colaboración. Imaginaba que los Gardner engañaban a su mujer de algún modo y me pidió que los vigilara. No me entusiasmaba la idea de espiar a nadie, pero me sentía halagada por el hecho de que me lo pidiera a mí; además, él me caía bien. Siempre se mostraba amable conmigo.

»Un día, hace unos tres meses, llegó al hotel en un estado terrible. No me dijo nada, pero se fue derechito al bar y empezó a beber él solo. Quiso la suerte, la mala suerte, que esa noche me tocase trabajar. Estábamos a finales de enero y el hotel se hallaba casi vacío. Sea como fuere, lo dejé solo un par de horas y luego entré en el bar porque estaba preocupada por él y quería asegurarme de que todo iba bien.

»No era así. Había bebido muchísimo y me soltó que había descubierto que su mujer tenía una aventura. Al principio, no lo creí. ¡Era Melissa James, una gran estrella! Pensé que él estaba equivocado, pero dijo que había encontrado una página de una carta escrita de su puño y letra. Una carta de amor. No sabía a quién iba dirigida porque no aparecía ningún nombre. No le había contado a ella que la había encontrado. Pero dijo que se sentía destruido. Él la adoraba. De verdad. Aseguró que no podía vivir sin ella. Hablaba con tanta intensidad que daba bastante miedo.

»Era ya muy tarde y estábamos solos. Quise tratarlo bien, cuidar de él. Le aconsejé que no se fuera a casa tal como estaba y que pasara la noche en una de las habitaciones libres de arriba. A él le pareció buena idea y me ofrecí a acompañarlo. Ese fue mi error. Una cosa llevó a la otra, como diría mi madre, y eso fue todo.

Nancy se quedó en silencio.

—Él no me quería —continuó al cabo de unos instantes—. Simplemente se sentía mal. Melissa era el amor de su vida y le había sido infiel, así que él le hizo lo mismo para tratar de sentirse mejor. Más hombre. En cuanto a mí, no sé qué sucedía en mi cabeza. Tal vez me sentí halagada al ver que alguien como Francis Pendleton se interesaba por una chica como yo. Creo que ni siquiera pensaba; desde luego, no tuve en cuenta las consecuencias.

Exhaló un suspiro.

—Debo de ser tonta. No es que no supiera que los niños no vienen de París. Casi me muero cuando el doctor Collins me lo comunicó. El médico dio por sentado que daría al bebé en adopción. No le conté quién era el padre. Le mentí diciéndole que era un chico al que había conocido en Bideford. No quería que nadie lo supiera. No me pareció que fuera a beneficiar a nadie. Ni al señor Pendleton, ni a Melissa, ni a mí.

»Acabé contándoselo a Francis. Apenas nos habíamos visto desde aquella única noche y yo tenía la sensación de que me evitaba deliberadamente, así que le escribí una carta. ¡Tenía que saberlo! Al fin y al cabo, era su hijo. Además, yo necesitaba ayuda. Pensé que podía hacerse cargo de mí. No esperaba que dejase a su mujer ni nada de eso, pero tenía mucho dinero y pensé que quizá me ayudara a establecerme en algún sitio en el que pudiera tener al bebé y empezar una nueva vida.

»¿Saben qué hizo? Al día siguiente de recibir mi carta, me envió un sobre con sesenta libras y la dirección de un médico de Londres. Quería que abortara. ¡Eso fue todo! No quiso ni hablar conmigo. No quiso tener nada que ver con el embarazo. ¿Cómo se puede ser tan cruel?

—Fue usted quien se presentó en Clarence Keep justo antes de que asesinaran a Francis Pendleton —dijo Pünd.

—Yo no lo hice, señor Pünd. Se lo juro. —Dio un suspiro—. Tiene que entender cómo me sentía. Me había humillado. Estaba avergonzada... y enfadada. Naturalmente, todo se complicó después de lo que le ocurrió a Melissa, pero yo le había escrito antes de todo eso, así que no tenía excusa para no hablar conmigo. Se me quitó de encima porque le vino bien y porque me despreciaba. No significaba nada para él. Al mismo tiempo, yo sabía que tenía que hacer algo, y pronto. Mi madre ya empezaba a mirarme raro, y mi padre no tardaría en darse cuenta también.

»Fui a la casa para hablar con él. Si quiere saber la verdad, iba a amenazarlo. O te ocupas de mí como es debido, o le cuento a todo el mundo la clase de hombre que eres. Él no tenía nada que perder. Melissa ya no estaba. Tenía la casa, el hotel y la fortuna de ella. Podía ocuparse de mí. Iba a decirle que tenía que asumir sus responsabilidades... ¡o que se atuviera a las consecuencias!

»Cuando llegué a Clarence Keep, vi unos coches aparcados fuera y me pregunté qué estaría pasando. En lugar de llamar al timbre, fui hasta el salón y atisbé por la ventana. Fue entonces cuando los vi a usted y al inspector jefe. ¡Y también había dos policías de uniforme! Supe al instante que ese era el último sitio en el que me convenía estar, así que me agaché y eché a correr. Di la vuelta a la casa, salté el muro, crucé por entre los árboles y seguí por la calle principal.

»Más tarde, cuando me enteré de lo que le había pasado al señor Pendleton, me asusté. No se hablaba de otra cosa en el pueblo. ¡También lo habían matado! No tardé mucho en deducir que había estado en la casa exactamente a la hora en que había sucedido y que, si alguna vez salía a la luz la verdad sobre nosotros, todo el mundo pensaría que había sido yo. Teniendo en cuenta cómo me había tratado, está claro que tenía buenos motivos para clavarle un cuchillo. Imagino que ustedes también lo piensan.

»No parecía haber ninguna esperanza. Me iban a echar la culpa y, encima, ahora que él ya no estaba, nadie me ayudaría. Ni siquiera podía demostrar que el bebé fuera suyo. Mi madre no podría hacer nada por mí. Y mi padre me mataría.

La joven se emocionó y Pünd le acercó un vaso de agua para que bebiese unos sorbos.

—Sé que lo del puente fue una tremenda estupidez, pero no veía ninguna salida. Pensé que, si desaparecía, todo sería más sencillo para todos, incluidos el bebé y yo. Pensé en meterme en el mar. No sé nadar. Pero luego decidí que resultaría más fácil tirarme del puente. Así que fui allí e hice un ridículo espantoso. Y aquí estoy ahora, y sabe Dios qué va a pasar después, porque yo, desde luego, no tengo ni idea.

Había llegado al final de su historia y se quedó en silencio.

El inspector jefe Hare había escuchado el relato sin hacer comentarios, pero ahora fue el primero en hablar.

—Ha hecho muy bien en contarnos todo esto, señorita Mitchell —dijo—. Ahora estamos investigando no uno sino dos asesinatos, y su testimonio puede ayudarnos a entender mejor lo que ocurrió. Sé que necesita descansar, pero he de hacerle una pregunta. ¿Vio salir a alguien de la casa cuando estuvo en Clarence Keep? No pongo en duda lo que nos ha contado, pero es cierto que estuvo en la escena del crimen cuando asesinaron al señor Pendleton. Dice que nos vio al señor Pünd y a mí a través de la ventana. ¿Vio a alguien más?

Nancy negó con la cabeza.

—Lo siento, señor. Solo quería marcharme. No vi nada.

Era la respuesta que Hare esperaba, pero no dejó de ser una decepción.

—Muy bien —dijo—. No volveremos a hablar de lo sucedido esta mañana. Lo importante es que se cuide. Debería hablar con su madre, y estoy seguro de que el doctor Collins puede ayudarla. Hay organizaciones que asesoran a las jóvenes en su situación. La Mission of Hope es una... y también está Skene Moral Welfare. No debe sentirse sola.

—Yo también trataré de ayudarla —intervino Pünd—. Las palabras que le he dicho en el puente eran ciertas. —Le dedicó una sonrisa—. Debe cuidarse y cuidar de su hijo, pero puede contactar conmigo en cualquier momento. —Sacó una tarjeta de visita y la colocó cuidadosamente sobre la mesilla de noche—. Todo saldrá muy bien —le aseguró—. Debe considerarme siempre un amigo.

El inspector Hare y él se levantaron, salieron de la habitación y echaron a andar por el pasillo en dirección a la escalera principal. Hare, que parecía agotado por lo que acababa de oír, sacudió la cabeza con pesar.

—Quién lo habría dicho —comentó con un suspiro—. ¿Y adónde vamos ahora? Todo este asunto de Tawleigh-on-the-Water está resultando como el primer trabajo de Hércules.

—¿A qué se refiere, inspector jefe?

—Me refiero a limpiar los establos de Augías. Algernon Marsh tiene una aventura con Melissa James al tiempo que la engaña con sus falsas actividades comerciales. Luego está Francis Pendleton aprovechándose de Nancy Mitchell. Eric Chandler es un pervertido. Los Gardner son unos ladrones. ¿Alguna vez acabará esto?

—Creo que la limpieza de los establos es el quinto trabajo de Hércules. Pero no se desespere, amigo mío —comentó Pünd, animado—. ¡Ya se ve la luz al final del túnel!

—¡Ojalá pudiera creerlo!

Habían llegado a la planta baja y Pünd se disponía a responder cuando se detuvo y exclamó sorprendido:

—¡Señorita Cain!

Era cierto. Su secretaria se hallaba junto a la puerta principal, vestida de calle y con una maleta en la mano.

—¡Señor Pünd! —exclamó igual de sorprendida.

—¿Cómo se encuentra, señorita Cain?

—Estoy mucho mejor, gracias. ¿Vuelven al hotel?

—Esa es nuestra intención.

—Entonces, si me lo permiten, iré con ustedes. —Vaciló—. ¿Vamos a quedarnos aquí mucho más? —preguntó—. He de ser sincera. Lo que vi en esa casa... ¡nunca me lo quitaré de la cabeza! Cuanto antes vuelva a Londres, mejor.

—Entiendo muy bien que desee abandonar este lugar. Soy consciente de que esta experiencia ha sido terrible para usted y debo disculparme una vez más. Pero puede que le agrade saber que regresaré a Londres mañana, señorita Cain. Para entonces, todo el misterio se habrá resuelto.

—¡Sabe quién lo hizo! —exclamó Hare.

—Sé quién mató a Melissa James y a Francis Pendleton, pero el mérito no es mío, inspector jefe. La investigación es suya, y fue usted quien me dio la pista que lo revelaba todo.

—¿Y cuál fue?

—Me habló de las obras de William Shakespeare y, en concreto, de la muerte de Desdémona en *Otelo*.

—Es usted muy amable, señor Pünd, pero me temo que no tengo la menor idea de a qué se refiere.

—Todo quedará revelado. Solo falta una información más y nuestro trabajo habrá concluido.

—¿Y qué es?

Pünd sonrió.

—¿Por qué motivo fue Melissa James a la iglesia?

16

PÜND VE LA LUZ

Atticus Pünd no tenía interés alguno en la religión. Durante la guerra, no lo habían perseguido por sus creencias sino por ser quien era, un judío de origen griego cuyo bisabuelo había emigrado a Alemania sesenta años antes de que él naciera sin saber que, aunque estaba mejorando su propia vida, su decisión provocaría la extinción de casi toda su descendencia. Cuando Pünd estuvo en el campo de concentración de Bergen-Belsen, vio a muchos judíos rezando juntos, suplicando a su Dios que los librara del mal. También vio cómo se los llevaban y los asesinaban. Supo entonces, aunque nunca lo había dudado, que, aunque Dios existiera, prefería no escuchar. Y todas las estrellas, cruces y medias lunas del mundo no supondrían ninguna diferencia.

Eso era lo que seguía creyendo, pero, al mismo tiempo, entendía la necesidad de religión y la respetaba. Al entrar en el cementerio de Saint Daniel, pensó que Tawleigh-on-the-Water sería un lugar mucho más pobre sin aquello. Allí había un pequeño mundo por derecho propio, un refugio verde rodeado de hayas. Los pescadores y pescadoras que habían creado esa comunidad a lo largo de los años seguían formando parte de ella desde la tumba. La iglesia en sí databa del siglo XV: una estructura pulcra y hermosa construida con el granito de Cornualles conocido como *moorstone*, con una torre truncada al oeste que necesitaba reparaciones. Pünd experimentó una intensa sensación de calma. Podía imaginar un pueblo inglés sin religión, pero no podía imaginarlo sin iglesia.

Melissa James había venido aquí una hora antes de su muerte. ¿Por qué?

Samantha Collins, la esposa del médico, la había visto desde la ventana de un dormitorio, pero no existía ninguna evidencia de que Melissa tuviera creencias religiosas o interés en la iglesia, aunque había elegido que la enterraran allí. Pünd vio la tumba recién cavada, esperando paciente a que la policía entregara el cadáver. ¿Había quedado con alguien aquí? Al fin y al cabo, era un buen sitio para un encuentro. Ofrecía privacidad y estaba alejado del centro del pueblo. Nunca se cerraba con llave.

Pünd giró la pesada argolla de hierro y la puerta se abrió con un chirrido. El interior de la iglesia fue toda una sorpresa. El templo, limpio e iluminado, era más amplio de lo que el exterior sugería. Una alfombra azul se extendía entre los bancos hasta llegar al altar, situado al fondo. Encima de este, tres vidrieras narraban escenas de la vida de san Daniel. Al acercarse, Pünd se encontró bañado en la luz del crepúsculo, teñida de diversos colores, que entraba inclinada a través de los cristales. A un lado, vio una pila bautismal de piedra; al otro, una placa conmemorativa con un grabado acerca del señor feudal que yacía debajo. Era como contemplar toda una vida de un simple vistazo.

Se percató de que no estaba solo. Una mujer había aparecido por detrás del púlpito con un florero en la mano. Era Samantha Collins. A Pünd no le sorprendió encontrarla allí. Había leído en las notas de Hare que se trataba de una mujer devota.

—Oh..., buenas tardes, señor Pünd —saludó, momentáneamente sobresaltada—. ¿Qué está haciendo aquí?

—He venido a disfrutar de unos momentos de contemplación —dijo Pünd con una sonrisa.

—Pues es bienvenido. No estaré mucho rato más aquí. He venido a cambiar el agua de las flores y a preparar los himnos. El órgano es muy viejo y no suena demasiado bien, pero puede que tenga fuerza suficiente para volver a tocar *Adelante, soldados cristianos*.

—No quiero interferir con su trabajo. Muy pronto volveré al hotel.

Pero Samantha dejó las flores sobre un banco, se le acercó con una determinación repentina y afirmó:

—Me han dicho que ha arrestado a Algie.

—Yo no he arrestado a nadie, señora Collins. Es el inspector jefe Hare quien ha detenido a su hermano y quien está hablando con él ahora.

—Supongo que no podrá decirme lo que ha hecho.

Pünd se encogió de hombros.

—Lo siento.

—No, no se preocupe. Lo entiendo muy bien. —La mujer exhaló un suspiro—. Algie lleva toda la vida metiéndose en líos. A veces me pregunto cómo podemos ser hermanos cuando somos tan distintos. —Vaciló unos instantes y luego se lanzó—: Confírmeme solo una cosa. Lo han arrestado por el asesinato de Melissa James, ¿verdad?

—¿Sospecha que haya cometido el crimen, señora Collins?

—¡No! ¡En absoluto! No me refería a eso —protestó, horrorizada—. Algie es capaz de muchas cosas, pero nunca le haría daño a nadie deliberadamente.

Y sin embargo, reflexionó Pünd, había hecho daño a alguien y lo había dejado tirado en la cuneta.

—Pero es que sé que Melissa y él se tenían mucha confianza —continuó la señora Collins—. Como le dije, él era su asesor financiero.

—¿Es así como él le describió la relación?

—Sí. Seguramente se refería a que iba detrás de su dinero, pero eso no era ningún crimen. Ella tenía de sobra.

Algo en su tono de voz alertó a Pünd. El detective recordó lo que ella le había dicho en Church Lodge. Las dos mujeres no se llevaban bien.

—¿Sería acertado decir, señora Collins, que no apreciaba mucho a la señorita James?

—Lo cierto es que me caía mal, señor Pünd. —Las palabras habían salido de su boca antes de que pudiera detenerlas—. Sé que no está bien por mi parte. Todos deberíamos encontrar amabilidad en nuestro corazón. Pero ella me caía fatal.

—¿Puedo preguntarle por qué?

—Creo que echaba a perder Tawleigh-on-the-Water con su hotel de lujo, su coche de lujo y todos esos fans que venían aquí con la esperanza de verla de lejos. Hacía muchos años que no salía en ninguna película. Me parecía una mujer muy superficial.

—¿Sabía que su hermano y ella tenían una aventura?

Esas palabras la desconcertaron.

—¿Se lo ha dicho él?

—Ha confesado una relación adúltera. Sí.

—Vaya, eso es típico de Algie —replicó ella, furiosa—. Me da igual lo que le pase. Si vuelve a la cárcel, es problema suyo. El adulterio es un pecado. No volveré a acogerlo en mi casa. Debería haberle hecho caso a Leonard desde el principio. —Hizo una breve pausa para recuperar el aliento y prosiguió—: En cuanto a ella, esa es justo la clase de conducta que cabe esperar de una actriz de Hollywood. No pretendo disculpar a Algie, desde luego, pero en mi opinión no había un solo hombre en el pueblo que estuviera a salvo de ella. Estaba siempre pegada a Leonard, acudiendo a su consulta un día sí y otro también para que le tratase unas enfermedades que únicamente existían en su cabeza. Así era Melissa James: no paraba hasta conseguir lo que quería, y que Dios te ayudara si te interponías en su camino.

Tal vez fuese por haber mencionado a Dios. La cuestión es que Samantha se contuvo y miró a su alrededor, como si se hubiese recordado a sí misma dónde estaba.

—Sé que no está bien por mi parte hablar mal de una muerta y espero que el Señor se apiade de ella. Pero no me gustaba y creo que podría haber hecho más por la iglesia, sobre todo teniendo en cuenta que la han enterrado aquí. Por ejemplo, como le he dicho, hay que arreglar el órgano. Ella conocía todos los problemas que tenemos y no donó ni un solo penique al fondo para restaurarlo. Casualmente, ahora estoy en condiciones de correr con los gastos. Pero cabía esperar que ella hubiera aportado algo. Era muy egoísta.

—No me comentó nada de esto cuando nos conocimos, señora Collins.

—Es que en ese momento no me pareció apropiado.

Pünd había escuchado con atención algo que ella había dicho.

—Entiendo que ha recibido algún dinero —comentó el detective, y enseguida añadió—: Es muy generoso por su parte querer donarlo a la iglesia.

—No se me ocurriría quedármelo todo para mí. En cualquier caso, es una suma muy grande. Me la ha dejado una tía que ha fallecido recientemente.

—Pero imagino que comprar un órgano nuevo será muy costoso.

—Sí, señor Pünd. El órgano es el elemento más caro de una iglesia después del edificio, y este va a ser fabricado especialmente para nosotros por Hele & Co, de Plymouth. Podríamos estar hablando de más de mil libras, pero Leonard y yo estamos de acuerdo en que la iglesia es fundamental en la comunidad y es lo mínimo que podemos hacer. —La mujer del médico hizo una pausa—. Además, hay que restaurar el tejado, y puede que también nos ocupemos nosotros.

—Es usted muy generosa, señora Collins. —Pünd sonreía, pero de pronto pareció desconcertado—. ¿Puedo preguntar si esa tía suya también le dejó dinero a su hermano en el testamento?

Samantha se sonrojó y contestó:

—Mi tía no le dejó a Algernon nada de nada. Le causó muchas decepciones siendo joven y ella decidió desheredarlo. Me estaba planteando compartir una parte del dinero con él, pero no creo que sea buena idea. Y menos después de lo que usted me acaba de contar. Curiosamente, mi marido intenta convencerme para que le dé algo. Ha llegado a la conclusión de que es injusto que nos lo quedemos todo. No lo entiendo, porque cuando nos enteramos de la noticia no quiso que Algernon lo supiese siquiera. Pero me da igual lo que diga. Estoy decidida. ¿Cree que hago mal?

—Creo que sería impertinente por mi parte darle ningún consejo, señora Collins. Pero diré que entiendo por completo su forma de pensar.

—Gracias, señor Pünd. —Se volvió y miró melancólicamente la cruz del altar—. Si no le importa, me gustaría pasar un ratito a solas. Es muy fácil ceder al odio y a los pensamientos poco cristianos. Creo que tal vez debería rezar por Melissa James, y también por mi hermano. Todos somos pecadores a los ojos de Dios.

Pünd se inclinó discretamente y la dejó con sus oraciones, pensando que quizá debía rezar también por sí misma. Salió de la iglesia y se detuvo en el exterior, al sol, rodeado de tumbas. Desde allí podía ver Church Lodge y la ventana desde la que Samantha Collins había visto a Melissa James. Sonrió para sus adentros. Tal vez debería creer más en el poder de la iglesia. El encuentro casual le había revelado todo lo que necesitaba saber.

17

HOTEL MOONFLOWER

El salón principal del hotel Moonflower permanecería cerrado toda la mañana. Un cartel en la puerta pedía disculpas a los clientes e indicaba que, debido a la celebración de un acto privado, no se abriría hasta el mediodía. Mientras tanto, el bar serviría café y galletas gratis. De hecho, trece personas se habían reunido allí antes de las diez, incluidos Pünd y el inspector jefe Hare. Y, aunque el detective no era nada supersticioso, debía reconocer que la reunión iba a ser indudablemente funesta para uno de ellos.

Pünd se hallaba de pie en el centro de la sala. Vestía un traje pulcro y anticuado, y su bastón de palo de rosa dibujaba una línea diagonal desde su mano hasta el costado de su pie derecho. Con sus gafas metálicas y su actitud serena y reflexiva, habría sido fácil tomarlo por un maestro local que hubiese acudido para dar una charla sobre la historia de Tawleigh o tal vez la flora y fauna locales; la clase de evento que solía celebrarse en el Moonflower.

Su público consistía en todas las personas, sospechosas o no, que se habían visto implicadas en la muerte de Melissa James y de Francis Pendleton. Era el inspector jefe Hare quien había decidido reunirlas. Sabía que el efecto resultaba un tanto teatral. Sin embargo, ese era su último caso. ¿Por qué iba a privarse de una conclusión dramática, aunque no fuese quien ocupara el centro del escenario?

Lance y Maureen Gardner, los directores generales del Moonflower, ocupaban un sofá indignados, como si no tuviesen que responder de nada, mientras el doctor Collins y Samantha permanecían en otro, cogidos de la mano. Algernon Marsh, sentado en una butaca con una pierna cruzada sobre la rodilla de la otra, tenía las manos dobladas sobre el regazo. Costaba creer que siguiera detenido, y solo lo habían llevado allí porque Hare lo había organizado. Simon Cox también había sido convocado desde Londres y se hallaba en una butaca idéntica situada al otro lado de la chimenea.

Eric Chandler y su madre habían elegido dos sillas de madera situadas ante una estantería. Se encontraban uno junto a otro, pero había mucho espacio entre ellos y evitaban mirarse. Nancy Mitchell, que había recibido el alta, estaba allí con su madre; por la forma en que esta la agarraba, resultaba evidente que ya sabía lo del embarazo. La señorita Cain se hallaba junto a ellas con el bloc de notas y la pluma a punto. Hare observó que no parecía nada contenta y recordó que habría preferido estar ya de regreso en Londres. Después de todo lo ocurrido, era muy probable que deseara no haber puesto los pies jamás en aquel pueblo.

—Me alegro mucho de verlos a todos aquí hoy —empezó diciendo Pünd—. Esta ha sido una investigación muy insólita por dos razones. La primera es que había varias personas con un móvil para matar a Melissa James. También había algunas personas con un móvil para matar a Francis Pendleton. Sin embargo, encontrar a la persona con un móvil para matar primero a uno y después al otro ha supuesto un reto para mí desde el principio.

»Mi secretaria, la señorita Cain, llamó mi atención sobre la segunda peculiaridad de este caso —añadió, y se volvió hacia ella—. Soy consciente de que esta experiencia le ha resultado terrible y estoy en deuda con usted por brindarme lo que he dado en llamar «la lista de diez momentos». Le he pedido a mi buen amigo el inspector jefe Hare que la reproduzca para que todos podamos examinar los acontecimientos que tuvieron lugar entre las 17.40 y las 18.56 del día en que asesinaron a la señorita James.

Hare había copiado en una hoja de papel de gran tamaño lo que la señorita Cain había escrito para que todos los presentes pudieran verlo. Con dos alfileres, clavó el papel en la pared, entre las ventanas, para disgusto de Maureen Gardner.

—No necesitamos agujeros en el papel pintado, gracias —murmuró esta.

El inspector jefe hizo caso omiso de sus palabras.

17.40   La señorita James sale del Moonflower.
18.05   La señorita James llega a casa.
18.15   Francis Pendleton sale de Clarence Keep para ir a la ópera.
18.18   Oyen ladrar al perro. ¿Un desconocido llega a Clarence Keep?
18.20   Oyen que alguien abre y cierra la puerta de entrada de Clarence Keep.
18.25   Los Chandler se marchan. El Austin no está.
18.28   Melissa James telefonea al doctor Collins.
18.35   El doctor Collins sale de su casa.
18.45   El doctor Collins llega a Clarence Keep. Melissa James está muerta.
18.56   El doctor Collins llama a la policía y avisa a una ambulancia.

—Como pueden ver, solo hay diecisiete minutos durante los cuales pudieron matar a Melissa James —siguió diciendo Pünd—. Es muy insólito contar con un intervalo de oportunidad tan reducido, y este detalle ha influido mucho en mi investigación. Por ejemplo, es imposible que el doctor Collins o su esposa cometieran el crimen, ya que estaban en casa a las 18.28, cuando tuvo lugar la llamada telefónica. Sabemos que la señorita James hizo una llamada a esa hora, ya que quedó registrada en la centralita de la zona. Además, la señora Collins la oyó. También sabemos que estaba alterada y que necesitaba hablar con un médico o un buen amigo. Y el doctor Collins era ambas cosas. Había llorado. Se encontraron pañuelos desechables con sus lágrimas tanto en el dormitorio en el que fue hallada como en el salón del piso de abajo.

»¿Por qué en dos sitios? Este dato siempre me ha producido perplejidad. ¿Dónde empezó su última y desdichada experiencia? Si fue en el dormitorio, ¿por qué no cogió el teléfono y llamó al doctor

Collins desde allí? Si fue en el salón, ¿qué la llevó a subir al piso de arriba? Las pruebas sugerirían que, cuando se disgustó, pasó más tiempo en el dormitorio...

—¿Cómo lo sabe? —preguntó el doctor Collins.

—Se encontraron dos pañuelos en el dormitorio, pero uno solo en el salón. Y existe otro misterio: ¿qué fue lo que la perturbó? Seguimos sin saberlo. ¿Estaba el asesino en la casa cuando Melissa James hizo la llamada? Sin duda, ella lo creía así. «¡Está aquí! No sé lo que quiere. ¡Tengo miedo!». Estas son las palabras que declaró haber oído por teléfono el doctor Collins.

Pünd se volvió de nuevo hacia la hoja de papel clavada en la pared.

—Podemos añadir ciertos detalles a este periodo. Por ejemplo, ahora sabemos que la señorita James había discutido con el productor de cine Simon Cox antes de abandonar el hotel. Cada uno se fue hacia su coche. ¿Regresó ella a Clarence Keep después de eso? No. Por motivos que no están claros, fue a la iglesia de Saint Daniel, donde la vio la señora Collins. Mientras tanto, el señor Cox la siguió en dirección a su casa, pero llegó antes que ella. Al aproximarse a la vivienda, oyó una discusión entre la señora Chandler y su hijo.

—¡Era un asunto privado! —exclamó Phyllis, levantándose a medias de la silla.

—No hay ninguna necesidad de entrar en detalles aquí, señora Chandler. Le ruego que no se altere. —Pünd esperó a que la mujer volviera a sentarse—. A consecuencia de esa discusión, su hijo y usted no salieron de la casa para ir a visitar a su hermana hasta las 18.25, y su testimonio posee un gran valor en este momento. Oyeron ladrar al perro a las 18.18 y cómo se abría y cerraba la puerta principal dos minutos más tarde. Dado que sabemos que el perro ladraba cuando acudían desconocidos a la casa, podemos dar por sentado que fue ese el instante en que la persona que aterrorizaba a Melissa James entró en la propiedad y, diez minutos más tarde, la llevó a telefonear al doctor Collins.

»¿Y dónde estaba Francis Pendleton mientras ocurría todo esto? Sabemos que no asistió a la representación de *Las bodas de Fígaro* como pretendía hacernos creer. Es muy posible que realmente saliera de casa a las 18.15 a través de las puertas acristaladas del salón. Nadie lo habría visto ni oído. O podría haberse quedado y matar a su esposa. Sin embargo, de ser así, ¿por qué ella no se lo dijo al doctor Collins en esa última llamada telefónica? Si hubiese sabido cómo se llamaba el hombre que iba a matarla, ¡sin duda habría querido que él lo supiera también!

Pünd examinó la lista y admitió:

—No cuadra. Es imposible que cuadre. Abordo este tema en mi libro *Panorama de la investigación criminal*. A veces, los hechos se presentan ante el detective de un modo que parece lógico, pero que no lo es en absoluto. Si eso ocurre, debemos aceptar que tal vez no sean hechos, sino malas interpretaciones que impiden ver la verdad. —Hizo una pausa—. Ese ha sido mi error. He intentado desde el principio hallar una secuencia de acontecimientos alternativa que explicase cómo murió Melissa James y les confieso que habría fracasado por completo sin la genialidad del inspector jefe, que comparó el crimen con la muerte de Desdémona en *Otelo* y me reveló así lo que había sucedido.

—Y supongo que uno de nosotros es Yago —comentó Algernon con una risita. Parecía divertido por toda aquella situación.

Pünd hizo caso omiso.

—Volvamos a mi primera pregunta —siguió diciendo—. ¿Cuál fue el móvil del asesinato de Melissa James y por qué tuvo que morir también Francis Pendleton? —Se volvió hacia Lance Gardner—. Usted, señor Gardner, tenía un buen motivo para matarla a ella. Le había advertido que pensaba investigar la gestión del hotel.

—Yo no tenía nada que ocultar —respondió Gardner.

—Al contrario. Gracias al trabajo de mi secretaria, la señorita Cain, sabemos que tiene mucho que ocultar. Estoy enterado de los sobrepagos a los proveedores y del desvío de los reembolsos a su propia cuenta. Le he entregado al inspector jefe las pruebas correspondientes.

—Tendré que hablar con usted y con su esposa en cuanto termine esto —dijo Hare en tono sombrío.

—Si Melissa James moría, no habría revisión y el robo del dinero no se detectaría. Tenían un móvil para matar no solo a la señorita

James, sino también a su marido, puesto que Francis Pendleton también sospechaba de su mala administración y habría continuado persiguiéndolos.

—¡Nosotros no hemos matado a nadie! —exclamó Maureen Gardner.

—¿Y qué pasa con Phyllis y Eric Chandler? También podían tener buenos motivos para matar primero a Melissa y después a Francis. Tenían un secreto. Eric había estado realizando una actividad especialmente lamentable en Clarence Keep...

—¡Ella no sabía nada! —gritó Eric con voz aguda y enfurruñada.

—Eso dice usted. Pero ¿cómo sabemos que no había descubierto su secreto y le había amenazado? Luego, cuando su marido descubrió la verdad, lo mató también. Pudo ser cualquiera de los dos: Eric porque tenía miedo o su madre porque estaba avergonzada. Incluso pudieron ser ambos en colaboración. Me parece muy posible que hayan exagerado sus diferencias, y dejen que les recuerde que ustedes, y solo ustedes, estaban en la casa en ambas ocasiones casi a la hora exacta en que se cometieron los crímenes.

—¡Eso es mentira! —le espetó Phyllis.

Sin embargo, Pünd miraba ya a Nancy Mitchell. Su actitud se hizo un poco más cordial, pero su participación en todo aquello aún debía explicarse.

—Y ahora llegamos a usted, señorita Mitchell.

—¡Mi Nancy no ha hecho nada! —exclamó Brenda Mitchell, agarrando a su hija con más fuerza.

—Es normal que así lo crea, señora Mitchell. Sinceramente, también yo quiero creerlo. Sin embargo, aunque es cierto que su hija estaba trabajando en el hotel en el momento en que se produjo el primer asesinato, sin duda estaba presente cuando tuvo lugar el segundo. —El tono de Pünd se hizo casi apesadumbrado cuando se volvió hacia Nancy—. Usted misma lo ha admitido. Dice que miró por la ventana y salió corriendo, pero le habría resultado muy fácil entrar por la puerta trasera y matar a Francis Pendleton con el cuchillo turco antes de escapar. Él la había tratado mal. Usted estaba enfadada. Ya hemos hablado de los motivos y no hay ninguna necesidad de airearlos en público. Pero le haré una pregunta: ¿hay alguien en la sala que tuviera más motivos para actuar de una forma tan insensata y peligrosa?

Nancy guardó silencio y clavó la vista en el suelo. Su madre la consoló. Ninguna de ellas dijo nada.

—¿Y yo? —preguntó Algernon—. ¿No va a acusarme de haberme cargado a Melissa?

—¿Esto le parece divertido, señor Marsh?

—Es más entretenido que estar en la cárcel.

—Creo que más le vale acostumbrarse a ella —murmuró Hare—. Tengo la sensación de que su condena va a ser larga.

—Naturalmente, tenía un móvil para matar a la señorita James —continuó diciendo Pünd—. Ella había invertido mucho dinero en un negocio de usted, pero ese negocio era en realidad un robo. Sabemos que Melissa tenía problemas económicos. ¿Qué habría hecho si ella hubiera querido recuperar su dinero? Todo el plan se habría derrumbado.

—Pero no quiso recuperarlo. Ella y yo queríamos casarnos. Todo lo que tenía habría sido mío en cualquier caso, así que me temo que es ahí donde su pequeña teoría se viene abajo.

—Por supuesto. La carta que le envió a usted. «Mi queridísimo...», como ella lo llamaba.

—Correcto.

—No, señor Marsh. No es correcto. No creo que la señorita James tuviera una relación con usted; al menos, no de naturaleza romántica. Creo que se inventó toda la historia porque comprendió que podía servirle para alcanzar sus fines.

Ahora Pünd se volvió hacia Samantha Collins.

—Cuando nos vimos en la iglesia, me dijo que había heredado hacía poco una gran suma de dinero y que su hermano no había recibido nada.

—Sí —contestó Samantha, claramente incómoda al ser el centro de atención.

—Ustedes querían evitar que Algernon se enterase.

—Pues...

—El día que fuimos a visitarles en Church Lodge, su marido me pidió que no dijera que iban a Londres —le recordó Pünd, quien, acto seguido, se volvió hacia el médico—. ¿Puede confirmarme si el motivo de su viaje guardaba relación con la herencia?

—Sí —admitió el doctor Collins—. En efecto.

—Más tarde, cuando el inspector jefe detuvo a su cuñado, este dijo algo que despertó mi interés: «Seguro que Leonard tiene mucho que contarles». Me di cuenta al instante de que en realidad no nos estaba hablando a nosotros, sino que pretendía enviarle una clara advertencia a usted.

El médico sonrió débilmente.

—No estoy muy seguro.

—Y luego, en la iglesia, la señora Collins me comentó que usted había cambiado de opinión inexplicablemente e intentaba convencerla para que compartiera la herencia con su hermano.

—Simplemente hacía de abogado del diablo.

—¿Y quién es el diablo en este caso? —Pünd sonrió brevemente—. ¿Algernon Marsh le hacía chantaje? —El doctor Collins guardó silencio y el detective siguió hablando—: Supongamos por un momento que no era él quien tenía una aventura con Melissa James, sino usted. De algún modo lo descubrió; es posible incluso que la señorita James se lo contase. Sabía lo que significaría para su esposa si se enteraba. Lo sé de primera mano. En la iglesia, la señora Collins habló del pecado del adulterio y dijo que nunca volvería a ver a su hermano. Descubrir que su marido, el padre de sus dos hijos, mantenía una relación inmoral con una mujer casada... Es fácil imaginar las consecuencias.

—No es verdad —insistió el doctor Collins.

—Sí que lo es, doctor Collins. Es el motivo por el que la asesinó. Es el único motivo que tiene sentido.

—¡Se equivoca, señor Pünd! —Samantha Collins miraba fijamente a Pünd con una mezcla de horror e incredulidad. Había soltado la mano de su marido—. Leonard solo fue a la casa porque ella necesitaba su ayuda.

—Usted no oyó lo que ella dijo, señora Collins.

—Es cierto que no oí todas sus palabras, pero sí oí a alguien pidiendo ayuda y reconocí su voz.

—¿Y cuál era el motivo de que estuviera tan alterada? —le preguntó Pünd al doctor Collins.

—Ya le dije que...

—¡Me mintió! —Pünd volvió a grandes zancadas hacia el papel clavado en la pared—. Y la lista de diez momentos también es mentira. Vamos a examinarla de nuevo a la luz de lo que sabemos.

»A las 17.40, Melissa James sale del hotel. Tras la pelea con Simon Cox, está alterada y decide acudir a la iglesia de Saint Daniel porque se encuentra justo enfrente de la casa del hombre al que ama. Quiere ver al doctor Collins y contarle que esa noche estará sola. Francis Pendleton asistirá a la ópera. Podrán quedar. Sin embargo, antes de hablar con él, debe comprobar que esté solo. Mira hacia la casa y ve que la señora Collins la observa desde una ventana del piso de arriba. ¿Qué puede hacer? Se vuelve y entra en la iglesia como si ese fuera el motivo de su presencia allí.

»A las 18.05 regresa a casa, donde Francis Pendleton la está esperando. Este sabe que ella le es infiel. La quiere más que a nada en el mundo, y la idea de perderla lo vuelve loco. Los dos discuten. La señora Chandler no oye la discusión. Está un poco sorda y, además, su hijo y ella se encuentran un piso más abajo, en la cocina, que tiene las paredes muy gruesas. Nunca sabremos lo que se dicen marido y mujer. Tal vez él la acusa y ella admite la verdad y le dice que su matrimonio ha terminado. Eso es lo que amenazaba con hacer en la carta que escribió pero nunca llegó a enviar. Por eso, en un arrebato de rabia, Francis coge el cable del teléfono y la estrangula. Son las 18.18 y el perrito está al otro lado de la puerta de la habitación. No ladra porque un desconocido se haya presentado en la puerta principal. Ladra porque tiene el instinto de muchos animales y sabe que se está ejerciendo una tremenda violencia contra su ama.

»Francis Pendleton está hecho una furia, justo como lo describió el inspector jefe. Se ha convertido en Otelo al estrangular a la mujer de su vida. Y luego, cuando ve lo que ha hecho, sale corriendo de la casa. Ese es el sonido de la puerta que oye la señora Chandler a las 18.20. Naturalmente, no asiste a la ópera. Se aleja en su coche y se pone a pensar en lo que ha hecho. Está lleno de remordimientos, miedo y desesperación. Cuando lo vi una semana más tarde, supe que era un hombre que había perdido todo lo que le importaba.

—¡La mató él! —exclamó la señorita Cain.

—Él no la mató —contestó Pünd—. Es ahí donde cometimos el error. ¿Qué ocurre en la obra? Otelo cree equivocadamente que Desdémona tiene una aventura y la estrangula. La mujer de Yago, Emilia, entra en la habitación y Otelo confiesa lo que ha hecho. «Ya está muerta», dice. «Callada como la tumba... No tengo mujer».

»¡Pero se equivoca! Al cabo de unos momentos, Emilia oye un ruido y dice: "¿Qué grito es ese?... Era la voz de mi señora". Resulta que Desdémona aún no ha muerto; solo está inconsciente. Se recupera el tiempo justo para decir que Otelo es inocente del crimen y muere.

»Eso fue lo que ocurrió con Melissa James. La estrangulación puede matar de muchas formas. La más frecuente es evitar que la sangre y el oxígeno lleguen al cerebro. Puede causar un infarto. Puede romperse una arteria. Pero lo que tal vez es menos conocido es que, con la estrangulación, aunque la inconsciencia puede producirse en cuestión de segundos, la muerte puede tardar varios minutos.

»Imaginemos lo que percibe Francis Pendleton. Estrangula a su esposa. La cree muerta. Ella cae y se golpea la cabeza contra la mesita decorativa que hay junto a la cama. Sangra y no se mueve. Pensando que la ha matado, sale corriendo de la casa. A partir de ese momento, se considera culpable de asesinato.

»Sin embargo, al cabo de unos minutos, Melissa James se recupera. Está sola en la casa porque los Chandler ya se han marchado. Se encuentra en el dormitorio, muy angustiada. Las lágrimas corren por sus mejillas. ¡Han estado a punto de matarla! Utiliza no uno sino dos pañuelos de papel que deja caer al suelo. ¿Qué hará? Debe llamar al hombre al que ama y por quien se cree correspondida. Pero no puede hacerlo desde el dormitorio porque el teléfono está arrancado de la pared. Por ese motivo, va al salón para llamarlo desde allí. Coge otro pañuelo y baja.

»Llama al doctor Collins a las 18.28 y le cuenta que Francis Pendleton ha tratado de matarla. El doctor Collins sale inmediatamente de casa y llega a Clarence Keep a las 18.45. En realidad, la hora es irrelevante. Cuando llega allí, la señorita James está tendida en la cama. Apenas puede hablar.

»¿Y qué sucede a continuación?

»El doctor Collins lleva algún tiempo viéndose con Melissa James. Resulta fácil entender la atracción que siente. Se trata de una glamurosa estrella de Hollywood que posee una casa preciosa y un hotel. Está a punto de participar en una nueva película. Puede que él se haya planteado dejar a su esposa, una mujer normal y corriente, y dejar atrás su aburrida existencia en un pequeño pueblo costero. Sin embargo, la muerte de una pariente que le ha dejado a Samantha Collins una enorme suma de dinero lo ha cambiado todo. Y Melissa tiene deudas. Su negocio va mal. De pronto, la vida con ella parece menos atractiva.

»Al mismo tiempo, Melissa le exige que revelen su aventura. ¿Qué es lo que escribió en su carta? "Tenemos que ser valientes y contarle a todo el mundo que el destino nos ha unido". Si Melissa habla como amenaza con hacer, perderá no solo a su esposa, sino también la herencia de esta. Para él, la situación es imposible.

»De pronto, ve su oportunidad. Todo está dispuesto para que él la aproveche. Melissa James ha sido atacada. Cuando le ha telefoneado, él se encontraba en casa con su mujer. La llamada habrá quedado registrada. Se apresura a coger el cable del teléfono y a rematar la tarea que Francis Pendleton ha comenzado. No obstante, como es médico, sabe durante cuánto tiempo debe presionar el cuello y también es capaz de reconocer el momento en que la vida se ha extinguido. ¿La única evidencia? Hay dos series de marcas, un detalle del que se percata el inspector jefe, quien da por sentado, no sin razón, que se causaron durante el forcejeo.

»El doctor Collins mata a Melissa James y llama a la policía. Cuenta que ha llegado a la casa y la ha encontrado muerta. No dice que ella ha identificado a su marido como el atacante. Quizá resulte tentador hacerlo, pero no puede saber con seguridad a qué hora ha salido Francis de casa ni si alguien ha visto a Melissa con vida después de su marcha. En cualquier caso, no le importa. Sabe que Francis Pendleton será el sospechoso más obvio diga lo que diga. Sin embargo, comete un segundo error que tiene mayor importancia.

Limpia el teléfono para borrar sus huellas. Como le comenté, inspector jefe, eso es algo que Francis no habría necesitado hacer.

Un silencio atónito invadió la sala. Todo el mundo miraba a Leonard Collins. Su esposa se apartaba físicamente de él, conmocionada. Algernon sonreía a medias, admirado de que su cuñado hubiera sido capaz de cometer semejante acto. Y, sin embargo, la sonrisa se desvaneció en el momento en que comprendió que toda posibilidad de obtener una parte de la herencia acababa de esfumarse. Phyllis Chandler estaba horrorizada. Madeline Cain parecía muy impactada.

El doctor Collins se puso en pie y se quedó allí, como un hombre frente a un pelotón de ejecución.

—Creí que podría salir impune —declaró.

—Leonard... —empezó a decir Samantha.

—Lo siento, Sam. Pero tiene razón. En todo lo que ha dicho. Una vida aburrida, una mujer aburrida... Soñaba con algo más grande. Despídete de los niños por mí. —Fue hasta la puerta y la abrió de golpe. Un policía uniformado aguardaba al otro lado—. Ya me perdonará si no escucho el resto —dijo—. Creo que prefiero estar solo.

Salió por la puerta y la cerró tras él. Se produjo un silencio prolongado. Samantha se tapó la cara con las manos. La señorita Cain escribió algo en su cuaderno y lo subrayó.

—¡Así que la mató él! —Hare no daba crédito a lo que acababa de oír—. Todo tiene sentido, señor Pünd. Es extraordinario. Pero hay una cosa que no ha explicado. ¿Por qué mató a Francis Pendleton?

—Él no mató a Francis Pendleton —respondió Pünd—. Debo decir, inspector jefe, que conozco muy bien a la persona responsable de la muerte del señor Pendleton.

—¿Y quién fue?

—Fui yo.

18

PUESTO VACANTE

He de confesar algo —continuó diciendo Pünd—. Yo estaba en Clarence Keep cuando asesinaron a Francis Pendleton y ahora comprendo que, en cierto modo, fui responsable de su muerte.

—¿Usted lo mató? —preguntó Algernon, incrédulo.

—No, señor Marsh. No fui yo quien lo apuñaló, pero, si hubiera estado más atento o hubiera llegado antes a mis conclusiones, esa muerte se habría podido evitar.

—Nadie podría haber hecho más, señor Pünd —murmuró la señorita Cain con una mirada de reprobación.

—Es usted muy amable, señorita Cain. Pero he aprendido en Tawleigh-on-the-Water una lección que algún día abordaré en mi libro.

—Creo que más vale que lo confiese todo, señor Pünd —sugirió el inspector jefe.

Pünd asintió con la cabeza.

—Es extraño —dijo—, pero, de pie en el balcón de mi habitación la noche que usted y yo cenamos juntos, tuve la extraña sensación de que no debía haber aceptado este caso. Y los acontecimientos han demostrado que estaba en lo cierto. He resuelto con su ayuda el asesinato de Melissa James, pero el de Francis Pendleton es harina de otro costal.

»Una vez más, debo preguntar: ¿por qué lo mataron? ¿Cuál de los presentes en esta sala tenía un móvil para silenciarlo? Ya he sugerido que Nancy Mitchell sentía mucha animosidad en su contra, y

con razón. Los Gardner podían tener motivos para temerlo. La señora Chandler y su hijo, sin duda alguna, se sentían amenazados por él.

—¡Nunca le toqué un pelo de la ropa! —protestó Eric con un
gemido.

—Deja de lloriquear, bebé —masculló Phyllis entre dientes.

—Algernon Marsh es un hombre despiadado que haría lo que
fuese con tal de proteger su iniciativa empresarial. Y también tenemos que pensar en Samantha Collins.

Samantha parecía estar en trance desde el momento en que su
marido había confesado el primer asesinato. Uno de los policías le
había traído una taza de té bien cargado, pero ella no lo había tocado.
Resultaba evidente que estaba conmocionada. En ese momento,
despertó de su apatía y alzó la vista.

—¿A qué se refiere? —quiso saber.

—En la iglesia, me contó que Melissa James le caía mal. Me
pregunté brevemente si ese sentimiento podía haberla empujado a
matarla. Si me lo permite, me parece la clase de mujer capaz de hacer cualquier cosa con tal de proteger su buena reputación, a su familia y a sus hijos. ¿Y si Francis Pendleton se hubiese enterado de la
relación entre su esposa y el marido de usted? ¿Qué habría sido capaz de hacer para impedir que la diera a conocer?

—¡Eso es absurdo!

—Solo era un pensamiento. —Pünd lo desechó con un gesto—.
Todas esas ideas pasaron por mi cabeza, pero las he ido descartando.
Los Gardner pueden ser delincuentes de poca monta, pero no son
asesinos. El señor Marsh podría haber matado a un hombre con su
coche; sin embargo, no tiene el coraje necesario para cometer semejante acto deliberadamente. Usted, señorita Mitchell, es una buena
persona, y solo le deseo felicidad en su futura vida. Señora Chandler, usted podría mostrarse más indulgente con su hijo, que, en mi
opinión, necesita más su ayuda que su ira. Él tampoco podría haber
cometido ese acto de violencia y, de haberlo hecho, no habría tenido
la capacidad necesaria para desaparecer con la velocidad que se re-
quería.

»Entonces ¿quién fue?

El detective miró a su alrededor.

—Les contaré por qué no debería estar aquí —siguió diciendo—. Un agente estadounidense llamado Edgar Schultz se puso en contacto conmigo. Ese hombre se describió como socio mayoritario de la agencia William Morris en Nueva York. Era la primera vez que contrataba mis servicios un cliente al que nunca había visto, y esa circunstancia me inquietó desde el principio. Hice unas averiguaciones y puedo decirles que ese hombre existe realmente y que representaba a Melissa James.

»Sin embargo, al tratar con el señor Schultz, detecté enseguida ciertas peculiaridades. Por ejemplo, la carta que me envió iba dirigida a «Mr Pünd», pero en Estados Unidos, a diferencia de en Inglaterra, es habitual añadir un punto después de «Mr» para abreviar «mister». Y luego hubo una llamada telefónica con una calidad de sonido excelente. Durante la breve conversación, el hombre con el que hablaba mencionó que «a alguna lumbrera» de su despacho se le había ocurrido que me contactara. Esta expresión me pareció extraña en boca de un estadounidense. Como les digo, me fijé en estas dos anomalías, pero las dejé a un lado, porque la carta pudo haberse escrito a toda prisa y el señor Schultz podía tener ascendencia inglesa.

»Anoche, es decir, demasiado tarde, telefoneé yo al señor Schultz y supe al instante que no era el mismo hombre con quien había hablado en mi piso de Londres. Me confirmó que nunca me había escrito y que no estaba enterado de mi implicación. No tengo ningún derecho a estar aquí, en Tawleigh-on-the-Water. En realidad, mis servicios jamás fueron contratados.

—¡Eso es imposible! —exclamó la señorita Cain—. Yo misma llamé a William Morris. La telefonista me pasó con el despacho del señor Schultz.

—¿Verdad que es un misterio cómo se urdió el engaño, señorita Cain? ¿Es posible que le pidiera a la operadora un teléfono equivocado?

—No lo creo.

—Recuerdo que usted insistió mucho para que me implicara en este asunto.

—Pensé que le resultaría interesante. No tenía muchos encargos pendientes.

—¿Fue ese el único motivo?

—¿Qué otro motivo podría haber?

—Analicemos su conducta desde que llegó a Tawleigh-on-the-Water. El día que fuimos por primera vez a Clarence Keep, se quedó muy impresionada al ver la casa. La describió como «bonita» y luego «preciosa». Aún no la conocía bien, pero me resultó poco propio de usted, puesto que no solía aventurar opiniones. También observé que conocía muy bien la trayectoria de la señorita James. En la casa, se quedó perpleja al ver un cartel de *El mago de Oz*, ya que ella no aparecía en esa película. Más tarde, cuando estábamos hablando con la señora Collins, reconoció una alusión a otra de sus películas, *Verdes pastos*.

—Naturalmente que conocía su trayectoria, señor Pünd. ¿Acaso no la conoce todo el mundo?

—¿Se describiría a sí misma como una fan?

—Pues...

—Es una palabra muy interesante. Hay quien la considera una versión abreviada de «fanático».

—La verdad, no sé adónde quiere ir a parar.

—Se lo aclararé. Para ello, voy a empezar con una misiva escrita por una de las fans más entregadas de Melissa James. —Pünd se sacó del bolsillo una carta escrita en papel lila con una letra pulcra y grande. Lance Gardner la reconoció al instante. La habían enviado al hotel y él mismo se la había entregado a Melissa—. «Sin usted, la pantalla pierde lustre», leyó Pünd. «Nos está privando de su luz». —Bajó la página—. ¿Reconoce estas palabras?

La señorita Cain inspiró hondo.

—Las escribí yo —admitió.

—Usted no deseaba que yo lo supiera —continuó diciendo Pünd—. Por eso fingió desmayarse cuando estábamos en el dormitorio de la señorita James. Vio su carta en la parte superior de una pila y supo que yo reconocería su letra. Por eso la tiró al suelo. Luego, cuando me devolvió la pila, la puso boca abajo. Fue una astuta treta...

—Es que era un asunto personal —protestó la señorita Cain.

—¿Tan personal como el robo de una prenda íntima del cajón del dormitorio de la señorita James? —Pünd la miró airadamente—. Por motivos que no hace falta comentar en este momento, la madre de Eric estaba convencida de que era su hijo quien la había cogido.

—¡Yo no fui! —se apresuró a defenderse Eric.

—Lo sé. ¡Un hombre al que se ha declarado culpable de irrumpir en un banco no niega haber robado el dinero! Ya había admitido una fechoría. No tenía ningún motivo para negar otra. Sin embargo, si no fue usted, ¿quién lo hizo? —Se volvió de nuevo hacia su secretaria—. Se quedó sola en la casa, señorita Cain. Fue después de que fingiera marearse. Tuvo oportunidad de sobra para entrar en el dormitorio.

Madeline Cain se retorció en su asiento.

—¡Ya estoy harta! —exclamó—. Primero me acusa de mentirle. Y ahora dice que soy una ladrona.

—Estoy diciendo que es una fanática —repuso Pünd—. Melissa James atraía a muchas personas que le escribían, la adoraban y venían a Tawleigh solo para verla. Usted era una de ellas. Sentía una admiración fanática hacia ella.

—Eso no es un crimen.

—Pero el asesinato sí lo es. Hace un momento, cuando se ha revelado que el doctor Collins era el asesino de Melissa James, me ha parecido conmocionada. ¿Por qué?

—No pienso contestar ninguna pregunta más, señor Pünd.

—Pues se lo diré yo. Estaba conmocionada porque, cuando asesinó a Francis Pendleton, lo hizo por error. ¡Mató al hombre equivocado!

El silencio en la sala era extraordinario. Ahora toda la atención se centraba en la señorita Cain.

—Estaba presente cuando el inspector jefe acusó a Francis Pendleton del asesinato. Naturalmente, Francis creía ser culpable y confesó. No podía saber que en realidad su esposa se había recuperado y después había sido estrangulada por otra persona. Dijo que se alegraba de que todo hubiera terminado y que haría una confesión completa.

»Entonces subió para recoger su chaqueta y sus zapatos. Todo habría salido bien si en ese momento no nos hubiera distraído la aparición de la señorita Mitchell en la ventana. El inspector jefe y yo salimos de la casa inmediatamente. Los agentes de uniforme también estaban ocupados buscando al intruso. Eric Chandler y su madre se encontraban arriba. Eso la dejaba sola en la planta baja de la casa, y estaba allí instantes después, cuando Francis Pendleton regresó. Actuó sin pensar. Creo que lo que la motivó fue un sentimiento incontrolable de rabia e indignación. Cogió la daga turca, subió las escaleras hacia él y lo apuñaló en el pecho.

»Al cabo de unos momentos, el inspector jefe y yo entramos por la puerta principal. Usted estaba de espaldas a nosotros, por lo que no pudimos ver la sangre que le manchaba el vestido. Y por eso abrazó a Francis Pendleton cuando cayó, para disimular la sangre que ya estaba allí. No creo que fuera un asesinato para usted, señorita Cain; al menos, no desde su punto de vista. Fue un acto de venganza.

Madeline Cain no intentó negarlo. Su rostro expresaba una terrible indiferencia, el sentimiento de haber actuado de forma correcta. Estaba al borde de la locura.

—Pensé que la había matado él —dijo con sencillez, y le lanzó a Hare una mirada acusadora—. Eso fue lo que dijo usted. Fue culpa suya. —Se volvió de nuevo hacia Pünd—. Y él confesó. Lo oí.

—¡No había necesidad de matarlo! —exclamó Hare—. Si hubiera sido declarado culpable, la ley habría seguido su curso.

Pünd sacudió la cabeza con gesto triste.

—La culpa es mía también en este caso. Justo antes de salir de Londres, escribí un discurso en el que sugería que la pena capital podía ser abolida pronto, dado que casi la mitad de las sentencias de muerte pronunciadas por los tribunales en los últimos cincuenta años han sido conmutadas. La señorita Cain mecanografió ese discurso e incluso lo comentamos.

—Si fue Francis Pendleton quien la mató, deberían haberlo ahorcado. —Madeline Cain se negaba a afrontar que había cometido un tremendo error. Tenía la mirada desenfocada y había en sus labios una extraña sonrisa—. Melissa James era una fuerza de la naturaleza, una de las mayores actrices que jamás ha producido este país. Y, tal como escribí en mi carta, ahora que ha desaparecido, ha dejado de alumbrarnos con su luz. —La mujer se puso en pie—. Ahora, me gustaría irme.

—Solo tengo una pregunta para usted, señorita Cain —dijo Pünd—. ¿Quién me telefoneó haciéndose pasar por Edgar Schultz?

—Era un amigo mío, un actor. Pero él no está implicado. Simplemente le pedí que me ayudara a gastar una broma.

—Entiendo. Gracias.

Hare se acercó a ella.

—La acompañaré a la comisaría en mi coche, señorita Cain.

—Es usted muy amable, inspector jefe. —Lo miró con aire suplicante—. ¿Cree que podríamos pasar por delante de Clarence Keep por última vez?

—Bien, señor Pünd, supongo que ha llegado el momento de despedirnos.

Esa tarde, el inspector jefe Hare y Atticus Pünd se hallaban en el andén de la estación de Barnstaple.

Todos los demás testigos habían abandonado el hotel Moonflower. Algernon Marsh volvía a su celda de la comisaría de Barnstaple. Lance y Maureen Gardner, que también debían responder a muchas preguntas, se reunirían allí con él. Pünd había lamentado ver que Eric Chandler y su madre se alejaban cada uno por su lado sin dirigirse la palabra. ¿De verdad estaba Phyllis Chandler tan disgustada con el comportamiento de su hijo o se había dado cuenta de que era parcialmente responsable del desastre en que se había convertido su vida?

Por lo menos, Nancy Mitchell se había ido de forma más positiva. Tras la marcha de la señorita Cain, se había aproximado a Pünd con su madre, y al detective le había parecido evidente que las dos mujeres compartían una fuerza que antes no existía.

—Quiero darle las gracias, señor Pünd —dijo la chica—. Por lo que hizo en el puente.

—Me alegro de haber podido ayudarla, señorita Mitchell. Esta experiencia ha sido dolorosa para todos, pero espero que pronto pueda recuperarse de lo sucedido.

—Voy a cuidar de Nancy —aseguró Brenda Mitchell, cogiendo a su hija de la mano—. Y vamos a quedarnos con el bebé si eso es lo que quiere ella. Me da igual lo que diga mi marido. Estoy cansada de dejarme amedrentar.

—Les deseo a las dos mucha felicidad —repuso Pünd, pensando que algo bueno había salido de los acontecimientos del hotel Moon-flower.

Simon Cox había regresado a Londres en su coche. Se había ofrecido a llevar a Pünd, pero el detective había declinado la oferta.

—Es usted un hombre extraordinario, señor Pünd —dijo el empresario—. Alguien debería hacer una película sobre usted. —Sus ojos se iluminaron—. ¡Tal vez podamos hablar de eso!

—Me parece que no, señor Cox.

Pünd había buscado a Samantha Collins, pero la mujer se había marchado sola. Hare le había garantizado que una agente de policía pasaría por Church Lodge para asegurarse de que los niños y ella estuvieran bien.

El tren, tirado por una vieja locomotora LMR 57, entró en la estación resoplando, con gran estrépito metálico y entre nubes de vapor blanco. Los mozos de equipaje se acercaron a toda prisa mientras se abrían las puertas y bajaban los primeros pasajeros.

—¿Qué hará cuando llegue a Londres? —preguntó Hare.

—Lo primero será buscar un nuevo secretario —respondió Pünd—. El puesto ha quedado vacante.

—Sí. Es una lástima. La señorita Cain parecía ser muy útil... cuando quería, claro.

—Es verdad. ¿Y usted, amigo mío? ¡Ahora se jubila!

—Así es —contestó Hare—. Y gracias a usted me retiro con un éxito. Aunque el mérito no es mío.

—Al contrario. Si el misterio se resolvió, fue debido a su ingenio.

Los dos hombres se estrecharon la mano y Pünd subió al tren con su maletín. Las puertas se fueron cerrando una tras otra. Segundos después, el maquinista hizo sonar la bocina y soltó los frenos. El tren arrancó en medio de una salva de silbidos y chirridos.

Hare contempló cómo salía de la estación y permaneció en el andén hasta verlo desaparecer a lo lejos. A continuación, se volvió y echó a andar hacia el coche.

El crimen de la habitación 12

El libro

Fue una extraña experiencia regresar a *Atticus Pünd acepta el caso* después de tantos años. No suelo releer los libros que he editado, del mismo modo que muchos de los autores que conozco raramente revisan sus obras anteriores. El acto de editar, como el acto de escribir, resulta tan intenso y está a veces tan plagado de problemas que, por muy complacida que pueda sentirme con el producto acabado, siempre me alegro de dejarlo atrás. No necesito volver.

¿Cómo me sentí cuando el inspector jefe Hare echó a andar hacia su coche y volví la última página? Había tardado la mitad del día en acabar el libro y temí que todo hubiera sido una absoluta pérdida de tiempo.

A primera vista, *Atticus Pünd acepta el caso* apenas guarda relación con los acontecimientos que tuvieron lugar en Branlow Hall en junio de 2008. No hay boda, ni ejecutivo publicitario, ni empleado de mantenimiento rumano, ni sexo en el bosque. La historia está ambientada en Devon y no en Suffolk. Nadie muere a martillazos. De hecho, muchos de los incidentes del libro son bastante fantásticos: una famosa actriz estrangulada... ¡dos veces!, la pista de *Otelo*, la fan enloquecida que escribe en papel de color lila, una tía que muere y deja una herencia de setecientas mil libras. Estaba claro que Alan los había inventado y no necesitaba viajar a Branlow Hall en busca de inspiración.

Y sin embargo, a no ser que yo lo hubiese entendido todo mal desde el principio, Cecily Treherne había leído el libro y se había convencido de que Stefan Codrescu era inocente. Había llamado por teléfono a sus padres en el sur de Francia para decirles: «Estaba allí mismo, lo tenía delante de las narices». Eso era lo que había dicho, según su padre. Yo acababa de leer el libro de principio a fin. Creía conocer todos los datos del asesinato real. No obstante, seguía sin tener la menor idea de lo que Cecily había visto.

Para mi propia sorpresa, había disfrutado mucho con el libro pese a conocer la identidad de los dos asesinos desde el principio. Aunque a Alan Conway le disgustaba escribir novelas de misterio e incluso despreciaba ese género, no cabía duda de que se le daba muy bien. Resulta muy satisfactorio sumergirse en una complicada novela de suspense que acaba teniendo toda su lógica, y volví a sentir parte del placer que había experimentado al leer el manuscrito por primera vez tantos años atrás. Alan jamás engañaba al lector, y creo que eso explicaba en parte su éxito.

No es que fuese muy divertido tratar con él. Pasé horas trabajando en los detalles; por ejemplo, repasando esa lista de diez momentos, asegurándome de que realmente cuadrasen y de que todo tuviera sentido. La mayor parte del trabajo de edición se realizó a través de internet, porque Alan y yo tuvimos siempre una relación difícil, pero sí que nos sentamos juntos una vez en mi despacho de Londres. Mientras releía el libro en el jardín de Branlow Hall, me acordé de las discusiones que tuvimos durante aquella larga tarde de otoño. ¿Por qué tenía que ser Alan tan desagradable? Una cosa es que los escritores defiendan su obra, pero él levantaba la voz, me apuntaba con el dedo y me hacía sentir que estaba invadiendo los sagrados campos de su imaginación en lugar de tratar de ayudarlo a vender el puñetero libro.

Por ejemplo, me habría gustado que la novela hubiera empezado con Atticus Pünd. Al fin y al cabo, era su historia, y me pregunté si los lectores aguantarían cuatro capítulos enteros antes de encontrarse con él. Tampoco es que me agradase la presencia del capítulo titulado «El diamante de Ludendorff», que en realidad constituye un relato corto ajeno a la investigación principal y no tiene nada que ver con los sucesos de Tawleigh-on-the-Water. Quise retirarlo, pero Alan no me hizo caso. Lo cierto es que había puesto el dedo en la llaga, porque ambos sabíamos que, con solo setenta y dos mil palabras, el libro resultaba demasiado breve. Ese detalle no suponía un gran problema: muchas de las novelas de Agatha Christie son cortas. Tanto *El cuadro* como *Muerte en el Nilo* (una obra maestra) rondan las sesenta y pico mil palabras. Quitar el robo del diamante reduciría el libro casi a la longitud de una novela corta y podía perjudicar sus posibilidades comerciales, pero la simple verdad era que Alan no estaba dispuesto a hacer el trabajo necesario para abultar el resto, así que tuve que conformarme con lo que me había dado. Por cierto, el capítulo me gusta. Fue idea mía poner la rasgadura en el papel pintado del dormitorio de Melissa James con objeto de que al menos hubiera una excusa para incluirlo.

Nuestro desacuerdo más grave se refirió al personaje de Eric Chandler. Eric me había parecido una creación muy antipática, y eso que aún faltaban varios años para que las sensibilidades modernas llevaran a todo autor a pensárselo dos veces antes de introducir a un personaje discapacitado. Asignarle a un hombre un pie deforme es una cosa. Hacer de él un niño grande con una perversión sexual parecía casi deliberadamente ofensivo, puesto que venía a equiparar la discapacidad con la incapacidad. Por supuesto, en aquel momento yo no tenía ni idea de que el personaje estaba inspirado en Derek Endicott, el encargado del turno de noche de Branlow Hall. Tal como Lawrence Treherne había dicho, era una caricatura muy cruel. Si yo hubiese estado al tanto de aquello, me habría opuesto de forma mucho más enérgica.

También me peleé con Alan por un momento del desenlace. Cuando Atticus Pünd visita a Nancy Mitchell en el hospital después de salvar su vida en el puente, le dice que siempre será amigo suyo y que quiere ayudarla. Y sin embargo, un par de capítulos después, la acusa de asesinar a Francis Pendleton.

—¡No es que sea muy amable!

Aún recuerdo a Alan burlándose de mí con su típica actitud de superioridad.

—¡Lo hace para mantener la emoción!

—Pero no es propio del personaje.

—Es una convención. El detective reúne a todos los sospechosos y los descarta de uno en uno.

—Ya lo sé, Alan. Pero ¿tiene que meterse con ella?

—¿Y qué sugieres tú, Susan?

—¿Acaso hace falta siquiera que aparezca en la escena?

—¡Claro que sí! ¡La escena no funciona sin ella!

Al final, suavizó ligeramente aquel detalle, aunque de muy mala gana. Siguió sin gustarme.

Como ya he dicho, a Alan le encantaba ocultar pistas en sus libros. Por eso, ahora se me ocurría que quizá se opusiera a algunos de los cambios que yo quería hacer porque, sin saberlo, pretendía eliminar algunos mensajes secretos que él consideraba valiosos. Ya he comentado que me desagradaba el nombre «Algernon» porque se me antojaba un tópico muy manido. Era improbable que Algernon condujese un Peugeot de fabricación francesa en 1953. Los números romanos del capítulo llamado «Cae la noche» no me gustaban; me parecían muy alejados del resto del libro desde el punto de vista estilístico. Y por el mismo motivo tampoco me agradaban los personajes reales que surgían a lo largo de todo el texto, como Bert Lahr, Alfred Hitchcock o Roy Boulting.

Alan se negó a cambiar todo eso.

Tampoco me entusiasmaba «Cae la noche» como título de un capítulo, y ese era sin duda uno de los mensajes secretos. A pesar de todo, Conway veneraba a Agatha Christie y a menudo le robaba ideas. Así, el título «Cae la noche» y las descripciones nocturnas de Tawleigh se inspiran claramente en la novela *Noche eterna*, del mismo modo que otro capítulo, «Pleamar», rinde homenaje a *Pleamares de la vida*. Utilizar *Otelo* para introducir una pista es muy del estilo de Agatha; al fin y al cabo, basó el título de cuatro de sus novelas en obras de Shakespeare. Incluso aparece como personaje invitado: en el tren hacia Devon, la señorita Cain está leyendo la última novela de Mary Westmacott, seudónimo de Christie.

No era solo yo. Alan también hizo callar a la correctora de estilo, que tenía varias objeciones. Una de las que recuerdo era la locomotora LMR 57 que llega para llevarse a Pünd de regreso a Londres en el último capítulo. En realidad, se remontaba a cien años antes del momento en el que se desarrolla la historia. Se usaba en el ferrocarril de Manchester y Liverpool, no en Devon, y sobre todo para el transporte de mercancías. A Alan le dio igual. «Nadie se dará cuenta», dijo, y la locomotora se quedó. Pero ¿por qué? No habría sido tan difícil hacer el cambio. La correctora también estuvo de acuerdo conmigo en que habría resultado muy difícil encontrar un Peugeot con el volante a la derecha en 1953.

No obstante, ninguna de estas discusiones parecía tener relevancia para la pregunta de quién había asesinado realmente a Frank Parris. Sin embargo, lo cierto era que Alan sabía la verdad. Se lo había dicho a su pareja, James Taylor, cuando volvió de Branlow Hall: «No es él». ¿Por qué lo ocultó? ¿Por qué no se lo contó a la policía? Era una pregunta que me había planteado antes, pero la lectura de *Atticus Pünd acepta el caso* no me había aclarado nada, aunque ahora parecía contener no una sino dos soluciones. ¿Cómo conseguir que el libro revelara sus secretos?

Empecé con los nombres.

Alan tenía por costumbre jugar con los nombres de sus personajes. En *Grito en la noche*, la cuarta novela protagonizada por Pünd, todos eran ríos ingleses. En *Atticus Pünd en el extranjero*, correspondían a marcas de estilográficas. No tardé mucho en descubrir lo que había hecho en *Atticus Pünd acepta el caso*. Aunque algunos de los nombres resultan bastante desconocidos, todos pertenecen a famosos escritores de novela negra. Eric y Phyllis Chandler lo delataron. Obviamente corresponden a Raymond Chandler, que creó a Philip Marlowe, quizá el detective privado más icónico. Algernon Marsh viene de Ngaio Marsh; Madeline Cain, de James M. Cain, que escribió *El cartero siempre llama dos veces* y la maravillosa *Pacto de sangre*; Nancy Mitchell, de Gladys Mitchell, que escribió más de sesenta novelas policiacas. Philip Larkin era fan de ella.

No obstante, Alan se había mostrado sumamente ingenioso: también había relacionado cada uno de los personajes principales con las personas a las que había entrevistado en Branlow Hall, asignando a muchas de ellas las mismas iniciales y a todas un nombre de pila que sonaba de forma parecida. Un ejemplo es Lance Gardner (por Erle Stanley Gardner), quien tanto había ofendido a Lawrence Treherne. Otro es el doctor Leonard Collins, que guarda una clara relación con Lionel Corby (LC). De la misma manera, el productor letón Sīmanis Čaks debía asociarse con Stefan Codrescu, aunque resulta interesante que apenas salga en el libro. En realidad, ni siquiera es un sospechoso.

Comprendí que, si quería averiguar en qué estaba pensando Alan Conway, tenía que dibujar una especie de mapa entre Branlow Hall, en Suffolk, y Tawleigh-on-the-Water, en Devon, y que los hitos más evidentes eran todos esos personajes y sus relaciones, tanto recíprocas como con sus homólogos en el mundo real. Había terminado de leer el libro sentada ante una de las mesas situadas en el exterior del hotel. Acababa de ponerse el sol y regresé a mi habitación, donde cogí un bloc de notas y escribí lo siguiente.

Melissa James
Nombre tomado de: P. D. James, autora de *Sangre inocente* y *Sabor a muerte*. O quizá de Peter James (¡el libro contiene una cita de este autor!).
Personaje basado en: Lisa Treherne, la hermana de Cecily.
Notas: Los personajes tienen muy poco en común, salvo el nombre de pila (Lisa/Melissa). También se menciona que la actriz tiene una cicatriz en la cara (página 19). Es posible que Lisa Treherne estuviera acostándose con Stefan Codrescu, como vio Lionel Corby. Sin embargo, en *Atticus Pünd acepta el caso*, Melissa tiene una aventura con el doctor Leonard Collins.

La mujer de Alan Conway también se llamaba Melissa y, al parecer, tuvo una relación cercana con el entrenador deportivo Lionel Corby (L. C.). ¿Insinúa Alan que estaban liados?

Francis Pendleton

Nombre tomado de: Don Pendleton, escritor estadounidense de novela negra, autor de *The Executioner*.

Personaje basado en: Frank Parris.

Notas: Además de las iniciales compartidas (F. P.), Conway conecta claramente a Pendleton con Parris. Ambos tienen el pelo rizado y la piel oscura, y, en la página 23 de *Atticus Pünd acepta el caso*, se dice que Francis posee un velero llamado *Sundowner*, que es también el nombre de la agencia publicitaria de Frank en Australia.

Ambos hombres son asesinados: uno con un cuchillo; el otro, con un martillo. Otra conexión. Pero no hay nada en el libro que tenga ni punto de comparación con el móvil de Madeline para matar a Francis.

Nancy Mitchell

Nombre tomado de: Gladys Mitchell, escritora muy conocida por sus novelas de misterio protagonizadas por Mrs. Bradley.

Personaje basado en: Natasha Mälk. (Aiden me dio el nombre completo de la camarera de piso que encontró el cadáver, y las iniciales coinciden).

Notas: No hay mucho que rascar aquí, puesto que, aunque Conway conoció a Natasha, yo no. La aventura de Nancy con Francis no parece tener eco en el mundo real. Al fin y al cabo, ¡Francis era gay!

Madeline Cain

Nombre tomado de: James M. Cain.

Personaje basado en: ¿Melissa Conway?

Notas: No hay semejanzas evidentes más allá de las iniciales «M. C.», pero puede que a Alan le hiciera gracia convertir a su exmujer en una fan enloquecida del cine y en una asesina. En cualquier caso, Alan había decidido librarse de Madeline, ya que quería que James Fraser apareciese en el libro número 4.

Dr. Leonard Collins

Nombre tomado de: Es difícil saberlo con certeza. Podría ser Michael Collins, seudónimo del escritor estadounidense Dennis Lynds, que escribió relatos policiacos, o tal vez Wilkie Collins, autor de *La dama de blanco* y *La piedra lunar*.
Personaje basado en: Lionel Corby (L. C.).
Notas: Esto es desconcertante. El doctor Leonard Collins es un asesino y uno de los personajes principales de *Atticus Pünd acepta el caso*. Pero mata a Melissa James, no a Francis Pendleton. ¿Dice Alan deliberadamente que Lionel Corby no mató a Frank?

Además, hay un asesino implicado en la muerte de Branlow Hall, pero dos asesinos en el Moonflower. No acabo de entenderlo.

Samantha Collins

Nombre tomado de: Igual que Leonard Collins.
Personaje basado en: ¿Cecily Treherne?
Notas: Es muy difícil saber de dónde ha salido Samantha y, aunque se sospecha brevemente de ella, solo tiene un papel pequeño en *Atticus Pünd acepta el caso*. Los nombres «Cecily» y «Samantha» comienzan con el mismo sonido, y la cara de Samantha se describe en la página 40 como «seria» y «cuadrada», adjetivos que podrían aplicarse a ambas mujeres.

Simon Cox (Sīmanis Čaks)

Nombre tomado de: Anthony Berkeley Cox, que escribió *El caso de los bombones envenenados* en 1929. Un segundo vínculo con la novela de Alan: otro de sus libros fue adaptado por Alfred Hitchcock en la película de 1941 *Sospecha*.
Personaje basado en: Stefan Codrescu.
Notas: Resulta interesante que Simon Cox solo tenga un papel relativamente pequeño en *Atticus Pünd acepta el caso*, aunque Stefan Codrescu es la figura central del asesinato de Frank Parris. En realidad, ni siquiera es un sospechoso.

Al mismo tiempo, Alan Conway se divierte mezquinamente

caracterizándolo no solo como a alguien de Europa del Este (Simon es de Letonia, mientras que Stefan procede de Rumanía), sino también como «un gángster de pacotilla recién salido de la cárcel», según la descripción de Melissa en la página 44.

¿Creía Alan que Stefan era culpable del crimen? ¿O sabía que era inocente y solo se entretuvo burlándose de él?

Lance Gardner/Maureen Gardner
Nombre tomado de: Erle Stanley Gardner, creador de *Perry Mason*.
Personajes basados en: Lawrence y Pauline Treherne.
Notas: Lance y Maureen descritos como «inmorales»... probablemente para diversión personal de Alan Conway. No están implicados en ninguno de los asesinatos. ¡Lawrence habría hecho bien en demandarlo!

Eric Chandler/Phyllis Chandler
Nombre tomado de: Raymond Chandler.
Personajes basados en: Derek Endicott y supuestamente su madre.
Notas: Como con los Gardner, Alan Conway no parece relacionar a Derek Endicott con el asesinato de Frank Parris, aunque puede que se le escapara algo. ¿Y si Parris no fuese el verdadero objetivo...?

La subtrama del «mirón» y el hecho de reírse de personas con discapacidad es un clásico exponente del mejor Alan Conway. ¿Habló Alan con la madre de Derek? ¡Quizá debiera hacerlo yo!

Algernon Marsh
Nombre tomado de: Dame Ngaio Marsh, principal escritora neozelandesa de novela negra, creadora de las novelas policiacas protagonizadas por Roderick Alleyn.
Personaje basado en: Aiden MacNeil, obviamente..., como él mismo había observado (A. M.).
Notas: Aiden se negó a hablar con Alan. «Lo vi... durante unos cinco minutos. No me cayó nada bien». A su vez, Alan lo convierte en un inmoral de pacotilla, cercano a la caricatura. ¿La

venganza de Alan? No obstante, no sugiere en ningún momento que sea un asesino.

Hasta ahí los nombres. Si Alan Conway hubiese querido ponérmelo fácil, Francis Pendleton habría sido asesinado por un personaje con las mismas iniciales que alguna de las personas de Branlow Hall y eso me habría indicado quién había matado a Frank Parris.

En realidad, eso era justo lo que había ocurrido. Madeline Cain había asesinado a Francis. Entonces ¿Melissa Conway mató a Frank? Las iniciales de ambas eran «M. C.».

Aun así, me parecía increíble que Alan acusara a su exmujer. En primer lugar, cuando se cometió el asesinato ella ya había recuperado su apellido de soltera, Johnson. En segundo lugar, ¿qué móvil podía tener para asesinar a Frank Parris? En cualquier caso, aparece otra Melissa en la novela: Melissa James, que muere estrangulada en el capítulo 4 del libro y que también podría estar inspirada en Melissa Conway. Me daba la sensación de que Alan había imaginado a su exmujer como víctima de un crimen y también como asesina.

¿Por qué tenía que ser todo tan complicado?

Otras dos pistas que aparecían en *Atticus Pünd acepta el caso* habían sido tomadas deliberadamente de los acontecimientos reales que tuvieron lugar en Branlow Hall. Las apunté en mi bloc de notas.

LAS BODAS DE FÍGARO.
EL PERRO QUE LADRÓ POR LA NOCHE.

No podía ser una coincidencia que, en *Atticus Pünd acepta el caso*, Francis Pendleton mintiera sobre su asistencia a una representación de la misma ópera de Mozart mencionada por Frank Parris cuando habló con Cecily Treherne. Esta vez, coincidían incluso las iniciales. El motivo por el que Frank se inventó esa historia seguía siendo un misterio. ¿Adónde había ido realmente? ¿Y por qué molestarse en inventarse una historia? En cuanto al perro, tanto Kimba de Clarence Keep como Bear, el golden retriever de Branlow Hall, habían ladrado más o menos en el momento en que se produjeron los asesinatos. Una vez más, estaba segura de que Alan intentaba decirme algo, y me propuse pedirle a Derek más detalles de lo sucedido aquella noche la siguiente vez que nos viéramos.

Cuando volví a mirar por la ventana, estaba completamente oscuro. De pronto, tuve hambre. Cerré el bloc de notas y lo dejé junto a mi ejemplar de bolsillo de *Atticus Pünd acepta el caso*.

Me disponía a bajar a cenar cuando recordé algo. Abrí la novela de Alan por la primera página y, por supuesto, allí estaba. Me enfadé conmigo misma. Lo tenía delante de las narices, pero había estado a punto de pasarlo por alto completamente.

La dedicatoria.

«En memoria de Frank y Leo».

Frank era obviamente Frank Parris. Leo tenía que ser el chapero que James Taylor mencionó cuando nos vimos en Londres. Frank, Leo, Alan y James habían cenado juntos. Frank Parris había ayudado a Alan a explorar su sexualidad. También había practicado ciertas perversiones sexuales con Leo.

«En memoria».

Tenía la respuesta justo delante. Frank había sido asesinado en Branlow Hall. ¿Leo también había muerto?

Obedeciendo a un impulso, saqué mi teléfono móvil y escribí un mensaje de texto a toda prisa.

James, ¿llegué a darte las gracias por la cena en Le Caprice? Fue estupendo ponernos al día. Una pregunta rápida. Mencionaste a un amigo de Frank Parris llamado Leo. ¿Sabes algo más de él? ¿Es posible que muriera? He visto que el libro de Alan está dedicado a su memoria. Gracias y besos. Susan

No tuve que esperar demasiado. Al cabo de un minuto, el móvil emitió un zumbido y vi la respuesta en la pantalla.

Hola, Susan. No puedo decirte gran cosa sobre Leo. Trabajaba en un piso elegante de Mayfair (no sé cómo se lo podía permitir), pero me dijeron que se había ido de Londres y no tengo ni idea de si está vivo o muerto. Quedaba mucho con Frank, pero me sorprende que Alan le dedicara el libro. Nunca me habló de él. No puedo decirte mucho más, porque solo lo vi una vez. Era rubio (¿teñido?) y muy guapo. Bajito. Nunca lo vi sin ropa, así que no puedo decirte si estaba bien dotado..., si estaba circuncidado o no... ¡¡¡Seguro que te mueres de ganas de saberlo!!! Trabajaba mucho. Estaba en buena forma. Por cierto, puede que Leo no fuera su verdadero nombre. Muchos utilizaban nombres falsos (más vale prevenir). «Stud» y «Nando» siempre fueron populares. También nombres de mascotas. Cuando Alan me conoció, me llamaba Jimmy..., dulce y juvenil. ¿Has llegado ya a alguna conclusión? Frank Parris era bastante espeluznante; ahora que lo pienso, un auténtico pervertido. Seguramente tuvo lo que se merecía. Si vienes otra vez por aquí, llámame. Besos. Jimmy

James no tenía la menor idea de si Leo estaba vivo o muerto. Me pregunté cómo podía averiguarlo.

Dos días más

En cuanto desperté, intenté hacer una videollamada con Andreas. Serían las diez y media en Creta. Andreas habría acabado de desayunar y se habría ido a nadar. Luego, dando por sentado que nada serio exigía su atención, se habría retirado a nuestra terraza con una tacita bien cargada de café solo (griego, no turco) y un libro. Andreas estaba leyendo a Nikos Kazantzakis cuando me marché y me lo había recomendado..., como si alguna vez me sobrara tiempo para leer.

No hubo respuesta, así que lo llamé al móvil. Saltó directamente el buzón de voz. Pensé en llamar a Nell, a Panos o a cualquier otro trabajador del Polydorus, pero eso habría olido a desesperación. Además, no quería que se vieran implicados en nuestros asuntos personales. Ese es el problema de vivir en Creta. Todo el mundo tiene una mentalidad pueblerina, aunque viva en las ciudades.

Seguía sintiéndome perpleja y, para ser sincera, un tanto molesta ante su falta de respuesta. No lo había acorralado. Simplemente había expresado algunos de mis sentimientos y había sugerido que los discutiéramos en detalle. ¿Tan extremo resultaba eso? Era cierto que Andreas solía tomarse su tiempo para abrir los correos electrónicos, pero tenía que haber visto que aquel correo concreto era mío. Como yo bien sabía, había un aspecto de su carácter que lo volvía reacio a hablar de problemas, de relaciones, de «nosotros». Quizá tuviera algo que ver con los largos días al sol del Mediterráneo, pero lo cierto era que muchos de los hombres griegos que conocía se comportaban igual.

Al final me rendí. Solo me quedaría en Inglaterra unos pocos días más. Cecily Treherne seguía desaparecida. Se me estaba acabando la gente con la que hablar y las preguntas que podía hacer. La lectura de *Atticus Pünd acepta el caso* apenas me había proporcionado revelación alguna. En cuanto a mi propio futuro, Michael Bealey me había dicho más o menos que no tenía ninguna posibilidad de conseguir trabajo en el sector editorial, como autónoma o por cuenta ajena. ¿Qué opciones me quedaban? Solo podía volver al Polydorus, sentarme con Andreas y decidir juntos lo que íbamos a hacer.

Me di una ducha, me vestí y bajé. El desayuno se servía en la misma sala en la que había cenado con Lawrence, donde los camareros, venidos en autobús desde Woodbridge, vestían pantalón negro y camisa blanca. Había un bufet tradicional con huevos fritos, beicon y judías, todo brillando de un modo poco atractivo bajo unas lámparas de calor anticuadas. De pronto, me apeteció comer yogur griego y sandía fresca. Sin embargo, pedí algo de la carta y me senté sola con mi bloc de notas y una cafetera llena de buen café hasta que llegó la comida.

Poco después de empezar a desayunar, levanté la mirada y vi que ya no estaba sola. Lisa Treherne sonreía de pie junto a mí, pero su sonrisa habría podido quitarle a cualquiera las ganas de tomar cereales. La imaginé mirando a Stefan Codrescu de la misma forma antes de despedirlo.

—Buenos días, Susan —dijo—. ¿Le importa que desayunemos juntas?

—¡No faltaba más! —contesté, indicando con un gesto la silla libre al otro lado de la mesa.

Se sentó con aire remilgado. Un camarero se acercó para ofrecerle café, pero ella declinó el ofrecimiento.

—¿Qué tal va su estancia?

—Muy bien, gracias.

—¿Le gusta el hotel?

—Es precioso. —Noté que se avecinaban problemas; más me valía ser amable—. Entiendo por qué es tan popular.

—Sí. Además, estamos en temporada alta. De hecho, quiero hablar de eso con usted. ¿Cómo va su investigación?

—Yo no lo llamaría exactamente «investigación».

—¿Hay algo que pueda decirme sobre Cecily?

—Ayer releí el libro. *Atticus Pünd acepta el caso.* Tengo algunas ideas sobre lo que pudo haber ocurrido.

Cerré el bloc de notas como para proteger sus secretos.

—¿Algunas ideas? —Miró mi plato. Solo había pedido un huevo escalfado y una tostada, pero, por la cara que puso, parecía que hubiese vaciado el bufet—. No quiero ser maleducada, Susan, pero la cuestión es que se aloja en una habitación por la que podríamos estar cobrando doscientas cincuenta libras por noche. Consume nuestra comida y seguramente también los productos del minibar. Ha logrado convencer a mis padres para que le paguen una cantidad abusiva y la única comunicación que hemos recibido de usted hasta ahora es la exigencia de cobrar el primer plazo. Tal y como nosotros lo vemos, no ha hecho nada.

Si Lisa Treherne estaba intentando no ser maleducada, me pregunté cómo se comportaría cuando pretendiera mostrarse insultante. Recordé cómo la había descrito Lionel Corby: «Esa sí que era un mal bicho». Puede que hubiese sido demasiado dura con él cuando nos vimos en Londres.

—¿Saben sus padres que está hablando conmigo? —pregunté.

—En realidad, es mi padre quien me ha pedido que tenga esta conversación con usted. Queremos poner fin a este acuerdo y pensamos que debería irse.

—¿Cuándo?

—Hoy.

Dejé el cuchillo y el tenedor bien colocados sobre el plato. Acto seguido, la miré a los ojos y pregunté, tan dulcemente como pude:

—¿Le contó a su padre que se acostaba con Stefan Codrescu antes de despedirlo?

Al oír eso, se ruborizó de rabia. Lo raro fue que la cicatriz que tenía a un lado de la boca se le marcó como si la herida se hubiese producido solo un minuto atrás.

—¡Cómo se atreve! —murmuró en voz baja.

—Me preguntaba por mi investigación —le recordé—. Yo diría que esa es una información muy útil y que arroja una luz distinta sobre las cosas. ¿No le parece?

Fue interesante. Cuando hice la acusación, no estaba segura al cien por cien. Sin embargo, ella no lo negó. Aunque, claro, todas las pruebas estaban allí. En aquella primera cena, Lawrence Treherne había dicho que a Lisa le caía muy bien Stefan y que los dos pasaban mucho tiempo juntos. Luego lo despidió por lo que, según Corby, eran falsas acusaciones. También había roces a cuenta del sexo entre ella y su hermana. «Siempre estaban celosas la una de la otra por los novios», había dicho Lawrence, y se me ocurrió que buena parte del desagrado que Lisa sentía hacia Aiden MacNeil podía deberse a esa antigua envidia.

—¿Quién se lo ha contado? —exigió saber.

Me sorprendió mucho que no hubiese salido furiosamente de la sala. Creo que yo lo habría hecho.

—Lo despidió porque no quería seguir acostándose con usted.

—Era un ladrón.

—No. Quien robaba era Natasha Mälk, la camarera de piso que descubrió el cadáver. Todo el mundo lo sabía.

Solo estaba repitiendo lo que Lionel Corby me había contado, pero, una vez más, pareció que estaba en lo cierto. A Lisa se le demudó el semblante.

—No es verdad —murmuró en voz baja.

—Lisa —dije—, iré a visitar a Stefan a la prisión de Wayland, en Norfolk. No tiene sentido que me mienta.

En realidad, era yo quien le estaba mintiendo a ella, puesto que seguía sin recibir noticias de Stefan. Sin embargo, ella no tenía por qué saberlo.

Su forma de fruncir el ceño habría cuajado mi huevo escalfado si las lámparas de calor no lo hubieran hecho ya.

—¿Por qué va a creerse nada de lo que él le diga? Ha sido declarado culpable de asesinato.

—No estoy segura de que matara a Frank Parris.

Fue curioso. Mientras pronunciaba esas palabras, supe con absoluta certeza que tenían que ser ciertas. Stefan había sido detenido por un agente de policía que lo habría encerrado de por vida alegremente solo porque era rumano. Las pruebas en su contra eran muy escasas. ¿Ciento cincuenta libras escondidas debajo del colchón? Nadie oculta dinero debajo del colchón, a menos que sea una anciana de una mala comedia televisiva. Y, en cualquier caso, ¿de verdad se habría arriesgado a pasar años en la cárcel por un importe tan ridículo?

Había demasiadas circunstancias sin explicar: los ladridos del perro, el cartel de «No molestar» que habían colgado en la puerta y luego habían quitado misteriosamente, la mentira de Frank Parris sobre la ópera. Y, para mí, quedaba pendiente la pregunta más importante de todas. Si Alan Conway conocía la verdadera identidad del asesino (que tenía que ser el motivo por el que Cecily Treherne había desaparecido), ¿por qué había decidido no revelarla?

—Si Stefan no lo mató, ¿quién lo hizo? —inquirió Lisa.

—Deme una semana y se lo diré.

Me miró fijamente.

—Le daré dos días más.

—Está bien.

Quería negociar con ella, pero solo habría conseguido parecer débil. Al menos, no iban a echarme a la calle antes de la hora de comer.

Empezó a levantarse, pero yo no había terminado con ella.

—Hábleme de la relación entre Cecily y usted —dije.

Volvió a sentarse.

—¿Qué quiere saber?

—¿Se llevaban bien?

—Bastante.

—¿Por qué no me dice la verdad, Lisa? ¿No quiere que averigüe lo que le ha pasado?

Me fulminó con la mirada y le pregunté:

—¿Cómo se hizo esa marca a un lado de la boca?

—Me la hizo ella. —Lisa se tapó la cicatriz con la mano—. Pero fue sin querer. Solo tenía diez años. No sabía lo que hacía.

—¿Por qué discutían?

—¡Es irrelevante!

—Quizá no lo sea.

—Por un chico. Un chico no..., un hombre. Ya sabe cómo son las niñas. Se llamaba Kevin y trabajaba en la cocina. Debía de tener unos veinte años y las dos estábamos coladas por él. Y él me besó. Eso es todo. Un día estábamos hablando y riendo y me dio un beso en la mejilla. Cuando se lo conté a Cess, se enfureció. Dijo que se lo había robado. Había allí un cuchillo de cocina y me lo tiró. Ni siquiera me estaba apuntando, pero la hoja me dio en un lado de la cara. Estaba muy afilado y me hizo un corte. —Dejó caer la mano—. Había mucha sangre.

—¿Aún se lo reprocha?

—Jamás lo hice. Ella no sabía lo que hacía.

—¿Y Aiden?

—¿A qué se refiere?

—La última vez que hablamos, tuve la sensación de que no le caía muy bien.

—Personalmente no tengo nada en su contra, aunque creo que no se esfuerza demasiado en su trabajo.

—¿Cree que su hermana lo quería?

—Supongo. No lo sé. Nunca nos contábamos ese tipo de cosas.

Había hablado en pasado de manera deliberada y Lisa no me había llevado la contraria. Ella también tenía asumido que Cecily ya no estaba viva.

—¿Y usted y Stefan? —pregunté.

—¿A qué se refiere?

—Cuénteme por qué lo despidió realmente.

Tardó unos momentos en decidirse. Luego lo soltó todo.

—Me acosté con él varias veces. ¿Por qué no? Era atractivo y estaba soltero. ¡Y no se cortó un pelo! También era un delincuente sin ningún apoyo. De no ser por mí, habría estado en la calle. Así que quizá pueda decirse que estaba devolviéndome el favor.

»Pero nunca lo coaccioné. Si está insinuando que lo despedí porque no quiso seguir metiéndose en mi cama, puede largarse del hotel. Me da igual si sabe o no quién asesinó a Frank Parris. Stefan Codrescu hacía lo que yo le decía. Eso formaba parte de la diversión. Solo tenía que chasquear los dedos para que viniera corriendo. Pero por desgracia, diga lo que diga usted, era él y no Natasha quien robaba dinero, y ese fue el motivo de que no pudiera seguir teniéndolo aquí. El hotel me importaba más.

Se levantó y la silla chirrió contra el suelo.

—Tiene el día de hoy y mañana por la mañana, Susan. A partir de ese momento, no quiero volver a verla. —No pudo resistirse a lanzarme una última pulla—: La hora de salida son las doce.

Eloise Radmani

Lisa Treherne me había medio despedido, pero me dio igual.
Quería volver con Andreas y ella me había dado la excusa perfecta, aunque eso significara irme de Inglaterra sin resolver nada.
Tenía que hablar con él. No sabía si seguíamos juntos. Eso era lo
que más me inquietaba, mucho más que el asuntillo de quién
mató a Frank Parris ocho años atrás.

Quedaban menos de cuarenta y ocho horas para mi éxodo
forzoso de Branlow Hall. ¿En qué podía invertirlas?

Antes de que Lisa viniera a mi mesa toda cabreada y frustrada sexualmente, yo había estado escribiendo una lista de posibles
pistas; cuando me quedé sola saqué la libreta y las releí. Tenía
muchas cosas que hacer y muy poco tiempo.

Mi prioridad era ir a ver a Stefan Codrescu a la prisión de
Wayland. Estaba claro que tenía muchas cosas que contarme:
qué recordaba de la noche del asesinato, qué tipo de relación tenía realmente con Lisa, qué vio y oyó, quién tenía acceso a su
habitación y, sobre todo, por qué confesó que era culpable. Pero
a lo mejor no me respondía hasta dentro de varias semanas o incluso meses, y yo no podía esperar tanto.

Luego estaba Leo, el chapero que «conocía» (lo digo en sentido bíblico) a Frank Parris y a Alan Conway. Si estaba muerto, como daba a entender Alan en su dedicatoria, ¿cómo había pasado? Es más, ¿por qué le había dedicado el libro a él? Estaba claro que el chaval no había sido compañero de vida de Frank, sino uno más de tantos disponibles previo pago.

Eso me llevaba de nuevo a Martin y Joanne Williams; seguían siendo la única pareja con un móvil evidente para asesinarlo. Cuando los conocí, ambos me dieron bastante repelús, pero ahora ya sabía que me habían mentido descaradamente. ¿Cómo no me di cuenta cuando hablé con ellos? En realidad fue Aiden quien me brindó la información que los incriminaba, que a su vez reiteró Lawrence en su extenso correo electrónico: Martin estuvo en Branlow Hall el día que mataron a Frank. Me lo dijo sin ser consciente.

Tenía que hablar todavía con George Saunders, el director de colegio, al que en un principio le asignaron la habitación 12, ubicada en el ala Moonflower. Y con Eloise Radmani, la niñera de Roxana y puede que también acólita de Aiden. Además quería localizar a Melissa, la mujer de Alan. Vivía justo al lado del hotel cuando se cometió el asesinato. Podría haber entrado en la casa tranquilamente en mitad de la noche sin que nadie la viera.

Y por último estaba Wilcox, ese nombre que Sajid Khan mencionó sin querer cuando lo vi en Framlingham. Había conseguido localizarlo y, aunque no tenía nada que ver con el caso, seguía estando en mi lista de prioridades. Mi intención era lidiar con él esa misma tarde.

Terminé de desayunar y me fui a la habitación. Al salir al vestíbulo, vi a Eloise Radmani en la zona de recepción con una cesta de ropa blanca. Por lo visto, usaba la lavandería del hotel como si fuera parte de Branlow Cottage. Me vio y se dio la vuelta con la esperanza de zafarse de mí, pero no iba a dejar que se me escapara. Salí corriendo y le di alcance en la puerta de atrás.

Repasé mentalmente lo que sabía. Eloise era de Marsella. Llegó a Branlow Hall en 2009, unos dos meses después de que naciera Roxana y nueve tras la muerte de Frank Parris. Había estudiado en Londres, donde conoció a su marido, que luego murió de sida. La primera vez que nos vimos me miró como si yo fuera el demonio en persona. Con esa camiseta azul llena de barro y esa chaqueta holgada, que le daban un toque de color a su paleta de negros y grises, aún distaba mucho de ser una persona afable.

—Buenos días —dije, haciendo acopio de amabilidad.

—Hola —contestó ella con el ceño fruncido.

—Soy Susan. Coincidimos fuera brevemente. No tuve la oportunidad de explicarle por qué estoy aquí.

—Me lo ha contado el señor MacNeil. —Dijo «señor» en vez de «monsieur», pero su acento francés aún rayaba en la parodia—. Está ayudando a buscar a Cecily.

—Así es. ¿Alguna novedad? Ayer estuve en Londres...

—Nada —contestó ella, meneando la cabeza.

—Qué mal trago.

Se tranquilizó un poco, pero seguía mirándome con recelo.

—Es muy duro. Cecily era muy amable conmigo. Me acogió en la familia como a una más. Y Roxana lo lleva especialmente mal. Está siempre triste. No entiende qué pasa.

—Lleva bastante tiempo con ellos, ¿no?

—Sí.

—¿Cuándo fue la última vez que vio a Cecily?

—¿Por qué me pregunta tanto?

—Lawrence y Pauline me han pedido que averigüe qué pasó. Estoy hablando con todo el mundo. Espero que no le importe. —La estaba provocando. ¿Acaso ocultaba algo?

Ella se dio por aludida. Negó ligeramente con la cabeza.

—No, claro que no me importa responder, pero no tengo nada que aportar...

—Entonces ¿cuándo fue la última vez que vio a Cecily?

—El día que murió. Justo después de comer. Yo tenía que llevar a Roxana al médico, a Woodbridge. Estaba mala. Algo del estómago, ya sabe... Cecily me dijo que iba a sacar al perro. Charlamos brevemente en la cocina y ya no volví a verla.

—Ese día libró por la tarde.

—Sí. Inga se quedó con Roxana.

—¿Qué hizo después?

Vi un destello de ira en sus ojos, igual que el día que nos conocimos.

—¿Y eso qué importa?

—Simplemente estoy intentando atar cabos.

—Fui a Aldeburgh, al cine.

—¿Qué película vio?

—¡Pero eso qué más da! Una francesa. ¿Cómo tiene la desfachatez de preguntarme esas cosas? ¿Quién se ha creído que es?

Esperé a que se tranquilizara. Ella quería seguir por ese camino, pero me mantuve firme.

—Eloise, ¿qué le asusta tanto? —le pregunté.

Ella parpadeó y me quedé pasmada cuando me percaté de que estaba a punto de echarse a llorar.

—Me asusta que Cecily esté muerta. Me asusta que la niña se haya quedado sin madre. Me asusta que el señor MacNeil esté solo. Y usted va y se presenta aquí como si esto fuera un *policier*, una novela de detectives. No sabe nada de esa familia ni de mí, no tiene ni idea de lo mal que lo estoy pasando.

—Su marido murió.

Si no hubiera tenido la cesta en las manos, creo que me habría pegado. Me fijé en que apretaba muy fuerte las asas de plástico.

—Lucien estaba estudiando arquitectura —dijo con voz ronca—. Habría sido muy bueno. Se le ocurrían unas cosas que ni se imagina. Y yo trabajaba mucho para mantenerlo... De lavaplatos. Limpiando oficinas. De recepcionista en una agencia de publicidad. Y dependienta en la sección de ropa de hombre de Harrods. Todo lo hice por él, y luego vino vuestro adorado Sistema Nacional de Salud y lo mató dándole la sangre que no era, y ni siquiera se dignaron a indemnizarme. Nada. Era lo más importante para mí y lo mataron.

—Lo siento.

Me fijé en que había dos huéspedes bajando las escaleras, de camino al exterior para pasar el día fuera. ¿Qué habrían pensado si nos hubiesen oído? No era el tipo de conversación que cabría esperar en un hotel rural.

—¿Por qué la gente no deja de atosigarme? —prosiguió Eloise—. Primero la policía y ahora usted. Le digo con el corazón en la mano que Aiden no tuvo nada que ver con la muerte de su mujer. Es buena persona y Roxana lo adora.

—¿Qué cree que le pasó a Cecily?

—¡No lo sé! A lo mejor no le pasó nada. A lo mejor tuvo un accidente y murió y usted se puede ir ya y dejarnos en paz.

Se dio la vuelta con la cesta y salió precipitadamente por la puerta. Esta vez no se lo impedí. Entre el enfado y los aires de mártir había dicho algo que quizá se le había escapado. Tenía que ir a comprobarlo.

Fui directa a mi habitación y busqué el número de Knightsbridge Knannies, la agencia que Aiden había mencionado. Ahí encontró él a Eloise. Llamé haciéndome pasar por una madre interesada en ella. La interlocutora se quedó sorprendida.

—Desconocía que la señorita Radmani hubiera dejado su labor actual —repuso.

¿La gente todavía usaba el término «labor» en vez de «empleo»? Supongo que era esa clase de agencia.

—Sigue con los MacNeil —le aseguré—. Pero creo que está pasando por un mal trago y que se está replanteando su situación. Supongo que se habrá enterado usted de que la señora MacNeil ha desaparecido...

—Ah, sí. Claro. —Eso ayudó a aplacarla.

—Le hice una entrevista y me parece perfecta, pero quería comprobar un pequeño detalle de su currículo. La señorita Radmani me dijo que ha trabajado en una agencia de publicidad y da la casualidad de que mi marido trabaja en ese ámbito, y me preguntaba en qué empresa estuvo.

La oí tecleando en el ordenador. Cuando dio con la información, me dijo:

—En McCann Erickson.

—Muchas gracias.

—¿Podría decirle a la señorita Radmani que se ponga en contacto con nosotros si la ve? Por cierto, si ella no está disponible, seguro que podemos ayudarla a encontrar a la candidata ideal.

—Gracias. Se lo haré saber.

Colgué y fui a sentarme delante del ordenador para buscar los recortes de prensa que había ojeado en Londres. La pantalla tardó un buen rato en arrancar, pero por fin lo tenía delante; justo lo que me había imaginado. Era de *Campaign*, la revista sobre publicidad.

> Sundowner, la agencia publicitaria con sede en Sídney fundada por el antiguo máximo dirigente de McCann Erickson, Frank Parris, ha cerrado sus puertas. La Comisión Australiana de Valores e Inversiones, el organismo de vigilancia financiera oficial del país, confirmó que tras solo tres años la agencia ha dejado de operar.

Frank Parris había trabajado en McCann Erickson. Y Eloise Radmani había sido recepcionista en esa misma empresa. Tuvieron que conocerse a la fuerza. Y ella ahora estaba aquí. Como Atticus Pünd solía decir, cuando investigas un delito, las coincidencias no existen. «Todo en la vida sigue un patrón y una coincidencia no es más que el momento en que ese patrón se manifiesta fugazmente».

¿Estaría en lo cierto?

De vuelta en Westleton

Salí del hotel y cogí el coche para ir a Heath House, la casa familiar que habían heredado Frank Parris y su hermana, Joanne Williams. Esta vez no había nadie fuera trabajando, así que llamé al timbre y esperé a que abrieran. Ante mí apareció Martin Williams ataviado con el mismo mono azul que la otra vez. Tenía un martillo en la mano, un desagradable recordatorio de por qué estaba yo allí y también de por qué había ido a Suffolk en un principio, pero era obvio que era el típico hombre que disfrutaba haciendo chapucillas en casa cuando no estaba al teléfono vendiendo seguros de arte.

—¡Susan! —No lo noté ni alegre ni disgustado por verme. O a lo mejor percibí ambas cosas, por raro que suene—. No esperaba verla de nuevo.

¿Sabría lo que me dijo su mujer cuando me fui?

—Perdone que lo moleste otra vez, Martin. Pero en breve me voy de Inglaterra y han surgido un par de cosas. No voy a robarle mucho tiempo, solo cinco o diez minutos.

—Pase. —Y añadió alegremente—: Aunque no creo que a Joanne le haga mucha gracia su visita.

—Ya. Me lo dejó muy claro.

—No es nada personal, Susan. Es que no estaba muy unida a Frank. Ella lo que quiere es olvidarse de este asunto.

—Como todos, ¿no? —murmuré, aunque creo que no me oyó.

Me llevó a la cocina. Joanne estaba allí metida en faena, mezclando algo en un bol. Se dio la vuelta y en cuanto me vio dejó de sonreír.

—¿Qué hace usted aquí? —exigió saber.

Esta vez ni siquiera se molestó en ser educada, y mucho menos me ofreció té o menta poleo. Nada.

—Muy fácil. —Me senté como queriendo reclamar mi sitio en esa casa. También confiaba en que así les resultara más difícil echarme—. La última vez que estuve aquí me dijeron dos cosas que no son verdad. —Por cómo me miraba Joanne, supe que tenía que zanjar ya el asunto, así que fui directa al grano—. Para empezar, me dijeron que Frank Parris les pidió que invirtieran en una agencia nueva, pero me he enterado de que en realidad vino a reclamar su parte de la casa, esta en la que viven. Quería forzar la venta.

—¡Eso no es de su incumbencia! —Joanne blandía la cuchara de madera como si fuera un arma y di gracias por no haberla pillado cortando carne—. ¿Con qué derecho se presenta aquí así? No tenemos nada que hablar con usted. O se va de mi casa o llamo a la policía.

—Estoy trabajando con ellos —repliqué—. ¿Quiere que les cuente lo que he averiguado?

—Me importa un bledo con quién esté trabajando. Fuera de aquí.

—Jo, espera. —Que Martin se mostrara tan ecuánime casi me pareció siniestro—. ¿Esa información quién se la ha dado? —me preguntó—. Creo que tenemos derecho a saberlo.

No podía contarles la verdad, obviamente. No es que Sajid Khan fuera santo de mi devoción, pero no quería meterlo en un lío.

—He hablado con un agente inmobiliario de Framlingham —expliqué—. Frank quería averiguar cuánto podría sacar por la casa y les dijo que tenía una propiedad a punto de salir al mercado. También les contó por qué.

Mientras me lo inventaba pensaba en lo poco verosímil que sonaba. Pero Martin me creyó y no me pareció indignado.

—Susan, me gustaría saber qué está insinuando exactamente.

No supe muy bien qué decir.

—¿Por qué me mintieron? —pregunté.

—Pues, para empezar, porque no era asunto suyo. En eso Joanne tiene razón. Y, aunque me parece bastante burdo por su parte insinuar lo contrario, lo que le dijimos en realidad no dista mucho de la verdad. Frank quería el dinero para montar una empresa y pensó en nosotros como posibles inversores. No nos hizo mucha gracia la idea. Nos encanta esta casa. Joanne vive aquí desde pequeña. Pero hablamos con nuestro abogado y nos dijo que no había nada que hacer, así que nos resignamos. —Se encogió de hombros—. Y entonces Frank murió.

—Nosotros no tuvimos nada que ver —añadió Joanne innecesariamente; decirlo daba a entender que sí tenían algo que ver.

—Ha dicho que había dos cosas —señaló Martin.

—¿Qué haces? —le dijo Joanne a su marido, mirándolo con exasperación.

—No tenemos nada que ocultar. Si Susan tiene preguntas, creo que lo más correcto y adecuado es responderlas. —Me sonrió—. ¿Y bien?

—Me dijeron que Frank Parris se quejó de la boda de Branlow Hall. La carpa le tapaba las vistas.

—Creo que lo recuerdo.

—Bueno, pues no encaja. Vino aquí el viernes a primera hora de la mañana y la carpa llegó a la hora de la comida. —Eso era lo que me habían dicho Aiden MacNeil y Lawrence Treherne. Era como si esa información se me hubiera quedado grabada en la conciencia, como si fuera un fallo en un primer borrador. Quería una respuesta—. Me pregunto cómo es posible —añadí.

Martin Williams ni se inmutó.

—No lo sé. —Se quedó pensativo un momento—. A lo mejor Frank se equivocó.

—No es posible que le tapara las vistas una cosa que no estaba allí.

—Pues a lo mejor nos mintió.

—O a lo mejor fue usted al hotel por la tarde y vio la carpa entonces —insinué.

—Pero, Susan, ¿para qué iba a ir yo al hotel? Y, si hubiera ido, ¿por qué no iba a decírselo?

—Esto es absurdo —insistió Joanne—. No sé qué hacemos hablando con esta mujer...

—A lo mejor está insinuando que yo maté a mi cuñado porque no quería vender la casa —prosiguió Martin.

Me miró y percibí en sus ojos algo que no había visto antes. Una especie de amenaza que me perturbó bastante. Y esa sensación espeluznante se veía acrecentada estando en esa cocina tan agradable, con su conjunto de fogones y horno de estilo tradicional, sus ollas y sartenes colgando y sus jarrones con flores secas. Era una escena muy cotidiana y Martin estaba tan tranquilo, con su ropa de trabajo harapienta, pero me desafiaba con la mirada. Miré a Joanne y supe que ella también se había dado cuenta. Estaba preocupada por mí.

—Para nada, yo no he dicho eso —repuse.

—Entonces, si no hay más preguntas, me parece que Joanne tiene razón y que es mejor que se vaya.

Ninguno hizo amago de moverse. Me puse de pie, casi sin aliento.

—No hace falta que me acompañen —dije.

—Ya. No venga más por aquí.

—Esto no va a quedar así, Martin. —No iba a dejarme intimidar—. La verdad saldrá a la luz.

—Adiós, Susan.

Me fui. Lo estaba deseando, todo sea dicho.

«Yo maté a mi cuñado porque no quería vender la casa». ¿Acababa de confesar Martin que había asesinado a Frank Parris? Lo cierto era que lo había descrito tal y como yo me lo había imaginado. Teniendo en cuenta mis averiguaciones hasta el momento, y suponiendo que Stefan Codrescu fuera inocente, nadie más tenía un móvil para matar a Frank Parris. En el hotel ni siquiera sabían quién era. Pero Martin y Joanne tenían sus razones y se habían esmerado en ocultármelas. Es más, él mintió sobre lo de la carpa y cuando le planté cara ni siquiera se molestó en inventarse una explicación lógica. Él y su mujer me habían amenazado varias veces. Parecía que querían que yo supiera que fueron ellos.

Me metí en el coche y conduje sin prisa hacia la salida de Westleton rumbo a mi siguiente destino, una casa que estaba como a un kilómetro y medio, The Brambles. Era la típica casita de campo rosa de Suffolk y parecía que llevaba allí toda la vida, ahí sola al lado de una granja separada por un bajo vallado de madera.

Era justo como me había imaginado el hogar de Derek Endicott, el encargado del turno de noche. Me había dicho que vivía cerca de Westleton y antes de irme del hotel le pedí la dirección a Inga. Por esa casa seguramente habían pasado varias generaciones de la misma familia. Lo intuí por la antena de televisión anticuada del tejado, porque conservaba el baño exterior de una pieza y sin modificar, y por el polvo acumulado en las ventanas desde tiempos inmemoriales. El timbre puede que fuera de los años sesenta. Cuando llamé, sonó una melodía.

Tardaron una eternidad en abrir. Me recibió una señora muy mayor apoyada en un andador; llevaba un vestido de flores suelto que más bien era una bata. Tenía el pelo gris y enredado y usaba audífonos. Lawrence me había dicho que la madre de Derek estaba enferma, pero he de decir que a primera vista parecía muy vivaracha y despierta.

—¿Sí? —dijo con voz tensa y aguda; me recordó un poco a su hijo.

—¿Es usted la señora Endicott?

—Sí. ¿Y usted quién es?

—Soy Susan Ryeland. Vengo de Branlow Hall.

—¿Viene por Derek? Está en la cama.

—Puedo venir más tarde.

—No. Pase, pase. Seguro que lo ha despertado el timbre. Además, ya es casi su hora de comer.

La señora se dio la vuelta y se ayudó del andador para entrar en la única estancia que había, que ocupaba prácticamente toda la planta. Era una mezcla sin orden ni concierto de cocina y sala de estar. Los muebles eran antiguos, pero no en el buen sentido de la palabra. El sofá estaba hundido, la mesa de roble estaba rayada y el equipamiento de la cocina había quedado anticuado. El único rastro del siglo XXI era un televisor panorámico totalmente inestable sobre un feo soporte de madera de imitación.

Y aun así resultaba acogedor. No pude evitar fijarme en que había dos de todo: dos cojines en el sofá, dos sillones, dos sillas de madera en la mesa y dos fogones.

La señora Endicott se sentó con esfuerzo en uno de los sillones.

—¿Quién me ha dicho que era?

—Susan Ryeland. Señora Endicott...

—Llámame Gwyneth.

En el libro de Alan Conway era Phyllis, pero ya me había dado cuenta de que ambas mujeres prácticamente no tenían nada en común. ¿Habría estado Alan aquí? Lo dudaba.

—¿Iba a comer? No quiero molestarla.

—Hija, no molestas. Es solo una crema y pastel de carne. ¿Quieres quedarte? —Hizo una pausa para recobrar el aliento y noté que resollaba mientras el aire le bajaba por la garganta. A su vez, se agachó y entonces descubrí una botella de oxígeno al lado del sillón. Se llevó la mascarilla a la boca y respiró varias veces—. Tengo enfisema —me dijo cuando terminó—. Yo me lo busqué, tonta de mí. Me fumaba treinta cigarros al día y al final me ha pasado factura. ¿Tú fumas, niña?

—Sí —admití.

—No deberías.

—Mamá, ¿quién es?

Oí a Derek antes de verlo. Abrió la puerta y entró. Iba en pantalón de chándal y con una camiseta que le quedaba un poco pequeña. Como era normal, se sorprendió al verme allí sentada, pero no parecía indignado, como Joanne Williams.

—¡Señora Ryeland!

Me asombró mucho que se acordara de mi nombre.

—Hola, Derek —dije yo.

—¿Alguna novedad?

—¿Sobre Cecily? Me temo que no.

—La señora Ryeland está ayudando a la policía a buscar a Cecily —le explicó a su madre.

—Es terrible —repuso Gwyneth—. Con lo agradable que es esa chica. ¡Y es madre! Espero que aparezca.

—Por eso estoy aquí, Derek. ¿Le importaría responder a un par de preguntas más?

Él se sentó a la mesa. Había solo el espacio justo para su tripa.

—Yo, encantado de ayudar.

—Verá, es por una cosa que me dijo cuando nos vimos en el hotel. —Hablé con cuidado para ponérselo fácil—. Cecily había leído un libro que la dejó afectada. Y hace un par de semanas, un martes sobre esta hora, llamó al sur de Francia para contárselo a sus padres, que viven allí. Les dijo que había leído una cosa en el libro que insinuaba que a lo mejor no fue Stefan Codrescu quien mató a Frank Parris.

—Me caía bien Stefan —dijo Derek.

—¿Lo conozco? —preguntó Gwyneth.

—No, mamá. No ha estado nunca en casa.

—Cuando hablamos de Cecily, me dijo que cuando hizo esa llamada supo que algo iba mal, que estaba muy alterada. ¿Se refería a la misma llamada que digo yo, la de sus padres?

Tuvo que pararse a pensar para desentrañar lo que recordaba de los hechos y también las posibles repercusiones para él.

—Sí que llamó a sus padres —dijo por fin—. Ella estaba en la oficina y yo en la recepción. Pero no la escuché. Es decir, no es que fuera mi intención.

—Pero sabía que estaba alterada.

—Dijo que no había sido él. Que todos se habían equivocado. La puerta no cierra bien y se oía un poco por la rendija.

—¿Por qué estaba en el hotel, Derek? Era mediodía. Pensaba que solo trabaja por las noches.

—A veces cambio el turno con Lars, cuando mi madre tiene una semana mala. El señor Treherne es siempre muy bueno. No me gusta dejarla sola toda la noche.

—Por el enfisema —me recordó Gwyneth, que le dedicó una sonrisa a su hijo—. Se preocupa por mí.

—O sea que estuvo allí por la mañana. ¿Había alguien cerca cuando Cecily hizo la llamada?

Él apretó los labios.

—Pues los huéspedes. Había mucho movimiento en el hotel.

—¿Vio a Aiden MacNeil? ¿O a Lisa?

—No —contestó, meneando la cabeza; entonces le brillaron los ojos—. ¡La niñera!

—¿Eloise?

—Estaba buscando a Cecily y le dije que se encontraba en la oficina.

—¿Entró?

—No. La vio hablando por teléfono y no quiso que la molestara. Me pidió que le dijera que estaba buscándola y se fue.

—¿Se lo dijo?

—No. Cuando terminó de hablar, salió de la oficina y se fue, pero no sé adónde. Sí que estaba alterada. Creo que había llorado. —Agachó la cabeza al decir eso, como si se sintiera culpable.

—¿Se lo contaste a la policía? —dijo Gwyneth.

—No, mamá. No me preguntaron.

Empecé a sentirme incómoda encerrada en esa habitación tan pequeña con la madre impedida y el hijo. Pensé en Alan Conway y me dio un arrebato de ira; el muy manipulador los había caricaturizado en su libro, y para colmo yo había sido su cómplice y lo sabía. Tendría que haber sido más crítica con Derek Chandler, con su pie zambo y su depravación infantiloide, pero seguí adelante con la publicación. Y no tuve ninguna queja cuando el libro se convirtió en un superventas.

Tenía que preguntarle otra cosa, pero no es que me apeteciera especialmente.

—Derek —dije—, ¿por qué estaba alterado la víspera de la boda?

—No estaba alterado. Hubo una fiesta para el personal. Yo no fui, pero parecía que todo el mundo se lo estaba pasando bien, y yo me alegré.

Eso no fue lo que me dijo Lawrence Treherne. En su extensa declaración escrita decía que Derek estaba de un humor raro, como si «hubiese visto un fantasma».

—¿Vio a alguien conocido en el hotel?

—No. —Estaba asustado. Y era consciente de que yo lo sabía.

—¿Seguro?

—No me acuerdo...

Intenté ser lo más delicada que pude.

—A lo mejor se le ha olvidado. Usted conocía a George Saunders, ¿no? El hombre que pidió que lo cambiaran de habitación y le dieron la 16. Era el director de su colegio, Bromeswell Grove.

Me había llevado una hora dar con la información que necesitaba en internet. Hay muchísimas páginas web específicas para encontrar a antiguos compañeros de colegio: Classmates.com, SchoolMates... Bromeswell Grove también tenía su propio foro, y muy activo. Me resultaba curioso que un director de colegio jubilado hubiera reservado la habitación donde mataron a Frank Parris y, casi por capricho, me dio por indagar si tenía algo que ver con algún miembro del personal o alguno de los huéspedes que estuvo en Branlow Hall mientras se celebraba la boda. De repente vi el nombre de Derek en la pantalla.

Leí las publicaciones, que cotejé con las de Facebook, y para mí fue evidente que de pequeño lo acosaron en el colegio («gordo», «mongolo», «pajillero»...), incluso seguían troleándolo años después en internet. Saunders tampoco se libraba: abusón, cabrón, pedófilo, pedante... Sus antiguos alumnos no veían el momento de que se muriese.

Alan Conway decía que internet era lo peor que le había pasado a la novela policiaca; entre otras cosas, por eso ambientaba sus historias en la década de los cincuenta. Tengo que darle la razón. No debe de ser fácil conseguir que tu inspector parezca inteligente cuando cualquier persona tiene acceso en cualquier momento a toda la información del mundo. En lo que a mí respecta, yo no estaba intentando parecer inteligente. Simplemente quería averiguar qué había pasado en realidad. Pero tengo claro que Atticus Pünd habría reprobado mis métodos.

—¿Por qué mencionas a George Saunders? —preguntó Gwyneth—. Ese hombre era mala gente.

—Lo vio en el hotel. —Seguía dirigiéndome a Derek, que asintió, desconsolado—. ¿Él lo vio a usted?

—Sí.

—¿Le dijo algo?

—No me reconoció.

—Pero usted a él sí.

—Claro.

—Ese hombre era mala gente —repitió Gwyneth—. Derek nunca se portaba mal, pero los otros críos hicieron pandilla y la tomaron con él, y Saunders jamás movió un dedo. —Se quedó sin aliento y tuvo que echar mano otra vez de la botella de oxígeno; de no ser así, habría seguido.

—Se metía siempre conmigo. —Derek lo retomó donde su madre lo había dejado. Tenía los ojos llorosos—. Se burlaba de mí delante de toda la clase. Me decía que era un inútil, que no tenía futuro. Es verdad. Nunca se me ha dado bien, el colegio y esas cosas. Pero me dijo que jamás iba a ser bueno en nada. —Bajó los ojos—. A lo mejor tenía razón.

Me puse de pie. Me sentía abochornada por haberme presentado allí así, como si fuera una más entre tanto trol y abusón.

—Eso no es así, Derek —repuse—. Los Treherne lo tienen en un pedestal. Lo consideran parte de la familia. Y me parece maravilloso que cuide de su madre.

¡Dios, no podía sonar más condescendiente! Me excusé y me fui lo más rápido que pude.

Ya en el coche, estuve pensando en lo que había averiguado. No paraba de darle vueltas a una cosa. George Saunders no le gustaba prácticamente a ninguno de los estudiantes que habían pasado por Bromeswell Grove. Todos le deseaban la muerte. Su mera visión bastó para dejar a Derek Endicott hecho un despojo balbuceante.

Y, sin embargo, el que murió fue Frank Parris.

Katie

Había llamado a mi hermana para avisarla de que iba a ir, pero por una vez no me apetecía verla.

Al llegar a Three Chimneys aparqué y la vi en el jardín entretenida, con las manos enguantadas y unas tijeras de podar, cortando rosas o caléndulas o lo que fuera con el fin de mejorar una casa que ya era perfecta. Quería a Katie. Mucho. Es la única constante en mi azarosa vida, aunque a veces ni siquiera tengo claro que la conozca de verdad.

—¡Hola! —me saludó animadamente—. Espero que no te importe que aprovechemos las sobras. Tengo muchas, me temo. Quiche del Honey + Harvey de Melton y ensalada improvisada.

—No te preocupes.

Me llevó a la cocina. La mesa ya estaba lista y sacó de la nevera una jarra de limonada casera. Su receta consistía en triturar los limones enteros con azúcar y agua. Por supuesto, está mucho más buena que la de lata o botella. Había calentado la quiche en el horno. Las servilletas eran de tela, con sus correspondientes servilleteros de metal. ¿Aún hay gente que hace eso? ¿Qué tiene de malo usar papel de cocina?

—Bueno, ¿cómo va todo? —me preguntó—. Deduzco que la policía todavía no ha encontrado a Cecily Treherne.

—Y no sé si van a encontrarla.

—¿Tú crees que la han matado?

Asentí.

—La última vez que viniste —prosiguió ella— no fue eso lo que me dijiste. Creías que a lo mejor había tenido un accidente, que se había caído al río o algo así. —Pensó en lo que yo acababa de decirle—. Si la mataron, entiendo que estaba en lo cierto cuando dijo que el tal Stefan era inocente, ¿no?

—Sí, básicamente.

—¿Y por qué has cambiado de opinión entonces?

Buena pregunta. En ese momento estaba muy despistada, y nunca mejor dicho, porque no tenía ninguna pista. Había hablado con varias personas y tenía muchísimas notas, pero nadie se había ido de la lengua; nadie había dicho ni hecho nada que lo incriminara manifiestamente. En realidad, lo único que tenía era intuiciones vagas. Esta era mi lista de sospechosos en orden de probabilidad:

1. Eloise Radmani
2. Lisa Treherne
3. Derek Endicott
4. Aiden MacNeil
5. Lionel Corby

Eloise y Derek estaban presentes durante la fatídica llamada telefónica. Lisa Treherne tenía unos celos exacerbados de Cecily y además Stefan la había rechazado. Aiden era el marido de Cecily y, a pesar de las apariencias, seguía siendo el principal sospechoso. Lionel era el que menos, pero cuando lo conocí no me cayó bien y algo había en él que despertaba recelo.

¿Y adónde me llevaba todo eso exactamente?

En *Atticus Pünd acepta el caso*, las dos muertes tienen causas muy distintas y, cómo no, al final resulta que hay dos asesinos. Estaba casi segura de que era todo mucho más fácil, de que a Cecily la habían quitado de en medio justo por lo que me habían contado sus padres. Sabía demasiado. Hizo la llamada desde un lugar público y la oyeron.

Supo quién mató a Frank Parris tras leer el libro. Yo también lo había leído, pero, por alguna razón, a mí se me pasó lo que descubrió ella. Estaba empezando a darme cuenta de que tendría que haber preguntado más sobre Cecily, sobre lo que le gustaba y lo que no, sus preocupaciones; me habría hecho una idea mejor de qué podría haber hecho mella en ella.

—Tengo un presentimiento —le dije a Katie en respuesta a su pregunta—. En cualquier caso, solo dispongo de hoy y mañana. Lisa Treherne me ha pedido que me vaya.

—¿Por?

—Cree que le estoy haciendo perder el tiempo.

—O a lo mejor piensa que sabes demasiado.

—También me lo he planteado.

—Si quieres, puedes quedarte aquí.

Me pareció buena idea. Quería estar cerca de Katie. Pero, habida cuenta de la conversación que estábamos a punto de tener, no iba a ser posible.

—Katie —dije—, tú sabes que te quiero mucho. Creo que tenemos una buena relación.

—Sí. —Me sonrió, pero con miedo. Intuía lo que se avecinaba.

—¿Por qué no me has contado lo de Gordon? —pregunté.

Ella intentó encarar el tema con desparpajo.

—¿Qué pasa con él?

—Sé lo de Adam Wilcox —repuse.

Esas cinco palabras bastaron para que se viniera abajo. Pero nada de drama: ni lágrimas, ni cabreo, ni gritos. Simplemente, la burbuja (las flores, la ensalada exótica, la limonada casera, la quiche comprada en una cafetería chic de Melton) explotó en un segundo y dejó al descubierto que todo aquello no era más que pura apariencia y que una tristeza desesperada llevaba tiempo acechándola. Me habría percatado antes de no haber estado tan obsesionada con toda esa gente que me era totalmente ajena. Sí, me habían llamado la atención los arbustos muertos, las erratas del correo electrónico que me mandó, el hecho de que Jack fumara y tuviera moto..., pero había rehuido cualquier conexión emocional. Para mí eran pistas de un crimen secundario; tenía que resolverlo, pero sin implicarme.

Y entonces Sajid Khan tuvo un lapsus. Hacia el final de nuestro encuentro, comentó que había hablado con Katie y que le había recomendado a un tal Wilcox. Acto seguido se dio cuenta de su error e intentó disimular, pero yo sabía que algo pasaba. ¿Por qué querría mi hermana hablar con un abogado? Internet, cómo no, me ayudó de nuevo. Primero busqué «Wilcox Londres Abogados». Era un nombre no muy común y tuve suerte. En la primera búsqueda di con varios candidatos posibles. Descarté enseguida a Jerome Wilcox (atención al consumidor), Paul Wilcox (propiedad intelectual) y alguno más. Luego tuve la genial idea de probar con «Wilcox Ipswich Abogados». Adam Wilcox apareció en la primera página. Estaba especializado en divorcios.

—¿Te lo ha contado Gordon? —preguntó Katie.

—Hace tiempo que no hablo con él —contesté.

—Y yo. —Amagó una sonrisa, pero eso ya no valía—. Es un rollo, por eso no te dije nada —añadió—. Con todo lo que te he contado a lo largo de los años, pensé que me tacharías de pretenciosa y estúpida y que me dirías que me lo había buscado.

Le cogí la mano.

—Yo jamás pensaría eso de ti —le aseguré—. En la vida.

—Lo siento. —Las lágrimas empezaron a asomar. Cogió su servilleta y se enjugó los ojos—. No quería decir eso. Me he pasado.

—Cuéntame qué ha ocurrido.

Ella suspiró.

—Gordon está liado con su secretaria. Se llama Naomi y tiene veinte años menos que él. Me parece inaudito.

—Qué grotesco —dije.

—Lo es. —Ya no estaba llorando. Se había disgustado porque creía que había sido desconsiderada conmigo, pero hablar de Gordon simplemente la enfurecía—. Me ha dicho que me quiere y que adora a los niños, que no desea cargarse la familia, pero que no era feliz y que con ella se siente joven, que tenemos que empezar de cero y mierdas de esas. Qué patético es, pero en parte es culpa mía. Maldita la hora en que acepté que viviera en Londres entre semana y en Woodbridge los sábados y los domingos. Era de prever que acabaría mal.

—¿Todo esto cuándo ha pasado? —pregunté.

—Hace como dos años, justo al poco de irte a Creta. Gordon me dijo que estaba quemado de tanto viaje y que quería alquilar un apartamento de una habitación cerca del banco. Y yo, que soy tonta, voy y acepto. Al principio se quedaba una o dos noches. Y luego empezó a venir solo los fines de semana. Y aun así se las ingeniaba para saltarse alguno. Congresos, viajes, golf con el jefe... Pero cómo no me di cuenta, por Dios. Más claro no podía estar.

—¿Cómo te enteraste?

—Por un mensaje. Le sonó el teléfono a las tantas de la noche y lo vi fugazmente antes de que lo ocultara el salvapantallas. Me da la sensación de que la dulce Naomi lo hizo aposta. Quería que yo me enterase. Vamos, estoy convencida.

—¿Por qué no me lo contaste?

—¿Y mandarte un mensaje a Creta? ¿De qué habría servido eso?

—Estuve en tu casa hace unos días...

—Perdona, Sue. Tendría que habértelo contado. Era mi intención. Pero es que en parte me moría de vergüenza, aunque vaya tontería, no tengo nada de lo que avergonzarme. Y encima yo siempre te machaco con Andreas y con que tienes que poner tu vida en orden, y creo que me daba miedo admitir que mi propia vida se estaba desmoronando.

—Yo siempre estoy para ti.

—Lo sé. Pero no me regañes que no quiero llorar más. Sabía que te acabarías enterando antes o después y me daba pánico.

Tenía que preguntárselo.

—Entiendo que Jack y Daisy lo saben.

Ella asintió.

—Tuve que decírselo. Se lo han tomado fatal. Daisy no le dirige la palabra. Está muy indignada. Y Jack... Ya lo has visto. Yo intento poner buena cara. Le he dicho que sigue siendo su padre, que es la crisis de los cuarenta, lo típico. Pero he de confesar que una parte de mí se alegra de que estén en su contra. Es un cabrón y un egoísta y lo ha echado todo a perder.

Había más. Lo presentía.

—Se ha gastado mucho dinero en Naomi. Y encima el banco va de mal en peor y se ha quedado sin trabajo. Tampoco es que le importe ahora mismo. Está en su nidito de amor de Willesden y el mundo le sonríe. Vamos a tener que vender la casa. Si pudiera, le compraba su parte, pero no tengo dinero, así que a medias. De las finanzas mejor ni te hablo. Qué desastre.

—¿Dónde vas a vivir?

—Todavía no lo sé. En un sitio más pequeño. Pondremos Three Chimneys a la venta la semana que viene. —Se levantó de la mesa y puso agua a hervir. Necesitaba darme la espalda un segundo—. Me alegro de que ya lo sepas —añadió, aún sin mirarme.

—Katie, lo siento mucho. Pero yo también me alegro. Se supone que tenemos confianza mutua.

—¡Veinticinco años! Me parece increíble lo fácil que es que todo se venga abajo.

Estaba ahí plantada esperando a que hirviera el agua. Ambas nos quedamos calladas. Luego volvió a la mesa con sendas tazas de café. Se sentó enfrente de mí y estuvimos así un momento.

—¿Vas a quedarte en Woodbridge? —pregunté.

—Si puedo, sí. Mis amigos están aquí. Y me han dicho en Greenways que si quiero puedo trabajar a tiempo completo. ¡Quién me iba a decir que iba a trabajar a tiempo completo otra vez a las puertas de los cincuenta! —Miró su café solo—. No es justo, Sue. No lo es.

—Ojalá pudiera ayudarte.

—Ya me ayuda saber que puedo contar contigo. Se me pasará. Seguro que esta casa vale un pico. Y tengo ahorros. Los niños de aquí a nada se las apañarán solos...

Estuvimos charlando un poco más. Le prometí que iría a verla antes de irme de Suffolk y le dije que si me necesitaba no tenía más que llamarme por teléfono. Y sé que no estuvo bien por mi parte, pero me tiré todo el rato pensando en Andreas y arrepintiéndome de cuando discutimos en Creta, del mensaje que le escribí y de haber ido a Branlow Hall.

Esa misma tarde lo llamé otra vez, pero fue en vano. Seguía sin dar señales de vida.

La lechuza

Cuando llegué al hotel eran las tres y lo único que quería era subir a mi habitación, tumbarme en la cama con un pañuelo húmedo en los ojos y no pensar en Frank Parris ni en Cecily Treherne. Lisa me había dado hasta las doce del día siguiente para llegar a alguna solución, pero no había avanzado nada. Me sentía como drogada después de ver a Katie. Me tenía preocupada. Y hablando con ella de mi supuesta investigación me había dado cuenta de que no había averiguado casi nada.

Pero cuando fui a recepción a coger la llave oí que me llamaban. Me di la vuelta y me topé con la cara de la última persona a la que esperaba encontrarme. Melissa, la exmujer de Alan Conway, estaba ahí plantada con una sonrisilla en la cara que decía que sabía que me iba a sorprender, y no que era ella la sorprendida o que hasta se alegraba de verme. Ya hacía dos años que nos conocimos de pasada en su casa de Bradford-on-Avon, pero estaba igual: pelo castaño corto, pómulos marcados y una elegancia que rayaba en lo austero.

—No se acuerda de mí —dijo.

Caí en la cuenta de que la estaba mirando fijamente.

—Claro que me acuerdo, Melissa —repuse—. Es que me sorprende verla aquí. ¿Qué hace en Woodbridge?

—Viví aquí. Cuando me fui de Orford, alquilé una casita de campo en la finca de Branlow Hall.

—Sí. Algo he oído.

—Hice muchas amistades. Aiden MacNeil me ayudó. Pasé una época muy mala después de divorciarme. Cuando leí que Cecily había desaparecido, pensé en acercarme para dar apoyo. Sabe que Aiden está muy molesto con usted, ¿no?

—Lo siento.

—Cree que le tiene manía. —No dije nada, así que prosiguió—: Debo volver a Bradford esta noche, pero quería hablar con usted. ¿Le da tiempo a tomar un té?

—Claro. Me apetece.

Mentira. Y como es obvio tampoco tenía ganas de sentarme delante de Melissa para que me acusara. Pero tenía que hablar con ella. Estuvo en el hotel el jueves previo a la boda, y no de muy buen humor, según Lionel Corby, que la vio en el spa. Y si bien ella y Alan Conway ya estaban separados cuando se publicó *Atticus Pünd acepta el caso*, era la que mejor lo conocía. Habían estado casados ocho años y fue Melissa quien lo animó a escribir novelas de suspense. Me resultó curioso que hubiera hecho buenas migas con Aiden MacNeil. Pensaba que el único vínculo entre la muerte de Frank Parris y la desaparición de Cecily Treherne era el libro de Alan. Pero acababa de darme cuenta de que ella era otro.

Fuimos al salón. Habría preferido que nos sentáramos fuera para poder fumar, pero marcó ella el camino. Nos sentamos.

—Entonces ¿ha visto a Aiden? —pregunté.

—Acabamos de comer juntos en mi casa. He venido al hotel con la esperanza de verla. —Apareció el camarero. Yo pedí agua mineral y Melissa se pidió un café—. Ya sabe que está muy enamorado de su mujer —prosiguió cuando nos quedamos solas—. Los vi juntos antes de que se casaran y doy fe. La adora.

—¿La invitaron a la boda?

—No.

Entonces, no estaban tan unidos. Melissa me leyó la mente.

—Estaba más unida a Aiden que a Cecily. Él me enseñó

Oaklands y cuando me mudé se cercioró de que todo estuviera bien. Le conté lo de Alan y digamos que me acogió bajo su ala. Me gestionó el pase gratuito para el spa y cené con él un par de veces.

—Entonces ¿en qué medida lo conocía? —pregunté.

—¿Está insinuando lo que yo creo? Su problema es que siempre ha sido muy directa, Susan, y así hiere los sentimientos ajenos. —Esbozó una media sonrisa—. Aiden y yo no estábamos saliendo. Tampoco nos acostábamos. ¡Por Dios, si lo conocí semanas antes de que se casara! Y él no era de esos. Nunca intentó nada.

—No me refería a eso —repuse, aunque era evidente que eso era exactamente lo que se me había pasado por la cabeza.

—Podría contar con los dedos de una mano las veces que lo vi. Y, para que conste, cuando cené con él Cecily también estaba presente.

—¿Qué opinión le merece ella?

—Me pareció muy agradable, aunque casi no habló. Supongo que estaba nerviosa por la boda. Había discutido con su hermana y a lo mejor estaba desconcertada.

—¿Sabe por qué discutieron?

—No tengo ni idea. No sé yo si se tenían mucho aprecio. —Hizo una pausa—. El caso es que creo recordar que salió el nombre de Stefan en la conversación. Es al que acusaron del asesinato, ¿no? Cecily estaba enfadada porque Lisa lo había despedido.

—¿Veía mucho a Stefan?

—Lo vi una vez. Estuvo en Oaklands desatascando un desagüe. Le di cinco libras de propina. —El camarero apareció con una bandeja y ella esperó a que se fuera—. La verdad es que cuando llegué aquí no me percaté muy bien de lo que pasaba —prosiguió—. Le recuerdo que estaba pasando por un mal momento. Mi marido y padre de mi hijo acababa de decirme que era gay y que quería divorciarse. Habíamos vendido la casa de Orford. No tenía ni idea de dónde íbamos a vivir Freddy y yo.

Se refería a su hijo, que por entonces contaba doce años.

—¿Freddy se quedó con usted en la casa de campo?

—Por temporadas. Por eso la alquilé. Acababa de empezar en Woodbridge y yo quería estar cerca.

—¿Dónde está ahora?

—En la escuela de arte Saint Martin.

Me acordé de que cuando Melissa y yo nos conocimos el hijo acababa de solicitar plaza.

—Me alegro de que entrara —dije.

—Yo también. Creo que Alan fue muy cruel con Freddy. No tengo ningún problema con que los gais salgan del armario. Y tampoco me importó que eso se cargara nuestra relación. A ver, no es plato de buen gusto, pero procuré no echarle la culpa. No tiene sentido ocultar tu identidad sexual. Pero con Freddy era distinto. Tenía doce años, había cambiado de colegio y de repente la prensa no paraba de hablar de que su famoso padre era gay. He de decir que el personal y los profesores de Woodbridge se portaron de maravilla, pero aun así fue víctima de burlas e intimidaciones. Ya sabe cómo son los críos. Alan no lo apoyó en ningún momento. Por entonces ya conocía a James y se había mudado a Abbey Grange. Lo único que sabíamos de él era que todos los meses nos mandaba un cheque.

—¿Freddy se quedó con él alguna vez?

—No quería. Yo intenté tender puentes entre ellos. Me pareció que era lo más sensato, pero fue una pérdida de tiempo. Freddy no quería saber nada de él.

Yo daba fe de eso. Dos años antes, cuando se celebró el funeral de su padre en Framlingham, Freddy fue a regañadientes. Ni rastro de emoción más allá de sus ganas de irse en cuanto pudiera.

—Me parece insólito que el fin de semana que mataron a Frank Parris usted estuviera aquí, en el hotel —comenté.

—¿Quién le ha dicho eso?

—Lionel Corby. —No se acordaba de quién era, así que le refresqué la memoria—. El encargado del spa.

—Ah. El australiano, ¿no? Leo. Sí, era mi entrenador.

—¿Leo?

—Yo siempre lo llamaba así.

—¿Alguien más lo llamaba así? —Hasta ese momento no se me había pasado por la cabeza.

—No lo sé, la verdad —contestó Melissa, encogiéndose de hombros—. ¿Por? ¿Es relevante?

No contesté a eso.

—Me contó que estaba molesta por algo —dije.

—¿Cuándo?

—El jueves.

—La verdad, Susan, no me acuerdo. Fue hace mucho tiempo. Seguro que no era nada. Leo podía ser bastante molesto. Muy pagado de sí mismo. A lo mejor me dijo algo que me enfadó.

Era cierto. Yo había pensado lo mismo cuando lo vi en Londres. Aun así, tenía la sensación de que no me lo estaba diciendo todo.

—¿Conocía a Frank Parris? —pregunté.

—Sí.

—¿Personalmente?

—Lo había visto en fotos en *Campaign* y Alan me había hablado de él.

—Llegó al hotel el mismo jueves.

—Sí. —Suspiró—. Vale. No me hizo ninguna gracia. Lo vi en la recepción camino del spa. Puede que estuviera de mal humor por eso. —Se inclinó hacia mí. Había otras dos personas en el salón y no quería que la oyeran—. Mire, le he hablado sin tapujos de mi relación con Alan. Estábamos casados, pero él era gay y nos divorciamos. Lo que quiero decir es que las cosas podrían haber ido por otro derroteros, pero Frank Parris hizo las veces de portero, por así decirlo. Cogió a Alan de la mano y le abrió las puertas a un mundo completamente nuevo, al ambiente gay de Londres. Frank no era su tipo, pero se acostaron. A Alan siempre le habían gustado jóvenes, pero digamos que Frank también le abrió las puertas en ese sentido. Lo llevó a clubes y lo ayudó a buscar chavales para acostarse con ellos por dinero; casi adolescentes. ¡En menudas cosas se metía...! Ojo, yo me considero bastante liberal, pero en el fondo prefería no saber.

—¿Se lo contó él?

—Se fue un poco de la lengua una vez que estaba ebrio.

—O sea que usted le echa la culpa a Frank Parris.

—Si insinúa que yo lo maté a martillazos por eso, no llegué hasta ese punto. Vamos a dejarlo en que no lloré cuando me enteré de lo que había pasado.

Muy a mi pesar, Melissa me estaba cayendo simpática. Y eso que cuando me abordó en la recepción me había parecido hostil y prejuiciosa. Tampoco se me olvidaba que estuvo con Andreas en el pasado, aunque he de decir que fue antes de que yo lo conociera. Sin embargo, cuanto más hablaba, más atenta e inteligente me parecía. Atticus Pünd era creación suya tanto como de Alan. En otra vida habríamos sido amigas.

—¿Sabes que Alan le dedicó el libro a Frank Parris? —dije.

—¿*Atticus Pünd acepta el caso*? No, la verdad es que no. No lo he leído.

—Por eso estoy aquí, Melissa.

—Lo sé. Me lo ha dicho Aiden. Alan estuvo en el hotel seis semanas después del asesinato, preguntando sin parar. Y luego lo usó todo para crear su nuevo argumento. —Meneó la cabeza—. Qué típico de él. Era muy cabrón cuando quería, que era casi siempre, ahora que lo pienso.

—¿Lo vio cuando estuvo aquí?

—No. Estaba fuera, gracias a Dios. No me habría gustado toparme con él. Y menos por entonces.

—En el libro sale mucha gente que trabajaba aquí. Lawrence y Pauline Treherne, Derek Endicott, Aiden. La protagonista se llama Melissa. A lo mejor se inspiró en usted.

—¿Qué pasa con ella?

—Muere estrangulada.

—Por qué no me sorprende... —dijo riendo—. Siempre está con sus jueguecitos. Hizo lo mismo con *Atticus Pünd investiga* y con *No hay descanso para los malvados*. Y con *Sangre de urraca*, claro. —Me miró fijamente a los ojos y me preguntó—: ¿Puso a Aiden de asesino?

—No.

—No lo es. Hágame caso, Susan. Eso era lo que quería decirle. Nadie me ha tratado nunca con tanta amabilidad como él cuando llegué aquí, y ya le he dicho que lo vi con Cecily. Era muy inmadura, un poco boba. Me recordó ligeramente a Dora, la de *David Copperfield*. Nunca decía nada interesante. Pero Aiden estaba todo el rato encima de ella. Creo que tengo buen ojo para calar a la gente y le digo que jamás le haría daño. Presentarse aquí y acusarlo...

—Melissa, yo no lo he acusado de nada.

—Él no piensa lo mismo.

Aquello podría haber derivado en discusión, pero justo entonces apareció Lars y se acercó a la mesa.

—Señorita Ryeland.

—¿Sí?

—¿Usted tiene un MGB rojo? —preguntó.

—Sí. —Estaba confusa y preocupada.

—Ha llamado una persona a recepción diciendo que le bloquea la salida.

Hacía media hora que había aparcado y no recordaba que hubiera ningún coche cerca.

—¿Seguro?

Él se encogió de hombros.

Yo miré a Melissa y le dije:

—Ahora vengo.

Me levanté, salí del salón y atravesé el vestíbulo circular rumbo a la entrada. Acto seguido se sucedieron varias imágenes que formaban una secuencia cuyo significado entendí posteriormente.

Mi coche seguí allí y, como yo ya sabía, no le estaba bloqueando la salida a nadie. Tendría que haberme dado la vuelta, pero seguí caminando hacia él, pues quería saber quién se había quejado.

Vi a Aiden MacNeil al otro lado de la calle, enfrente del hotel. Estaba gritando y pensé que estaba enfadado, pero entonces me di cuenta de que me estaba advirtiendo de algo que había sobre mí y que quedaba fuera de mi campo de visión.

Alcé los ojos justo a tiempo para contemplar una imagen realmente extraordinaria: una lechuza con las alas extendidas, al parecer en pleno vuelo. Tardé un microsegundo en darme cuenta de que no era una lechuza de verdad. Era la escultura de piedra que había justo en medio del pretil que coronaba la fachada del hotel; me fijé en ella cuando llegué. Pero no estaba volando, sino cayendo en picado...

... hacia mí.

Estaba justo debajo. Era inevitable, no me daba tiempo a apartarme. Pero entonces percibí un movimiento borroso y alguien se abalanzó sobre mí, un hombre que estaba junto a la entrada. Me rodeó con los brazos y me hincó los hombros en el pecho mientras me hacía un placaje para ponerme a salvo. Casi al mismo tiempo, la lechuza se estrelló contra el suelo y se hizo añicos. Oí el impacto y comprendí sin el menor rastro de duda que me habría matado.

Mientras caíamos, el hombre se había girado y yo acabé aterrizando encima de él. Me había protegido de la gravilla. Aiden se acercó corriendo con la cara desencajada. Oí gritos. Para mí estaba claro que había sido intencionado. Me habían tendido una trampa. La llamada, el coche bloqueando el paso... Querían hacerme salir del hotel.

El hombre que me había salvado me soltó y yo me volví hacia él. Aunque no lo había visto, ya sabía quién era. Y no me equivocaba.

Andreas.

La suite del Moonflower

Me ayudó a ponerme de pie.

—Andreas, ¿qué haces aq...? —Pero tenía un nudo en la garganta y no fui capaz de terminar la pregunta.

Nunca había sentido un alivio tan abrumador; no solo porque me había librado por los pelos, sino porque, inexplicablemente, Andreas estaba allí. Lo atraje hacia mí.

—¿Sabes?, te estás convirtiendo en todo un lastre —dijo.

—¿Qué haces tú aquí?

No le dio tiempo a responder porque justo en ese momento llegó Aiden MacNeil, con la cara desencajada. No podía saber que Andreas y yo nos conocíamos, así que a ojos de él me había salvado la vida un transeúnte que pasaba por allí.

—¿Está bien? —me preguntó.

Parecía preocupado de verdad y me sentí mal por tenerlo en el cuarto puesto de mi lista de sospechosos. Después de lo que acababa de pasar, a lo mejor lo bajaba al quinto.

Asentí. Me había raspado el brazo y el hombro con la gravilla y ya notaba el escozor. Miré la lechuza de piedra hecha añicos. El suelo estaba hundido justo donde había aterrizado.

—¡He visto a alguien en la azotea! —dijo Aiden.

—¿Qué dice? —repuso Andreas, aún abrazándome.

—No sé. Pero estoy convencido de que había alguien. Voy a subir a echar un vistazo.

Pasó por delante de nosotros y entró en el hotel.

Andreas y yo nos quedamos solos.

—¿Quién es ese? —me preguntó.

—Aiden MacNeil. Era el marido de Cecily Treherne. Está entre mis sospechosos.

—Pues creo que acaba de evitar que te maten.

—¿Qué quieres decir?

—Gritó para avisarte.

—No me ha salvado él. Me has salvado tú. —Lo agarré y le di un beso en los labios—. ¿Qué haces aquí? ¿Cómo has venido? ¿Por qué no me contestaste al correo?

Andreas me dedicó una sonrisa de esas que tan bien recordaba: ligeramente torcida y provocadora. Estaba sin peinar y sin afeitar. A lo mejor había venido directo de la playa.

—¿De verdad quieres que hablemos de eso ahora mismo? —repuso.

—No. Quiero una copa. Quiero estar a solas contigo. Quiero irme de este puto hotel. Ojalá no hubiera venido, la verdad.

—Parece que no eres la única que piensa eso —repuso Andreas, mirando hacia la azotea.

Tenía muchísimas cosas que decirle, pero volvieron a interrumpirnos. Esta vez fue Lisa Treherne, que había salido corriendo del hotel. Estaba blanca y resollaba.

—Acabo de cruzarme con Aiden —exclamó—. ¿Qué ha pasado?

—Se ha caído una estatua de la azotea —le expliqué.

—O la han tirado —intervino Andreas—. Casi mata a Susan.

Lisa lo miró con indignación, como si acabara de acusarla.

—¿Perdón? —dijo—. ¿Y usted quién es?

—Es Andreas, mi pareja —le expliqué—. Acaba de llegar de Creta.

—Aiden ha subido a la azotea —dijo Lisa—. Hay una puerta de servicio en la última planta.

—Que debería estar cerrada, supuestamente —señaló Andreas. Qué curioso. Aunque no le había contado que Lisa me había obligado a irme del hotel, me percaté de que, de forma intuitiva, le tenía cierta aversión.

—No sé si es el caso. Pero no entiendo por qué querría alguien hacerle daño a Susan.

—Pues a lo mejor porque está investigando un asesinato y una desaparición y alguien cree que sabe demasiado.

La cosa se estaba descontrolando.

—Me duele el brazo. —Le enseñé los rasguños a Lisa—. Si no le importa, me voy a la habitación.

—La aviso si Aiden averigua algo.

Andreas había tirado su bolsa de viaje cuando se lanzó a rescatarme. La cogió, me agarró del brazo y me metió en el hotel. Al franquear la puerta, caí en la cuenta de repente de que podíamos darnos de bruces con Melissa Conway, que en teoría estaba esperándome en el salón. Quise evitar una situación tan incómoda, así que lo conduje corriendo a la zona de recepción y paré un momento en el mostrador, donde estaba Inga trabajando.

—Inga, tengo visita en el salón —dije—. ¿Podría avisarla de que he tenido que subir a la habitación?

No esperé a que respondiera. Me dirigí a las escaleras aún apoyándome en Andreas.

—¿Quién es la visita? —preguntó.

—Nadie —contesté—. Nada importante.

Hasta que no se cerró la puerta y nos quedamos solos en lo que yo consideraba la suite del Moonflower, no respiré tranquila. Andreas miró alrededor y dio su beneplácito a la cama (con sábanas de algodón egipcio de quinientos hilos), el televisor de pantalla plana y el baño privado.

—Le da mil vueltas al Polydorus —dijo.

Yo no estaba de acuerdo.

—Nosotros tenemos mejores vistas.

Me senté en la cama. Andreas fue directo al minibar. Cogió una botellita de whisky y lo mezcló con un poco de agua. Luego se sentó a mi lado. Le di un sorbo y acto seguido me sentí mejor, aunque no sabía si por el alcohol o por su presencia. Entonces me di cuenta de lo alterada que estaba por lo que acababa de pasar.

—¿Cómo has venido? —pregunté—. Contesta.

—En un avión de EasyJet.

—¡Sabes que no me refiero a eso! Llevo días sin noticias de ti. Pensaba que... —Me callé. No quería contarle lo que había estado pensando.

Él me cogió la mano otra vez.

—*Agapiti mou* —dijo, y me hizo muy feliz que me hablara en griego—. Lo siento. Perdóname. Leí tu mensaje anoche. Estaba en la carpeta de spam. Dichoso ordenador...

Se me había olvidado que le iba mal. Justo antes de irme perdimos dos reservas precisamente por eso.

—Lo vi anoche —prosiguió—. Iba a llamarte, pero decidí coger el primer vuelo de la mañana. Quería que hablásemos cara a cara.

—¿Quién se ha quedado a cargo del hotel? —pregunté.

—No te preocupes por eso.

—Andreas, perdóname por mandarte ese mensaje. Y por irme de Creta.

—No. Tenías razón. —Suspiró—. Es culpa mía. He estado tan centrado en sacar adelante el Polydorus que me he olvidado de ti. Tendríamos que haber hablado hace tiempo. Ojalá me hubieras contado que no estabas bien; ojalá me hubiera dado cuenta. El Polydorus siempre ha sido mi ilusión, no la tuya, y yo te metí la idea con calzador. Quizá fui un egoísta. Pero no quiero perderte por un edificio. Puedo venderlo. Mi primo se encargaría de él. Quiero que sigamos juntos. Si eso significa volver a Londres y empezar desde cero, pues lo hacemos. Yo busco trabajo en un colegio y tú retomas la edición.

—No. No es lo que quiero. —Le apreté la mano más fuerte—. Lo que quiero es estar contigo. Con eso me basta. —No sé si fue porque me acordé de Katie o porque aún estaba conmocionada por lo que acababa de pasar, pero de repente lo vi claro—. No puedo seguir aquí, Andreas —proseguí—. Digamos que he quemado las naves que me quedaban en Londres. Vendí el piso y dudo mucho que el sector editorial me esté esperando con los brazos abiertos. La verdad es que me conformaría con trabajar en edición aunque fuera por mi cuenta. Es que los libros siempre han sido muy importantes para mí y en Creta no tengo ningún vínculo con ese mundo... Fue un cambio muy drástico.

—¿Has estado buscando trabajo?

—Quedé a comer con un amigo, pero no surgió nada. —Lo de la cena con Craig Andrews me lo callé. De ahí tampoco surgió nada, así que no tenía razones para sentirme culpable, o eso me decía para convencerme a mí misma—. Te pido perdón por haber salido corriendo.

—No tengo nada que perdonarte.

—Pensaba que te habías enfadado conmigo y que no me respondías por eso.

—No puedo enfadarme contigo. Te quiero.

Apuré el whisky. Era la primera vez que hacía uso del minibar desde que había llegado, pero en ese momento me sentí tentada de ir a por el champán. Entonces me acordé.

—¿Te ha mandado el dinero Lawrence Treherne? —pregunté.

—Aún no.

—Pues le pedí que te pagara.

—Susan, no quiero ese dinero. Y aún menos si implica que te maten.

—Bueno, creo que mi superinvestigación ha concluido —repuse—. Y puede que al final no me lleve nada. Me han despedido hoy. Lisa Treherne me ha pedido que me vaya mañana.

—¿La mujer de antes? —Sonrió—. Por eso no me ha caído bien.

—No he hecho más que perder el tiempo, y encima nos hemos gastado un dineral en vuelos y alojamiento. —Me puse de pie—. Pues nada, quédate aquí a dormir y esta noche cenamos lo más caro que haya en la carta del restaurante, que nos sale gratis. A lo mejor puedes sacarle un cheque a Lawrence Treherne y así volvemos mañana.

—¿A Creta?

—Al Polydorus.

—¿Y qué hacemos hasta la hora de la cena?

—Creo que tengo la solución.

Atravesé la habitación para correr las cortinas.

Justo a tiempo de ver a Martin Williams subirse al coche. Era evidente que no quería que lo descubrieran, porque se movía a hurtadillas. Justo esa mañana lo había acusado más o menos de asesinar a su cuñado y lo había amenazado con destaparlo tanto a él como todas sus mentiras. Y ahora allí estaba.

Me quedé mirando el coche mientras se alejaba.

Prisión de Wayland

Todo dio un giro al día siguiente. Estábamos Andreas y yo desayunando y apareció Inga con un sobre a mi nombre. En cuanto vi las señas, escritas con una letra torpe y tosca, supe enseguida de quién era, lo cual se confirmó nada más ver la hoja de rayas que había dentro: Stefan Codrescu. Lo había organizado todo para que fuera a verlo a la cárcel ese mismo día. Lo único que tenía que hacer era apuntarme en internet. Procedí y a las pocas horas Andreas y yo estábamos rumbo a Norfolk en mi MGB Roadster con la capota bajada y pisando el acelerador.

Era mi primera vez en una cárcel y la prisión de Wayland me sorprendió en todos los sentidos, empezando por su emplazamiento: estaba en un vecindario tranquilo, a unos kilómetros al norte de Thetford, y las casas parecían residencias de la tercera edad y bungalows. Pasamos por varias callejuelas estrechas y sinuosas y llegamos a un edificio exento de ladrillo rojo que recordaba a una universidad de no ser por la siniestra puerta de tres alturas (por donde suponía que entraban y salían los furgones) y por la cantidad infinita de muros y vallas. Aunque había casas alrededor, en realidad estaba en medio de la nada; no había ni autobuses ni estación de tren en veinte kilómetros a la redonda, así que si querías ir de visita tenías que coger un taxi y pagar veinte libras por trayecto. Cualquiera diría que la autoridad quería castigar tanto a los reclusos como a sus familiares.

Paré en el aparcamiento de la cárcel y Andreas y yo nos quedamos ahí un rato. Solo yo tenía autorización para entrar y casi no habíamos visto pubs ni restaurantes de camino, así que parecía que Andreas iba a tener que quedarse en el coche.

—Me sabe mal dejarte aquí —le dije.

—No pasa nada. He venido en avión desde Grecia con la esperanza de que me dejaran tirado en el aparcamiento de una cárcel de máxima seguridad.

—Si ves que no salgo, llama a emergencias.

—Voy a llamar, pero para que no te dejen salir. Bueno, no te preocupes por mí. He traído lectura. —Me enseñó un ejemplar de bolsillo de *Atticus Pünd acepta el caso* y me pregunté si era posible quererlo más todavía.

Luego me dirigí a la cárcel.

Me resultó curioso que la prisión de Wayland pareciera a la vez moderna y anticuada. A lo mejor lo que estaba obsoleto era la noción de encerrar a la gente: a los victorianos les parecía bien, pero en pleno siglo XXI era en cierto modo muy simplista y hasta caro, teniendo en cuenta la cantidad de tecnologías y recursos disponibles. Entré en un vestíbulo pequeño muy colorido decorado con carteles de advertencia sobre llevar drogas y teléfonos móviles escondidos o incluso... dentro de tu persona. Me agaché para dirigirme al agente uniformado que había al otro lado de la ventanilla y él comprobó mi identificación y me pidió el móvil para guardarlo. Luego entré en una especie de jaula con dos visitantes más. Se oyó un zumbido fuerte y se cerró la puerta. Al segundo se abrió una segunda puerta que tenía delante. Ya estaba en la cárcel.

Un guardia nos guio a través de un patio intramuros y entramos al módulo de visitas. Ante mí vi la peor cafetería del mundo. Había demasiada luz, unas treinta mesas atornilladas al suelo y un ventanuco que daba a una cocina donde podías comprar comida y bebida. Como era de prever, a mi alrededor casi todo eran mujeres, ya que aquella cárcel era solo para hombres. Me fijé en que había una mirándome con compasión.

—¿Es tu primera vez? —me preguntó cariñosamente.

¿Por qué lo sabía? Supuse que en la cárcel hay muchos indicios que pueden delatarte. Parecía bastante maja, no obstante.

—Sí —admití.

—Si quieres comida, te aconsejo que vayas ya. Cuando entran se forma cola y al final te quedas sin tiempo para hablar.

Le hice caso y me acerqué al ventanuco. No sabía qué le gustaría a Stefan, así que pedí un poco de todo: una hamburguesa, una bolsa de patatas fritas, tres chocolatinas y dos latas de Coca-Cola. La hamburguesa era como las que te vendían a altas horas de la noche en las inmediaciones de los estadios cuando había fútbol, aunque sin florituras. La puse entre dos platos desechables para mantener el calor y que no estuviera fría cuando llegara.

A los diez minutos los hombres empezaron a desfilar a través de una puerta lateral y se dirigieron hacia sus mujeres, madres y amigos respectivos, sentados ya en las mesas. Todos iban vestidos igual: pantalón de chándal, sudadera y unas zapatillas horrendas. Había varios guardias apostados en los flancos, pero el ambiente era tranquilo y relajado. Reconocí a Stefan Codrescu de inmediato porque lo había visto en fotos. Él no sabía quién era yo, claro, así que levanté la mano para llamarlo. Vino y se sentó.

Fue chocante conocerlo, como si me hubiera topado con el personaje central de una novela después de haber leído doscientas o trescientas páginas y a sabiendas de que quedan muy pocas para acabar. Se me pasó de todo por la cabeza, aunque lo primero fue que en teoría tenía delante a un asesino, pero lo descarté enseguida. A pesar de que llevaba ocho años en la cárcel, rezumaba cierta inocencia que lo dotaba de un atractivo singular. Era fornido y de espalda ancha, pero aun así estaba muy delgado; parecía un bailarín. Entendí perfectamente por qué lo quería para ella Lisa Treherne. También percibí cierta indignación en sus ojos, un sentimiento de injusticia cuyo fuego no había conseguido extinguir a pesar del paso de los años. Él sabía que no le correspondía estar allí y yo me convencí de lo mismo al instante.

Justo entonces empecé a cuestionarme mi implicación en el asunto y me sentí incómoda. Había venido a Inglaterra a cambio de dinero. Acepté el caso entusiasmada, igual que cuando terminas un crucigrama, pero tendría que haberme dado cuenta al principio de que en realidad me enfrentaba a una injusticia brutal. ¡Llevaba ocho años encerrado en la cárcel! Y yo mientras paseándome entre Woodbridge y Londres, haciendo preguntas y tomando notas, cuando en realidad su libertad dependía de mí.

Me pasaba otra cosa con Stefan. Me recordaba a alguien, pero no sabía a quién.

Él estaba observando la comida y las latas que había encima la mesa.

—¿Es para mí? —preguntó.

—Sí —contesté—. No sabía qué pedir.

—No hacía falta. No tengo hambre. —Apartó la hamburguesa a un lado y abrió una lata de Coca-Cola. Me quedé mirando mientras le daba un sorbo—. En la carta dice que es editora.

—Era. Ahora vivo en Creta, pero Lawrence y Pauline me pidieron que viniera al Reino Unido.

—¿Quiere escribir un libro sobre mí? —Me miraba con una hostilidad velada.

—No —contesté.

—Pero pagó a Alan Conway por hacerlo.

—No exactamente. Alan escribió un libro que está relacionado con lo que sucedió en Branlow Hall, pero yo por entonces no sabía nada de usted ni de Frank Parris. Me lo contó Lawrence. —Me callé—. ¿Conoció a Alan?

Stefan tardó un momento en contestar. Era evidente que yo no le inspiraba confianza. Eligió con cuidado sus palabras antes de hablar.

—Me escribió cuando estaba en prisión preventiva, pero no sé por qué iba a querer conocerlo. No pretendía ayudarme. En cualquier caso, yo estaba a otras cosas.

—¿Ha leído el libro?

Él negó con la cabeza.

—No lo he visto en la biblioteca de la cárcel. Y eso que hay muchos libros sobre asesinatos. Aquí tienen tirón.

—¿Pero sabía que existía?

Obvió la pregunta.

—¿Dónde está Cecily? —preguntó—. Dice en la carta que ha desaparecido.

Stefan se había enterado por mí. ¿Cómo iba a enterarse si no? Seguro que en la cárcel tenía poco acceso a la prensa y en la televisión nacional no habían cubierto la desaparición de Cecily. Me enfadé conmigo misma otra vez. Cuando le di la noticia no pensé en las consecuencias. Para mí era una pieza más del rompecabezas.

Esta vez pensé mejor lo que iba a decir.

—Aún desconocemos su paradero. La está buscando la policía. No tienen nada que indique que corre peligro.

—¿Cómo? Claro que corre peligro. Tenía miedo.

—¿Cómo lo sabe? ¿Vino a verlo?

—No, pero me escribió.

—¿Cuándo?

En vez de contestar, metió la mano en un bolsillo y sacó un papel, pero no me lo dio enseguida. Lo primero que vi fue la fecha, arriba del todo: 10 de junio. ¡Cecily la redactó un día antes de desaparecer! Era breve y la había escrito en el ordenador. Sentí un remolino de emociones. Otra prueba. Era imposible que la hubiera visto alguien más.

—¿Puedo leerla? —pregunté.

—Adelante. —Se recostó y se quedó mirándome.

Yo desdoblé el papel y empecé a leer:

10 de junio

Querido Stefan:

Quizá te sorprenda tener noticias de mí después de un silencio tan prolongado, pero en su momento acordamos no escribirnos, y tras el veredicto y tu declaración de culpabilidad pensé que era mejor así.

Me equivoqué. Lo siento mucho. Ahora sé que tú no mataste a Frank Parris. Sigo sin entender por qué cargaste con la culpa y quiero ir a verte para hablar contigo.

Es difícil de explicar. Un tal Alan Conway vino al hotel después de lo que pasó y escribió un libro que se llama *Atticus Pünd acepta el caso*. Es la típica trama de detectives, pero parece que se ha inspirado en gente y cosas vinculadas al hotel. Salen mis padres y Derek y hay un hotel que se llama Moonflower. La historia es distinta, pero eso es lo de menos. Supe quién mató a Frank Parris en cuanto leí la primera página, pero quedó corroborado cuando terminé el libro.

Tengo que hablar contigo. Me han dicho que para ir a verte tienes que incluirme en una lista o algo así. Hazlo, ¿vale? Y voy a mandarles el libro a mis padres. Ellos sabrán qué hacer. Aunque más me vale tener cuidado. No creo que corra peligro, pero ya sabes cómo se las gastan en este hotel. Todo el mundo está al tanto de todo y yo no quiero que nadie se entere de nada.

Perdona la premura. La semana que viene te escribo más, te lo prometo. Cuando nos veamos te lo explico todo bien.

Te quiero,

CECILY

O sea que era verdad. Cecily siempre supo quién era el asesino. De hecho, lo averiguó en la primera página. Ojalá llevara el libro encima. Empieza con Eric y Phyllis Chandler en la cocina de Clarence Keep. Habla de las florentinas y de la señora Bigarilla, pero dudo que eso sea relevante en el asesinato de Frank Parris. Me acordé de repente de que Andreas tenía un ejemplar en el coche. En cuanto saliera leería ese capítulo otra vez.

—Después de recibir la carta incluí a Cecily en la lista de visitas —dijo Stefan—. Llevaba ya tiempo preguntándome por qué no sabía nada de ella y justo va usted y me escribe. Por eso accedí a verla.

—Stefan... —Me sentía totalmente desbordada. Tenía muchísimas preguntas, pero a su vez me daba miedo que se ofendiera. ¡Llevaba ocho años en la cárcel! ¿Cómo era posible que estuviera tan tranquilo, tan imperturbable?—. Quiero ayudarlo, de verdad —dije—. Pero tengo que saber qué tipo de relación tenían exactamente Cecily Treherne y usted.

—Fue ella quien me contrató cuando salí del módulo Carlford de Warren Hill. Su padre promovía un programa de rehabilitación. Ella me trataba bien cuando trabajaba en el hotel. Y después de que me acusaran de asesinato fue la única que me creyó.

—¿Es usted consciente de que esta carta supone un giro radical?

—Si es que la creen...

—¿Puedo quedarme con ella? Estoy en contacto con el inspector a cargo de la búsqueda de Cecily. También trabajó en la investigación del asesinato de Frank Parris.

—¿Locke?

—Sí. El superintendente jefe Locke.

Fue la primera vez que vi a Stefan furioso.

—No quiero que lo vea. —Cogió la carta y la dobló—. La culpa de que esté aquí es de él.

—Usted confesó que lo hizo.

—¡Me obligó él! —Percibí que se debatía consigo mismo; estaba intentando mantener a raya las emociones. Se acercó a mí y habló bajito, pero con malicia—. El muy cabrón me convenció de que lo tendría más fácil si me declaraba culpable. Y todas las pruebas jugaban en mi contra. Tengo antecedentes penales. Encontraron el dinero y manchas de sangre en mi habitación. Me dijo que si firmaba la confesión intercedería por mí y yo, tonto de mí, me lo creí. Le hice caso y me condenaron a cadena perpetua revisable, mínimo veinticinco años. Cuando salga tendré casi cincuenta. Si le da la carta, la va a hacer trizas. No quiere que nadie me crea. Si me absuelven, ¿qué imagen le parece que va a dar? Lo que quiere es que me pudra aquí.

Se echó hacia atrás sobre el respaldo, pero no había terminado todavía.

—Cavé mi propia tumba nada más poner un pie en este país —dijo en voz baja—. Tenía doce años y no quería estar aquí. Nadie quería que yo estuviera aquí. No era más que basura, basura rumana, y en cuanto vieron la oportunidad me metieron aquí y se olvidaron de mí. ¿De verdad cree que alguien va a leer esa carta? ¿Que a alguien le importa? ¡No! Podría morir aquí. Podría suicidarme mañana mismo, y lo haría si no fuera por ese único brillo de mi vida, el amanecer que me da esperanza. —Quise preguntarle a qué se refería, pero prosiguió—: ¿Sabe quién mató a Frank Parris?

—No —admití—. Aún no.

—Usted es editora. ¡Trabaja con libros! No es ni abogada ni inspectora de policía. No puede ayudarme.

—A lo mejor sí. —Estiré el brazo y posé la mano en el suyo. Fue la primera toma de contacto físico—. Cuénteme qué ocurrió la noche del viernes 15 de junio de 2008.

—Ya lo sabe. Mataron a martillazos a un hombre llamado Frank Parris.

—Sí. Pero ¿qué pasa con usted? ¿Dónde estuvo esa noche? —No iba a contestar, así que proseguí—: ¿Qué es lo que quiere? ¿Volver a la soledad de su celda? ¿Eso de qué le sirve? ¿Y a Cecily?

Se quedó pensativo un momento y luego asintió.

—Estuve en una fiesta que organizaron Cecily y Aiden para todo el personal. Fue al lado de la piscina.

—¿Bebió mucho?

—Un poco de vino. Un par de copas. Estaba muy cansado. Al rato me harté de estar allí y me fui a casa con el tío del spa...

—Lionel Corby.

—Sí. Vivíamos en habitaciones contiguas.

—¿Alguna vez lo llamó «Leo»?

—No, solo Lionel. ¿Por qué lo pregunta?

—Por nada. Siga.

—Me quedé dormido enseguida. Eso es todo lo que puedo decirle. Dormí de un tirón hasta tarde. Creo que me desperté a las ocho y media. No estuve en el hotel ni cerca de la habitación 12.

—Pero Derek Endicott dice que lo vio.

—Vería a alguien, pero no a mí.

—¿Cree que le hicieron una encerrona?

—Sin duda alguna. ¿Usted ha escuchado lo que acabo de decir? Es evidente que yo era el objetivo.

—Hábleme de Lisa.

Se quedó mudo.

—Es una zorra —dijo sin más; era la primera vez que soltaba una palabrota.

—Estaban saliendo juntos.

—De eso nada. Era sexo.

—¿Lo forzó...?

—¿Usted la conoce?

—Sí.

—¿Y de verdad cree que a alguien como a mí le gustaría acostarse con alguien como ella?

—Entonces ¿lo despidió porque se negó?

—No, qué va. Era mucho más lista que eso. Cuando dejamos de vernos, se inventó que era un ladrón y cosas así. Todo mentira. Me amenazó. Procuró que todo el mundo supiera que sospechaba de mí y luego me echó.

—Pero siguieron viéndose. —Lo dije pensando en lo que me había contado Lionel Corby, lo del bosque—. Dos semanas antes de la boda los vieron juntos cerca de Oaklands Cottage.

Stefan vaciló. Percibí un destello en sus ojos, como si se hubiera acordado de algo.

—Fue la última vez que nos vimos —dijo—. Quería quitármela de encima y le di lo que quería. Fue en vano. Me despidió igualmente dos semanas después.

Estaba mintiendo. No sé por qué lo supe y tampoco sabía qué me ocultaba, pero le había cambiado el semblante. La inocencia que desprendía al principio había empezado a empañarse. Se me pasó por la cabeza provocarlo, pero sabía que no iba a servir de nada. Me quedé mirándolo mientras se terminaba la Coca-Cola; luego apoyó la lata en la mesa, la envolvió con ambas manos y la apretó con fuerza, casi aplastándola.

—No puede ayudarme —dijo.

—Al menos deje que lo intente —repuse—. Confíe en mí,

Stefan. Estoy de su parte. Ojalá nos hubiéramos conocido antes, pero ahora sé quién es y no voy a dejarlo en la estacada.

Me miró a los ojos. Los suyos eran de color marrón claro y muy dulces.

—¿Por qué iba a confiar en usted? —preguntó.

—¿Ve a alguien más aquí? —repliqué.

Él asintió. Luego, con mucha calma, sacó la carta y me la pasó deslizándola por la mesa.

—Es lo único que puedo aportar —dijo—. No tengo nada más.

Se puso de pie y, antes de irse, cogió todo lo que había en la mesa: las patatas fritas, las chocolatinas y hasta la hamburguesa fría. Una muestra de cómo eran las cosas en la cárcel mucho más gráfica que todo lo que había visto desde que llegué. Luego, sin mediar palabra, se fue.

No estaba para conducir.

Le cedí el volante a Andreas. No me preguntó cómo me había ido en la cárcel; notó que estaba demasiado alterada para hablar del tema. Hicimos varios kilómetros por la campiña de Norfolk, más tenue y acogedora cuando nos adentramos en Suffolk, y, aunque era un poco tarde, paramos a comer algo en un pub, el Plough and Stars, justo al sur de Thetford. Andreas pidió dos sándwiches, pero yo no tenía hambre. La comida me recordaba a la hamburguesa fría y asquerosa que se había llevado Stefan a la celda. ¡Ocho años allí encerrado!

—Susan, ¿quieres hablar del tema? —me preguntó Andreas al final.

Seguro que los viernes por la noche el pub estaba animado. Tenía el suelo de piedra, una estufa de leña y mesas de madera antiguas. Pero estábamos prácticamente solos. El camarero tenía cara de hastío.

—Perdona —dije—. Es que me llena de furia ver cómo me he metido de lleno en todo esto. Empezando por haberte dejado tirado. Pero cuando he visto a ese pobre hombre allí encerrado...

—Sabes que es inocente.

—Lo sé desde el principio, Andreas. Lo que pasa es que no me lo había planteado desde su punto de vista.

—¿Y ahora qué?

—No lo sé. Eso es lo malo. Que no sé qué más puedo hacer.

Me acuerdo perfectamente de ese momento. Estábamos sentados en un rincón. El camarero estaba secando un vaso con un paño. El único cliente que había aparte de nosotros, un hombre con un perro, se levantó y se marchó. Hacía viento fuera y el rótulo del pub se balanceaba.

—Sé quién mató a Frank Parris —declaré.

—¿Qué? —Andreas me miraba con fijeza—. ¿No habías dicho que...?

—Sé lo que he dicho. ¡Pero lo he averiguado!

—¿Te lo ha contado Stefan?

—No. No ha sido él, aunque me ha contado más de lo que pretendía. He resuelto yo el rompecabezas.

Andreas seguía mirándome fijamente.

—¿Me lo vas a contar?

—Sí, claro. Pero todavía no. Necesito pensar.

—¿En serio?

—Dame tiempo.

—¡Eres peor que Alan Conway! —repuso sonriendo.

No nos comimos el sándwich. Volvimos al coche y nos fuimos.

El asesino

Dejamos Woodbridge atrás y fuimos directos a Westleton, a Heath House. Llegamos juntos a la entrada y digamos que yo me quedé pegada al timbre, a ver si osaban no abrirme. Como treinta segundos después, apareció Martin Williams. Miró a Andreas con recelo y a mí, con una mezcla de sorpresa e ira. Al fin y al cabo, el día anterior me había dicho que no volviera.

—No puede pasar.

—¿Está ocupado?

—Joanne no quiere verla. Y yo tampoco. Ya se lo dijimos la última vez que estuvo aquí.

—Sé quién mató a Frank Parris —dije—. Y mi amigo Andreas también. O se lo cuento yo o se lo cuenta la policía, usted elige.

Se quedó mirándome fijamente, calculando. No era un hombre grande, pero estaba apoyado en el marco de la puerta bloqueándome el paso. Esta vez no llevaba el mono. Vestía vaqueros, botas de cuero y una camisa con estampado de cachemir y el cuello desabrochado, como si estuviera a punto de ir a bailar country. Se enderezó.

—Vaya sarta de tonterías —repuso—. Pero no me gustaría que se pusiera en evidencia. Le concedo cinco minutos.

Entramos en la cocina justo cuando Joanne Williams bajaba las escaleras. Se puso como una furia al verme, pero no hizo amago de ocultarlo. Ni siquiera me miró.

—¿Qué está haciendo esta aquí? —le preguntó a Martin—. ¡Me aseguraste que no iba a volver!

—Hola, Joanne —intervine yo.

—Susan afirma que sabe quién mató a Frank —le dijo Martin—. Me ha parecido que era conveniente escuchar lo que tiene que contar.

—Lo siento, pero no me interesa.

—¿Está usted segura? —repuse—. A lo mejor quiere que le repita lo que acabo de decirle a su marido: o hablan conmigo o me voy directa a la policía. ¿Qué prefieren?

Intercambiaron una mirada y supe que los había convencido.

—Vamos —dijo Martin.

Volvimos a la cocina. Ya casi me conocía al dedillo esa estancia. Andreas y yo nos sentamos en un lado de la mesa y Joanne y Martin en el otro. Nos miramos mutuamente por encima de la superficie de pino. Parecía que estábamos en un consejo de guerra.

—Seré breve —dije—. Es la tercera vez que vengo aquí, pero les alegrará saber que también es la última. Como ya les expliqué al principio, Lawrence y Pauline Treherne me pidieron que investigara la desaparición de su hija y que averiguara si estaba relacionada con Frank Parris, al que asesinaron hace ocho años. No voy a decir que me mintieron la primera vez que vine, pero fueron bastante laxos. No tardé mucho en descubrir que ustedes eran los únicos con un motivo de peso para matar a Frank Parris. La agencia de publicidad que tenía en Australia quebró, así que necesitaba dinero, y por eso quería obligarlos a vender Heath House, ya que su madre se la dejó en herencia a los dos. Este es su hogar y, si él moría, usted se quedaría con la casa, siempre y cuando él no hubiera indicado lo contrario en su testamento.

—Lo cierto es que se la dejó a Joanne —repuso Martin.

—Ah, ¿sí? —Andreas y yo nos quedamos asombrados.

—Eso nos dijo siempre.

Meneé la cabeza; no daba crédito.

—No entiendo por qué me lo cuenta, Martin —repuse—. Es lo último que me esperaba que me contara. Me hace sospechar más todavía. Si les dejó la casa en herencia, ya sí que no cabe duda de que tenían razones para asesinarlo, y aun así va usted y lo suelta sin pensárselo dos veces. Ayer igual. En vez de negarlo todo como haría cualquier persona en su sano juicio, me explicó al detalle por qué podría haberlo asesinado. ¿Por qué me ha dejado pasar hoy si ayer me dijo que no querían verme nunca más?

—Porque quiero zanjar estas acusaciones sin sentido.

—Pues no es eso lo que parece. ¿A ti te lo parece, Andreas?

—No —convino él—. A mí me parece que está atizando el fuego.

Joanne miraba a su marido con tanta atención que bien podría haberse olvidado de respirar. Yo estaba expectante.

—Creo que es mejor que se vayan —dijo Martin.

—Demasiado tarde —contesté—. Sé lo que pasó.

—Por mucho que nos acuse, no tiene pruebas.

—De hecho, sí que las tengo —repliqué—. Puedo demostrar a ciencia cierta, sin lugar a dudas, que no mató a Frank. ¿Y por qué? Porque, como he dicho en la puerta, sé quién es el asesino y no es usted.

—Entonces ¿a qué ha venido? —preguntó Joanne.

—Porque estoy harta de los dos y quiero poner punto final a esta farsa ridícula que se traen. Desde que puse un pie en esta casa la primera vez, no han dejado de hacerme perder el tiempo, siempre actuando...

—¡No sé de qué me habla! —interrumpió él.

—¿Seguro, Martin? Pues se lo voy a contar. Vamos a suponer hipotéticamente que está estancado en un matrimonio de mierda con una mujer que lo intimida y lo empequeñece...

—¡Qué descarada! —Joanne se irguió en la silla. Tenía las mejillas cada vez más hundidas.

—Eso me dijo mi hermana más o menos. Una vez cenó con usted y creo que la palabra que usó para describirla fue «sargenta». Me dijo que trataba a Martin como a un felpudo. No entendía por qué seguían juntos.

—Bueno, esa será su opinión... —murmuró el hombre.

—Es que ya no es así, ¿verdad? Al parecer algo ha cambiado. Es evidente que ahora es usted quien maneja el cotarro. Me pregunto por qué será. A lo mejor porque Joanne dedujo que mató a Frank y que en el fondo es un peligro. Y tal vez, solo tal vez, usted la ha inducido a pensar eso porque le da cierto poder y libertad en esta casa.

—¡Qué tontería!

—¿Sí? Porque eso explicaría por qué ha mencionado el testamento hace un momento y por qué me dio una respuesta de mierda cuando cuestioné que Frank hubiera visto la carpa. ¡Desde que nos conocimos no ha dejado de intentar que sospeche de usted!

Él se puso de pie.

—Me niego a seguir escuchándola —declaró.

—De eso nada, Martin. ¡Porque ha intentado matarme! Lo vi ayer huyendo de Branlow Hall. Sé que lanzó la lechuza de piedra desde la azotea, aunque a lo mejor quería que lo viera. Lo malo para usted es que también tengo pruebas. —Eso lo dejó de piedra—. Cuando llamó al hotel para hacerme salir a la entrada, ya estaba arriba en posición y al verme la empujó por la cornisa. —Me volví hacia Joanne y le pregunté—: ¿No le contó lo que pasó?

—Me dijo que había oído algo... —Solo por cómo miraba a su marido la visita ya había merecido la pena.

—¿Y le contó que las cámaras de videovigilancia lo grabaron entrando y que la centralita del hotel localizó la llamada y registró el número? ¿Le mencionó si llevaba guantes o no? Porque la policía está analizando la puerta antiincendios de la azotea y los fragmentos de piedra.

Eso no era verdad. La policía no estaba implicada. Pero podría haber pasado. Martin estaba pálido.

—Vamos a hacer una cosa, antes de que desaparezca este indicio de indulgencia que siento. Simplemente asegúreme que su intención no era matarme y que en el fondo quería que lo viera huir del hotel. Quería asustarme y hacerme creer que corría peligro. Era todo parte del juego en el que ha enredado a su mujer. ¡Martin el asesino! ¡El hombre de pelo en pecho! Ni mató a Frank ni pretendía matarme a mí. Solo quería que lo pareciera.

Se hizo el silencio, pero por fin dijo justo lo que yo quería, aunque susurrando.

—Sí.

—No lo he oído, Martin.

—¡Sí! —Esta vez lo dijo más alto.

—Gracias. Con eso me basta.

Me levanté y Andreas y yo nos fuimos de esa casa. Cuando alcanzamos la puerta del jardín, Martin Williams se acercó a nosotros. Tenía cara de arrepentimiento; daba pena. No tendría que haber venido detrás.

—No fue de mala fe —exclamó—. Lo que ha dicho de Frank... es verdad. Y lo de ayer en el hotel... Le juro que no pretendía hacerle daño. No se lo cuente a la policía, por favor.

Andreas se me adelantó y atacó. Cogió impulso y le soltó un puñetazo en la cara. Si hubiésemos estado en un libro de Alan, Martin habría acabado en el suelo inconsciente. No obstante, no fue tan dramático. Fue un golpe flojo y no se cayó, pero estaba aturdido y le caía sangre por el labio. Tenía pinta de que Andreas le había roto la nariz.

Nos fuimos.

—Me habías dicho que no ibas a hacerle nada —comenté de camino al coche.

—Ya —contestó—. Lo siento.

Abrí la puerta y repuse:

—Te perdono.

Salida

Cuando edité *Atticus Pünd acepta el caso*, tuve una discusión con Alan Conway (otra de tantas) por los dos últimos capítulos. En ellos Atticus reúne a todos los personajes en el hotel Moonflower.

Yo sé que ese tipo de escenas funcionan bien en la pantalla pequeña. He visto a David Suchet hacer de Poirot, a John Nettles de Barnaby y a Angela Lansbury de Jessica Fletcher, y entre los tres seguro que suman cientos de situaciones así: abordan a los sospechosos uno por uno y al final revelan al auténtico culpable. Y precisamente esa era la cuestión. Aunque él quería hacer un homenaje a la edad de oro de la novela policiaca, me preocupaba que se nos fuera la mano con el clímax. Le propuse que buscara otra forma de exponer la información.

Bueno, ahora ya habéis leído el libro y sabéis cuánto confiaba Alan en mi criterio editorial.

Así que seguro que le habría hecho mucha gracia verme en el salón de Branlow Hall ni más ni menos que con siete personas y un can. El perro era Bear, el golden retriever de Cecily, y por suerte estaba dormido en un rincón. Pero el resto había ido allí a escuchar mi exposición. Me sentía como si hubiera cámaras de televisión escondidas enfocándome.

Era mi último día en el hotel. De hecho, ya se me había pasado la hora de la salida. Lisa Treherne me recordó que me había pedido que me fuera, con el respaldo incondicional de su padre; pero yo llamé a Lawrence y le dije que sabía quién había matado a Frank Parris y qué le había pasado a su hija. También le recordé que todavía no había visto ni un penique del dinero que me prometió; seguro que era culpa de Lisa. Accedió a quedar conmigo por la tarde.

«Nos vemos a las tres en el salón y se lo explico todo. Y traiga el cheque por lo que me debe. Diez mil libras a nombre de Andreas Patakis». En realidad yo debería ser la beneficiaria, pero Andreas se había hecho más de tres mil kilómetros en avión y había llegado justo a tiempo para evitar que me matara un misil. Prefería que fuera él quien se diera el gusto de cobrarlo.

Confiaba en que Lawrence fuera solo, pero llegó con Pauline y con Aiden MacNeil, que se había unido a ellos. Supongo que era lo más justo, ya que era él a quien más le interesaba enterarse de lo que había pasado; aún estaba a la espera de saber algo de Cecily. Pero lo que sí me resultó un poco raro fue que se hubiera traído a Eloise Radmani para darle apoyo. Se sentaron juntos en el mismo sofá y no pude evitar reparar en que parecía que la niñera y el jefe tenían una relación extraña a la par que bastante siniestra. Al menos habían dejado a Roxana al cuidado de Inga. Pero para mí lo peor fue que Lisa Treherne también se presentara a la fiesta. Andreas estaba conmigo y ella lo saludó fugazmente con la cabeza, pero a mí me ignoró y se tiró en un sillón como dando por hecho que aquello era una pérdida de tiempo.

Por último estaba Locke, el superintendente jefe, que se sentó en una silla al lado de la puerta. Andreas me convenció de que lo invitara, pero a mí me costó decidirme. No tenía ninguna gana de verlo después de nuestro último encuentro, en Martlesham Heath. Era un matón y un racista y en gran parte tenía la culpa de la injusticia que se había cometido contra Stefan Codrescu. Pero Andreas me insistió en que convenía que hubiera alguien de la policía, para formalizar el asunto.

El caso es que me sorprendió mucho que accediera a venir.

Andreas y yo nos habíamos acercado en coche a su oficina y tuve la impresión de que habría recibido mucho más amablemente a un par de agresores sexuales de la zona que a nosotros. Desestimó que yo supiera quién había matado a Frank y se enfadó conmigo por negarme a decírselo en ese momento, pero cambió de opinión cuando le hablé de la carta de Stefan. Esa misiva demostraba que Cecily estaba convencida de que él era inocente y revelaba que su desaparición tenía relación con lo que pasó hacía ya tantos años. Locke tendría que haber averiguado lo de la carta. Su mera existencia ponía en evidencia su flaqueza. Creo que por eso estaba allí.

No era la típica reunión que habría presidido Atticus Pünd (no había mayordomos, párrocos ni criadas), pero aun así tuve la extraña sensación de que estaba presente en la estancia. Lo visualicé sentado en uno de los asientos vacíos, con el bastón a su vera, a la espera de que empezara. Muchas veces pensaba que tanto él como su estúpido libro *Panorama de la investigación criminal* habían influido en mi forma de abordar crímenes (la manera de dirigirme a la gente o de analizar las pruebas), así que supongo que, a fin de cuentas, lo apreciaba. Era como mi mentor, lo cual era raro. Para empezar, porque era un personaje ficticio, pero sobre todo porque yo no aguantaba a su creador.

—Estamos esperando, Susan —dijo Lisa.

—Perdón. Estaba poniendo en orden mis pensamientos. —Sonreí. A lo mejor hasta disfrutaba de aquello. Lo cierto era que no iba a repetirse—. Creo que debería empezar diciendo que no sé dónde está Cecily, pero sí que sé lo que le ocurrió. También sé qué descubrió en *Atticus Pünd acepta el caso*. —Tenía el ejemplar en la mesa, delante de mí—. Alan Conway le dejó un mensaje, varios, de hecho, y me temo que con ello la puso en peligro.

Miré a Andreas y este asintió; él me cubría las espaldas.

—La cuestión es que nadie en Branlow Hall tenía ninguna razón para matar a Frank Parris —proseguí—. Estaba de paso... Iba a Westleton a ver a su hermana y a su cuñado. Acababa de volver de Australia. Su único vínculo con Suffolk era que poseía la mitad de una casa ubicada aquí. Al principio pensé que lo asesinó Derek Endicott por error, porque a Frank no le gustó la habitación que le dieron y lo cambiaron a la 12, que era donde en teoría se iba a alojar George Saunders, un director de colegio jubilado. Da la casualidad de que Derek estudió en Bromeswell Grove, el centro donde trabajaba Saunders. Lo pasó muy mal allí. La verdad es que se alteró mucho cuando lo vio.

»Me lo imagino perfectamente cogiendo un martillo y yendo arriba a altas horas de la noche. No hay luz en los pasillos y podría haber matado a Frank sin darse cuenta de que era el hombre equivocado. Resulta que el único que vio a Stefan entrar en la habitación fue él. No lo vio nadie más.

—Eso es absurdo —repuso Aiden—. Derek es incapaz de matar a una mosca.

—Concuerdo. Por eso lo descarté. Además, dudo que hubiera podido plantar el resto de las pistas que incriminaban a Stefan, y menos aún el dinero que había debajo del colchón y las manchas de sangre. Creo que no es tan inteligente.

»Y eso nos deja con ustedes cuatro —proseguí—. Pero faltan dos personas aquí y quiero hablar de ellas primero. Empecemos por Melissa Conway. Estaba viviendo en Oaklands Cottage, en los límites de la finca, y entró y salió del hotel más o menos a la hora de la boda. Vio a Frank y no le hizo mucha gracia. En parte lo culpaba de haberle abierto las puertas a Alan, y con eso me refiero a que lo introdujo en el ambiente gay llevándolo a bares y saunas. Podría haberse vengado por robarle a su marido. En realidad lo quería, por mucho que me sorprenda.

»¿Qué habría pasado si Alan se hubiera enterado de que su propia exmujer era la autora del crimen? Sería razón suficiente para no revelarlo en el libro, ¿no? En pos de proteger a Melissa y, por extensión, a él mismo. Cuando supe que había estado aquí, empecé a sospechar de ella. Pero había un problema. No pudo escuchar a Cecily hablando por teléfono con sus padres. Lo más probable es que estuviera en su casa de Bradford-on-Avon cuando desapareció.

»No obstante, Melissa me dijo una cosa que me hizo recapacitar. Comentó que iba mucho al spa cuando vivía en Oaklands Cottage y que normalmente entrenaba con Lionel Corby. La cuestión es que se refirió a él como Leo.

»Y da la casualidad de que Frank Parris conocía a un tal Leo, un chapero de Londres. Lo descubrí cuando estuve allí. Se acostaban juntos. Alan Conway incluso les dedicó su libro. Perdone, Lawrence, es todo un poco sórdido, aunque la cosa se pone peor. Además de gay, Frank era muy curioso sexualmente hablando. Le gustaban el *bondage*, el sadomasoquismo y esas cosas. Supongamos que Lionel es Leo y que Frank lo reconoció al registrarse en el hotel. Cuando yo conocí a Lionel, me contó que había tenido muchos clientes particulares en Londres. "¡Ni te imaginas las cosas que he tenido que hacer!". Palabras textuales. Yo di por hecho que se refería a su faceta como entrenador personal, pero ¿quién sabe?

»La cuestión es que me pasa con él lo mismo que con Melissa. Lionel quizá fuera Leo y matara a Frank, pero no estaba aquí cuando Cecily llamó a sus padres. No se me ocurre por qué querría agredirla o hacerle daño. ¿Él cómo iba a saber que había leído el libro? Pero Eloise estaba aquí y ella sí lo sabía.

En cuanto dije eso, la aludida perdió los estribos, como buena mediterránea que era.

—¡Por qué me mete a mí en esto! —gritó—. ¡Yo no tengo nada que ver!

—Estaba aquí cuando Cecily desapareció y la escuchó hablar del libro con sus padres. Delante de la oficina.

—¡No tengo nada que ver con lo de Frank Parris!

—Eso no es así. Trabajó de recepcionista en la misma agencia de publicidad que él, McCann Erickson.

No se esperaba que yo supiera eso. Vi que flaqueaba.

—Solo estuve allí unos meses.

—Pero lo conocía.

—De vista. Nunca hablamos.

—Su marido aún vivía, ¿no? Lucien.

Apartó la mirada y dijo:

—No quiero hablar de él.

—Tengo una pregunta, Eloise. ¿Tenía apodo? ¿Lo llamaba Leo?

Solo necesitaba saber eso para estar totalmente segura. No quería sacar el tema, y mucho menos delante de todo el mundo, pero se me había pasado por la cabeza que a lo mejor no cogió sida por culpa de una transfusión de sangre errónea. ¿Buscó otras formas de mantenerse mientras estudiaba arquitectura? ¿Trabajó Lucien usando el seudónimo Leo? ¿Cogió sida porque tenía relaciones sexuales sin protección? Eso estaba preguntando yo en realidad.

—No. Nadie lo llamaba así.

La creí. Aiden y Cecily la contrataron varios meses después de la boda. No era posible que hubiera estado en el hotel la noche que murió Frank, a no ser que lo hiciera con un nombre distinto. Además, Derek estaba convencido de que la persona que vio dirigirse sigilosamente por el pasillo hacia la habitación 12 era un hombre. Aunque estuviera encarándola, sabía que no pudo ser Eloise.

Andreas había abierto una botella de agua. Me ofreció un vaso y bebí. Locke seguía al lado de la puerta, sentado muy recto y haciendo como si no estuviera allí. Me di cuenta de que los demás me observaban con miedo a lo que estaba por venir. Yo qué culpa tenía. Mi intención era haber hablado con Lawrence Treherne a solas, pero este se presentó con toda la familia.

—Cabe otra posibilidad —proseguí, pensando bien lo que iba a decir—. Se me pasó por la cabeza que a lo mejor Frank Parris no era el objetivo. Puede que el fin del asesinato no fuera matarlo, sino incriminar a Stefan Codrescu.

La única respuesta fue un silencio tirando a apático. Hasta que habló Lawrence.

—¿Quién iba a querer hacer eso? —preguntó.

Me giré hacia Lisa y dije:

—Me temo que ahora toca hablar de Stefan y usted.

—¿Nos quiere poner en evidencia a todos? ¿Adónde quiere llegar? —Se rebulló y cruzó las piernas.

—Quiero llegar a la verdad, Lisa, y le guste o no usted tuvo

mucho que ver en lo que pasó. Estaba «saliendo» con Stefan.
—Lo enfaticé haciendo comillas con los dedos.

—Sí. —Ya me lo había admitido, así que no lo negó.

Sus padres nos miraban con consternación.

—Él quiso poner fin a la relación —dije.

—Sí —contestó tras vacilar un momento.

—¿Sabía que Stefan también se acostaba con Cecily?

Esta vez fue Aiden quien se enfadó.

—¡Miente!

—Me temo que no. —Hice una pausa dramática—. Lo he visto esta mañana.

—¿Ha estado con él? —Pauline no daba crédito.

—He ido a verlo a la cárcel.

—Y usted da crédito a sus palabras —dijo Aiden con desdén.

—No me lo ha contado él. Es más, intentó ocultarlo. Pero las pruebas estaban ahí. Yo me he limitado a atar cabos.

»Lionel Corby me contó que dos semanas antes de la boda vio a dos personas en pleno acto en el bosque, en las inmediaciones de Oaklands Cottage. Al principio pensó que el hombre era usted, Aiden, pero no vio el tatuaje que tiene en el hombro y entonces se dio cuenta de que era Stefan. La mujer estaba debajo y no la vio desde su posición. Pero él sabía que se veían, en contra de la voluntad de Stefan, y dio por hecho que era Lisa.

»Pero se equivocó. —Me dirigí a Lisa otra vez—. ¿Por qué lo sé? Muy fácil. Por algo que me dijo mientras desayunaba, antes de pedirme que me fuera. Negó que lo despidiera por no querer seguir metiéndose en su cama. Y eso fue lo que me dio la clave.

»¿Por qué correr el riesgo de quedar con él en mitad del bosque, además de lo incómodo que es, cuando podían hacerlo en su propia casa? Porque usted vive sola en Woodbridge. No tenía que esconderse. Pero Cecily sí. Ella vivía bajo el mismo techo que Aiden. Iban a casarse. Tampoco era una opción meterse en una habitación del hotel. Se exponía a que la vieran. Así que lo mejor era hacerlo en el campo.

—¡Cecily sería incapaz de ponerme los cuernos! —Aiden estaba hecho una furia—. Éramos felices.

—Lo siento...

—¡Acaba de decir que Lionel no sabía si era ella!

—Y es verdad.

—Pues entonces ¿por qué miente?

—Aiden, me temo que no estoy mintiendo. Cecily le mandó una carta a Stefan a la cárcel. Aunque es muy breve y ella hacía años que no le escribía, el tono es íntimo. Se despide diciendo «Te quiero».

»Pero eso no es todo. Cuando le pregunté a Stefan si estuvo en el bosque con Lisa, primero dudó y acto seguido me dijo que sí era ella, contradiciendo de plano lo que acababa de responder. Supe que estaba mintiendo, que quería proteger a alguien.

Bebí agua otra vez. Vi a Andreas por encima del vaso. Asintió para animarme. Se lo conté todo volviendo de Norfolk y sabía lo que se avecinaba.

—Stefan me dijo otra cosa —proseguí—. En su momento no le vi la lógica, pero lo comprobé posteriormente y se confirmaron mis sospechas. Tiene que ver con usted también, Aiden, y no le va a gustar, pero aun así me pregunto si ya lo sabrá.

—¿A qué se refiere? —El susodicho me dedicó una mirada venenosa.

—Stefan me dijo que odiaba Inglaterra, pero luego añadió: «Podría suicidarme mañana mismo, y lo haría si no fuera por ese único brillo de mi vida, el amanecer que me da esperanza». Me quedé pensando a qué se refería. El caso es que, estando con él cara a cara, me fijé en que me recordaba a alguien. —No podía seguir disfrazándolo. Tenía que desenmascararlo ya—. Es el padre de Roxana.

—¡No! —gritó con amargura Aiden, haciendo amago de levantarse; Andreas lo imitó por si tenía que salir en mi defensa, pero Locke, en la otra punta de la estancia, ni siquiera se inmutó.

—No es verdad. Es una mentira envenenada —dijo Eloise, cogiéndole la mano.

—¡Cómo osa...! —farfulló Lawrence; estaba deseando echarme, pero se contuvo porque sabía que yo tenía razón.

—Aiden tiene el pelo claro y Cecily era rubia. Roxana es morena y es la viva imagen de su padre. Aiden me dijo que la idea de llamarla así fue de Cecily. Yo creo que lo eligió aposta, porque sabía quién era el padre. Roxana es un nombre muy común en Rumanía. Significa «brillo», «amanecer». —Quería zanjar esa parte, así que no me entretuve más y proseguí—: Lo que pasó fue lo siguiente. Lisa despidió a Stefan porque él se negó a acostarse con ella. Y luego se enteró de que estaba liado con su hermana, la misma que le dejó una cicatriz de pequeña, por cierto. Me imagino cómo debió de sentirse. Seguro que pensó que podía vengarse matando a alguien que no tenía nada que ver para incriminar a Stefan y que lo metieran en la cárcel de por vida. Si Lisa estaba en su oficina cuando Cecily llamó al sur de Francia, es fácil que la oyera. Llevo mucho tiempo dándole vueltas a eso. Estaba convencida de que ella era la autora de ambos crímenes.

—¡O sea que no tiene nada! —gruñó Lisa—. Yo no he matado a nadie.

—Creo que ya está bien —intervino Lawrence—. ¿Es que no va a pararle los pies, señor Locke?

Andreas intervino sin dar pie a ninguna respuesta.

—Susan sabe quién mató a Frank Parris. —Parecía un profesor en plena clase dirigiéndose a un montón de niños—. Si se sientan y dejan que termine, lo oirán de ella misma.

Lawrence, Pauline, Lisa, Aiden y Eloise se miraron. Aiden decidió por todos y se sentó.

—Pues adelante —dijo—. Pero estaría bien que fuera al grano. Creo que ya hemos oído demasiadas... especulaciones.

Estaba sorprendentemente tranquilo teniendo en cuenta que acababan de decirle que su hija en realidad la había engendrado otro hombre. Aunque yo estaba convencida de que él siempre lo había sabido.

—Todo empieza con el libro —dije—. *Atticus Pünd acepta el caso*. De eso va todo esto desde el principio. Cecily encontró algo y por eso desapareció. Escribió la carta después de leerlo.

—¿Le contó a Stefan qué era? —preguntó Pauline.

—Por desgracia, no, pero sí le dijo que siempre tuvo sus sospechas sobre quién mató a Frank Parris, que se confirmaron en cuanto leyó «la primera página». La cuestión era a cuál se refería. Yo supuse que a la primera página del capítulo 1, pero no vi nada. Así que pensé que a lo mejor se refería a la biografía del autor, a las reseñas o a los títulos de los capítulos. Lo revisé todo, pero en realidad no era tan enrevesado. Estaba en la dedicatoria: «En memoria de Frank y Leo».

»¿Por qué escribió Alan eso? ¿Estaban muertos los dos? ¿O a lo mejor significaba algo totalmente distinto? Frank sí que estaba muerto, pero Leo quizá no y por eso Alan le recuerda que no se ha olvidado, que sabe quién es. Puede que en realidad no fuera una dedicatoria, sino un aviso.

Les di tiempo para que lo asimilaran y proseguí.

—No tuve la oportunidad de conocer a Cecily, pero me habría gustado, porque me di cuenta de que su personalidad es la clave de lo que pasó. Por cierto, ¿cuándo nació? Intuyo que en noviembre o diciembre.

—El 25 de noviembre —contestó Lawrence—. ¿Cómo lo sabe?

—O sea que era sagitario —dije—. Y a ella le interesaba mucho la astrología. Eso me quedó claro desde el principio. Aiden me contó que siempre empezaba el día leyendo su horóscopo, pero la cosa iba más allá. El día de la boda leyó que tenía que prepararse para posibles altibajos y, en vez de desechar la idea y sonreír o hacer como si no lo hubiera leído, se lo tomó muy mal. He visto una fotografía de ella en el pasillo y llevaba un collar astral. Tres estrellas y una flecha. Sagitario. Volviendo de Norfolk paramos en un pub que se llama Plough and Stars, carro y estrellas. Al leer el nombre me di cuenta de que lo había tenido todo el rato delante de las narices. Básicamente, la astrología regía la vida de Cecily. Hasta su perro tiene nombre de constelación, Bear, en referencia a la Osa Mayor.

Al oír eso, el can dio un coletazo en el suelo con desgana.

—Pero la cosa va más allá —proseguí—. Lawrence me mandó un mensaje muy largo donde decía que a Cecily le atrajo Aiden porque eran «compatibles». Es un término que sale mucho en las cartas astrales. De hecho, se conocieron el día del cumpleaños de él. Le estaba enseñando a Cecily un apartamento, y eso fue a principios de agosto de 2005. Es decir, Aiden era...

—... leo —concluyó Andreas.

—Cecily sabía que leo y sagitario se complementan muy bien. Son signos de fuego; tienen los mismos valores y sienten lo mismo, combinan seguridad y confianza. Eso creía ella, desde luego. Y el tatuaje que tiene Aiden en el hombro consolidó esa idea. Lionel me dijo que es una serpiente cósmica, un círculo grande con cola. Pero en realidad es un símbolo, aunque hay gente que lo llama «glifo», y se usa para representar a leo.

—Yo soy leo y ella era sagitario, sí —dijo Aiden—. Éramos compatibles. ¿Y entonces?

—Que usted conocía a Frank Parris.

—No lo había visto en mi vida.

—Eso no es cierto. Usted afirmaba que era agente inmobiliario en Londres, pero incluso a Lawrence le sorprendía lo bien que le había ido. ¿Cómo es posible que estando en la veintena ya se hubiera comprado una casa en Edgware Road? De algún sitio debía de venir el dinero. Y otra cosa. Hablé con un amigo mío que sabe de estos temas y le llamó la atención que un chapero de veintitantos años trabajara en un piso caro de Mayfair. Es prohibitivo. Pero supongamos que tenía llaves de una casa vacía por su trabajo. Y que se dedicaba a...

—Se equivoca —me interrumpió Aiden.

Yo lo ignoré.

—Retrocedamos hasta la llegada de Frank a Branlow Hall. No le gusta la habitación que le asignan y le encargan a usted que lo solucione. Se conocen y de repente se convierte en su mejor amigo. En la grabación de su interrogatorio, Cecily dice que incluso a ella le sorprendió que Frank fuera tan simpático. Decía que se mostró muy agradecido con Aiden. ¡Como para no estarlo! Se había acostado con usted, ¡y no pocas veces! Y cuando se despidió le rodeó la mano con las suyas. No se me olvida ese detalle, porque me pareció muy raro.

—Era un asqueroso.

—Cecily pensaba que en cierto modo estaba jugando. Que se

burlaba de usted. Y luego está lo de *Las bodas de Fígaro*. Dijo que era su ópera favorita, que le encantaba el argumento y que estaba deseando verla en Snape Maltings. Pero era todo mentira. No estaba en cartel en ese momento. ¿A qué vino eso?

—No tengo ni idea.

—No importa, Aiden, porque me parece que yo sí. ¿Saben cuál es el argumento de *Las bodas de Fígaro*? Trata de un noble pervertido, el conde de Almaviva. Él está enamorado de Susanna, la doncella de su mujer, pero la chica está a punto de casarse con Fígaro. Resulta que, la noche de la boda, el conde intenta hacer valer el derecho de pernada, que le permite acostarse con Susanna.

»Cuando estuve en Londres conocí un poco mejor a Frank Parris. Le gustaban los juegos sexuales, como la sumisión y la humillación. En cierto modo, se sentía un poco identificado con el conde de Almaviva. Imaginemos que llega a Branlow Hall y se encuentra con un chapero que conocía desde hacía años. Que pagaba a Leo para que se acostara con él. Pero de repente el chaval sube en la escala social y está a punto de casarse y de emparentarse con una buena familia que le pone en bandeja un buen puesto de trabajo. ¿Qué dirían Lawrence y Pauline si conocieran la verdadera cara de su futuro yerno? Frank tiene a Leo comiendo de su mano y se le ocurre una idea exquisita: ejercer su derecho de pernada para follarse al novio la noche de su boda.

»Creo que cuando le cogió la mano a Aiden le pasó una copia de la llave de su habitación. Ya habían llegado a un acuerdo. Seguro que a Frank le pareció divertidísimo dársela justo delante de la mujer con la que estaba a punto de casarse.

—Se lo está inventando —repuso Aiden—. Es todo mentira.

—En fin, vamos a ver qué pasa después. Imaginemos que usted no está por la labor de seguirle el juego a Frank y que decide deshacerse de una vez de ese pervertido enfermizo porque tiene al chivo expiatorio perfecto.

»Va a la fiesta que han organizado Lawrence y Pauline para el personal. Cecily tomaba pastillas para dormir, diazepam en concreto, así que usted podía perfectamente coger varias a hurtadillas y echárselas en la bebida a Stefan, que esa noche se acostó drogado, no ebrio. A la mañana siguiente se levantó amodorrado. No lo habría despertado ni un cañonazo.

»Cecily también se había tomado una, así que estaba dormida cuando salió sigilosamente para ir a su cita clandestina de medianoche. Era esencial que se viera a Stefan entrando en la habitación 12, pero usted lo tenía todo planeado. Cogió la caja de herramientas de la caseta de mantenimiento y se puso un gorro como el suyo. Entró por la puerta principal y subió en ascensor a la segunda planta. Derek Endicott estaba abajo, sentado en la recepción. Tenía que hacer que subiera para que lo viera.

»Y ahí entra en juego Bear, el perro. Mi hipótesis es que usó el broche irlandés que hay en la mesa de al lado del capazo. —Lo tenía en el bolso. Lo saqué y separé la aguja, que medía unos cinco centímetros. Lo puse en la mesa justo delante de Locke—. Cuando acabe todo, a lo mejor debería analizarlo, superintendente jefe. Seguro que encuentran sangre de Bear. Creo que ladró porque Aiden se lo clavó.

Me volví hacia él y proseguí:

—Así que Derek sube a ver qué ocurre. Se arrodilla para comprobar si el perro está bien y usted pasa corriendo por el pasillo rumbo a la habitación 12. Como está oscuro, él casi no ve nada, solo distingue el gorro y la caja de herramientas. Y, claro, da por hecho que es Stefan. No obstante, recorre el pasillo para echar un ojo, pero cuando llega unos segundos después el otro ya no está. ¿Eso qué quiere decir? Que Derek no oye ni golpes en la puerta ni voces. Tampoco disculpas ni saludos. Nada. A lo mejor Frank usó una papelera o similar para dejarla abierta, pero es poco probable. La gracia estaba en parte en que Leo entrara por su cuenta. Y además tenía llave.

»Usted ya está en la habitación 12, donde Frank lo espera. Aguarda a que Derek vuelva abajo y luego saca la herramienta y lo mata a martillazos con tanta violencia que al día siguiente está irreconocible. Intuí la rabia desde el principio. Y tenía todo el derecho a estar enfadado.

»Pero aún quedaba noche por delante. Cogió dinero de la

cartera de Frank Parris. Y también necesitaba un poco de sangre para rociar las sábanas y la ducha de la habitación de Stefan. Creo que por eso le robó la estilográfica a Lawrence. Estaba sin usar, por lo que así evitaba contaminar la sangre. Se sirvió del sistema de carga para succionar un poco y luego fue con ella y con el dinero a los establos. Lisa tenía un duplicado de la llave en su oficina y usted podía acceder a ella fácilmente. Era imposible que Stefan se despertara. Seguía drogado, durmiendo como un lirón. No lo oyó abrir la puerta. Y tampoco lo vio esconder el dinero y rociar la sangre. Después se deshizo de la pluma y volvió a la cama.

»No sin antes poner el cartel de «No molestar». Mató a Frank porque su matrimonio con Cecily corría peligro. Para usted era esencial que la boda siguiera adelante. Por eso lo colgó en la puerta después de cometer el asesinato. Supongo que consiguió las huellas dactilares de Stefan mientras estaba durmiendo. Y después, en algún momento entre la misa y la fiesta, debió de quitarlo. ¿Por qué, Aiden?

—No voy a responder a sus preguntas.

—Bueno, quizá porque no quería ir de luna de miel. Al fin y al cabo, no quería a Cecily. Dudo mucho que le gustara. Mi hipótesis es que se casó con ella por dinero, por seguridad y por la vida que le brindaría ser terrateniente. A lo mejor le hacía gracia cargarse el día más importante de su vida.

»Y a punto estuvo de salirse con la suya. Lo que pasa es que unas semanas después del asesinato apareció en el hotel un escritor buscando inspiración y, para desgracia de usted, dio con su persona.

»Alan Conway también lo reconoció, ¿verdad? Por eso se mostró reacio a hablar con él. He escuchado la cinta que grabó mientras conversaba con Pauline y adivine qué es lo primero que dijo cuando lo vio: "Creo que ya nos conocemos". En ese momento, Alan ata cabos. Sabe quién es el asesino y se mofa de usted a su manera, igual que Frank varias semanas atrás. Evidentemente, intenta encubrirse: "Sí. Estaba en recepción cuando llegó usted". Eso dijo, como explicación ante Pauline. Pero acto seguido él dice: "Llámeme Alan, por favor". A lo que contesta: "No voy a prestarme a este juego". Porque eso era, ¿verdad? Un juego desagradable. Ambos sabían la verdad. Se conocieron en una cena en Londres... ¡y Frank Parris estaba en la misma mesa!

»En los siguientes ocho años no pasa nada. Alan desaparece y usted seguramente respira aliviado cuando se entera de que ha muerto. Quizá le echó un vistazo a su obra, pero *Atticus Pünd acepta el caso* no parece tener ninguna relación con Branlow Hall, al menos a primera vista. Así que se ha salido con la suya, o eso cree.

Bebí agua otra vez. Estaban todos callados, mirándome, a la espera de que continuara. Excepto Locke, que estaba allí sentado observando a Aiden mientras caía en la cuenta de lo que había hecho, incluso de lo que implicaba de cara al futuro de su carrera.

Dejé el vaso de agua. Vi por el rabillo del ojo que Andreas me dedicaba una sonrisa de ánimo. Proseguí.

—Entonces Cecily lee el libro.

»Voy a recopilar lo que sé de su personalidad. Lawrence me dijo que se pasaba de bondadosa y confiada, que nunca pensaba mal de nadie. Se refería a su relación con Stefan, pero a lo mejor también a la que tenía con usted. Melissa Conway llegó a compararla con Dora, el personaje de *David Copperfield*. Creo que cuando Cecily se casó era igual de inocente. No se imaginaba para nada dónde se estaba metiendo.

»Pero no tardó en averiguarlo. No sé cómo debió de ser vivir con usted, Aiden, pero ella tuvo que darse cuenta de que no era el príncipe azul de sus sueños. Incluso al principio de estar comprometidos, es obvio que usted no rendía muy bien en la cama y que por eso ella satisfacía sus necesidades con Stefan. ¿Y luego qué? Las mujeres son intuitivas. De alguna forma sabemos si estamos casadas con un maniaco homicida.

»No obstante, aunque sospechara que fue su marido quien mató a Frank Parris, no tenía pruebas, sobre todo porque usted no tenía motivos. No lo conocía. Pero ¿qué pasa cuando abre el libro y ve la dedicatoria, «En memoria de Frank y Leo»? Si Aiden es Leo, tiene cierta lógica que se comportara de forma tan rara y mintiera durante la visita de Frank. Además, cabe recordar que eso era usted para ella, el querido leo de sagitario.

—¿No se ha olvidado de algo? —Aiden me desafió con la mirada—. El libro se lo di yo. Lo leí antes que ella. Ya se lo dije.

—Me lo dijo porque quería hacerme creer que era inocente. El libro desvelaba la identidad del asesino de Frank Parris, así que dicha persona sería la menos indicada para dejárselo a Cecily.

»Pero lo cierto es que cuando yo llegué al hotel usted ni siquiera lo había leído todavía, o no entero. Aunque quería, claro. Tenía que saber qué escondía, qué había visto Cecily. Pero le costó conseguir un ejemplar porque dio la casualidad de que hubo un fallo técnico grave en el centro de distribución de Didcot. De hecho, estuve con el editor y me dijo que hubo unos dos meses durante los que fue imposible conseguir *Atticus Pünd acepta el caso*. El ejemplar que me enseñó estaba nuevecito y supuse que lo había recibido uno o dos días antes de que llegara yo y que acababa de empezarlo. Cuando le pregunté si le había gustado, alabó sus giros fantásticos y me dijo que el final le había dejado a cuadros. Pero esas palabras no eran suyas.

Cogí el libro y se lo pasé a Lawrence.

—Si va a las reseñas del principio, verá que el *Observer* menciona sus giros fantásticos y que el autor Peter James dice que el final te deja a cuadros. Conozco a mucha gente del sector editorial que hace lo mismo. Fingen que se han leído el libro, pero en realidad lo único que hacen es ojear las críticas. —Miré con odio a Aiden—. Llegó hasta la página 20, justo donde sale Algernon. No tenía ni idea de qué pasaba después.

—¿Dónde está Cecily? —Era la primera vez que Locke hablaba. Al final se puso de pie con intención de tomar las riendas.

Como Aiden no respondió, intervine.

—Yo creo que la mató él. —Miré fugazmente a Lawrence y Pauline—. Lo siento. ¿Por qué iba Cecily a llamarlos desde la oficina del hotel pudiendo hacerlo desde casa? Porque no quería estar cerca de Aiden, claro. Con la mala suerte de que Eloise la escuchó y se lo contó a él, entiendo. —La miré y le pregunté—: ¿No es así?

La niñera estaba mirando a Aiden como si fuera la primera vez que lo veía.

—Sí. —Me percaté de que le había soltado la mano.

—Él sabía que Cecily había descubierto parte de la verdad y que corría peligro. Así que esperó a que saliera a dar un paseo y la siguió. Sabía por dónde iba a ir y lo más fácil era esperarla en Martlesham, al final del bosque. No sé cómo la mató ni cómo se deshizo del cuerpo en tan poco tiempo, pero creo que en un primer momento la metió en el maletero del coche. Por eso llevó un montón de ropa al azar de Cecily a la tienda solidaria de Framlingham, incluido un vestido que acababa de comprarse y que aún no se había puesto. Debía asegurarse de tener cobertura en caso de que la policía encontrara ADN de Cecily en el coche.

Locke avanzó hacia Aiden.

—Venga conmigo, por la cuenta que le trae —dijo.

El aludido miró a su alrededor y justo en ese momento me recordó a un león enjaulado. Andreas se levantó y me pasó el brazo por los hombros. Qué alegría que estuviera allí.

—Señor MacNeil... —prosiguió Locke, que estiró el brazo para cogerlo.

Ahí fue cuando pasó. Aiden ni se inmutó, pero vi en sus ojos un destello espeluznante y supe que Frank Parris seguramente vio eso mismo mientras moría en la habitación del hotel, y también Cecily Treherne en el bosque colindante con Martlesham: la mirada de alguien que está a punto de matar.

Aiden soltó un puñetazo y al principio pensé que le había dado en la barbilla al inspector. Locke era de complexión fuerte y mucho más grande que él, pero parecía totalmente aturdido, como si no supiera cómo reaccionar. Se hizo el silencio por un momento y entonces me quedé horrorizada cuando vi que le salía sangre a borbotones del cuello; tenía la camisa empapada. Aiden debía de haber cogido el broche antiguo al levantarse y se lo había clavado hasta el fondo en la garganta.

Locke dejó escapar un sonido a medias entre el sollozo y un grito de dolor. Se cayó de rodillas con la mano en la herida. La sangre se le colaba por los dedos. Nadie hizo amago de moverse.

Aiden estaba ahí plantado imperturbable, aún con el broche en la mano, apuntando con el alfiler. Me daba pánico que a Andreas le diera por intervenir, pero él también estaba estupefacto. El perro se había levantado y ladraba frenéticamente. Locke seguía de rodillas, gimiendo. Pauline apartó la mirada, consternada. Aiden corrió hacia mí y yo me encogí de miedo, esperando lo peor. Pero pasó de largo y oí un estruendo seguido por ruido de cristales rotos y madera astillada. Le había dado una patada a la puerta acristalada del salón. Capté una última imagen de él huyendo por el jardín.

Eloise había salido disparada hacia Locke y estaba de rodillas abrazándolo. Lawrence estaba atendiendo a Pauline. Lisa había sacado el móvil y estaba llamando a una ambulancia. Andreas me abrazó y me preguntó:

—¿Estás bien?

Yo me notaba aturdida y me tambaleaba, pero oía a Lisa hablando con el servicio de emergencias.

—Sácame de aquí, por favor —susurré.

Y nos fuimos juntos de allí sin mirar atrás.

Últimas palabras

No nos dejaron volver a Creta enseguida. Aunque yo no tenía nada que ver con la muerte de Frank Parris ni con la desaparición de Cecily Treherne, debía prestar declaración. Me tocaría repetir más o menos lo que había contado en el salón de Branlow Hall. Tenía la impresión de que me responsabilizaban personalmente de lo que le había pasado al superintendente jefe. Estaba vivo de milagro. El alfiler le había perforado la arteria carótida; por eso perdió tanta sangre. Solo la rápida llegada de los servicios de emergencias evitó la tragedia. Los policías que me interrogaron se mostraron como mínimo poco amistosos.

No iba a quedarme en Branlow Hall ni de broma. No quería ver ni en pintura a los Treherne, tampoco a Eloise ni a Derek. Ni siquiera al perro. Y me habría sentido incómoda en casa de Katie. Así que al final Andreas y yo cogimos una habitación en el hotel Crown, en Framlingham, el mismo donde me alojé cuando fui al funeral de Alan. Me gustaba. Estaba a una distancia prudencial de Woodbridge.

No sabíamos muy bien cómo se estaba desarrollando todo. No queríamos saber nada de la prensa y la policía no soltaba prenda. Pero el tercer día de nuestra estancia forzosa me llevaron un sobre mientras estaba desayunado. Antes de abrirlo ya sabía de dónde venía, por la silueta de la lechuza.

Dentro había dos cartas. La primera era de Lawrence Treherne. Me alegré de ver un cheque con el dinero que aún me debía.

Estimada Susan:

Me da apuro escribirle esta carta, pero, en primer lugar, aquí tiene el cheque por la cantidad acordada. Mis disculpas por la demora. Espero que no le moleste que le diga que, en cierto modo, nos ha hecho incluso más daño que Alan Conway, aunque a su vez entiendo que debo darle las gracias. Le encargamos un trabajo y usted lo llevó a cabo muy eficazmente, aunque nadie se imaginaba que las consecuencias fueran a ser tan devastadoras.

Quiero ponerla al día de ciertos acontecimientos que estoy seguro de que serán de su interés.

El primero es que Aiden MacNeil está muerto. Después de aquel episodio tan espantoso en el hotel, fue a la estación de Manningtree y se lanzó a las vías del tren. Me sorprende que la policía no lo detuviera, pero me temo que Locke fue al hotel sin refuerzos, lo cual fue un craso error, y luego las cosas se precipitaron. Pauline y yo pensamos lo mismo de su muerte. Lamentamos amargamente que nuestra pobre hija, a la que tanto queríamos, conociera a ese hombre, pero nos alegra saber que no vamos a verlo más. Cecily era demasiado bondadosa y confiada. En eso tiene toda la razón.

Aiden me escribió una carta antes de suicidarse y la policía me ha dejado conservar una copia. A su vez, yo le he hecho una que le adjunto aquí, para que vea cómo era ese hombre y a qué se enfrentaba. También da respuesta a varias preguntas que seguro que le interesan, a pesar de que una parte de lo que dice es manifiestamente falso. Cuesta creer la sangre fría con la que organizó el asesinato de Cecily. Le advierto que es durísimo de leer.

Quiero decirle una cosa más. Pauline y yo nos sentimos fatal por cómo tratamos a Stefan Codrescu, aunque, como es evidente, no estábamos al tanto de los hechos. Tenemos entendido que la policía ya ha tomado medidas para dejarlo en libertad y que rehaga su vida. En teoría sale de la cárcel dentro de unas semanas. Le he escrito para que sepa que puede contar con nuestro apoyo si lo necesita. Tiene las puertas de Branlow Hall abiertas y huelga decir que Pauline y yo lo reconocemos como el verdadero padre de nuestra única nieta, por lo que haremos todo lo que esté en nuestra mano para resarcirlo.

Espero que usted y Andreas puedan volver pronto a Creta. Gracias una vez más por su trabajo.

Atentamente,

LAWRENCE TREHERNE

Hasta ahí la primera carta. La segunda estaba escrita en tres hojas arrancadas de un cuaderno barato que Aiden debió de comprar de camino a Manningtree. Tenía una caligrafía sorprendentemente infantil con bucles grandes y círculos en vez de puntos sobre las letras. La leí bastante más tarde, cuando Andreas y yo ya estábamos en la habitación con un whisky generoso en la mano. Lo necesitábamos.

Querido Lawrence:

Se me hace raro escribirle a sabiendas de que dentro de veinte minutos más o menos estaré muerto. ¡Seguro que no le da ninguna pena! Pero la cárcel no está hecha para la gente como yo. No duraría ni cinco minutos entre tanto pervertido, así que estoy esperando el siguiente tren hacia Londres. Aunque no para aquí.

La verdad es que no sé por qué estoy escribiendo esto. Si le soy sincero, Pauline y usted nunca me han caído muy bien. Siempre me han tratado con condescendencia, como si tuviera que darles las gracias todo el rato, cuando en realidad me dejaba la piel en el hotel. Pero ahora mismo me siento unido a usted por haber matado a su hija. No podrá negarme que cuando pasa algo así la gente está más hermanada.

Esto no es una confesión. Eso ya lo tiene. Pero quiero que sepa un par de cosas. Digamos que necesito quitármelas de encima. Siempre que estaba con usted, ya fuera en el hotel, en la casa de campo o de vacaciones en Francia, tenía que guardar las apariencias. Pero ahora quiero que entienda quién soy en realidad.

Siempre supe que era diferente. No voy a contarle mi vida; no tengo tiempo y dudo que le importara. Pero no se imagina lo que fue criarse en Haghill, una de las zonas más deprimentes de Glasgow, en una casa deprimente, yendo a un colegio deprimente, a sabiendas de que, aunque fuera especial, nunca iba a tener una vida en condiciones.

Quería hacerme rico. Ser alguien. Cuando veo a los futbolistas y a los famosos en la televisión siempre pienso que tienen demasiado. El mundo entero se rinde a sus pies por un don insignificante. Pues yo también tenía un don. Le gustaba a la gente. Era aparente, encantador. Pero nada de eso me valía en un sitio como Haghill, así que en cuanto pude me fui de casa y recalé en Londres. Tenía diecisiete años. Pensaba que allí iba a triunfar.

Pero no fue así, claro. Allí todo está en tu contra. Tres libras la hora por lavar coches. Cinco por atender mesas. Una habitación compartida con una persona que te roba los calcetines antes siquiera de que se sequen, todo un privilegio por un ojo de la cara. Y encima rodeado de muchísimo dinero, cantidades inconcebibles. Tiendas llenas de cosas bonitas. Restaurantes y áticos elegantes. Yo ansiaba todo eso y solo podía conseguirlo de una forma.

Me transformé en Leo.

No tiene ni idea de lo que es ofrecerse por dinero. Que te manoseen ricachones viejos y gordos que te obligan a hacer de todo porque se lo pueden permitir. Lawrence, si se lo está preguntando, ha de saber que no soy homosexual. Hice lo que hice porque no me quedó más remedio. No lo soportaba, me ponía malo.

Pero ganaba mucho. Me las apañé para sacarle trabajo a un agente inmobiliario. ¿Ve? Mi encanto en acción. Aunque quien de verdad ganaba dinero era Leo. Entre trescientas y quinientas libras por noche. A veces incluso mil. Eran todos unos cobardes. Muchos clientes estaban casados. Putos hipócritas. Yo sonreía y hacía lo que me pedían, aunque en realidad quería partirles la cara. Pero sabía que lo dejaría antes o después. Pensar eso me daba fuerzas para seguir. Quería juntar dinero, olvidarme de Leo y vivir la vida que yo anhelaba.

Y entonces conocí a Cecily enseñándole un piso.

Creo que supe casi en el acto que era ideal. Era muy corta y extremadamente impresionable. En cuanto le dije que ese día era mi cumpleaños, ya no se separó de mí. Anda, eres leo. Yo soy sagitario. Estamos hechos el uno para el otro. Ji, ji, ji. Esa misma noche nos tomamos algo y me habló de usted, del hotel, de que no soportaba a su horrible hermana y de todo en general. Y en ese momento supe que podía hacer lo que quisiera con ella. Era su pequeño Leo.

Así que empezamos a salir y fui a Suffolk y los conocí a usted y a Pauline y a los demás y, como era de esperar, les caí bien a todos porque ese era precisamente mi don, y luego Cecily y yo nos comprometimos. Elegí una fecha en la que coincidían el número de su día universal y el de su camino de vida; sabía que para ella eso significaba buena suerte y dijo que sí. Cómo iba a negarse.

Y eso fue todo. Que le jodieran a Haghill y que dejaran de joderme a mí en Londres. Parecía que lo había conseguido. Trabajaba en el hotel atendiendo a los huéspedes; eso era lo que se me daba bien. Pero, si le sirve de consuelo, siempre supe que antes o después tendría que matar a Cecily. Y seguramente también a Lisa. Lo quería todo, ¿sabe? El hotel, las tierras, el dinero... Siempre había soñado con eso, pero en mi futuro no había sitio para ella.

Cuando apareció Frank Parris dos días antes de la boda, ¡no di crédito! Ya lo dijo Susan. El muy cabrón me reconoció. Y solo por darse el gusto me chantajeó y me obligó a ir a su habitación la noche antes de mi boda para hacerme lo que quisiera. Solo de pensarlo se me revuelve el estómago. Sabía que iba a matarlo. No pude contenerme. Y cuando fui a su habitación, en vez de darle lo que quería, le partí la cabeza y lo gocé al máximo.

Me quedo sin tiempo. Voy a contarle el desenlace.

Conocí a Alan Conway igual que a Frank Parris. Otro señor pervertido que se aprovechaba de chavales como yo. Me habría gustado cargármelo también, pero me conocía, así que estaba atado de pies y manos. Me daba pánico que me delatara, aunque, claro, si lo hacía él iba detrás. En cualquier caso, fue un alivio cuando se marchó del hotel, y mucho más cuando me enteré años después de que estaba muerto.

No sabía que había escrito ese puto libro. Y tampoco sabía que Cecily lo había leído. Sigo sin saber de dónde lo sacó. ¡Habían pasado ocho años! Stefan estaba en la cárcel. Y entre Cecily y yo todo iba a pedir de boca. Bueno, casi todo. Claro que sabía que Roxana no era mía. No se ofenda, Lawrence, pero tengo que reconocerle que su hija no me atraía. Sabía que estaba con Stefan. No disimulaba bien. Así que le hice una encerrona. Ni se imagina lo mucho que disfruté cuando vi que lo metían entre rejas de por vida.

Cecily sospechaba que yo había matado a Frank Parris, al menos justo después de que pasara y antes de que Stefan confesara. Yo intentaba disimular con ella, pero me caló un par de veces. No era tan tonta como parecía y se dio cuenta de que yo no era el señor perfecto de sus sueños. Aun así, conseguí convencerla de que Frank y yo no nos conocíamos; así que ¿por qué iba yo a hacerle nada a un desconocido? Se creyó mi excusa.

Pero las cosas cambiaron cuando leyó el libro. Frank y Leo. Yo estaba siempre expectante por si algo iba mal y me di cuenta de que me había metido en un lío antes incluso de que Eloise me contara lo de la llamada telefónica. Era martes y supe enseguida que no había vuelta atrás y que tenía que deshacerme de Cecily.

Esa noche salí y cavé su tumba... antes de matarla. Pues verá, el caso es que sabía que el miércoles no iba a tener mucho tiempo. Cargármela era una cosa, pero enterrarla era harina de otro costal. Tenía que aprovechar al máximo cada segundo. Así que el martes por la noche fui en coche a Rendlesham Forest y cavé un hoyo. Por si quiere buscarla, está al otro lado de Bromeswell. Tiene que seguir la pista 12 y llegar al séptimo árbol de la izquierda. Justo detrás. Yo mismo grabé una flecha en el tronco para indicarle el camino. Sagitario. Seguro que le habría gustado.

El miércoles procuré disimular y hacer como si no pasara nada, pero no sabía si ella se olía algo. Llevo toda mi vida fingiendo, se me da bien. Pero me di cuenta de que no estaba como siempre. Se fue con Bear a dar un paseo sobre las tres y la seguí. Cuando vi que aparcaba en la estación de Woodbridge, supe exactamente adónde iba, así que fui a Martlesham, aparqué el coche y me adentré en el bosque por el otro extremo. No había nadie. Suele haber poca gente en general.

Cuando me vio, supo lo que se avecinaba, pero ni siquiera opuso resistencia. «Siempre lo he sabido». Solo dijo eso. Y mientras la ahogaba con sus propias medias se limitó a mirarme con cara de pena y a dejarme hacer.

Había cogido ropa de ella y una camisa limpia para mí. La metí en el maletero y fui a toda velocidad a Rendlesham y la enterré en el bosque. Eso fue lo más arriesgado, porque no podía perder de vista a la gente que estaba sacando al perro, pero la dejé en el suelo como mucho treinta segundos. Había tardado muchísimo en cavar la tumba, pero taparla no me llevó ni veinte minutos. Luego me cambié de camisa y fui a Framlingham. Cuando llegué a la tienda solidaria eran las cuatro pasadas y era como si no hubiera ocurrido nada. Le di a la mujer la ropa de Cecily y varias cosas mías, entre ellas la camisa que llevaba cuando cavé el hoyo.

Y se acabó.

Estaba convencido de que iba a salirme con la mía. Y me da pena, porque era el crimen perfecto. De hecho, no cometí errores. Dos crímenes perfectos. Los tuve engañados desde el primer día. Acabaron pillándome por cosas que escapaban a mi control. Fue culpa de Frank. Y de Cecily. Y suya. Fue usted quien metió a esa puñetera mujer de Creta.

En fin, ya está. Tengo que irme. El tren me espera.

AIDEN

La cueva de Zeus

Por fin volvimos al Polydorus. Esa noche Andreas y yo hicimos una fiesta con nuestros amigos, tanto para celebrar que habíamos vuelto como para pasar página. Panos y su madre, con sus ochenta y seis años, prepararon lo que parecía una oveja entera. Nos bebimos una caja de Argyros, un vino de la isla de Santorini. Vangelis tocó la guitarra y el buzuki y bailamos bajo un cielo negro como la tinta y una luna creciente finísima. Un par de huéspedes bajaron a quejarse y al final se unieron. Fue una noche magnífica.

Fui retomando mi rutina en Agios Nikolaos poco a poco, lo cual se me hizo más llevadero gracias a dos cosas que pasaron.

Para empezar, mi hermana vino de visita una semana; era la primera vez que estaba en el hotel. Necesitaba descansar. Gordon acababa de mudarse con su joven amante a un estudio atroz de Londres y ella había empezado con el proceso de divorcio; un horror. No hablamos mucho de él. Tampoco de Branlow Hall. Paseamos, visitamos sitios de interés turístico y disfrutamos de nuestra compañía mutua. Se quedó prendada de Creta, y eso me recordó que yo había estado a punto de renunciar a aquello.

Y luego, de buenas a primeras, me ofrecieron trabajar como editora adjunta en Penguin Random House. No fue cosa de Michael Bealey; él más bien fue de poca ayuda. Parece que Craig Andrews le mencionó a alguien que me conocía en la presentación de *Tiempo de morir*, el cuarto libro de su serie de Christopher Shaw. Supongo que le dije que estaba buscando trabajo, porque lo siguiente que recuerdo es que me escribieron de Penguin Random House y me ofrecieron empleo; es cierto que como autónoma, pero me estrené con un manuscrito de cuatrocientas páginas.

Por otro lado, gracias al cheque de Lawrence saldamos la mayoría de las deudas que teníamos. Y, para nuestro asombro, la segunda mitad de la temporada arrancó de repente y llegamos al cien por cien de ocupación. Como yo ahora aportaba otro sueldo, pudimos permitirnos contratar a alguien, así que por las mañanas seguía corriendo de aquí para allá asistiendo a los huéspedes y al personal (mientras intentaba dilucidar quiénes me daban más quebraderos de cabeza) y a la hora de comer me quedaba libre y me sentaba en la terraza a trabajar en lo que llevaba haciendo toda la vida, absolutamente feliz.

Pero no dejaba de pensar en todo lo que había sucedido, desde el asesinato de Frank Parris hasta el libro de Alan Conway. Cuando me fui de Londres, me traje todas las notas que tenía de la investigación y los manuscritos viejos de mi época en Cloverleaf. También compré todos los libros de la serie de Atticus Pünd, aunque me fastidió tener que pagar por ellos. Me pasé el verano leyéndolos con mucha atención, convencida de que se me había pasado algo. Conocía muy bien a Alan. Me lo había puesto delante de los ojos, pero yo no lo veía.

Entendía por qué no había revelado quién era el asesino, por qué ocultó su identidad deliberadamente. En eso Aiden tenía razón. Alan estaba en la cresta de la primera ola de lo que estaba destinado a ser un éxito internacional, ya con dos superventas en su haber y un tercero a la vista. Su nombre empezaba a ser conocido.

Aún no había salido del armario. Aunque daría igual, claro. Cuando por fin anunció que se había divorciado de Melissa y se había ido a vivir con James, a nadie le importó. Entre otras cosas, el mundo había cambiado para bien en ese sentido: a nadie le da miedo hablar de su sexualidad, a no ser, quizá, que te guste instigar odio o que seas un actor de Hollywood relevante. Pero, al mismo tiempo, seguro que a Alan llegó a preocuparle lo que «Leo» pudiera contar. No pasa nada por ser gay, pero lo que hacía con los chaperos no estaría tan bien visto. Era vulnerable. Prefería guardarse esas cosas para sí mismo.

Si hubiera ido a la policía a delatar a Aiden, su carrera se habría visto en la cuerda floja. O así lo veía él. Y, en términos de relaciones públicas, hay que reconocer que las cosas podrían haberse complicado. Al fin y al cabo, Atticus Pünd es todo integridad. Casi no hay escenas de sexo en los libros y nadie dice palabrotas.

Pero seguro que había algo más aparte de la dedicatoria. Siendo Alan como era, le habría costado no revelar el secreto. No habría podido resistirse a dejar que se trasluciera en sus singulares pistas, en sus giros y recovecos, en sus pequeños guiños... Me leí *Atticus Pünd acepta el caso* como cien veces y me sabía varios pasajes casi de memoria. Hice anotaciones a lápiz en los márgenes. Me sentaba bajo el sol y fruncía el ceño.

Hasta que por fin lo vi.

Gracias al conocimiento acumulado en Branlow Hall, me di cuenta de lo que había hecho. El desencadenante fue el Red Lion, el pub de Tawleigh-on-the-Water; era un nombre como otro cualquiera, pero estaba segura de que lo había escogido a conciencia.

Todo giraba en torno a Leo. Alan aludía a él en el texto una y otra vez, y Cecily Treherne debió de percibir ese repiqueteo de tambor bajo la superficie.

Pero no Leo sin más.

Introdujo varios leones en el libro. Estaban por doquier.

No solo en el pub de Tawleigh-on-the-Water. La iglesia se llamaba Saint Daniel por el santo conocido por ser arrojado al foso de los leones. Cuando Atticus Pünd va al templo, ve en las vidrieras la representación de su calvario.

Clarence Keep, la casa donde vive Melissa James, se llama así por una comedia de los años sesenta, *Daktari Clarence, el león bizco*, y William Railton, que supuestamente había sido propietario de la casa anteriormente, era el arquitecto que diseñó los cuatro leones de la Columna de Nelson, el monumento de Londres. El perro de Melissa es un chow, una raza originaria de China conocida también como «perro león inflado», y además se llama Kimba, igual que el león blanco de una serie de televisión japonesa. Madeline Cain ve en el vestíbulo un póster de *El mago de Oz* firmado por el actor Bert Lahr y comenta que Melissa no salía en esa película. Lahr, cómo no, hace del León Cobarde.

Fueron pasando las semanas y yo cada vez estaba más obsesionada. Andreas se ponía nervioso cuando me veía pasando páginas a la mínima oportunidad. No paraban de aparecer leones. En Church Lodge, Samantha empieza a leerles a sus hijos a C. S. Lewis, se presupone que el primer libro: *El león, la bruja y el armario*. Melissa en teoría iba protagonizar una película en la que tenía que interpretar a Leonor de Aquitania. Eso la habría convertido en la madre de Ricardo Corazón de León. La caja plateada para guardar cigarros que había en su salón tiene grabado el logotipo de MGM: un león rugiendo. Y en la página 195, sin venir a cuento, el inspector jefe Hare hace un comentario sobre el primer trabajo de Hércules, que según él es limpiar los establos de Augías. Pero no es así. Es matar al león de Nemea.

Se me vinieron a la mente varios desacuerdos que tuve con Alan durante la edición del libro. Por eso quería que Algernon tuviera un Peugeot. La insignia plateada llena de sangre del cantante de ópera tiene forma de león saltando. Y después de hacer una búsqueda rápida en Wikipedia descubrí que la locomotora LMR 57 del tren en el que Pünd partió desde la estación de Bideford, a pesar de tener un siglo de antigüedad, también se conocía como «Lion».

A finales de mes hasta me escabullía de la cama en mitad de la noche para seguir con la cacería de leones. Fui posponiendo la edición del manuscrito de cuatrocientas páginas y me di cuenta de que Andreas empezaba a mirarme con recelo.

Pero es que yo seguía preocupada por si se me había pasado

algo al leer *Atticus Pünd acepta el caso*. Estaba convencida de que Cecily vio algo que a mí se me escapaba. Tenía el libro y tenía mis notas, pero faltaba algo. ¿Qué era?

Recuerdo perfectamente el momento de la epifanía, ese instante en el que la novela me reveló el último secreto escondido en su despreciable corazón. La cruda verdad es que lo había tenido delante todo el rato, aunque no tengo muy claro por qué me percaté entonces, sentada en la oficinita que tenía encima del bar, donde entraba el sol a raudales. Ojalá pudiera decir que vi una lechuza en pleno vuelo (de hecho, abundan en Creta), pero no fue el caso. Sin venir a cuento, me acordé de lo mucho que le gustaban a Cecily Treherne los anagramas. Cogió el nombre del hotel y lo reorganizó de tal forma que se leyera *barn owl*, lechuza común. Fue entonces cuando caí en la cuenta.

El primer asesinato es obra de Lionel Collins, en cuyo nombre, cómo no, se esconde otro león. Él es Leo.

Pero Madeline Cain también comete un asesinato, el de Francis Pendleton, F. P., que en la ficción es el homólogo de Frank Parris.

Madeline Cain es un anagrama de Aiden MacNeil.

Andreas estaba conmigo cuando me percaté. Me puse a gritar de la emoción y a lanzar papeles al aire. Me abalancé hacia sus brazos, casi llorando al constatar lo estúpidamente simple que había sido en realidad. Él observó por encima de mí los recortes de prensa, las libretas, las cartas... y los nueve ejemplares que conformaban las aventuras de Atticus Pünd. Me cogió las manos y dijo:

—Susan, ¿puedo sugerirte una cosa sin que te enfades?

—Cómo voy a enfadarme contigo.

—Nos tenemos a nosotros. Tenemos el hotel. Tú tienes tu trabajo de editora. Nos va todo bien.

—¿Y?

—Pues que a lo mejor ya va siendo hora de que pases página. —Señaló los papeles esparcidos por el suelo—. Ya has encontrado muchos leones. Y, la verdad, creo que ya está bien de dejar que Alan Conway te siga haciendo daño.

—Tienes razón —repuse, asintiendo despacio.

—Mi sugerencia es la siguiente. ¿Por qué no coges todo esto..., los papeles y los libros, sobre todo los libros, los metemos en el coche y los llevamos a la meseta de Lasithi? Es una maravilla en esta época del año, con los olivos y los molinos de viento. Quiero llevarte a la cueva de Psychro. También se conoce como la cueva de Zeus, porque se dice que nació allí. Y cuando lleguemos lo apilas todo en la entrada y lo quemas a modo de ofrenda, para darles las gracias a los dioses por traerte de vuelta conmigo y por liberarte de las tinieblas y de los recuerdos del pasado. Y luego te llevo a un hotelito que hay cerca de Kaminaki y cenamos y nos tomamos un raki en la terraza, rodeados de montañas y mirando las estrellas, porque, hazme caso, en ningún sitio se ven como allí.

—¿Está Leo en ascendente?

—Espero que no.

—Pues vamos.

Y eso es justo lo que hicimos.